一生最爱古诗词

秦圃 ———— 编著

江西美术出版社
全国百佳出版单位

图书在版编目（CIP）数据

一生最爱古诗词 / 秦圃编著. -- 南昌：江西美术出版社，2019.1

ISBN 978-7-5480-6846-4

Ⅰ.①一… Ⅱ.①秦… Ⅲ.①古典诗歌—诗歌欣赏—中国 Ⅳ.①I207.2

中国版本图书馆CIP数据核字（2019）第024030号

出 品 人：周建森
企　　划：北京江美长风文化传播有限公司
责任编辑：楚天顺　朱鲁巍　　策划编辑：朱鲁巍
责任印刷：谭　勋　　　　　　封面设计：施凌云

一生最爱古诗词　　秦圃 编著
YISHENG ZUI AI GUSHICI

出　　版：江西美术出版社
社　　址：南昌市子安路66号　邮编：330025
网　　址：http://www.jxfinearts.com
电子信箱：jxms@jxfinearts.com
电　　话：010-82093785　　0791-86566124
发　　行：010-58815874
经　　销：全国新华书店
印　　刷：北京德富泰印务有限公司
版　　次：2019年7月第1版
印　　次：2019年7月第1次印刷
开　　本：889mm×1194mm　1/32
印　　张：22
ＩＳＢＮ：978-7-5480-6846-4
定　　价：39.80元

本书由江西美术出版社出版。未经出版者书面许可，不得以任何方式抄袭、复制或节录本书的任何部分。
版权所有，侵权必究
本书法律顾问：江西豫章律师事务所　晏辉律师

前言

　　诗词是传统文化的精粹所在，中国古典文学发端于上古三代，历周秦诗风之初立，孔子删诗书，对《诗经》的确立起了关键的作用，遂有"诗教"之说。后经过汉代的发展，散体大赋渐趋成熟，流彩华章，大汉气象，可知辞赋文章亦皆能吟春秋。迄汉末，以古诗十九首为代表的五言诗兴起，堪称五言之冠冕，后世诗人莫不吟仰。之后历魏晋建安文坛与六朝诗人的发挥，中间乐府诗纵贯数百年而不衰。及至唐代，盛世华彩，一时间国人识字解文者无不能读诗写诗，有唐不足三百年，留下来两千多位诗人的近五万首诗作。唐末五代，诗风不衰，转而长短句大兴，到了两宋，一发不可收拾，其词风上一半是山河壮烈，一半是风花雪月，后世人遂约略以豪放和婉约两派，词更被冠上"宋词"之号，凡有井水处，皆有词可咏唱。元代文人无所用其长，转而萃力于元剧之作，其流行之盛况，雅俗共赏，至于塞外古道，市井勾栏，无处不见，达官贵戚，胡汉民氓，悉皆能论。散曲小令虽不及唐诗之绚烂，宋词之流媚，却活泼别致，兼有西风瘦峻之气，成为中国文学史上的又一枝奇葩。明清两代，诗文辞赋亦多佳作，其中尤以清纳兰性德之词见长，王国维称："纳兰容若以自然之眼观物，以自然之舌言情。此初入中原未染汉人风气，故能真切如此，北宋以来，一人而已。"

　　中国人的每一种心境，似乎都被古诗词吟咏过了。读这些古诗词的时候，自豪之情会油然而生，这就是中国人对古诗词的热爱之情。这种感情由来已久，人们从先秦的田野牧歌之中采撷快乐与甜美；从两汉辞赋当中感受大汉400年的盛世传奇；从乐府诗中体验先民生活的朴素美好；从魏晋诗文中品味中华风骨；从唐诗中倾听大唐帝国的盛世欢歌；从宋词中体会那份凝结在文字中的美丽与哀愁；从元曲中获得直抵心灵的感悟；从纳兰词中发现大清第一词手的词文之美。今天，随着古典文化风潮的再度兴起，中国人阅读古典诗词的热情亦空前高涨。读诗词更要懂诗词，即好读诗词也要有所选取，最忌滥读。本书按照时间顺序，兼及诗文体裁，收录了历代在思想上和艺术上具有较高成就的古诗词，是古诗词爱好者的枕边书，可做囊中之宝、案头之珍。

为了帮助读者提高阅读效果，本书还设置了"注释""赏析"等栏目，其中，注释将难理解的字句作解释，扫除阅读障碍，方便阅读；赏析则对这些经典名篇的内容与主旨进行传统解析，间或增补一些史实或诗文旧事，有利于读者更深入地领悟传统文化的意蕴。由于古诗词多难字，读者往往不会念或不认识，影响阅读，因此，我们对诗词中出现的一些难字、生僻字进行注音，并对其字形、字义加以解释，减小阅读难度，提升学习兴趣，增进学习的能力，方便读者更加深入地了解和把握古诗词。

古典诗词，是穿越千年依然至美的风景；是流传百代依然至纯的感情。它是中华民族永远的情感库藏，是历代中国人灵魂深处的至爱。惬意人生，哪能无诗词相伴？在这个时代，幸好还有古诗词，让我们去追忆曾经的美好……

目录

最美是诗经

周南 2
关雎 2
葛覃 4
卷耳 5
桃夭 6
芣苢 8
汉广 9
汝坟 11
召南 12
鹊巢 12
采蘩 14
草虫 16
采蘋 17
甘棠 18
摽有梅 20
野有死麕 22
邶风 23
绿衣 23
击鼓 25
终风 26
谷风 28

北风 30
静女 31
鄘风 33
君子偕老 33
桑中 35
鹑之奔奔 36
相鼠 38
卫风 39
硕人 39
氓 41
木瓜 43
王风 44
君子于役 44
郑风 46
将仲子 46
有女同车 47
风雨 49
子衿 50
野有蔓草 51
溱洧 52

魏风	55	曹风	66
十亩之间	55	蜉蝣	66
伐檀	56	豳风	68
硕鼠	57	七月	68
唐风	59	鸱鸮	70
葛生	59	破斧	72
秦风	60	小雅	74
蒹葭	60	北山	74
陈风	62	隰桑	76
东门之杨	62	周颂	77
月出	63	烈文	77
株林	65		

汉赋奇葩，独秀芳华

七发　枚乘	80	逐贫赋　扬雄	125
刺世疾邪赋　赵壹	87	自悼赋　班婕妤	128
悲士不遇赋（节）司马迁	90	西都赋　班固	131
吊屈原赋　贾谊	92	幽通赋　班固	137
答客难　东方朔	95	东征赋　班昭	141
长门赋　司马相如	99	归田赋　张衡	144
子虚赋　司马相如	105	青衣赋　蔡邕	146
大人赋　司马相如	109	洛神赋　曹植	148
李夫人赋　刘彻	114	思旧赋　向秀	152
闻乐对　刘胜	117	雪赋　谢惠连	155
文木赋　刘胜	120	别赋　江淹	158
士不遇赋　董仲舒	122	恨赋　江淹	162

乐府诗香醉千古

白头吟　卓文君 166
北方有佳人　李延年 167
秋风辞　刘彻 169
八公操　刘安 171
酒箴　扬雄 172
怨词　王昭君 174
五更哀怨曲　王昭君 175
团扇歌　班婕妤 177
四愁诗　张衡 178
上邪　无名氏 180
有所思　无名氏 181
古歌　无名氏 182
孔雀东南飞　无名氏 183

陌上桑　无名氏 191
上山采蘼芜　无名氏 193
羽林郎　无名氏 194
江南曲　无名氏 196
生年不满百　无名氏 197
驱车上东门　无名氏 198
青青河畔草　无名氏 199
留别妻　苏武 200
东门行　无名氏 202
妇病行　无名氏 204
饮马长城窟行　无名氏 205
艳歌行　无名氏 207
别歌　李陵 208

魏晋诗文，中华风骨

短歌行　曹操 210
却东西门行　曹操 211
杂诗　曹丕 213
杂诗　曹丕 214
感离赋　曹丕 215
杂诗七首（其三）　曹植 216
七步诗　曹植 217
种瓜篇　曹睿 218
短歌行　陆机 219
胡笳十八拍　蔡文姬 220
悲愤诗　蔡文姬 221
杂诗　孔融 222
七哀诗三首（其一）　王粲 224

从军诗五首（其五）　王粲 225
杂诗　王粲 227
饮马长城窟行　陈琳 228
别诗（其二）　应玚 230
驾出北郭门行　阮瑀 230
赠徐干　刘桢 232
酒德颂　刘伶 233
咏怀八十二首（其一）　阮籍 235
咏怀八十二首（其二）　阮籍 237
咏怀八十二首（其三）　阮籍 238
酒会诗　嵇康 239
与山巨源绝交书　嵇康 240
言志　何晏 245

车遥遥　傅玄 247
豫章行（苦相篇）　傅玄 248
与妻李夫人联句　贾充 249
盘中诗　苏伯玉妻 251
悼亡诗三首（其一）　潘岳 253
王明君辞　石崇 254
咏史（其三）　左思 255
赴洛道中作二首（其二）　陆机 .. 256
临终诗　欧阳建 258
游仙诗十四首（其二）　郭璞 259
兰亭诗二首（其二）　谢安 260
泰山吟　谢道韫 261
登池上楼　谢灵运 262
登江中孤屿　谢灵运 264
于南山往北山经湖中
　瞻眺　谢灵运 265
庐山东林杂诗　慧远 266
饮酒二十首（其五）　陶渊明 267
饮酒二十首（其十四）　陶渊明 .. 268
捣衣　谢惠连 269
拟行路难十八首（其四）　鲍照 .. 271
芜城赋　鲍照 272
秋思引　汤惠休 274
杨花曲三首（其二）　汤惠休 275

咏早梅　何逊 276
咏舞妓　何逊 277
山中杂诗（其三）　吴均 278
与朱元思书　吴均 279
江南弄　萧衍 281
子夜歌（其一）　萧衍 282
藉田诗　萧衍 283
看美人摘蔷薇　刘缓 284
晚登三山还望京邑　谢朓 285
采莲曲　萧纲 287
江南弄　萧纲 288
伤王融　沈约 289
丽人赋　沈约 290
燕歌行　萧绎 292
悲落叶　萧综 293
拟咏怀（其三）　庾信 295
拟咏怀（其十一）　庾信 296
独不见　刘孝威 297
答外诗二首（其一）　刘令娴 298
玉树后庭花　陈叔宝 299
敕勒歌　斛律金 300
折杨柳歌辞　无名氏 301
捉搦歌　无名氏 302
企喻歌　佚名 303
企喻歌　符融 304

大唐诗情，盛世华章

蝉　虞世南 306
赐萧瑀　李世民 307
春游曲　长孙皇后 308
进太宗　徐惠 309
在狱咏蝉　骆宾王 310
于易水送别　骆宾王 311

如意娘　武则天..........312	望天门山　李白..........348
腊日宣诏幸上苑　武则天..........313	黄鹤楼　崔颢..........349
从军行　杨炯..........314	长干曲　崔颢..........350
代悲白头翁　刘希夷..........315	赠梁州张都督　崔颢..........351
渡汉江　宋之问..........316	别董大　高适..........352
登幽州台歌　陈子昂..........317	凉州词　王翰..........353
回乡偶书　贺知章..........318	望岳　杜甫..........354
凉州词　王之涣..........319	前出塞　杜甫..........355
春江花月夜　张若虚..........320	饮中八仙歌　杜甫..........356
古意　李颀..........322	江畔独步寻花　杜甫..........358
古从军行　李颀..........323	客至　杜甫..........359
从军行三首　王昌龄..........325	蜀相　杜甫..........360
出塞　王昌龄..........327	兵车行　杜甫..........361
芙蓉楼送辛渐　王昌龄..........328	九日蓝田崔氏庄　杜甫..........363
田园乐　王维..........329	长歌行　李泌..........364
渭川田家　王维..........329	一斛珠　江采苹..........365
少年行　王维..........331	八至　李季兰..........366
陇西行　王维..........331	相思怨　李季兰..........367
山居秋暝　王维..........332	走马川行奉送出师西征　岑参...368
阳关三叠　王维..........333	白雪歌送武判官归京　岑参.....369
杂诗　王维..........334	送杨氏女　韦应物..........371
将进酒　李白..........335	题都城南庄　崔护..........372
南陵别儿童入京　李白..........337	节妇吟　张籍..........373
独坐敬亭山　李白..........339	新嫁娘　王建..........375
登金陵凤凰台　李白..........340	上阳宫　王建..........376
玉真仙人词　李白..........341	乌衣巷　刘禹锡..........377
赠孟浩然　李白..........342	秋词　刘禹锡..........378
长干行　李白..........343	逢病军人　卢纶..........379
赠内　李白..........345	上阳白发人　白居易..........380
登太白峰　李白..........345	中隐　白居易..........382
行路难　李白..........347	赠内子　白居易..........384

目录 / 5

井栏砂宿遇夜客　李涉 385	夜雨寄北　李商隐 401
题鹤林寺僧舍　李涉 386	锦瑟　李商隐 402
行宫　元稹 387	贾生　李商隐 403
离思　元稹 388	乐游原　李商隐 404
菊花　元稹 389	己亥岁　曹松 405
剑客　贾岛 390	春怨　金昌绪 406
书愤　张祜 390	虚池驿题屏风　宜芳公主 406
旅次朔方　刘皂 391	橡媪叹　皮日休 407
咏雪　张打油 392	陇西行　陈陶 409
谢亭送别　许浑 393	马嵬坡　郑畋 410
秋夕　杜牧 394	题菊花　黄巢 411
过华清宫　杜牧 395	咏菊　黄巢 412
遣怀　杜牧 396	伤田家　聂夷中 413
题乌江亭　杜牧 397	小松　杜荀鹤 414
赤壁　杜牧 399	贫女　秦韬玉 415
暮秋独游曲江　李商隐 400	金缕衣　杜秋娘 416

宋词的美丽与哀愁

相见欢　李煜（林花谢了春红）	418
虞美人　李煜（春花秋月何时了）	419
江南春　寇准（波渺渺）	420
长相思　林逋（吴山青）	421
点绛唇　林逋（金谷年年）	422
渔家傲　范仲淹（塞下秋来风景异）	423
苏幕遮　范仲淹（碧云天）	424
卜算子慢　柳永（江枫渐老）	425
忆帝京　柳永（薄衾小枕凉天气）	426
天仙子　张先（《水调》数声持酒听）	428
千秋岁　张先（数声鶗鴂）	429
清平乐　晏殊（红笺小字）	430

浣溪沙	晏殊(一曲新词酒一杯)	431
浣溪沙	晏殊(一向年光有限身)	432
蝶恋花	晏殊(槛菊愁烟兰泣露)	433
玉楼春	晏殊(绿杨芳草长亭路)	434
生查子	欧阳修(去年元夜时)	434
浪淘沙	欧阳修(把酒祝东风)	435
朝中措	欧阳修(平山阑槛倚晴空)	437
西江月	司马光(宝髻松挽就)	438
桂枝香	王安石(登临送目)	439
临江仙	晏几道(梦后楼台高锁)	440
鹧鸪天	晏几道(醉拍春衫惜旧香)	441
江城子	苏轼(十年生死两茫茫)	442
卜算子	苏轼(缺月挂疏桐)	443
念奴娇	苏轼(大江东去)	445
满庭芳	琴操(山抹微云)	446
卜算子	琴操(欲整别离情)	447
满庭芳	秦观(山抹微云)	448
鹊桥仙	秦观(纤云弄巧)	450
踏莎行	秦观(雾失楼台)	451
浣溪沙	秦观(漠漠轻寒上小楼)	452
六州歌头	贺铸(少年侠气)	453
鹧鸪天	贺铸(重过阊门万事非)	455
青玉案	贺铸(凌波不过横塘路)	456
少年游	周邦彦(并刀如水)	457
夜飞鹊	周邦彦(河桥送人处)	458
眼儿媚	赵佶(玉京曾忆昔繁华)	460
燕山亭	赵佶(裁剪冰绡)	461
如梦令	李清照(常记溪亭日暮)	462
永遇乐	李清照(落日熔金)	463
声声慢	李清照(寻寻觅觅)	464
满江红	岳飞(怒发冲冠)	465

菩萨蛮	朱淑真（山亭水榭秋方半）..................467
清平乐	朱淑真（恼烟撩露）..........................468
钗头凤	陆游（红酥手）................................469
诉衷肠	陆游（当年万里觅封侯）....................471
卜算子	陆游（驿外断桥边）..........................472
水调歌头	朱熹（江水浸云影）..........................473
卜算子	严蕊（不是爱风尘）..........................474
念奴娇	张孝祥（洞庭青草）..........................475
六州歌头	张孝祥（长淮望断）..........................477
青玉案	辛弃疾（东风夜放花千树）..................478
永遇乐	辛弃疾（千古江山）..........................480
鹧鸪天	姜夔（肥水东流无尽期）....................481
梅花引	蒋捷（白鸥问我泊孤舟）....................482
虞美人	蒋捷（少年听雨歌楼上）....................483
摸鱼儿	元好问（问世间）..............................484

元曲，触及心灵的浅吟低唱

小桃红	盍西村（万家灯火闹春桥）..................488
喜春来	伯颜（金鱼玉带罗襕扣）....................489
黑漆弩	王恽（苍波万顷孤岑矗）....................490
平湖乐	王恽（采菱人语隔秋烟）....................492
寿阳曲	卢挚（才欢悦）................................493
折桂令	卢挚（朝瀛洲暮叙湖滨）....................494
蟾宫曲	卢挚（问黄鹤惊动白鸥）....................495
一枝花	关汉卿（我是个普天下郎君领袖）........497
赵盼儿风月救风尘	关汉卿（你道这子弟情肠甜似蜜）........499
感天动地窦娥冤	关汉卿（没来由犯王法）....................500
好酒赵元遇上皇	高文秀（见酒后忙参拜）....................502
庆东原	白朴（忘忧草）................................504
阳春曲	白朴（知荣知辱牢缄口）....................506

墙头马上	白朴（柳暗青烟密）......	507
天净沙	白朴（春山暖日和风）......	509
梧桐雨	白朴（长生殿那一宵）......	511
醉高歌	白朴（十年书剑长吁）......	513
凭阑人	姚燧（欲寄君衣君不还）......	514
满庭芳	姚燧（天风海涛）......	515
寿阳曲	马致远（渔灯暗）......	516
四块玉	马致远（睡海棠）......	517
汉宫秋	马致远（将两叶赛宫样眉儿画）......	518
西厢记	王实甫（我则道神针法灸）......	520
月明和尚度柳翠	李寿卿（直待要削开混沌）......	522
叨叨令	邓玉宾（一个空皮囊包裹着千重气）......	524
鹦鹉曲	冯子振（嵯峨峰顶移家住）......	525
寿阳曲	朱帘秀（山无数）......	526
清江引	贯云石（弃微名去来心快哉）......	528
清江引	贯云石（竞功名有如车下坡）......	529
粉蝶儿	贯云石（描不上小扇轻萝）......	530
清江引	贯云石（南枝夜来先破蕊）......	532
赵氏孤儿	纪君祥（兀的不屈沉杀大丈夫）......	533
殿前欢	张养浩（可怜秋）......	535
雁儿落兼得胜令	张养浩（云来山更佳）......	537
鹦鹉曲	白贲（侬家鹦鹉洲边住）......	538
迷青琐倩女离魂	郑光祖（杯中酒和泪酌）......	539
哨遍	曾瑞（告朔何疑）......	541
王妙妙死哭秦少游	鲍天祐（则见那闹闹哄哄）......	543
水仙子	乔吉（谁家练杵动秋庭）......	546
凭阑人	乔吉（瘦马驮诗天一涯）......	547
折桂令	乔吉（江南倦客登临）......	548
水仙子	乔吉（眼中花怎得接连枝）......	550
满庭芳	乔吉（吴头楚尾）......	551
斗鹌鹑	苏彦文（地冷天寒）......	554

朝天子	刘时中(有钱)	556
端正好	刘时中(有钱的贩米谷)	557
蟾宫曲	阿鲁威(问人间谁是英雄)	559
醉太平	王元鼎(声声啼乳鸦)	561
寒鸿秋	薛昂夫(功名万里忙如燕)	562
殿前欢	薛昂夫(捻冰髭)	563
柳营曲	马谦斋(手自搓)	564
柳营曲	马谦斋(曾窨约)	565
人月圆	张可久(萋萋芳草春云乱)	567
齐天乐过红衫儿	张可久(人生底事辛苦)	568
锦橙梅	张可久(红馥馥的脸衬霞)	569
醉太平	张可久(人皆嫌命窄)	570
天净沙	徐再思(昨朝深雪前村)	571
蟾宫曲	徐再思(平生不会相思)	572
清江引	徐再思(相思有如少债的)	573
阳春曲	李德载(茶烟一缕轻轻飏)	574
普天乐	张鸣善(雨儿飘)	576
普天乐	张鸣善(海棠娇)	577
蟾宫曲	周德清(倚篷窗无语嗟呀)	578
醉太平	钟嗣成(风流贫最好)	579
凌波仙	钟嗣成(平生湖海少知音)	581

一生最爱纳兰词

调笑令	纳兰性德(明月)	584
虞美人	纳兰性德(曲阑深处重相见)	586
采桑子	纳兰性德(谁翻乐府凄凉曲)	588
采桑子	纳兰性德(而今才道当时错)	590
采桑子	纳兰性德(拨灯书尽红笺也)	592
采桑子	纳兰性德(明月多情应笑我)	595
诉衷情	纳兰性德(冷落绣衾谁与伴)	597

浣溪沙	纳兰性德(十里湖光载酒游)	599
浣溪沙	纳兰性德(脂粉塘空遍绿苔)	600
好事近	纳兰性德(帘外五更风)	602
江城子	纳兰性德(湿云全压数峰低)	604
长相思	纳兰性德(山一程)	606
清平乐	纳兰性德(烟轻雨小)	608
清平乐	纳兰性德(将愁不去)	610
清平乐	纳兰性德(才听夜雨)	613
清平乐	纳兰性德(风鬟雨鬓)	615
凤凰台上忆吹箫	纳兰性德(锦瑟何年)	617
点绛唇	纳兰性德(小院新凉)	619
浣溪沙	纳兰性德(谁念西风独自凉)	621
浣溪沙	纳兰性德(酒醒香销愁不胜)	623
减字木兰花	纳兰性德(晚妆欲罢)	625
减字木兰花	纳兰性德(断魂无据)	627
鹧鸪天	纳兰性德(独背残阳上小楼)	629
鹧鸪天	纳兰性德(别绪如丝睡不成)	631
鹧鸪天	纳兰性德(冷露无声夜欲阑)	633
鹧鸪天	纳兰性德(握手西风泪不干)	634
鹧鸪天	纳兰性德(尘满疏帘素带飘)	636
荷叶杯	纳兰性德(帘卷落花如雪)	638
南歌子	纳兰性德(翠袖凝寒薄)	640
忆江南	纳兰性德(挑灯坐)	642
虞美人	纳兰性德(春情只到梨花薄)	644
南乡子	纳兰性德(鸳瓦已新霜)	646
南乡子	纳兰性德(泪咽却无声)	648
金缕曲	纳兰性德(生怕芳尊满)	649
浣溪沙	纳兰性德(容易浓香近画屏)	652
青衫湿	纳兰性德(青衫湿遍)	653
满宫花	纳兰性德(盼天涯)	656
金缕曲	纳兰性德(此恨何时已)	658

金缕曲	纳兰性德（疏影临书卷）	660
浣溪沙	纳兰性德（凤髻抛残秋草生）	663
菩萨蛮	纳兰性德（问君何事轻离别）	665
菩萨蛮	纳兰性德（榛荆满眼山城路）	667
菩萨蛮	纳兰性德（萧萧几叶风兼雨）	669
菩萨蛮	纳兰性德（为春憔悴留春住）	671
菩萨蛮	纳兰性德（晶帘一片伤心白）	673
菩萨蛮	纳兰性德（飘蓬只逐惊飙转）	675
采桑子	纳兰性德（那能寂寞芳菲节）	677
采桑子	纳兰性德（深秋绝塞谁相忆）	679
采桑子	纳兰性德（海天谁放冰轮满）	681
采桑子	纳兰性德（白衣裳凭朱阑立）	684

最美是诗经

《诗经》被誉为『世界最美的书』，这部记载着周朝到春秋时期长达五百多年岁月的诗歌总集，在历史的长河中流淌而至，满载着远古意蕴，袅袅娜娜地走来。远古的和风拂过心灵，送来穿越千年依然至美的风景，在喧嚣的世界里，涤荡出清澈的乐感。她的言辞是一幅幅质朴淡雅的国画中最美的注脚，凉夜、桑园、纤草、幽虫，莫不失古朴的意蕴。《诗经》的艺术形象，清纯简约，没有任何粉饰，却深深烙印在人的心里。

周 南

关 雎

关关雎鸠①,在河之洲。
窈窕淑女,君子好逑②。
参差荇菜③,左右流之④。
窈窕淑女,寤寐求之⑤。
求之不得,寤寐思服⑥。
悠哉悠哉,辗转反侧。
参差荇菜,左右采之。
窈窕淑女,琴瑟友之。
参差荇菜,左右芼之⑦。
窈窕淑女,钟鼓乐之。

【注释】

①关关:鸟鸣声。雎鸠:一种鸟。相传此鸟情意专一,生死相伴。②逑:配偶。③荇菜:一种水草。④流:求。⑤寤寐:醒来和入睡。⑥思服:思念。⑦芼:摘取。

【赏析】

　　这首《关雎》是诗三百中最著名的一首,诗的内容很单纯,描写了君子对淑女的爱慕之情以及追求不得的苦恼与哀愁。古时被认为是歌颂"后妃之德"的,但后人一般视其为周秦爱情诗的典范。

　　关关和鸣的水鸟,相伴栖居在河中沙洲。那善良美丽的姑娘,是君子的好配偶。在船左右两边捞那长短不齐的荇菜。那善良美丽的姑娘，醒来睡去都想追求她。思念追求却没法得到，深深长长的思念啊，让人翻来覆去难以睡下……

在盈耳的鸟鸣声中，我们似乎不经意跨越了两千多年的历史，来到这片长满荇菜的沙洲，观望到两千多年前的淑女与君子的绵绵爱情。"关关雎鸠，在河之洲。"田野之中，空气清新，雎鸠和鸣，河水微澜，古朴单纯的情愫就以这样的暖色调渐渐氤氲开来。河岸之上，徘徊的小伙子对着河心发呆。密密麻麻的荇菜如翠玉凝成，青青成荫，它们的茎须在流水的冲刷下参差不齐。涟漪缠绵，那个勤劳美丽的姑娘已经闯进他的心怀。姑娘穿着和荇菜一样色泽的罗布裙子，在水边采摘青青的荇菜。荇菜上开着黄色的小花，和姑娘一样自然、美好。夜深的时候，"求之不得"的思念与忧愁令他辗转反侧，不能入眠。

在先秦时期，各地都有民谣，或者叫风。《诗经》中的"风"的意思就是各地的民歌，当时有专门的采集者到各地去收集歌曲。《汉书·食货志》中就有明确的记载：农忙时，周朝廷就派出专门的王官（采诗官）到全国各地去采集民谣，目的是了解民情。

从《关雎》可以看出，先秦之时，情窦初开的青年男女相思之情坦率，毫不掩饰自己的愿望。在面对真爱时，现代人相对古人来说有时反而少了那份勇敢。"窈窕淑女，琴瑟友之。"这也成为历代相互倾慕的青年男女表达内心感情的一种方式，众所周知的就有司马相如与卓文君的千古佳话，司马相如在卓府的一曲《凤求凰》换来了卓文君跟随相如私奔。

《关雎》的美妙，不仅美在窈窕，美在寤寐思服、辗转反侧的相思想念，美在琴瑟友之、钟鼓乐之的希望，更美在最初时候的那份在河之洲、左右流之的不可得。"文似看山不喜平"，《关雎》有这段"不得"，整首诗一下子鲜活丰富起来。

现代著名作家沈从文说美都是散发着淡淡的哀愁。《关雎》所体现出来的美天生带了一份哀愁，淳朴而高贵。

葛覃

葛之覃兮①，施于中谷②，维叶萋萋③。
黄鸟于飞④，集于灌木⑤，其鸣喈喈⑥。
葛之覃兮，施于中谷，维叶莫莫⑦。
是刈是濩⑧，为絺为绤⑨，服之无斁⑩。
言告师氏，言告言归。薄污我私，
薄澣我衣⑪。害澣害否⑫？归宁父母⑬。

【注释】

①葛：麻，又叫夏布。覃（tán）：长，延长。②施（yì）：蔓延。③萋萋：茂盛。④黄鸟：黄雀。⑤集：栖止。⑥喈喈：鸟鸣声。⑦莫莫：茂盛的样子。⑧濩（huò）：热水煮物，即将葛放入水中煮。⑨絺（chī）：细葛布。绤（xì）：粗葛布。⑩斁（yì）：厌。⑪澣：洗涤。⑫害：通"曷"，何。⑬归宁：回家安慰父母。

【赏析】

《毛诗序》中认为这首诗是赞美后妃美德的，后妃出嫁前"志在女工之事，躬俭节用，服瀚濯之衣，尊敬师傅"，就是为天下的妇女做个好榜样，大家跟着学，达到教化目的。但我们更愿意相信诗中这位欢乐劳作的女子来自民间。关于这首诗的理解，没有比余冠英先生的释义更清澈更让人动心的了：葛藤枝叶长又长，嫩绿叶子多又壮。收割水煮活儿忙，细布粗布分两样，做成新衣常年穿。女子的劳作并不稀奇，《诗经》中的劳作处处可见，劳作与风雅相结合才是风景。

孔子曾说过，《葛覃》唱的是先民最初的志向，看见美好的事物溯本思源，穿上衣服想起辛勤劳作的女子，这是人人都有的朴素情感。作为男人，穿上"她"用心制成的衣裳，不管是一件貂皮大衣，还是一件简单的粗布衣服，那种直抵人心的温暖就是一股无法替代的力量。

先秦女子朴素的劳作一直流传，即使是贵族女子，在出嫁之前也须"十年不出……学女事，以共衣服"。葛布粗裳的简单生活虽然没有丝绸般的光彩和华美，却是柔软坚韧，悠远绵长。

"葛之覃兮，施于中谷，维叶萋萋。黄鸟于飞，集于灌木，其鸣喈喈。"寥寥数语，便是一种境界，数千年后，劳作者在葛藤间的歌唱，依然悦耳动听。连以古板著称的经学家们也认为，《葛覃》中是以葛藤来比喻女子的缠绵柔情，以葛叶来比喻女子容颜美貌，以黄雀的歌唱比喻女子的纯真与欢乐。

卷 耳

采采卷耳①，不盈顷筐②。
嗟我怀人，寘彼周行③。
陟彼崔嵬④，我马虺隤⑤。
我姑酌彼金罍⑥，维以不永怀。
陟彼高冈，我马玄黄⑦。
我姑酌彼兕觥⑧，维以不永伤⑨。
陟彼砠矣，我马瘏矣⑩。
我仆痡矣，云何吁矣！

【注释】

①卷耳：苍耳的古名，其果实上布满小刺叶子。②顷筐：斜口浅筐，前低后高，也就是如今的畚箕。③周行：大道。④陟：登高。崔嵬：山高不平。⑤虺隤：疲极而病。⑥罍：一种盛酒器皿。⑦玄黄：马过劳而眼花。⑧兕觥（sì gōng）：一种饮酒器。⑨永伤：长久思念。⑩瘏：马因疲劳生病。

【赏析】

卷耳本来普通到山间田头随处可见，但诗人含情脉脉地把它表述成为有情之物——卷耳漫山遍野，对远方的人的思念也蔓延无边。

　　本诗的大意是讲女子正在采摘卷耳，她把采到的卷耳放进自己身后的筐中，采了很久，仍然没有满筐。女子思念起远行的丈夫，显得有些心不在焉，于是放下筐子，在路边眺望起远方的人。一男子艰难地走在征途古道上，那场景可以说得上悲怆。仆夫病倒，马儿也将要倒下，男子姑且喝尽杯中之酒，来消解难耐的思念，长路漫漫，该怎么办？要是这杯中之酒不能够浇灭人的思念，那么真的想换上更大的犀角巨觥，因为这悲怆铺天盖地而来，这长久的思念，无以释怀！

　　历代不乏表达相思之情的诗作，"明月楼高休独倚，酒入愁肠，化作相思泪"，"不耐相思酒消愁"，"髻子伤春慵更梳，晚风庭院落梅初，淡云来往月疏疏"。因为不得不分开，因为无法厮守，于是忧愁倍生。

　　这首《卷耳》已成为不朽的怀人佳作，后来很多文人墨客都根据它作怀人诗，当我们吟咏徐陵的《关山月》、张仲素的《春闺思》、杜甫的《月夜》、王维的《九月九日忆山东兄弟》、元好问的《客意》等表达离愁别绪、叙写怀人思乡之情的名篇时，都可隐约回味起《卷耳》的意境。

桃 夭

桃之夭夭①，灼灼其华②。
之子于归③，宜其室家④。
桃之夭夭，有蕡其实⑤。
之子于归，宜其家室。
桃之夭夭，其叶蓁蓁⑥。
之子于归，宜其家人。

【注释】

①夭夭：桃树含苞欲放的样子。②灼灼：桃花盛开色彩鲜明的样子。华：即花。③之子于归：这位出嫁的姑娘。④宜：和顺。室家：夫妇，现多指家庭。⑤蕡（fén）：肥大。⑥蓁蓁：叶子繁茂的样子。

【赏析】

　　桃树茂盛美如画，花儿朵朵正鲜美。这位花一样的女子要出嫁，祝福你建立一个和美的家！

　　桃树茂盛美如画，果实累累结满枝。这位花一样的女子要出嫁，祝福你建立一个和美的家！

　　桃树茂盛美如画，绿叶茂盛展光华。这位花一样的女子要出嫁，祝福你建立一个幸福的家！

　　《诗经》里的爱情诗很多，300篇里大约占了1/4的数量。《毛诗序》旧说这首《桃夭》是"后妃之所至"，但我们宁可相信《桃夭》本来就是一篇寻常女子出嫁的贺诗。

　　"桃之夭夭，灼灼其华。""夭夭"一般来说是美丽的意思，是专门用来形容桃花的。许多爱情诗歌都充满惘然惆怅，薄命红颜一般，但是《桃夭》的欢快喜庆却让人不由自主地受到感染。一个女人在她最美的时候出嫁，让要娶她的男子不惜翻山越岭，不惧迢迢前路，把自己的命运同她的拴在一起，是一份对美的交代，还是一种对美的颂扬呢？也许是二者都有吧。

　　古代的嫁女并不简单，据《礼记·昏义》记载，古代女子出嫁前3个月，须在宗室进行一次教育："教以妇德、妇言、妇容、妇功。教成祭之，牲用鱼，芼之以蘋藻，所以成妇顺也。"之后选择日子，女子出嫁的日子自然是在桃花盛开的季节，那摇曳多姿的桃枝之上，桃花似新娘的脸，鲜嫩、青春、妖娆，甚至闭上眼睛，依稀可见"绿叶成荫子满枝"的幸福日子。

　　那时的人们葛布粗裳，却创造出最朴素最简单的美好诗歌，桃花自此便与女人联系在一起，走进后世的文人骚客的文字里，真可谓源远流长。崔护因口渴推开一扇门，门内，三两株桃花盛开，"人面桃花相映红",而旧地重游之时,"人面不知何处去,桃花依旧笑春风"。孔尚任剧中李香君的桃花扇,点点鲜血被纤手妙思幻成了桃花的模样。还有曹雪芹笔下那伤情的黛玉手持花锄,泪雨纷飞,"桃花帘外开仍旧,帘中人比桃花瘦。花解怜人花也愁,隔帘消息风吹透"。不过,它们都没有《桃夭》中的吉祥之意。

芣苢

采采芣苢,薄言采之①。
采采芣苢,薄言有之。
采采芣苢,薄言掇之。
采采芣苢,薄言捋之。
采采芣苢,薄言袺之②。
采采芣苢,薄言襭之③。

【注释】

① 芣苢（fú yǐ）：植物名,即车前草。薄言：发语词,无实义。② 袺（jié）：提起衣襟兜东西。③ 襭（xié）：把衣襟插在腰带上放东西。

【赏析】

这首诗中,多数词语几乎不变,巧就巧在那变了的几个动词,一幅生动的画面便于眼前自然展开——春天的郊野,微风吹拂,三五个农妇,手挽着竹篮,采摘车前子,有的手捋草籽,有的用裙子兜着采好的药草,采得多的,索性把裙角系上腰间……轻快的动作配合着劳动间的闲谈,对唱着歌曲,又有美好的天气相伴。这样的生活虽和繁华奢侈毫不相干,却是人人心中都向往的画面。

诗中所体现的这种把劳作当成乐趣的生活真谛,绝非多数人能做得到的。也许是先秦之时,生活简单纯朴没有太多的琐碎与繁杂,才会使单调劳动中的乏味被驱散,在采摘果实的过程中,体验劳动的快乐,在自己的歌声里,听到远古的神秘,与大自然融合在一起,产生一种亲切与归属感。有了劳动,就会有收获,有了收获,便会有更大的快乐,当时的人们有着如此纯粹的体验和满足,使得整个劳作的过程都是快乐的,这持久的快乐变得简单而自然。

后世有一首《江南可采莲》,风格与此诗几乎一样,诗道:"江南可采莲,莲叶何田田。鱼戏莲叶间,鱼戏莲叶东。鱼戏莲叶西,鱼戏莲叶南,鱼戏莲叶北。"清浅简单,却又活泼可爱。越是简单,越是容易欢喜,就像《芣苢》中展示的一样,有着单纯的愿望,唱着快乐的歌,把车前子采摘下来,用粗布衣裳把它们兜回去,漫步自然,聆听美好。

采了又采车前子,采呀快去采了来。
采了又采车前子,采呀快快采起来。
采了又采车前子,一枝一枝拾起来。
采了又采车前子,一把一把捋下来。
采了又采车前子,提着衣襟兜起来。
采了又采车前子,别好衣襟兜回来。

这劳作的歌声,清新爽利而没有繁文缛节,如方玉润在《诗经原始》中所说的:"想必每到春天,就有成群的妇女,在那平原旷野之上,风和日丽之中,欢欢喜喜地采着它的嫩叶,一边唱着那'采采芣苢'的歌儿。那真是令人心旷神怡的情景。"生活虽是艰难的事情,却总有许多快乐在这艰难之中。

汉 广

南有乔木,不可休思[①]。
汉有游女[②],不可求思。
汉之广矣,不可泳思。
江之永矣[③],不可方思[④]。

翘翘错薪[5]，言刈其楚[6]。
之子于归，言秣其马。
汉之广矣，不可泳思。
江之永矣，不可方思。
翘翘错薪，言刈其蒌[7]。
之子于归，言秣其驹。
汉之广矣，不可泳思。
江之永矣，不可方思。

【注释】

①思：语气助词，无实义。②汉：汉水，长江最长的支流。游女：汉水岸上出游的女子。③江：长江。④方：坐筏渡江。⑤翘翘：高出的样子。错薪：丛生的柴草。⑥楚：荆条，一种灌木。⑦蒌：蒌蒿，一种生于水边的草。

【赏析】

"南有乔木，不可休思。汉有游女，不可求思。"南方有高大的乔木，却不能够在它下面歇息，汉水边有心仪的女子，却不能够追求。高大的树木，郁郁葱葱，树荫满地，应该是很好的倚靠，为何不可以去乘凉？只因它不是自己的。同样，对面那美丽的女子，樵夫与她有着不可逾越的鸿沟与距离。眼前的这道汉水，其实就是世界上最远的距离……

《汉广》中，樵夫情意满腔，却无力自拔，只能对水兴叹。他一边挥着斧子砍断荆棘，一边痴想着对岸的美丽女子，不时叹息数声。这一份淡淡的忧伤，这一份深沉的痴情，和着空中的长风与岸边的水草，让人毫无防备地跌落进先民丰富的情感世界，为他叹息，为他忧伤。

年轻的樵夫徘徊在高大的乔木树旁，想着江水对面的美丽女子：这条江，我游不过去。

唐代诗人崔仲容有一首《赠所思》："所居幸接邻，相见不相亲。

一似云间月,何殊镜里人。丹诚空有梦,肠断不禁春。愿作梁间燕,无由变此身。"即使是每天都能够见到的邻家女子,终是镜花水月,有越不过去的"汉水",还是希望能够化为一只春燕,围绕在对方的屋梁上下飞舞,可是这一点是无法做到的,无边无际的相思,绵延悠长,就像诗中所说"江之永矣,不可方思"。

《诗经》中有很多描写可见而不可求之事物的篇章,比较出色的有《关雎》《汉广》《蒹葭》等。区别开来就是《关雎》热烈直白,《蒹葭》缥缈迷离,而《汉广》所体现出来的感情更为真挚,淳朴动人。

汝坟

遵彼汝坟,伐其条枚①;
未见君子,惄如调饥②。
遵彼汝坟,伐其条肄③;
既见君子,不我遐弃。
鲂鱼赪尾,王室如毁④;
虽然如毁,父母孔迩⑤。

【注释】

①遵:沿着。汝:汝河。坟:高堤。条:枝条。②惄:忧愁。调饥:喻男女欢情未得满足。③肄(yì):树被砍伐以后再生的枝条。④鲂鱼:鳊鱼。赪(chēng):赤红。毁:火。⑤迩:迫近饥寒。

【赏析】

《汝坟》创作于西周末年,当时战祸不断,百姓生活困苦不堪。这首诗所写的情境正是在这样的背景下发生的。

沿着汝水河边走,砍下树上的枝条,不见我的男人,饥肠辘辘般难受。

沿着汝水河边走,砍下树上的残枝,见到我的男人,不要不要再远离。

望着鲜红的鱼尾,想起王室的惨境。王室虽已焚毁,父母却近在眼前。

战祸起,壮年男丁被迫参战征伐,说是一个人去参战,其实全家人的心都跟着去了,特别是妻子的。于是,夕阳时分、河堤之上,时常会有那些伫立遥望的女性的背影,盼望着自己的丈夫能够早日归来。彼此的离别与其说是"生离",莫若说是"死别",因为几乎没有人能够重新回到家里。那个在高高的汝河大堤上凄苦徘徊的女子,一边手执斧子砍伐山楸的枝干和枝条,一边心里盼望着那久未见面的丈夫,她心中到底有几成的把握呢?隔着离别的烟幕,孤苦无依,恰如早起时候的饥肠辘辘。

《汝坟》中的女子又是幸运的,因为战事结束后夫妇重聚。就在某一天,她看见了那个熟悉的身影,丈夫回来了,她要他今生再也不要抛下她。尽管丈夫回来了,夫妇父母团聚生活,但谁能保证第二天他不会再次被迫离开?一股忧思尽在不言中。

召 南

鹊 巢

维鹊有巢①,维鸠居之②。
之子于归③,百两御之④。
维鹊有巢,维鸠方之⑤。
之子于归,百两将之⑥。
维鹊有巢,维鸠盈之。

之子于归，百两成之。

【注释】

①维：助词，无实义。鹊：喜鹊。②鸠：鸤鸠，即布谷鸟。③归：嫁。④百：喻指数量多。御（yà）：同"迓"，迎接。⑤方：占据。⑥将：送走。

【赏析】

　　冬天过去，天气渐渐暖和，小麦疯长，桃花盛放，在这段比较清闲的日子里，先民们都会忙着办一些喜庆的事情，比如婚娶。

　　喜鹊树上搭个窝，斑鸠来住它的家，这个女子今出嫁，百辆彩车迎接她。

　　喜鹊树上搭个窝，斑鸠来住它的家，这个女子今出嫁，百辆彩车陪送她。

　　喜鹊树上搭个窝，斑鸠挤满它的家，这个女子今出嫁，吹吹打打成婚啦！

　　《鹊巢》中的弃妇（以喜鹊喻之）就如同一株桑树，茂盛的绿叶似青春年华时的满头青丝，在整日的劳作中渐渐地变为苍白，岁月让她的容颜老去，家族一天天兴盛与富足。然而丈夫再也不会站在她的身后，在她低眉的羞怯里把她抱起。她总是被冷淡，总是被责怪，有时候还被呵斥，曾经的亲切与山盟海誓也如风而去，剩下的只有回忆与痛苦。

　　这世界上很多事情是无能为力的，所以，当女人无限沧桑地看着自己丈夫的迎亲队伍时，没有做出出格的举动，只是微笑面对，那曾经夜夜来袭的疼痛，终于在岁月的深处麻木了。女人不去追求所谓的公平，其实她明白她被遗弃的根本原因——寒微的她和阔绰的新娘，实在是无法相提并论。

　　《鹊巢》中，女方陪送的彩车和男方迎亲的彩车会合在一起，形成了壮观的场面。对新人双方来说，对观看的众多人来说，都是喜庆欢乐的。当新人的背影消失，旧人付出过的、得到过的、笑过哭过的昨日全部被抹去，人群散去，她剩下的只有孤单和凄楚，有什么比这更让人哀伤的呢?《鹊巢》中,女人用勤劳的双手辛苦搭建的温暖巢穴已经拱手让人,在后人看来,这无异于对封建时代男权的控诉。

采 蘩

于以采蘩①,于沼于沚②;
于以用之,公侯之事③。
于以采蘩,于涧之中;
于以用之,公侯之宫④。
被之僮僮⑤,夙夜在公⑥;
被之祁祁⑦,薄言还归。

【注释】

①于以:往哪儿。蘩(fán):白蒿。②沚(zhǐ):水中小洲。③事:指祭祀。④宫:大房子。⑤被(bì):假发。僮僮(tóng):发饰盛貌。⑥夙:早。公:公庙。⑦祁祁(qí):发饰疏散的样子。

【赏析】

在哪里采摘白蒿呢?那边的水池和沙洲。采摘白蒿有什么用呢?主公的宫里面祭祖用的。

在哪里采摘白蒿呢?那边溪涧的水中。采摘白蒿有什么用呢?给公侯祭宗庙用的。

她们梳妆整齐,早早去为参加祭礼做准备。她们打扮得很漂亮,匆匆忙忙地回到家里忙其他事情。

《采蘩》直白又干脆的表达,活泼可爱的话语,比那些宫怨诗要豁达得多。看到这里,一群漂亮又勤劳的宫女就站在了面前。

蘩,即生活中常见的白蒿,是一种水草,古人认为它可以辟邪,并用来祭祀表达哀思。采摘花草这种劳动在女子看来应该是一件快乐的事。在劳作中，身体置于大自然之中，与美景的融合能使身心得到全部的放松，放声歌唱的事情常在，翩翩起舞的事情不断。这样说来，大自然给予先民的不仅仅是清清的溪流与绿色的原野，也不仅仅是竹篮中的收获，更多的是接近泥土与河水带来的心灵放松，那种深入每个毛孔的喜悦感。

祭祀的庄重与劳动的轻快在这里得到对比，在简单的采摘中得到收获，得出人生的意义——女子所做出的贡献与力量，尽管微不足道，但也至关重要。采了满满一篮的白蒿，爱惜地摆放整齐，然后，宫女坐下来，细细梳妆，追求一种自己认为的美好。这既是一个女子对美的自然追溯，更是对参加祭祖活动的重视。

远古的祭祀，实际上是一种教化，因为祭祀的对象包括祖先、天地、神灵等。祭祀于无声中教育大家敬畏并膜拜祖先、天地、神灵等，从而在实际的生活中形成安居乐业、尊重国君、孝顺父母的优良传统，使社会太平无事。

其实，《诗经》中大多数篇章都有教化的意义，《诗经》的妙处也许就在于此。"《诗》可以兴"，《诗经》移风易俗的教化作用，看来并非夸张。

祭礼应该是冗长而烦琐，参加的人早早就到位，更不要说为此准备食物、礼仪、祭祀品的宫女们了，她们更早一步去忙碌。祭祀的过程中，她们也始终在忙碌，穿梭在所有需要的地方，留下美丽的背影，尽管身体劳累，但在祭祀的庄重场合下她们在脸上写满内心的安宁。这些单纯的宫女不去追求宠爱，不去追逐繁华，不去追捕利益，只是简单地生活，等到祭祀终于结束的时候，她们又忙着收拾场地，忙着卸掉梳妆，忙着准备随之而来的其他事情……有颗敬畏的心，她们安心愉快地采蘩，无所怨尤。

草 虫

喓喓草虫①,趯趯阜螽②。

未见君子,忧心忡忡。

亦既见止③,亦既觏止④,我心则降。

陟彼南山,言采其蕨⑤。

未见君子,忧心惙惙⑥。

亦既见止,亦既觏止,我心则说。

陟彼南山,言采其薇⑦。

未见君子,我心伤悲。

亦既见止,亦既觏止,我心则夷。

【注释】

①喓(yāo):虫鸣声。草虫:蝈蝈。②趯趯(tì):昆虫跳跃的样子。阜螽:一种蝗虫。③止:之,他。④觏(gòu):遇。⑤蕨:蕨菜,嫩叶可食用。⑥惙(chuò):忧愁的样子。⑦薇:巢菜,一种草本植物。

【赏析】

《毛诗序》认为这首诗是"托男女情以写君臣念说",是臣子对君王的忠诚与怀念等,但后人把它理解成一首描述女人思念在外丈夫的诗。诗歌用起兴的手法,从草虫展开:

草丛里的蝈蝈不停鸣叫,不时还会有几只蚱蜢蹦过。思念起想见却久未见的人,我怎能不忧心忡忡呢?要是我真的能够见到他,我的心才会降落下来,才会平静下来。登上高高的南山,来采摘蕨菜,见不到那个我想见的人,心里很不是滋味,又愁又烦无处宣泄。要是我真的能够见到他,我的思念才会停止片刻,我才会高兴异常。登上高高的南山,来采摘薇菜,见不到那个我想见的人,心里如此的悲伤。要是我真的能够见到他,我灼伤一般的心才能舒畅,我才能得以放心。

秋天本来就是一个伤感的季节，当虫子消溺、草木枯萎，寒冬将至，无疑将是最容易思家和思归的时候。远行的人啊，你在远方是否能将我想起？帘卷秋风，人比黄花瘦。你身边凋零的花朵，你看见了吗？那也是我憔悴的容颜。

在《草虫》里，本该是和煦宁静的春日，草长莺飞，卉木萋萋，蝈蝈在暗处弹琴，蚱蜢不时跳出来撒野。但在生机勃勃的季节里，周围的热闹与她无关，她的心里是哀伤的，她的眼里是灰暗的，只有她思念的那个君子，才是她全部的热闹和风景，只有见到他，她才能是季节的热闹中笑靥如花的另一种风情。

采 萍

于以采萍①？南涧之滨。
于以采藻？于彼行潦②。
于以盛之？维筐及筥③。
于以湘之④？维锜及釜⑤。
于以奠之？宗室牖下。
谁其尸之？有齐季女⑥。

【注释】

①萍：大萍，水草名。②行潦（háng lǎo）：沟中积水。③筥（jǔ）：圆形的竹筐。④湘：烹煮。⑤锜：三角锅。釜：无足锅。⑥齐：同"斋"，恭敬的样子。季：少。

【赏析】

诗中采集萍藻来做祭品的是位待嫁的少女，她的名字叫季女，或者那只是对一个女子的美称，其实这些都已经不再重要了，重要的是待嫁少女的美与纯洁，那种懵懂的感觉。草木溪石，五谷农桑，春夏交替，一切都清新无比，世事在她的眼中还有待进展，她似一幅还未画出的画，期待一切。只听她问道：

哪里可以采摘到绿萍？就在南边山麓溪水滨。哪里可以采摘到绿藻？就在清水塘那的浅水沟。用什么来装绿萍藻？有那圆篓和方筐。用什么煮鲜萍藻？有那锅和釜。何处安放这些祭品呢？祠堂那边窗户底下。这次谁来敬神祭祖呢？待嫁季女恭敬又虔诚。

在周秦时代，浮萍有着特殊的意义。宋代学者王质在《诗总闻》中说萍藻"脱根于水，至洁"。不过后世的浮萍，意义发生变化，因为无根，最容易让人想起漂泊，所以在历来诗人的笔下，被称为飘萍。

浮萍生于水中，长于水中，连根都在水中浸泡，远离不洁净的土壤，因此被当作最干净最纯洁的，以至于我们的先祖都愿意拿它们做祭品祭奠先人。而千年前的纯洁感觉，也只有水中那"至洁"的萍藻才能够与之媲美，因此诞生了这首优美的诗歌。

这首《采萍》里的季女即将出嫁了，她的心里充满了期待和憧憬。这些采集来的普通的祭品和烦琐的礼仪，都蕴含着当时人们的寄托和希冀，因而围绕着祭祀的一切活动都无比虔诚、圣洁、庄重。采萍、盛之、湘之、奠之、尸之，一个至洁的待嫁少女完成了她生命中这次最重要的过程。在这之后，她一切都准备完毕，可以出嫁了，此刻她成为这个季节中最耀眼的花，等待着被采摘。

甘棠

蔽芾甘棠[1]，勿翦勿伐[2]，召伯所茇[3]。
蔽芾甘棠，勿翦勿败，召伯所憩。
蔽芾甘棠，勿翦勿拜[4]，召伯所说[5]。

【注释】

[1]蔽芾（fèi）：树木高大繁茂的样子。甘棠：杜梨，一种形态高大的落叶乔木。[2]翦：同"剪"。[3]召（shào）伯：即召公。茇：草舍，这里指居住。[4]拜：拔。[5]说：同"税"，息止。

【赏析】

先秦或者更早时候的人们大多开口就能唱出美丽的歌谣。《诗经》中最为精彩的《国风》部分,就是我们的祖先当年在田间地头劳动时随口唱出来的。这些歌唱里有对爱情、劳动、美好生活的吟唱,也有怀故土、思征人及对压迫、欺凌的怨叹与愤怒,也有对好的领导者的歌颂,这首《甘棠》就是其中之一。

《甘棠》中说的召伯就是召公,作为周文王的庶子,他在周武王平定天下之后被封在陕右。武王去世之后,他与周公一起协助年幼的成王治理国家,当时他主张实行德政,时常会出巡在民间,为百姓解决实际的困难。每次外出,他从来不去扰民,住也自己解决,他经常在高大的甘棠旁搭建草屋,百姓有什么冤情也就都在甘棠树下被解决,召伯受到了百姓的爱戴。后来他曾经建过草屋的甘棠也被爱惜地保护起来,百姓甚至不忍去修剪,淳朴的劳动人民当然不会忘记他,写了诗歌来歌颂他。他们唱道:

郁郁葱葱棠梨树,请不要剪割不要砍伐,因为那曾经是召伯的居住处。郁郁葱葱棠梨树,请不要剪割不要毁坏,因为那曾经是召伯的休憩处。郁郁葱葱棠梨树,请不要剪割不要跪拜,因为那曾经是召伯的解脱处。

对统治者来说,能得到人民如此的拥戴,将是多么大的欣慰。人一生的记忆有着一定的容量,当一切都最终老去,一切都被时间洗刷干净的时候,谁还能属于谁,谁还能记得谁?而召伯却在这简约的诗经文字中,被永久地铭刻下来。

诗歌本来就是萌生于社会大众的最私人、最朴素、最原始、最难以剥夺的艺术样式,而这些民间的声音之所以流传下来,是和采诗官的劳动分不开的。

唐代诗人白居易曾写了一首关于采诗官的诗歌:"采诗官,采诗听歌导人言。言者无罪闻者诫,下流上通上下泰。周灭秦兴至隋氏,十代采诗官不置。郊庙登歌赞君美,乐府艳词悦君意。若求兴谕规刺言,万句千章无一字。不是章句无规刺,渐及朝廷绝讽议。净臣杜口为冗员,谏鼓高悬作虚器。一人负扆常端默,百辟入门两自媚。夕郎所贺皆德音,春官每奏唯祥瑞。君之堂兮千里远,君之门兮九重闭。君耳唯闻堂上言,君眼不见门前事。贪吏害民无所忌,奸臣蔽君无所畏。君不见厉王胡亥之末年,群臣有利君无利。君兮君兮愿听此,欲开壅蔽达人情,先向歌诗求讽刺。"

采诗而保存下来的古典诗歌集中在《诗经》当中,尤其是《国风》中,它在中国古典诗歌的发展和贡献上极为突出。

摽有梅

摽有梅①,其实七兮。
求我庶士,迨其吉兮②。
摽有梅,其实三兮。
求我庶士,迨其今兮。
摽有梅,顷筐墍之③。
求我庶士,迨其谓之。

【注释】

①摽(biào):坠落。有:助词,无实义。②迨:趁。③墍(jì):取。

【赏析】

《摽有梅》是《召南》中具有代表性的诗,比恢宏壮丽的《周南》灵活有余,不时有口语点缀,似我们日常的对话,更加体现出当时的民风。

梅子落地纷纷,树上还留七成。有心求我的小伙子,请不要耽误良辰。梅子落地纷纷,枝头只剩三成。有心求我的小伙子,到今儿切莫再等。梅子纷纷落地,收拾要用簸箕。有心求我的小伙子,快开口莫再迟疑。

《摽有梅》运用比喻的手法,直白有趣。诗中的"七兮"和"三兮"都是虚指，七及其往上表示的是很多的意思，三及其往下就是很少。所以，在最前边的两句中说的意思就是，快去摘那些梅子吧，你看果子还有七成，还比较多，还可以多挑挑，你们这些小伙子要是喜欢我的话，快去挑黄道吉日来求婚吧。

诗中的这个女孩子很聪明，可爱伶俐，她将自己比成梅子，请小伙子们采摘，是对爱情直白大胆的表达。

随着梅子树上的果实渐渐掉落，身边的闺中密友也一个个陆续嫁掉，女子的心有点急切了，于是接下来唱出的日子数目就变少了：由"七"减到"三"——树上的梅子可就只剩下三成了，要来下聘礼今日也好，要是你不下，明天人家来迎娶了也说不定，到那时候你后悔可就来不及啦。女子的心确实有些急切了，梅子落地，眼看婚期将尽，怎能不急？

诗中女子毫不掩饰自己对爱情的渴求，大胆用语言表达出来，情感炙热。女性在内心深处对情感寄托的欲求是最真实的，所以对《摽有梅》的女主人公，人们一直给予讴歌与称赞。

据史记载，春秋时期晋国人范宣子来到鲁国，想请国君帮助晋国伐郑，却又猜不透鲁君的时候，就吟了这一段："摽有梅，其实七兮。求我庶士，迨其吉兮。"将诗歌运用到政治上，范宣子既表达了请求的意思，又给两国双方留下回旋的余地。鲁君是个明白人，听了以后，也吟诵了一段诗《小雅·角弓》："骍骍角弓，翩其反矣。兄弟婚姻，无胥远矣。"意思是说，弯弓的弦线要时常调整，兄弟亲戚之间也要时常叙叙旧，要不然关系都远了。言下之意是，我们两国是亲戚关系啊，彼此的事不分，我同意帮你们打郑国。诗的政治作用由此可见一斑。

与这首诗歌要表达的意思相近的是唐朝杜秋娘的《金缕衣》："劝君莫惜金缕衣，劝君惜取少年时。花开堪折直须折，莫待无花空折枝。"诗中用鲜花来指代时光，花朵悄无声息地枯萎，留下无数叹息，意蕴犹在，相比起来《摽有梅》则更能让人触目惊心。因为它直奔主题——青春的大好时光，就随着梅子落了一地，伴着哗啦啦的声音。青春与爱情多么令人焦急啊!

野有死麕

野有死麕①,白茅包之;
有女怀春②,吉士诱之③。
林有朴樕④,野有死鹿;
白茅纯束,有女如玉。
舒而脱脱兮⑤!
无感我帨兮⑥,无使尨也吠⑦!

【注释】

①麕(jūn):獐。白茅:一种草。②怀春:思春。③吉士:对男子的美称。④朴樕(sù):丛生的灌木。⑤舒:舒缓。脱脱(tuì):舒缓。⑥感:同"撼",动摇。帨(shuì):类似围裙的一种佩巾。⑦尨(máng):长毛的狗。

【赏析】

哪个男子不钟情,哪个少女不怀春?两情相悦,爱情的火苗怎样扑都扑不灭,一个人的好运气来了,万水千山都难以抵挡。《野有死麕》中,幸运的人就是这样:弓刚刚拿出来,箭还没有搭上来,一头肥硕的獐子就躺在了他前边的茅草地上,他走过去随手在地上拔了一把茅草,将獐子扛在肩上,要回家去。

在古代,没有角的鹿被称为"麕",也是鹿的一种。鹿被当作壮阳养生的补品,从这个方向引申过去,"野有死麕"表达的是野外偷情的意思。鹿用白茅捆束起来就不是猎人猎取的单纯猎物了,而是很像样子的礼物——在这里,就是猎人向少女表示感情的用品。

《野有死麕》虽然艳情,却不失含蓄的情趣,构成美妙的意境,两情相悦的世界,是生命里永远最动人的画面。相比之下,后世有些成就的艳情诗则过于香艳，比如与《野有死麕》意境相似的唐代诗人牛峤的《菩萨蛮》："玉炉冰簟鸳鸯锦，粉融香汗流山枕。帘外辘轳声，敛眉含笑惊。柳荫轻漠漠，低鬓蝉钗落。须作一生拚，尽君今日欢。"同是描写偷欢的情节，不过这一首过于直白俗艳，情趣意境与文字感都差《野有死麕》远了。

元代散曲风行之时，以闺情、闺怨闻名的文人刘庭信有一首曲子《朝天子·赴约》，描述一位少女与情人约会的情景，与《野有死麕》相似："夜深深静悄，明朗朗月高，小书院无人到。书生今夜且休睡着，有句话低低道：半扇儿窗棂，不须轻敲，我来时将花树儿摇，你可便记着，便休要忘了，影儿动咱来到。"曲中交代了约会的夜深人静环境，在黑暗环境下，姑娘还向书生约定，怕发出声音，被别人发觉，连窗子都不敲，那就把院子里的花树轻摇一下，只要树影一动，就说明姑娘已经到了。显然这次约会是少女主动说出来的，连约会的信号都是姑娘想出来并事先约定好的，如此大胆多情的少女和《野有死麕》中的怀春女子一样坦诚而率真。

邶 风

绿 衣

绿兮衣兮，绿衣黄裹。
心之忧矣，曷维其已①！
绿兮衣兮，绿衣黄裳。
心之忧矣，曷维其亡！
绿兮丝兮，女所治兮②。
我思古人，俾无訧兮③！

綌兮绤兮,凄其以风④。
我思古人,实获我心!

【注释】

①维:助词,无实义。已:止。②女:同"汝"。治:缝纫。③俾:使。訧:过错。④以:因为。

【赏析】

"绿兮衣兮",只说了"绿衣"一物,用了两个"兮"字断开,似是哽咽。绿衣裳啊绿衣裳,绿色的面子绿色的里子。心忧伤啊心忧伤,什么时候才能止住我不忧伤!绿丝线啊绿丝线,是你亲手来缝制。我思念亡故的贤妻,使我平时少过失。细葛布啊细葛布,夏天的衣裳在秋天穿上,自然觉得冷。我思念我的亡妻,实在体贴我的心。

"生同衾死同穴"是古代男女长久的生活理想,即使不能同处,死也要同眠,而爱人先去之后,男人看着眼前妻子缝制的衣服,衣服整整齐齐摆放着,虽然有一些年头了,但看起来和新的差不多。用手抚摸它们的每一处针脚、每一个纽扣,似乎往事就要呼啸而出,这件件都似珍宝,因为这些是世界上最懂他的人亲手做的,还因为这个人已经离他远去,并且,永远不会再回来。先秦之时的社会就是男尊女卑的社会,女人卑微依附,而男子则是顶天立地,可是在《绿衣》中,一位深情的男子就这样出人意料地表露出对亡妻的怀念。

《绿衣》是一首蕴藏深情的诗歌。有情人不能相伴到老,人生过半,痛失爱侣,这种巨大的哀痛宋代大家苏轼也经历过,他在《江城子》中的"十年生死两茫茫,不思量,自难忘。千里孤坟,无处话凄凉"何其伤感!清代纳兰容若在怀念亡妻卢氏的《浣溪沙》中这样写道:"谁念西风独自凉,萧萧黄叶闭疏窗,沉思往事立残阳。被酒莫惊春睡重,赌书消得泼茶香,当时只道是寻常。"深秋的意境,萧萧残风中,一起走过岁月的那个人离去,以为是暂时的离开,而当酒醒之时,曾经的幸福真的被如今的残酷替代。昨日夫妻举案齐眉,今天上天拆散,生死离别,往后的日子怎么度过?

一样的都是死别,还有死别之后的不能相忘,都继承着《诗经》中《绿衣》的情感,深情至重,余韵悠长。

击 鼓

击鼓其镗,踊跃用兵①。
土国城漕,我独南行。
从孙子仲②,平陈与宋。
不我以归,忧心有忡。
爰居爰处③?爰丧其马?
于以求之?于林之下。
死生契阔④,与子成说。
执子之手,与子偕老。
于嗟阔兮,不我活兮⑤。
于嗟洵兮⑥,不我信兮。

【注释】

①踊跃:鼓舞。②孙子仲:卫大夫,邶国将军。平:使二国和好。③爰(yuán):于是。④契:聚。阔:离。成说:誓约。⑤活:佸,相会。⑥洵:远。信,实现誓约。

【赏析】

《诗经》满载着远古民众的质朴与纯真,这首《击鼓》便是如此,它是一首爱情的誓约——一个被迫参战戍边的士兵对远方妻子的爱情誓约:

随军征战,在一天终于可以安营扎寨了,庆幸自己在上一场战役中没有死去啊!我还可以在这残酷得没有明天的征途上想念你,你成为我唯一的牵挂啊!也是我唯一活下去的勇气。我的战马去哪里了，我得赶紧找到它啊！要是没有了它，要我怎么回家与你相见啊！所幸的是，我一抬头看见它就在远处的树林下啊！

"死生契阔，与子成说。执子之手，与子偕老。"这两句太过有名，以至于整个诗歌的光华几乎被掩盖掉。《击鼓》中的这两句尽管没有华丽的语言与铺张的修饰，只此两句就足以震撼每一个人。看似简单的誓言，表达出多少恋爱中人们的心愿。但千古以来真正做到的人又有几个？时间飞逝，青春老去，身边却有一双可以握住的手，这也许是人生最大的幸福。

本诗中的主人公——年轻的战士与他深爱的妻子之间的情感是如此纯净，真诚得没有一丝的渣滓，后人极尽演绎之能事，却始终难以超越，因为它已经达到了誓言的极致。达到极致还因为主人公没有兑现他的誓言，残缺的美才让人遗憾惦念，形成悲剧。

《击鼓》中的男女，明知道海誓山盟抵挡不过时间和岁月的践踏，但他们偏偏还是要相信，有朝一日的誓言，终会兑现。而"死生契阔，与子成说。执子之手，与子偕老"这两句话16个字，见证了千百年来爱情的盟誓与至死不渝的真爱。

终 风

终风且暴[①]，顾我则笑，
谑浪笑敖[②]，中心是悼[③]。
终风且霾，惠然肯来[④]，
莫往莫来，悠悠我思。
终风且曀，不日有曀[⑤]，
寤言不寐[⑥]，愿言则嚔。
曀曀其阴，虺虺其雷[⑦]，
寤言不寐，愿言则怀。

【注释】

①终：既。暴：疾风。②谑浪笑敖：戏谑。敖，放纵。③悼：伤心害怕。④惠：顺。⑤曀（yì）：天阴且有风。⑥寤：醒着。言：助词，无实义。寐：睡着。⑦虺（huǐ）：雷声，象声词。

【赏析】

　　男子初见女子就对她笑容满面，还能说会道，开开玩笑，潇洒浪漫的，而女子对此却又忧伤无法言说。她觉得爱情应该是一件严肃的事，就算一个人原本性格活泼，一旦遭遇爱情，也不由得变得庄重起来。既刮风又下大暴雨，见到我他就嘻嘻笑。戏言放肆真胡闹，心中惊惧好烦恼。

　　既刮风又尘土飞扬，是否他肯顺心来。别后不来难相聚，思绪悠悠令我哀。既刮风又天色阴沉，不见太阳黑漆漆。长夜醒着难入眠，想他不住打喷嚏。天色阴沉暗淡无光，雷声轰轰又开始响。长夜醒着难入眠，但愿他也把我想。

　　《终风》里的这个男子，戏谑轻薄，尽管见识广博，谈笑风生，但女子要的是一份真诚的爱情，而男子的感情似乎并不那么令人感到安稳。爱情与调情的区别之处，也许就是爱情需要全身心的付出，而调情则是一时，或者抱有其他的目的。

　　调情只能让感情陷入困境，而爱情则可以把平凡变伟大，把瞬间变永恒。《红楼梦》里"共读西厢"那段，贾宝玉给林黛玉说"我就是那'多愁多病的身'，你就是那'倾城倾国的貌'"之时，也正是他心情暴躁不安的时期，整天无事可做，穿梭于众多姐姐妹妹之间，讨好献殷勤，他对黛玉的这句话怕也不是出于真心，在敏感的黛玉看来，确实是调情之语。黛玉也只好一边恼怒一边掉下眼泪，怕也是和《终风》里的女孩子一样悲凉。

　　《终风》里的女子没有把调情化成爱情，他抛弃了她，并且不再回来，尽管他曾经给她带来那么多的美好。她对于这一切也心知肚明，然而现实让她无能为力，只能一个人承受。

　　关于《终风》里的男女主人公最后有没有结果，诗人没有继续说下去。"曀曀其阴,虺虺其雷,寤言不寐,愿言则怀。"在这样刮风打雷的夜里,会想起谁?还希望谁想起自己?李清照说:"风住尘香花已尽,日晚倦梳头。物是人非事事休,欲语泪先流。"

谷 风

习习谷风①,以阴以雨。
黾勉同心②,不宜有怒。
采葑采菲③,无以下体④。
德音莫违⑤,及尔同死。
行道迟迟,中心有违。
不远伊迩⑥,薄送我畿⑦。
谁谓荼苦⑧?其甘如荠⑨。
宴尔新婚⑩,如兄如弟。
泾以渭浊,湜湜其沚⑪。
宴尔新婚,不我屑以。
毋逝我梁⑫,毋发我笱⑬。
我躬不阅⑭,遑恤我后⑮。
就其深矣,方之舟之。
就其浅矣,泳之游之。
何有何亡,黾勉求之。
凡民有丧,匍匐救之。
不我能慉⑯,反以我为雠⑰。
既阻我德⑱,贾用不售。
昔育恐育鞫⑲,及尔颠覆⑳。
既生既育,比予于毒。

我有旨蓄㉑,亦以御冬。
宴尔新婚,以我御穷。
有洸有溃㉒,既诒我肄㉓。
不念昔者,伊余来塈㉔。

【注释】

①谷风:东风。②黾(mǐn)勉:努力、勤勉。③葑:蔓菁,即大头菜。菲:萝卜。④下体:根。⑤德音:夫妻间的誓言。⑥伊:是。迩:近。⑦畿:门槛。⑧荼:苦菜。⑨荠:荠菜。⑩宴:欢乐。⑪湜湜(shí):水清见底的样子。沚:底。屑:洁。⑫梁:鱼坝。⑬笱:鱼篓。⑭阅:容纳。⑮遑:空闲。恤:顾及。⑯惜(xù):爱惜。⑰雠:同"仇"。⑱阻:拒绝。⑲育恐:生于恐惧。育鞫:生于贫穷。⑳颠覆:患难。㉑旨:甘美。㉒洸(guāng):比喻发怒的样子。㉓诒:遗留。肄(yì):辛劳的工作。㉔伊:只有。塈(jì):爱。

【赏析】

在《谷风》中,一个弃妇陈述自己被弃的痛苦,用前后对比的手法,写出丈夫的变化和对自己命运的悲叹。

开篇提到在山谷的大风声中,在漫天的阴雨中相互立下不离不弃、永不忘记的誓言。本以为誓言很长,哪能料到比风还轻,当日的野菜再难吃也甘之如饴,只要是快乐的因缘,任何苦难都可以吃得消。但是好景不长,在男子境遇好转之后,就立刻爱上了别人,当日同甘共苦的妻子成了他的负累,整日拳脚相加,于是引出了妻子无限的哀怨。看着丈夫和别的女子喜结连理,原配只能苦苦忍耐,但这样还不够,丈夫还要对当日的妻子诽谤中伤,不让她去自家的鱼塘,不让她碰自家的鱼筐,让她无处可去,无处可待,丝毫不顾当日的夫妻情分。

"习习谷风,以阴以雨。"可能原先是晴朗好天气,之后顿时凄风苦雨,一种悲愤、凄凉的意境跃然纸上。中国古典诗词最擅长通过环境描写来渲染气氛,这阵风雨的效果极好,诗的忧伤基调、女子的哀怨形象随之而出。

"谁谓荼苦？其甘如荠。"谁说苦菜苦了？比起女子的痛苦，吃苦菜都像甜菜一样。人是莫名其妙的动物，当一种更大的刺激代替了先前比较小的刺激的时候，小的刺激就微不足道了。在这里，女子因为被抛弃的痛苦远远胜过了苦菜的痛苦，吃起来竟然有几分甘甜，可见她的痛苦有多深。女子似乎没有一点地位，她对丈夫好言相劝，应该思念旧情，把自己收留，几乎是苦苦哀求。《谷风》没有一个明确的结尾，但想来丈夫是不会念及当日的恩情了。

"不我能慉，反以我为仇。"新人换旧人，女主人公被丈夫无情抛弃，逐出了家门。妻子无奈的哀叹，当日虽然清贫，但却能相濡以沫，今日生活富裕了，却容不下她这个女子，反而像是急于脱手的货物一样，想把她甩开。妻子辛苦准备好的过冬食物，只是为了度过匮乏的冬季，却成了丈夫与新人结婚的积蓄。丈夫剥夺了妻子的劳动成果，还要对她恶言恶语，拳脚相加，丝毫没有当日的温情，那份海誓山盟，今日看来，就好像美梦一场。

北 风

北风其凉，雨雪其雱[①]。
惠而好我[②]，携手同行。
其虚其邪[③]？既亟只且[④]！
北风其喈[⑤]，雨雪其霏[⑥]。
惠而好我，携手同归。
其虚其邪？既亟只且！
莫赤匪狐[⑦]，莫黑匪乌[⑧]。
惠而好我，携手同车。
其虚其邪？既亟只且！

【注释】

①雨(yù):名词用作动词。雱(páng):指雪盛貌。②惠:爱。③虚邪:徐缓。④只且:语气助词,无实义。⑤喈:寒凉。⑥霏:雨雪纷飞的样子。⑦莫:没有。⑧匪:同"非"。

【赏析】

这首诗反映的是离开故土的留恋情怀。开句写北风其凉,雨雪其雱。用这种北风潇潇,雪花飘飘的景象暗示政局的恶劣。诗人和朋友的关系非常友爱,于是诗人建议友人与自己结伴他乡去!还呼喊着不要迟疑犹豫了,事情已经急如火烧了,不要指望着事情能够好转。

有关这首《北风》的诗旨,《毛诗序》说:"《北风》,刺虐也。卫国并为威虐,百姓不亲,莫不相携持而去焉。"清代学者王先谦《诗三家义集疏》则称此诗乃"贤者相约避地之词",方玉润亦持相同意见,他在《诗经原始》中指出《北风》是贤人预见危机之作。

从诗中可以看到,诗人的朋友的迟疑之心,事情已经紧急万分,他还是不想离开家国,似乎想等待政局的稳定。对于友人的这一态度,诗人说:"莫赤匪狐,莫黑匪乌。"狐狸红毛,乌鸦黑羽,这些本色就是这样,怎么都不会有所改变的。他劝朋友赶紧一起走。

这首诗是一首反映贵族逃亡的诗作已是不虞之议。诗中并没有交代最后的结果,但是从字里行间,读者可以得知人们对土地深深的留恋之心,若非被迫,谁都不想离开自己的家园。

静 女

静女其姝①,俟我于城隅②。
爱而不见③,搔首踟蹰。
静女其娈④,贻我彤管⑤。
彤管有炜⑥,说怿女美⑦。

自牧归荑,洵美且异[8]。
匪女之为美[9],美人之贻。

【注释】

①静女:娴雅的女子。姝:美丽。②俟:等。城隅(yú):城边的角楼。③爱:同"薆(ài)",隐藏。④娈(luán):姣好。⑤彤(tóng)管:管,箫笛类乐器。⑥炜:明亮。⑦说怿(yì):欣喜。说,同"悦"。怿,欢愉、欣喜。女:同"汝"。⑧洵:诚然。⑨匪:同"非"。

【赏析】

《静女》描写的是男子的等待。阳光四溢,万物生长,植物茂盛,花朵绽放,鸟雀歌唱,迅速飞翔,就在这样的良辰美景之中,男子徘徊徜徉,他却没有心思来观赏倾听,眼下四处张望,之前他急急如星火来到心上人定下的约会地方,生怕自己迟到。心爱的姑娘在哪?怎么看不见?

而始终迟迟不见的静女,给人以想象的空间,她应该是心地善良而单纯的,还应该是聪明伶俐的。

"自牧归荑,洵美且异。""匪女之为美,美人之贻。"并不是因为白茅草离奇,它只是一根嫩嫩的草,令男子如此珍爱的原因在于它是姑娘亲手采摘,送给自己的物品。物微而意深,一如后世南朝宋陆凯《赠范晔》的"江南无所有,聊赠一枝春",重的是感情。

元代有一首《寄生草·相思》的曲子也表达了女孩子对迟到的男子的埋怨:"有几句知心话,本待要诉与他。对神前剪下青丝发,背爷娘暗约在湖山下,冷清清湿透凌波袜,恰相逢和我意儿差,不剌,你不来时还我香罗帕!"意思就是说,本想告诉你几句我的真心话,我还对着神像剪下头发,表明心迹,背着爹娘来湖边和你约会,谁知道让我等你等得鞋袜都湿透了,还没有见人来,快点把我送你的香罗帕还给我吧!这与《静女》中的某些情节有异曲同工之妙。

墉 风

君子偕老

君子偕老①，副笄六珈②。
委委佗佗，如山如河，象服是宜。
子之不淑③，云如之何？
玼兮玼兮④，其之翟也⑤。
鬒发如云⑥，不屑髢也⑦；
玉之瑱也⑧，象之揥也⑨，扬且之皙也⑩。
胡然而天也⑪？胡然而帝也？
瑳兮瑳兮⑫，其之展也⑬，
蒙彼绉絺，是绁袢也⑭。
子之清扬，扬且之颜也。
展如之人兮⑮，邦之媛也！

【注释】

①君子：指卫宣公。偕老：指夫妻之间相亲相爱，白头到老。②副：古时的一种头饰。笄（jī）：簪子。珈：饰玉。③子：指宣姜。淑：善。④玼：鲜艳绚丽。⑤翟：绣有山鸡彩羽的礼服。⑥鬒：黑发。⑦髢（dí）：假发。⑧瑱（tiàn）：垂在两耳旁的玉饰。⑨揥：发钗。⑩扬：额角。⑪胡：何，怎么。⑫瑳：鲜艳绚丽。⑬展：古代夏季穿的一种纱衣。⑭绁袢（pàn）：夏季穿的内衣。⑮展：确实。媛：美女。

【赏析】

这首《君子偕老》是一首讽喻诗，借服饰容貌的盛美来讽刺宣姜内心的肮脏与行为的污秽。

美丽的宣姜本来是要嫁给姬伋，结果却被骗嫁给了姬伋的父亲——禽兽不如的卫宣公。

誓与君子到白头偕老，玉簪首饰插满头。她的举止雍容自得，她的仪态稳重如山河，穿上礼服很适合。谁知她的德行如此秽恶，真是让人无可奈何！她的服饰鲜明又绚丽，画羽礼服绣着山鸡。她的头发黑亮好似云霞，哪里用得着装饰假发。美玉耳饰坠在脸旁，象牙发钗戴在头上，她的额角白净闪光。真好像仙女从天而降。又仿佛帝女到人间。她的服饰鲜明又鲜艳，是轻软的细纱来做衣裳。外面穿着绉纱细葛衫，里面是夏天穿的内衣清凉宜爽。她的明眸闪烁细眉秀长，容貌艳丽额头宽广。确实是仪容妩媚，好一位倾城倾国的美貌女子！

宣姜本就美似天仙，现在经过如此艳丽的装扮，身着明艳如花的服饰，锦衣上绣有山鸡，还有那一身璀璨的珠宝，令她摄人魂魄，这样的女子自然是任何一个男人都想得到的尤物。

但是，自始至终都没有人问过宣姜的意愿，按照正常心理来分析，她当然是想嫁给和自己年龄相当的太子。中国历代的史官只重写史记事，刻意回避人物心理的分析。尤其是这些历史事件中的女性，她们的心灵空间从未被史官关注过。她们只是历史的附带品，其生命必然充满着悲剧色彩。不遂心愿，但生活还是要继续，宣姜与卫宣公有了两个儿子。

15年的时光一晃而过，宣姜的两个儿子都长大了。两兄弟性格差异很大，长子寿是个清秀善良之人，而次子朔与哥哥相反，心胸狭窄，野心很大。

有一天，朔打起太子姬伋的主意。他对母亲宣姜说姬伋从来就没有忘记过夺妻之恨，甚至还发下毒誓说继位之后，将宣姜母子全部铲除。宣姜闻言大惊失色，觉得还是告诉卫宣公比较好，万一是真的，自己与儿子确实不能活命。结果，姬伋与寿都被杀掉。

宣姜没有想到事情会发展到这一步，她根本不愿意看到有谁死去,更不愿意看到自己的儿子死去。

桑 中

爰采唐矣①?沫之乡矣②。

云谁之思?美孟姜矣③。

期我乎桑中④,要我乎上宫⑤,送我乎淇之上矣⑥。

爰采麦矣?沫之北矣。

云谁之思?美孟弋矣。

期我乎桑中,要我乎上宫,送我乎淇之上矣。

爰采葑矣⑦?沫之东矣。

云谁之思?美孟庸矣。

期我乎桑中,要我乎上宫,送我乎淇之上矣。

【注释】

①爰:在哪里。唐:菟丝子,一种寄生蔓草。②沫(mèi):卫国的邑名,牧野。③孟姜:姜家长女。④桑中:桑林中。⑤要:邀约。上宫:宫室。⑥淇:淇水。⑦葑:蔓菁菜。

【赏析】

《墉风·桑中》所描绘的情愫质朴真切,从单纯的写情角度来看,不失为一首活泼可爱的前秦情歌。

在诗中,男主人公唱道:"到哪里采集女萝?就在卫国沫水岸。谁是你梦中情人?美丽动人是孟姜。她约我到桑林里,邀我她家把亲攀。辞别归来送我行,依依惜别淇水边。收割小麦去何处?就在沫水岸北岸。谁是你梦中情人?美丽动人是孟弋。她约我到桑林里,邀我她家把亲攀。辞别归来送我行,依依惜别淇水边。采摘蔓菁去哪里?就在沫水河东岸。谁是你梦中情人?美丽动人是孟庸。她约我到桑林里,邀我她家把亲攀。辞别归来送我行,依依惜别淇水边。"

"桑中"是当时都城朝歌的别名,"上宫"也是朝歌附近的地名,都是采桑女幽会的地点,滨临河水,在春天的环境中流淌唱歌,诗情画意之中,滋润着爱的心田。

关于此诗的评论,《毛诗序》说:"《桑中》,刺奔也。卫之公室淫乱,男女相奔,至于世族在位,相窃妻妾,期于幽远,政散民流而不可止。"宋代朱熹的《诗集传》也基本持有相同的观点,认为其为淫诗,并举姜、弋、庸乃等前秦贵族为例证。不过,今天看来,先秦遗风早已远去,人们更愿意单纯地从诗意来把握,所以不少人认为这首小诗轻快活泼,其所表现的不过是古代青年男女之间炽烈的爱情,并非是贵族男女淫乱之后的不知羞耻的自白,谈不上讽刺之意。

在古代,采桑缫丝应该是中国男耕女织时代的重要活动。战国铜器及汉代画像石上常有描绘桑树下桑女劳作的场景,使得千年后的我们可以看到这一幅幅"向春之末,迎夏之阳,仓庚喈喈,群女出桑"的古代采桑图。同样,在《桑中》中,我们看到的是那些浪漫的桑园诗意。在这一首朴素、深婉的先秦恋歌中,在桑园中相会后的故事令即便是千年后的人们也同样遐想不已。

鹑之奔奔

鹑之奔奔①,鹊之彊彊②。
人之无良,我以为兄?
鹊之彊彊,鹑之奔奔。
人之无良,我以为君?

【注释】

① 鹑:鹌鹑。奔奔:跳跃奔走。② 鹊:喜鹊。彊(qiáng):翩翩飞翔。

【赏析】

这首《鹑之奔奔》是讽刺宣姜先嫁卫宣公,后又嫁昭伯的。

诗的意思是说，鹌鹑家居常匹配，喜鹊双飞紧相随，人君不端无德行，为何要称他为兄台呢？女子不贞无德行，何必还当她是知音呢？

在公元前7世纪的齐鲁大地上，一个女子的婚恋引发历史的变更，她理所当然地被视为红颜祸水。作为卫国统治变更始作俑者的"红颜祸水"，也许死是她最好的归宿，此时的宣姜，也只想死了，但却求死不能。此时齐国的国君是她哥哥齐襄公，为了齐卫两国的共同利益，"红颜祸水"还得继续苟活下去。

当时的宣姜虽然已经年逾三十，但想来风貌应该依然不减当年，不然也不会被昭伯青睐。这位当日身着艳丽服装，披着轻纱为外衣的清秀女子，今日再次披上嫁衣，作为政治的牺牲品嫁给一个她并不爱的人。这位世间难求的女子，竟然就这样在男人们的权力欲望中，辗转漂泊。

宣姜下嫁给姬及的同母弟弟昭伯，以安慰亡灵的名义，巩固两国交好。宣姜自然是不愿意的，卫国人对她早已经是咬牙切齿了，再嫁只会更加"不齿"。不过这不是她能够反对的，史书上记载："不可，强之。"

宣姜就这样再嫁了前夫的儿子，这个女子内心的苦痛后人是无法揣摩的。从《诗经》里的这些诗句来看，她是不容于当时的道德评论的。然而翻开史书，我们却又发现其实这个女人并不像诗中讽咏的那般不堪。据史书载，宣姜共有5个子女：齐子、卫戴公、卫文公、宋桓夫人、许穆夫人。许穆夫人在卫国遭难时奔走呼号，留下了传诵千古的诗作，赢得声名；齐子早死；卫国亡时，卫国遗民拥立卫戴公当了国君，可见贤德；卫文公更使卫国中兴；历史上尽管没有宋桓夫人的记载，但宋桓公能在卫亡之后第一时间救卫，可想宋桓夫人的作用。

未知其母之为人，不妨观其子之作为，从宣姜的儿女来看，这个2000年前的女子未必不是个贤惠的妻母，只是命运多舛罢了。

相 鼠

相鼠有皮①,人而无仪②。
人而无仪,不死何为?
相鼠有齿,人而无止。
人而无止③,不死何俟④?
相鼠有体,人而无礼。
人而无礼,胡不遄死⑤?

【注释】

①相:观看。②仪:仪表举止。③止:假借为"耻",郑笺释为"容止"。④俟:等。⑤胡:何。遄(chuán):速。

【赏析】

在这篇《相鼠》中,还可以看到孔子删改《诗》的影子。

作者将老鼠和人做对比,认为老鼠都有张皮,人却不讲礼仪,这样的人还不如死掉算了。老鼠都有牙齿,人却不懂得廉耻,这样的人如何能继续活在世上?老鼠都四体健全,人却不懂得礼数,要是这样,不如现在就死掉算了。

春秋战国,礼坏乐崩,君王人臣也都渐渐不再重视周朝建立的礼制了。翻看战国的历史,不难发现当时在位者做的无耻事情太多了,比如卫宣公强娶太子的未婚妻自己享用,杀死自己的两个儿子,昭伯与母亲宣姜乱伦,等等。所以当时的人民用《相鼠》来讽刺这些人的禽兽不如的行径。

在诗中,口气一句比一句重,骂老鼠去死,不死活着还干什么?逐句强调,是对无仪无止又无礼的统治者的痛斥,也是对那个时代重建礼制规范的呼吁。

在中国古代,礼仪的重要程度是很高的。孔子删诗书,垂礼仪,而后世也都遵循着他删改的史书等学习,注重礼仪,强化入世,给社会带来了井然的秩序和强大的内聚力，使华夏文化历经数千年一脉相承。

卫 风

硕 人

硕人其颀[1]，衣锦褧衣[2]。
齐侯之子[3]，卫侯之妻[4]，
东宫之妹，邢侯之姨，谭公维私[5]。
手如柔荑[6]，肤如凝脂[7]，
领如蝤蛴[8]，齿如瓠犀[9]。
螓首蛾眉[10]，巧笑倩兮[11]，美目盼兮[12]。
硕人敖敖[13]，说于农郊[14]。
四牡有骄，朱幩镳镳[15]，翟茀以朝[16]。
大夫夙退，无使君劳。
河水洋洋，北流活活。
施罛濊濊[17]，鳣鲔发发[18]，葭菼揭揭[19]。
庶姜孽孽[20]，庶士有朅[21]。

【注释】

①硕人：美人。颀（qí）：修长。②褧（jiǒng）：古代用麻类衣料做的罩衫。③齐侯：指齐庄公。④卫侯：指卫庄公。⑤私：中国古时女子称其姐妹的丈夫。⑥柔荑：白茅柔嫩的芽。⑦凝脂：形容丰腴。⑧蝤蛴（qiúqí）：天牛的幼虫，喻妇女脖颈洁白丰美。⑨瓠（hù）：瓠瓜。犀：锋利、坚固。⑩螓（qín）：一种蝉。⑪倩：美人含笑的样子。⑫盼：眼珠转动。

⑬敖敖：修长高大的样子。⑭说：同"税"，停车。⑮帱（fén）：缠在马口两旁上的红绸布。镳镳：盛美的样子。⑯翟：山鸡。茀（fú）：车篷。⑰罛（gǔ）：大渔网。濊濊（huò）：象声词，形容渔网入水的声音。⑱鳣（zhān）：黄鱼。鲔（wěi）：鲟鱼。发发：鱼尾击水的声音。⑲葭（jiā）：芦苇。菼（tǎn）：荻草。揭揭：修长的样子。⑳孽孽：高大的样子。㉑揭（qiè）：英武的样子。

【赏析】

这首《卫风·硕人》中所赞女子叫庄姜，虽然这首并没有具体描写庄姜的容貌身段，对她的描述宽泛笼统得犹如河面上氤氲的雾气，但在诗歌的一开始，这位女子便拥有如同女神一般完美修长的身躯，身着锦衣，嫁去他乡。

美丽高贵的庄姜的出嫁是隆重的，她的马车停在城郊，她的马匹雄壮有力。不但如此，随行人员也是英武高大，所带嫁妆同样华美奢侈。那稠密的芦苇挺拔而坚固，那奔腾的黄河水奔流不息。这等的美人，怎么能让她多等待，君主应当及早下朝，前来迎接。

"肤如凝脂，领如蝤蛴，齿如瓠犀。螓首蛾眉，巧笑倩兮，美目盼兮。"这种美几乎无人能及，可以说庄姜确立了千百年来美女的标准。

"硕人其颀，衣锦褧衣。""硕人"就是美人的意思，它的原意是高大俊美的人。由此可以想见几千年前的春秋时代，人们喜欢一种健康美，以高大丰满、皮肤白皙作为评析美人的标准。这种观念，千百年来一直被我们承认、追求，明末清初著名戏曲家李渔在《闲情偶寄·声容部》中就说："妇人本质，惟白最难。多受精血而成胎者，其人生出必白……"

如庄姜一样美貌与才智兼备的女子在先秦时候是难得的，也是少数以诗歌留名的女子之一。庄姜和齐国太子一母同胞，是邢侯的小姨妹，也是谭公的小姨子，身份尊贵。庄姜不但出身高贵，还很有着惊人的才华，所以卫人才这样歌咏她。

氓

氓之蚩蚩①，抱布贸丝。匪来贸丝②，来即我谋③。送子涉淇④，至于顿丘⑤。匪我愆期⑥，子无良媒。将子无怒⑦，秋以为期。

乘彼垝垣⑧，以望复关⑨。不见复关，泣涕涟涟⑩。既见复关，载笑载言⑪。尔卜尔筮⑫，体无咎言⑬。以尔车来，以我贿迁⑭。

桑之未落，其叶沃若⑮。于嗟鸠兮⑯！无食桑葚⑰。于嗟女兮！无与士耽⑱。士之耽兮，犹可说也⑲。女之耽兮，不可说也。

桑之落矣，其黄而陨⑳。自我徂尔㉑，三岁食贫㉒。淇水汤汤㉓，渐车帷裳㉔。女也不爽㉕，士贰其行㉖。士也罔极㉗，二三其德㉘。

三岁为妇，靡室劳矣㉙。夙兴夜寐㉚，靡有朝矣。言既遂矣㉛，至于暴矣。兄弟不知，咥其笑矣㉜。静言思之，躬自悼矣㉝。

及尔偕老，老使我怨。淇则有岸，隰则有泮㉞。总角之宴㉟，言笑晏晏㊱，信誓旦旦㊲，不思其反。反是不思，亦已焉哉！

【注释】

①氓（méng）：指农民。蚩蚩（chī）：同"嗤嗤"，笑呵呵的样子。②匪：同"非"。③即：就，靠近。④子：你，古代对男子的美称。淇：淇水，卫国的河流，在今河南省北部。⑤顿丘：卫国的邑名，在今河南清丰。⑥愆（qiān）期：拖延日期。⑦将（qiāng）：愿，请。⑧乘：登上。垝垣（guǐ yuán）：坍塌的矮墙。⑨复关：为此男子所居之地。⑩涟涟：眼泪不断的样

子。⑪载：又。⑫尔：你。⑬筮（shì）：用蓍（shī）草占卦。⑬体：卦象。咎（jiù）言：凶辞。⑭贿：财物，指嫁妆。⑮沃若：茂盛的样子，喻女子年轻美貌，像水浸过一般有光泽。⑯鸠：斑鸠，一种鸟。⑰无食桑葚：比喻女子不可为爱情所迷。⑱耽：迷恋。⑲说：同"脱"，摆脱。⑳陨：落下，喻女子年老色衰。㉑徂（cú）：往。㉒三岁：泛指多年。㉓汤汤（shāng）：水势盛大的样子。㉔渐：溅湿。帷裳：车厢两旁的布幔。㉕爽：过失。㉖贰：偏差。㉗罔（wǎng）极：多变，反复无常。极，准则。㉘二三其德：三心二意，德行不专。㉙靡：无，不。室劳：家务。㉚夙（sù）兴夜寐：起早睡晚。㉛言：助词，无实义。遂，犹久。㉜咥（xì）：讥笑。㉝躬自悼：独自伤心。㉞隰：低湿地。泮：同"畔"，边。㉟总角：古代男女未成年时头发的样式，这里指代童年。宴：欢乐。㊱晏晏：欢愉的样子。㊲旦旦：清楚明白。

【赏析】

在故事的开始，像所有爱情故事的开始一样甜美，甚至带着些浪漫的气息，一个善笑的男孩走向一个卖丝的女孩。这个男孩并不是来买丝的，而只是以买丝为借口来接近她，对她说好听的话，最后表达了自己的意愿：希望和她结为夫妻。这是《诗经》中最常见的青涩爱恋，男女相悦的初恋情愫在《氓》中展露无遗。这首诗一共6节，每节10句，叙述了一个古老的，至今还在无数次上演的爱情现实长诗。

接下来的故事便出现了逆转，女子在几经等待之后，男子依然不来接她，就在她以为男子变心的时候，爱人如期而至。原来相爱也是要经受种种等待的折磨才能成就好事的，女子怀揣着内心的幸福和忐忑坐上了男子的婚车。

新婚过后，爱情的甜美被繁杂的婚姻琐事取代，当日的青涩少年也不会再守候于城墙下等待那位如丝的姑娘，他们虽然结为夫妻，但却再也没有了当日花前月下的甜蜜，取而代之的是无休无止的操劳。他们还在自家的庭院桑树下许下永不分离的誓言，同时希望自家枝繁叶茂，多子多孙，幸福美满。女人守着这幸福的盟誓，原想同丈夫白头到老，但相伴到老将会使自己怨恨。淇水再宽终有岸，沼泽虽宽有尽头。少年时一起愉快地玩耍，尽情地说笑，回想起来都是欢乐，山盟海誓都还在，怎么会料到反目成仇。经过了时间的打磨，现在可以说是历经沧桑，她知道，如果自己不走，留在这个是非之地，对自己更加不利，离开这里，也许会有更大的机会与希望。于是发出一声"反是不思，亦已焉哉"的深深感慨，终于结束这无奈的爱情，女子无言离去。这就是人们常说的，好花不常开，好景不常在，韶华易逝，岁月无情。任何东西都会被时光无情地带走。

"琴尚在御，而新声代故。"女人面对旧物只能是"物是人非事事休，欲语泪先流"的感觉。在《氓》里，一位痴情、勤劳、善良的女子却被背信弃义、自私的男人始乱终弃。从这首《国风》中不多见的长诗中，隐隐还可听见远古时代一个女子的悲怆呼声。

木 瓜

投我以木瓜[①]，报之以琼琚[②]。
匪报也[③]，永以为好也[④]！
投我以木桃，报之以琼瑶。
匪报也，永以为好也！
投我以木李，报之以琼玖。
匪报也，永以为好也！

【注释】

① 木瓜：一种落叶灌木。古代有以此作为男女定情信物的风俗。投：赠送，给予。② 琼琚：一种美玉，为古代的一种饰物。后"琼玖""琼瑶"同。③ 匪：同"非"。④ 好：爱。

【赏析】

《木瓜》中的女孩看见那位心仪已久的人走过，随手将一只木瓜投给了他。女孩笑而不语，而男孩早已心领神会，忙把自己随身携带的玉佩赠送给了姑娘。

在古代中国，甚至到现在，恋人之间的情谊就是以小物品为纽带的，古代时候经常以瓜果、玉佩、丝带等连接感情，在他们看来，一滴水、一朵花、一把扇子都能表达出深深爱意，如《郑风·溱洧》中的"维士与女，伊其相谑，赠之以勺药"，是互赠芍药作为定情之物。再如唐代女词人晁采的《子夜歌十八首》："轻巾手自制，颜色烂含桃，先怀依袖里，然后约郎腰。"意思是说，我亲手为你缝制的这条轻盈的丝腰巾，颜色灿烂得像鲜红的桃花，我先把它放进我的衣袖中，然后再送给你来束扎你的腰身。

古代的男女，一相见便觉亲切，有爱慕就表现出来。木瓜、木桃、木李、琼琚、琼瑶、琼玖，这些信手拈来都是信物，随时相遇可定终身。欢快而活泼，令人羡慕。诚如诗所言：匪报也，永以为好也。对美好感情的忠贞和向往才是最珍贵的。

王 风

君子于役

君子于役①，不知其期。曷至哉②？
鸡栖于埘③，日之夕矣，羊牛下来。
君子于役，如之何勿思！
君子于役，不日不月。曷其有佸④？
鸡栖于桀⑤，日之夕矣，羊牛下括⑥。
君子于役，苟无饥渴⑦！

【注释】

①君子：指丈夫。②曷（hé）：何时。③埘（shí）：鸡舍。④佸（huó）：

相会。⑤桀：鸡栖架。⑥括：同"佸"，聚集。⑦苟：也许，大概。

【赏析】

这首《君子于役》讲述的是女子的夫君去边疆服役，女子对他的思念之情。她慨叹道：

我的夫君服役去了，何时才能回来？此刻太阳已经落山，鸡、羊和牛都回到自己的圈里去了。我的心只剩下思念和心神不宁，望眼欲穿，不住呼唤。君子于役，不日不月。不知你何时能得回来？相见归期遥遥无期，我的丈夫服役去了，他不要挨饿，不要受渴。

在这首诗中，诗人表达了女子对离家丈夫的殷切思念。一些细节的描写十分亲切感人。读来让人感觉这样的思妇就在你我眼前身边。

周公率军东征，使得四国的百姓深受教化感染，周公对百姓的哀怜体现了周公的善良，其实周公也是为了四国家人的生活平安才发动的战争，对于平民来说，也算是一种莫大的恩典。有时候，战争并不是一味地涂炭生灵，而是要开创新的一片天地，只是这过程过于惨烈，使人不敢正视罢了。

残酷的战争造就了很多怨妇痴女，《诗经》中有不少作品都是反映思妇等待丈夫归来却不能的。这首《君子于役》就是代表。征夫应该回乡却不见回来，女人心里悲伤啊。期限已过人不回，怎不叫人伤心怀！

郑 风

将仲子

将仲子兮①，无逾我里②，无折我树杞③。
岂敢爱之④？畏我父母。
仲可怀也，父母之言，亦可畏也。
将仲子兮，无逾我墙，无折我树桑。
岂敢爱之？畏我诸兄。
仲可怀也，诸兄之言，亦可畏也。
将仲子兮，无逾我园，无折我树檀。
岂敢爱之？畏人之多言。
仲可怀也，人之多言，亦可畏也。

【注释】

①将（qiāng）：愿，请。仲子：称二哥。②逾：翻越。里：邻里。③树：种植。杞（qǐ）：杞柳。又名榉，一种落叶乔木。④爱：吝惜。

【赏析】

这是一首表达青年男女爱恋与相思幽会的诗篇。诗中的"仲"就是"二哥"的意思，翻译成白话就是"我的小二哥啊"，听起来十分亲切。

诗中反复咏唱道，我的小二哥啊，你要留点儿神，不要随便翻越我家的门户，我种的那株杞树你可以当梯子爬下来，可千万不要折断了露了馅，要是被父母发现可不得了。我的小二哥啊，你要留点儿神,不要随便翻越我家围墙,我种的那株桑树你也可以当梯子溜下来,可千万不要折断了露了馅,要是我哥哥发现可不得了。我的小二哥啊,你要留点儿神,不要随便翻越我家菜园,我种的那株檀树你也可以当梯子滑下来,可千万不要折断了露了馅,要是邻居们发现可不得了……

在这首诗中,男孩为了见上女孩一面,不惜冒了可能摔伤、被女孩子父母兄弟发现辱骂毒打的危险,爬上了女孩家的墙头。他们都是平凡人家的儿女,只是因为单纯的爱恋,却陷入了无可奈何的境地,男子只得夜夜爬上女子家的墙头,偷偷来看望他日思夜想的爱人。

对这首诗的解释历代有很多不同的观点和说法。《毛诗序》认为此诗是"刺庄公"之作,郑樵《诗辨妄》认为此诗是"淫奔之诗",现在已经很少人取用这些观点。当代人大多数是读出了人言可畏、三人成虎的无奈。

《周礼·地官·媒氏》中规定:"中春之月,令会男女,于是时也,奔者不禁。"在周代,男女谈恋爱有特定的时节,这一时节,即使男女两人在野外亲热,也没人认为是伤风败俗,却被看作是对大地丰产的祝福,是吉祥。但是一过这个时间,比如《周礼》中说的"中春",要是再私自交往就要受到处罚。《孟子·滕文公下》中就说:"不待父母之命,媒妁之言,钻穴隙相窥,逾墙相从,则父母、国人皆贱之。"

所以,女孩虽然爱恋男子,言语中也流露出既娇又嗔且爱而又无奈的复杂感情。人之多言,亦可畏也。在《将仲子》中,这一切都得到了淋漓的展现。

有女同车

有女同车[①],颜如舜华[②],
将翱将翔,佩玉琼琚[③]。

彼美孟姜[4]，洵美且都[5]。
有女同行，颜如舜英[6]，
将翱将翔，佩玉将将[7]。
彼美孟姜，德音不忘[8]。

【注释】

[1] 同车：指男方驾车到女家迎娶。[2] 舜：即芙蓉花，即木槿。华：花。[3] 琼琚：一种美玉。[4] 孟姜：代指美女。[5] 洵：确实。都：娴雅。[6] 英：花。[7] 将将（qiāng）：同"锵锵"，象声词，玉石相互碰击摩擦的响声。[8] 德音：美好的品德声誉。

【赏析】

有位姑娘和我在一辆车上，脸儿好像木槿花开放。跑啊跑啊似在飞行，身佩着美玉晶莹闪亮。这位女子不寻常，真正美丽又漂亮。有位姑娘与我一路同行，脸儿像木槿花水灵灵。跑啊跑啊似在飞翔，身上的玉佩叮当响不停。这位女子真多情，美好品德我常记心中。

这首诗的意境清新浅白，又纯洁动人。时值夏秋之交，草儿茂盛，木槿花开，柔和的阳光里到处是花草的淡静世界，一辆宽敞华美的马车行走在大路之上，车上坐着出外游玩的姑娘和她的情郎，男女两人一同出游。诗中洋溢着欢乐的情绪，明快的节奏，令人心旷神怡。

清朝词人纳兰容若讲究写词要抒写"性灵"，又要有文风贯穿始终，诗经中这首《郑风·有女同车》便是活例，这首诗歌言辞简练，情意缓缓而出，毫不堆砌，语境浅白，完全符合容若性灵之说。而且，这首千年之前的诗歌，更是给人以当空明月，繁星耀眼的轻灵之感。

诗中所写的这位姑娘，其实就是齐僖公的小女儿文姜。她比较有文采，故称文姜。春秋时期的齐国十分强大，齐僖公的两个女儿也成为当时各诸侯国竞争的对象。在众多的追求者中，文姜特别看好郑国的太子姬忽，后来两国缔结了婚约。

郑国人很高兴,所以专门创作了《有女同车》这首民歌来表达对这位未来的君夫人的期待。不过郑国人没有好运气,没有盼来这位大美女。因为太子郑忽很快就以"齐大非偶"为由,退掉了这门亲事。其实这是他的一个借口,他退亲的真正原因是他知道文姜在齐国有私情,并且她的情人还是她的胞兄诸儿。

风 雨

风雨凄凄,鸡鸣喈喈。
既见君子,云胡不夷①。
风雨潇潇,鸡鸣胶胶②。
既见君子,云胡不瘳③。
风雨如晦,鸡鸣不已。
既见君子,云胡不喜。

【注释】

①云:助词,无实义。胡:何。夷:平,即心中平静。②胶胶:鸡鸣声。③瘳(chōu):病愈,这里指愁思消除。

【赏析】

《风雨》所讲的内容比较简单,就是在一个风雨交加的日子里,女子在等待那位"君子"。闪电交加,风也呼啸,豆大的雨点打在地上,连鸡窝的鸡都惊得咯咯地叫。女子的心也不安起来。他还会来吗?这么大的雨,他也许就不来了,他最好也别来,这么大的雨,淋坏了怎么办?此时她的心理是矛盾的,既希望他能够冒雨践约,但是又怕淋坏了他。

结果是"既见君子,云胡不喜"。喜悦之情跃然眼前。这首诗抒写女子风雨之中怀念他人,并没有直接说她怎么想,心情怎样焦急难耐,只是反复通过"风雨""鸡鸣"这两种外界事物加以渲染女子的思绪，反衬出女子的担心与矛盾，加重苦苦等待之中一个人的孤独与沉闷。

《风雨》是《诗经》中众多借用外界景物的描述来加强诗歌本身感染力的代表篇之一。"风雨如晦，鸡鸣不已"的意象也成为后世许多诗词文人，包括艺术创作者所喜爱的题材之一。

子 衿

青青子衿①，悠悠我心②。
纵我不往，子宁不嗣音③。
青青子佩，悠悠我思。
纵我不往，子宁不来。
挑兮达兮④，在城阙兮⑤。
一日不见，如三月兮！

【注释】

①子：古时对男子的美称。衿：衣领。②悠悠：绵长不断的样子。③宁：难道。嗣音：寄声相问。嗣，通"贻"，给。④挑达（táo tà）：来回走动的样子。⑤城阙：城门两边观楼。

【赏析】

"青"在古代就是蓝色，《毛诗序》中说："青衿，青领也，学子之所服。"在古代，对人们的穿着打扮都有着严格的规定，按着社会等级从穿着上区分身份。特别是汉代以前更有明文规定冠帽只有官员才能佩戴，商人还不得穿丝绸料子的衣服，只能穿葛麻料子的成衣。而读书人的地位很高，准许穿戴当时很优雅高贵的颜色——青色衣服。所以，书生又称为青衿，这便是《子衿》中的青青子衿。

《子衿》中的郑国女子这样说："纵然我不曾去找你，难道你从此断音信？纵然我不曾去找你，难道你不能自己来？"其实女子要表达的是"你来不来都一样,尽管我着急,我生怨,但心始终向着你"。于是发出"一天见不到你,就像过了三个月那么久"的慨叹。

后来曹操在他的《短歌行》之一中直接引用了这句,"青青子衿,悠悠我心。但为君故,沉吟至今。"这就成了一个男人的政治抱负,对贤才的渴求和对雄伟霸业的忧思:"你那青青的衣领啊,深深萦回在我的心灵。虽然我不能去找你,你为什么不主动给我音信?"曹操的这首诗作被视为建安文学的一颗明珠。而《子衿》所体现出来的清新细致的情境在宋代李清照早期的一首《浣溪沙》中似乎得到了延伸,词中这样写道:"秀面芙蓉一笑开,斜飞宝鸭衬香腮,眼波才动被人猜。一面风情深有韵,半笺娇恨寄幽怀,月移花影约重来。"这首词与《子衿》的意境几乎重合,精妙地绘出了一个处在热恋中的女孩子等待情人的娇憨之态。

或许对于许多人来说,曹操的《短歌行》更脍炙人口,而才气过人的李清照似乎也更有魅力,然而这篇《子衿》的美却从未消逝,反倒是在后人对其意境与语词的化用里,透露着《诗经》对于中国后来的古典诗歌文学不言而喻的巨大影响。

野有蔓草

野有蔓草,零露漙兮[①]。
有美一人,清扬婉兮。
邂逅相遇,适我愿兮。
野有蔓草,零露瀼瀼[②]。
有美一人,婉如清扬。
邂逅相遇,与子偕臧[③]。

【注释】

① 漙(tuán):露水多。② 瀼:露水多的样子。③ 偕臧:相爱。偕,同。臧,善。

【赏析】

这首诗的大意是说：在郊野，蔓草青青，白露未晞，男子信步到此，希望与一位姑娘相遇，姑娘美目流盼，天地生辉。男子并不是随意寻求，相反，男子期望的是邂逅一位真正的知己。这位知己会不迟不早，奇迹般出现。她清扬婉兮，婉如清扬。只有这样的女子才合男子意愿，也才能让男子渴望与之"偕臧"。

《野有蔓草》所表达的主题，即求知己，是历代文人情怀中一个永恒的主题，辛弃疾希望在灯火阑珊处遇见蓦然回首的惊喜，戴望舒希望在悠长悠长又寂寥的雨巷里遇见丁香一样忧愁的姑娘……

诗中的男子并没有似《关雎》中那样具体："窈窕淑女，琴瑟友之……窈窕淑女，钟鼓乐之"，只是"邂逅相遇，与子偕臧"，"臧"就是"美好"的意思，以最美好的自己，遇见一个美好的人，然后和她一直走下去。这种美好是一种可遇不可求，一种能够给彼此留下欣慰与留恋，最终沉淀升华成愉悦的难忘记忆！

这是一首君子求美人的歌咏诗，我们可以理解成是男子对美好女子的向往，也可以理解成是作者对美好事物的向往。无论如何，诗中所表达的感情都真挚淳朴，十分动人。

溱洧

溱与洧[①]，方涣涣兮[②]。
士与女，方秉蕳兮[③]。
女曰："观乎？"士曰："既且[④]。"
"且往观乎[⑤]？洧之外，洵訏且乐[⑥]。"
维士与女，伊其相谑，赠之以勺药[⑦]。
溱与洧，浏其清矣[⑧]。
士与女，殷其盈矣[⑨]。

女曰："观乎？"士曰："既且。"
"且往观乎？洧之外，洵吁且乐。"
维士与女，伊其将谑⑩，赠之以勺药。

【注释】

①溱（zhēn）、洧（wěi）：河名。②涣涣：冰河解冻奔腾的样子。③蕳（jiān）：兰草，一种香草名。④既且：已经去过了。⑤且，同"徂（cú）"。⑥吁（xū）：广阔无边。⑦勺药：又名辛夷，一种香草。古时候情人离别时互赠此草，用以寄托情怀，结"恩情"。⑧浏：水深而清的样子。⑨殷：多。⑩将：同"相"。

【赏析】

这是一幅美好的游春图面，带着浓郁的生活气息。其中传递出来的欣喜、兴奋的情感，带着读者回到了先秦时的上巳节，听到了鲜艳的芍药花瓣中开出的爱之声："维士与女，伊其将谑，赠之以勺药。"

"溱与洧，方涣涣兮。"春天到来，万物复苏，郊外的溱河和洧河解冻了，河水哗啦啦地流淌，人们如何来表达内心的喜悦和激动呢？只能陶醉在这一片春光里，爱情和喜悦之情一起在心底疯长。众多的男男女女之中诗人抓住了一对男女细腻的瞬间对白：

女子说："我们过去看。"

男子说："我已经去过。"

女子又说："那就再过去看看吧！"或许女孩子很早就喜欢这位男子，聚会之中正好找个理由一起玩儿。或许他们并不认识，只是一见钟情。在女孩儿大胆地邀请之后，爱情就有了火花。然后是无数的"士与女"互赠芍药，定情欢乐。

《本草纲目》中记载芍药时说："犹婥约也。婥约，美好貌。此草花容婥约，故以为名。"芍药读起来是"着约"的谐音，也就是守约、赴约的意思了，符合人们的美好理想。所以芍药成了古时的爱情之花。

少女们面色红润，手持鲜花，尽情将自己火热的目光和情感抛向自己的偶像，少年们衣着光鲜，青春的脸上洋溢着喜悦与任性，坚定而自然地牵起心上人的手。

《溱洧》是一幅欢乐无比的游春图，从溱、洧之滨踏青归来的男女，他们手捧芍药花，洒下一路芬芳。尽管当时郑国是个小国，还总是遭受到周边大国的侵扰，本国的统治者也并不清明，但对于普普通通的人民来说，春天的日子让人感到喜悦，他们有节日，他们有芍药，他们有对美好生活的信心与勇气。

先秦时候法令允许男女相会，就是仲春之会。《周礼》上记载说："于是时也，奔者不禁。"根据当时郑国的风俗，每年的仲春上巳之日是大规模的民俗节日，男男女女纷纷来到溱、洧水边，以新解冻的春水洗涤污垢，认为这样可以除去整个冬天所积存的病害，在新的一年里健康吉祥。

《后汉书·礼仪上》中记载到："是月上巳，官民皆絜（洁）于东流水上，曰洗濯祓除去宿垢疢为大絜。"而对年轻男女来说，这更是自由快活的春游，趁这个大好机会在野外踏青，泼水相戏，撞见心仪的男女，择偶成家。

上巳节在魏晋之时更多地演化成为文人雅士的娱乐活动，"永和九年，岁在癸丑，暮春之初，会于会稽山阴之兰亭，修禊事也，群贤毕至，少长咸集……"如著名书法家、文学家王羲之的《兰亭序》中记叙的聚会作文，更接近于上巳本色的还是《诗经》中的《溱洧》。

魏 风

十亩之间

十亩之间兮,
桑者闲闲兮①。
行与子还兮②。
十亩之外兮,
桑者泄泄兮③。
行与子逝兮④。

【注释】

①闲闲:从容不迫的样子。②行:将要。③泄泄:从容的样子。④逝:往,去。

【赏析】

这首《魏风·十亩之间》旋律轻松,以愉悦的口吻描述在桑间劳作的乐趣。站于十亩的桑园间,采桑的人十分悠闲地劳作着,纷纷相互嬉笑着结伴回家,而那十亩桑园之外则是桑林,采桑的人笑脸盈盈,相互携手离去。

魏国地处偏北之区,条件艰苦而不利于耕种,但是那里的先民是勤劳而乐观的。这首诗歌描绘了一派清新恬淡的田园风光,夕阳西下,余晖透过碧绿的桑叶照进一片宽大的桑园。牛羊归栏,炊烟四起。忙碌了一天的采桑女,收拾行李归家,顿时,桑园里响起一阵阵彼此呼唤的声音。他们轻松愉快的劳动心情也会感染千年后的读者。

关于这首诗的诗旨,有不同的阐释。《毛诗序》认为其为"刺时"之作。宋代苏辙则解释为"偕友归隐",清代方玉润《诗经原始》则说是"夫妇偕隐"。无论何种解释,此诗中所描绘的桑园风光是确定无疑的。

　　先秦时期,采桑作为一项非常普遍的生存之道,使得桑园成为女人除家庭之外最重要的活动场所。有女人的地方必有爱情,学者傅道彬在自己的研究中这样说过:"古老的桑园因为有着太多的故事,以至于成为一个爱的隐语。"这首《十亩之间》流传下来的正是这幅桑园晚归图,桑民是这幅美丽清新画卷的主角,恬静自然。

伐 檀

坎坎伐檀兮①,寘之河之干兮②,河水清且涟猗③。
不稼不穑④,胡取禾三百廛兮⑤?
不狩不猎,胡瞻尔庭有县貆兮⑥?
彼君子兮⑦,不素餐兮⑧!
坎坎伐辐兮⑨,寘之河之侧兮,河水清且直猗。
不稼不穑,胡取禾三百亿兮?
不狩不猎,胡瞻尔庭有县特兮⑩?
彼君子兮,不素食兮!
坎坎伐轮兮,寘之河之漘兮⑪,河水清且沦猗⑫。
不稼不穑,胡取禾三百囷兮⑬?
不狩不猎,胡瞻尔庭有县鹑兮?
彼君子兮,不素飧兮⑭!

【注释】

①坎坎:象声词,伐木声。②寘:同"置",放。干:水边。③猗(yī):语气助词。④稼:播种。穑(sè):收获。⑤胡:为什么。廛(chán):同"缠",捆。⑥县:同"悬"。貆(huān):猪獾。⑦君子:讽指有地位有权势的人。⑧素餐:不劳而获。⑨辐:车轮上的辐条。⑩特:小兽。⑪漘

56 / 一生最爱古诗词

(chún)：水边。⑫沦猗：小波纹。⑬囷：束。⑭飧（sūn）：吃饭。

【赏析】

这首《伐檀》是诗经中为数不多的直接控诉统治者的诗篇。诗中直接严厉责问，用事实来揭露上层统治的暴行和苛政，抒发蕴藏在胸中的熊熊怒火，人们年复一年繁重劳动，苦难生活，却什么都得不到。在诗歌中，这种积压在胸中的情感被完全抒发出来。

伐檀的声音砍砍作响，一棵棵檀树被放倒在河边上，河水泛着清清的涟漪。那些人既不播种也不收割，为什么家中有着三百捆禾？既不冬狩也不夜猎，为什么你的庭院悬着猪獾？那些君子官爷们啊，不应白吃闲饭啊。砍下檀树来做车辐，把它们放在河边堆放一处。河水清清直着流淌。那些人既不播种也不收割，为什么要独取三百捆禾？既不冬狩也不夜猎，为什么你的庭院里悬着猎来的野兽？那些君子官爷们啊，不应白吃饱腹啊！砍下檀树来做车轮，把它们一棵棵放倒在河边堆起来。河水清清泛起波纹，既不播种也不收割，为什么要独吞三百捆禾？既不冬狩也不夜猎，为什么你的庭院里挂着鹌鹑？那些君子官爷们啊，不应白吃腥荤哪！

这首反抗诗歌，是讽刺奴隶主贵族们不从事生产劳动，但却有几百囷的粮食，家中还悬挂着各种各样的猎物，吃都吃不完。这是哪里来的？诗人一针见血地斥诉道：不稼不穑，不狩不猎，胡瞻尔庭有县鹑兮？胡瞻尔庭有县貆兮？胡瞻尔庭有县特兮？胡瞻尔庭有县鹑兮？这些直接斥问显得很有力度，而最后的那句"彼君子兮，不素飧兮！"是近乎总结性的感叹，作为贵族统治者，本不应当这样，现在反而如此压榨劳动者，坐享其成，实在不是彼君子应当有的作为啊！

硕 鼠

硕鼠硕鼠①，无食我黍！
三岁贯女②，莫我肯顾。

逝将去女,适彼乐土。
乐土乐土,爰得我所③。
硕鼠硕鼠,无食我麦!
三岁贯女,莫我肯德④。
逝将去女,适彼乐国。
乐国乐国,爰得我直⑤。
硕鼠硕鼠,无食我苗!
三岁贯女,莫我肯劳⑥。
逝将去女,适彼乐郊。
乐郊乐郊,谁之永号⑦?

【注释】

①硕鼠:即田鼠,喻剥削无厌的统治者。②三岁贯女:侍奉你多年。女,通"汝",你,即指统治者。三岁,非实数,喻时间长。③所:安居之所。④德:感谢。⑤直:同"值",值得。⑥劳:慰问。之:表反问语气。⑦永号:长吁短叹。

【赏析】

《毛诗序》说:"硕鼠,刺重敛也。国人刺其君重敛,蚕食于民。不修其政,贪而畏人,若大鼠也。"

《魏风·硕鼠》形象地刻画出剥削者的丑恶面目,"三岁贯女,莫我肯顾",奴隶们长年劳动,用自己的血汗养活了奴隶主,而奴隶主却没有丝毫的同情和怜悯,残忍无情,得寸进尺,剥削的程度愈来愈强。"逝将去女,适彼乐土"到"乐国",再到"乐郊",奴隶们似乎已经有了对自由和幸福的向往,幻想着能找到一块理想的国土,自此摆脱严重的剥削,再也不用哀伤叹息地过日子了。

这首《硕鼠》是《诗经》中的又一首反抗诗,是对压迫和盘剥的控诉。在《硕鼠》中不但有愤怒,还有反抗,"硕鼠硕鼠,无食我黍!"贪婪的大老鼠,不要再吃我的粮食了!反映着劳动人民捍卫自己劳动成果的正义要求,有着深刻的进步意义。

唐 风

葛 生

葛生蒙楚[①],蔹蔓于野[②]。
予美亡此[③]。谁与?独处!
葛生蒙棘[④],蔹蔓于域。
予美亡此。谁与?独息!
角枕粲兮[⑤],锦衾烂兮。
予美亡此。谁与?独旦!
夏之日,冬之夜。
百岁之后,归于其居[⑥]!
冬之夜,夏之日。
百岁之后,归于其室[⑦]!

【注释】

①蒙:覆盖。②蔹(liǎn):野葡萄。③予美:我的爱人。④棘:酸枣。⑤粲:同"灿"。⑥其居:墓穴。⑦其室:同"其居"。

【赏析】

这是一首女子哭悼亡夫的诗。整首诗以葛起兴,寄托哀思。"予美亡此。谁与?独处!"这是女子内心的独白,听起来十分沉重,在荒凉的墓地,她悲恸地悼念亡夫,茫茫大地上野葛遮盖了一层又一层,那野草下面隐藏着的,是一个多么让人伤痛的现实啊!

自己一生唯一爱着的丈夫,就长眠在野草之下。往后的日子是多么难熬，自己将与悲伤同行。冬之夜，夏之日。后来有千日，不知如何独守空室，思念亡去的人儿，于是妇人哀叹道，"百岁之后，归于其室"！只有等到百年之后，同眠地下，才是最后的归宿与解脱。

这首诗是女性的悼亡怀念作品，凄凄低语，这种真真切切的情意，让人动容。

今时今日，悼亡哀思仍是一样的伤情，"予美亡此。谁与？独息！予美亡此。谁与？独旦！"道破了怀念的本质。

秦 风

蒹 葭

蒹葭苍苍①，白露为霜。
所谓伊人②，在水一方③。
溯洄从之④，道阻且长。
溯游从之⑤，宛在水中央⑥。
蒹葭萋萋，白露未晞⑦。
所谓伊人，在水之湄⑧。
溯洄从之，道阻且跻⑨。
溯游从之，宛在水中坻⑩。
蒹葭采采，白露未已。
所谓伊人，在水之涘⑪。
溯洄从之，道阻且右⑫。
溯游从之，宛在水中沚⑬。

【注释】

① 苍苍：茂盛的样子。下"萋萋""采采"同。② 所谓：指所怀念的。伊人：即思念追寻之人。③ 方：边。④ 从：追求、寻找。⑤ 溯游：顺流而下。⑥ 宛：宛然，好像。⑦ 晞（xī）：晒。⑧ 湄（méi）：水与草的交接处，即指岸边。⑨ 跻（jī）：升高，这里指地势越来越高。⑩ 坻（chí）：水中的小沙洲。⑪ 涘（sì）：水边。⑫ 右：指道路迂回。⑬ 沚（zhǐ）：水中的小块陆地。

【赏析】

诗的大意是，一个青年在白露茫茫、秋苇苍苍的水边徘徊，寻找他的"伊人"。"伊人"在哪里？她似乎就在眼前，但却隔着一条无法渡过的河水，他只能看到佳人在水一方的倩影，美丽的笑容在雾中若隐若现。伊人可望而不可即，青年惘然若失。伊人之美，"宛在水中央"。男子为了保持心目中"伊人"若隐若现之美，不去接近，享受着水中望月的朦胧缥缈之美。

《蒹葭》诗中，青年从未真正清晰地看到过自己的心仪对象，但心中怕是早已有了她的模样，那么惹人喜爱。追寻的路途充满艰险，想要把那女子的模样忘掉，但怎么忘也忘不了。爱情，尤其是单相思带给人的常常就是悲苦与感伤，现在男子无法克制地思念那个人，迷离，恍惚，所以，他只好常常来这一片水边，只好傻傻地朝对岸遥望。女子也不能从"水中央"走出来，她只能属于水边，临水而居，与秋霜、芦苇为伴，才显得那么不染尘俗，盈盈一水间，脉脉不得语，《蒹葭》的若即若离美感，氤氲效果，让后世千年遐想万分。

距离产生美。人世间越是追求不到的东西，越是觉得它可贵，爱情尤其如此。英国戏剧家萧伯纳曾说过：人生有两大悲剧，一是得不到想得到的东西，一是得到了想得到的东西。得不到回报的爱情，带给人多少肝肠寸断，剪不断，理还乱。但无论如何，伊人在男子的心中，愈发高洁、可爱、可敬，更令他神往。

关于这首《蒹葭》的解释，《毛诗序》认为："蒹葭，刺襄公也。未能用周礼，将无以固其国焉。"近代学者方玉润作《诗经原始》，还有姚际恒的《诗经通论》，则认为这是一首招贤诗，其中的"伊人"即"贤才"，说"征求逸隐不以其道，隐者避而不见"。又说"贤人隐居水滨，而人慕而思见之"。但更多的学者是将其视为爱情诗。"河边芦苇青苍苍，秋深露水结成霜。意中人儿在何处？就在河水那一方。逆着流水去找她，道路险阻又太长。顺着流水去找她，仿佛在那水中央。"（程俊英先生译本）其实说是爱情诗，更能让人接受，因为"在水一方"的伊人早已成为中国古典诗词里的一个经典影像。

关于此首诗的意境，《古诗十九首》中有一首《迢迢牵牛星》颇为神似，其最后两句诗曰"盈盈一水间，脉脉不得语"，似最得《诗经》风致，只不过《蒹葭》清浅明丽，古气紫溢，虽有忧思但温润而不失高贵，而《迢迢牵牛星》则带多了几分忧苦悱恻，更多的世俗气息。

陈 风

东门之杨

东门之杨，其叶牂牂①。
昏以为期②，明星煌煌③。
东门之杨，其叶肺肺。
昏以为期，明星晢晢④。

【注释】

① 牂牂（zāng）：叶大而茂盛的样子。下文"肺肺"同。② 昏：黄昏。③ 明星：启明星。煌煌：明亮的样子。④ 晢晢（zhé）：同"煌煌"。

【赏析】

　　东门的大白杨树啊，叶儿正发出低音轻唱。约会定好的时间是黄昏，直等到明星东上。东门的大白杨树啊，叶儿正发出轻声叹息。约会定好的时间是黄昏，直等到明星灿烂。

　　陈国都城的东门外是男女青年的聚会之地，有"丘""池""枌"等。《陈风》中的爱情之歌《东门之池》《宛丘》《月出》《东门之枌》，大都产生在这块爱情的圣地上。

　　《东门之杨》写等待带来的美感，有一种珍惜在里边，欧阳修的《生查子·元夕》中也流露出来同样的情感："去年元夜时，花市灯如昼。月上柳梢头，人约黄昏后。今年元夜时，月与灯依旧。不见去年人，泪满春衫袖。"

　　"月上柳梢头，人约黄昏后"，那片杨树林面积比较大，树因为年代久远了枝叶茂盛，是不是也象征着陈国男女的爱情也如树林一样繁茂而生生不息？和心爱的人约好了时间，早来的望着树林，急切地徘徊，焦急的心情相信等待过的人都会了解。这约会在恋人的心上，无疑既隐秘又新奇，期间涌动着的，当然还有几分羞涩、几分兴奋。等待者站在高大的杨树下，抬头看见了天上闪亮的星星，似乎在向自己眨着眼睛，心情也就略微好了起来，有星星相陪，想着念着，静静地等待着爱人的到来，也是一种幸福吧。

月　出

月出皎兮，佼人僚兮[①]。
舒窈纠兮[②]，劳心悄兮[③]。
月出皓兮，佼人懰兮[④]。
舒忧受兮，劳心慅兮[⑤]。
月出照兮，佼人燎兮[⑥]。
舒夭绍兮[⑦]，劳心惨兮[⑧]。

【注释】

① 佼人：美人。僚：美丽。② 舒：安闲轻盈的样子。窈纠（jiǎo）：女子体态窈窕的样子。③ 劳心：忧心，思念。悄：深忧。④ 懰（liú）：妩媚的样子。⑤ 慅：心神不安。⑥ 燎：形容女子样貌优雅、漂亮。⑦ 夭绍：形容女子优雅的样子。⑧ 惨（cǎo）：忧愁不安的样子。

【赏析】

"诗以言志"，古人认为诗是抒发内心的感受的。《月出》也是如此。看到自己喜欢的女子，在皎洁的月光下，男子就唱出了这一首歌。

天上月儿多么皎洁，照见你那娇美的脸庞，你那优雅苗条的倩影，只能使我心中忧伤！天上月儿多么素净，照见你那妩媚的脸庞，你那舒缓安详的模样，只能使我心中纷乱！天上月儿多么明朗，照见你那亮丽的脸庞，你那婀娜多姿的身影，只能使我黯然神伤！

对美人的相思之情，在中国的文学作品中屡见不鲜，在古代以诗歌为主要代表。《月出》便是这样一首吟唱的民谣。

月亮出来了，洒下皎洁明亮的光亮，照在她娇媚妩媚的脸庞，让他怀想。长久的相思牵动他的愁肠，痴恋的心情，如此令人烦忧。"明月当空引人愁，万家欢乐唯我忧。"皓月当空，清辉皎洁，千里的明月光中，却让歌者忧伤起来。"月出皎兮，佼人僚兮。"一个"皎"字，传达出后人对月光的永久记忆。拿月光来比美人，确实"劳心悄兮"，月光美人，成为一种意象，一种世间最动人的意象。《月出》的作者第一个用含情脉脉的审美眼光关照月亮，在冰冷的自然之物中发现了温情的诗意。因此，说中国的月亮就是从《月出》中升起的，也无可厚非。在后世的诗词曲赋中，月亮便成了表达美好寄托相思的固定意象。

这首《月出》连用了"月出皎兮"，"月出皓兮"，"月出照兮"，循环往复，简单朴素，却给人一种真切的美感。足见诗韵之美不在华彩，而在情真。

株 林

胡为乎株林^①？从夏南兮^②！
匪适株林，从夏南兮！
驾我乘马^③，说于株野^④。
乘我乘驹，朝食于株^⑤。

【注释】

①胡：为什么。株：陈国邑名。林：郊野。②夏南：夏姬之子。③我：指陈灵公。④说：同"税"，停车。⑤朝食：吃早饭。

【赏析】

这是一首讽刺诗，用冷峻犀利的笔墨讽刺揭露了陈灵公的狗彘之行。

"他们为什么兴冲冲地赶到株邑城外的郊野？只因为急着去见夏南吗？他们不是去株邑郊野吗？他们是要去找夏南的母亲吧。驾着大车赶起四匹马，停车在株邑的郊外。架起轻车赶着四匹宝马，抵达株邑歇息吃早餐。"

郑穆公的女儿嫁给陈国大夫夏御叔为妻子，按习俗从丈夫的姓，改名夏姬。夏御叔是陈定公的孙子，封地在株林地方。夏姬是一个美艳绝伦的女人，她未出嫁时，与自己的庶兄公子蛮私通，等嫁给夏御叔不到九个月，便生下了一个儿子，取名为夏南。虽然夏御叔有些怀疑孩子是否是自己的亲生子，但是惑于妻子的美貌，就没有深究。12年后，夏御叔病亡，夏姬也就隐居株林。寡妇门前是非多，而夏姬又是出了名的绝色美人，夏御叔一死，那些平时在暗地里垂涎夏姬美貌的男人就冒出来了。没有多久，经常进出株林的夏御叔的好友孔宁与仪行父都成了夏姬的床幕之宾。经过两个人介绍，国君陈灵公也加入了他们的行列。可耻的丑闻像是熊熊的山火在陈国肆虐蔓延，讽刺的歌谣在民间遍布流传。这首《株林》便是其中的代表。

尽管如此，陈灵公和他的大臣们并没有就此停下前往株林的脚步。最初时候，陈灵公还不敢声张，总是寻找种种借口偷偷摸摸前来。毕竟，与臣子的寡妻私通对一个国王来说并不是件光彩的事，夏姬的儿子夏南也一天天长大懂事起来。可是，日子一久，他与孔宁、仪行父就肆无忌惮、不再遮掩了。这样，君臣三人沉迷酒色的淫行成了陈国公开的秘密。陈灵公任命夏南承袭了他父亲生前的官职与爵位，执掌兵权，堵住了他的嘴巴和自尊心。面对君臣三人时常在朝堂上拿着夏姬的内衣嬉戏调笑，大臣们敢怒不敢言，选择视而不见。民间则开始用歌谣嘲讽君主的失威败德，荒废国事。

《毛诗序》认为"《株林》，刺灵公也。淫乎夏姬，驱驰而往，朝夕不休息焉"。

曹 风

蜉 蝣

蜉蝣之羽①，衣裳楚楚②。
心之忧矣，于我归处？
蜉蝣之翼，采采衣服③。
心之忧矣，于我归息？
蜉蝣掘阅④，麻衣如雪。
心之忧矣，于我归说⑤？

【注释】

①蜉蝣：一种寿命极短的昆虫。②楚楚：干净整齐的样子。③采采：光洁鲜艳的样子。④掘阅：光洁的样子。⑤说：同"税"，舍息，居住。

【赏析】

这首诗中,敏感的诗人借助一只蜉蝣写出了脆弱的生命在死亡前的短暂美丽和面临死亡的困惑。蜉蝣是一种生命周期很短的昆虫,它的幼虫在水中孵化以后,大概要在水中待3年才能达到成熟期,然后爬到水面的草枝上,把壳蜕掉成为蜉蝣,之后还要经过两次蜕皮才能展翅飞舞。之后,要在几个小时内交配、产卵,而后就要死去。

《淮南子》中记载说:"蚕食而不饮,二十二日而化;蝉饮而不食,三十二日而蜕;蜉蝣不食不饮,三日而死。"明朝李时珍在自己的药学巨著《本草纲目》中更是一语抓住蜉蝣的生态特征:"蜉,水虫也……朝生暮死。"朝生暮死,这是蜉蝣的命运,然而放大来看,也是天地苍生的共同命运——人生何其短暂。

蜉蝣的羽啊,明艳如穿着鲜明的衣衫。我的心充满了忧伤,不知哪里是我的归处?蜉蝣的翼啊,明艳如穿着鲜明的衣衫。我的心充满忧伤,不知哪里是我的归息?蜉蝣多光彩啊,仿佛穿着如雪的麻衣。我的心里充满了忧伤,不知哪里是我的归结?

这是一首对生命敬畏并且充满了忧伤的歌曲,作者想要淡然地面对生命这个严肃的话题,却又战战兢兢,无法克制内心对于时光飞逝的惊恐。

苏东坡在《前赤壁赋》也发过类似的感叹:"寄蜉蝣于天地,渺沧海之一粟。哀吾生之须臾,羡长江之无穷。"古战场赤壁在,滚滚东流的长江也在,而那些曾经叱咤风云的英雄消失无踪。时间是如此无情,不会对任何一个人、一件事情客气,英雄人物以为自己改变的事情对时间来说,不过是一颗细小的尘埃罢了。

《曹风·蜉蝣》是千年前的古人唱出的对生命荒凉的惆怅。作者知道蜉蝣不久就会死去,可是蜉蝣似乎不知自己就要死去,还是穿着鲜艳好看的衣服,美丽无比,俏丽动人。身姿轻盈,宛如古代的宫女,尾部的两三根细长的尾丝,也如古代美女长裙下摇曳的飘带。作者不禁发出了长叹:蜉蝣在有限的生命里还是在尽情展现自己,而我们人类有着漫长的生命,却不知道要走向何方。

豳 风

七 月

七月流火①，九月授衣②。一之日觱发③，二之日栗烈④。无衣无褐⑤，何以卒岁？三之日于耜⑥，四之日举趾⑦。同我妇子，馌彼南亩⑧。田畯至喜⑨。

七月流火，九月授衣。春日载阳，有鸣仓庚⑩。女执懿筐⑪，遵彼微行，爰求柔桑。春日迟迟，采蘩祁祁⑫。女心伤悲，殆及公子同归⑬。

七月流火，八月萑苇⑭。蚕月条桑⑮，取彼斧斨⑯。以伐远扬⑰，猗彼女桑⑱。七月鸣鵙⑲，八月载绩。载玄载黄，我朱孔阳⑳，为公子裳。

四月秀葽㉑，五月鸣蜩㉒。八月其获，十月陨萚㉓。一之日于貉，取彼狐狸，为公子裘。二之日其同，载缵武功㉔。言私其豵㉕，献豜于公㉖。

五月斯螽动股㉗，六月莎鸡振羽㉘。七月在野，八月在宇，九月在户，十月蟋蟀，入我床下。穹窒熏鼠㉙，塞向墐户㉚。嗟我妇子，曰为改岁，入此室处。

六月食郁及薁㉛，七月亨葵及菽。八月剥枣，十月获稻。为此春酒，以介眉寿㉜。七月食瓜，八月断壶㉝，九月叔苴㉞，采荼薪樗㉟。食我农夫。

九月筑场圃，十月纳禾稼。黍稷重穋㊱，禾麻菽麦。嗟我农夫,我稼既同,上入执宫功。昼尔于茅,宵尔索绹㊲,亟其乘屋,其始播百谷。

　　二之日凿冰冲冲㊳,三之日纳于凌阴㊴。四之日其蚤,献羔祭韭。九月肃霜,十月涤场。朋酒斯飨㊵,曰杀羔羊,跻彼公堂。称彼兕觥㊶:万寿无疆!

【注释】

① 流火:大火星。流,消逝降下的意思。② 授衣:缝制冬衣。③ 一之日:即夏历十一月。觱(bì)发:寒风发出的声音。④ 栗烈:凛冽。⑤ 褐:粗布衣。⑥ 耜(sì):古代一种农具。⑦ 举趾:下地种田。⑧ 馌(yè):送饭。⑨ 田畯(jùn):监工的农官。⑩ 仓庚:黄莺。⑪ 懿筐:深筐。⑫ 蘩:白蒿。祁祁:妇女众多的样子。⑬ 归:出嫁。⑭ 萑(huán)苇:芦苇。⑮ 条:修剪。⑯ 斨(qiāng):方孔的斧。⑰ 远扬:向上长的桑枝。⑱ 猗(jī):攀折。女桑:嫩桑叶。⑲ 鵙(jú):伯劳,一种鸟。⑳ 孔阳:色彩鲜艳。㉑ 葽(yāo):一种药用植物。㉒ 蜩(tiáo):蝉。㉓ 蘀(tuò):落叶。㉔ 缵:继续。㉕ 豵(zōng):一岁的小猪。㉖ 豜(jiān):三岁大猪。㉗ 斯螽(zhōng):蚱蜢。㉘ 莎鸡:纺织娘。㉙ 穹室:堵塞鼠洞。㉚ 墐:用泥涂抹。㉛ 薁(yù):野葡萄。㉜ 介:求取。眉寿:长寿。㉝ 壶:葫芦。㉞ 叔苴(jū):拾麻籽。㉟ 荼:苦菜。樗(chū):苦椿树。㊱ 重:晚熟作物。穋(lù):早熟作物。㊲ 索绹(táo):搓草绳。㊳ 冲冲:凿冰声。㊴ 凌阴:凿冰的地窖。㊵ 朋酒:两壶酒。飨(xiǎng):用酒食招待客人。㊶ 兕觥(sì gōng):古时的一种酒器。

【赏析】

　　《七月》是源于豳地的民间歌谣。豳地在现在陕西省旬邑县、彬县一带,当时是个农业部落。七月火星向西落,妇女在九月的时候就缝制冬衣,因为十一二月的时候就会寒风彻骨,没有足够御寒的衣服,怎么能够抵御这寒冷的冬日呢?冬天一过,便要开始修理锄具,准备二月下地耕种。

　　《七月》叙述人们的艰辛努力,生活随着时令和季节的变换律动而改变。劳作不是因为敬畏神的力量,也不是为了祭祀神灵,而是为了获得生活的保障。他们一年四季的劳动生活,涉及当时生活的各个方面。

《七月》是一幅男耕女织时代的风俗画。三月里女孩子带着漂亮的篮子，采桑叶养蚕，六月采摘野葡萄，七月榨满豆浆，八月打枣、收稻谷，九月打谷，重新做了菜园子，十月酿酒，十一月、十二月农活结束了，男人开始去打猎。夜晚归来还不休息，趁着农闲收拾好屋子，以抵御夜晚的风霜，还要准备过年，来年开春又要忙着种地了。

在诗中有很多细节描写，比如，蟋蟀爬进屋中，在灯下跳来跳去，提醒着北风的寒凉。人们赶紧锁上窗户，把门洞都堵塞上，屋中就暖和起来。

在平和的诗句下，诗人又向人们展现出另一幅古代农人生活画面。农夫辛辛苦苦地白日忙完庄稼，夜晚又要搓麻绳，在一年的最后时刻忙祭祀的种种活动，献上先前冷冻在冰窖里的韭菜和羊羔，分发美酒给宾客，与众人一起举杯为主人祝福，高呼万寿无疆。在这里，我们可以看到农民与贵族统治者生活的鲜明对比。农夫终年从事繁重的农事和劳役，在生活上却得不到相应的待遇。相反，贵族却完全过着另一种生活：住的是防风耐寒的房屋，穿的是上等鲜亮的好衣裳，吃的是酒肉，没事还祭祀宴请，祈求多福多贵多长寿。

相似的内容在诗经中其他篇章中也有体现，如《魏风·伐檀》《魏风·硕鼠》。后两首都体现了一种反抗精神，但在这首《七月》中我们几乎看不到同样的情感。

鸱鸮

鸱鸮鸱鸮[1]，既取我子，无毁我室。
恩斯勤斯[2]，鬻子之闵斯[3]！
迨天之未阴雨[4]，彻彼桑土[5]，绸缪牖户[6]。
今女下民[7]，或敢侮予[8]？

予手拮据⑨，予所捋荼⑩，予所蓄租⑪，
予口卒瘏⑫，曰予未有室家！
予羽谯谯⑬，予尾翛翛⑭，予室翘翘⑮，
风雨所漂摇，予维音哓哓⑯！

【注释】

①鸱鸮（chī xiāo）：猫头鹰。②恩：爱。斯：语气助词。③鬻（yù）：育。闵：病。④迨（dài）：及，到。⑤彻：同"撤"，取。桑土：桑根。⑥绸缪：缠绕。牖：窗。户：门。⑦女：同"汝"。下民：下面的人。⑧或：有。⑨拮据：指脚爪劳累。⑩捋：成把摘取。荼：茅草花。⑪蓄：积蓄。租：通"苴"，茅草。⑫卒瘏（tú）：患病。⑬谯谯（qiáo）：羽毛疏落的样子。⑭翛翛（xiāo）：羽毛枯敝无泽。⑮翘翘：危而不稳的样子。⑯哓哓（xiāo）：形容惊恐的叫声。

【赏析】

这首诗歌的意思是：可恶的猫头鹰，你已经抓走了我的幼子，别再来毁坏我的家园。可怜我含辛茹苦费尽心思，早已经为抚养幼子病倒了！趁着天晴没有雨水，找些树枝桑根，修补门窗。如今你们树下的人，说不定什么时候又要来欺负我。我的爪子疼痛无比，还得继续采集茅草来垫巢底，我的嘴巴泥土都捉不动了，可是我的窝巢还未曾修好啊！我的羽毛稀落凋残，我的窝巢也摇摇欲坠，正在风雨飘摇啊，我只能惊恐地哀号！

寓言作为一种文学的表现方式，为战国时期的诸子百家所广泛运用，使得古代的说理散文增添了许多的艺术魅力。

在这首诗中，小鸟被猫头鹰吃掉了，巢穴也被破坏掉了，但是母鸟还趁着天晴修补自己的家园。诗中的鸟很坚强，面对灾祸有着生存的勇气和毅力。刚刚还沉浸在丧子的痛苦之中，一会儿就在哀伤之中抬起头来，重建家园。这只母鸟的悲哀在于它以为自己的幼子被猫头鹰吃掉之后，通过哀求猫头鹰就不会再来侵袭它了。它哪里知道，猫头鹰都是贪婪的，尝到甜头的猫头鹰肯定还会再来，家园还会遭到它们的袭击。

鸟儿明知道猫头鹰时刻都会再来侵扰，却依然固守家园。况且家园已经被破坏，它依然不嫌弃，希望可以修缮重建。这艰难的生活，让它付出了巨大的代价：它的爪子受伤了，嘴也不能再用了，羽毛也失去了以前的光泽，变得凋零了。这只母鸟的遭遇是生活在下层的劳动人民的一个写照，深受压迫，但是还要生存下去，还是坚持对家园的固守。

破 斧

既破我斧，又缺我斨①。
周公东征，四国是皇②。
哀我人斯③，亦孔之将④。
既破我斧，又缺我锜⑤。
周公东征，四国是吪⑥。
哀我人斯，亦孔之嘉⑦。
既破我斧，又缺我銶⑧。
周公东征，四国是遒⑨。
哀我人斯，亦孔之休⑩。

【注释】

①斨（qiāng）：斧的一种，斧孔椭圆，新孔方。②皇：同"惶"，恐惧。③斯：语气词，相当于"啊"。④孔：很、甚、极，程度副词。将：大。⑤锜（qí）：凿子，一说是古代的一种锯。⑥吪（é）：教化。⑦嘉：善，美。⑧銶（qiú）：凿子，一说是独头斧。⑨遒（qiú）：《毛传》："固也。"《郑笺》："敛也。"一说是臣服。⑩休：美好。

【赏析】

周公平定叛乱，四方都顺服统治，这从民族高度上来讲，是符合民意，顺应历史潮流的，历史意义巨大。由此，周公也得到史学家们的一致肯定，一代英名由此奠定。但是战争残酷，能够活下来实在是件幸运的事情。这首诗中发出的正是这样的感慨。

"既破我斧，又缺我戕。"斧头都折断了，武器都成了残缺，可见战斗之惨烈，作为小人物的士兵，时刻处于危亡之中，"哀我人斯，亦孔之将。"周公可怜我们这些平民士兵，是多么的善良，死亡是无可避免的事，死里逃生真是大幸呀！

周武王伐纣灭了商朝之后，建立起西周政权。为了巩固自己的新政权，他推行了"分封制"。

功臣论功赏赐后，武王也给纣王的儿子武庚封了一块地，就是殷都。武王不放心，就派自己的三个兄弟管叔、蔡叔和霍叔去监视武庚。

武王在位两年后就病死，大臣周公旦辅佐成王继位。成王当时才13岁，不能理政，周公旦就掌握了全部的权力。在外的管叔、蔡叔和霍叔不服气，到处散布谣言说周公旦要篡夺皇位。谣言多了，成王对周公就不信任了，内讧问题出现。

当时周朝刚刚建立，统治基础还很薄弱，原来的殷商势力仍很强大。纣王的儿子武庚就利用这个机会，串通管叔三人，联络一大批殷商的权贵，并且煽动东夷几个部落，联合造反，声势很大。

周王朝一时面临着殷商复辟的危险。周公旦面对来自内外两方面的沉重压力，多方权衡，断然决定兴师亲自东征。历经三年，叛乱平定，武庚被杀，管叔等三人得到应有的报应：一个上吊自杀，一个被革职，一个被远远充军。

周公同时挥兵又把周边的几个动乱的国家一一收服了，这次战事是继武王伐纣之后，周公为商朝社稷做出的最大功绩，周朝的统治由此奠定下来。

出于对周公的赞颂，民间有了这首《豳风·破斧》。

小 雅

北 山

陟彼北山,言采其杞①。
偕偕士子②,朝夕从事。
王事靡盬③,忧我父母。
溥天之下④,莫非王土。
率土之滨⑤,莫非王臣。
大夫不均,我从事独贤⑥。
四牡彭彭⑦,王事傍傍⑧。
嘉我未老,鲜我方将⑨。
旅力方刚⑩,经营四方⑪。
或燕燕居息⑫,或尽瘁事国。
或息偃在床⑬,或不已于行⑭。
或不知叫号,或惨惨劬劳⑮。
或栖迟偃仰⑯,或王事鞅掌⑰。
或湛乐饮酒⑱,或惨惨畏咎⑲。
或出入风议⑳,或靡事不为㉑。

【注释】

①言:语助词,无实义。杞:枸杞,一种落叶灌木。②偕偕:健壮的样子。士:指低级官员。③靡盬(gǔ):无休止。④溥(pǔ):同"普"。⑤率土之滨:四海之内。⑥贤:多、劳。⑦牡:公马。彭彭:形容马奔走不息。

⑧ 傍傍：匆忙的样子。⑨ 鲜（xiǎn）：称赞。⑩ 旅力：体力。旅，同"膂"。⑪ 经营：操劳工作。⑫ 燕燕：安闲自得的样子。居息：居家休憩。尽瘁：尽心竭力。⑬ 息偃：仰卧休息。⑭ 行：道路。⑮ 惨惨：又作"懆懆"，忧虑不安的样子。劬（qú）劳：辛苦劳累。⑯ 栖迟：休憩游玩。⑰ 鞅掌：因事多而繁忙。⑱ 湛（dān）：同"耽"，沉湎。⑲ 畏咎：害怕因出错而遭罪。⑳ 风议：高论。㉑ 靡：无，没有。

【赏析】

在《小雅·北山》中，作者倾诉了自己的苦闷。他登上北山头采摘枸杞，这一切都是在为皇室劳作，然而王家的事情繁杂纷乱，哪一天才是尽头呢？不但自己要受苦，还要连累父母跟着担忧。

他成天为王家事奔波不止，只要他还有一天的力气，就得去卖一天的命。然而有人为国事操劳，也有人享受安逸，这些安逸的人不懂得民间的疾苦，只知道四处闲逛。

《北山》是对劳役不均的讽刺。对那些不劳而获，挥霍劳动人民用汗水换来的粮食的人表示了严重的抗议。自己辛辛苦苦劳作所获的财富，都源源不断地交到统治者手里。他们虽不劳作，却到处都是储粮的仓廪，囤积着千万斤粮食。

周代社会和政权是按宗法制度组织的，完全按照血缘关系的远近亲疏规定地位的尊卑。广大的劳动人民处于最受役使和压迫的地位，必然承受着辛劳和痛楚。

统治阶级剥削得到的粮食已经没有地方放置了，但是他们仍不满足，还希望得到更多更多。这种贪婪之心，被劳动人民在歌声中彻底揭露出来，在《小雅·大东》中记载说："维南有箕，载翕其舌；维北有斗，西柄之揭。"《周颂·良耜》中说得更具体："积之栗栗，其崇如墉（城墙），其比如栉，以开百室，百室盈止。"

隰 桑

隰桑有阿①，其叶有难②。
既见君子③，其乐如何！
隰桑有阿，其叶也有沃④。
既见君子，云何不乐。
隰桑有阿，其叶也有幽⑤。
既见君子，德音孔胶⑥。
心乎爱矣，遐不谓矣⑦，
中心藏之，何日忘之。

【注释】

①隰（xí）：低湿的地方。阿：同"婀"，美。②难（nuó）：同"娜"，茂盛的样子。③君子：指所爱之人。④沃：柔。⑤幽：同"黝"，青黑色。⑥德音：指情话。孔胶：情意缠绵。⑦遐：何。

【赏析】

《隰桑》讲述的是采桑女在桑园中见到了她思念已久的男人，难以掩藏心中的喜悦情景。于是她唱道：洼地桑树多婀娜，叶儿茂盛掩枝柯。我看见了那人儿，快乐滋味无法说！情话绵绵说不够，叫我如何不快乐！

发生在桑园中的约会媾和，是先秦时候的一种风气。桑林在上古时期是充满暧昧的场合，先民们认为，在与劳动相关的自然田野约会可以得天地之精华，有益健康，并且和谷物的生长联系起来，认为是一种吉兆。

从这首诗中我们可以看到，桑园的特殊地位在诗歌中一再出现，后来逐渐成为一种意象，承载着采桑女的喜怒哀乐与生活，而借桑抒情也成为女性一种自然贴切的倾诉方式。这在《诗经》的许多篇章中都能见到。

周 颂

烈 文

烈文辟公①,锡兹祉福②。
惠我无疆,子孙保之。
无封靡于尔邦③,维王其崇之④。
念兹戎功⑤,继序其皇之⑥。
无竞维人⑦,四方其训之。
不显维德⑧,百辟其刑之⑨。
於乎前王不忘⑩。

【注释】

①烈:光明。文:文德。辟公:诸侯。②锡(cì):赐。兹:此。祉(zhǐ):福。③封:大。靡:罪恶。④崇:崇敬。⑤戎:大。⑥皇:美。⑦竞:争。⑧维:于。⑨百辟:指众诸侯。刑:同"型",效法。⑩前王:指周文王、周武王。

【赏析】

这首《烈文》是在周公归政成王之后,成王首次以一个独立的天子身份进行祭祀所作的诗。

周武王讨伐商纣,得到了广泛的支持,《尚书》中记载"是时诸侯不期而会盟津者八百"。由于家喻户晓的《封神演义》的宣传,大多数人都认定武王是周朝的开国君主,但是,并不知晓他在位四年就病逝了,当时时局根本不稳固,而真正奠定周朝大业的是周公和成王。

武王死后,周公摄政代管朝堂。成王的三位叔叔作乱,而周公东征平定,回朝的时候,作了一首诗歌送给成王表明心迹。可是成王收到这首诗之后并没有接受周公的表白,没有采取安抚的行动,只是接受了既成事实的辅政,在内心中仍惧怕周公。

　　当然结局是皆大欢喜的,到成王年满二十,周公还政,成王亲自到郊外以国家之礼迎接周公。于是,就有了这首《烈文》。在祖庙里,周成王作了誓词,他说道:

　　你们要效忠我们周王室,直到永远,不只你们,你们的子子孙孙也要这样。也就是说,我是周代所有诸侯的宗主,拥有对你们的绝对管辖权。不相信吗?就连周公这个曾经权倾天下的人,不也匍匐在我面前吗?

　　你们不要在封地作乱,要尊重先王所制定的规矩。你们要顾念祖先的戎马功劳,要像他们一样为我效劳。潜台词就是:难道你们没看到作乱者的下场吗?

　　你们要礼贤下士,好好治理封地,四方的人民都在看着你们,向你们学习;先王的恩德泽被到你们,你们要学习先王。我在四方布置了很多耳目,要规规矩矩的啊!

　　啊!我们不能忘了先王!这句话,怕是说给周公听的,意思是别忘了他们,记得他们对你的信任,可一定要效忠于我啊!

汉赋奇葩,独秀芳华

文学和历史,形神交错,在经历了大汉初期的千锤百炼和百废待兴之后,更是难以剥离。在历史不断前进的脚步之中,那一篇篇大赋绝响再次唱起。没有诸子百家争鸣的胜景,不过却有楚辞遗风之美感;没有风雅诗经朴实的吟咏,却有着繁盛兴荣的一曲高音唱起。这些琳琅满目的文字,在那段寒烟慕华的岁月中,充当了唯一的记录者。

七 发

枚 乘

楚太子有疾①,而吴客往问之曰②:"伏闻太子玉体不安,亦少间乎?"太子曰:"惫!谨谢客。"客因称曰:"今时天下安宁,四宇和平,太子方富于年。意者久耽安乐,日夜无极,邪气袭逆,中若结辖③。纷屯澹淡,嘘唏烦酲,惕惕怵怵,卧不得瞑。虚中重听,恶闻人声,精神越渫,百病咸生。聪明眩曜,悦怒不平。久执不废,大命乃倾。太子岂有是乎?"太子曰:"谨谢客。赖君之力,时时有之,然未至于是也。"客曰:"今夫贵人之子,必宫居而闺处,内有保母,外有傅父,欲交无所。饮食则温淳甘脆④,脭醲肥厚;衣裳则杂遝曼煖,燂烁热暑。虽有金石之坚,犹将销铄而挺解也,况其在筋骨之间乎哉?故曰:"纵耳目之欲,恣支体之安者⑤,伤血脉之和。且夫出舆入辇,命曰蹷痿之机⑥;洞房清宫,命曰寒热之媒;皓齿蛾眉,命曰伐性之斧;甘脆肥脓⑦,命曰腐肠之药。今太子肤色靡曼,四支委随,筋骨挺解,血脉淫濯⑧,手足堕窳;越女侍前,齐姬奉后;往来游宴⑨,纵恣于曲房隐间之中。此甘餐毒药,戏猛兽之爪牙也。所从来者至深远,淹滞永久而不废,虽令扁鹊治内,巫咸治外⑩,尚何及哉!今如太子之病者,独宜世之君子,博见强识,承间语事,变度易意,常无离侧,以为羽翼。淹沉之乐,浩唐之心⑪,遁佚之志,其奚由至哉!"

太子曰:"诺。病已,请事此言。"

客曰:"今太子之病,可无药石针刺灸疗而已,可以要言妙道说而去之，不欲闻之乎？"

太子曰："仆愿闻之。"

客曰："龙门之桐，高百尺而无枝。中郁结之轮菌，根扶疏以分离。上有千仞之峰，下临百丈之谿。湍流溯波，又澹淡之。其根半死半生。冬则烈风漂霰[12]、飞雪之所激也，夏则雷霆、霹雳之所感也[13]。朝则鹂黄、鸸鹠鸣焉，暮则羁雌、迷鸟宿焉。独鹄晨号乎其上，鹍鸡哀鸣翔乎其下。于是背秋涉冬，使琴挚斫斩以为琴[14]，野茧之丝以为弦，孤子之钩以为隐，九寡之珥以为约。使师堂操畅，伯子牙为之歌。歌曰：'麦秀蕲兮雉朝飞，向虚壑兮背槁槐，依绝区兮临回溪。'飞鸟闻之，翕翼而不能去；野兽闻之，垂耳而不能行；蚑、蟜、蝼、蚁闻之，拄喙而不能前。此亦天下之至悲也，太子能强起听之乎？"

太子曰："仆病未能也。"

客曰："犓牛之腴，菜以笋蒲。肥狗之和，冒以山肤。楚苗之食，安胡之饭，抟之不解，一啜而散。于是使伊尹煎熬，易牙调和。熊蹯之臑，勺药之酱。薄耆之炙，鲜鲤之鲙。秋黄之苏，白露之茹。兰英之酒，酌以涤口。山梁之餐，豢豹之胎。小饭大歠，如汤沃雪。此亦天下之至美也，太子能强起尝之乎？"

太子曰："仆病未能也。"

客曰："钟、岱之牡，齿至之车；前似飞鸟，后类距虚，稻麦服处，躁中烦外。羁坚辔，附易路。于是伯乐相其前后，王良、造父为之御，秦缺、楼季为之右。此两人者，马佚能止之，车覆能起之。于是使射千镒之重，争千里之逐。此亦天下之至骏也，太子能强起乘之乎？"

太子曰:"仆病未能也。"

客曰:"既登景夷之台,南望荆山,北望汝海,左江右湖,其乐无有。于是使博辩之士,原本山川,极命草木,比物属事,离辞连类。浮游览观,乃下置酒于虞怀之宫。连廊四注,台城层构,纷纭玄绿。辇道邪交,黄池纡曲。潏章、白鹭,孔鸟、鹍鹄,鹒雏,鸡鹳,翠鬣紫缨。螭龙、德牧,邕邕群鸣。阳鱼腾跃,奋翼振鳞。潎潎菁蓼,蔓草芳苓。女桑、河柳,素叶紫茎。苗松、豫章,条上造天。梧桐、并闾,极望成林。众芳芬郁,乱于五风。从容猗靡,消息阳阴。列坐纵酒,荡乐娱心。景春佐酒,杜连理音。滋味杂陈,肴糅错该。练色娱目,流声悦耳。于是乃发激楚之结风,扬郑、卫之皓乐。使先施、徵舒、阳文、段干、吴娃、闾娵、傅予之徒,杂裾垂髾,目窕心与;揄流波,杂杜若,蒙清尘,被兰泽,嬿服而御。此亦天下之靡丽皓侈广博之乐也,太子能强起游乎?"

太子曰:"仆病未能也。"

客曰:"将为太子驯骐骥之马,驾飞轸之舆,乘牡骏之乘。右夏服之劲箭[15],左乌号之雕弓。游涉乎云林,周驰乎兰泽,弭节乎江浔。掩青苹,游清风[16]。陶阳气,荡春心。逐狡兽,集轻禽。于是极犬马之才,困野兽之足,穷相御之智巧,恐虎豹,慑鸷鸟。逐马鸣镳,鱼跨麋角。履游麕兔,蹈践麇鹿,汗流沫坠,冤伏陵窘。无创而死者,固足充后乘矣。此校猎之至壮也,太子能强起游乎?"

太子曰:"仆病未能也。"然阳气见于眉宇之间,侵淫而上,几满大宅。

客见太子有悦色,遂推而进之曰:"冥火薄天,兵车雷运,旃旗偃蹇⁽¹⁷⁾,羽毛肃纷。驰骋角逐,慕味争先。徼墨广博,观望之有圻⁽¹⁸⁾。纯粹全牺,献之公门。"

太子曰:"善!愿复闻之。"

客曰:"未既。于是榛林深泽,烟云暗莫⁽¹⁹⁾,兕虎并作。毅武孔猛,袒裼身薄。白刃磑磑,矛戟交错。收获掌功,赏赐金帛。掩蘋肆若,为牧人席。旨酒嘉肴,羞炰脍炙,以御宾客。涌觞并起,动心惊耳。诚不必悔,决绝以诺;贞信之色,形于金口。高歌陈唱,万岁无斁。此真太子之所喜也,能强起耳游乎?"

太子曰:"仆甚愿从,直恐为诸大夫累耳。"然而有起色矣。

客曰:"将以八月之望,与诸侯远方交游兄弟,并往观涛乎广陵之曲江。至则未见涛之形也,徒观水力之所到,则怵然足以骇矣。观其所驾轶者,所擢拔者,所扬汩者,所温汾者,所涤汔者,虽有心略辞给,固未能缕形其所由然也。恍兮忽兮,聊兮栗兮,混汩汩兮,忽兮慌兮⁽²⁰⁾,俶兮傥兮⁽²¹⁾,浩瀇漾兮,慌旷旷兮。秉意乎南山,通望乎东海。虹洞兮苍天,极虑乎崖涘。流揽无穷,归神日母。汩乘流而下降兮,或不知其所止。或纷纭其流折兮,忽缪往而不来。临朱汜而远逝兮,中虚烦而益怠。莫离散而发曙兮⁽²²⁾,内存心而自持。于是澡概胸中,洒练五藏⁽²³⁾,澹澥手足,颊濯发齿。揄弃恬怠,输写溷浊,分决狐疑,发皇耳目。当是之时,虽有淹病滞疾,犹将伸伛起躄,发瞽披聋而观望之也,况直眇小烦懑,酲酲病酒之徒哉!故曰:发蒙解惑⁽²⁴⁾,不足以言也。"

太子曰:"善,然则涛何气哉?"

客曰:"不记也,然闻于师曰,似神而非者三:疾雷闻百里;江水逆流,海水上潮;山出云内㉕,日夜不止。衍溢漂疾,波涌而涛起。其始起也,洪淋淋焉,若白鹭之下翔。其少进也,浩浩澄澄,如素车白马帷盖之张。其波涌而云乱,扰扰焉如三军之腾装。其旁作而奔起者,飘飘焉如轻车之勒兵。六驾蛟龙,附从太白,纯驰皓蜺,前后络绎。颙颙卬卬,椐椐彊彊,莘莘将将。壁垒重坚,沓杂似军行。訇隐匈磕,轧盘涌裔,原不可当。观其两旁,则滂渤怫郁,暗漠感突,上击下律,有似勇壮之卒,突怒而无畏。蹈壁冲津,穷曲随隈,逾岸出追㉖。遇者死,当者坏。初发乎或围之津涯㉗,荄轸谷分㉘。回翔青篾㉙,衔枚檀桓。弭节伍子之山,通厉骨母之场,凌赤岸,篲扶桑,横奔似雷行。诚奋厥武,如振如怒㉚。沌沌浑浑,状如奔马。混混庉庉,声如雷鼓。发怒庢沓,清升踰跇,侯波奋振,合战于藉藉之口。鸟不及飞,鱼不及回,兽不及走。纷纷翼翼,波涌云乱,荡取南山㉛,背击北岸,覆亏丘陵,平夷西畔。险险戏戏㉜,崩坏陂池㉝,决胜乃罢。瀄汩潺湲,披扬流洒。横暴之极,鱼鳖失势,颠倒偃侧,沈沈湲湲,蒲伏连延㉞。神物怪疑,不可胜言,直使人踣焉,洄暗凄怆焉。此天下怪异诡观也,太子能强起观之乎?"

太子曰:"仆病,未能也。"

客曰:"将为太子奏方术之士有资略者,若庄周、魏牟、杨朱、墨翟、便蜎、詹何之伦,使之论天下之精微,理万物之是非;孔、老览观,孟子持筹而算之,万不失一。此亦天下要言妙道也,太子岂欲闻之乎?"

于是太子据几而起㉟,曰:"涣乎若一听圣人辩士之言。"涩然汗出，霍然病已。

【注释】

①楚太子：此为假设人物。②吴客：此亦为作者虚构的人物。③中若节辖（sè）：心中就像纡结堵塞一样。辖，古代车旁障蔽物，以皮革重叠缠缚。④甘脆：指香甜可口的食物。⑤支：同"肢"。⑥蹙痿（jué wěi）：腿脚麻痹，不能行动。机：征兆。⑦脓：同"醲"，浓烈味醇的酒。⑧淫濯：过分膨胀。淫、濯都有"大"的意思。⑨游宴：游乐吃喝。⑩巫咸：传说中的神巫，相传他能通过祷祝祛人疾病。治外：指在外用巫术进行祷祝之类的活动。⑪浩唐：同"浩荡"。⑫漂：同"飘"。⑬感：同"撼"，震撼。⑭琴挚：春秋时鲁太师（乐官）挚，善弹琴。⑮服：同"箙"，盛箭的器具。⑯游：解为"向"。此句犹言"迎着清风"。⑰旐：同"旌"。偃蹇：高举的样子。⑱圻：同"垠（yín）"，边界。⑲暗莫：不明的样子。莫，一本作"漠"。⑳忽兮慌兮：与"恍兮忽兮"同义。慌：同"恍"。㉑俶（tì）兮傥（tǎng）兮：卓异不羁的样子。俶，同"倜"。㉒莫：同"暮"。㉓洒：同"洗"。练：汰。藏：同"脏"。㉔"发蒙"句：见黄帝《内经·素问》，原文作"发蒙解惑，未足以论也"。发蒙解惑：犹言使头脑清醒。蒙，不明。㉕内：同"纳"。㉖追：古"堆"字，此指沙堆。㉗或围：地名。或，古"域"字。㉘菱：同"陵"，山陇。轸：隐。一说，上句的"涯"字属此句而无"菱"字，此句为"涯轸谷分"。意思是说，涯如转而谷似裂。两说都是形容江涛来临，使山谷改变了样子。㉙青篾：地名。一说，车名。这句形态如车之回旋。㉚振：同"震"，威。㉛取：同"趣"，奔趋。㉜险险戏戏：倾侧危险的样子。㉝陂：同"坡"。池：同"陀"。㉞蒲伏：同"匍匐"。连延：延续的样子。此句是说鱼鳖在水中起伏不停。㉟据几：扶几。

【赏析】

枚乘（？—公元前140年）是西汉著名辞赋家。字叔，淮阴（今江苏清江市西南）人。吴王有反意，因屡次劝荐吴王而闻名。后投奔梁孝王刘武。"七国之乱"平定后，景帝认命他为弘农都尉，枚乘不愿做郡吏，称病离职，仍旧到梁国，为梁孝王门下文学侍从。据《汉书·艺文志》记载，枚乘有赋9篇，今仅传3篇，其中《柳赋》见于《西京杂记》、《梁王菟园赋》见于《古文苑》，此处所选的

《七发》则见于萧统所编《文选》。前两篇前人大多疑为伪作。公认比较可靠的只有这篇《七发》,但亦多争议,因为萧统《文选》中列为无名氏作,所以后人也多有认为此赋并非枚乘之作的。

枚乘的《七发》一般被视为汉代散体大赋正式形成的标志。刘勰《文心雕龙》说:"及枚乘摛艳,首制《七发》,腴辞云构,夸丽风骇。盖七窍所发,发乎嗜欲,始邪末正,所以戒膏粱之子也。"

这篇《七发》共 8 段文字。作者开篇写楚太子有疾,而吴客往问之,其实是假托吴客之口,分析楚太子病因,即在于:奢侈享乐、荒淫贪逸的宫廷生活。进而说此病非药灸所能治愈,唯有"以要言妙道说而去之"。于是引出下文,吴客用 7 种方法为太子"治病"。逐次谈论了音乐、饮食、马车、宫苑、田猎、观涛,太子皆曰:"仆病,未能也。"就是都不管用。

于是最后吴客向太子进谏道:"将为太子奏方术之士有资略者,若庄周、魏牟、杨朱、墨翟、便蜎、詹何之伦,使之论天下之精微,理万物之是非;孔、老览观,孟子持筹而算之,万不失一。此亦天下要言妙道也,太子岂欲闻之乎?"作者在这里借吴客之口,说出了贵族腐朽生活对人身心的戕害,劝荐贵族统治者应采纳文学方术之士的主张。而这正是此文作者的主旨所在。

刘勰称枚乘的文采为"古诗佳丽,或称枚叔"(《文心雕龙·明诗》)。而这篇《七发》虽为讽喻性汉赋,但气势恢宏,辞采华美,在汉代辞赋的发展上,有着很重要的影响。在枚乘之后,汉代出现了一批主客问答形式的"七体"文章。《文心雕龙》称"自《七发》以下,作者继踵,观枚氏首唱,信独拔而伟丽矣。及傅毅《七激》,会清要之工;崔骃《七依》,入博雅之巧;张衡《七辨》,结采绵靡;崔瑗《七厉》,植义纯正;陈思《七启》,取美于宏壮;仲宣《七释》,致辨于事理。自桓麟《七说》以下,左思《七讽》以上,枝附影从,十有余家。或文丽而义暌,或理粹而辞驳。观其大抵所归,莫不高谈宫馆,壮语畋猎。穷瑰奇之服馔,极蛊媚之声色。甘意摇骨髓,艳词洞魂识,虽始之以淫侈,而终之以居正。然讽一劝百,势不自反。子云所谓'犹骋郑卫之声,曲终而奏雅'者也"。其影响可见一斑。

刺世疾邪赋

赵 壹

伊五帝之不同礼①,三王亦又不同乐②。数极自然变化③,非是故相反驳。德政不能救世溷乱④,赏罚岂足惩时清浊?春秋时祸败之始,战国逾增其荼毒。秦汉无以相踰越,乃更加其怨酷。宁计生民之命?为利己而自足。

于兹迄今,情伪万方⑤。佞谄日炽⑥,刚克消亡⑦。舐痔结驷⑧,正色徒行⑨。妪㑥名热⑩,抚拍豪强。偃蹇反俗⑪,立致咎殃。捷懾逐物⑫,日富月昌。浑然同惑,孰温孰凉⑬?邪夫显进,直士幽藏。

原斯瘼之所兴⑭,实执政之匪贤。女谒掩其视听兮⑮,近习秉其威权。所好则钻皮出其毛羽,所恶则洗垢求其瘢痕。虽欲竭诚而尽忠,路绝险而靡缘。九重既不可启⑯,又群吠之狺狺⑰。安危亡于旦夕,肆嗜慾于目前⑱。奚异涉海之失柁⑲,坐积薪而待然⑳?荣纳由于闪榆㉑,孰知辨其蚩妍㉒?故法禁屈桡于势族㉓,恩泽不逮于单门㉔。宁饥寒于尧舜之荒岁兮,不饱暖于当今之丰年。乘理虽死而非亡㉕,违义虽生而匪存㉖。

有秦客者,乃为诗曰:河清不可俟,人命不可延。顺风激靡草㉗,富贵者称贤。文籍虽满腹㉘,不如一囊钱㉙。伊优北堂上㉚,抗脏依门边㉛。

鲁生闻此辞,紧而作歌曰:势家多所宜㉜,咳唾自成珠;

被褐怀金玉㉝，兰蕙化为刍㉞。贤者虽独悟，所困在群愚。且各守尔分，勿复空驰驱㉟。哀哉复哀哉，此是命矣夫！

【注释】

①伊：发语词。②三王：夏商周三代开国君主。③数：变化的程度。极：到了极点。④溷乱：混乱。⑤情：事情。情伪，假事情。万方：万端。⑥佞谄（nìng chán）：也作"谄佞"，这里指谄佞之人，即靠虚情假言拍马奉承的人。⑦刚：直。克：能。刚克，刚直能干的人。⑧舐（shì）痔：舐痔疮。《庄子·列御寇》记载有人给秦王舐痔疮，结果得了好多车子。结驷：乘着四匹马拉的车子结队而行。⑨徒行：徒步走路。⑩妪偻（yù qū）：弯腰曲背。⑪偃蹇：高傲。⑫捷：快。慑：惊。"捷慑逐物"意思是急急忙忙、惊惊恐恐地追求物质利益。⑬"浑然"二句：意思是大家都在惑乱的追求当中，谁发烧谁清醒搞不清。⑭瘼（mó）：病。⑮女谒（yè）：皇宫里的女官。⑯九重：多重门，指达官贵人之门。⑰狺狺（yín）：狗叫声。⑱肆：放纵。⑲柁：同"舵"。⑳然：同"燃"。㉑荣纳：光荣地被接纳。闪榆：《后汉书·赵壹传》注："倾佞之貌也。"㉒蚩：同"媸"，丑女。妍：美女。㉓法禁：法律和规章制度。㉔单门：与重门相对，指寒士之门。㉕乘理：乘载在道理之上。㉖违义：违背道义。㉗靡草：萎靡之草。乘着顺风萎靡之草也能被激活。㉘文籍：文章学问。㉙一囊钱：一袋钱。㉚伊优：屈曲佞媚之貌。㉛抗脏：高亢婞直之貌也。也作"肮脏"。㉜势家：有权有势之家。宜：便利。㉝被：同"披"。褐：粗布衣。㉞刍：喂牲口的草。㉟驰驱：奔走努力。

【赏析】

东汉灵帝时，大兴党人之狱，政局极其混浊。赵壹生性耿直，目睹世风日下，感愤颇深，遂作此赋。据史书记载，汉灵帝光和元年（178年），汉王朝一息尚存。汉朝廷召集了各郡的官吏到京城的所在地洛阳汇报他们一年的工作情况，无非也就是一些户口、垦田等琐碎事情。大多官员匆匆赶往京城，而当时正在汉阳郡上任的赵壹也来到了洛阳。司徒袁逢主持接见，见到袁逢，大家纷纷跪拜，唯独赵壹只站不跪，对袁逢作揖了事。大家都认为赵壹太孤傲。但赵壹却说，当日郦食其见汉王刘邦时也不过是作了一个长揖，如今他对司徒作揖，没有什么不妥当的地方。袁逢一听，便知道赵壹绝对不是一个泛泛之辈,所以,他当时就请赵壹上坐,坐到贵客的席位上,还对大家介绍赵壹,认为赵壹是忠臣良子,朝廷现任官员中没有一个人可以比得上他。得因此次袁逢等人为其延誉,赵壹名动京师。

之后赵壹又借着出门的机会拜访了河南尹羊陟。羊陟是东林党人中的头面人物,他和赵壹一样都是清廉之人,看不惯豪强的所作所为,敢说敢干,可以说和赵壹惺惺相惜。赵壹的拜访,令羊陟印象深刻。据汉史记载,赵壹在拜访他的时候,所乘坐的车子不但破旧不堪,而且摇摇欲坠,几乎要散架了。要知道在当时的洛阳城里,官员们是十分讲究排场的,不论大官小官,出门所乘坐的车子都十分考究。而赵壹乘坐着这样一辆车子前来,并且十分坦然,这让羊陟感到十分震惊。

在羊陟看来,赵壹就好像是一块藏在石头里的美玉,还没有被赏识的人发现,二人畅谈许久,十分投机。送走赵壹后,羊陟便和司徒袁逢一起举荐了赵壹,这个行为使得当时名不见经传的赵壹一下子成了轰动京城的名人,"名动京师,士大夫想望其风采"。

在返回汉阳的途中,赵壹拜访了弘农太守皇甫规,却因为下人的通报不及时而受了侮辱,当下驾车离开,虽然之后皇甫规几次道歉,并派人去请,赵壹就是不予理睬。

赵壹虽然为人耿直不阿,但是这种刚直使他不容于当时,因此赵壹一生多次历经牢狱之祸,幸得朋友多方面搭救。后来赵壹认识到无法改变世道,于是辞官归家,虽然朝廷几次派人征召,却从此再未出仕,直至老死家中。

这篇赋是赵壹一篇讽喻世事的作品。作者在开篇写道:"伊五帝之不同礼,三王亦又不同乐。数极自然变化,非是故相反驳。德政不能救世溷乱,赏罚岂足惩时清浊……秦汉无以相踰越,乃更加其怨酷。宁计生民之命?为利己而自足。"

在这里赵壹论述了一个道理,社会发展到一定阶段的时候,就会发生变化。这并不是故意而为之的,就好像是春秋战国,诸侯争霸之时,统治者永远只是为了自己的私利考虑,从不为民生作打算。

接着他说道:"于兹迄今,情伪万方。佞谄日炽,刚克消亡。舐痔结驷，正色徒行。……浑然同感，孰温孰凉？邪夫显进，直士幽藏。"这一段正是作者对汉朝世风日下的针砭和忧叹。西汉建立以来，虚伪的感情和不正之风逐渐将原先的质朴民风压抑了下去，"邪夫显进，直士幽藏。"小人开始得利，清白士人却遭到排挤，人情冷暖，世态炎凉。

接下来是作者对于黑暗势力的一一批点，他说"原斯瘼之所兴，实执政之匪贤"。意思是说，所有弊端兴起的根由，实在是由于统治者没有才能和德行所致。最后的两段，作者借秦客和鲁生发出感慨。秦客道：黄河的水清不可等待，同样人的生命也无法延长，小人得势后，士人便被排挤。鲁生则认为富贵的人吐沫也是金贵的，贫贱的人就算品德再高尚，也只能顾影自怜，所以还不如安守本分，不要白白浪费力气了，因为这就是命运。

赵壹言辞犀利，极尽讽刺，运用两段对话写出了他内心的无奈，他希望锐利的文章可以唤醒沉睡的灵魂，使得这个曾经的天朝再次焕发出新颜。整篇赋词慷慨激昂，但是最后笔锋一转，认为"被褐怀金玉，兰蕙化为刍。贤者虽独悟，所困在群愚。且各守尔分，勿复空驰驱。哀哉复哀哉，此是命矣夫"！表露出作者对于现实无法改变的无奈之情。

《刺世疾邪赋》是赵壹的名篇。作者借此文讽刺不合理的世事，对社会上邪恶势力给予强烈批判，表达了自己坚决不与邪恶势力妥协以换取个人荣华富贵的志节。文如其人，也正因为这篇《刺世疾邪赋》，赵壹在中国古典文学史上始终占有一席之地，为后人津津乐道。

悲士不遇赋（节）

司马迁

悲夫！士生之不辰[①]，愧顾影而独存。恒克己而复礼[②]，惧志行而无闻。谅才韪而世戾[③]，将逮死而长勤[④]。虽有形而不彰，徒有能而不陈。何穷达之易惑[⑤]，信美恶之难分。时悠悠而荡荡⑥,将遂屈而不伸。使公于公者⑦,彼我同兮;私于私者⑧,自相悲兮。天道微哉⑨,吁嗟阔兮⑩;人理显然,相倾夺兮。好生恶死,才之鄙也⑪;好贵夷贱⑫,哲之乱也。

【注释】

① 生之不辰:出生没遇到好时辰。一般以此表示所生之世未遇明主贤君或未逢盛世。② 克己:抑制、约束自己的言行。复礼:合于礼的要求。③ 谅:信。才韪:才质美好。韪(wěi):善。戾(lì):违背,引申为不正常。④ 逮:及,达到。⑤ 穷:困厄。达:通达,显达。⑥ 悠悠:形容长久。荡荡:形容广阔无际。⑦ 公于公者:前一个"公"字是动词,用公心对待;后一个"公"字是名词,指国家或朝廷。⑧ 私于私者:前一个"私"字,用私心对待;后一个"私"字,指自己或自家。⑨ 天道:包含自然规律和天意两方面含意。微:精微,微妙。⑩ 吁嗟(xū jiē):感叹词。阔:疏阔。⑪ 才:品质。⑫ 夷:削平,引申为轻视。

【赏析】

《悲士不遇赋》中,司马迁悲叹自己生于一个无法给予自己机会的时代,顾影自怜的同时,他也在时刻约束自己,生怕有违背礼节的地方令人厌烦。这样的情怀至死都不会放松,这样的世情却只能为他一人所有,时光悠长而无尽,司马迁却无法得到救赎。如赋中所说,他的心意无人能懂,也无人可以诉说,人世间的事情就这样显而易见,互相倾轧、贪生怕死是道德的堕落,嫌贫爱富是智慧的降低。

武帝天汉二年(公元前99年),司马迁46岁。就在这一年,司马迁经历了他从未经历过的沉重打击,不仅是精神上的,还有肉体上的。

这一年,大汉和匈奴进行了一次交战,李广利带兵3万,却劳而无功,几乎全军覆灭。李广利仓皇逃回,却将李广的孙子李陵留在了前线孤军作战。因寡不敌众,李陵被匈奴大军生擒后投降,大汉朝的这次围剿土崩瓦解。汉武帝苦心组织的一场消灭匈奴大戏没能如他所愿地落下帷幕，反而被无情地撕破，这对汉武帝来说是奇耻大辱。当时刘彻就李陵投降的事情征询司马迁的意见，作为一个史官，司马迁有他应有的公道与判断，他告诉刘彻李陵无错，错的只是这一场准备不足的战役。司马迁的坦白直言，令刘彻十分愤怒，将司马迁投入了监牢。一个史官仗义执言，却换来了阶下囚的下场。司马迁一夜之间前途尽毁，而往日交好者竟无人出力营救他。司马迁最终虽然活了下来，但比死还要难堪，在酷吏的折磨下，司马迁被施了宫刑。

武帝征和二年，司马迁穷其一生的心血完成了《史记》。然而这部足以光耀后世的史家绝唱，也并不能抚平当年司马迁因为李陵之祸而带来的耻辱。"悲夫！士生之不辰，愧顾影而独存。"这是作者对生不逢时、英雄无用武之地的哀叹，同时也是对那个社会与时代的悲愤之情的抒发。

吊屈原赋

贾 谊

谊为长沙王太傅①，既以谪去，意不自得；及度湘水，为赋以吊屈原。屈原，楚贤臣也。被谗放逐，作《离骚》赋，其终篇曰："已矣哉！国无人兮，莫我知也。"遂自投汨罗而死。谊追伤之，因自喻，其辞曰：

恭承嘉惠兮②，俟罪长沙③；侧闻屈原兮，自沉汨罗。造讬湘流兮④，敬吊先生⑤；遭世罔极兮⑥，乃殒厥身⑦。呜呼哀哉！逢时不祥⑧。鸾凤伏窜兮⑨，鸱枭翱翔⑩。阘茸尊显兮⑪，谗谀得志；贤圣逆曳兮⑫，方正倒植。世谓随、夷为溷兮⑬，谓跖、蹻为廉⑭；莫邪为钝兮⑮，铅刀为铦⑯。吁嗟默默，生之无故兮；斡弃周鼎⑰，宝康瓠兮⑱。腾驾罢牛[19]，骖蹇驴兮[20]；骥垂两耳，服盐车兮[21]。章甫荐履[22]，渐不可久兮；嗟苦先生，独离此咎兮[23]。

讯曰：已矣！国其莫我知兮，独壹郁其谁语[24]？凤漂漂其高逝兮，固自引而远去。袭九渊之神龙兮[25]，沕深潜以自珍[26]；偭蟂獭以隐处兮[27]，夫岂从虾与蛭蟥[28]？所贵圣人之神德兮，远浊世而自藏；使骐骥可得系而羁兮，岂云异夫犬羊？般纷纷其离此尤兮[29]，亦夫子之故也。历九州而其君兮，何必怀此都也？凤凰翔于千仞兮，览德辉而下之；见细德之险徵兮，遥曾击而去之[30]。彼寻常之污渎兮[31]，岂能容夫吞舟之巨鱼？横江湖之鳣鲸兮[32]，固将制于蝼蚁。

【注释】

①长沙王：西汉长沙王吴芮的玄孙吴差。太傅：官名。②恭承：敬受。嘉惠：美好的恩惠。③俟罪：待罪。④造：到。讬：同"托"，寄托。⑤先生：指屈原。⑥罔极：没有准则。⑦殒（yǔn）：死亡。厥：其，这里指屈原。⑧不祥：不幸。⑨伏窜：躲藏。⑩鸱枭：猫头鹰一类的鸟，泛指不吉祥的鸟，在这里喻指小人。翱翔：这里比喻得志升迁。⑪阘（tà）：小门。茸：小草。⑫逆曳：指不被重用。⑬随：卞随。夷：伯夷。二人皆为古代贤人的代表。溷（hùn）：混浊。⑭跖：春秋时鲁国人，大盗。蹻（jué）：庄蹻，战国时楚国将领。二人皆泛指"坏人"。⑮莫邪（yé）：古代宝剑。⑯铅刀：软而钝的刀。铦（xiān）：锋利。⑰斡（wò）弃：抛弃。斡，旋转。周鼎：比喻栋梁之材。⑱康瓠（hù）：比喻庸才。⑲罢（pí）：疲惫。⑳蹇：跛脚。㉑服：驾。㉒章甫：古时一种礼帽。荐：垫。㉓离：通"罹"，遭遇。咎：灾难。㉔壹郁：同"抑郁"。㉕袭：效法。㉖沕（mì）：深潜的样子。㉗偭（miǎn）：向。蟂獭（xiāo tǎ）：水獭一类的动物。㉘虾（há）：蛤蟆。蛭：水蛭，蚂蟥类动物。蟥：同"蚓"，蚯蚓。㉙般：久。尤：祸患。㉚曾击：高翔。曾，高飞的样子。㉛污渎：污水沟。㉜鳣（zhān）：鲟一类的大鱼。

【赏析】

汉朝是中国历史上第一个巅峰时期，是大一统的封建中央集权统治下的盛世，然而盛世身影之下，其实累积了很多的弊端和问题，贾谊希望大刀阔斧地将这些问题提早解决，却触碰了那些他不该触碰的人和事。汉文帝虽然爱贾谊之才华，但满朝权贵却容不下他，不断向汉文帝进谗言，文帝逐渐疏远了贾谊。后来，贾谊被贬到长沙当太傅，被迫离开长安，当时贾谊仅 23 岁，正是年轻有为、意气风发的时候。

这篇赋即作于贾谊被贬途中。开篇交代自己"为长沙王太傅"，如今"既以谪去，意不自得"；文字间流露出作者内心的悲愤之情。贾谊只看到了生的苦，却没想过如何避免此种苦难。他奉旨来到长沙，在湘水边上想起了溺水而亡的屈原，因为生不逢时，所以悲壮落难，屈原是高飞的鸿鹄，却被一群燕雀埋没其中，这就是时也，命也。屈原的悲剧竟在百年后的自己身上重演，贾谊的悲愤无言以表。

接下来是吊屈原之辞，对于屈原遭受了世上无穷无尽的谗言，最终投身汨罗的命运，作者无尽悲叹，于是感慨道：现在的时局是鸾凤蛰伏，怪鸟翱翔，小人得志、享受尊贵，圣人却遭受谗言，无法立足，坏人被认为是廉洁，镆铘这样的宝剑反而被认为锈钝；抛弃宝鼎，却觉得瓦盆为宝物；将跛足的牛当作骏马，反而让良驹拉车。哀叹屈原不幸的同时，贾谊也为自己哀叹，竟然遭遇了这样的不公正。

贾谊是敏锐的，他可以看到当下人们未能触及的问题，他能看到未来需要解决的弊端，然而对于正直激昂的文人来说，仕途总是格外不好走。仕途上的突然跌落不免让作者心灰意冷。

贾谊年纪轻轻便满腹文采，他从小就博览群书，旷古阅今，少年时期跟随着荀子的徒弟学习百家之术，温读《春秋左氏传》，18 岁的时候就以出色的诗词歌赋才能崭露头角，而后被汉文帝赏识，进宫为博士，就此迈入了仕途。然而这些并没有带给贾谊多少快乐，贾谊为人耿直，直言快语，他将自己的一腔抱负宣泄了出来。他或许是一个文采斐然的才子，却不能算是一个合格的官员，他在自认为得到了汉文帝的赏识可以大有作为的时候，却没有看到历史的宿命正在延伸。

在这篇《吊屈原赋》中，贾谊将自己和屈原相比较，或许在他心里，自己有着和屈原一样高的情操，而命运偏偏对他们二人如此不公。

最后一段中，作者表达了自己的志向。他认为屈原以死明志，但自己并不太认可这种做法，"彼寻常之污渎兮，岂能容夫吞舟之巨鱼？横江湖之鳣鲸兮，固将制于蝼蚁"。凤凰本应当是志存高远的神鸟，怎么能陷入泥潭无法自拔呢？远离浑浊的世界独自登高，老骥伏枥志在千里，怎么可以因一时的困难而放弃生命？只要坚持下去，那江湖中的鲸鱼，怎么能受制于蝼蚁鼠辈？这是贾谊真正的想法。与其毫无意义地死去，喂了鱼虾，不如忍辱活着。作者虽然感到前途渺茫不可预测，但他还是不愿放弃信念。贾谊蛰伏3年之后，再次被调入长安，担任梁怀王太傅。但好景不长，梁怀王在一次骑马中不慎坠马身亡，这再次给贾谊以沉重的打击，他深深自责，一年之后也泪尽而亡，年仅33岁。

刘勰称贾谊的文章："理既切至，辞亦通畅，可谓识大体矣。"此赋可谓当之。

答客难

东方朔

客难东方朔曰[1]："苏秦张仪，一当万乘之主。而身都卿相之位[2]，泽及后世。今子大夫修先王之术，慕圣人之义，讽诵诗书百家之言，不可胜记。著于竹帛，唇腐而不可释[3]，好学乐道之效，明白甚矣。自以为智能海内无双，则可谓博闻辩智矣[4]。然悉力尽忠，以事圣帝[5]，旷日持久，积数十年，官不过侍郎[6]，位不过持戟。意者尚有遗行邪⑦？同胞之徒⑧，无所容居，其何故也？"

东方先生喟然长息，仰而应之，曰："是故非子之所能备⑨。彼一时也，此一时也，岂可同哉！夫苏秦张仪之时，周室大坏，诸侯不朝，力政争权⑩，相擒以兵⑪，并为十二国⑫，未有雌雄。得士者强，失士者亡，故说得行焉。身处尊位，珍宝充内，外有仓廪，泽及后世，子孙长享。今则不然。圣帝德流⑬，天下震慑，诸侯宾服，连四海之外以为带⑭，安于覆盂⑮。天下平均，合为一家，动发举事，犹运之掌⑯。贤与不肖，何以异哉？遵天之道，顺地之理，物无不得其所。故绥之则安⑰，动之则苦；尊之则为将，卑之则为虏；抗之则在青云之上⑱，抑之则在深渊之下；用之则为虎，不用则为鼠。虽欲尽节效情，安知前后？夫天地之大，士民之众，竭精驰说，并进辐辏者⑲，不可胜数。悉力慕之，困于衣食，或失门户。使苏秦张仪与仆并生于今之世，曾不得掌故⑳，安敢望侍郎乎！传曰：'天下无害，虽有圣人，无所施才；上下和同，虽有贤者，无所立功。'故曰：'时异事异。'

"虽然，安可以不务修身乎哉！诗曰：'鼓钟于宫，声闻于外㉑。鹤鸣九皋，声闻于天㉒'苟能修身，何患不荣！太公体行仁义㉓，七十有二，乃设用于文武㉔，得信厥说㉕，封于齐，七百岁而不绝。此士所以日夜孳孳㉖，修学敏行㉗，而不敢怠也。譬若鹡鸰㉘，飞且鸣矣。

"今世之处士㉙，时虽不用，块然无徒㉚，廓然独居㉛，上观许由㉜，下察接舆㉝，计同范蠡，忠合子胥，天下和平，与义相扶㉞，寡耦少徒㉟，固其宜也。子何疑于予哉？若夫燕之用乐毅㊱，秦之任李斯，郦食其之下齐㊲，说行如流，曲从如环，所欲必得，功若丘山，海内定，国家安，是遇其时者也。子又何怪之邪？

"语曰：以管窥天，以蠡测海㊳，以莛撞钟㊴，岂能通其条贯㊵，考其文理㊶，发其音声哉？犹是观之，譬由鼱鼩之袭狗㊷，孤豚之咋虎㊸，至则靡耳㊹，何功之有？今以下愚而非处士，虽欲勿困，固不得已。此适足以明其不知权变，而终惑于大道也。"

【注释】

① 难（nàn）：诘问。② 都：居。③ 唇腐而不可释：比喻读书讽诵极为勤苦。释，舍弃，抛弃。④ 辩智：明智。辩：通"辨"。⑤ 圣帝：指汉武帝。⑥ 侍郎：官名，西汉属光禄勋。负责持戟守卫殿门户，皇帝出行则充车骑。⑦ 遗行：失检的行为，有亏的德行。⑧ 同胞之徒：即兄弟。⑨ 备：充任。⑩ 力政：同"力征"。⑪ 擒：捉拿、制服，此处指争战。⑫ 十二国：战国时，除齐、楚、燕、赵、韩、魏、秦七雄外，尚有鲁、卫、宋、郑、中山五国。⑬ 德流：恩德流布。⑭ 带：指犹如带状相连。⑮ 安于覆盂：如倒扣的盆碗那样稳固。⑯ 犹运之掌：《史记》《文选》作"动发举事，犹运之掌"。⑰ 馁：谓安分守己，不出头。⑱ 抗：起用，树立。⑲ 辐辏（còu）：车轮上每根辐条凑集到中心的车毂上面。比喻从四面八方集中一处。⑳ 掌故：官名。汉文学官之一种，比文学掌故略高。㉑ "鼓钟于宫"二句：见《诗经·小雅·白华》。比喻只要有所作为，人们便能知道。㉒ "鹤鸣九皋"二句：见《诗经·小雅·鹤鸣》。比喻身卑者其言论高远。㉓ 太公：指齐太公吕尚。㉔ 设用：使用，被使用。㉕ 信（shēn）：通"伸"，伸张。厥说：他的理论。㉖ 孳孳：同"孜孜"，勤勉，努力不懈。㉗ 敏行：指勉力修身。㉘ 鹡鸰（jí líng）：一种鸟，身体较小，黑色，捕食昆虫和小鱼。㉙ 处士：有才德而隐居不愿做官的人。㉚ 块然：独立不群。㉛ 廓然：空寂的样子，孤独的样子。㉜ 许由：相传为尧时代的高士，尧要把君位让给他，他逃至箕山下农耕而食；尧又请他做九州长官，他到颍水边洗耳，表示名禄之言污耳。㉝ 接舆：春秋楚国隐士，佯狂不仕。亦以代指隐士。㉞ 与义相扶：即修身自持。㉟ 寡耦少徒：耦，通"偶"，指朋辈。徒，同伴。"寡耦少徒"即谓没有情趣相投、志同道合的人。㊱ 乐毅：战国后期杰出的军事家，辅佐燕昭王振兴燕

国。㊲郦食其：初为里监门吏，后为刘邦谋臣，献计克陈留，封广野君。劝齐王田广归降刘邦时，由于韩信乘机前来攻打，被齐王烹杀。㊳蠡（lí）：瓠瓢。㊴莛（tíng）：草茎。㊵条贯：条理，系统。㊶文理：条理。㊷鼱鼩（jīng qú）：食虫类动物，形似小鼠，体小尾短。袭：袭击。㊸豚：猪，小猪。咋（zé）：啃咬。㊹靡：毁灭，消灭。

【赏析】

东方朔是武帝时期的一位机智博学之士。《汉书》中写道："然时观察颜色，直言进谏。"东方朔试图通过一条特别的路来快速接近这个帝国的权力中心，但他更多的时候还是充当着陪伴在汉武帝身边讨巧调笑的人物。甚至于不少人批评东方朔哗众取宠，不过是扮演了一个小丑的角色。

其实在其讨巧的表面之下，东方朔同样有着一腔抱负，只是没有施展的平台罢了，这是东方朔的悲哀。据史书载，东方朔向武帝上书，"陈农战强国之计"，结果遭到冷遇，于是他写下了《答客难》，希望通过文字来表达怀才不遇的不平，以及内心无可奈何的悲怆。

《答客难》采用主客问答的形式，开头假托有客话诘问东方朔，讥其官微位卑而务修圣人之道不止，然后便是东方朔的一番答对。他说现在与战国时士人所处环境不同，遭遇自然迥异；但是士人修身乃是其本分，不能因时而异。然而生在现在这样一个时代，现状却是即便有才能也无从施展，"贤"与"不肖"也没有什么区别，"用之则为虎，不用则为鼠"，是对统治者不善用人才的讽谏，也是作者自感怀才不遇情绪的宣泄。

作者说道："今世之处士，时虽不用，块然无徒……今以下愚而非处士，虽欲勿困，固不得已。此适足以明其不知权变，而终惑于大道也。"意思就是说，从古至今，多少贤人受到礼遇，上观许由，下视接舆，有像范蠡这样足智多谋的人，还有类似于子胥这样忠诚的臣子。天下太平的时候，与道义相符合是理所应当的事情，帝王为什么对自己还有怀疑呢？至于燕国起用乐毅为将军，嬴政任用李斯为丞相，郦食其说降齐王，都是因为需求才会有所得的。建功立业，四海升平，这是他们所遇到的好形势。君王为何要感到奇怪呢？如果以管窥天，以瓢量海，以草撞钟，考察通常的规律，又怎么能知道发音的原理呢？就好像是老鼠袭击狗，猪咬老虎一般，注定是要失败的。在当朝，贤人只能忍受着君王的冷眼旁观，不但得不到机会，还要忍受非难，因为他们不懂通权达变，所以他们真的是无法明白用人不疑的道理啊。

在这一段中，作者将内心苦闷一尽抒发，畅快淋漓。他认为自己是个人才，却得不到认可，长期的压抑令他心生郁结，郁郁寡欢。他渴望有朝一日能遇到明君，看到他身上治理国家的长处，而不仅仅是把他当作一个逗笑的小丑。

东方朔为官期间，正值汉武帝尚武风气最浓之时，面对边陲的匈奴，汉武帝多次发兵制服。长年的战争使得汉朝的百姓苦不堪言，对此，东方朔是看在眼里的，但是他的多次隐晦劝诫犹如石沉大海而得不到重视。后人也常因为东方朔为武帝宠臣就忽视了他的报国之心。

此赋语言明朗，颇具诙谐感，议论酣畅。刘勰《文心雕龙·杂文》称其"托古慰志，疏而有辨"。班固的《答宾戏》、扬雄的《解嘲》、张衡的《应间》等，都被认为是受其影响。

长门赋

司马相如

孝武皇帝陈皇后时得幸①，颇妒。别在长门宫②，愁闷悲思。闻蜀郡成都司马相如天下工为文③，奉黄金百斤为相如、文君取酒④，因于解悲愁之辞⑤。而相如为文以悟主上⑥，陈皇后复得亲幸⑦。

夫何一佳人兮⑧，步逍遥以自虞⑨。魂逾佚而不反兮⑩，形枯槁而独居。言我朝往而暮来兮,饮食乐而忘人⑪。心慊移而不省故兮⑫,交得意而相亲⑬。

伊予志之慢愚兮⑭,怀贞悫之懽心⑮。愿赐问而自进兮⑯,得尚君之玉音⑰。奉虚言而望诚兮⑱,期城南之离宫⑲。修薄具而自设兮⑳,君曾不肯乎幸临㉑。廓独潜而专精兮㉒,天漂漂而疾风㉓。登兰台而遥望兮㉔,神怳怳而外淫㉕。浮云郁而四塞兮㉖,天窈窈而昼阴㉗。雷殷殷而响起兮㉘,声象君之车音。飘风回而起闺兮㉙,举帷幄之檐檐㉚。桂树交而相纷兮㉛,芳酷烈之訚訚㉜。孔雀集而相存兮㉝,玄猨啸而长吟㉞。翡翠胁翼而来萃兮㉟,鸾凤翔而北南㊱。

心凭噫而不舒兮㊲,邪气壮而攻中㊳。下兰台而周览兮,步从容于深宫㊴。正殿块以造天兮㊵,郁并起而穹崇㊶。间徙倚于东厢兮,观夫靡靡而无穷㊷。挤玉户以撼金铺兮,声噌吰而似钟音㊸。

刻木兰以为榱兮㊹,饰文杏以为梁㊺。罗丰茸之游树兮,离楼梧而相撑㊻。施瑰木之欂栌兮,委参差以糠梁㊼。时仿佛以物类兮,象积石之将将㊽。五色炫以相曜兮㊾,烂耀耀而成光㊿。致错石之瓴甓兮,象瑇瑁之文章㉛。张罗绮之幔帷兮㉜,垂楚组之连纲㉝。

抚柱楣以从容兮㊴,览曲台之央央㊵。白鹤嗷以哀号兮㊶,孤雌跱于枯肠㊷。日黄昏而望绝兮㊸,怅独托于空堂㊹。悬明月以自照兮,徂清夜于洞房㊺。援雅琴以变调兮,奏愁思之不可长㊻。案流徵以却转兮,声幼妙而复扬㊼。贯历览其中操兮,意慷慨而自昂㊽。左右悲而垂泪兮,涕流离而从横㊾。舒息悒而增欷兮㊿,蹝履起而彷徨㊶。揄长袂以自翳兮㊷,数昔日之𦤺殃㊸。无面目之可显兮,遂颓思而就床⁶⁹。抟芬若以为枕兮⁷⁰，席荃兰而茝香⁷¹。

　　忽寝寐而梦想兮，魄若君之在旁⁷²。惕寤觉而无见兮⁷³，魂迁迁若有亡⁷⁴。众鸡鸣而愁予兮⁷⁵，起视月之精光⁷⁶。观众星之行列兮，毕昴出于东方⁷⁷。望中庭之蔼蔼兮，若季秋之降霜⁷⁸。夜曼曼其若岁兮⁷⁹，怀郁郁其不可再更⁸⁰。澹偃蹇而待曙兮⁸¹，荒亭亭而复明⁸²。妾人窃自悲兮⁸³，究年岁而不敢忘⁸⁴。

【注释】

① 孝武皇帝：指汉武帝刘彻。陈皇后：名阿娇，是汉武帝姑母之女。武帝为太子时娉为妃，继位后立为皇后。得幸：受到宠爱。② 长门宫：汉代长安别宫之一。③ 工为文：擅长写文章。工，善于，擅长。④ 文君：即卓文君。取酒：买酒。⑤ 于：为。此句是说让相如作解悲愁的辞赋。⑥ 为文：指作了这篇《长门赋》。⑦ 复：又、重新。⑧ "夫何"句：这是怎样的一个佳人啊。夫，犹"是"。何，疑问之辞。⑨ 逍遥：缓步行走的样子。虞：度，思量。⑩ 逾佚：外扬，失散。佚，散失。反：同"返"。⑪ "言我"二句：谓武帝曾说过朝往而暮来，现在却恣乐于饮食而把人给忘记了。我，指汉武帝。人，指陈皇后。⑫ 慊（qiàn）移：决绝变化。省（xǐng）故：念旧。此句指武帝的心已决绝别移，忘记了故人。⑬ 得意：指称心如意之人。相亲：相爱。⑭ 伊：发语词。予：指陈皇后。慢愚：迟钝。⑮ 怀：抱。贞悫（què）：忠诚笃厚。懽：同"欢"。此句指自以为欢爱靠得住。⑯ 赐问：指蒙武帝的垂问。自进：前去觐见。⑰ "得尚"句：谓侍奉于武帝左右，聆听其声音。尚，奉。⑱ 奉虚言：指得到一句虚假的承诺。望诚：当作是真实。⑲ "期城南"句：在城南离宫中盼望着他。期，盼望。离宫，正宫之外供帝王出巡时居住的宫室。此指长门宫。⑳ 修：置办，整治。薄具：指菲薄的肴馔饮食。㉑ 曾：乃，却。幸临：光降。㉒ 廓：空寂，孤独。此指忧伤的样子。独潜：独自深居。专精：用心专一。此指一心思念。㉓ 漂漂：同"飘飘"。㉔ 兰台：华美的台榭。一说台名。㉕ 悦悦：同"恍恍"，心神不定的样子。外淫：指神不守舍。淫，游。㉖ 郁：郁结。四塞（sè）：遍布。㉗ 窈窈：幽暗的样子。㉘ 殷（yīn）：形容雷的声音。㉙ 飘风：旋风。起闱：指吹开内室之门。闱，宫中小门。㉚ 帷幄：帷帐。襜（chān）襜：摇动的样子。㉛ 交：交错。相纷：杂

乱交错。㉜芳：指香气。訚（yín）訚：形容香气浓烈。㉝相存：相互慰问。㉞玄猨：黑猿。猨，同“猿”。㉟翡翠：鸟名。胁翼：收敛翅膀。萃：集。㊱鸾凤：指鸾鸟和凤凰。翔而北南：南北飞翔。此指自由飞来飞去。㊲凭噫：愤懑抑郁。㊳攻中：攻心。㊴“下兰台”二句：谓走下兰台，在深宫中周游观览。极写百无聊赖。㊵块：屹立的样子。造天：达到天上。造，达。㊶郁：形容宫殿雄伟、壮大。穹崇：高大的样子。㊷“间徙倚”二句：谓有时在东厢各处徘徊游观，观览华丽美好的景物。间，有时。徙倚，徘徊。靡靡，华丽。㊸“挤玉户”二句：推开殿门摇动金属做的门环，发出很大的像撞钟一样的声音。挤，排挤，推开。撼，摇动。金铺，金属做的门环。噌吰（zēng hóng），钟声。㊹木兰：树名，似桂树。榱（cuī）：屋椽。㊺文杏：即银杏树。以上二句形容建筑材料的华美。㊻“罗丰茸”二句：梁上的柱子交错支撑。罗，集。丰茸，繁多的样子。游树，浮柱，指屋梁上的短柱。离楼，众木交加的样子。梧，屋梁上的斜柱。㊼“施瑰木”二句：谓用瑰奇之木做成斗拱以承屋栋，房间非常空阔。瑰木，瑰奇之木。欂栌（bó lú），指斗拱。斗拱是我国木结构建筑中柱与梁之间的支承构件，主要由拱（弓形肘木）和斗（拱与拱之间的斗形垫木）纵横交错、层层相叠而成，可使屋檐逐层外延。委，堆积。参差，指斗、拱纵横交错、层层相叠的样子。槺梁，屋室空阔的样子。㊽“时仿佛”句：时，时时的意思。仿佛，相似，近似。物类，以物比物。积石，指积石山。将（qiāng）将，高峻的样子。㊾炫：明亮。曜：照耀。㊿耀耀：明亮的样子。(51)“致错石”二句：用彩石铺成的地面，像玳瑁的花纹一样华丽。致，细密。错石，积众石而成彩。瓴甓（líng pì），铺地的砖。瑇瑁，即玳瑁，海龟类动物，背部有褐色和淡黄色相间的花纹。文章，花纹、色彩。(52)罗绮：皆指用丝织成的布。幔：帐幕。帷：帐子。(53)楚组：指楚地产的丝带。组，组绶，本用以系玉，以楚产最有名。连纲：指连接幔帷的绳带。纲，网上的总绳。(54)抚：按，摸。柱楣：柱子和门楣。楣，门上横梁。从容：舒缓。此处指神态消极。(55)曲台：宫殿名。旧注说在未央宫东面。央央：广大的样子。(56)噭（jiào）：鸟哀鸣声。(57)孤雌：失偶的雌鸟。跱：同“峙”，停留。(58)望绝：指久候而不至。(59)怅：愁怅，悲伤。托：指托身。(60)“悬明月”二句：谓明月高挂，孤独地照着自己，在洞房中消磨如此良夜。徂（cú），往，消逝。洞房，深邃的内室。(61)“援雅琴”二句：指操起琴来弹奏却改变了原来的常调，虽可抒发心中愁思但不能维持长久。援，引，操起。(62)“案流徵”二句：弹奏中转成徵声，声音由轻细而变成激扬。案,同"按",此指弹奏。徵,古代五音中的第四音,声音激越。幼妙,同"要妙",指声音轻细。⑥"贯历览"二句:将上述琴曲连贯起来看胸中情操,显示出意志慷慨不平。贯,连贯,贯通。自昂:自我激励。⑭涕:眼泪。流离:流泪的样子。从横:同"纵横",此指泪流之多。⑮舒:展,吐。息悒:叹息忧闷。欷:抽泣声。⑯蹝(xǐ)履:跂着鞋子。彷徨:徘徊的意思。⑰揄(yú):扬起。袂:衣袖。自翳:自遮其面。翳,遮蔽。⑱数:计算,回想。愆(qiān)殃:过失和罪过。愆,同"愆"。⑲"无面目"二句:自己无面目见人,只好满怀心事上床休息。颓思,愁思,伤感。⑳抟:揉。芬若:香草名。㉑荃、兰、茝,皆为香草名。此句是说以荃、兰、茝等香草为席,旧注说以香草比喻修洁自己行为。㉒魄:魂魄,此指梦境。若君之在旁:谓像在君之旁。㉓惕寤:指突然惊醒。惕,急速,突然。寤,醒。㉔迋(guàng)迋:恐惧的样子。若有亡:若有所失。㉕愁予:即予愁。㉖月之精光:即月光。㉗毕昴:二星宿名,五六月间出于东方。㉘"望中庭"二句:望着中庭微暗的月光,虽然是盛夏,感觉如同深秋一样。蔼蔼,月光微暗的样子。季秋,深秋。㉙曼曼:同"漫漫",言其漫长。㉚郁郁:此指心中的愁苦。不可再更:指不能重有欢乐之时。㉛澹:荡动。偃蹇:伫立的样子。此句指心绪不宁,坐立不安等待天明。㉜荒:昏暗。亭亭:久远的样子。㉝妾人:自称之辞。㉞"究年岁"句:穷年累月终不敢忘君。究,终。

【赏析】

这篇有名的《长门赋》,是司马相如为汉武帝刘彻的陈皇后所作。

诗人开头写道:"夫何一佳人兮,步逍遥以自虞。魂逾佚而不反兮,形枯槁而独居。言我朝往而暮来兮,饮食乐而忘人。心慊移而不省故兮,交得意而相亲。"佳人轻移玉步,香魂飘散而无法相聚,因为独自居住而身形俱损,圣上答应会前去探望,却因为新人笑,而忘记了旧人哭,从此绝迹不再相见。与别的美人相亲相爱时,早已忘记了旧人的苦楚。

在这里诗人寥寥数语,便切中要害,直入主题,阿娇往昔泼辣蛮横的形象荡然销毁,而只是以一个娇俏可人的小女子形象出现,楚楚动人,引人怜爱。

接着下文写道:"忽寝寐而梦想兮,魄若君之在旁。惕寤觉而无见兮,魂迋迋若有亡。众鸡鸣而愁予兮,起视月之精光。观众星之行列兮,毕昴出于东方。望中庭之蔼蔼兮,若季秋之降霜。夜曼曼其若岁兮,怀郁郁其不可再更。澹偃蹇而待曙兮,荒亭亭而复明。妾人窃自悲兮,究年岁而不敢忘。"这段以陈皇后口吻写道,自己夜深时忽然觉得君王又躺在身边,惊醒后发觉原来是美梦一场,顿时魂魄失散,犹如死亡降临一般痛苦。鸡鸣虽然已经响起,但还是午夜时分,不得寐后,只能挣扎坐起,一直到天亮。看着天边的星光,犹如秋之霜降一般清冷,庭院深深深几许,却都盛不下这许多的感伤。究竟是故人已然被遗忘于这深宫永巷之中,还是帝王太过繁忙不得来看?

这篇汉地散体大赋,辞藻华丽,时而气采宏流,时而细腻精巧,读者为之动容。作品将离宫内外的景物与人物的情感结合在一起,情景交融,为赋中别创。词文虽长,但无一不是在表述阿娇寂寞之中深感罪孽,夜半醒来,仿佛感觉到帝王就陪伴身边,哪料只是一场梦幻而已,情真意切,感人至深。失宠皇后的凄楚心境历历眼前。汉武帝不是无情之人,看到这里怎能不念及当日旧情?

南宋词人辛弃疾写过一首《摸鱼儿》:"更能消、几番风雨,匆匆春又归去。惜春长怕花开早,何况落红无数。春且住!见说道、天涯芳草无归路。怨春不语,算只有殷勤,画檐蛛网,尽日惹飞絮。长门事,准拟佳期又误,娥眉曾有人妒。千金纵买相如赋,脉脉此情谁诉?君莫舞,君不见,玉环飞燕皆尘土!闲愁最苦,休去倚危栏,斜阳正在,烟柳断肠处。"其中的长门事就是指汉武帝与陈皇后阿娇的这段故事。只是,司马相如的文笔再好,也只挽得君王一时的悔意和恩情,但这并不曾影响这篇著名的汉赋在文学史上的光辉。

这篇《长门赋》,最早见于南朝梁萧统的《昭明文选》。序言中说是西汉司马相如作于汉武帝时。由于序言里提及了武帝的谥号,而这是当时的司马相如不可能知道的,而且正史中并无武帝复幸陈皇后之事,所以顾炎武《日知录》认为其是"假设之辞"。何焯《义门读书记》也说:"此文乃后人所拟,非相如作。其此细丽,盖平子之流也。"但是因为此文写得甚是动人,是历代文学称赞的成功之作,也正好切合了才子情种司马相如的性情与传闻,所以后世一般还是将其归到司马相如名下。

子虚赋

司马相如

楚使子虚于齐,王悉发车骑与使者出畋。畋罢①,子虚过姹乌有先生②,亡是公存焉。坐定,乌有先生问曰:"今日畋,乐乎?"子虚曰:"乐。""获多乎?"曰:"少"。"然则何乐?"对曰:"仆乐齐王之欲夸仆以车骑之众,而仆对以云梦之事也。"曰:"可得闻乎?"子虚曰:"可。王车架千乘,选徒万乘,畋于海滨。列卒满泽,罘网弥山③。掩兔辚鹿④,射麋脚麟⑤。骛于盐浦⑥,割鲜染轮⑦。射中获多,矜而自功。顾谓仆曰:'楚亦有平原广泽游猎之地,饶乐若此者乎?楚王之猎,孰与寡人乎?'仆下车对曰:'臣楚国之鄙人也。幸得宿卫,十有余年,时从出游,游于后园,览于有无,然犹未能遍睹也,又焉足以方其外泽乎?'齐王曰:'虽然,略以子之所闻见而言之。'仆对曰:'唯唯⑧。'

"'臣闻楚有七泽,尝见其一,未睹其余也。臣之所见,盖特其小小者耳,名曰云梦。云梦者,方九百里,其中有山焉。其山则盘纡岪郁⑨,隆崇嵂崒⑩,岑崟参差⑪,日月蔽亏。交错纠纷,上干青云。罢池陂陀⑫,下属江河⑬。其土则丹青赭垩⑭,雌黄白坿⑮,锡碧金银。众色炫耀,照烂龙鳞。其石则赤玉玫瑰,琳珉昆吾⑯,瑊玏玄厉⑰,碬石碱砆[18]。其东则有蕙圃:蘅兰芷若[19],芎䓖菖浦[20],江蓠蘼芜[21],诸柘巴苴[22]。其南侧有平原广泽:登降陁靡[23],案衍坛曼,缘以大江,限以巫山;其高燥则生葳蕲苞荔[24],薛莎青薠[25];其埤湿则生藏茛蒹葭[26],东蘠雕胡。莲藕觚卢[27],菴闾轩于[28]。众物居之,不可胜图。其西则有涌泉清池:激水推移,外发芙蓉菱华,内隐钜石白沙;其中则有神龟蛟鼍[29],瑇瑁鳖鼋[30]。其北则有阴林:其树楩楠豫章[31],桂椒木兰,檗离朱杨[32],楂梨楟栗[33],橘柚芬芬;其上则有鹓雏孔鸾[34],腾远射干[35];其下则有白虎玄豹,蟃蜒貙犴[36]。

"'于是乎乃使专诸之伦[37],手格此兽。楚王乃驾驯交之驷,乘雕玉之舆,靡鱼段之桡旃[38],曳明月之珠旗,建干将之雄戟,左乌号之雕弓,右夏服之劲箭。阳子骖乘,纤阿为御,案节未舒,即陵狡兽;蹴蛩蛩[39],轔距虚。轶野马[40],惠陶余[41],乘遗风,射游骐。倏眒倩利[42],雷动犇至,星流霆击,弓不虚发,中心决眦[43],洞胸达掖,绝乎心系。获若雨兽,把草蔽地。于是楚王乃弭节徘徊,翱翔容与,览乎阴林,观壮士之暴怒,与猛兽之恐惧。徼郄受诎[44],殚睹众兽之变态。

"'于是郑女曼姬,被阿锡[45],揄纻缟[46],杂纤罗,垂雾縠[47],襞积褰绉[48],郁桡溪谷。纷纷裶裶,扬袘戌削,蜚襳垂髾。扶舆猗靡,翕呷萃蔡;下靡兰蕙,上指羽盖;错翡翠之威蕤,缪绕玉绥。眇眇忽忽,若神仙之仿佛。

"'于是乃相与獠于蕙圃,媻姗勃窣[49],上乎金堤。揜翡翠,射鵕䴊[50],微矰出[51],孅缴施[52]。弋白鹄,加鸟鹅,双仓下,玄鹤加。息而后发,游于清池。浮文鹢,扬旌枻,张翠帷,建羽盖。罔瑇瑁,钓紫贝。摐金鼓,吹鸣籁。榜人歌，声流喝。水虫骇，波鸿沸，涌泉起，奔扬会。田石相击[53]，良良嗑嗑，若雷霆之声，闻乎数百里之外。将息獠者，击灵鼓，起烽燧，车按行，骑就从，丽乎淫淫，般乎裔裔。

"'于是楚王乃登云阳之台，怕乎无为，澹乎自持[54]，芍药之和，具而后御之。不若大王终日驰骋，曾不下舆，月割轮粹[55]，自以为娱。臣窃观之，齐殆不如。'于是齐王无以应仆也。"

乌有先生曰："是何言之过也！足下不远千里，来贶齐国[56]；王悉发境内之士，备车骑之众，与使者出畋，乃欲戮力致获，以娱左右，何名为夸哉？问楚地之有无者，愿闻大国之风烈，先生之余论也。今足下不称楚王之德厚，而盛推云梦以为高，奢言淫乐，而显侈靡，窃为足下不取也。必若所言，固非楚国之美也；无而言之，是害足下之信也。彰君恶，伤私义，二者无一可，而先生行之，必且轻于齐而累于楚矣！且齐东陼巨海，南有琅邪，观乎成山，射乎之罘，浮渤澥，游孟诸。邪与肃慎为邻，右以汤谷为界。秋田乎青邱，傍徨乎海外，吞若云梦者八九于其胸中，曾不蒂芥。若乃俶傥瑰玮，异方殊类，珍怪鸟兽，万端鳞卒，充牣其中，不可胜记，禹不能名，卨不能计[57]。然在诸侯之位，不敢言游戏之乐，苑囿之大；先生又见客，是以王辞不复，何为无以应哉？"

【注释】

①畋（tián）：打猎。②过姹（chà）：访问。③罘（fú）网：捕兔之网。④辚（lín）鹿：用车辗鹿。⑤脚麟（lín）：抓住大牡鹿。⑥鹜（wù）于盐浦：在海滩上奔驰。⑦割鲜染轮：杀食猎物，染红车轮。⑧唯唯：是，

好。⑨盘纡（yū）弗（fú）郁：迂回曲折。⑩隆崇嵂崒（lù zú）：高耸危险。⑪岑崟（cén yín）参差：高峻不平。⑫罢池陂陀（pí tuó）：山坡宽广。⑬下属（zhǔ）江河：与河相连。⑭丹青赭（zhè）垩：朱砂、青土、红土、白土。⑮雌黄白坿（fù）：黄土、灰土。⑯琳珉（lín mín）昆吾：玉石、矿石。⑰瑊玏（jiān lè）玄厉：次玉石、磨刀石。⑱碝（ruǎn）石碔砆（wǔ fū）：美石、白纹石。⑲蘅（héng）兰芷（zhǐ）若：杜衡、泽兰、白芷、杜若。⑳芎䓖（qióng）菖蒲：两种香草名。㉑江蓠（lí）蘪芜（mí wú）：香草名。㉒诸柘（zhè）巴苴（jū）：甘蔗、芭蕉。㉓陭（yī）靡：斜坡。㉔葴（zhēn）蓒（xī）苞荔：马蓝、蓒草、苞草。㉕薛莎青薠（fán）：两种野草。㉖藏莨（zāng làng）蒹葭（jiān jiā）：荻草、芦苇。㉗瓠（gū）卢：葫芦。㉘菴䕅（ān lú）轩于：两种水草。㉙鼍（tuó）：扬子鳄。㉚鼋（yuán）：大龟。㉛梗楠（pián nān）：树、楠树。㉜檗（bò）离：黄檗、山梨。㉝楂梨梬（yǐng）栗：山楂树、梨树、黑枣树、栗子树。㉞鹓鶵（yuān chú）孔鸾（luán）：凤凰、孔雀。㉟腾远射（yè）干：猿猴、小狐。㊱曼蜒（wàn yán）：似狸而长的兽。貙犴（chū àn）：比狸大的猛兽。㊲专（tuán）诸：勇士名。㊳靡（fēi）：挥动。桡旃（náo zhān）：曲柄旗。㊴蹴（cù）：踩倒。蛩蛩（qióng）：一种巨兽。㊵轶（yì）：超过。㊶惠（wèi）：用车头撞。陶余：良马。㊷倏目倩利：迅速奔驰。㊸眦（zì）：开裂。㊹徼郄（yāo jù）受诎（qū）：拦住并收拾疲乏绝路之野兽。㊺被阿锡（xì）：披薄绸。㊻揄纻缟：拖着麻绸裙。㊼縠（hù）：轻纱。㊽襞（bì）积褰（qiān）绉：裙褶衣皱。㊾蹩（pán）姗勃窣（bèi sù）：慢慢行走。㊿射鵔义（jùn yí）：锦鸡。㉛微矰（zēng）：短箭。㉜缴：箭上细绳。㉝田（lèi）石：众石。㉞詹（dàn）：保持。㉟月割轮粹（cuì）：切小块肉在车轮旁烤着吃。㊱贶（kuàng）：赐教。㊲卨（xiè）：尧之贤臣。

【赏析】

这是司马相如比较有名的一篇赋作，是在和梁孝王游山玩水之后所作。在此赋中，作者描述了两个虚构人物，即楚国的子虚先生和齐国的乌有先生的一番对话。

开篇写道："楚使子虚于齐，王悉发车骑与使者出畋。"齐王与子虚田猎时，齐王问到楚国的事。之后就是子虚的一番回答，对于楚国的云梦之大和楚王田猎之盛极尽夸张之说辞，而齐国乌有先生听后不服，谓"是何言之过也"！于是，齐国乌有先生便极力夸耀齐国土地之广袤与物产之丰盈。

如果说枚乘的《七发》标志着汉代散体大赋的正式形成，那么司马相如的《子虚赋》《上林赋》便是其中最典型的作品。西汉的赋，据《汉书·艺文志》记载，共有700多篇。而武帝时期就占400多篇。这两篇赋作虽然并不是作于同时，但在内容和风格上却有着内在连贯性，《史记》和《汉书》都将这两篇赋作为一篇，后来在《昭明文选》中才拆分开成子虚、乌有两篇。

司马相如的赋继承了《诗经》的颂与《楚辞》的铺陈的特点，又融合宋玉、贾谊等人的抒情特色，对大赋的体制发展具有深远影响，成为这一时期汉代文学新文学范式确立的标志。

当然也有不少人批评此赋内容空洞，不过极尽辞藻铺陈而言。但这篇《子虚赋》以及后来的《上林赋》，确实对后世中国文学的散体文和骈体文都产生了一定的影响。

西晋时，左思曾作咏史诗八首，其一曰："弱冠弄柔翰，卓荦观群书。著论准《过秦》，作赋拟《子虚》。边城苦鸣镝，羽檄飞京都。虽非甲胄士，畴昔览《穰苴》。长啸激清风，志若无东吴。铅刀贵一割，梦想骋良图。左眄澄江湘，右盼定羌胡。功成不受爵，长揖归田庐。"其中三、四两句是说，写论应以贾谊《过秦论》为典范，写赋则应以效仿司马相如的《子虚赋》。足见此赋艺术成就之高。

大人赋

司马相如

相如拜为孝文园令，见上好仙，乃遂奏《大人赋》[①]，其辞曰：

世有大人兮[②]，在乎中州[③]。宅弥万里兮，曾不足以少留。悲世俗之迫隘兮[④]，揭轻举而远游[⑤]。乘绛幡之素蜺兮⑥，载云气而上浮。建格泽之修竿兮⑦，总光耀之采旄⑧。垂旬始以为幓兮⑨，抴慧星而为髾⑩。掉指桥以偃蹇兮⑪，又猗抳以招摇⑫。揽欃枪以为旌兮⑬，靡屈虹而为绸⑭。红杳眇以眩湣兮⑮，风涌而云浮⑯。驾应龙象舆之蠖略逶丽兮⑰，骖赤螭青虬之蚴蟉蜒⑱。低卬夭蛟裾以骄骜兮⑲，诎折隆穷躩以连卷⑳。沛艾赳螑仡以佁儗兮㉑，放散畔岸骧以孱颜㉒。蛭踱輵容以骩丽兮㉓，蜩蟉偃寋怵彘以梁倚㉔。纠蓼叫奡艐路兮㉕，蔑蒙踊跃腾而狂趭㉖。莅飒卉翕焱至电过兮㉗，焕然雾除，霍然云消。

邪绝少阳而登太阴兮㉘，与真人乎相求㉙。互折窈窕以右转兮㉚，横厉飞泉以正东㉛。悉征灵圉而选之兮㉜，部署众神于瑶光㉝。使五帝先导兮㉞，反太一而从陵阳㉟。左玄冥而右黔雷兮㊱，前长离而后矞皇㊲。厮征伯侨而役羡门兮㊳，诏岐伯使尚方㊴。祝融警而跸御兮㊵，清雰气而后行㊶。屯余车而万乘兮，綷云盖而树华旗㊷。使句芒其将行兮㊸，吾欲往乎南嬉㊹。

历唐尧于崇山兮㊺，过虞舜于九疑㊻。纷湛湛差差错兮㊼，杂遝胶輵以方驰㊽。骚扰冲苁其纷挐兮㊾，滂濞泱轧丽以林离㊿。攒罗列聚丛以茏茸兮(51)，衍曼流烂痝以陆离(52)。径入雷室之砰磷郁律兮(53)，洞出鬼谷之堀礨崴魁(54)。遍览八纮而观四荒兮(55)，朅度九江越五河(56)。经营炎火而浮弱水兮(57)，杭绝浮渚涉流沙(58)。奄息葱极泛滥水嬉兮(59)，使灵娲鼓琴而舞冯夷(60)。时若薆薆将混浊兮(61)，召屏翳诛风伯，刑雨师(62)。西望昆仑之轧沕洸忽兮(63)，直径驰乎三危(64)。排阊阖而入帝宫兮(65)，载玉女而与之归(66)。登阆风而遥集兮(67)，亢鸟腾而壹止(68)。低回阴山翔以纡曲兮(69)，吾乃今日睹西王母⑩。嗢然白首戴胜而穴处兮⑪,亦幸有三足乌为之使⑫。必长生若此而不死兮,虽济万世不足以喜⑬。

回车揭来兮⑭,绝道不周⑮,会食幽郁⑯。呼吸沆瀣兮餐朝霞⑰,咀噍芝英兮叽琼华⑱。僸祲寻而高纵兮⑲,纷鸿涌而上厉⑳。贯列缺之倒景兮㉑,涉丰隆之滂濞㉒。骋游道而修降兮㉓,骛遗雾而远逝㉔。迫区中之隘陕兮㉕,舒节出乎北垠㉖。遗屯骑于玄阙兮㉗,轶先驱于寒门㉘。下峥嵘而无地兮,上嵺廓而无天。视眩泯而亡见兮㉙,听惝恍而亡闻㉚。乘虚亡而上遐兮,超无友而独存。

【注释】

① 载《史记》卷一一七,《汉书》卷五七下,《艺文类聚》卷七八。这篇赋是因武帝喜好求仙而作的,也可能是迎合武帝心理的游仙文章,据说汉武帝读后非常高兴,称有飘飘然乘云气遨游天地之感。文中用骚体赋形式,大赋的手法,虚构夸张地铺叙"大人"游仙,对跨乘的各种龙描写得尤其生动形象。先写"大人"不满人生短促、人世艰难,于是驾云乘龙遨游仙界;然后分东南西北四方写遨游盛况;文末归于超脱有无,独自长存。有人说是用"归于无为"来"讽谏",可能是超越人生,摆脱人世,融于自然造化,得到长生的意思。写游西方见"西王母"几句,就是用仙人居住在山谷中,形貌很瘦来劝诫求仙的。② 大人:喻天子。③ 中州:中原,中国。④ 迫隘:窘迫艰难。⑤ 揭:通"盍",何不。⑥ 幡:旗。蜺:通"霓"。⑦ 格泽:星名。《史记·天官书》:"格泽星者,如炎火之状,黄白,起地而上,下大上兑。"⑧ 总:系。采:通"彩"。旄:旌旗。⑨ 旬始:星名。《史记·天官书》谓其"状如雄鸡"。幓:旗旒下饰物。⑩ 抴:曳。髾:燕尾,此指燕尾状饰物。⑪ 掉:摇动。指桥:"随风指靡",柔弱的样子。偃蹇:夭矫的样子。⑫ 猗掔:婀娜。招摇:飘动的样子。⑬ 揽:摘取。欃枪:星名,又名欃天、天枪。⑭ 靡屈:使降下弯曲。绸:缠裹物。⑮ 杳眇:深远的样子。眩湣:眼花迷乱。⑯ "风涌"句:谓如飚风涌动,如祥云浮游,形容轻举之状。⑰ 应龙:有翅膀的龙。象舆:太平盛世才出现的一种像车的精气。蠖虫:尺蠖虫。略:缓行。逶丽:通"逶迤",曲而长的样子。⑱ 骖:三马驾一车。此

111

为驾乘意。螭：一种似龙的动物。虬：无角龙。蚴蟉：屈曲行进的样子。⑲卬：高。夭蛟：屈伸的样子。踞：直着颈。骄骜：纵恣奔驰。⑳诎折：通"曲折"。隆穷：通"隆穹"，隆起的样子。躩：疾行的样子。连卷：蜷曲的样子。卷，通"蜷"。㉑沛艾：昂首摇动的样子。仡：举头。佁儗：停止不前。㉒畔岸：自我放纵的样子。骧：举，抬头。屏颜：高峻的样子。㉓蛭踱：忽进忽退的样子。輵（hè）螛：摇目吐舌。容：从容、安闲。飐丽：通"逶迤"，弯弯曲曲。容以逶丽：闲适地曲身。㉔蜩蟉：掉转头。偃蹇：高耸的样子。怵：奔走。梁倚：如梁相倚。㉕纠蓼：通"纠缭"，相引。叫奡：通"叫嚣"，相呼。艐路：踏上征途。艐：至。㉖蔑蒙：通"蠛蠓"，一种小虫，性喜乱飞。狂趡：狂奔。㉗苍颰卉翕：飞奔相追逐。《汉书》注前二字曰："飞相及也"，注后二字曰："走相追也"。㉘邪绝：斜渡。邪：通"斜"。少阳：东方极地。太阴：北方极地。（均据《史记》"集解"引《汉书音义》）。㉙真人：仙人。相求：相交游。㉚窈窕：深邃，指深邃的地方。㉛厉：涉水，渡。《诗经·匏有苦叶》："深则厉，浅则揭。"注："连衣涉水为厉。"㉜灵圉：仙人名。㉝瑶光：北斗杓头第一星。㉞五帝：伏羲（太皞）、神农（炎帝）、黄帝、尧、舜。㉟反：通"返"。太一：天神名。陵阳：陵阳子明，古仙人。㊱玄冥：水神，一说雨师。黔雷：一种神。或说是天上造化神，或说是水神。㊲长离：神名。矞皇：神名。㊳廝：役使。征伯侨：古仙人名。羡门：羡门高，古仙人。㊴诏：通"嘱"，叫。岐伯：相传是黄帝的太医。尚方：主管方药。㊵祝融：传说是古帝高辛氏的火官，后为火神。跸：清道。帝王出行，阻止行人。㊶雺气：恶气。雺，通"氛"。㊷绰：合，五彩杂合。㊸句芒：相传是古帝少皞氏的木官，后为木神。㊹嬉：嬉戏。㊺崇山：狄山。《山海经·海外经》："狄山，帝尧葬其阳。"㊻九疑：九嶷山，又名苍梧山。相传虞舜葬此山。㊼湛湛：积厚的样子。差错：交互。㊽杂遝：众多而杂乱。胶輵：驱驰。㊾冲苁：冲撞。纷挐：牵扯，纠结。㊿滂濞：众盛的样子。泱轧：弥漫。林离：众盛的样子。51攒罗列聚：聚集排列。苁茸：聚集的样子。52衍曼：即"曼延"，连绵不绝。流烂：布散。痑：通"啴"，众多的样子。陆离：参差众盛貌。53雷室：雷渊，神话中水名。砰磷郁律：皆形容深峻；一说都是雷声。54洞：通。鬼谷：众鬼所居之地。堀礨崴魁：不平的样子。55八纮：八极，八方。纮，维。四荒：四方荒远之地。56揭：往。九江：一说指长江水系的九条河，一说指九江郡，在今江西长江边。五河：仙境中的五色（紫、碧、绛、青、黄）河。57经营：经过，往来。炎火：炎火山。弱水：河水名。据《山海经·大荒西经》，山在昆仑山外，水在昆仑山下。⑤⑧杭：通"航"，渡。绝：横渡。流沙：沙漠。⑤⑨奄息：休息。葱极：葱岭山顶。泛滥：漂流。⑥⑩灵娲：女娲。传说伏羲作琴，使女娲鼓之。冯夷：黄河水神河伯的姓名。⑥①夔夔：通"曖曖"，昏暗的样子。⑥②屏翳：《史记》"正义"谓："天神使也。"风伯：风神。雨师：雨神。⑥③昆仑：昆仑山，传说是天帝的下都。轧沕洸忽：不分明的样子。⑥④三危：仙山名。⑥⑤阊阖：天门。⑥⑥玉女：神女，美女。⑥⑦阆风：神山，传说在昆仑之巅。⑥⑧亢鸟腾：《史记》"集解"引《汉书音义》曰："亢然高飞如鸟之腾也。"亢，高。腾，飞腾。⑥⑨低回：徘徊。阴山：传说在昆仑山西。⑦⑩西王母：传说中神女。⑦①暠（hé）然：白的样子。胜：玉胜，一种首饰。⑦②三足鸟：传说是为西王母取食的鸟。⑦③济：渡。⑦④回车：转车。揭：通"盍"，何不。⑦⑤不周：不周山，传说在昆仑山东南。⑦⑥幽都：极北之地，传说是日落处。⑦⑦沆瀣：夜半气，露气。⑦⑧噍咀：咀嚼。叽：小吃。琼华：玉英。⑦⑨矞寻：渐进。⑧⑩鸿涌：波涛腾涌的样子。厉：扬。⑧①贯：通。列缺：闪电。倒景：下射光。⑧②丰隆：云神。滂濞：雨水盛。⑧③游道：远游的路途。修：长。⑧④骛：奔驰。遗雾：把云雾抛在身后。⑧⑤迫：逼近。陿陕：狭隘。⑧⑥舒节：缓行。北垠：极北边际。⑧⑦屯骑：官名，管骑士。玄阙：北方的山。⑧⑧轶：通"遗"，留下。先驱：前导。寒门：北极之门。⑧⑨眩泯：目不安的样子。⑨⑩惝恍：模糊不清的样子。

【赏析】

这篇《大人赋》中有许多关于神仙的描写，看似是对汉武帝求仙访道行为的探讨，但实际上是对汉武帝的成仙梦的提醒，婉转地表达仙佛之道是无法走通的，因为那般旖旎的世界，只能是在海天的尽头，人世过后才可能拥有。所以，当世还是要清醒一些。而作者的主要宗旨是对于自己仕途进退的内心矛盾的流露，对于一个盛世不遇的文人来说，命运的可笑之处就在于自己生逢其时，却不谋其事。

文中写道，武帝你虽然在中原地区，拥有万里江山，但这丝毫不值得稍加停留。世事艰难险阻，不如飞身远游，旌旗翻动，乘坐云气漂浮于高空，以格泽星云作为长杆，然后系上五彩祥云作为旗帜，以循始星作为旗帜下的幡，拉过彗星作为舞动的羽毛，以偃、骞二星作为笙，摇曳着旖旎的虹。这些都是司马相如凭着想象描绘出来的。

在汉代的神话题材文学作品中，人们没有痛苦地呻吟和悲哀地感叹，而是很愉快地追求着羽化登仙的过程，希望可以早日得道成仙，将人生继续下去。就如同李泽厚先生在他的著作《美的历程》一书中所提到的那样："这个历史时期的人们并没有舍弃或否定现实人生的观念，相反，而是希求这个人生能够永恒延续，是对它的全面肯定和爱恋，所以，这里的神仙世界就不是与现实苦难相对峙的难及的彼岸，而是好像就存在于现实人间相距不远的此岸之中。"

司马相如写这篇赋词，实在是言者有意，听者无心。司马相如好像在闲话家常，但句句都是正经之言，对于高高在上的汉武帝，司马相如无法令其改变心意，对于成仙的执着，汉武帝变得固执而且不可理喻。司马相如的几句劝慰，又怎么能入他的耳朵呢？

其实，作者和汉武帝之间的心境是十分相似的，司马相如舍不去那片官场土地，而汉武帝则不愿意放弃寻找传说中的仙境乐土。两人都在为了一个不可能达到的目的而前行，心情的迷茫几乎是相同的。

李夫人赋

刘 彻

美连娟以修嫭兮①，命樔绝而不长②。饰新宫以延贮兮③，泯不归乎故乡。惨郁郁其芜秽兮④，隐处幽而怀伤。释舆马于山椒兮⑤，奄修夜之不阳⑥。秋气憯以凄泪兮⑥，桂枝落而销亡⑦。神茕茕以遥思兮⑧，精浮游而出畺⑨。托沈阴以圹久兮⑩，惜蕃华之未央⑪。念穷极之不还兮，惟幼眇之相羊⑫。函荾荴以俟风兮⑬，芳杂袭以弥章⑭。的容与以猗靡兮⑮，缥飘姚虖愈庄⑯。燕淫衍而抚楹兮⑰，连流视而娥扬。既激感而心逐兮，包红颜而弗明。欢接狎以离别兮⑱，宵寤梦之芒芒⑲。忽迁化而不反兮，魄放逸以飞扬。何灵魄之纷纷兮，哀裴回以踌躇⑳。势路日以远兮，遂荒忽而辞去㉑。超兮西征，屑兮不见㉒。寖淫敞恍㉓，寂兮无音。思若流波，怛兮在心㉔。

乱曰：佳侠函光㉕，陨朱荣兮。嫉妒闟茸㉖，将安程兮㉗。方时隆盛，年夭伤兮。弟子增欷㉘，洿沫怅兮㉙。悲愁于邑㉚，喧不可止兮㉛。向不虚应，亦云已兮。嫶妍太息㉜，叹稚子兮。恻栗不言㉝，倚所恃兮。仁者不誓，岂约亲兮？既往不来，申以信兮。去彼昭昭㉞，就冥冥兮。既不新宫，不复故庭兮。呜呼哀哉，想魂灵兮！

【注释】

①连娟：细长屈曲的样子。嫭（hù）：姣好。②榱绝：断绝，这里指李夫人逝世。③延伫：久久伫立等待。④芜秽：荒废而充满秽气。⑤奄：同"淹"，停滞。⑥秋气：肃杀之意，泛指意兴低沉的样子。憯：惨痛。⑦桂枝：代指李夫人。销：同"消"，即香消玉殒。⑧茕（qióng）茕：孤零零的样子。⑨精：精神。浮游：游荡。量：边界。⑩旷久：永远。旷，同"旷"。⑪央：尽。⑫惟：思念。幼眇：即窈窕。相羊：游荡。⑬荽（suī）：花穗。敷（fū）：散发。⑭章：同"彰"，鲜明。⑮容与：从容的样子。猗靡：婉约。⑯飘姚：同"飘摇"。⑰燕：欢乐。淫衍：极度欢乐的样子。⑱接狎：亲密。⑲寤梦：恍惚，半睡半醒。芒芒：渺茫。⑳裴回：往返回旋。㉑荒忽：隐约。㉒屑：疾速，快速。㉓寖淫敞恍：逐渐模糊。㉔怛（dá）：悲伤。㉕佳侠：美人。㉖闟（tà）茸：卑贱。㉗程：标准。㉘欷（xī）：抽泣声。㉙洿沫（wū huì）：泪流满面。㉚邑：忧愁。㉛喧：恸哭。㉜嫶妍：因忧伤而消瘦。㉝恻栗：悲伤。㉞昭昭：明亮的样子。

【赏析】

　　这篇赋是汉武帝刘彻为她的爱妃李夫人所作。李夫人十分受宠，可惜染病早逝。刘彻日夜思念这位带给了他无数欢乐的女子，一生没能相忘，于是写下了一首赋词，悼念他的这位妃子。

上天创造这样美丽的可人儿，却又不让她带着美丽长存。作为皇帝，刘彻专门为李夫人修建了宫殿，希望可以与她在里面相会，但失去了她的宫殿就好像城郊凄惶的坟墓，充满了忧伤和静谧。诗人在李夫人的坟茔那里长久停留，从黑夜直到白天。秋日折落的桂枝就像美丽的李夫人一样，让人充满思念，但是这思念却永远无法抵达彼岸，哪怕灵魂出窍，也始终无法抵达。

作者的哽咽，并没有回应，就这样随风而逝吧！李夫人留下的孩子还小，因为当初约定好要好好照顾他，便不能因为思念而使得自己身体削弱。不愿意再回到原来相爱的宫殿里，因为死亡真的无可挽回。

呜呼哀哉，冥冥之中的天意就真的这般残忍，将你带走便不留下丝毫的痕迹。呜呼哀哉，如果早知道是这样的结果，当初为何还要爱到痛彻心扉。呜呼哀哉，但愿你的魂灵可以安息，但愿对你的思念可以永久。

作者言行之间全是对李夫人痴情的思念，如果不是真的读到这篇赋词，谁又能相信这样缠绵悱恻的爱恋之情会是出自汉武大帝刘彻的内心深处。

就在李夫人恩宠正佳，还为刘彻产下皇子之时，她身患了重病，卧床不起，眼看就要香消玉殒、一命归西了，刘彻希望能探望他宠爱的李夫人一眼，却始终遭到了拒绝，刘彻不明白善解人意的佳人为何突然不近人情了。

他不明白，而李夫人却是很明白，她得宠于阿娇皇后被冷落于长门宫后，卫子夫日渐失宠之时，皇宫的女人哪个能与君王白头偕老，虽然人前荣耀，但人后的辛酸又有谁真的知道？她进宫以来深受宠爱，刘彻对她从无半点怨言，而今重病在身，如果刘彻见到自己现在这般容颜憔悴、衣衫不整的样子，必定会心生厌恶，与其被帝王遗弃，不如先决绝地保持距离，有朝一日等自己离去，也能给刘彻留下一段美好的回忆。

诗人感慨:"是耶非耶,立而望之,偏何姗姗来迟。"这位诗中的佳人在一生最美丽的时刻离开了刘彻,让诗人还来不及不爱,似乎这是帝王宫苑里爱情的最好结局。

闻乐对

刘 胜

建元三年,代王登、长沙王发、中山王胜、济川王明来朝,天子置酒,胜闻乐声而泣。问其故。胜对曰:

臣闻悲者不可为累欷①,思者不可为叹息。故高渐离击筑易水之上,荆轲为之低而不食②;雍门子一微吟,孟尝君为之于邑③。今臣心结日久,每闻幼眇之声④,不知涕泣之横集也。

夫众煦漂山⑤,聚蚊成雷⑥,朋党执虎⑦,十夫桡椎⑧。是以文王拘于牖里⑨,孔子厄于陈、蔡⑩。此乃烝庶之成风⑪,增积之生害也。臣身远与寡⑫,莫为之先⑬,众口铄金,积毁销骨,丛轻折轴⑭,羽翮飞肉⑮,纷惊逢罗,潸然出涕⑯。

臣闻白日晒光,幽隐皆照;明月曜夜,蚊虻宵见。然云蒸列布,杳冥昼昏⑰;尘埃抹覆,昧不泰山⑱。何则?物有蔽之也。今臣雍遏不得闻,谗言之徒蜂生。道辽路远,曾莫为臣闻,臣窃自悲也。

臣闻社鼷不灌⑲,屋鼠不熏。何则?所托者然也。臣虽薄也,得蒙肺附⑳;位虽卑也,得为东藩,属又称兄㉑。今群臣非有葭莩之亲㉒,鸿毛之重,群居党议,朋友相为,使夫宗室摈却[23],骨肉冰释[24]。斯伯奇所以流离[25],比干所以横分也[26]。《诗》云:"我心忧伤,怒焉如捣;假寐永叹,维忧用老;心之忧矣,疢如疾首[27]。"臣之谓也。

具以吏所侵闻。于是上乃厚诸侯之礼,省有司所奏诸侯事[28],加亲亲之恩焉。其后更用主父偃谋,令诸侯以私恩自裂地分其子弟,而汉为定制封号,辄别属汉郡。汉有厚恩,而诸侯地稍自分析弱小云。

【注释】

① 累:重。欷:嘘唏。②"故高渐离击筑"二句:战国末年,燕人送荆轲去刺秦王,祖于易水之上,高渐离击筑,荆轲因受感染俯首而不食。③"雍门子一微吟"二句:战国时,雍门子以善鼓琴见孟尝君,谈起人生不长,孟尝君听之喟然叹息。参考《说苑·善说篇》。于邑:同"呜唈",短气貌。④ 幼眇:精微。⑤ 众煦漂山:言很多的吐沫能漂起来。煦(xǔ):吐沫。⑥ 聚蚊成雷:言众蚊的飞声有如雷鸣。⑦ 朋党执虎:这里借用三人成虎的典故,比喻人多嘴杂,可以移易真伪曲直。执,固执。⑧ 十夫桡椎:言十夫可以使椎弯曲。⑨ 文王:周文王。牖里:即羑里,在今河南汤阴北。⑩ 陈、蔡:古代两国名。陈都在今河南淮阳,蔡都在今河南上蔡。⑪ 烝(zhēng)庶:众庶。⑫ 身远:言已去京师远。与寡:言党与少。⑬ 莫为之先:谓素为延誉。⑭ 丛轻折轴:载轻物超量,致使车轴折坏。⑮ 羽翮飞肉:展击翅膀,鸟可飞翔天空。⑯ 潸然:泪流貌。⑰ 杳(yǎo)冥:幽暗。⑱ 昧:昧暗。⑲ 鼷(xī):鼠类最小的一种,比喻君王左右的小人。⑳ 肺附:这里谓同宗,即宗室。㉑ 属:宗属。㉒ 葭莩(jiā fú):芦苇里的薄膜,比喻疏远的亲戚。㉓ 摈却:谓斥退。㉔ 冰释:谓消散。㉕ 伯奇:周尹吉甫之子,事后母至孝,而后母谮之于吉甫,吉甫欲杀之,伯奇乃逃亡于山林。㉖ 比干:商末忠臣,直谏纣王,纣王怒,杀而剖其心。㉗ "我心忧伤"句:见《诗经·小雅·小弁》。怒(nì):犹思伤痛。假寐:不脱衣帽打盹。维:因。用:犹而。疢(chèn):病。疾首:头痛。㉘ 省:减,免去。

【赏析】

《闻乐对》是西汉中山靖王刘胜所作。文中表现了自己作为藩王对前途难料的悲愁和畏惧心理，其实也是刘胜委婉为自己开脱求情，并为诸侯王鸣冤叫屈之作。时遭逢七国之乱，之后武帝对诸侯王忌心很重，刘胜随时都可能丢掉性命。史载，建元三年（公元前138年），武帝宴请诸侯王，刘胜忽然闻乐而泣，武帝奇怪地问他为何而哭，于是刘胜便将内心感言发表了一番，即这篇有名的《闻乐对》。

刘胜向武帝表达出自己终日惶恐的心情。无意蹚入浑水之中，却始终无法置身事外的局面令他难堪，每日想到这个心结，看到幼小的儿子，便没来由地悲伤哭泣。七国的叛乱，真的是害人不浅，自己已经被连累到心力交瘁了。当武帝被他的凄苦心境所感动的时候，刘胜便口风一转，开始为自己接下去的求情铺路。行走在刀尖上的刘胜开口便将自己放在一个很低的位置，令人对他的境遇心生怜悯。刘胜表明虽然自己远离是非，但是众口一词，足可以令他死上千万回，所以他面对这种无力扭转的局面，除了苍天可鉴之外，真的毫无其他澄清的办法。

《闻乐对》通篇充斥着一股文人式的悲伤，悲戚哀婉同时又不乏贵胄之气，刘胜的一番说辞有理有据，占情占理，且顿挫有致，一气呵成。不但将自己意在归隐说得入木三分，而且还将别人意欲对他加以陷害说得惟妙惟肖。

作者为自己求情并没有直接跪求武帝，而是借哭泣引起武帝的同情，让他有足够的耐心听自己的解释，然后在文辞中将原因讲清楚，同时也将求情的话顺带说出。不能不敬佩这位中山王的智慧韬略，当然更让人钦佩的是他的文采，短短一番说辞就免去了性命之灾，令武帝打消了杀他的念头，更为他在文学史上博得了一席之地。

《闻乐对》存世的原文见于《汉书卷五十三·景十三王传》。后人对这篇闻乐评价甚高，不仅限于辞采，更在于它的政治意义。通观《史记》不难得知，此文揭示了武帝以后中央与地方诸侯势力的关系变化。如清代学者查慎行曰："中山靖王胜传，《汉书》全载《闻乐对》，所以感动武帝，卒从主父偃谋，令诸侯以私恩自裂土分其子弟，与贾生、晁错二传相对应。此事不行于文景而行于武帝，是大有关系文字。"

陈子龙评论道:"观《闻乐对》,知王非徒好酒色者,亦以汉法严、吏刻深,故以自晦耳。"近代学人梁玉绳亦引汪绳祖的话说:"《闻乐对》词意悲壮,小司马称为'汉之英藩',则非徒'乐酒好内'也。盖以汉法严吏深刻,托以自晦,有信陵、陈丞相之智识,史略之何与?"

文木赋

刘 胜

丽木离披①,生彼高崖。拂天河而布叶,横日路而擢枝②。幼雏羸𪀉③,单雄寡雌。纷纭翔集,嘈嗷鸣啼。载重雪而梢劲风④,将等岁于二仪⑤。巧匠不识,王子见知。乃命斑尔⑥,载斧伐斯。隐若天崩⑦,豁如地裂⑧。华叶分披⑨,条枝摧折。既剥既刊⑩,见其文章⑪。或如龙盘虎踞⑫,复似鸾集凤翔。青绸紫绶⑬,环璧圭璋⑭。重山累嶂,连波迭浪。奔电屯云,薄雾浓雾⑮。麎宗骥旅⑯,鸡族雉群⑰。蠋绣鸳锦,莲藻芰文⑱。色比金而有裕,质参玉而无分。裁为用器,曲直舒卷。修竹映池,高松植巘⑲。制为乐器,婉转蟠纡。凤将九子,龙导五驹。制为屏风,郁弟穹隆⑳。制为杖几,极丽穷美。制为枕案,文章璀璨,彪炳焕汗㉑。制为盘盂,采玩踟蹰㉒。猗欤君子㉓,其乐只且。

【注释】

① 离披:零落的样子。② 日路:太阳经过的道路。擢(zhuó):植物生长。③ 羸(léi):瘦弱。𪀉(kòu):待哺食的幼鸟。④ 梢:以树梢抵挡,名词作动词用。⑤ 二仪:指天与地。⑥ 斑尔:古代巧匠。⑦ 隐:象声词,指砍

伐树木的声音。⑧ 豁：同"隐"之义。⑨ 分披：分离。⑩ 刊：砍。⑪ 文章：五彩斑斓的花纹。⑫ 龙盘虎踞：神龙盘曲，猛虎蹲坐。这里形容文木的纹路曲折。⑬ 绲（guā）：紫青色的绶。⑭ 环璧圭璋：四种玉器。⑮ 雰（fēn）：雾气。⑯ 麚（jiā）宗骥旅：成群的鹿、马。⑰ 雉：野鸡。⑱ 芰（jì）：菱角。⑲ 巘（yǎn）：高峰。⑳ 郁弗（fú）：山势高峻的样子。穹隆：屈曲的样子。㉑ 彪炳：光彩焕发的样子。焕汗：同"彪炳"义。㉒ 采玩：光彩焕发的样子。踟蹰：自得的样子。㉓ 猗欤：感叹词。

【赏析】

这篇赋虽然不算太长，不比那些汉大赋的鸿篇巨制，但其中所用辞藻之华丽是丝毫不逊色的。

开篇写物图貌，散乱的树木生在崖边，枝叶拂过银河，拦截在太阳落山的道路上，幼雏在枝叶的遮挡下啼叫，这些文字承载日月，与天地同寿。其后接着叙事，虽然手巧的工匠不认识，但鲁恭王却认得，于是他命人用斧头砍伐，声响如天地裂开，枝条摧毁，剥开树皮，可以看到精美的纹路。蔚似雕画的叙述令后人体会到了难言的自然之美。

刘胜所生活的时代，正是汉朝鼎盛之期，所以赋作的"闳侈巨衍"是可以理解的，而如果分析其文化背景，就会注意到当时社会追求宏大和豪壮，对文学风格也产生了影响。

在这篇赋词中，刘胜所描述的家具，都很名贵。色泽比金子还要黄润，质地与玉石没有分别，这样的材质制造的器具，能屈能伸，雕刻松柏便显得苍劲挺拔，而制造乐器，则可令乐声婉转，上刻有凤生九子，龙导五驹，而屏风、杖几这些普通饰物亦穷奢华丽。

而作者所映射在赋词中的富贵也很雅致，作为衣食无忧的王爷，刘胜也是"猗欤君子，其乐只且"，享受富贵的同时，亦在享受文赋之美。刘胜的《文木赋》所谓"丽木离披"等，把自然生机的丰满和轻盈、充实和绮丽、萌动和生长，用简洁的文字描绘得十分活泼新鲜。

《文心雕龙·诠赋》说："赋者，铺也，铺采摛文，体物写志也。"

李胜是这方面的代表,他侃侃而谈,徐徐道来,懂得铺陈,也不夸张,只是单纯的描绘,就令人十分尽兴了。汉赋注重对自然景观的描绘,当代学者康金声在《汉赋纵横》中提到过,"汉赋有绘形绘声的山水描写,是山水文学的先声"。刘胜的这篇赋可做代表。

士不遇赋

董仲舒

呜乎嗟乎[1]!遐哉邈矣[2]。时来曷迟[3],去之速矣[4]。屈意从人[5],悲吾族(或作非吾徒)矣[6]。正身俟时[7],将就木矣[8]。悠悠偕时[9],岂能觉矣[10]。心之忧欤[11],不期禄矣[12]。遑遑匪宁[13],秖增辱矣[14]。努力触藩[15],徒摧角矣[16]。不出户庭[17],庶无过矣[18]。

重曰[19]:"生不丁三代之盛隆兮[20],而丁三季之末俗[21]。以辨诈而期通兮[22],贞士耿介而自束[23],虽日三省于吾身[24],繇怀进退之惟谷[25]。彼寔繁之有徒兮[26],指其白以为黑[27]。目信嫽而言眇兮[28],口信辩而言讷[29]。鬼神不能正人事之变戾兮[30],圣贤亦不能开愚夫之违惑[31]。出门则不可与偕往兮[32],藏器又蛊其不容[33]。退洗心而内讼兮[34],亦未知其所从也[35]。

观上古之清浊兮[36],廉士亦茕茕而靡归[37]。殷汤有卞随与务光兮[38],周武有伯夷与叔齐[39]。卞随务光遁迹于深渊兮[40],伯夷、叔齐登山而采薇[41]。使彼圣贤其繇周邅兮[42],矧举世而同迷[43]。若伍员与屈原兮[44],固亦无所复顾[45]。亦不能同彼数子兮[46],将远游而终慕[47]。于吾侪之云远兮[48],疑荒涂而难践[49]。惮君子之于行兮[50],诚三日而不饭[51]。嗟天下之偕违兮[52],怅无与之偕返[53]。孰若返身于素业兮[54],莫随世而输转⑤。虽矫情而获百利兮⑥,复不如正心而归一善⑦。

纷既迫而后动兮⑧,岂云禀性之惟褊⑨。昭同人而大有兮⑩,明谦光而务展⑪。遵幽昧于默足兮⑫,岂舒采而蕲显⑬。苟肝胆之可同兮⑭,奚须发之足辨也⑮。"

【注释】

① 呜:亦作嗟。嗟(jiē):叹息。嗟乎,感叹词。② 邈:远。邈:遥远。③ 时:时机。曷:何。④ 去:离去。速:快。⑤ 屈:委屈,屈服。从:顺从,跟随。⑥ 悲吾族:让我们这类人悲伤。非吾徒:此谓非己之意也。⑦ 正身:端正自身。⑧ 就木:入棺材,死。木,指棺材。⑨ 悠悠:形容长久。偕:一同,在一起。此句意谓将与时俱老。⑩ 觉:醒悟。⑪ 忧:忧闷。⑫ 期:期望。⑬ 惶惶:恐惧的样子。匪:通"非"。宁:安宁。⑭ 祗:恰好。⑮ 藩:篱笆。⑯ 摧:折断。⑰ 不出户庭:指不出门。⑱ 庶:庶几,差不多。⑲ 重:重复。⑳ 丁:逢,当。三代:指夏、商、周时期。盛隆:鼎盛。㉑ 三季:夏、商、周。俗:习俗。㉒ 辨:通"辩",言辞动听。通:通达,这里指进用。㉓ 贞士:坚贞之士。耿介:正直。自束:自我约束。㉔ 日三省于吾身:每日多次反省自己。三,多次,非实数。㉕ 綌(yǒu):同"犹"。进退之惟谷:进退两难。㉖ 寔:同"实",确实。徒:同党。㉗ 指其白以为黑:指颠倒是非。㉘ 信:的确。嫭(hù):美好。眇:瞎了一只眼。㉙ 辩:口才好。讷:语言迟钝。㉚ 正:纠正。变戾:变异与乖戾。㉛ 愚夫:愚昧的人。违:违背。㉜ 往:去。㉝ 藏器:怀才不露。器,才能。蚩:同"嗤",讥笑。㉞ 内讼:自我责备。㉟ 从:适从。㊱ 清浊:治乱。㊲ 廉士:廉洁之士。茕茕:孤独无依的样子。靡:没有。㊳ 卞随与务光:皆古代隐士。㊴ 周武:周武王。㊵ 遁迹:这里指投水自尽。㊶ 山:首阳山。㊷ 周:普遍。遑:闲暇。㊸ 矧(shěn):何况。举:全。㊹ 伍员:字子胥,春秋楚人。㊺ 顾:回头看,这里形容留恋。㊻ 数子:指卞随、务光、伯夷、叔齐、伍员和屈原等人。㊼ 终慕:终生期慕。㊽ 吾侪:我辈。㊾ 涂:道路。㊿ 悑:怕。51 三日而不饭:指旅途艰难。52 违:违背。53 怅:惆怅。54 孰若:何如。素:一向。55 输转:随波逐流。56 矫情:违背真情。百利:多种利益。57 复:反倒。正:端正。58 纷:杂乱的样子。59 褊(biǎn):狭隘。60 昭:光明。61 展:省视。62 遵:遵循。默足:箴默自足。63 舒采:指表现才能。采,通"彩"。蕲(qí):通"祈",求。显:显赫。64 苟:假如。肝胆:心

意。⑥奚：什么，为什么。须发：胡须、头发。

【赏析】

　　董仲舒是为中国封建社会发展做出过创新性改变的人，他提出的"罢黜百家，独尊儒术"的建议，使得儒学在封建社会得到了充分的发展。也正因为如此，他得到了汉武帝的重用，他提出的"三纲五常"成为当时的官方哲学，而经学研究也因为董仲舒的大力推崇而在汉代盛行起来。

　　结合当时的社会大环境来看，董仲舒有着自己内心的不痛快。所以，如果要为汉代的文人评出一个最具争议人物的榜单来，那么董仲舒一定是名列前茅的。所以他的这篇赋序中便显出满腹的委屈，陈词激昂，开头一句"呜乎嗟乎！遐哉邈矣"，伍员、屈子、伯夷、叔齐都是士之不遇，可堪哀叹的例子，作者显然不想做这样的人物，抱憾终生。

　　接下来作者在第二段中这样写道："生不丁三代之盛隆兮，而丁三季之末俗。以辨诈而期通兮，贞士耿介而自束，虽日三省于吾身，繇怀进退之惟谷。"立于长江边上吊唁屈原，董仲舒认为自己和古代的那些"贞士"一样难遇贤主，故而登碣石洒泪，望向流逝的江水滔滔，独自悲嗟哀叹，恨不得将天地间所有可以形容哀苦的词语都拿来用。草木凄惶，秋风萧瑟，独自一人站立在石头上，犹如天地间的一个孤独个体，这个世界在他的眼中完全颠覆。悲伤逆流而下，将他湮没其中，唯一永恒沉静的，便是头顶的日月更替，岁月流转。董仲舒的行文豁达令人折服，其文中所充满的阴郁和不可抗拒的悲剧色彩，也是令人不能不为之动容的。

　　对于像董仲舒这样的传统士人来说，盛世不遇是他们最为尴尬的事情。作者经历了汉朝最为辉煌的两个时期，一为文景之治，二为汉武盛世，可以说他选择在一个最好的时代完成他一生的过渡，但是这个盛世却并没有让他顺利地完成他的理想和抱负。

　　对于董仲舒的不遇，鲁迅《汉文学史纲要》说董仲舒《士不遇赋》"虽为粹然儒者之言，而牢愁狷狭之意尽矣"，一语道破了这位西汉鸿儒的内心隐痛,对他的怀才不遇做了十分精准的解释。

大有作为的儒士,他们通常比埋头学术的儒士更勤奋、更刻苦,因为只有这样他们才能证明自己的做法是正确的。所以,董仲舒的一生著作等身,各类学术的研究是有目共睹的,这也令他得到了汉武帝的青睐。从此被任命为江都王相,董仲舒就此踏上了他的仕途。虽然对学术精通,但官场上如何和帝王打交道,想来他是不清楚的。汉武帝欣赏董仲舒所提出的独尊儒术,是因为这样可以巩固其权力统治,除此之外,董仲舒这个儒士和作为政治家的汉武帝之间不会有太多的共同语言。

这样,便可以理解作者因何感慨盛世不遇了,这不是时代的问题,而是在那种专制王权的统治下。"观上古之清浊兮,廉士亦茕茕而靡归……昭同人而大有兮,明谦光而务展。遵幽昧于默足兮,岂舒采而蕲显。苟肝胆之可同兮,奚须发之足辨也"。这一切不过是文人士大夫正常的感叹嘘唏。

这篇《士不遇赋》是董仲舒晚年所写,作者在赋中抒发了他个人的不遇悲慨,同时也是一代士人在大一统政治环境下的普遍不遇的真实境况的反映。比较特殊的一点是这篇赋表现出十分浓厚的儒家色彩。作者借文表达了其人格与志趣,同时也有其对世事的关怀和政治理想的陈述。

逐贫赋

扬 雄

扬子遁居,离俗独处。左邻崇山,右接旷野,邻垣乞儿,终贫且窭[①]。礼薄义弊,相与群聚,惆怅失志,呼贫与语:"汝在六极[②],投弃荒遐。好为庸卒,刑戮相加。匪惟幼稚,嬉戏土沙。居非近邻,接屋连家。恩轻毛羽,义薄轻罗。进不由德,退不受呵。久为滞客,其意谓何?人皆文绣,余褐不完;人皆稻粱,我独藜飧。贫无宝玩,何以接欢?宗室之燕,为乐不槃。徒行负笈,出处易衣。身服百役,手足胼胝。或耘或耔,沾体露肌。朋友道绝,进宫凌迟。厥咎安在③?职汝为之④!舍汝远窜,昆仑之巅;尔复我随,翰飞戾天⑤。舍尔登山,岩穴隐藏;尔复我随,陟彼高冈。舍尔入海,泛彼柏舟;尔复我随,载沉载浮⑥。我行尔动,我静尔休。岂无他人,从我何求?今汝去矣,勿复久留!"

贫曰:"唯唯。主人见逐,多言益嗤。心有所怀,愿得尽辞。昔我乃祖,宣其明德,克佐帝尧,誓为典则。土阶茅茨,匪雕匪饰。爰及季世,纵其昏惑。饕餮之群⑦,贪富苟得。鄙我先人,乃傲乃骄。瑶台琼榭,室屋崇高;流酒为池,积肉为崤⑧。是用鹄逝,不践其朝。三省吾身,谓予无愆⑨。处君之家,福禄如山。忘我大德,思我小怨。堪寒能暑,少而习焉;寒暑不忒,等寿神仙。桀跖不顾,贪类不干。人皆重蔽,予独露居;人皆怵惕⑩,予独无虞⑪!"言辞既磬⑫,色厉目张,摄齐而兴⑬,降阶下堂。"誓将去汝,适彼首阳⑭。孤竹二子⑮,与我连行"。

余乃避席,辞谢不直:"请不贰过,闻义则服。长与汝居,终无厌极。"贫遂不去,与我游息。

【注释】

① 窭:贫寒,此句语出《诗经·邶风·北门》:"终窭且贫,莫知我艰。"② 六极:指上、下、东、南、西、北。③ 厥:犹"其"。咎:罪责。④ 职:语助词,犹"惟"。⑤ 翰:鸟羽。戾:到达。⑥ 载:语助词,无实义。⑦ 饕餮:一种传说中贪食的恶兽,此处比喻贪婪凶残者。⑧ 崤:此指山。⑨ 愆:同"愆",过失。⑩ 怵惕:戒惧。⑪ 虞:贻误。⑫ 磬:器空为磬,此引申为尽。

⑬兴：起。⑭首阳：山名，在今山西水济县南。相传商朝名七伯夷、叔齐隐居并饿死于此。⑮孤竹二子：即伯夷、叔齐因二人为商末孤竹二子，故名。

【赏析】

西汉虽然经过文景之治和武帝盛世的整顿，社会有了一定程度的恢复和繁荣，但是在汉末的时候，困顿再次来临，并且是以不可遏制的速度吞噬着整个王朝，这令所有的汉朝人民感到了惶恐。

不但是平头百姓，就连一些大文豪也感到了江山末日所带来的恐惧。扬雄虽然写过一些极力赞扬汉朝盛世的赋词，但是他自己并没能因此而大富大贵。他也过着潦倒的生活，在不堪忍受的时候，他将自己的贫困写进文字中，或许只是一种心理慰藉，但是流传了下来，给了后世一份多了解当时社会的文献资料。

"扬子遁居，离俗独处，左邻崇山，右接旷野，邻垣乞儿，终贫且窭。礼薄义弊，相与群聚，惆怅失志，呼贫与语……"扬子是作者自指，贫是作者虚构的形象，就是西汉时期民俗信仰中的所谓的"贫鬼"。而逐贫指的就是"除贫"。扬雄性格中一直有着不甘平庸的成分，所以他隐居他处，离群索居。然后，作者以一段虚构的和"贫"之间的对话展开行文。他说道，在旷野之中，虽然贫苦，却能求得心安理得，不过时而也会惆怅哀叹。人间世事，不是随波逐流，便是逆流而上，何去何从值得思考，这个不能给予太多希望的地方，还是早日离开的好。

在《逐贫赋》第一段中，作者将一个文人生不逢时的尴尬论述出来，不论在当时，还是现在来看，都是一篇为自己感慨命运不公的文字。然而，这其实也只是聊以自慰，而最终无法撑起西汉末年阴霾的天空。在中国漫长的历史岁月中，像扬雄这样的人很多，数不胜数，而他们却几乎无一例外，往往愈到暮年，愈才发觉世事的荒唐，此生的苍凉无奈。

然后是贫的一番话，"唯唯。主人见逐，多言益嗤。心有所怀，愿得尽辞"，意识到自己的被逐，贫表明了他的观点和志节，最后他说"人皆重蔽，予独露居；人皆怵惕，予独无虞"，我因为是贫，反而"无虞",没有贻误,我今既然见逐而不容于你,我只有离开你,去寻找孤竹二子,也只有伯夷叔齐这样的真君子能与我同处。

扬雄的《逐贫赋》,以扬子与贫的一番对话展开全文,形式比较独特,极富想象力。但在汉赋中并不是唯一的,比如司马相如的《子虚赋》就是以虚构的子虚乌有二先生对话展开。但扬雄第一次以文学形式对中国历史上关于文人生存的一个重要问题进行了回答,即在污浊现实中,无法融合于主流政治领域时,文人如何安身立世。在文中最后一句,作者写道"余乃避席,辞谢不直:'请不贰过,闻义则服。长与汝居,终无厌极。'贫遂不去,与我游息。"扬雄因为不堪,选择离去;因为理智,最终决定云游他方。这个回答多少是种无奈的选择。文人避世的清高,其实内里都透着股郁郁不得志的无奈与苍凉。

《逐贫赋》对后世文学产生了很大影响。洪迈《容斋续笔》卷十五中便指出,唐代韩愈的《送穷文》和柳宗元的《乞巧文》,显然都有扬雄的这篇《逐贫赋》的影子。钱锺书也曾评论道:"子云诸赋,吾必以斯为巨擘焉。创题造境,意不犹人。《解嘲》虽佳,谋篇尚步东方朔后尘,无此诙诡。后世祖构稠叠,强颜自慰,借端骂世,韩愈《送穷》,柳宗元《乞巧》,孙樵《逐痁鬼》出乎其类。"

自悼赋

班婕妤

承祖考之遗德兮,何性命之淑灵。登薄躯于宫阙兮,充下陈为后庭[①]。蒙圣皇之渥惠兮[②],当日月之圣明[③]。扬光烈之翕赫兮[④],奉隆宠于增成[⑤]。既过幸于非位兮,窃庶几乎嘉时。每寤寐而累息兮,申佩离以自思[⑥]。陈女图以镜监兮,顾女史而问诗。悲晨妇之作戒兮,哀褒、阎之为邮；美皇、英之女虞兮⑦，荣任、姒之母周⑧。虽愚陋其靡及兮，敢舍心而忘兹？历年岁而悼惧兮，闵蕃华之不滋。痛阳禄与柘馆兮⑨，仍襁褓而离灾⑩。岂妾人之殃咎兮，将天命之不可求。

白日忽已移光兮，遂晻莫而昧幽⑪。犹被覆载之厚德兮，不废捐于罪邮。奉共养于东宫兮，托长信之末流⑫。共洒扫于帷幄兮，永终死以为期。愿归骨于山足兮，依松柏之余休⑬。

重曰⑭："潜玄宫兮幽以清，应门闭兮禁闼扃⑮。华殿尘兮玉阶苔，中庭萋兮绿草生。广室阴兮帷幄暗，房栊虚兮风泠泠。感帷裳兮发红罗，纷綷縩兮纨素声⑯。神眇眇兮密靓处⑰，君不御兮谁为荣？俯视兮丹墀⑱，思君兮履綦⑲。仰视兮云屋⑳，双涕兮横流。顾左右兮和颜，酌羽觞兮销忧㉑。惟人生兮一世，忽一过兮若浮。已独享兮高明，处生民兮极休。勉虞精兮极乐㉒，与福禄兮无期。《绿衣》兮《白华》㉓，自古兮有之。

【注释】

① 下陈：后列。② 渥：厚。③ 日月：喻皇帝与皇后。④ 翕赫：《文选·甘泉赋》注：翕赫，盛貌。⑤ 增成：班婕妤受宠时所居住的宫殿。⑥ 佩离：系物于带曰佩。离，同"缡"，佩巾。古时女子出嫁，母亲临别训诫，并替她结好佩巾的带子。⑦ 皇、英：舜之二妃娥皇、女英。女：为妻。虞：虞舜。⑧ 任、姒：任，太任，文王之母；姒，太姒，武王之母。⑨ 阳禄与柘馆：二馆名，婕妤曾在这里生孩子，都不幸早夭。⑩ 仍：频。离：遭。⑪ 晻莫：暗暮。⑫ 长信：太后之宫。⑬ 休：美。⑭ 重曰：文章已经写完，但意犹未尽，情志未申，又写了下面部分，如今之续篇。⑮ 应门：正门。闼：小门。扃：关门。⑯ 綷縩：象声词，行动时衣服摩擦的声音。⑰ 靓：同"静"。⑱ 丹墀：宫殿的地面。⑲ 履綦：卜饰。⑳ 云屋：即云房。原指山居，称隐士或僧道所居，此指长信宫。㉑ 羽觞：酒杯。㉒ 虞：同"娱"。㉓《绿衣》：指《诗经》

的《绿衣》篇，写妾上僭，夫人失位。《白华》：指《诗经》的《白华》篇，该诗为周人刺幽王。幽王娶申女为后，后得褒姒又废申后。

【赏析】

这是诗人自悼以寄托忧思的一篇诗赋，诗人借《诗经》的《绿衣》《白华》之篇，抒发自己遭冷落的郁郁忧思之情。

作者开篇写的是入宫受宠遭妒，受谗言而入冷宫的凄凉际遇，暗示宫廷斗争的残酷。文章描写的是作者退居东宫之后的寂寞生活，不过寥寥几笔，幽怨之情、难言之痛，溢于言表。接着作者描写了东宫景物，无不呈现出一股凄凉、冷落之感，正是作者悲凉身世的映射，以致借酒消愁。于是发出来这样的感慨，曰："惟人生兮一世，忽一过兮若浮。已独享兮高明，处生民兮极休。勉虞精兮极乐，与福禄兮无期。《绿衣》兮《白华》，自古兮有之。"班婕妤的过人之处即在于此。

作者哀叹道，自己的灾难是自己造成的。天命不可强求，白昼的日光已然移去，暮色的黯淡悄然降临，天地赋予的厚德不能因为自己被遗弃的罪过而丢掉，面对圣恩的冷淡，她知难而退，不再踏入后宫是非之地，只愿意青山流水，情愿养于东宫而不外出，直到终老。但愿死后可以回归自由，依山傍水，埋于松柏之下。就是因为她明白，自己永远无法和这个宫廷相互适应。

成帝死后，班婕妤请愿去为其守陵，终日与墓碑相伴。在继续孤独的日子里，班婕妤度过了她人生的最后5年时光，从容地离开了这个世界，也终于离开了那个禁锢了她一生自由与爱的后宫。

关于班婕妤，人们对她有诸多论断，其中梁代的钟嵘就在《诗品》中评论班婕妤道："从李都尉迄班婕妤，将百年间，有妇人焉，一人而已。"

西都赋

班 固

有西都宾问于东都主人曰:"盖闻皇汉之初经营也,尝有意乎都河洛矣①。辍而弗康②,实用西迁,作我上都。主人闻其故而睹其制乎?"主人曰:"未也。愿宾摅怀旧之蓄念③,发思古之幽情,博我以皇道,弘我以汉京。"宾曰:"唯唯。"

汉之西都,在于雍州,实曰长安。左据函谷、二崤之阻④,表以太华⑤、终南之山。右界褒斜、陇首之险,带以洪河、泾、渭之川。众流之隈,汧涌其西。华实之毛,则九州之上腴焉。防御之阻,则天下之隩区焉⑥。是故横被六合,三成帝畿⑦,周以龙兴,秦以虎视。及至大汉受命而都之也,仰寤东井之精,俯协《河图》之灵。奉春建策,留侯演成⑧。天人合应⑨,以发皇明⑩,乃眷西顾,实惟作京。于是睎秦岭⑪,睋北阜⑫,挟酆灞,据龙首。图皇基于亿载⑬,度宏规而大起。肇自高而终平⑭,世增饰以崇丽。历十二之延祚⑮,故穷奢而极侈。建金城其万雉⑯,呀周池而成渊。披三条之广路,立十二之通门。内则街衢洞达⑰,闾阎且千⑱,九市开场,货别隧分。人不得顾,车不得旋,阗城溢郭⑲,旁流百廛。红尘四合,烟云相连。于是既庶且富,娱乐无疆。都人士女,殊异乎五方。游士拟于公侯,列肆侈于姬姜⑳。乡曲豪举,游侠之雄,节慕原、尝,名亚春、陵。连交合众,骋骛乎其中㉑。

若乃观其四郊,浮游近县,则南望杜、霸,北眺五陵。

名都对郭，邑居相承。英俊之域，绂冕所兴[22]。冠盖如云，七相五公[23]。与乎州郡之豪杰，五都之货殖，三选七迁，充奉陵邑。盖以强干弱枝，隆上都而观万国也。封畿之内，厥土千里，逴跞诸夏[24]，兼其所有。其阳则崇山隐天，幽林穹谷[25]，陆海珍藏，蓝田美玉。商、洛缘其隈，鄠、杜滨其足[26]，源泉灌注，陂池交属。竹林果园，芳草甘木，郊野之富，号为近蜀。其阴则冠以九嵕，陪以甘泉，乃有灵宫起乎其中。秦汉之所以极观，渊云之所颂叹，于是乎存焉。下有郑、白之沃，衣食之源。提封五万，疆埸绮分，沟塍刻缕[27]，原隰龙鳞，决渠降雨，荷插成云。五谷垂颖[28]，桑麻铺棻[29]。东郊则有通沟大漕，溃渭洞河[30]，泛舟山东，控引淮湖，与海通波。西郊则有上囿禁苑，林麓薮泽，陂池连乎蜀汉，缭以周墙[31]，四百余里。离宫别馆，三十六所。神池灵沼，往往而在。其中乃有九真之麟，大宛之马，黄支之犀，条支之鸟。逾昆仑，越巨海，殊方异类，至于三万里。

其宫室也，体象乎天地，经纬乎阴阳。据坤灵之正位[32]，放太紫之圆方。树中之华阙，丰冠山之朱堂。因瑰材而究奇，抗应龙之虹梁。列棼橑以布翼，荷栋桴而高骧。雕玉瑱以居楹[33]，裁金璧以饰珰。发五色之渥彩，光焰朗以景彰。于是左墄石平，重轩三阶。闺房周通，门闼洞开[34]。列钟虡于中庭，立金人于端闱。仍增崖而衡阈[35]，临峻路而启扉[36]。徇以离殿别寝[37]，承以崇台闲馆，焕若列星，紫宫是环。清凉、宣温、神仙、长年、金华、玉堂、白虎、麒麟，区宇若兹，不可殚论[38]。增盘崿峨，登降炤烂[39]，殊形诡制，每各异观。乘茵步辇[40]，惟所息宴。后宫则有掖庭[41]、椒房,后妃之室。合欢、增城、安处、常宁、茝若、椒风、披香、发越、兰林、蕙草、鸳鸾、飞翔之列,昭阳特盛,隆乎孝成。屋不呈材,墙不露形。裹以藻绣[42],络以纶连。随侯明月,错落其间。金釭衔璧,是为列钱。翡翠火齐,流耀含英。悬黎垂棘,夜光在焉。于是玄墀扣砌,玉阶彤庭,碝磩彩致,琳珉青荧,珊瑚碧树,周阿而生。红罗飒䍤,绮组缤纷。精曜华烛,俯仰如神。后宫之号,十有四位。窈窕繁华,更盛迭贵。处乎斯列者,盖以百数。左右庭中,朝堂百寮之位,萧曹魏邴,谋谟乎其上。佐命则垂统,辅翼则成化。流大汉之恺悌,荡亡秦之毒螫。故令斯人扬乐和之声,作画一之歌。功德著于祖宗,膏泽洽于黎庶。又有天禄、石渠,典籍之府。命夫谆诲故老[43],名儒师傅,讲论乎《六艺》,稽合乎同异[44]。又有承明、金马、著作之庭。大雅宏达[45],于兹为群。元元本本,周见洽闻。启发篇章,校理秘文。周以钩陈之位[46],卫以严更之署,总礼官之甲科,群百郡之廉孝。虎贲赘衣[47],阉尹阍寺。陛戟百重,各有典司。周庐千列,徼道绮错。辇路经营[48],修除飞阁。自未央而连桂宫,北弥明光而亘长乐。凌隧道而超西墉[49],掍建章而连外属。设璧门之凤阙,上觚棱而栖金爵。内则别风之嶕峣[50],眇丽巧而耸擢,张千门而立万户,顺阴阳以开阖。尔乃正殿崔嵬,层构厥高,临乎未央。经骀荡而出馺娑,洞枍诣以与天梁。上反宇以盖戴[51],激日景而纳光。神明郁其特起,遂偃蹇而上跻[52]。轶云雨于太半,虹霓回带于棼楣。虽轻迅与僄狡[53],犹愕眙而不能阶[54]。攀井干而未半[55],目眴转而意迷[56],舍棂槛而却倚[57],若颠坠而复稽,魂怳怳以失度[58],巡回途而下低,既惩惧于登望[59],降周流以彷徨。步甬道以紫纡,又杳窱而不见阳。排飞闼而上出[60],若游目于天表,似无依而洋洋[61]。前唐中而后太液,揽沧海之汤汤。扬波涛于碣石,激神岳之嶈嶈。滥瀛洲与方壶,蓬莱起乎中央。于是灵草冬荣,神木丛生。岩峻崷崪[62],金石峥嵘。抗仙掌以承露,擢双立之金茎。轶埃壒之混浊,鲜颢气之清英。骋文成之不诞,驰五利之所刑。庶松乔之群类,时游从乎斯庭。实列仙之攸馆,非吾人之所宁。

尔乃盛娱游之壮观,奋泰武乎上囿。因兹以威戎夸狄,耀威灵而讲武事。命荆州使起鸟,诏梁野而驱兽。毛群内阗,飞羽上覆,接翼侧足,集禁林而屯聚。水衡虞人,修其营表。种别群分,部曲有署。罘网连纮,笼山络野[63]。列卒周匝,星罗云布。于是乘銮舆,备法驾,帅群臣,披飞廉,入苑门。遂绕酆鄗,历上兰。六师发逐,百兽骇殚,震震爚爚,雷奔电激,草木涂地,山渊反覆。蹂躏其十二三,乃拗怒而少息。尔乃期门佽飞,列刃钻鍭,列忍钻鍭,要跌追踪。鸟惊触丝,兽骇值锋。机不虚掎,弦不再控。矢不单杀,中必叠双。飑飑纷纷,缯缴相缠[64]。风毛雨血,洒野蔽天。平原赤,勇士厉。猿狖失木,豺狼慑窜[65]。尔乃移师趋险,并蹈潜秽。穷虎奔突,狂兕触蹶。许少施巧,秦成力折。掎僄狡,扼猛噬。脱角挫脰,徒搏独杀。挟师豹,拖熊螭。曳犀犛,顿象羆。超洞壑,越峻崖。蹶巉岩[66],巨石颓。松柏仆,丛林摧。草木无余,禽兽殄夷。于是天子乃登属玉之馆,历长扬之榭,览山之体势,观三军之杀获。原野萧条,目极四裔。禽相镇压,兽相枕藉。然后收禽会众,论功赐胙。陈轻骑以行炰,腾酒车以斟酌。割鲜野食，举烽命醲。飨赐华，劳逸齐，大辂鸣銮，容与徘徊。集乎豫章之宇，临乎昆明之池。左牵牛而右织女，似云汉之无涯。茂树荫蔚，芳草被堤。兰茝发色，晔晔猗猗。若摛乎其陂。鸟则玄鹤白鹭，黄鹄鸡鹳，鸧鸹鸨鶂[67]，凫鹥鸿雁。朝发河海，夕宿江汉。沉浮往来，云集雾散。

于是后宫乘輚辂，登龙舟。张凤盖，建华旗。祛黼帷[68]，镜清流。靡微风，澹淡浮。棹女讴，鼓吹震，声激越，警厉天，鸟群翔，直窥渊。招白鹇，下双鹄，揄文竿，出比目。抚鸿罿，御矰缴，方舟并鹜，俯仰极乐。遂乃风举云摇，浮游溥览。前乘秦岭，后越九嵕，东薄河华[69]，西涉岐雍。宫馆所历，百有余区。行所朝夕，储不改供。礼上下而接山川，究休佑之所用。采游童之欢谣，第从臣之嘉颂。于斯之时，都都相望，邑邑相属。国籍十世之基，家承百年之业，士食旧德之名氏，农服先畴之畎亩，商循族世之所鬻，工用高曾之规矩。粲乎隐隐，各得其所。

若臣者徒观迹于旧墟，闻之乎故老，十分而未得其一端，故不能遍举也。

【注释】

①河洛：东都有河南洛阳，所以叫河洛。②辍：止。康，安定。③摅：抒发。蓄：积。④二崤：其中南陵是夏后皋的墓，北陵是文王避风雨的地方。⑤表：标。⑥隩：四方之土可定居者。⑦三成帝畿：指周、秦、汉。⑧演：引。⑨天：指五星。人：指娄敬。⑩皇：指高祖。⑪睎：望。秦岭：南山。⑫眽：视。北阜：山。⑬载：年。⑭高：高祖。⑮祚：禄。⑯雉：长三丈，高一丈。⑰街：四通八达。⑱闾：里门。阎：里中门。⑲阗：同"填"，满。⑳肆：市中陈放物品的地方。㉑骋：直驰。鹜：乱驰。㉒绂：绶。冕：大夫以上级别的冠帽。㉓相：丞相。公：御史大夫、将军的通称。

㉔逴跞：犹言超绝。㉕穹谷：深谷。㉖滨：涯。㉗塍：稻田中的畦，音"绳"。㉘颖：禾穗。㉙菜：通"纷"，盛貌。㉚洞：疾流。㉛缭：犹绕。㉜坤：地道。㉝楹：柱。㉞囷：门内。㉟仍：因。㊱峻：高大。㊲徇：循。㊳殚：尽。㊴炤：明，音"照"。烂：意思是明。㊵茵：蓐。㊶掖庭：宫人居住的地方。㊷裹：缠。㊸惇：勉励。诲：教诲。㊹稽：考。㊺大雅：指有大雅之风的贤才。㊻钩陈：后宫。㊼缀：通"缀"。㊽辇路：辇道，阁道。㊾隥：阁道。墉：城。㊿巇峣：高。㉛盖戴：覆盖。㉜跻：上升。㉝僄僄：轻。㉞愕：惊。眙：惊貌。㉟井干：井栏。㊱昫：看不清。㊲槛：楯。㊳怳：失意。㊴惩：恐惧。㊵排：推。㊶洋洋：无所归的样子。㊷岩峻：峭高。㊸络：绕。㊹赠：高。㊺慑：惧。㊻巉岩：高峻的样子。㊼鹝：一种水鸟。㊽祛：举。㊾薄：迫。河：指黄河。华：指华山。

【赏析】

长安的繁荣被看作是汉代兴盛的标志，许多文人为了歌颂帝王的丰功伟绩，纷纷提笔写赋词，为的就是将大汉朝的繁荣记录史册，留予后人。班固作为当时的文人，自然免不了也要歌颂一番，于是，在这篇《西都赋》里，长安城的繁华景象跃然纸上。

乡土豪绅、游侠豪杰，从四面八方赶来长安，驰骋其中。四郊近县，南北相望，这些意气风发的贵族从各地赶来长安，还有朝廷选中的七相五公、州郡豪杰，都是西汉政府为了削弱地方，壮大京城实力，而专门迁移来担当供奉皇陵的重任。

成群结队的商队从长安出发，他们带走的是大汉的文明，带回来的却是一袋又一袋的奇珍异宝和珍贵货物。各国的商人慕名而来，他们在长安落脚，为天子献上各地的宝物，越来越多的人在长安进行商业贸易，使得长安日益繁华起来。正是因为经商可以迅速致富，所以，长安的官员贵族们也开始从事商业活动。他们的加入，令商人队伍更加庞杂，而其利用政治地位之便，与百姓争夺生意利润的事情也开始层出不穷。

西都的繁华也体现在天子狩猎的壮观场面上。文中写道："尔乃盛娱游之壮观，奋泰武乎上囿。因兹以威戎夸狄，耀威灵而讲武事。"汉天子为了展示狩猎的壮观，通常会同时举行练兵和游行，使得每一次的狩猎都犹如检阅一般壮观盛大。

司马迁曾在《史记》中记载道:"汉兴,海内为一,开关梁,弛山泽之禁,是以富商大贾周流天下,交易之物莫不通,得其所欲。"

这篇《西都赋》为后人呈现了一个大汉都城的繁荣景象。商业在其中举重若轻。在当时的长安城里是九市一起开,不同的货物摆放路边,等着客人来挑选,拥挤的人潮使得车辆都无法回旋。各地的人们都来长安经商,他们在闹市中集会,不论富贵与否,对于商业活动的参与都是十分频繁的。恰如当时西汉有一句民间谚语:"以贫求富,农不如工,工不如商,刺绣文不如倚市门。"

幽通赋

班 固

系高顼之玄冑兮①,氏中叶之炳灵②。飘飘风而蝉蜕兮③,雄朔野以扬声④。皇十纪而鸿渐兮⑤,有羽仪于上京。巨滔天而泯夏兮⑥,考遘愍以行谣⑦。终保己而贻则兮,里上仁之所庐⑧。懿前烈之纯淑兮⑨,穷与达其必济⑩。咨孤蒙之眇眇兮⑪,将圮绝而罔阶⑫。岂余身之足殉兮,违世业之可怀⑬。靖潜处以永思兮⑭,经日月而弥远。匪党人之敢拾兮,庶斯言之不玷。

魂茕茕与神交兮⑮,精诚发于宵寐。梦登山而迥眺兮⑯,觌幽人之仿佛⑰。揽葛藟而授余兮⑱,眷峻谷曰勿坠⑲。昒昕寤而仰思兮⑳,心蒙蒙犹未察。黄神邈而靡质兮㉑,仪遗谶以臆对㉒。曰乘高而胪神兮,道遐通而不迷。葛绵绵于樛木兮㉓,咏南风以为绥㉔。盖惴惴之临深兮㉕,乃二雅之所祗。既讯尔以吉象兮,又申之以炯戒㉖。盍孟晋以追群兮，辰倏忽其不再。

　　承灵训其虚徐兮㉗，镯盘桓而且俟。惟天地之无穷兮，鲜生民之晦在㉘。纷屯邅与蹇连兮㉙，何艰多而智寡。上圣迕而后拔兮㉚，虽群黎之所御㉛。昔卫叔之御昆兮㉜，昆为寇而丧予。管弯弧欲毙仇兮，仇作后而成己。变化故而相诡兮㉝，孰云预其终始！雍造怨而先赏兮，丁繇惠而被戮。栗取吊于逌吉兮㉞，王膺庆于所戚㉟。叛回穴其若兹兮㊱，北叟颇识其倚伏。单治里而外凋兮㊲，张修襮而内逼㊳。聿中和为庶几兮，颜与冉又不得。溺招路以从己兮㊴，谓孔氏犹未可。安惛惛而不葩兮㊵，卒陨身乎世祸。游圣门而靡救兮㊶，虽覆醢其何补㊷？固行行其必凶兮㊸，免盗乱为赖道。形气发于根柢兮㊹，柯叶汇而零茂㊺。恐魍魉之责景兮㊻，羌未得其云已。

　　黎淳耀于高辛兮㊼，芈强大于南汜㊽。嬴取威于伯仪兮，姜本支乎三趾㊾。既仁得其信然兮㊿，仰天路而同轨。东邻虐而歼仁兮，王合位乎三五[51]。戎女烈而丧孝兮[52]，伯祖归于龙虎[53]。发还师以成命兮[54]，重醉行而自耦[55]。震鳞漦于夏庭兮[56]，匜三正而灭姬[57]。巽羽化于宣宫兮[58]，弥五辟而成灾。道修长而世短兮，夐冥默而不周[59]。胥仍物而鬼谋兮[60]，乃穷宙而达幽。妫巢姜于孺筮兮[61]，旦箨祀于契龟。宣曹兴败于下梦兮，鲁卫名谥于铭谣。妣聆呱而劾石兮[62]，许相理而鞠条[63]。道混成而自然兮，术同原而分流。神先心以定命兮，命随行以消息[64]。斡流迁其不济兮[65]，故遭罹而嬴缩。三桀同于一体兮，虽移易而不忒[66]。洞参差其纷错兮，斯众兆之所惑[67]。周贾荡而贡愤兮[68]，齐死生与祸福。抗爽言以矫情兮，信畏牺而忌鹏[69]。

所贵圣人至论兮,顺天性而断谊[70]。物有欲而不居兮,亦有恶而不避。守孔约而不贰兮[71],乃辖德而无累[72]。三仁殊于一致兮,夷惠舛而齐声[73]。木偃息以蕃魏兮[74],申重茧以存荆。纪焚躬以卫上兮,皓颐志而弗倾[75]。侯草木之区别兮,苟能实其必荣。要没世而不朽兮,乃先民之所程。观天网之纮覆兮[76],实棐谌而相训[77]。谟先圣之大猷兮[78],亦邻德而助信。虞韶美而仪凤兮[79],孔忘味于千载。素文信而厎麟兮,汉宾祚于异代[80]。精通灵而感物兮,神动气而入微。养流睇而猿号兮,李虎发而石开。非精诚其焉通兮,苟无实其孰信?操末技犹必然兮,矧耽躬于道真。登孔昊而上下兮,纬群龙之所经。朝贞观而夕化兮,犹諠己而遗形[81]。若胤彭而偕老兮[82],诉来哲而通情。

乱曰[83]:天造草昧[84],立性命兮。复心弘道,惟圣贤兮。浑元运物[85],流不处兮。保身遗名,民之表兮。舍生取谊[86],以道用兮。忧伤夭物[87],悉莫痛兮[88]。皓尔太素[89],曷渝色兮[90]。尚越其几[91],沦神域兮。

【注释】

①系:连接。②炳灵:显赫的英灵。③飖:飘摇。飆:南风。④朔:北方。⑤鸿渐:鸿飞渐进,比喻升迁。⑥巨:指王莽。滔天:漫天。泯:灭。⑦遘:遇。慭:忧愁。⑧里:居住。上仁:最有仁德。⑨懿:美。前烈:先祖。纯淑:美善。⑩穷:这里指仕途不得志。达:通达。济:济世。⑪咨:叹息。⑫圮:毁。⑬违:恨。⑭靖:安静。潜处:隐居。⑮神交:与神相会。⑯迥眺:远眺。⑰觌(dí):相见。⑱葛藟:蔓草名。⑲峻谷:深谷。⑳昒昕(hū xīn):黎明。㉑质:问。㉒遗谶(chèn):传说黄帝留下的占梦的书。㉓樛(jiū)木:枝向下弯曲的树木。㉔绥:安。㉕惴惴:恐惧的样子。㉖炯戒:明白的鉴戒。炯:明白的样子。㉗灵训:神灵的训诫。虚徐:盘旋的样子。㉘晦在:所剩无几。㉙屯邅(zhūn zhān):陷于困境。蹇连:行进艰难。㉚上圣:德智超群之人。迁:遇到。㉛群黎:百姓。

㉜昆：卫成公。㉝诡：同“违”，反。㉞逌：同“攸”，所。㉟膺：当，受。㊱叛：乱。回穴：变化不定。㊲治里：调理内脏。㊳襮：表。㊴溺：桀溺，春秋时的隐士。路：子路，孔子弟子。㊵悄悄：形容乱。萉（féi）：避。㊶靡救：无法救助。㊷醢（hǎi）：肉酱。㊸行（hàng）行：刚强的样子。㊹柢（dǐ）：树根。㊺柯：树枝。㊻魍魉（wǎng liǎng）：影子外层淡影。责：诘问。景：同“影”。㊼淳耀：光明。㊽芈（mǐ）：春秋时期楚国祖先的族姓。汜：水边。㊾趾：礼。㊿信然：的确如此。(51)三五：五位三所。(52)戎女：指骊姬。(53)徂：往。(54)发：周武王姬发。(55)耦：合。(56)震鳞：龙。漦（lí）：龙的涎沫。夏庭：夏朝王庭。(57)三正：夏、商、周三代。(58)巽：鸡。(59)敻（xiòng）：远。周：至。(60)胥：同“须”。诹：询问。(61)妫（guī）：陈国姓。(62)妣（bǐ）：古时称已死的母亲为妣。劾：揭发罪状。(63)鞫：告。(64)消息：指祸福消长。(65)斡（wò）：旋转。(66)移易：祸福转移。忒：差错。(67)兆：人。(68)贡：溃。愦：乱。(69)牺：牺牛。鹏：鹏鸟。(70)断谊：以义理裁断。(71)孔约：简约。(72)輶（yóu）：轻，这里用以指容易实行的。(73)惠：柳下惠，指代清高廉洁之士。(74)蕃：同“藩”，护卫。(75)颐志：保持气节。(76)纮：同“宏”，宏大。(77)棐：辅助。谌：同“忱”，诚。(78)谟：谋求。猷：道术。(79)仪凤：形容仪表非凡。(80)祚：赐福。(81)諠：忘。(82)胤：继续。彭：彭祖。(83)乱：古乐曲。(84)草昧：即万物。(85)浑元：天地元气。(86)谊：同“义”。(87)夭物：为物所夭。夭，夭折。(88)忝（tiǎn）：耻辱。(89)素：真实朴素。(90)曷：何。渝：变。(91)尚：差不多。几：几微。

【赏析】

班固的七世祖因为秦末躲避战乱，所以迁到山西境内，后来世代在这里繁衍生息。班家人才辈出，是书香门第，班固自小受到熏陶，行文遣词有高人一筹的造诣。

班固年纪轻轻就和司马相如、张衡、扬雄被人合称为“汉赋四大家”。东汉初年的文化风向标还是和西汉看齐的，赋体依然磅礴大气、润色鸿业。班固也未能免俗，他创作的《两都赋》极尽铺张华丽之能事，运用了大量的排比和俳句，气势恢宏。

天下道义的力量都是建立在利益的基础之上的，如果没有利益来做后盾，那么任何道德规矩都是一纸空文。班固是明白这个道理的，所以他虽然读着孔夫子的仁义道德之书，但内心也为自己建立起了一套处事标准。这就好像他的赋词一样,华丽绝美,但又有班固的思想蕴涵其中。

这首《通幽赋》的最后一段说:"天造草昧,立性命兮。复心弘道,惟圣贤兮。浑元运物,流不处兮。保身遗名,民之表兮。舍生取谊,以道用兮。"从中,我们可以看出班固的文史功底深厚。天地之始,万物混沌蒙昧,皆立其性命。在这一段中,班固自诩看透世事。但是,他本人却没能像文中那样洁身自好。

班固的从政功力深厚,他因为文采好为汉明帝所赏识,一跃成为兰台令史。耗时20多年,班固在章帝中期的时候完成了《汉书》的主要创作内容。

他曾在《离骚序》中对屈原投江提出过异议,在班固看来,屈原虽然高尚,但屈原自身也是他结局悲惨的主要原因之一。由此可见,班固在君子的道德和封建专制的平台上巧妙地找到了一个立足点,他能进能退,能攻能守,可以在任何时机找到一个契合点,让自己全身而退。

东征赋

班 昭

惟永初之有七兮,余随子乎东征。时孟春之吉日兮①,撰良辰而将行。乃举趾而升舆兮②,夕予宿乎偃师。遂去故而就新兮,志怆悢而怀悲③!

明发曙而不寐兮④,心迟迟而有违⑤。酌醴酒以弛念兮⑥,喟抑情而自非。谅不登樔而椓蠡兮⑦,得不陈力而相追⑧。且从众而就列兮,听天命之所归。遵通衢之大道兮,求捷径欲从谁⑨?乃遂往而徂逝兮⑩,聊游目而遨魂!

历七邑而观览兮,遭巩县之多艰。望河洛之交流兮,看成皋之旋门。既免脱于峻崄兮,历荥阳而过卷。食原武之息足,宿阳武之桑间。涉封丘而践路兮,慕京师而窃叹!小人性之怀土兮⑪,自书传而有焉。

遂进道而少前兮,得平丘之北边。入匡郭而追远兮,念夫子之厄勤⑫。彼衰乱之无道兮,乃困畏乎圣人⑬。怅容与而久驻兮,忘日夕而将昏。到长垣之境界⑭,察农野之居民。睹蒲城之丘墟兮,生荆棘之榛榛。惕觉寤而顾问兮⑮,想子路之威神。卫人嘉其勇义兮,讫于今而称云。蘧氏在城之东南兮,民亦尚其丘坟。唯令德为不朽兮,身既没而名存。

惟经典之所美兮,贵道德与仁贤。吴札称多君子兮,其言信而有徵。后衰微而遭患兮,遂陵迟而不兴⑯。知性命之在天,由力行而近仁。勉仰高而蹈景兮,尽忠恕而与人。好正直而不回兮,精诚通于明神。庶灵祇之鉴照兮,佑贞良而辅信。

乱曰:君子之思,必成文兮。盍各言志,慕古人兮。先君行止⑰,则有作兮。虽其不敏,敢不法兮。贵贱贫富,不可求兮。正身履道⑱,以俟时兮。修短之运⑲,愚智同兮。靖恭委命⑳,唯吉凶兮。敬慎无怠,思嗛约兮㉑。清静少欲,师公绰兮。

【注释】

①孟春:春季头个月。②升舆:登上车。③怆悢:悲伤,惆怅。④明发:醒。⑤迟迟:迟疑。⑥弛念:减弱对故居的思念。⑦橶:远古人类在树上的简陋居所。椓蠡(11):砸开螺壳。⑧陈力:尽力。⑨捷径:指不正之道。⑩徂逝:远行。⑪怀土:因怀念故地而不愿迁移。⑫夫子:指孔子。厄勤:困厄勤苦。⑬畏:同"围",围困。⑭长垣:县名。⑮顾问:回头询问。⑯陵迟:衰败。⑰先君:先父。⑱履道:履行道义。⑲修:长。⑳靖恭:

恭敬奉守。委命：听凭命运支配。㉑嗛约：谦恭自约。嗛，同"谦"。

【赏析】

　　班昭所写的《女诫》包括 7 部分内容：卑弱、夫妇、敬慎、妇行、专心、曲从和叔妹。这是一本用来教导班家女儿的私家教科书，但没有料到的是，这本书竟然会被一些世家争相传抄，后来竟然风行全国，成为闺中之女必读的一本书。而这本书中所讲的正是教导女子如何在这个男权的社会里，躲在男性背后，牺牲自己使这个男权社会运作得更加灵活。

　　班昭可以说是古代女子道德的典范人物，她恪守妇道，而且凡事都从不抱怨。班昭是否信仰上天，后世已经不得而知，不过从她的为人处世、行文走笔可以看出，班昭应该是相信的。起码她从不怀疑自己作为一个女人为何就应当承担世间一切的不幸。

　　班昭才思敏捷，在她的内心，定然有一捧清泉，脆弱清澈。当那清泉被捧出时，班昭才发现，原来自己竟然如此脆弱，究竟是该听从天命的安排，还是走自己的路，一向冷静的班昭也会在夜深的时候心生困惑。她随同儿子一起起程，来到新的居所，但却充满悲伤的情怀，天亮还是无法入睡，明明知道内心的矛盾，却还是无力与命运抗争。

　　《东征赋》一文虽然文辞斐然，但却已然透露出班昭当时疲惫的心理，不再年轻的她，就如同不再坚持的信念一样，令人担忧。如果说一个女人的坚强来源于她对外界的幻想，那么班昭那时的幻想已经被层层地拨开，令人觉得忧伤。于是，一首《东征赋》也是做得几分忧伤、几分怅然。透过书简，似乎还能读到淡淡的无奈。

　　这篇赋四句一转，曲尽其意，文辞典雅，颇具情韵。这是班昭和儿子路过陈留时写的赋，效仿她的父亲班彪《北征赋》而作，因为她说过："先君行止，则有作兮，虽其不敏，敢不法兮。"

　　赋中记录了她从洛阳到陈留的经历，对先哲进行歌颂，又借景抒情。人世间只有美德才能长存，班昭自认为自己的德行昭明，祈求上天垂怜，就算才思不够敏捷，无法达到父亲的高度，但她仍极力效仿。虽然人间的富贵不能强求，但命运总是公平的，就让自己洁身自好，坚持真理等待命运的转机吧，或许清心寡欲，日后才会从容不迫。

班昭一生无风无浪，凭着女性天生的敏锐将生活细节中的点滴都铭记心中。虽然《东征赋》没有班彪所写的《北征赋》那样气势磅礴，但缠绵细腻的情感中，仿佛可以看到班昭内心的苦闷和矛盾，在曲曲折折的字里行间，淡然地流露出来，强自开解而又无可奈何，徘徊往复，而又有古淡的文风。

归田赋

张 衡

游都邑以永久[1]，无明略以佐时[2]。徒临川以羡鱼[3]，俟河清乎未期[4]。感蔡子之慷慨[5]，从唐生以决疑[6]。谅天道之微昧[7]，追渔父以同嬉[8]。超埃尘以遐逝[9]，与世事乎长辞[10]。

于是仲春令月[11]，时和气清；原隰郁茂[12]，百草滋荣。王雎鼓翼[13]，鸧鹒哀鸣[14]；交颈颉颃[15]，关关嘤嘤[16]。于焉逍遥[17]，聊以娱情。

尔乃龙吟方泽[18]，虎啸山丘。仰飞纤缴[19]，俯钓长流。触矢而毙，贪饵吞钩。落云间之逸禽[20]，悬渊沉之鲨鳢。

于时曜灵俄景[21]，系以望舒[22]。极般游之至乐[23]，虽日夕而忘劬[24]。感老氏之遗诫[25]，将回驾乎蓬庐。弹五弦之妙指[26]，咏周、孔之图书[27]。挥翰墨以奋藻[28]，陈三皇之轨模[29]。苟纵心于物外，安知荣辱之所如[30]。

【注释】

①都邑：指东汉京都洛阳。永：长。久：滞。言久滞留于京都。②明略：明智的谋略。这句意思是说自己无明略以匡佐君主。③徒：空，徒然。羡：愿。④俟：等待。河清：黄河水清，古人认为这是政治清明的标志。此句意思为等待政治清明未可预期。⑤蔡子：指战国时燕人蔡泽。慷慨：壮士不得志于心。⑥唐生：即唐举，战国时梁人。决疑：请人看相以解除对前途命运的疑惑。蔡泽游学诸侯，未发迹时，曾请唐举看相，后入秦，待范雎为秦相。⑦谅：确实。微昧：幽隐。⑧嬉：乐。⑨超尘埃：即游乎尘埃之外。尘埃，比喻纷浊的事务。遐逝：远去。⑩长辞：永别。由于政治昏乱，世路艰难，自己与时代不合，产生了归田隐居的念头。⑪令月：吉日，好的时节。令，善。⑫原：宽阔平坦之地。隰：低湿之地。郁茂：草木繁盛。⑬王雎：鸟名，即雎鸠。⑭鸧鹒：鸟名，即黄鹂。⑮颉颃：鸟飞上下貌。⑯关关嘤嘤：指二鸟和鸣。⑰于焉：于是乎。逍遥：安闲自得。⑱而乃：于是。方泽：大泽。这两句言自己从容吟啸于山泽间，类乎龙虎。⑲纤缴：指箭。纤，细。缴，射鸟时系在箭上的丝绳。⑳逸禽：云间高飞的鸟。㉑曜灵：日。俄：斜。景：同"影"。㉒系：继。望舒：神话传说中为月亮驾车的仙人，这里代指月亮。㉓般游：游乐。般，乐。㉔虽：虽然。勤：劳苦。㉕感老氏之遗诫：指《老子》十二章"驰骋田猎，令人心发狂"。㉖五弦：五弦琴。指：通"旨"。㉗周、孔之图书：周公、孔子著述的典籍。㉘翰：毛笔。藻：辞藻。㉙陈：陈述。轨模：法则。㉚如：往，到。

【赏析】

这是东汉科学家、文学家、政治家张衡的最有名的辞赋之一。

此赋描写的是作者归园田居的生活画面。在湖边歌唱，在山丘上吟诗，向云间射箭，往河里垂钓，这便是张衡赋闲后的生活，字里行间全是悠闲。就算夕阳下山，皓月升起，游戏的劲头也丝毫不减，只是想起圣贤告诫，便回到草庐，弹奏琴弦，品读诗书，提笔写下这一日的欢娱。在这里，人间的烦忧与荣辱，已经完全与自己不相干了。

作为东汉有名的科学家，张衡同时也像所有知识分子一样，希望能为国家效力，然而他始终无法改变当时残破的局面，被郭沫若评价为"如此全面发展之人物，在世界史中亦所罕见，万祀千龄，令人敬仰"的张衡也无法逃避世事的苍凉。

东汉宦官外戚专权，官场的浑浊与政治的黑暗，使张衡感到忧愤，官僚体系已经不再适合他了。在朝为官，张衡走到了尽头，但对百姓，他是关怀备至的。张衡发现，一个帝国的统治者只有与百姓惺惺相惜，才能令这个国家长治久安，他清楚地看到，实现国家的富有，就要实现百姓的利益。张衡作了最后的抗争，然而宦官的力量实在过于强大，他再次落败。当汉顺帝问张衡如今天下百姓最憎恶何人时，在宦官的包围中，他竟然没有勇气说出真相。

他彻底明白了，这是一个他无法抗衡的团体，所以他充满了痛苦和矛盾，并退出了这个他曾为之奋斗的舞台。张衡晚年消极避世，归隐之后，他写诗作赋以表述内心的凄凉和不满，这篇《归田赋》是他的代表之作。正如结尾"苟纵心于物外，安知荣辱之所如"两句所说，作者挣脱樊篱，归隐田园，不再为尘世荣辱束缚，这种归隐的生活是令人遐想的，然而其中也渗透着作者浓浓的无奈之情。

青衣赋

蔡邕

金生沙砾，珠出蚌泥。叹兹窈窕①，生于卑微②。盼倩淑丽③，皓齿蛾眉。玄发光润④，领如蝤蛴⑤。脩长冉冉⑥，硕人其颀⑦。绮绣丹裳，蹑蹈丝扉⑧。盘跚蹴蹀，坐起昂低。和畅善笑，动扬朱唇。都冶武媚⑨，卓砾多姿。精慧小心，趋事若飞。中馈裁割，莫能双追。《关雎》之洁，不陷邪非。察其所履，世之鲜希⑩。宜作夫人，为众女师。伊何尔命⑪，在此贱微！代无樊姬，楚庄晋妃。感昔郑季，平阳是私。故因锡国，历尔邦畿。虽得嬿婉⑫，舒写情怀。寒雪翩翩,充庭盈阶。兼裳累镇,展转倒颓⑬。昒昕将曙⑭,鸡鸣相催。饬驾趣严⑮,将舍尔乖。蒙冒蒙冒⑯,思不可排⑰。停停沟侧⑱,嗷嗷青衣。我思远逝,尔思来追。明月昭昭⑲,当我户扉。条风狎猎⑳,吹予床帷。河上逍遥,徙倚庭阶㉑。南瞻井柳㉒,仰察斗机。非彼牛女,隔于河维。思尔念尔,怒焉且饥㉓。

【注释】

①兹:这个。窈窕:美好的样子。②卑微:出生低微。③盼倩:出自《诗经·卫风·硕人》:"巧笑倩兮,美目盼兮",顾盼生姿之意。淑丽:娴熟美好。④玄发:黑发。⑤领:颈部。蠐螬:金龟子的幼虫。⑥冉冉:柔美的样子。⑦颀:修长。⑧蹑:踩。扉:鞋。⑨都冶:即美貌。武媚:同"妩媚"。⑩鲜希:稀少。⑪伊何:为何。⑫虽:同"唯"。嬿婉:欢好的样子。⑬倒颓:精力消退。⑭昒(hū)昕:拂晓,黎明。⑮饬:整治。⑯蒙冒:这里是作者自称。⑰思:助词。⑱停停:耸立的样子。⑲昭昭:明亮的样子。⑳条风:东北风。狎猎:重叠接连。㉑徙倚:徘徊。㉒井柳:指井宿、柳宿。㉓怒(nì):忧愁伤痛。

【赏析】

  这是一首描写处于恋爱中的人因为思恋爱人而不得寐的作品。在皎洁如水的月光下,倚靠着窗户,当风吹过床上,轻纱漫动之时,远在他乡的爱人啊,你在哪里?就好像是天上的牛郎和织女,相爱的人之间的思念,遥遥无期。

  这是隐喻地表达婢女对情郎的思念之情,从中可以看出汉朝时期人们对于人性自由的追求。除了蔡邕,还有许多文人也有类似的作品,例如司马相如的《美人赋》,虽然表面上是在谈政治,但其实也是在隐喻地说男女之间的隐讳之情。还有继蔡邕之后的阮瑀,他在作品《止欲赋》中写道:"睹天汉之无津,伤匏瓜之无偶,悲织女之独勤。"

  从《青衣赋》中可以看出,在当时的人们看来,或明确或隐喻地表达内心思慕男女之情并不是什么不可饶恕的罪过，反而是一种正常的情感宣泄。这篇赋词所写细节是比较大胆露骨的，也是十分细腻的。

洛神赋

曹　植

黄初三年，余朝京师①，还济洛川②。古人有言，斯水之神，名曰宓妃③。感宋玉对楚王神女之事④，遂作斯赋。其辞曰：

余从京域，言归东藩⑤。背伊阙⑥，越轘辕⑦，经通谷⑧，陵景山⑨。日既西倾，车殆马烦。尔乃税驾乎蘅皋，秣驷乎芝田，容与乎阳林，流眄乎洛川。于是精移神骇，忽焉思散。俯则未察，仰以殊观，睹一丽人，于岩之畔。乃援御者而告之曰："尔有觌于彼者乎？彼何人斯？若此之艳也！"御者对曰："臣闻河洛之神，名曰宓妃。然则君王所见，无乃是乎？其状若何？臣愿闻之。"

余告之曰："其形也，翩若惊鸿，婉若游龙。荣曜秋菊，华茂春松。仿佛兮若轻云之蔽月，飘摇兮若流风之回雪。远而望之，皎若太阳升朝霞；迫而察之，灼若芙蕖出渌波。秾纤得衷⑩，修短合度。肩若削成，腰如约素。延颈秀项，皓质呈露。芳泽无加，铅华弗御。云髻峨峨，修眉联娟。丹唇外朗，皓齿内鲜。明眸善睐，靥辅承权⑪。瑰姿艳逸⑫，仪静体闲。柔情绰态，媚于语言。奇服旷世，骨像应图。披罗衣之璀粲兮，珥瑶碧之华琚。戴金翠之首饰，缀明珠以耀躯。践远游之文履，曳雾绡之轻裾。微幽兰之芳蔼兮，步踟蹰于山隅。

于是忽焉纵体，以遨以嬉。左倚采旄，右荫桂旗。壤皓腕于神浒兮，采湍濑之玄芝。余情悦其淑美兮，心振荡而不怡。无良媒以接欢兮，托微波而通辞。愿诚素之先达兮，解玉佩以要之[13]。嗟佳人之信修兮，羌习礼而明诗。抗琼珶以和予兮，指潜渊而为期[14]。执眷眷之款实兮[15]，惧斯灵之我欺。感交甫之弃言兮，怅犹豫而狐疑。收和颜而静志兮，申礼防以自持。

于是洛灵感焉，徙倚彷徨，神光离合，乍阴乍阳。竦轻躯以鹤立，若将飞而未翔。践椒涂之郁烈，步蘅薄而流芳。超长吟以永慕兮，声哀厉而弥长。

尔乃众灵杂遝，命俦啸侣[16]，或戏清流，或翔神渚，或采明珠，或拾翠羽。从南湘之二妃[17]，携汉滨之游女。叹匏瓜之无匹兮，咏牵牛之独处。扬轻袿之猗靡兮，翳修袖以延伫。体迅飞凫，飘忽若神，陵波微步，罗袜生尘。动无常则，若危若安。进止难期，若往若还。转眄流精，光润玉颜。含辞未吐，气若幽兰。华容婀娜，令我忘餐。

于是屏翳收风[18]，川后静波。冯夷鸣鼓[19]，女娲清歌。腾文鱼以警乘，鸣玉鸾以偕逝。六龙俨其齐首，载云车之容裔，鲸鲵踊而夹毂[20]，水禽翔而为卫。

于是越北沚。过南冈，纡素领，回清阳[21]，动朱唇以徐言，陈交接之大纲。恨人神之道殊兮，怨盛年之莫当。抗罗袂以掩涕兮，泪流襟之浪浪。悼良会之永绝兮。哀一逝而异乡。无微情以效爱兮，献江南之明珰。虽潜处于太阴，长寄心于君王。忽不悟其所舍，怅神宵而蔽光[22]。

于是背下陵高，足往神留，遗情想象，顾望怀愁。冀

汉赋奇葩，独秀芳华 / **149**

灵体之复形，御轻舟而上溯㉓。浮长川而忘反㉔，思绵绵而增慕。夜耿耿而不寐，沾繁霜而至曙。命仆夫而就驾，吾将归乎东路。揽騑辔以抗策，怅盘桓而不能去。

【注释】

①京师：京城、国都，此处指魏都洛阳。②洛川：洛水，源出陕西省，入河南省，经洛阳，至巩义市入黄河。③宓（fú）妃：相传为宓羲氏的女儿，溺死于洛水为神，即洛神。④感宋玉对楚王神女之事：宋玉曾做《高唐赋》《神女赋》，均记载于楚襄王对答梦遇巫山神女之事。⑤东藩：东方藩国。当时曹植封为鄄（juàn）城（今山东省鄄城县）王。鄄城位于洛阳东北，故称东藩。⑥伊阙：山名，又名阙塞山、龙门山，在洛阳南。⑦轘辕：山名，在河南省偃师县东南。⑧通谷：山谷名，在洛阳城南。⑨陵：登。景山：在河南省偃师县南。⑩秾（nóng）：花木盛，这里指体态丰满。⑪靥（yè）：酒窝。权：通"颧"，颧骨。酒窝在颧骨下，所以说"承权"。⑫瑰姿：美妙的姿态。⑬要："邀"，约会。⑭潜渊：深渊，指洛神所居之处。⑮眷眷：通"拳拳"。⑯命俦啸侣：等于说呼朋唤友。俦：匹、侣。⑰南湘之二妃：指娥皇、女英，湘水之神。⑱屏翳：传说中的风神。⑲冯（píng）夷：河伯的名字。⑳鲸鲵（ní）：即鲸鱼，雄的叫鲸，雌的叫鲵。㉑清阳：女子眉清目秀，此指清秀的眉目。阳：一作"扬"。㉒神宵：神影消逝。宵：通"消"，消逝。㉓溯（sù）：逆流而上。㉔长川：指洛水。反：同"返"，返回。

【赏析】

这一首《洛神赋》一般认为是曹植为了纪念甄氏而写的，当时甄氏早就嫁给曹丕为妃，而且曹丕也已经登基成了皇帝，曹植没有能力与他争夺女人，而且在做这首赋之前，甄氏也已经因为宫廷内部的权力争斗而死于非命。所以，曹植作的这首《洛神赋》系怀念之作。他到洛阳拜见曹睿，与甄氏的儿子曹睿吃饭，见到侄子，想起甄氏的红颜薄命，曹植自然是有感于心。据史料记载，曹植睹物思人，在回到封地的路上一直神情恍惚，夜里梦回，恍然看到了甄氏在他面前，待清醒之后才知道是南柯一梦，但更加难掩心中的悲伤，便写下了这首著名的赋。

这一首赋文辞优美，语言华丽，将甄氏的美好与动人之处描写得入木三分，使人看到赋就仿佛看到甄氏本人一样。曹植虽然放任自流，今日狂歌痛饮，明朝游猎山林，但是他对甄氏的思念不是一时兴起，而是深埋于内心的一种深沉情愫，但后人对此有过诸多怀疑。例如宋朝诗人刘克庄就曾认为这是好事之人"造甄后之事以实之"。明朝的王世贞又说："令洛神见之，未免笑子建（曹植字）伧父耳。"他们都认为曹植对甄氏的感情是虚拟而不真实的。但由于此文文采琉华，尤其是"其形也，翩若惊鸿，婉若游龙。荣曜秋菊，华茂春松。仿佛兮若轻云之蔽月，飘飖兮若流风之回雪。远而望之，皎若太阳升朝霞；迫而察之，灼若芙蕖出渌波。秾纤得衷，修短合度。肩若削成，腰如约素。延颈秀项，皓质呈露。芳泽无加，铅华弗御。云髻峨峨，修眉联娟。丹唇外朗，皓齿内鲜。明眸善睐，靥辅承权"一段，历来为人称引，作者描写洛神之美，说她体态轻盈，就像起舞的鸿雁，嬉戏的游龙，容貌宛如绽放的秋菊，春日的松柏，形态就如同若隐若现的月亮，如同风中翩跹的雪花。她的美无法用辞藻形容，远远望去，就像是太阳下的一抹朝霞，也像是水中亭亭玉立的荷花，丰满得恰到好处，身高也比例适中。总之，这个女子的铅华无与伦比。

相传曹植对甄氏一见钟情，惊为天人，但这或许只是他一厢情愿而已，历史上并未记载过甄氏对曹植有过任何的青睐。在嫁给曹丕后，甄氏恪尽本分，为曹丕开枝散叶，生儿育女。

这个女人拈花带笑，她的容貌倾国倾城，不然也不会被袁绍选为儿媳。可惜自古红颜多薄命，甄氏的荣华还未享尽，便因为曹操的大军来袭而遭到了毁灭性的颠覆。当她蓬头垢面地出现在曹氏父子面前的时候，她应该不会想到她会俘获三个人的心。曹操爱占他人妇是出了名的。所以，对于污垢依然不掩芳华的甄氏，他也垂涎欲滴，只可惜曹丕先声夺人，要求甄氏归自己所有。为了笼络人心，曹操只得忍痛割爱，于是甄氏嫁给了曹丕。后来，甄氏日益失宠，更因为谗言四起而被曹丕赐死，下葬的时候，"被发覆面，以糠塞口"，极为凄惨。

不论这篇赋中的女子是谁，都极度唯美，引人产生无限遐想。

思旧赋

向 秀

余与嵇康、吕安居止接近①，其人并有不羁之才②；然嵇志远而疏③，吕心旷而放，其后各以事见法④。嵇博综技艺，于丝竹特妙。临当就命⑤，顾视日影，索琴而弹之。余逝将西迈⑥，经其旧庐。于时日薄虞渊⑦，寒冰凄然。邻人有吹笛者，发音寥亮。追思曩昔游宴之好，感音而叹，故作赋云。

将命适于远京兮⑧，遂旋反而北徂⑨。济黄河以泛舟兮，经山阳之旧居。瞻旷野之萧条兮，息余驾乎城隅。践二子之遗迹兮，历穷巷之空庐⑩。叹《黍离》之愍周兮⑪，悲《麦秀》于殷墟。惟古昔以怀今兮，心徘徊以踌躇。栋宇存而弗毁兮，形神逝其焉如。昔李斯之受罪兮⑫，叹黄犬而长吟。悼嵇生之永辞兮，顾日影而弹琴。托运遇于领会兮⑬，寄余命于寸阴。听鸣笛之慷慨兮，妙声绝而复寻⑭。停驾言其将迈兮⑮，遂援翰而写心。

【注释】

① 居止：住所。② 不羁之才：有才能而不愿受到束缚。③ 疏：远。④ 各以事见法：指两人被司马昭杀害之事。见法，受刑。⑤ 就：结束。⑥ 逝：往。迈：远行。⑦ 薄：迫近。虞渊：太阳落下的地方。⑧ 将命：奉命。⑨ 徂：往。⑩ 穷巷：隐僻的里巷。⑪ 黍离：《诗经·王风》的篇名。愍：同"闵"。惟：想念。⑫ 李斯：秦丞相。⑬ 托运：命运遭遇。⑭ 寻：继续。⑮ 言：助词，无实义。

【赏析】

　　古人认为：山河不足重，重在遇知己。人生一世，能得一知己比得到江山更加快意。伯牙与钟子期相会于林间，因琴乐而结缘，互为知音，所以当钟子期离开人世的时候，伯牙不惜断琴永绝音乐，以慰朋友的灵魂。

　　竹林七贤之所以对于友谊更珍视，是因为时逢乱世，能得知心人的机遇并不多。竹林七贤间的交往，是君子与君子间的相契，在清清淡淡的情感里渗着哀伤的滋味。无论是嵇康与山涛，还是向秀与嵇康，又或七贤其他人的交往，即便相知却并不一定相容，相容了又不尽相同，各自都有不能诉说的苦衷和理由。

　　向秀，字子期，是竹林七贤中与嵇康私下往来最密切的人。嵇康为吕安辩护而被陷害至死，向秀听闻噩耗顿时感到悲愤交加，对未来的人生旅程更加绝望。然而向秀不像嵇康那样崇拜黄老，对正统儒学完全否定，而是更倾向寻求二者的平衡，所以不久之后，为了生活下来只有屈就自己成了司马氏的臣子。一次，他路过嵇康和吕安的旧居，望着故人茅庐在夕阳下清冷的影子，耳边偶听不知从哪里传来的凄切笛声，顿时悲从中来，泪水滚滚而下，回到家中写下了这篇怀念旧人的《思旧赋》。

　　这篇诗赋，字字情真意切，句句形如泣血。

　　赋的前四句交代他路过嵇、吕旧居前的缘由，那天傍晚，他离开了阴沉沉的府衙，边走边行，看着茫茫的山野和徐徐的河流从眼前闪过，城郭化作残阳驳影，空巷里卷起阵阵冷风。偶然路过逝去朋友的旧居前，他信步走上去，站在故居门外徘徊。嵇康已经死了，他的妻儿亲人也早已远赴他乡，故舍仍完好地立在那里，斯人的情影早已形神俱灭。悲情全在其中。

　　"昔李斯之受罪兮，叹黄犬而长吟"是向秀援引的历史典故。李斯临死之前，牵着儿子的手说："和你牵着猎狗到郊外追逐野兔，如今已经不能了。"李斯无法与其子享受天伦之乐的难过，与向秀和朋友阴阳永隔的痛一样，都是那么碎心蚀骨。

向秀不能理解，为什么如嵇康、吕安这般蕙质丹心、超凡脱俗、远远凌驾于凡人之上的才子会命途多舛，落得身首异处的下场，难道这就是命吗？就在这时，诗人听到邻家响起的笛声，"听鸣笛之慷慨兮，妙声绝而复寻"。于是停驾言其将迈兮，遂援翰而写心。篇末的四句，作者因笛声的骤响而倍感凄清，越发地为友人和自身的不幸感到悲痛了。

司马氏在与曹魏斗争时，对文人名士所采取的高压政策令很多人都小心谨慎，甚至连交友都要仔细认清，以免陷入危险的境地。阮籍、嵇康、山涛、向秀等人的相识，完全是因为志趣相投，彼此的重视程度才非同一般。不过他们之间也并非完全没有芥蒂，单在出仕的问题上就起过极大的争端。

在竹林七贤里，先一步选择做官的便是山涛。山涛博学多才，性格敦厚，众人中数他年龄最长，对于世事的看法自然成熟，行事圆通。所以当司马氏三番四次要他入仕之后，山涛选择了服从。不但如此，山涛还劝说嵇康入仕，以至于嵇康大怒，于是写下了后世有名的《与山巨源绝交书》。然而，嵇康怒的只是山涛的出仕，或者是山涛的妥协，对于彼此间的友谊却是万般珍视的。所以，当嵇康真的赴死时，还是将自己的儿子托付给山涛抚养。

向秀在司马氏的淫威之下做官，行为上仍带有半隐的意味，因此司马氏只给他个挂名官职，为了鼓励其他名士也入朝为官。

来自政坛的压力，让作者不知道如何形容自己的不满。他不想入仕，偏偏被迫接受官职，他想逃进山林，可是又不知做什么。太多的名士才子都是他这样的矛盾体。他的《思旧赋》仅仅写出了思念的情景，没有过多内心的阐释。不过在赋的最后，人们仍能看出他为友人悲伤的同时，对自己也抱着同样的怜惜。

鲁迅曾经说过："青年时期读向子期《思旧赋》，很怪他为什么只有寥寥的几行，刚开头却又煞了尾，然而，现在我懂了。"鲁迅懂得了向秀欲语难言的原因，实在是向秀他在左思右想后，内心忧伤到极致而不知如何落笔。古语有云："吟罢低眉无写处。"因为找不到词来形容自己如何悲痛，所以没有什么长篇大论可言。

雪 赋

谢惠连

岁将暮，时既昏。寒风积，愁云繁。梁王不悦①，游于兔园②。乃置旨酒，命宾友。召邹生，延枚叟。相如末至，居客之右。俄而微霰零③，密雪下。王乃歌北风于卫诗，咏南山于周雅。授简于司马大夫，曰："抽子秘思，骋子妍辞，侔色揣称④，为寡人赋之⑤。"

相如于是避席而起，逡巡而揖⑥。曰：臣闻雪宫建于东国⑦，雪山峙于西域。岐昌发咏于来思⑧，姬满申歌于黄竹⑨。曹风以麻衣比色⑩，楚谣以幽兰俪曲⑪。盈尺则呈瑞于丰年，袤丈则表沴于阴德。雪之时义远矣哉！请言其始。

若乃玄律穷，严气升。焦溪涸，汤谷凝。火井灭⑫，温泉冰。沸潭无涌⑬，炎风不兴。北户墐扉⑭，裸壤垂缯。于是河海生云，朔漠飞沙。连氛累霭，掩日韬霞⑮。霰淅沥而先集，雪粉糅而遂多⑯。

其为状也，散漫交错，氛氲萧索⑰。蔼蔼浮浮⑱，瀌瀌弈弈⑲。联翩飞洒，徘徊委积。始缘甍而冒栋⑳，终开帘而入隙。初便娟于墀庑㉑，末萦盈于帷席㉒。既因方而为珪，亦遇圆而成璧。眄睐则万顷同缟，瞻山则千岩俱白。于是台如重璧，逵似连璐㉓。庭列瑶阶，林挺琼树。皓鹤夺鲜㉔，白鹇失素㉕。纨袖惭冶㉖，玉颜掩嫮。

若乃积素未亏，白日朝鲜，烂兮若烛龙㉗，衔燿照昆山。尔其流滴垂冰，缘霤承隅㉘。粲兮若冯夷㉙，剖蚌列明珠㉚。至夫缤纷繁骛之貌，皓旰皦絜之仪。回散萦积之势，飞聚凝曜之奇。固展转而无穷,嗟难得而备知。

若乃申娱玩之无已,夜幽静而多怀。风触楹而转响[31],月承幌而通晖。酌湘吴之醇酎,御狐貉之兼衣。对庭鹍之双舞,瞻云雁之孤飞。践霜雪之交积,怜枝叶之相违。驰遥思于千里,原接手而同归。邹阳闻之,懑然心服[32]。有怀妍唱,敬接末曲。于是乃作而赋积雪之歌。

歌曰:携佳人兮披重幄,援绮衾兮坐芳缛。燎薰炉兮炳明烛,酌桂酒兮扬清曲。又续而为白雪之歌。歌曰:曲既扬兮酒既陈,朱颜酡兮思自亲。原低帷以昵枕[33],念解佩而褫绅[34]。怨年岁之易暮,伤后会之无因。君宁见阶上之白雪,岂鲜耀于阳春。歌卒。王乃寻绎吟玩[35],抚览扼腕[36]。顾谓枚叔,起而为乱[37]。

乱曰:白羽虽白,质以轻兮。白玉虽白,空守贞兮。未若兹雪,因时兴灭[38]。玄阴凝不昧其洁,太阳曜不固其节。节岂我名,洁岂我贞。凭云升降,从风飘零。值物赋象,任地班形[39]。素因遇立,污随染成[40]。纵心皓然,何虑何营?

【注释】

①梁王:即汉梁孝王刘武,好宫室苑囿之乐。②兔园:梁孝王曾建兔园,也称梁园。在今河南商丘市东。为游赏与延宾之所。③霰(xiàn):下雪时的小冰粒。零:稀疏的飘落。④俦:等的意思。揣:即量。称:好。⑤寡人:我自指。⑥逡巡(qūn xún):有所顾虑而徘徊不前。⑦雪宫:离宫之名。⑧岐:周朝发源地。昌:周文王。⑨姬满:周穆王,周昭王之子。申:重,反复的意思。⑩曹风:指《诗经·曹风·毛蜉蝣》:"蜉蝣掘阅,麻衣如雪。"⑪楚谣:宋玉《讽赋》曰:"臣尝行至,主人独有一女,置臣兰房之中,臣援琴而鼓之,为幽兰、白雪之曲。"俪:双并、对偶的意思。⑫火井:《博物志》记载:临邛火井,诸葛亮往视,后火转盛,以

盆贮水煮之，得盐。后人以火投井，火即灭，至今不燃。又据传说，西河郡鸿门县亦有火井祠，火从地出。张衡《温泉赋》曰：遂适骊山观温泉。⑬沸潭：传说有潭水常年沸腾，郦道元《水经注》记载说生的食物投到潭中，一会便熟了。⑭墐：刷涂。⑮拚：覆盖的意思。韬：掩藏。⑯糅：糅杂。⑰氛氲：蔚盛的样子。⑱蔼蔼：盛貌。⑲奕奕：同"蔼蔼"。联翩飞洒，徘徊委积。⑳甍：屋栋。冒：覆盖。㉑便娟：美好的样子，形容雪的回旋飘落。庑：堂下周围的走廊、廊屋。㉒萦盈：同"便娟"。㉓璐：美玉。㉔皓：雪白。㉕白鹇：鸟名。㉖冶：妖冶。㉗烛龙：传说中的钟山之神，又名烛阴。《山海经》载："赤水之北，有章尾山，有神，人面蛇身，其瞑乃晦，其视乃明，是烛九阴，是谓烛龙。"㉘霤：屋宇。㉙冯夷：上古人物。渡河溺死，后为河伯。㉚剖蚌列明珠：剖蚌求珠。蚌，即蜃，一种能生明月珠的蚌蛤。㉛楹：即屋柱。㉜慅：烦闷。㉝昵：亲近。㉞褫：夺衣。绅：宽大的衣带。㉟寻绎：理出头绪。㊱扼腕：用一只手握住另一只手腕，这里表示思虑、叹惜的情绪。㊲乱：古代乐曲的最后一章或辞赋末尾总括全篇要旨的文字称乱，此处指后者。㊳"因时兴灭"句：意思是说随着自然季节的变化而兴起寂灭。㊴任：因，凭。㊵污：相染污。

【赏析】

这篇《雪赋》是令惠连享誉文坛的一篇景赋佳作，端丽优美，扣人心弦，与谢庄的《月赋》齐名。

赋中诗人假想梁孝王游园遇雪时的情景。开头一段讲冬季的天空万分忧郁，梁孝王闷得发慌，便叫来司马相如、邹阳、枚乘于兔园饮酒，看到漫天飘飞的雪景，灵机一闪，便命三人以雪作诗赋。司马相如才思敏捷，抢先一步大赞雪的芳姿，邹阳不甘示弱，也叹雪一番。梁孝王听罢笑着点头，转向枚乘，只听枚乘说道："白羽虽白，质以轻兮。白玉虽白，空守贞兮。未若兹雪，因时兴灭。玄阴凝不昧其洁，太阳耀不固其节。节岂我名，洁岂我贞。凭云升降，从风飘零。值物赋象，任地班形。素因遇立，污随染成。纵心皓然，何虑何营？"

白色的羽毛虽然洁白无瑕，但质地轻飘；白玉虽然皓洁，可是徒有永恒的色泽而无神韵；不像白雪皑皑，随着四时的更替浮现和消失,天空阴冷时不藏匿自己的玉洁冰清,太阳灼晒时也不固守形状。为什么一定要保持自己的永恒?只管从云而降,随风而走,遇到山峦沟壑、人情物事时便给其增色,随遇而安地活着该是多么逍遥,何必去汲汲营营,给自己制造什么高洁的形象呢?

从诗人假托枚乘所讲的这段话里,可以看出满是老庄的超脱旷达、虚无恬淡。这是枚乘从雪处悟到的真理,事实上也是惠连对雪的最真实看法,只不过借枚乘的嘴说出来罢了。而这篇赋中所传达的对生活无所求也不苛刻的观念,正是诗人本性的影射。

美则美矣,然时人言及《雪赋》,仍然批评它缺乏真正的内涵,所言虚空。或许《雪赋》的确有此弱点,但人们从赋中既能得到美的享受,又能领悟生活不必太过强求的道理,未尝不是一得。

别 赋

江淹

黯然销魂者①,唯别而已矣!况秦吴兮绝国②,复燕赵兮千里。或春苔兮始生,乍秋风兮暂起。是以行子肠断,百感凄恻。风萧萧而异响,云漫漫而奇色。舟凝滞于水滨,车逶迟于山侧③。棹容与而讵前④,马寒鸣而不息。掩金觞而谁御⑤,横玉柱而沾轼⑥。居人愁卧,怳若有亡⑦。日下壁而沉彩⑧,月上轩而飞光。见红兰之受露,望青楸之离霜⑨。巡层楹而空掩⑩,抚锦幕而虚凉⑪。知离梦之踯躅⑫,意别魂之飞扬。

故别虽一绪,事乃万族⑬。至若龙马银鞍⑭,朱轩绣轴⑮,帐饮东都⑯,送客金谷。琴羽张兮箫鼓陈⑰,燕、赵歌兮伤美人,珠与玉兮艳暮秋,罗与绮兮娇上春⑱。惊驷马之仰秣[19],笋渊鱼之赤鳞[20]。造分手而衔涕[21],感寂寞而伤神。

乃有剑客惭恩[22],少年报士[23],韩国赵厕[24],吴宫燕市[25]。割慈忍爱,离邦去里,沥泣共诀,抆血相视[26]。驱征马而不顾,见行尘之时起。方衔感于一剑[27],非买价于泉里[28]。金石震而色变[29],骨肉悲而心死[30]。

或乃边郡未和,负羽从军[31]。辽水无极[32],雁山参云[33]。闺中风暖,陌上草薰。日出天而曜景[34],露下地而腾文[35]。镜朱尘之照烂[36],袭青气之烟煴保[37],攀桃李兮不忍别,送爱子兮沾罗裙[38]。

至如一赴绝国,讵相见期[39]?视乔木兮故里,决北梁兮永辞,左右兮魄动,亲朋兮泪滋。可班荆兮憎恨[40],惟樽酒兮叙悲。值秋雁兮飞日,当白露兮下时,怨复怨兮远山曲,去复去兮长河湄[41]。

又若君居淄右[42],妾家河阳[43],同琼珮之晨照[44],共金炉之夕香。君结绶兮千里[45],惜瑶草之徒芳[46]。惭幽闺之琴瑟,晦高台之流黄[47]。春宫閟此青苔色[48],秋帐含此明月光,夏簟清兮昼不暮[49],冬釭凝兮夜何长!织锦曲兮泣已尽,回文诗兮影独伤。

傥有华阴上士[50],服食还仙。术既妙而犹学,道已寂而未传[51]。守丹灶而不顾,炼金鼎而方坚。驾鹤上汉,骖鸾腾天[52]。暂游万里,少别千年[53]。惟世间兮重别,谢主人兮依然[54]。

下有芍药之诗,佳人之歌[55],桑中卫女[56],上宫陈娥[57]。春草碧色,春水渌波[58],送君南浦[59],伤如之何!至乃秋露如珠,秋月如圭[60],明月白露,光阴往来,与子之别,思心徘徊。

是以别方不定,别理千名[61],有别必怨,有怨必盈。使人意夺神骇,心折骨惊[62],虽渊、云之墨妙[63],严、乐之笔精[64],金闺之诸彦[65],兰台之群英[66],赋有凌云之称,辨有雕龙之声,谁能摹暂离之状,写永诀之情着乎?

【注释】

①黯然:心神沮丧,形容凄惨的样子。销魂:失魂落魄的样子。②绝国:相隔极远的邦国。③透迟:徘徊不行的样子。④棹(zhào):船桨,这里指船。容与:缓慢的样子。讵前:滞留不前。⑤觞:酒杯。御:进用。⑥横:搁置。玉柱:喻指琴。⑦怳(huǎng):失意的样子。⑧彩:日光。⑨楸(qiū):一种落叶乔木,古时多有植于道旁。⑩层楹:高高的楼房。楹,屋前柱子,这里指房屋。⑪锦幕:锦织的帐幕。离:即"罹",遭受。踯躅(zhí zhú):徘徊不定的样子。⑬万族:不同种类。⑭龙马:八尺以上的马。⑮朱轩:指尊贵的车。⑯帐饮:古人设帷帐于郊外以饯行。东都:东都门,长安城门名。⑰琴羽:琴中弹奏出羽声。张:调弦。⑱上春:即初春。⑲驷:古时四匹马拉的车驾称驷。仰秣(mò):抬起头吃草。⑳耸:因惊动而跃起。鳞:渊中之鱼。㉑造:等到。衔涕:含泪。㉒惭恩:自惭未报知遇之恩。㉓报士:心系报恩之侠士。㉔韩国:战国时侠士聂政为韩国严仲子报仇而刺杀韩相侠累。赵厕:战国初期,豫让为给主人智氏报仇,变姓名为刑人,入宫涂厕,挟匕首欲刺赵襄子。㉕吴宫:春秋时专诸置匕首于鱼腹,在宴席上为吴国公子光刺杀吴王。㉖抆(wěn):擦拭。抆血,指眼泪流尽后又继续流血。㉗衔感:怀恩感遇。衔,怀。㉘泉里:黄泉。㉙金石:钟、磬等乐器。震:齐鸣。㉚骨肉:死者的亲人。㉛负羽:挟带弓箭。㉜辽水:即辽河。㉝雁山:雁门山。㉞曜景:闪射光芒。㉟腾文:露水在阳光下反射出绚烂色彩的美好情状。㊱镜:照。照烂:鲜明的颜色。㊲青气:春天草木上腾起的烟霭。烟煴(yīn yūn):同"氤氲"。雾气弥漫的样子。㊳爱子:爱人。㊴讵:岂有。㊵班:铺。㊶湄:水边。㊷淄:淄水。右:西面。㊸河阳:黄河北岸。㊹琼:琼玉。㊺结绶:指出仕做官。㊻瑶草:仙山中的芳草,这里喻闺中少妇。徒芳:虚度青春。㊼流黄:黄色丝绢,这里指帷幕。㊽春宫:闺房。阒(bì):关闭。㊾簟(diàn):竹席。㊿傥:同"倘"。华阴:华山。

上士：道士。㉑寂：进入微妙之境。㉒骖（cān）：指三匹马驾车。鸾：凤凰一类的一种鸟。㉓少别：小别。㉔谢：告辞。㉕佳人之歌：指李延年的歌，"北方有佳人，绝世而独立。"㉖桑中：卫国地名。卫女：指恋爱中的少女。㉗上宫：陈国地名。陈娥：同"卫女"义。㉘渌（lù）波：清澈的水波。㉙南浦：《楚辞·九歌·河伯》有"子交手兮东行，送美人兮南浦"。后用以泛指送别之地。㉚圭：一种圆形美玉。㉛名：种类。㉜心折骨惊：折、惊，都用以形容创痛之深。㉝渊：王褒，字子渊。云：扬雄，字子云。渊、云二人皆为汉代著名辞赋家。㉞严：严安。乐：徐乐。严、乐二人皆为汉代著名文学家。㉟金闺：聚集才识之士以供汉武帝诏询之地。彦：有学识才干的人。㊱兰台：汉代朝廷中藏书和讨论学术的地方。

【赏析】

这篇《别赋》在文学上负有盛名，千百年来一直为人称颂。"黯然销魂者，唯别而已矣"，开篇便沉暗幽怅，荡气回肠。最使人沮丧和失魂落魄的，莫过于此行一去三千里，离故乡遥远到不能望见的地步。就像秦国与吴国、燕国与宋国一样，永远没有接壤的一日。这是《别赋》中作者流露的久别故土之痛苦，他借"秦吴""燕宋"相去千里来比喻家乡的遥不可及，是以当四季在他的眼前轮回时，他始终不曾有半分快乐。

春天的青苔刚刚浮现，本该为它欣喜，但转眼间秋风便迅速袭来，草木枯黄。风发出不同的声音，漫漫白云呈现奇异的色彩，船在水中立而不动，车在山道间徘徊，船桨停滞不再滑动，马儿发出长嘶的悲鸣……作为游子，诗人看到的是满目凄怆的景象，这让他倍觉凄凉，肝肠寸断，哪里还有心思再吞下酒水。于是，他随手盖上金杯，将琴瑟放入袋中，不觉泪水已经溅湿了马车前的轼木。

当夜晚到来，居留在家中的诗人抱愁而卧，常不成眠，惘然若失。看着墙上的阳光一点点消失，月光一点点铺撒开来，窗边的红兰挂着秋露，青楸蒙上了寒霜。抚摸着冰冷锦被，半掩起房门，这样的午夜，游子在梦中也一定是踟蹰不前、魂魄无依的。

离别的情绪，无论是因爱情还是因亲情产生，又或者因为留恋尘世不甘赴死而产生，其中的惆怅是相通的。诗人也是这样认为，他在《别赋》中亦透露出了这个意思：尽管别离的双方并无特定，别离也有种种缘由，但有别离必有哀怨，有哀怨必充塞于心，使人心神滞沮，饱受创伤和震惊，使人意夺神骇、心折骨惊。在这里，诗人并没有说他的"离别"是独一无二的，可是它却成就了世上绝无仅有的痛苦之词。

"黯然销魂者，唯别而已矣"，没有什么比"离别"更伤痛，"有别必怨，有怨必盈……，虽渊、云之墨妙，严、乐之笔精，金闺之诸彦，兰台之群英，赋有凌云之称，辨有雕龙之声，谁能摹暂离之状，写永诀之情着乎"？一曲《别赋》写尽古今人的离愁别绪，这离别中的愁与恨，言有尽而意无穷。

恨 赋

江淹

试望平原，蔓草萦骨，拱木敛魂。人生到此，天道宁论？于是仆本恨人，心惊不已。直念古者，伏恨而死。

至如秦帝按剑，诸侯西驰。削平天下，同文共规，华山为城，紫渊为池。雄图既溢，武力未毕。方架鼋鼍以为梁[①]，巡海右以送日。一旦魂断，宫车晚出。

若乃赵王既虏，迁于房陵。薄暮心动，昧旦神兴。别艳姬与美女，丧金舆及玉乘。置酒欲饮，悲来填膺。千秋万岁，为怨难胜。

至如李君降北，名辱身冤。拔剑击柱，吊影惭魂。情往上郡，心留雁门。裂帛系书，誓还汉恩。朝露溘至[②]，握手何言？

若夫明妃去时，仰天太息。紫台稍远，关山无极。摇风忽起，白日西匿。陇雁少飞，代云寡色。望君王兮何期？终芜绝兮异域。

至乃敬通见抵，罢归田里。闭关却扫，塞门不仕。左对孺人，顾弄稚子。脱略公卿，跌宕文史③。赍志没地④，长怀无已。

及夫中散下狱，神气激扬。浊醪夕引，素琴晨张。秋日萧䔿，浮云无光。郁青霞之奇意，入修夜之不旸⑤。

或有孤臣危涕，孽子坠心。迁客海上，流戍陇阴，此人但闻悲风汨起⑥，血下沾衿⑦。亦复含酸茹叹，销落湮沉。

若乃骑叠迹，车屯轨，黄尘匝地，歌吹四起。无不烟断火绝，闭骨泉里。

已矣哉！春草暮兮秋风惊，秋风罢兮春草生。绮罗毕兮池馆尽，琴瑟灭兮丘垄平。自古皆有死，莫不饮恨而吞声。

【注释】

①鼋（yuán）：鳖。鼍（tuó）：一种鳄。②溘（kè）：忽然。③跌宕（dàng）：沉湎。④赍志（jī）：怀抱着志愿。⑤旸（yáng）：光明。⑥汨（yù）：迅疾的样子。⑦衿（jīn）：衣襟。

【赏析】

这是江淹的又一篇名作。诗人开头写道："试望平原，蔓草萦骨，拱木敛魂。"看到这样一幅景象，令人心惊不已，如诗人说"仆本恨人"，于是"直念古者，伏恨而死"。接下来，诗人写了许多古人恨事，秦帝、赵王、李君、明妃，以及敬通见抵、中散下狱、孤臣危涕等，这些人都是本有一番大事业或大好人生者，然而或一旦魂断，宫车晚出；或终芜绝兮异域；或赍志没地，长怀无已；或含酸茹叹，销落湮沉……

在整首赋里，透露的其实是作者想做大事的心思。然而在大段的论述古往恨事之后，诗人在结尾句里，他又彻底地失望了。获得功名就一定能让自己万古留名吗？恐怕不见得。春草迟暮，秋风惊起；秋风落罢，春草再生。数千年周而复返的年华就这样消逝，黯淡了绮罗的流光，剥落了池馆的红瓦，摧断了琴瑟的弦，抚去沟壑化平川。在万年不变的自然规律面前，江山还是江山，国家与人却已不再是当初的那些。于是诗人不禁发出"自古皆有死，莫不饮恨而吞声"的慨叹。

宋顺帝昇明元年（公元477年），齐高帝萧道成执政，早闻江淹美名，遂将其从吴兴召回，任命尚书驾部郎、骠骑参军事。郁郁而不得志的江淹，就这样挥别宁静多年的生活。此后江淹官运一路亨通，而梁武帝萧衍代齐后，更把江淹升为金紫光禄大夫，封醴陵侯。极度顺利的后半生，将江郎的才情尽数带走。江淹早年享用了"梦笔生花"的美名，用苦痛半生磨炼出的盖世才华，却在得志之后，落了个"江郎才尽"。春虫秋恨鸟自鸣，滚滚江水依旧东流，古今多少恨，也都湮没在了历史烟尘中。

乐府诗香醉千古

前人评汉乐府『感于哀乐，缘事而发』。质朴无华的乐府诗歌，在苍茫旷野上记录下了当时的风云骤变、民生野趣，还有世间百态。她从历史深处走来，不会独属于某一个人。她自身的厚重感令笔下的记忆无法负担，太多的历史积淀要消融进文字之中。虽然那个时代美得不可言说，但那些简短的章节诗歌，却是要用言语来深情款款地道出，道出它的风华绝代，道出它的沧海桑田。

白头吟

卓文君

皑如山上雪①,蛟若云间月。闻君有两意②,故来相决绝③。今日斗酒会④,明旦沟水头。躞蹀御沟上⑤,沟水东西流⑥。凄凄复凄凄,嫁娶不须啼。愿得一心人,白头不相离。竹竿何袅袅⑦,鱼尾何簁簁⑧。男儿重意气⑨,何用钱刀为⑩。

【注释】

①皑:白。②两意:就是二心,指情变。③决:别。④斗:盛酒的器具。⑤躞蹀:行貌。御沟:流经御苑或环绕宫墙的沟。⑥东西流:即东流。东西,偏义复词,此处偏用东字的意义。⑦竹竿:指钓竿。袅袅:动摇貌。⑧簁(shāi)簁:形容鱼尾像濡湿的羽毛。在中国歌谣里钓鱼是男女求偶的象征隐语。此处用隐语表示男女相爱的幸福。⑨意气:这里指感情、恩义。⑩钱刀:古时的钱有铸成马刀形的,叫作刀钱。所以钱又称为钱刀。

【赏析】

当年在卓王孙宴席之上,司马相如以一曲"……凤兮凤兮归故乡,遨游四海求其凰。时未遇兮无所将,何悟今兮升斯堂!有艳淑女在闺房,室迩人遐毒我肠。何缘交颈为鸳鸯,胡颉颃兮共翱翔……"赢得美人心,于是就有了一段传唱千年的爱情佳话。只是后来司马相如变心,在卓文君韶华不再、风光过后,司马相如有了纳妾的念头。在看到司马相如托人送来那首数字诗,"一二三四五六七八九十千万",卓文君怎么会不明白变了心的男人,如难收的覆水不可挽回呢?于是才会有这首《白头吟》。

"愿得一心人,白头不相离。"可是谁能想到两人还未见白头,离别却是必然的事情了。佛语有云:"前世五百次的回眸,换来今生的一次擦肩而过。"不知道用了前世多少次的擦肩而过,才能换来这半生的厮守。从决绝地随着司马相如私奔，卓文君就将自己的命运把握在了自己的手中。

同样的感情，卓文君还作过一首《怨郎诗》："一别之后，二地相悬。只说三四个月，谁知五六年。七弦琴无心弹，八行字无可传，九连环从中折断，十里长亭望眼欲穿。百思念，千系念，万般无奈把郎怨。万语千言说不完，百无聊赖十依栏。九重九登高看孤雁，八月中秋月圆人不圆。七月半，秉烛烧香问苍天，六月伏天人人摇扇我心寒。五月石榴似火红，偏遇阵阵冷雨浇花端。四月枇杷未黄，我欲对镜心意乱。忽匆匆，三月桃花随水转，飘零零，二月风筝线儿断。噫，郎呀郎，巴不得下一世，你为女来我做男。"

读完白头吟，再来看这首诗，令人难以相信，那个被她信赖，被她仰仗的男人，也同世间其他男子一样寡情薄幸。在她年色衰退之后，他便要负她，便要背弃他们两人早年的誓言，另结新欢。命运像远山顶上按捺不住的游云，随风袅袅，人生万里路，早已是飘散得不成形状了。其实，聪慧的女诗人，又怎是那普通女子所能比的，"闻君有两意，故来相决绝"其实是一种爱情忠贞的示威，一句决绝，负心人岂能不明白这位与自己相爱私逃的女子的与众不同，美妾可得，佳人才女与爱妻却是此生难求的。"男儿重意气，何用钱刀为"，负心这个名头司马相如着实担不得。也许，他在接到《白头吟》后后悔的神情早在卓文君的预料之中。

而之后两人重修旧好，共携手白头，也真的实现了卓文君"白头不相离"的诺言。

北方有佳人

李延年 ①

北方有佳人 ②，绝世而独立。一顾倾人城，再顾倾人国。宁不知倾城与倾国，佳人难再得。

【注释】

①李延年(?—约公元前90年),汉武帝时造诣很高的音乐家,中山人(今河北省定州市),父母兄弟妹妹均通音乐,都是以乐舞为职业的艺人。②佳人:即后来的李夫人,武帝宠妃。

【赏析】

这首《北方有佳人》是汉武帝时期的乐者李延年所作之歌,是专门为了赞美他的妹妹美丽动人而作的。话说当年李延年为了将自己的妹妹献给汉武帝,便精心编排谱写了这首歌曲,虽然是高度的夸张,但是起到了一定的效果,令汉武帝对这位倾国倾城的美人起了好奇之心。相传那一日,本是汉武帝刘彻在宫中大摆宴席,宴请群臣的时候,平阳公主和宫廷的乐师李延年一起侍宴,就在汉武帝酒酣微醉之时,李延年献上了这首《北方有佳人》。

刘彻一生文治武功,家国天下,从不将儿女私情放在心上,却唯独对李延年歌词中所唱的这位佳人念念不忘。他认为天下间哪会有这样的女子,便感慨道:"世间怎么会有你唱的这样的绝世佳人呢?"

李延年这才坦白承认,他口中的这位佳人便是他的妹妹,天子无法掩饰内心的悸动,他命李延年送美貌的妹妹入宫。李延年口中的佳人果然国色天香、倾国倾城,她不但容貌美丽,而且体态轻盈,舞姿曼妙,精通音律,更是知书达理。于是汉武帝将这位女子纳为妃子,后人称其为李夫人。《汉书·外戚传》中称李夫人为"实妙丽善舞",刘彻更是对这位李夫人疼爱有加,从此后宫上千佳丽粉黛全无颜色,帝王只是终日与李夫人相偎相伴。这就是历史上有名的倾国倾城的故事。

秋风辞

刘 彻

秋风起兮白云飞,草木黄落兮雁南归。兰有秀兮菊有芳①,怀佳人兮不能忘。泛楼船兮济汾河②,横中流兮扬素波。箫鼓鸣兮发棹歌③,欢乐极兮哀情多。少壮几时兮奈老何!

【注释】

① 兰:比拟佳人。"菊"同。秀:此指颜色。芳:花的香气。② 楼船:上面建造楼的大船。汾河:起源于山西宁武,西南流至河津西南入黄河。③ 棹:船桨,这里代指船。

【赏析】

公元前113年,刘彻率领群臣到河东郡汾阳县祭祀后土,归途中传来南征将士的捷报,所以,他将当地改名为闻喜,沿用至今。当时正值秋风萧瑟,大雁南飞迁徙,刘彻乘坐楼船泛舟汾河,饮酒赏景,触景生情,感慨万千,写下了这首千古绝唱的《秋风辞》。

开篇两句,清远流丽,清代文人沈德潜读后批出"《离骚》遗响"四个字。在这首短小的《秋风辞》中,诗人将自己一生的情感波折展露无遗。整首赋词以景物起兴,接着描写楼船中载歌载舞的热闹景象,透过这热闹繁华的景象,刘彻看到了人生的匆忙流逝,在感叹乐极生悲之时,又觉得岁月真是如风如雨,从指尖匆匆溜走,不留给人一丝喘息的机会。人生易老,是这位帝王内心深处始终忌讳的事情。

按照《汉书·武帝纪》,从时间上推算,刘彻作《秋风辞》时大概四五十岁,正是知天命的年纪,而且从《历代帝王诗》作者毛翰的口中,也可以得知刘彻为何悲伤:"贵为天子,拥有三千佳丽、九州方园,比平民百姓更难抛舍,因而超前伤老,也在情理之中。"可以看出，刘彻是不愿意老去的，这就为他老年之后极力寻求仙方，妄想得道成仙的举动做了解释。正是壮年时期的成功和意气风发，才使得他更加不愿意离开这个带给他许多成功和满足感的舞台，他要不惜一切代价地留下来。

从一句"欢乐极兮哀情多"就可以看出，诗人虽然是堂堂大汉朝的君王，但他依然不快乐。正因为这个世界带给了他太多的快乐，所以使得他愈加悲伤，这看似矛盾的命题其实是刘彻作为一个成功君主的心病所在。当盛年不再，看着自己渐渐老去，甚至死去，这对作为皇帝的诗人来说，应该是无法忍受的吧。清代文人王尧衢在《古诗合解》中对刘彻的此种心境一句道破天机，"乐极悲来，乃人情之常也。愁乐事可复而盛年难在。武帝求长生而慕神仙，正为此一段苦处难遣耳。念及此而歌啸中流，顿觉兴尽，然自是绝妙好辞"。

人生老病死难以避免，就算是君王也难逃这一劫，再多的荣华富贵也只是过眼云烟。当一切随着死亡而不复存在的时候，想到这一切，又该如何不忧伤呢？更何况在万物萧瑟的秋季，看着满目萧然的景色，又该如何释怀呢？如果成为神仙，就不会有这一切的担忧了，春夏秋冬就对生命无法构成威胁，就不用日夜在这里悲叹生命的短暂了。

草木易衰，人生易逝，与短暂的富贵相比，漫长的死亡将会令人心生感伤。《秋风辞》的最后突兀结尾，以凄婉含蓄的感叹收住，极尽曲折绵绵之情，就好像沈德潜所言："《离骚》遗响。文中子谓乐极哀来，其悔心之萌乎？"虽然比起《离骚》的文辞来说，刘彻略输一二，但文中的情结却并不逊色。

八公操[1]

刘 安

煌煌上天，照下土兮。知我好道，公来下兮。公将与余，生毛羽兮。超腾青云，蹈梁甫兮。观见瑶光，过北斗兮。驰乘风云，使玉女兮。含精吐气，嚼芝草兮。悠悠将将，天相保兮。

【注释】

① 八公操：琴曲名。八公有三种说法：第一种说法是汉淮南王刘安门客，有苏非、李尚、左吴、田由、雷被、毛被、伍被、晋昌八人，称"八公"。他们奉刘安之招，和诸儒大山、小山相与论说，着《淮南子》。见汉高诱《〈淮南子注〉序》。《史记·淮南王传》"阴结宾客"司马贞索隐引《淮南要略》，田由作陈由，毛被作毛周。魏、晋以来，《神仙传》《录异记》等道家著作以刘安好方技，遂附会八公为神仙。第二种说法，晋武帝时，以司马孚、郑冲、王祥、司马望、何曾、荀颛、石苞、陈骞为八公。见《晋书·职官志序》。第三种，北魏明元帝时置八大人官，世号"八公"。

【赏析】

这一首《八公操》是汉代淮南王刘安所作。刘安在汉朝的时候，是文采与声名并著的贵族。相传他对于求仙访道的热情十分高涨，十分入迷。只要可以找到任何一点和神仙有关的信息，他都不放过。不论是远在深山的道士，还是民间土方，只要被他知道，就算花费重金他也要得到手。

诗文大意是：天上煌煌之光，将凡尘照耀，知道我喜好仙道，所以特派来术人帮助我羽化登仙、腾云驾雾。不但可以观赏瑶池之风光，更可以欣赏北斗的风云变幻。玉女口吐精气，令人嗅着犹如幽兰一般的芳香。这是诗人刘安心目中的得道成仙的境界。

诗文的确文辞优美，由此可见诗人的文字底蕴深厚，所描绘出的一幅羽化登仙、神游天上的境界更是惟妙惟肖,而刘安内心的膨胀和张扬之感也展露无遗。刘安希望远离红尘俗世,过神仙般逍遥自在的日子,但是事实总是事与愿违,刘安无法超脱自己内心的仇恨和欲望。

后来刘安叛乱被诛。其实这并不是偶然的,他虽然相信黄老之术,认为无为才是治理天下最好的方法,但是这一切不过是刘安给自己的一个幌子罢了。自古以来,基于对皇位的觊觎,多少人前仆后继地倒在了通往皇位的大道上,而刘安也不例外。他的野心最后终于膨胀到了无可附加的地步,虽然他信奉老子的无为思想,但求仙访道希望长生不老却违背了老子思想中消极否定的一面。然而最终的结果还是对历史的重演,刘安如同他的父亲一样,被人告密,还没有起兵就已经被通缉,被迫自杀。

关于这一首《八公操》还有一个典故。当日刘安在招人撰写《淮南子》的时候,所招来的方术之士多达上千人,而这些人之中又有八名方士尤为出名,分别是苏非、李尚、左吴、田由、伍被、毛被、雷被和晋昌。他们因为仰慕刘安而来投奔,这令刘安感到欣喜若狂,认为天下的人才归他所用,便写下了这首诗歌来歌颂这件事情。

酒箴

扬 雄

子犹瓶矣①。观瓶之居,居井之眉②。处高临深,动而近危。酒醪不入口③,臧水满怀④。不得左右,牵于纆徽⑤。一旦叀碍⑥,为瓽所轠⑦。身提黄泉⑧,骨肉为泥。自用如此,不如鸱夷⑨。

鸱夷滑稽⑩,腹大如壶⑪。尽日盛酒,人复借酤。常为国器⑫,讬于属车⑬。出入两宫⑭,经营公家⑮。由是言之,酒何过乎?

【注释】

①瓶：古代汲水的器具，是陶制的罐子。②眉：边缘，和"湄"原是一字。③醪（láo）：一种有渣滓的醇酒。④臧：同"藏"。⑤纆（mò）徽：原义为捆囚犯的绳索，这里指系瓶的绳子。⑥絘（zhuān）碍：绳子被挂住。絘，悬。⑦甓（dàng）：井壁上的砖。䃺（léi）：碰击。⑧提：抛掷。⑨鸱夷：装酒的皮袋。⑩滑（gǔ）稽：古代一种圆形的，能转动注酒的酒器，此处借喻圆滑。⑪腹大如壶：《汉书》作"腹如大壶"。今从《北堂书钞》《艺文类聚》《初学记》等书所引。⑫国器：贵重之器。⑬属车：皇帝出行时随从的车。⑭两宫：指皇帝及太后的宫。⑮经营：奔走谋求的意思。

【赏析】

中国的酒文化源远流长，中国古人赋予了它多重含义，酒可以表示"礼仪"的内涵，也可以是"爱情"的媒介，还可以充当"文化"的源泉。汉赋中就有许多描写酒文化的内容，例如，王粲《酒赋》说："暨我中叶，酒流犹多；群庶崇饮，日富月奢。"可见，酒在汉朝的时候就已经深得人心。又如，当年的卓文君随司马相如私奔他乡，因为盘缠不够而当泸沽酒，可见她对酒的情有独钟。还有曹操把酒临江，一腔愁绪无处宣泄，却能言出"何以解忧，唯有杜康"的诗句，可见酒在他心目中的地位之高。酒不仅能令这些文人恣意表达文采，而且还能够令胸中的忧愤喷发而出，抒发真性情，借酒性写诗作赋，最容易成就旷世名篇、千古绝唱。

扬雄是爱酒之人，同他一样的人在汉朝还有许多，可以说汉代的酒风盛行正是汉赋中酒文化盛行的原因。酿酒的技术在汉代已然发展成熟，大家都对酒爱不释手，从汉高祖衣锦还乡时曾把酒而唱《大风歌》就可以看出，酒在汉代很风行。汉朝许多人喝酒并不只是为了饮酒，酒对于他们除了是饮品之外，还是抒情感怀的媒介。扬雄的这首酒箴，就将酒与时政相融合，起到了劝诫的作用。扬雄的这篇《酒箴》就是代表之作。

作者在文中借着酒来劝导汉成帝，男子犹如盛水的容器，所停留的地方处于险境，酒壶却终日浑然不觉，自得其乐；水壶被绳索所缚，没有自由。井绳被井壁所挂住，碰撞打击，这里就是它的葬身之所。而盛酒的壶却是圆滑自如，被看成国宝，不论是皇帝出行，还是有权势的门庭，都对它爱护有加，但是和酒无关。扬雄以酒劝诫汉成帝不要亲近那些圆滑的小人而疏远了淡泊的贤人，借物言志，他将酒融入了政治文化之中。

关于酒实在是个说不完的话题，后世人借酒赋词，留下了太多的名篇佳话。但是扬雄的这篇箴词却显得比较特别，文小意深，也是古人借物言志的名作。

怨 词

王昭君

秋木萋萋，其叶萎黄，有鸟处山，集于苞桑①。养育毛羽，形容生光②，既得行云，上游曲房③。离宫绝旷，身体摧藏，志念没沉，不得颉颃④。虽得委禽⑤，心有徊惶，我独伊何，来往变常⑥。翩翩之燕，远集西羌⑦，高山峨峨，河水泱泱⑧。父兮母兮，进阻且长，呜呼哀哉！忧心恻伤。

【注释】

①苞桑：丛生的桑树。②形容：形体和容貌。③曲房：皇宫内室。④颉颃（xié háng）：鸟儿上飞为颉，下飞为颃。指鸟儿上下翻飞。⑤委：堆。⑥来往：此处指皇内夜夜将佳丽送去给帝王宠幸。⑦西羌：居住在西部的羌族。⑧泱泱：水深广袤。

【赏析】

"千载琵琶做胡言，分明怨恨曲中论。"昭君的一曲《怨词》真唱出了她当时义无反顾和哀莫心死的心境。

秋日中葱郁的树木，已经枝叶金黄，那寄居山里的飞鸟，在放声歌唱。因为故乡的山水,使得它们体格鲜亮,天边的云霞,却将昭君带入了深宫。在宫中,就如同被困的金丝鸟一样的寂寞,当自由失去,梦想便如同大山沉沉地压下,虽然每日锦衣玉食,但总是觉得茶饭不思,而命运依然没有改变,如同远行的飞禽一般。王昭君将自己搁置在远离中原的匈奴,无论是思念还是目光,都无法穿越那层层大山的阻隔,山高水远,家里的父母亲人,大概便是后会无期了吧。

就在诗人在24岁时,丈夫去世,按照匈奴的制度,王昭君应当嫁于新一任的单于,这对于从小恪守礼教的王昭君来说是如此的大逆不道。她写信回汉室求助,但可惜得来的只是冷冰冰的遵从旨意。王昭君虽然是无奈下嫁给了大阏氏的长子雕陶莫皋,但感情还算笃定。两人经过了十几年的夫妻生活后,单于再一次的去世。这时的王昭君已经年近四十,对于一个女人来说,她经历万事,已经没有什么看不开的了。随后的日子里,王昭君独自为匈奴和汉朝的边疆关系协调做着努力,使得边疆出现了少有的平和与宁静。

而后人对昭君出塞有过太多的咏叹。"汉家秦地月,流影照明妃;一上玉关道,天涯去不归。汉月还从东海出,明妃西嫁无来日。燕支长寒雪作花,蛾眉憔悴没胡沙。生乏黄金枉图画,死留青冢使人嗟。""昭君拂玉鞍,上马啼红颊。今日汉宫人,明朝胡地妾。"《昭君怨》是唐朝盛世时期诗人李白为王昭君提下的一首哀婉怜惜的诗。

王昭君最后是抑郁而终,终身没能回到那个令她魂牵梦绕的中原故土。昭君死后,葬于当地,因为她的墓依山傍水,始终草色青葱,所以王昭君的墓地又被后人称为"青冢"。

五更哀怨曲

王昭君

一更天,最心伤,爹娘爱我如珍宝,在家和乐世难寻;如今样样有,珍珠绮罗新,羊羔美酒享不尽,忆起家园泪满襟。

　　二更里，细思量，忍抛亲思三千里，爹娘年迈靠何人；宫中无音讯，日夜想昭君，朝思暮想心不定，只望进京见朝廷。

　　三更里，夜半天。黄昏月夜苦忧煎，帐底孤单不成眠；相思情无已，薄命断姻缘，春夏秋冬人虚度，痴心一片亦堪怜。

　　四更里，苦难当，凄凄惨惨泪汪汪，妾身命苦人断肠；可恨毛延寿，画笔欺君王，未蒙召幸作凤凰，冷落宫中受凄凉。

　　五更里，梦难成，深宫内院冷清清，良宵一夜虚抛掷，父母空想女，女亦倍思亲，命里如此可奈何，自叹人生皆有定。

【赏析】

　　这首《五更哀怨曲》满腔幽怨，抒发了王昭君内心的无限感伤，以及她对未来的迷茫和憧憬。在宫中的日日夜夜，无时无刻不在思念着她远在家乡的父母亲人，漫漫长夜里每一更天都是无边无际的。从思念家人到现如今身在宫廷，从悲叹命运不公到怨恨画师的无情无义，从空度良宵到承认世事无常……每个夜晚，昭君似乎都将自己置于这样矛盾而无望的思索中不得抽身。

　　王嫱，字昭君，生活在汉代最为鼎盛的时期，在她最为美丽的年华，被选入宫中。虽然古时候的女子对于自身的命运并没有多大的掌控权，但身在民间，起码也可以享受夫妻之乐，家庭幸福。而一旦被选入皇宫，除非皇帝宠幸，不然只能日复一日地在宫墙之后虚度年华、空度余生。虽然王昭君年轻貌美、才艺双全，但是因为清高过甚，不肯贿赂画师毛延寿，所以遭到了毛延寿的报复，在她的画像上做了手脚，故意将王昭君画得丑陋不堪，令汉元帝看后无心宠幸,所以,昭君在进宫之后,一直是孤身独处,独自挨过那寂寞的岁岁年年。

　　诗人写下这首《五更哀怨曲》,原本是打发在皇宫中的寂寞时光,就像她在结尾的自我开解所说,"命里如此可奈何,自叹人生皆有定",诗人在孤苦不堪地打发着漫漫白昼和长夜时,自我安慰地认为一切都是命运的安排。

团扇歌

班婕妤[1]

　　新裂齐纨素[2],鲜洁如霜雪。裁为合欢扇,团团似明月。出入君怀袖,动摇微风发。常恐秋节至,凉飙夺炎热[3]。弃捐箧笥中[4],恩情中道绝。

【注释】

[1] 班婕妤:名不详。楼烦(今山西宁武)人。西汉女文学家。班固祖姑。少有才学,善辞赋,汉成帝时选入后宫,后立为婕妤,故人称班婕妤(又作倢伃)。[2] 纨:细绢,一种很细的丝织品。[3] 凉飙:凉风。[4] 箧:一种箱子。

【赏析】

　　《团扇歌》,又名《怨歌行》《怨诗》,是诗人为宫中生活寂寞无奈所作。在这首诗中,诗人以团扇自比,道出这人世间翻云覆雨的变幻。"新裂齐纨素,鲜洁如霜雪",诗人声声自问,本是干净如雪的团扇,代表了浓情蜜意的团扇,一直捧在君王的怀中,微摇清风,驱除暑气,怎么就突然被扔弃在一旁,一切恩情都通通决绝了呢?

　　班婕妤其人名字无法考究,只知汉成帝的后宫之中,有名女子为班氏,是越骑校尉班况的女儿,进宫后被选为婕妤,所以后人常以班婕妤来称呼她。班婕妤貌美、聪慧,更有着世间少有的才情。虽然汉成帝对班婕妤专宠多年,但班婕妤庄重自持,太过拘泥于礼教礼法，时间一久，成帝的热情自然在悄无声息中消散殆尽。后来，在一次微服出游时，成帝遇到了一名歌女，她娇艳动人，歌舞曼妙，成帝怦然心动，将此女子带回宫中，从此缠绵厮守，班婕妤便被冷落一旁，这名女子便是赵飞燕。

清代纳兰容若在《木兰花令》中用班婕妤典曰："人生若只如初见，何事西风悲画扇。"看似平淡无奇的诗词中，却是藏着深深的叹息。而这首《团扇歌》就是做得再好，也难以掩去诗人内心悸悸的疼痛，山盟虽在，情意不再。

后世钟嵘《诗品》评此诗说："《团扇》短章，辞旨清捷，怨深文绮，得匹妇之致。"沈德潜《古诗源》评语中，也说它"用意委婉，音韵和平"。

四愁诗

张 衡

我所思兮在太山，欲往从之梁父艰①。侧身东望涕沾翰②。美人赠我金错刀③，何以报之英琼瑶④。路远莫致倚逍遥⑤，何为怀忧心烦劳。

我所思兮在桂林⑥，欲往从之湘水深⑦。侧身南望涕沾襟。美人赠我琴琅玕⑧，何以报之双玉盘。路远莫致倚惆怅，何为怀忧心烦怏。

我所思兮在汉阳⑨，欲往从之陇阪长⑩。侧身西望涕沾裳。美人赠我貂襜褕⑪，何以报之明月珠。路远莫致倚踟蹰⑫，何为怀忧心烦纡。

我所思兮在雁门⑬，欲往从之雪纷纷⑭。侧身北望涕沾巾。美人赠我锦绣段⑮，何以报之青玉案⑯。路远莫致倚增叹，何为怀忧心烦惋。

【注释】

① 梁父：泰山下小山名。② 翰：衣襟。③ 金错刀：刀环或刀柄用黄金镀过的佩刀。④ 英：同"瑛"，似玉一样的美石。琼瑶：两种美玉。⑤ 倚：通"猗"，语助词，无实义。⑥ 桂林：郡名，今广西壮族自治区地。⑦ 湘水：源出广西壮族自治区兴安县阳海山，东北流入湖南省汇合潇水，入洞庭湖。⑧ 琴琅玕：琴上用琅玕装饰。⑨ 汉阳：郡名，前汉称天水郡，后汉改为汉阳郡，今甘肃省甘谷县南。⑩ 陇阪：山坡为"阪"。天水有大阪，名陇阪。⑪ 襜褕：直襟的单衣。⑫ 踟蹰：徘徊不前的样子。⑬ 雁门：郡名，今山西省西北部。⑭ 纷纷：雪盛貌。⑮ 段：同"缎"，履后跟。⑯ 案：放食器的小几，形如有脚的托盘。

【赏析】

　　这是诗人内心的思索。从这首诗歌中，可以看到作者内心的犹豫和挣扎，他思念的人远在泰山，想要去寻找，却因为道路的险阻而泪眼蒙眬。他想要送给美人美玉，却因为道路太远，只能独自徘徊，为此烦忧。他思念的人远在桂林，虽然想去追随，但湘水深沉，不得过去，只能侧身相望。他想赠送美人双玉盘，但同样有心无力，继续烦忧。面对无法跨越的路程和层层阻隔，他心生烦忧，只能哀叹。

　　《四愁诗》的主旨便是一个"愁"字。

　　"美人赠我锦绣段，何以报之青玉案。路远莫致倚增叹，何为怀忧心烦惋。"最后一句还在为自己的无能为力而忧伤，其实更多的是感慨生不逢时，无法施展自己的才华来为社稷所用，不知道报国之路在何方。张衡极有气节，是一个不随波逐流的人，在政治舞台上，他无法做到同流合污，这样的他必定无法见容于当时的官场。

　　张衡所走的正是中国知识分子所追求的人生道路。对知识的渴望和累积令他一直出类拔萃。张衡的前半生可以看作是为知识而奋斗的历程，无论是在书本上还是在实践上，他都付出了很大的努力。

　　虽然淡泊名利，但张衡并不是一介儒生，他有着崇高的政治理想。在为官历程中，他总是坚持自己的立场，不畏强权。他始终站在国家和人民的立场上，他希望当朝的统治者可以勤政爱民，使得大汉朝恢复汉武时期的辉煌。可惜,张衡所处时代的政治已经日益腐败,宦官、官员之间争权夺利,民间百姓痛苦不堪。张衡对这些尽收眼底,他向皇帝乞求依法治国,可惜人微言轻,而且那个混乱的局势已经根本无法控制,他彻底陷入了孤立之中。这首《四愁诗》便是诗人心境的写照。

上 邪

无名氏

上邪①!我欲与君相知②,长命无绝衰③。山无陵④,江水为竭,冬雷震震,夏雨雪⑤,天地合,乃敢与君绝⑥!

【注释】

①上邪(yé):犹言"苍天啊",也就是对天立誓。上,指天。②相知:相爱。③命:古与"令"字通,使。④陵(líng):棱角。⑤雨(yù)雪:降雪。雨,名词活用作动词。⑥乃敢:才敢。"敢"字是委婉的用语。

【赏析】

这首《上邪》出自《汉乐府·铙歌》,诗歌很短,是一位古代女子对爱情执着的宣誓。大胆直白,比起现代很多情书来显得情真意切,情感浓烈而毫不掩饰。就有这样一位烈性女子,甘愿冒着被世人耻笑的后果,也要勇敢地告诉她的爱人,她的爱是多么浓烈而不可熄灭。

"天地合,乃敢与君绝",或许,这是天地间最为残酷的爱情誓言。《上邪》中,有着哀伤的声音,就好像是一种无形的力量,在无时无刻地揉打着内心最为柔软的地方,令其痛彻心扉。而这样大胆无畏的爱情表白,使得爱情之苦在千年前的那份执着追求中早就涅槃重生。

这首古诗词,是一个新婚不久的女性思念出远门的丈夫所作。

这位女子在丈夫海誓山盟不久后，便要独自忍受寂寞，在等待中度过孤寂的时光。然而她始终相信丈夫的誓言为真，所以在期待中，依然抱有甜蜜的幻想。这是一首思念的诗歌，同时也是一首和爱有关的诗歌，如果爱人将誓言忘记，夜晚微弱的星光将会提醒他，远在家乡的妻子正在等他。当初以手指天，请求苍天为证的誓言还在耳畔，如果要想让这爱情消失，除非山峰不再，江水枯竭，冬日打雷，夏天飞雪。如此决绝的誓言，实在不应该被忘记。

有所思

无名氏

有所思，乃在大海南。何用问遗君①，双珠瑇瑁簪②，用玉绍缭之③。闻君有他心，拉杂摧烧之④。摧烧之，当风扬其灰。从今以往，勿复相思，相思与君绝！鸡鸣狗吠⑤，兄嫂当知之。妃呼狶⑥！秋风肃肃晨风飔⑦，东方须臾高知之⑧。

【注释】

①何用：何以。问遗（wèi）："问""遗"二字同义，作"赠与"解，是汉代习用的联语。②瑇瑁（dài mào）：即玳瑁，是一种龟类动物，其甲壳光滑而多文采，可制装饰品。③绍缭：犹"缭绕"，缠绕。④拉杂：堆集。⑤鸡鸣狗吠：犹言"惊动鸡狗"。古诗中常以"鸡鸣狗吠"借指男女幽会。⑥妃（bēi）：训为"悲"。⑦肃肃：飔飔，风声。晨风飔（sī）：据闻一多《乐府诗笺》说：晨风，就是雄鸡，雄鸡常晨鸣求偶。飔，当为"思"，是"恋慕"的意思。一说，"晨风飔"为晨风凉。⑧须臾：不一会儿。高：是"皜""皓"的假借字，白。

【赏析】

《有所思》其实为《铙歌十八曲》中的一首。铙歌本是为"建威扬德,劝士讽敌"的军乐,但如今流传下来的十八曲里内容庞杂,已经不只是军队乐章了,而是包含战绩、情爱、军民等各方面内容。这首《有所思》将男女之间的爱情描写得惟妙惟肖,可见这位不知名的作者功力实在是不一般。

诗歌中最广为人知的"相思"要算晏殊《木兰花》中的名句:"天涯地角有穷时,只有相思无尽处。"这个男人将思念化入骨髓,撒入风中,令其随风飞扬天南海北,处处都有其相思。

清人庄述祖云:"短箫铙歌之为军乐,特其声耳;其辞不必皆序战阵之事。"《有所思》是用第一人称表现一位女子在遭到爱情波折前后的复杂情绪。和《诗经》中所表现的情感不同,这位女子的爱恨纠结,充满了忧思,但却又无法割舍下过去的一切情感,所以沉迷在痛苦之中,无法自拔。

在《有所思》中,作者所要的已经不仅仅是单方面的情感付出了,而是需要对方给予回报,爱情在这里成为公平的砝码。在这架天平上,不再有高低之分,而是重量持平,这份带着爱情的思念是平等的。如果不再相爱,便当是挫骨扬灰,也要将这份感情断绝干净,犹如秋风的肃杀,干净利落。

这首乐府诗中,展现给读者的是爱情这个永恒话题,词句深得民间歌曲朴素直白的妙处,而又有着深远悠长的意境,有着盎然的古风,又不乏清新的气息。读到这样的乐府诗自然而然地会随着它的韵律而心绪转动。

古 歌

无名氏

秋风萧萧愁杀人①,出亦愁,入亦愁。座中何人,谁不怀忧?令我白头。胡地多飙风②,树木何修修③。离家日趋远,衣带日趋缓。心思不能言④,肠中车轮转。

【注释】

① 萧萧：寒风之声。② 胡地：古代胡人居北方，故后即用以代指北方。飙（biāo）风：暴风。③ 修修：与"翛翛"通，鸟尾敝坏无润泽貌，这里借喻树木干枯，就像鸟尾一样。④ 思：悲。

【赏析】

这首《古歌》所表达的是远游在外的游子思念故乡的情感。诗人用质朴的语言抒发了他浓厚的思乡之情，如果非要说他的诗中有爱，那便是爱他家乡的土地。

"秋风萧萧愁杀人，出亦愁，入亦愁。"满篇的愁绪令人不想再看，就好像是那秋天飘落的树叶和满天的愁云惨淡，羁旅在外，任何事情都是灰色，尤其是看到那秋风落叶洒洒一地，更是无限哀思。"座中何人，谁不怀忧？"是啊，谁还能不忧伤呢？而游子更是悲伤地连头发都斑白了，在无边的旷野上，漂泊者何时才能靠岸？羁旅之人就好像是那被风吹散的落叶一样，萎靡不振。愁绪就好像是车轱辘一样，在心中碾来碾去，在疼痛的时候，还有无限的反复。这份对故乡的爱，是一种对过往生活的思念，这样的爱更为持久，因为那片土地令其心神摇曳。

孔雀东南飞①

无名氏

序曰：汉末建安中②，庐江府小吏焦仲卿妻刘氏③，为仲卿母所遣④，自誓不嫁。其家逼之，乃投水而死。仲卿闻之，亦自缢于庭树⑤。时人伤之，为诗云尔⑥。

孔雀东南飞，五里一徘徊⑦。

"十三能织素，十四学裁衣。十五弹箜篌⑧，十六诵诗书⑨。十七为君妇，心中常苦悲。君既为府吏，守节情不移,贱妾留空房⑩,相见常日稀。鸡鸣入机织,夜夜不得息。三日断五匹⑪,大人故嫌迟。非为织作迟,君家妇难为!妾不堪驱使⑫,徒留无所施,便可白公姥⑬,及时相遣归。"

府吏得闻之,堂上启阿母⑭:"儿已薄禄相,幸复得此妇,结发同枕席,黄泉共为友。共事二三年,始尔未为久,女行无偏斜⑮,何意致不厚?"

阿母谓府吏:"何乃太区区⑯!此妇无礼节,举动自专由。吾意久怀忿⑰,汝岂得自由⑱!东家有贤女,自名秦罗敷,可怜体无比⑲,阿母为汝求。便可速遣之,遣去慎莫留!"

府吏长跪告:"伏惟启阿母,今若遣此妇,终老不复取⑳!"

阿母得闻之,槌床便大怒㉑:"小子无所畏,何敢助妇语!吾已失恩义,会不相从许!"

府吏默无声,再拜还入户,举言谓新妇㉒,哽咽不能语:"我自不驱卿㉓,逼迫有阿母。卿但暂还家,吾今且报府㉔。不久当归还,还必相迎取㉕。以此下心意㉖,慎勿违吾语。"

新妇谓府吏:"勿复重纷纭。往昔初阳岁㉗,谢家来贵门㉘。奉事循公姥,进止敢自专?昼夜勤作息㉙,伶俜萦苦辛㉚。谓言无罪过㉛,供养卒大恩;仍更被驱遣,何言复来还!妾有绣腰襦㉜,葳蕤自生光㉝;红罗复斗帐㉞,四角垂香囊;箱帘六七十㉟,绿碧青丝绳,物物各自异,种种在其中。人贱物亦鄙,不足迎后人㊱,留待作遗施㊲,于今无会因。时时为安慰,久久莫相忘!"

鸡鸣外欲曙,新妇起严妆㊳。著我绣裌裙,事事四五通[39]。足下蹑丝履[40]，头上玳瑁光[41]。腰若流纨素[42]，耳著明月珰[43]。指如削葱根，口如含朱丹。纤纤作细步，精妙世无双。

上堂拜阿母，阿母怒不止。"昔作女儿时，生小出野里。本自无教训，兼愧贵家子。受母钱帛多[44]，不堪母驱使。今日还家去，念母劳家里。"却与小姑别，泪落连珠子。"新妇初来时，小姑始扶床；今日被驱遣，小姑如我长。勤心养公姥，好自相扶将[45]。初七及下九[46]，嬉戏莫相忘。"出门登车去，涕落百余行。

府吏马在前，新妇车在后。隐隐何甸甸[47]，俱会大道口。下马入车中，低头共耳语："誓不相隔卿，且暂还家去；吾今且赴府，不久当还归。誓天不相负！"

新妇谓府吏："感君区区怀[48]！君既若见录[49]，不久望君来。君当作磐石，妾当作蒲苇，蒲苇纫如丝[50]，磐石无转移。我有亲父兄[51]，性行暴如雷[52]，恐不任我意，逆以煎我怀[53]。"举手长劳劳[54]，二情同依依。

入门上家堂，进退无颜仪[55]。阿母大拊掌[56]，不图子自归："十三教汝织，十四能裁衣，十五弹箜篌，十六知礼仪，十七遣汝嫁，谓言无誓违。汝今何罪过，不迎而自归？"兰芝惭阿母："儿实无罪过。"阿母大悲摧[57]。

还家十余日，县令遣媒来。云有第三郎，窈窕世无双。年始十八九，便言多令才[58]。

阿母谓阿女："汝可去应之[59]。"

阿女含泪答："兰芝初还时，府吏见丁宁[60]，结誓不别离。今日违情义，恐此事非奇[61]。自可断来信[62]，徐徐更谓之[63]。"

阿母白媒人:"贫贱有此女,始适还家门[64]。不堪吏人妇,岂合令郎君? 幸可广问讯,不得便相许。"媒人去数日,寻遣丞请还,说有兰家女,承籍有宦官[65]。云有第五郎,娇逸未有婚[66]。遣丞为媒人,主簿通语言[67]。直说太守家,有此令郎君,既欲结大义[68],故遣来贵门。

阿母谢媒人:"女子先有誓,老姥岂敢言!"

阿兄得闻之,怅然心中烦。举言谓阿妹:"作计何不量[69]! 先嫁得府吏,后嫁得郎君,否泰如天地[70],足以荣汝身。不嫁义郎体[71],其往欲何云[72]?"

兰芝仰头答:"理实如兄言。谢家事夫婿,中道还兄门。处分适兄意[73],那得自任专! 虽与府吏要[74],渠会永无缘[75]。登即相许和[76],便可作婚姻。"

媒人下床去[77],诺诺复尔尔[78]。还部白府君[79]:"下官奉使命[80],言谈大有缘[81]。"府君得闻之,心中大欢喜。视历复开书,便利此月内,六合正相应[82]。良吉三十日[83],今已二十七,卿可去成婚。交语速装束,络绎如浮云。青雀白鹄舫[84],四角龙子幡[85]。婀娜随风转[86],金车玉作轮。踯躅青骢马,流苏金镂鞍。赍钱三百万[87],皆用青丝穿。杂彩三百匹[88],交广市鲑珍[89]。从人四五百[90],郁郁登郡门[91]。

阿母谓阿女:"适得府君书[92],明日来迎汝。何不作衣裳? 莫令事不举!"

阿女默无声,手巾掩口啼,泪落便如泻。移我琉璃榻,出置前窗下。左手持刀尺,右手执绫罗。朝成绣夹裙,晚成单罗衫。晻晻日欲暝[93],愁思出门啼。

府吏闻此变,因求假暂归。未至二三里,摧藏马悲哀[94]。新妇识马声,蹑履相逢迎。怅然遥相望,知是故人来。举手拍马鞍,嗟叹使心伤:"自君别我后,人事不可量[95]。果不如先愿,又非君所详[96]。我有亲父母[97],逼迫兼弟兄[98]。以我应他人,君还何所望!"

府吏谓新妇:"贺卿得高迁!磐石方且厚,可以卒千年;蒲苇一时纫,便作旦夕间。卿当日胜贵,吾独向黄泉!"

新妇谓府吏:"何意出此言!同是被逼迫,君尔妾亦然。黄泉下相见,勿违今日言!"执手分道去,各各还家门。生人作死别,恨恨那可论?念与世间辞,千万不复全!

府吏还家去,上堂拜阿母:"今日大风寒,寒风摧树木,严霜结庭兰。儿今日冥冥[99],令母在后单。故作不良计,勿复怨鬼神!命如南山石,四体康且直!"

阿母得闻之,零泪应声落:"汝是大家子,仕宦于台阁。慎勿为妇死,贵贱情何薄!东家有贤女,窈窕艳城郭,阿母为汝求,便复在旦夕。"

府吏再拜还,长叹空房中,作计乃尔立。转头向户里,渐见愁煎迫。

其日牛马嘶,新妇入青庐。奄奄黄昏后,寂寂人定初。我命绝今日,魂去尸长留!揽裙脱丝履,举身赴清池。

府吏闻此事,心知长别离。徘徊庭树下,自挂东南枝。

两家求合葬,合葬华山傍。东西植松柏,左右种梧桐。枝枝相覆盖,叶叶相交通。中有双飞鸟,自名为鸳鸯。仰头相向鸣,夜夜达五更。行人驻足听,寡妇起彷徨。多谢后世人,戒之慎勿忘。

【注释】

① 选自《玉台新咏》,原题为《古诗为焦仲卿妻作》,这里沿用后人常用的题目。这是我国古代最长的叙事诗,作者不详。② 建安中:建安年间(公

元 196—219 年）。建安，汉献帝年号。③庐江：汉郡名，在现在安徽省潜山县一带。府小吏：太守衙门里的小官吏。④遣：休。女子被夫家赶回娘家。⑤缢（yì）：吊死。⑥云尔：句末的语气助词。⑦徘徊：犹疑不决。⑧箜篌（kōng hóu）：古代的一种弦乐器，23弦或25弦，分卧式、竖式两种。⑨诗书：原指《诗经》和《尚书》，这里泛指一般经书。⑩贱妾：仲卿妻自称。妾，封建社会里妇女谦卑的自称。⑪断五匹：断，（织成一匹）截下来。一匹是四丈。⑫不堪：不能胜任。驱使：使唤。⑬白：告诉、禀告。公姥：公公婆婆，这里专指婆婆。⑭启：告诉，禀告。⑮偏斜：不端正。⑯区区：小，这里指见识小。⑰忿：怒。⑱自由：自作主张。⑲可怜：可爱。体：姿态。⑳取，通"娶"。㉑槌床：用拳头敲着床。㉒举言：发言。新妇：指妻子（不是指新嫁娘）。㉓卿：这里是丈夫对妻子的爱称。㉔报府：赴府，这里指到庐江太守府里去办事。㉕迎取：迎接你回家。㉖下心意：有耐心受委屈的意思。㉗初阳岁：冬至以后，立春以前。㉘谢：辞别。㉙勤作息：勤劳的工作。作息，原义是工作和休息，这里只是工作的意思。㉚伶俜：孤单的样子。萦：缠绕。㉛谓言：总以为。㉜绣腰襦：绣花的、齐腰的短袄。㉝葳蕤：繁盛的样子，这里形容刺绣的花叶繁多而美丽。㉞复：双层。斗帐：帐子像倒置的斗，所以叫作"斗帐"。㉟帘：通"奁"。六七十：形容多。㊱后人：指府吏将来再娶的妻子。㊲遗施：赠送、施与。㊳严妆：打扮得整整齐齐。㊴通：遍。㊵蹑：踏（穿鞋）。㊶玳瑁：一种同龟相似的水生爬虫，甲壳黄黑色，有黑斑，有光泽，可制装饰品。㊷纨素：洁白的绸子。流：是说纨素的光像水流动。㊸著：戴。珰：耳坠。㊹钱帛：指聘礼。㊺好自相扶将：好好服侍老人家。扶将，这里是服侍的意思。㊻初七及下九：七月七日和每月的十九日。初七，指农历七月七日，旧时妇女在这晚上乞巧（用针做各种游戏）。下九，古人以每月的二十九日为上九，初九为中九，十九为下九；在汉朝时候，每月十九日是妇女欢聚的日子。㊼隐隐：车声，"甸甸"同。何：副词，何等。㊽区区：这里是忠诚相爱的意思，与上文"何乃太区区"的"区区"不同。㊾录：记。㊿纫：结。㉛亲父兄：即同胞兄。㊷性行：性情和行为。㊸逆：逆料、想到将来。㊹劳劳：怅惘若失的状态。㊺仪：容貌。㊻拊掌：拍手，这里表示惊异。㊼悲摧：悲痛。摧，伤心、断肠。㊽便言：很会说话。令：美好。㊾应之：答应他。㊿丁宁：嘱咐，也作"叮咛"。㉛非奇：不宜。㉜断：回绝。信：使者，指媒人。㉝之：它，指再嫁的事。㉞适：出嫁。㉟宦官：就是官宦，做官的人。㊱娇逸：娇美文雅。⑥⑦主簿：太守的属官。⑥⑧结大义：指结为婚姻。⑥⑨量：思量、考虑。⑦⑩否：坏运气。泰，好运气。⑦⑴义郎：仁义的郎君，指太守的儿子。⑦⑵其往：其后，将来。⑦⑶适：适合、依照。⑦⑷要（yāo）：约。⑦⑸渠：他。⑦⑹登：立刻。许和：应许。⑦⑺下床去：从座位上起来。⑦⑻诺诺复尔尔：连声说"是，是，就这样办，就这样办"。尔尔，如此如此。⑦⑼部：府署。府君：太守。⑧⑩下官：郡丞自称。⑧⑴缘，因缘。⑧⑵六合：古时候迷信的人，结婚要选好日子，要年、月、日的干支（干：天干，甲、乙、丙、丁……支：地支，子、丑、寅、卯……年、月、日的干支合起来共六个字，例如甲子年，乙丑月，丙寅日）都相适合，这叫"六合"。相应：合适。⑧⑶良吉：好日子。⑧⑷舫：船。⑧⑸龙子幡，旗帜名。⑧⑹婀娜：这里是轻轻飘动的样子。⑧⑺赍（jī）：赠送。⑧⑻杂彩：各色绸子。⑧⑼鲑：这里是鱼类菜肴的总称。珍，美味。⑨⑩从人：仆人。⑨⑴郁郁登郡门：热热闹闹地来到户江郡门。郁郁，繁盛的样子。⑨⑵适：刚才。⑨⑶晻：日暮。⑨⑷摧藏：摧折心肝，伤心。藏，就是脏，脏腑。⑨⑸不可量：料想不到。⑨⑹详：详知。⑨⑺父母：这里指母。⑨⑻弟兄：这里指兄。⑨⑼日冥冥：原义是日暮，这里拿太阳下山来比生命的终结。

【赏析】

《孔雀东南飞》是我国古典诗歌史上的第一部长篇叙事诗，与北朝民歌《木兰辞》并称"乐府双璧"和"叙事诗双璧"。后人又把《孔雀东南飞》《木兰诗》与唐代韦庄的《秦妇吟》并称为"乐府三绝"。本诗取材于东汉献帝年间发生在庐江郡（在今安徽境内）的一桩婚姻悲剧。沈归愚称其为"古今第一首长诗"，是我国古代民间诗歌中的杰作。

诗中所讲述的是一个悲惨的爱情婚姻故事。一开始在这首诗歌的前面就有序曰："汉末建安中，庐江府小吏焦仲卿妻刘氏，为仲卿母所遣，自誓不嫁。其家逼之，乃投水而死。仲卿闻之，亦自缢于庭树。时人伤之，为诗云尔。"

"孔雀东南飞，五里一徘徊"，这是刘兰芝与焦仲卿的诀别，也可以说是两人相约另一个世界的约定。刘兰芝决定妥协了，她知道要想回到焦仲卿的身边只有这个办法，这个男人爱她却无法保护她，在这个封建的牢笼中，他和自己一样都是被束缚的弱者。

"十三能织素，十四学裁衣。十五弹箜篌，十六诵诗书。十七为君妇，心中常苦悲"，聪明伶俐的刘兰芝却在嫁人之后失去了少女时期的快乐，不过聪明如她，那些悲伤她都是冷静地收敛于内心深处，从不外露。

　　"鸡鸣入机织，夜夜不得息。三日断五匹，大人故嫌迟。非为织作迟，君家妇难为"，这是刘兰芝离去的理由，她希望可以用无声的离去让婆婆对自己好一些。毕竟刘兰芝是舍不得离开焦仲卿的，她爱这个男人，希望焦仲卿可以说服他的母亲，将她接回家后开始新的生活。

　　"府吏得闻之，堂上启阿母"。之后从母子的一番对话中，我们看到焦仲卿在他的母亲面前始终是唯唯诺诺的，面对生他养他的母亲，他无能力改变自身的命运。在那个封建的时代，长幼尊卑分得十分明晰，以至于刘兰芝进退两难，焦仲卿无言以对。

　　母亲要挑选一个称心如意的儿媳妇，至于婚姻的当事人作何想法，她是不会考虑的。焦仲卿不论做何解释，做何劝说，都无法改变母亲的看法，他忍受着内心的折磨，而此时的刘兰芝却面临了新的危机。

　　古时候的媳妇被婆家赶出家门是很丢脸的事情，刘兰芝的娘家自然也觉得颜面无光，所以，在刘兰芝住在家的几天里，她哥哥迅速地为她谋得了一门亲事，不顾刘兰芝的反对，便将日子定了下来。或许，在他们看来，刘兰芝可以嫁给县令是攀了高枝，但在刘兰芝看来，不能和焦仲卿一起，比死还要难过。

　　"新妇谓府吏：'何意出此言！同是被逼迫，君尔妾亦然。黄泉下相见，勿违今日言！'执手分道去，各各还家门。生人作死别，恨恨那可论？念与世间辞，千万不复全！"刘兰芝最后的决定是令人惋惜的，但也是无可奈何的。而焦仲卿也为了她"徘徊庭树下，自挂东南枝"。

　　这样悲苦的故事结局自然让人们惋惜哀叹，所以口口相传。结尾夫妻两人化为鸳鸯，相依相伴，永不分离，多少表达了在那个思想行为多受钳制的时代，人们对自由的爱情与婚姻怀有的同情。"多谢后世人，戒之慎勿忘"也是前人对后人的警示。

陌上桑

无名氏

日出东南隅①，照我秦氏楼。秦氏有好女，自名为罗敷。罗敷善蚕桑②，采桑城南隅。青丝为笼系③，桂枝为笼钩④。头上倭堕髻⑤，耳中明月珠⑥。缃绮为下裙⑦，紫绮为上襦⑧。行者见罗敷，下担捋髭须⑨。少年见罗敷，脱帽著帩头⑩。耕者忘其犁，锄者忘其锄。来归相怨怒，但坐观罗敷⑪。使君从南来⑫，五马立踟蹰⑬。使君遣吏往，问是谁家姝⑭？"秦氏有好女，自名为罗敷。""罗敷年几何？""二十尚不足，十五颇有余。"使君谢罗敷⑮："宁可共载不⑯？"罗敷前致辞："使君一何愚⑰！使君自有妇，罗敷自有夫。""东方千余骑⑱，夫婿居上头⑲。何用识夫婿⑳？白马从骊驹㉑；青丝系马尾，黄金络马头㉒；腰中鹿卢剑㉓，可值千万余㉔。十五府小吏㉕，二十朝大夫㉖，三十侍中郎㉗，四十专城居㉘。为人洁白皙，鬑鬑颇有须。盈盈公府步㉙，冉冉府中趋㉚。坐中数千人，皆言夫婿殊㉛。"

【注释】

① 东南隅（yú）：指东方偏南。隅，方位、角落。我国在北半球，夏至以后日渐偏南，所以说日出东南隅。② 善蚕桑：很会养蚕采桑。善，有的本子作"喜"。③ 笼：篮子。系（xì）：络绳（缠绕篮子的绳子）。④ 笼钩：一种工具，采桑用来钩桑枝，行时用来挑竹筐。⑤ 倭堕髻（wō duò jì）：即堕马髻，发髻偏在一边，呈坠落状。⑥ 明月：宝珠名。⑦ 缃绮（xiāng qǐ）：浅黄色有花纹的丝织品。⑧ 襦（rú）：短袄。⑨ 捋（lǔ）：抚摸。髭（zī）：嘴唇上

方的胡须。须：下巴上长的胡子。⑩著（zhù）：戴。帩（qiào）头：古代男子束发的头巾。⑪坐：因为，由于。⑫使君：汉代对太守、刺史的通称。⑬五马：指（使君）所乘的五匹马拉的车。汉朝太守出行用五匹马拉车。踟蹰（chí chú）：徘徊不前的样子。⑭姝（shū）：美女。⑮谢：这里是"请问"的意思。⑯宁（nìng）可：愿意。不：通"否"。⑰一何：怎么这样。⑱东方：指夫婿当官的地方。千余骑（jì）：泛指跟随夫婿的人。⑲居上头：在前列。意思是地位高，受人尊重。⑳何用：用什么（标记）。㉑骊驹：黑色的小马，这里指马。㉒络：这里指用网状物兜住。㉓鹿卢剑：剑把用丝绦缠绕起来，像鹿卢的样子。鹿卢，即辘轳，井上汲水的用具。㉔千万余：上千上万（钱）。㉕小吏：太守府的小官。有的本子作"小史"。㉖朝大夫：朝廷上的一种高等文官。㉗侍中郎：出入宫禁的侍卫官。㉘专城居：作为一城的长官（如太守等）。专，独占。㉙盈盈：仪态端庄美好。公府步：摆官派，踱方步。㉚冉冉：走路缓慢。㉛殊：出色，与众不同，非同一般。

【赏析】

古人对于美的赞颂总是含蓄而内敛的，但也正是因为如此，才使得人们对古诗中所塑造的美人形象十分向往。在古人的眼中，美人要身形俊美，但心灵和品德的美尤为重要。

这首《陌上桑》是讲一个名叫罗敷的女子勇敢面对使君的调戏，机智地驳得使君哑口无言的民间故事。诗篇大意是说，清晨的太阳从东南升起，照在秦氏人家的楼上。这家有一位好女子，叫作罗敷。善于养蚕的罗敷踏着晨光前往城南采桑，精致的妆容，配合衣裙的搭配，所有见到罗敷的人都立足而视，忘记了自己要干的活。

接下来写贪婪的使君觊觎罗敷的容姿，上前搭话，并无耻地向罗敷提出"宁可共载不？"的要求，故事的最后一节从"东方千余骑"开始，写罗敷拒绝使君，罗敷在太守面前夸赞自己的丈夫，打消使君的邪念，并使之对其轻佻的行为感到羞愧。

汉代描写女性的赋词和诗作并不是很多，而在这为数不多的作品中，可以看到有一个共性就是描写女性多从她们的穿戴服饰和神态体貌来进行铺展。

这首诗成功地塑造了罗敷这样一个美丽端庄、机智可爱的女子形象。罗敷的形象是阳光而活泼的,但她的美丽同样是不可忽视的,她可以令在农田里忙种的人们忘记干活,她也可以令使君对她垂涎三尺,但是她更懂得洁身自好,不会攀附富贵,而是冷静地以自己的机智令使君颜面扫地。面对使君的诱惑,罗敷丝毫不为所动,她口中的夫婿不但一表人才,而且德才兼备,前途无可限量,罗敷的一番言辞明里是夸赞自己的夫婿,暗里却是讥笑使君的昏庸无能。这个时候,罗敷所散发出来的美已经不再是她自身容颜的美,而是深入内心的美。

上山采蘼芜

无名氏

上山采蘼芜①,下山逢故夫。长跪问故夫,"新人复何如?""新人虽言好,未若故人姝②。颜色类相似,手爪不相如③。""新人从门入,故人从阁去④。""新人工织缣,故人工织素⑤。织缣日一匹,织素五丈余⑥。将缣来比素,新人不如故。"

【注释】

①蘼芜(mí wú):一种香草,叶子风干可以做香料。古人相信蘼芜可使妇人多子。②姝:好。③手爪:指纺织等技巧。④阁(gé):旁门,小门。⑤缣(jiān)、素:都是绢。素色洁白,缣色带黄,素贵缣贱。⑥一匹:长四丈,宽二尺二寸。

【赏析】

从诗中可以看出,这位妻子心灵手巧、勤劳能干,当初与丈夫结合后,想必也过了一段神仙眷侣的生活。至于之后为何被抛弃,丈夫为何另觅新欢,诗中并没有做解释。

有人通过考证认为,《上山采蘼芜》中的妻子是因为无法生育,不能为夫家传宗接代,所以才被驱逐出门的。无论如何,这位妻子的命运是凄惨的,在重新见到丈夫后,她关心的是接替她地位的女人是否比她更贤惠。而丈夫的回答似乎能让她宽心一些,虽然自己离开了,但接替她的人并没有比自己更好、更合适,这也能让丈夫有意无意中想念自己。

《上山采蘼芜》中的妻子是低眉顺目的,显然她没有抗争的意识,抑或是她没有这样的胆识,在休书下达的时刻便悄无声息地离开,在重遇前夫的时候低眉顺眼地问候。这些都是封建时代女性身上必有的品德,但也是她们不幸生活的源头。

羽林郎

无名氏

昔有霍家奴,姓冯名子都。依倚将军势,调笑酒家胡。胡姬年十五①,春日独当垆②。长裙连理带,广袖合欢襦③。头上蓝田玉④,耳后大秦珠⑤。两鬟何窈窕⑥,一世良所无⑦。一鬟五百万,两鬟千万余。不意金吾子,娉婷过我庐⑧。银鞍何煜耀爚⑨,翠盖空踟蹰⑩。就我求清酒,丝绳提玉壶。就我求珍肴⑪,金盘脍鲤鱼⑫。贻我青铜镜⑬,结我红罗裾⑭。不惜红罗裂⑮,何论轻贱躯!男儿爱后妇,女子重前夫。人生有新故,贵贱不相逾⑯。多谢金吾子⑰,私爱徒区区⑱。

【注释】

①姬:美貌的女子。②垆:旧时酒店里安放酒瓮的土台子,亦指酒店。③襦(rú):短衣。④蓝田玉:指用蓝田产的玉制成的首饰,是名贵的玉饰。⑤大秦珠:西域大秦国产的宝珠,也指远方异域所产的宝珠。⑥鬟(huán):古代妇女梳的环形发髻。窈窕:女子文静而美好。⑦良:确实。⑧娉婷:

姿态美好的样子。庐:房舍。⑨煜爚(yù yuè):光耀、光辉灿烂。⑩翠盖:饰以翠羽的车盖。踟蹰:徘徊不进的样子。⑪珍肴:美味佳肴。⑫脍(kuài):细切的肉。⑬贻:赠送。⑭红罗:红色的轻软丝织品,多用以制作妇女衣裙。⑮裂:古人从织机上把满一匹的布帛裁剪下来叫"裂"。⑯逾:超越。⑰谢:感谢,这里含有"谢绝"的意思。金吾子:执金吾,是汉代掌管京师治安的禁卫军长官。这里指调戏女主人公的豪奴。⑱私爱:单相思。徒:白白地。区区:指拳拳之心,恳挚的意思。

【赏析】

在这首《羽林郎》中,诗人描写的女主角叫胡姬。胡姬的形象最为吸引眼球。她的穿着打扮和行为举止都那么有特色。

"胡姬年十五,春日独当垆。"十五岁的酒家女胡姬,身形窈窕,容貌俏丽,每天抛头露面招揽生意,阅人无数,成日里对无数的匆匆过客,笑脸相迎,她分得清楚谁是好人,谁是坏人。男人对这样的女子总是多了几分轻薄之心,而胡姬也能机智地对付过去。诚如诗中所言:"人生有新故,贵贱不相逾。"胡姬忠于自己的感情,愿意从一而终,而不会嫌贫爱富,抛弃原有的郎君去攀高枝。

谁说女子不如男,胡姬小小年纪,便能在酒肆中独当一面,还能不坠入俗流风尘之中,依旧保持女儿纯洁心性,不能不说品质高洁。胡姬和罗敷一样是美艳动人的,她们都是内心纯洁的女子,所以,她们的美更是令人只可远观而不会亵玩。

这首诗多少反映了当时长安百姓的生活,就像胡姬一样,虽然生得低贱,但却乐观积极,对于一些不好的人或事总能乐观看待,这是当时长安城内的大环境所造就的。

这首诗以胡姬的生活片段,带出了整个长安城里的生活景象。如果说那些富贵的商人壮大了长安的商业贸易活动,那么小小的胡姬便是这群人中微不足道的点缀。诗人歌颂了女子胡姬,也歌颂了像她一样自食其力的长安百姓,也正因为他们的存在,大汉长安才更显得繁荣有趣。

江南曲①

无名氏

江南可采莲,莲叶何田田②,鱼戏莲叶间。鱼戏莲叶东,鱼戏莲叶西,鱼戏莲叶南,鱼戏莲叶北。

【注释】

①《相和歌辞·相和曲》之一,原见《宋书·乐志》。②田田:指荷叶茂盛的样子。

【赏析】

这首《江南可采莲》是《相和歌辞·相和曲》中的一首,可以算得上是采莲诗歌的开山鼻祖之作了。全诗通过简单质朴的描写将人生中快乐的因素展露无遗。所以在后人的眼中,这首民间诗歌显得十分可爱。

在这首看似反复吟唱的乐府诗歌中,其实有着古代民歌朴素明朗的风格,在这片江南的风景中,千年后的读者所能看到的已经不仅仅是荷叶之美,而是蕴涵、沉淀于其中的盎然古意。从这些简单的诗句中仿佛可以看到当时那热闹非凡的场面,在采莲人的船下,那游来游去的自在小鱼,也为后来的读者带来了采莲人当时会心的微笑。

这种民歌的最初创作者已经不可考了,其实这并不重要,因为这种民歌大多是民间百姓的无心之作,他们只是将当时大自然的一片活泼生机表达出来,所以,这是可遇而不可求的不可复制的大自然之音。

清人沈德潜将《江南可采莲》这首诗看作是"奇格",他认为这首诗意境清幽,文字朴素,十分易懂。另一位清代文人张玉毂认为《江南可采莲》虽然是在写采莲的乐趣,但却是只写莲叶,令人读后心中展开一幅美好的景象,接天莲叶无穷碧中,能想象到荷花的清幽宜人。

生年不满百

无名氏

生年不满百，常怀千岁忧。昼短苦夜长，何不秉烛游①！为乐当及时，何能待来兹②。愚者爱惜费③，但为后世嗤④。仙人王子乔⑤，难可与等期⑥。

【注释】

①秉：执。秉烛游，犹言作长夜之游。②来兹：因为草生长一年一次，所以称"兹"为"年"，这是引申义。来兹，就是来年。③费：费用，指钱财。④嗤：轻蔑地笑。⑤王子乔：古代传说中著名的仙人之一。⑥期：待，期待。这里指成仙之事不是一般人所能期待。

【赏析】

这是《古诗十九首》中的一首。诗人认识到人世无常因而发出感慨。人生只有短短的数十载岁月而已，却常常怀着有千百年的愁忧无法消化，更无法释怀。及时行乐却又要抱怨白昼太短夜晚太长，那为何不执火烛夜晚游乐。然后诗人说道，既然韶光易逝，那么行乐就更要及时了，只有愚昧的人才吝啬那点财物而不舍得花费在游乐上，这难免被后代世人嗤笑。想想羽化成仙的王子乔，那不是一般人所能实现的。换言说，还是要及时行乐，毕竟时不我予，时不我待啊。

东汉末年，官僚体系的腐化程度已经不言而喻。乱世之中身家性命最为重要。在朝不保夕的年月里，性命成为每日担忧的事情，看着周围烽烟四起，说不准哪天战火就烧到了自己的家门口。一辈子只活几十年都嫌短暂，而中间却还要担忧随时可能活不下去。在这样的环境下，不论是贵胄大家还是平民百姓，都会陷入绝望的状态之中。

东汉末年，人们承受了太多的压力和重负，早已不知道今日事，明日果,与其担惊受怕地生活,不如今朝有酒今朝醉,这从侧面反映了当时社会的黑暗。

驱车上东门

无名氏

驱车上东门①,遥望郭北墓②。白杨何萧萧③,松柏夹广路。下有陈死人④,杳杳即长暮⑤。潜寐黄泉下⑥,千载永不寤⑦。浩浩阴阳移⑧,年命如朝露⑨。人生忽如寄⑩,寿无金石固。万岁更相送⑪,圣贤莫能度⑫。服食求神仙,多为药所误。不如饮美酒,被服纨与素⑬。

【注释】

①上东门:洛阳城东面三门最北头的门。②郭北:城北。洛阳城北的北邙山上,古多陵墓。③白杨:古代多在墓上种植白杨、松、柏等树木,作为标志。④陈死人:久死的人。陈,久。⑤杳杳:幽暗貌。即:就,犹言"身临"。长暮:长夜。这句的意思是,人死后葬入坟墓,就如同永远处在黑夜里。⑥潜寐:深眠。⑦寤:醒。⑧浩浩:流貌。阴阳:古人以春夏为阳,秋冬为阴。⑨年命:犹言"寿命"。⑩忽:匆遽貌。寄:旅居。这两句指人的寿命短促。⑪更:更迭。万岁:犹言"自古"。这句是说自古至今,生死更迭,一代送走一代。⑫度:过也,犹言"超越"。⑬被:同"披"。这四句是说,服丹药,求神仙,也没法长生不死,还不如饮美酒,穿绸缎,图个眼前快活。

【赏析】

这也是《古诗十九首》中的一首,大意是说:洛阳东门之外是一片一片的墓地,看到那无尽的墓地,活着的人更加悲伤,人死之后就坠入无尽的黑暗之中,死亡之后的另一个世界谁也没有去过。然而每一个人都会去的,春夏秋冬,季节流转,这是无可避免的事情。生命的短促令人们感到恐慌,这个世界上只有神仙才能长生不老,但是为了成仙服用丹药,往往还没有得道,就已经被丹药毒死了。与其痛苦地执着,还不如喝酒纵欢,只消度过眼前的快活。

这首诗的出处和作者都已经不可考了。在南朝时候,梁萧统太子将其选入《文选》之中,冠以上名称,后人一直将这首诗歌列为杂诗系列。这首诗歌是东汉末年一些生活宽裕却在政治上无所作为的知识分子抒发其颓废心情的作品。

这首诗中表现出来的是对人生价值的探讨,最后得出的结论是人生苦短,不如行乐为先。古代文人一旦感到生不逢时,总喜欢用归隐来逃避现实,而生命的短暂却又让他们感到迷茫。屈原曾认为"乘骐骥以驰骋兮,来吾导夫先路",希望可以走在时代的前端,却换来了投河自尽的下场。理想的崇高需要用生命的代价去换取,这让人心生胆怯。

青青河畔草

无名氏

青青河畔草,郁郁园中柳①。盈盈楼上女②,皎皎当窗牖③。娥娥红粉妆④,纤纤出素手。昔为娼家女⑤,今为荡子夫。荡子行不归,空床难独守。

【注释】

① 郁郁:茂盛的样子。② 盈盈:仪态优美。③ 皎皎:皎洁,洁白。④ 娥娥:漂亮。⑤ 娼家女:青楼女子。

【赏析】

这是一首描写从良妓女对丈夫相思的诗歌。

女子将她痴心的等候用直白的语言写进诗歌里,通过文字对这些讳莫如深的话题进行淋漓的演绎,虽然古代的男女在封建礼教的制约下显得拘泥,但他们也有着自己炙热如火的情感宣泄。从良的妓女,在自己窗前守候远行的丈夫,在时日深处的瓦砾上苦心等待。

诗中女子遵守的信念是要遵循妇德,不能因为丈夫出门在外,便夜夜笙歌。更多时候是,她们将内心压制的欲望诉诸诗歌之中,就好像这首诗中描写的一样。

在这首诗中,可以看到单纯的情感释放。王国维在《人间词话》中曾对此做过这样的评价:"可谓淫鄙之尤。然无视为淫词、鄙词者,以其真也。"这是对此诗很高的肯定,而这也是它之所以流传不衰的原因之一。

留别妻

苏 武

结发为夫妻①,恩爱两不疑。欢娱在今夕,嬿婉及良时②。征夫怀远路③,起视夜何其④?参辰皆已没⑤,去去从此辞。行役在战场⑥,相见未有期。握手一长叹,泪为生别滋⑦。努力爱春华⑧,莫忘欢乐时。生当复来归,死当长相思。

【注释】

①结发:指男女初成年时。男子二十岁束发加冠,女子十五岁束发加笄表示成年,通称结发。②嬿婉:欢好的样子。以上二句是说良时的燕婉不能再得,欢娱只有今夜了。③怀往路:惦着走上旅途。④夜何其(jī):《诗经·庭燎》云:"夜如何其?"其,语尾助词,犹"哉"。⑤参辰皆已没:意思说天将要亮了。⑥行役:应役远行。⑦滋:多。⑧春华:喻少壮时期。

【赏析】

这首诗讲述了一个绝望而悲凉的爱情故事。据说是苏武所作,一般被认为是假托。但诗中感情真挚,表达的是苏武北海牧羊对家中妻儿的思念。

苏武出使匈奴被扣,被监禁在北海,也就是今日的贝加尔湖,这一待就是十几年。守在贝加尔湖畔的苏武,手里握着他的节棍,身边除了猎猎的风声,便是那群温顺的绵羊。在这长达十几年的牧羊生活中,有可能见过苏武的汉人恐怕也只有李陵了。一个是被扣的使者,一个是大汉降将。这二人的相见生出多少感慨悲意,自是不消言说。

在那片荒芜冷寂的土地上,李陵为苏武带来了他家中近年发生的悲剧,妻离子散,兄亡母死。如此境况对苏武来说,苟延残喘地活下去已经不再具有之前的光辉了,如果只是为了单纯地活下去,苏武在湖畔牧羊的坚持便都没有了意义。任何人听到这样悲惨的消息,都会彻底陷入了绝望之中。但是,苏武还是选择了隐忍地活下来,只是为了可以亲眼看到那片他日思夜想的大地。

在李陵走后,苏武为他改嫁的妻子作了一首诗歌,这是他内心积郁了多年的辛酸喷薄而成。苏武不是在怪他的结发妻子,毕竟他离家多年,生死未卜,妻子离开也是可以理解的。虽然结发为夫妻,恩爱是不用怀疑的,但是在丈夫踏上远途的时候,相见已经没有了归期,就算是分开,也不要忘了曾经在一起的欢乐时光,如果可以活着回去,算是造化,如果死在这里,那就相思无绝期。

诗歌的意思是很容易理解的。"征夫怀远路,起视夜何其?参辰皆已没,去去从此辞。行役在战场,相见未有期。"将要随军出征的丈夫想着明日的远行,起身瞭望星空,参星已经落去。这就要离别了啊。我就要赶赴战场,这一生恐怕再无相见之期。"去去从此辞"一句五字却寄寓了离别之际深深的不忍之意。"努力爱春华,莫忘欢乐时。生当复来归,死当长相思。"这是作者的美好愿望,而其中却透露着无限悲凉。朔北的风,无休无止地吹。生离死别不是自己可以做主的,诗人用最后的时间为他和妻子之间书写了一段恩爱两不移的爱情誓言。然而,这一切都被"相见未有期"的未来无情打碎,所以只有徒劳地彼此嘱慰。若活着,我一定回来与你团聚,若死了,那也要此生不渝地彼此思念。

　　苏武在一次又一次的磨难前始终坚持，终于守得云开见月明，一位使臣知道苏武还活着，便要求单于释放苏武，慑于大汉的天威，苏武才得以回到家乡，离开时正值壮年，归来却已头发斑白。重新回到阔别了19年的长安，苏武已经是一位白发苍苍的老人了，唯一不变的是他始终握在手里的节棍，虽然已经破旧不堪了，但还是那根他当初带出长安的节棍。

　　苏武回来后，世人仰慕，他安享晚年，八十而终，也算是善始善终了，虽然期间磨难重重，不过十九载之后的归来犹如凤凰浴火的涅槃，生命得到升华。

东门行

无名氏

　　出东门，不顾归；来入门，怅欲悲。盎中无斗米储①，还视架上无悬衣。拔剑东门去，舍中儿母牵衣啼："他家但愿富贵，贱妾与君共铺糜②，上用仓浪天故③，下当用次黄口儿④。今非！""咄！行！吾去为迟！白发时下难久居！"

【注释】

①盎：一种口小腹大的瓦盆。②铺糜：吃粥。③用：为了。仓浪天：指苍天。④黄口儿：幼儿。

【赏析】

　　这是一首凄苦的诗，主人公出了东门之后就不想回家，因为家中已经没有他留恋的温暖了。家中一贫如洗，只有惆怅悲愁。这个男人不能就这样看着家人悲惨地饿死，他愤怒地提剑想要出东门去，他想要和命运搏一搏,为他的妻子、孩子博得一个温饱,哪怕只是一碗粥也可以。

主人公选择铤而走险,是官逼民反的血泪史,也是一幕活生生的人间惨剧。他明白这是一条不归路,所以他去而返,返而去。他的内心充满了矛盾和挣扎,因为他仅有的动力便是饥饿,这点可怜的支撑并不足以让他义无反顾地踏上这条未知的道路。

"咄!行!吾去为迟!白发时下难久居!"男子还是要走的,因为已经别无选择了。这就是东汉末年时期的缩影,大多数家庭都面临着这样的窘境,去也难,留也难,无论作何选择都将会通往死亡。

曹植有诗云:"家家有僵尸之痛,室室有号泣之哀,或阖门而殪,或覆族而丧。"写的就是那个时代的社会现状。

这首《东门行》是汉朝的乐府诗歌中的一首,诗句简单质朴,但令人想到的却是满目疮痍的社会景象。从刘邦建立西汉的黄老无为之治,到东汉末年的民不聊生,在历史长河中,这不过是弹指一挥间的事。自东汉顺帝即位以来,汉朝的政治日益腐败,先是外戚擅权,后是宦官专权,一些正直的士大夫为了维护汉朝最后一丝气息,与其做着艰难的斗争,但可惜天数已尽,曾经辉煌的汉朝已经走入了历史深处,取而代之的是那上至朝堂,下至民间的惨淡经营。在党人夺权失败之后,笼罩东汉王朝的阴霾更加低沉。根据《后汉书·党锢列传》里记载:"逮桓、灵之间,主荒政谬,国命委于阉寺。士子羞与为伍,故匹夫抗愤,处士横溢,遂乃激扬名声,互相提拂,品窃公卿,裁量执政,婞直之风,于斯行矣。"

统治者的腐败无能令人民的生活雪上加霜。人民不是死于贫穷,便是死于疾病。这首诗就是那个时代人们生活的写照,诗人几乎用写实的手法,刻画了人民水深火热毫无生路的困苦情形,人物的对白很具感染力。

妇病行

无名氏

妇病连年累岁，传呼丈人前一言。当言未及得言，不知泪下一何翩翩。"属累君两三孤子，莫我儿饥且寒，有过慎莫笞答①，行当折摇，思复念之！"

乱曰：抱时无衣，襦复无里②。闭门塞牖，舍孤儿到市。道逢亲交，泣坐不能起。从乞求与孤儿买饵。对交啼泣，泪不可止："我欲不伤悲，不能已。"探怀中钱，持授交。入门见孤儿，啼索其母抱。徘徊空舍中，"行复尔耳！弃置勿复道。"

【注释】

① 笞答（dá chī）：鞭打。② 襦：短袄。

【赏析】

  这首诗歌描述了一个病危的女子在临终前对丈夫的嘱托，她希望丈夫能在她死后好好对待她留下的孩子们，但是丈夫哪还有什么能力抚养这几个嗷嗷待哺的小生命，面对妻子含泪的双目，他又无法不作出承诺。他不知道今后的生活该如何继续下去，如果不把孩子丢掉，一家人都会被饿死，但丢掉孩子，又于心不忍。这是一个痛苦的抉择，妻子的死反倒成了一种解脱，她今后都可以不再忍受这无休止的折磨和痛楚了，反倒是活着的丈夫需要有更大的勇气去承受命运加在他身上的枷锁。

  这首诗歌通过描写一个生病妇女的家庭悲剧，生动地描绘出了汉代末年劳动人民在残酷的重压和剥削之下，苦苦徘徊在死亡边缘线上的生活惨状。那病榻前的叮咛令读者可以由衷地感受到这位母亲的无奈和悲伤。这就是在大汉朝最后的光景下，人们所过的日子。

如果不是有这些诗歌留下来，谁能想到那个遥远的过去会有这样悲惨的事情发生过呢？

《妇病行》通过一系列细节描写，将一个穷苦人家贫病交加的窘迫状况栩栩如生地表现了出来，他们那远在千年前的生活情形、语言动作就好像是在眼前展开的一幕幕独幕剧一般活灵活现，作者不需要对诗中所要表达的悲苦多加修饰，就可以让人感觉到那蕴涵其中的沉痛哀婉之情，令读过的人无不感到深切的痛苦。这样的艺术特色正是汉乐府"感于哀乐，缘事而发"的现实主义特色的体现。

饮马长城窟行

无名氏

青青河畔草，绵绵思远道。远道不可思，宿昔梦见之。梦见在我傍，忽觉在他乡。他乡各异县，展转不相见。枯桑知天风，海水知天寒。入门各自媚，谁肯相为言！客从远方来，遗我双鲤鱼①，呼儿烹鲤鱼，中有尺素书。长跪读素书，书中竟何如？上言加餐食，下言长相忆。

【注释】

① 双鲤鱼：古代指信封，是用两块鱼形木板做成，中间夹着书信。

【赏析】

郦道元的《水经注》里说："余至长城，其下有泉窟，可饮马，古诗《饮马长城窟行》，信不虚也。"

从诗的首句中可以看出，这是一首思念远行客的乐府诗。虽是春寒料峭，但是春的气息已经绕遍了万水千山，四处都是勃勃生机。那个等待远征丈夫归来的女子，却丝毫不觉得春日里有温暖的气息，她只是感到凄凉，因为她看不到未来，看不到心爱的丈夫何时归来。

她总是这样思念着远方的爱人，时日重复地过着，她却不知道自己已经在这无尽的春夏秋冬中，黯然老去，容颜不再了。

　　这首诗歌以比兴开始，由绵绵的河畔青草引出妻子对丈夫的无限思念，以旁人的热闹衬托出自己的寂寥悲伤。女子起身看着远方漫长的山路，想象那不知身在何方的丈夫会尽早回来，在秋风吹起的时候，在大海波涛翻滚的时候，在太阳终于冉冉升起的时候，踏上回来的路。邻居和亲人的家中总是充满了欢声笑语，而她只能独自在家守候着等待的孤独，苦涩难耐，也无可奈何，谁让她的丈夫不归来呢？值得庆幸的是，终于有一天同乡的人从外归来，带给她一个刻有鲤鱼的信函。这让她欣喜万分，她不敢自己动手打开，怕是让她失望的消息。于是，她让5岁的幼子将信函打开，里面是一块雪白的锦帕，她颤抖地打开锦帕，上面只有寥寥6个字："加餐饭，长相忆。"这是丈夫对她的无言思念，透过洁白的锦帕，这个可怜的妇人仿佛看到了在军队中服役而无法归来的丈夫，他那瘦弱的面孔上，写满了思念。

　　这是一首汉乐府诗歌，却有着《诗经》的痕迹，虽然为东汉的作品，却透露出了一股原始质朴的上古之风。

　　虽然谈不上是精致之作，但诗歌中的每一个字都充满了真情实感，朴实的情感让人感动得想要落泪。虽然作者和具体的写作年代都已经不甚明了了，但这首诗词中妇人和丈夫之间浓郁悠长的感情足以震撼人心。"梦见在我傍，忽觉在他乡。"一个"忽"字起到了转折、传神的作用，本来在梦中的无限快乐，刹那间变成了残酷的现实，梦醒之后的冰凉令妇人的希望变成了肝肠寸断的失望。

　　这首诗歌可以算得上是汉乐府之中的经典之作，前苦后甜，转折突然却不突兀。这是这首诗歌的妙处之所在。

艳歌行

无名氏

翩翩堂前燕，冬藏夏来见。兄弟两三人，流宕在他县[①]。故衣谁当补？新衣谁当绽？赖得贤主人，览取为吾绽。夫婿从门来，斜柯西北眄。语卿且勿眄，水清石自见。石见何累累，远行不如归！

【注释】

① 流宕：漂泊，流浪。

【赏析】

《艳歌行》是汉代乐府古辞，属《相和歌·瑟调曲》，又作《古艳歌》，或者《艳歌》。

这首《艳歌行》是对流浪在外的三个兄弟所做的，他们孤苦无依，只能在别人家打工为生。女主人对他们很好，还为他们缝补衣服。女主人的丈夫在回家的一瞬间看到了这个场景，使得场面尴尬而充满紧张气氛。这时候，他们才意识在别人家里即使待遇再好，也依然是受人恩惠，远不如在自己家中幸福，走了这么远，或许真到了该回去的时候了。

整首诗歌围绕着流浪汉的凄苦展开，戏剧性的情节使得这首诗歌情节紧张，矛盾突出，是难得的上乘之作。最后的结尾"远行不如归"更是与开头呼应。全篇浑然天成，气氛舒缓，生动真切，行文显得谐趣随意，但是一句"远行不如归"，却又满含凄苦之情，读来不由得令在外的游子潸然泪下。

这首诗歌就好像是深入精神内部的千年古树忽然开出的艳丽花朵，芳香深远而悠长，虽然年代久远，但并不妨碍它与后人之间的纯粹交流。在这里，乐府诗已经不仅仅是一首诗歌这么简单了，而是代表了一种远行当归的情思。

别 歌

李 陵[①]

径万里兮度沙漠,为君将兮奋匈奴[②]。路穷绝兮矢刃摧[③],士众灭兮名已隤。老母已死,虽欲报恩将安归[④]!

【注释】

①李陵(?—前74年):字少卿,汉族,陇西成纪(今甘肃静宁南)人。西汉将领,李广之孙。曾率军与匈奴作战,战败投降匈奴,汉朝夷其三族,致使其彻底与汉朝断绝关系。②奋匈奴:与匈奴作战。③矢:箭。刃:刀刃,指刀。矢刃摧,箭和刀用尽了。④安:哪里。将安归,能回哪里?

【赏析】

这首诗的大意是:行军万里,穿过茫茫沙漠,本是想杀敌来报效汉室天朝,怎料到竟会是如此下场?已经是百口莫辩的投降罪名了,就连家中的老母亲都被我牵连至死,就算是想报恩都已经是无处可报了啊!

面对苏武,李陵应该是惭愧难当的,作为一个使节,苏武忍受折磨而衷心不改,在苦寒之地忍饥挨饿,但他始终抱着那根当初从大汉朝带出来的节棍。虽然没人知道,也没人在乎,但苏武从没有放弃过内心的执着。这个男人有着钢铁一般的意志,他是深信自己可以活着回去的,或许,即便回不去,他也要将这份气节坚守到底。这让任何人在他面前都会感到自惭形秽。

这首《别歌》既是送给苏武,也是送给作者自己。告别苏武,便是告别了过去的那个自己,从今而后的李陵只是一个匈奴人,他只能在大漠中过着游牧生活,他必须斩断之前那几十年的生活,重新活过。这对一个人来说是残酷而疼痛的,但是李陵别无选择。

魏晋诗文，中华风骨

美学家宗白华曾言：「晋人风神潇洒，不滞于物。他们以虚灵的胸襟、玄学的意味体会自然，乃表里澄澈，一片空明，建立了最高的晶莹的美的意境。」其实何止晋人如此，魏晋南北朝数百年的分裂混乱，久经离患的文人们内心无一不具有空灵的美感。折戟沉沙，六朝如梦。诗人们把心灵自由之美和山川自然之美放大到了浑然遨游天地间的地步。

短歌行

曹操

对酒当歌①,人生几何②?譬如朝露,去日苦多③。慨当以慷,忧思难忘④。何以解忧?唯有杜康⑤。青青子衿⑥,悠悠我心⑦。但为君故⑧,沉吟至今⑨。呦呦鹿鸣⑩,食野之苹⑪。我有嘉宾,鼓瑟吹笙⑫。明明如月,何时可掇⑬?忧从中来,不可断绝。越陌度阡⑭,枉用相存⑮。契阔谈䜩⑯,心念旧恩。月明星稀,乌鹊南飞⑰。绕树三匝,何枝可依?山不厌高,海不厌深。周公吐哺⑱,天下归心⑲。

【注释】

① 当:临。② 几何:多少,这里意思是叹人生短促,时光易逝。③ 去日:过去了的日子。④ "慨当"句:这句对应首句,表达在感叹时光飞逝的同时,更应慷慨高歌,只是苦于忧思重重,难以释怀。⑤ 杜康:相传是古代最早的造酒人,此处代指酒。⑥ 子衿(jīn):周代读书人的服装,这里指代有学识的人。衿,衣领。⑦ 悠悠:形容忧虑不断。借用《诗经·郑风·子衿》里的诗句,表达对贤才的思念。⑧ 但:只。君:指贤才。⑨ 沉吟:指低声吟咏《诗经》中的《子衿》一诗。⑩ 呦(yōu)呦:鹿叫声。⑪ 苹:艾蒿。⑫ 鼓:弹奏。⑬ "明明"名:此句意将贤者比为高空明月,可望而不可即,喻指人才难得。掇,拾取。⑭ 越陌度阡:指贤士远道而来。陌、阡,田野中纵横交错的小路。南北为阡,东西为陌。⑮ 枉用:指贤士屈尊相从。存:问候。⑯ 契阔:久别。谈䜩(yàn):欢饮畅谈。䜩,通"宴"。⑰ 乌鹊:乌鸦。⑱ 吐哺(bǔ):热情接待,不敢怠慢。哺,口中咀嚼着的食物。⑲ 归心:心悦诚服地归顺。

【赏析】

这首诗是曹操最有名的诗篇之一,千百年来流传甚广,以至于说起曹操,人们就会想起他的"对酒当歌,人生几何","何以解忧,唯有杜康"。当年曹操在平定北方后，率领着百万雄师，饮马长江，要与孙权争夺那江东之地，当夜明月皎皎，曹操为了稳定军心，鼓励士气，便大展酒宴，与众将士痛饮一番，期间诗兴大发，慷慨而歌，写下了这首脍炙人口的《短歌行》。

诗人用诗歌来表明自己在政治上的用意，在微微的醉酒之后，道出内心的期许，"青青子衿，悠悠我心"，而青衿在古代是被作为读书人的代称，开篇就点名了这个求人才的主题。接着诗人又唱道"我有嘉宾，鼓瑟吹笙。明明如月，何时可掇"，"绕树三匝，何枝可依"，在这里表达的是诗人求贤若渴的心情。在这首酒醉后的高歌中，诗人明明白白地将自己的内心感受吟咏出来，他虽然引用《诗经》中的词句，却没有《诗经》中那般幽怨的情感，而是寄托了自己最初和最终的理想。

曹操是一个为了千秋大业而活着的人，他在诗歌中毫不掩饰地表达自己求贤若渴的心情和希望名垂青史的愿望，虽然其中有着哀思的情调，但却丝毫没有妨碍到整首诗歌的主题，那就是立业建功。

诗中名句颇多，像"何以解忧，唯有杜康"，"月明星稀，乌鹊南飞"，"山不厌高，海不厌深"等。曹操的《短歌行》是一首艺术性极高的古诗。在这首诗中，三国里那个奸诈的乱世枭雄不见了踪影，一个求贤若渴、忧国忧民的贤明领袖形象兀立在我们面前。

却东西门行

曹　操

鸿雁出塞北，乃在无人乡。举翅万余里，行止自成行。冬节食南稻，春日复北翔。田中有转蓬①，随风远飘扬。长与故根绝，万岁不相当②。奈何此征夫③，安得去四方④！戎马不解鞍，铠甲不离傍。冉冉老将至⑤，何时返故乡？神龙藏深泉[6]，猛兽步高冈[7]。狐死归首丘[8]，故乡安可忘！

【注释】

① 转蓬：菊科植物，亦称飞蓬，古诗中常以飞蓬比喻征夫游子背井离乡、在外漂泊的生活。② 不相当：不相逢。当，值，遇。这里的意思是蓬草飘扬远方，与故根分离，永不能会合。③ 奈何：如何。④ 安得：怎能。去：离开。以上两句意谓：可怜这些征夫们有什么办法能离开四方回家去呢？ ⑤ 冉冉：渐渐。⑥ 深泉：即"深渊"，唐人当时为避唐高祖李渊之讳，抄写古书时常把"渊"字改为"泉"字。⑦ 猛兽：即"猛虎"。⑧ 首丘：头向着自己的窟穴。首，作动词用，音念去声。"狐死首丘"是古时的一种说法，原用以比喻人不该忘记故乡。这里以龙、虎、狐不忘窟穴，来反比征夫们的流离辗转，难以望见故乡。

【赏析】

曹操的诗颇有风骨，大开大阖、舒缓从容，通常以沉郁悲凉的笔调描写非凡的气度和胸襟，这一首《却东西门行》写征夫思乡之情，浓郁感伤。文如其人，曹操的文字自然也透露出他的为人，通过这些苍劲有力的诗句，可以让后人窥出这位蛰伏在帝位下，久久不肯坐上龙椅的男人内心的真正所想。其实在这位世人口中的白脸奸臣心中，始终隐藏着不变的道德底线，他徘徊在这条底线边缘，却始终不曾越过，或许是这样的道德制约，使得曹操最终没有登上皇位。

"冉冉老将至，何时返故乡？"曹操并不是一个不能体会民间疾苦的"奸贼"，相反在他的诗歌里，对于展示历史有着强烈的倾向，后人称其诗作为"汉末实录，真诗史也"。圣人讲不以言废人，不以人废言，是很有道理的，放在诗词的欣赏问题上，亦是如此。曹操的这一首《却东西门行》，十分真实地表现出了诗人面对这样一个世界时内心的悲悯情怀。

杂 诗

曹丕

西北有浮云,亭亭如车盖①。惜哉时不遇,适与飘风会。吹我东南行②,行行至吴会③。吴会非我乡,安得久留滞。弃置勿复陈④,客子常畏人。

【注释】

①亭亭:耸立而无所依靠的样子。车盖:车篷。②我:浮云自称,指游子。③吴会:指吴郡和会稽郡(今江、浙一带)。④"弃置"句:乐府诗套语,意为"抛开吧,不要再说了"。

【赏析】

这首诗写得很真诚,也很聪明,本来就文采很好的曹丕,因为偶尔的心情悸动,便能引申出无限的情思遐想。这首游子之诗以浮云起兴,隐含着人生如浮云、漂泊无依的感叹,这是曹丕最为常见的感叹内容。可见,他虽然高高在上,但内心却丝毫没有逃脱命运的苦闷压力。

其实,这只是说明曹丕的内心中蕴含着轻灵的情愫,因为帝王身,不便轻易表露,只得在诗作中一展胸臆。曹丕的能力无可怀疑,不然也不会成为魏文帝,曹操不肯跨越的底线,被曹丕视若无物,他没有父亲那样的谨慎细微,在这位年轻人看来,皇位根本就是唾手可得,既然如此,还要客气什么呢?于是,在曹丕的手中,天下改朝换代,魏朝兴起。

曹丕天生敏锐,有着捕捉新鲜事物特征的本领,这首杂诗被后人评为"风回云合,缭空吹远"。

杂 诗

曹丕

漫漫秋夜长,烈烈北风凉。展转不能寐,披衣起彷徨。彷徨忽已久,白露沾我裳。俯视清水波,仰看明月光。天汉回西流①,三五正纵横②。草虫鸣何悲,孤雁独南翔。郁郁多悲思,绵绵思故乡。愿飞安得翼,欲济河无梁。向风长叹息,断绝我中肠。

【注释】

① 天汉:指银河。② 三五:星名,一般指参宿和昴宿。也说指心宿和柳宿。

【赏析】

曹丕生性好伤感,而他的伤感与曹操的伤感是完全不同的,曹操虽然也会伤感,但那伤感之中更多的是一份豪情壮志,是一份壮志难酬的伤感,而曹丕所伤感的大多与命运有关。

漫漫秋夜长,诗人借这首《杂诗》将满心的忧虑抒发出来。他说道:

秋夜漫漫,风凉如水,在夜不得寐的时候,起床独自彷徨。待到露水沾湿衣裳,才意识到时间过去大半。池中的清水起微波,头顶的月光流转四溢,虫鸣声悲切难当,还有那孤独南飞的大雁,让人忧郁哀伤。想要渡河却苦于没有桥梁,对于故乡的思念只能向风倾诉,以表我的愁肠。

西晋文臣陈寿认为曹丕"文帝天资文藻,下笔成章,博闻强识,才艺兼该;若加之旷大之度,励以公平之诚,迈志存道,克广德心,则古之贤主,何远之有哉"!

从这首《杂诗》中可以看出,陈寿的夸赞绝对是所言非虚,曹丕的文采不在曹操之下,或者可以说是更胜一筹。在曹丕的文字中,有着一种幽然思远的感觉,令人感伤之余又有些心灵上相互碰撞的感觉。

感离赋

曹丕

秋风动兮大天气凉,居常不快兮中心伤。出北园兮彷徨,望众墓兮成行。柯条憯兮无色①,绿草变兮萎黄。感微霜兮零落,随风雨兮飞扬。日薄暮兮无悰②,思不衰兮愈多。招延伫兮良从③,忽踟蹰兮忘家。

【注释】

① 憯(cǎn):忧伤。② 悰(cóng):欢乐。③ 延伫:也写作"延竚",久久站立的意思。

【赏析】

在曹丕的辞赋中,秋风是出现最多的词语,或许秋风起的时候,他内心的彷徨会令他心生诗意。这首《感离赋》是祭奠思念而做,因为思念无法到达的地方,便寄情于风,但愿风能到达那个他永远无法抵达的远方。

建安十六年,西征途中,秋风四起,令天气清凉,心境随之忧伤。曹丕在园子中彷徨远望,前方的众多墓碑令枝叶都没了颜色。绿草变得凄黄,霜寒随着风雨飘摇落下,薄暮的落日令快乐消隐,升起的全是哀思,停驻良久,这哀伤竟让人连对家的思念都踟蹰了起来。

比起政治成就,曹丕的文学天赋更高,他"妙善辞赋",是魏晋时期辞赋创作较多的作家之一。他的辞赋或叙事,或咏物,或写景,题材广泛,且以抒情见长。"便娟婉约,能移人情",这是曹丕赋的总体特点。这固然与其浓厚的文士气质有关,但同时也是动乱时代的投影。曹丕的诗文最能以情动人,且清新淡雅,十分耐读。

杂诗七首（其三）

曹植

西北有织妇，绮缟何缤纷①。明晨秉机杼②，日昃不成文③。太息终长夜④，悲啸入青云。妾身守空房，良人行从军⑤。自期三年归，今已历九春。孤鸟绕树翔，噭噭鸣索群⑥。愿为南流景⑦，驰光见我君⑧。

【注释】

①绮：华丽的丝织品。缟：白色生绢。绮缟，泛指织物。缤纷：凌乱的样子。②明晨：清晨。秉：拿。杼：织布机上的织具。③日昃：日过午。文：纹理。④太息：叹息。⑤良人：对丈夫的称谓。⑥噭（jiào）噭：鸟鸣叫的声音。⑦景：阳光。南：向南。⑧驰：流驰。君：对丈夫的称谓。意为：思妇想要化为阳光，向南流驰而去，照见丈夫。

【赏析】

曹植的诗作大多大气有余，但这一首却是幽思阵阵。织妇独守空房，对远在他乡行军的丈夫无限思念。诗中织妇的丈夫从军时日已久，于是妇人看着孤鸟离群索居在树间低鸣，不觉感慨自身，也是此般无奈思情。

关于这首杂诗，有人认为是曹植感叹自身时运不济的寄情之作，也有人认为是一首怨妇思念远行丈夫的作品，更有人认为这是曹植思念甄氏的隐晦之作。其实，欣赏诗歌，大可不必去穿凿附会，只要静静地看出诗歌中所蕴含的美感便可以了。

七步诗

曹 植

煮豆持作羹①，漉菽以为汁②。
萁在釜下燃③，豆在釜中泣。
本是同根生，相煎何太急？

【注释】

①持：用来。羹：用肉或菜做成的糊状食物。②漉：过滤。菽：豆。③萁：豆类植物脱粒后剩下的茎。

【赏析】

这首《七步诗》是曹植的名篇。南朝刘义庆《世说新语·文学》记："文帝尝令东阿王七步作诗，不成者行大法。应声便为诗曰：'煮豆持作羹，漉菽以为汁。萁在釜下燃，豆在釜中泣；本自同根生，相煎何太急？'帝深有惭色。"

曹植是曹操的第四子，从小才华出众，很受父亲的疼爱。曹操死后，他的哥哥曹丕当上了魏国的皇帝。曹氏兄弟本来有阋，曹丕登上皇位后，以曹操亡故时曹植和曹熊（曹操五子）未来看望为由，要追查二人，结果曹熊因惧怕自杀了。曹植则被押进朝廷。幸得曹植生母卞氏开口求情，曹丕才勉强给曹植一个机会，命他七步之内做出一首诗，否则杀无赦。于是曹植做出了这首广为传颂的诗。

诗人在诗中以同根而生的豆萁和豆来比喻同胞兄弟，用萁煎其豆来比喻同胞骨肉的残害，生动形象，情挚感人，将诗人自身的艰难处境与一腔愤激沉郁之情表现得淋漓尽致。

诗人以纯比兴手法起笔，语言清浅直白，却寓意深刻。作者借用了一个极其纯朴巧妙的譬喻，读来令人称奇。"本是同根生，相煎何太急"两句，千百年来成为同室操戈、兄弟阋墙的警示名句。曹丕感于诗中所言的兄弟骨肉之情，又害怕杀了曹植会遭世人耻笑，最后放了曹植。

种瓜篇

曹睿

种瓜东井上，冉冉自逾垣①。与君新为婚，瓜葛相结连②。寄托不肖躯，有如倚太山。兔丝无根株③，蔓延自登缘。萍藻托清流，常恐身不全。被蒙丘山惠，贱妾执拳拳。天日照知之。想君亦俱然。

【注释】

①逾：超过，翻过。②瓜葛：瓜与葛都是蔓生植物，这里比喻夫妻。③兔丝：植物名，即菟丝子，常以喻妻室。

【赏析】

曹睿，魏明帝，字符仲，曹操之孙，曹丕之子。能诗文，与曹操、曹丕并称魏之"三祖"，诗文成就不及操、丕。今存散文二卷、乐府诗十余首。

曹睿的这首诗写得颇有情趣，虽然曹睿的文采比起曹操和曹丕稍逊一筹，但这一篇《种瓜篇》中，还是能够看出曹睿敏捷的才思和淡然的文风中蕴含着的淡淡的风雅和悠悠的情思，意味深长，读后令人口齿留香。比起曹操的沧桑和曹丕的敏感，曹睿的诗作似乎更多了一份淡然。

或许这和个人经历有关，正因为经历不同，所以心性和作品也都不尽相同。他们三人的诗歌之所以受到人们的推崇，除了诗文本身的绮丽，更多的则是因为他们的诗歌中有着当时文人感同身受的认同感。

短歌行

陆 机

置酒高堂，悲歌临觞①。人寿几何，逝如朝霜。时无重至，华不再阳。苹以春晖，兰以秋芳。来日苦短，去日苦长。今我不乐，蟋蟀在房。乐以会兴，悲以别章。岂曰无感，忧为子忘。我酒既旨②，我肴既臧③。短歌有咏，长夜无荒④。

【注释】

①临觞：犹言面对着酒。觞，酒杯。②旨：美好，这里指酒的味美。③臧：好。④荒：废弃，荒废。

【赏析】

陆机是名门之后，他的祖父陆逊曾任东吴丞相，是三国时期著名的大将。从这首诗中可以看出，一个伤心的男人站于风中，衣衫猎猎作响，心中惆怅难言，饮酒高堂，感言人生苦短，最好及时行乐才能不辜负此生，长夜漫漫，还是借酒消愁的好。

陆机一生留下的诗作有很多，而这一首《短歌行》便是其代表作之一。在陆机的笔下，酒是他忘记现实的工具，这个男人想的只是来日苦短，去日苦长，今天不行乐，只怕日后就再没有机会了。从曹操到陆机，期间不过短短数十载的时光，光阴可以改变历史，也可以变动人心。同为政客，陆机远没有曹操的雄才大略和高瞻远瞩，因而，这首诗虽然与曹操的《短歌行》有着几分相像，但在气度开阔和艺术表现力上要逊色很多。

胡笳十八拍

蔡文姬

胡笳本自出胡中，缘琴翻出音律同①。十八拍兮曲虽终，响有余兮思未穷，是知丝竹微妙兮均造化之功②。哀乐各随人心兮有变则通③，胡与汉兮异域殊风。天与地隔兮子西母东，苦我怨气兮浩于长空④，六合离兮受之应不容⑤。

【注释】

①缘琴翻出：用琴演奏胡笳曲。②丝竹：泛指乐器。丝，琴瑟等弦乐器。竹，笙箫等管乐器。造化：造物者。③有变则通：心里有什么活动就能通过音乐表现出来。④浩：充满。⑤六合：指上、下、东、西、南、北之内的整个空间。

【赏析】

蔡文姬是东汉大学者蔡邕的女儿，生于乱世，饱受苦难，又婚姻不幸，人生多舛，后来被掳去匈奴，嫁与匈奴王，并生下两个儿子。胡笳是匈奴人常吹的一种乐器。在南匈奴的那十二年里，蔡文姬也学会了一些胡笳的演奏，但是当她离开这片一直试图想远离的土地时，才知道时间真的可以将一个人的生命浸透，当你在一片土地上生活得越久时，你的回忆就越厚重。所以，蔡文姬虽然选择了返回故乡，但她的人生注定残缺，因为她的大半记忆都随着她的血脉一起留在了匈奴。

因与蔡邕有交，作为义气之举，曹操发函匈奴首领，要他务必交出蔡文姬。曹操的一纸书函彻底改变了蔡文姬逐渐平静下来的生活，他要蔡文姬回中土，匈奴不敢不放人。曹操势力强大，无人不忌惮。所以，蔡文姬十数年之后，踏上了回乡的路程，可是她的心情十分复杂，万般情思萦绕心头。十年前被掳至胡地，十年后又复归中原，何处才是她的故土，哪里才是她的家？

这首诗就是在这样的心境和历史时代里写下的。后世很多人认为此诗不是蔡文姬本人所作，而是后人假托，然而由于情感深挚，自古以来还是被广为传诵。"胡笳本自出胡中，缘琴翻出音律同"，一代才女佳人，音容身世消散在杳杳胡笳声中。

悲愤诗

蔡文姬

欲死不能得，欲生无一可。彼苍者何辜①，乃遭此厄祸。边荒与华异②，人俗少义理。处所多霜雪，胡风春夏起。翩翩吹我衣③，肃肃入我耳④。感时念父母，哀叹无穷已。有客从外来，闻之常欢喜。迎问其消息，辄复非乡里。邂逅徼时愿⑤，骨肉来迎己。己得自解免⑥，当复弃儿子。天属缀人心⑦，念别无会期。存亡永乖隔⑧，不忍与之辞。儿前抱我颈，问母欲何之。人言母当去，岂复有还时。

【注释】

①彼苍者：指天。辜：罪孽。"彼苍者何辜，乃遭此厄祸"意谓：老天啊，我们有什么罪孽，要遭受这般苦难？②边荒：偏远之地，指南匈奴。③翩翩：风吹动衣物的样子。④肃肃：风的声音。⑤徼：侥幸。⑥解免：脱离在南匈奴的屈辱生活。⑦天属：指直系亲属。缀：联系，指母子连心。⑧乖隔：隔离。

【赏析】

婚姻的不幸给蔡文姬带来了许多悲苦，这首《悲愤诗》中，言不尽的全是悲愤。

"欲死不能得，欲生无一可。"生亦何欢，死亦何哀，对于蔡文姬这样一位一生坎坷的女人来说，再多的挫折也只是命运对她开的一次玩笑罢了。就好像季节更替，四时变动一般，无论是对于父母的思念，还是忍痛抛下子女的痛楚，对她来说都是可以忍耐的。

"儿前抱我颈，问母欲何之。人言母当去，岂复有还时。"对故乡的思念，令她含泪而去，当子女问她意欲何往时，她无言以对，因为她知道，再也没有回来的时候了。

蔡文姬一生三嫁，命运多舛。关于蔡文姬这一生的三次婚姻，丁廙在《蔡伯喈女赋》一书中是这样说的："伊大宗之令女，禀神惠之自然；在华年之二八，披邓林之曜鲜。明六列之尚致，服女史之语言；参过庭之明训，才朗悟而通云。当三春之嘉月，时将归于所天；曳丹罗之轻裳，戴金翠之华钿。羡荣跟之所茂，哀寒霜之已繁；岂偕老之可期，庶尽欢于余年。"

"处所多霜雪，胡风春夏起。翩翩吹我衣，肃肃入我耳。"这样细腻凄伤的景象，如何不令人心生悲意？更何况，已得自解免，当复弃儿子。天属缀人心，念别无会期。存亡永乖隔，诗人又怎忍心与之辞。然而感时念父母，哀叹无穷已，对故土和亲人的思念却又让诗人内心充满着煎熬，无比的矛盾与无奈化为一腔悲愤，催人泪下。后人在评价这首诗时说，"真情穷切，自然成文，激昂酸楚，自称一格"。

杂 诗

孔 融

岩岩钟山首，赫赫炎天路。高明曜云门，远景灼寒素。昂昂累世士，结根在所固。吕望老匹夫[①]，苟为因世故。管仲小囚臣，独能建功祚[②]。人生有何常，但患年岁暮。幸托不肖躯，且当猛虎步。安能苦一身，与世同举厝。由不慎小节，庸夫笑我度。吕望尚不希，夷齐何足慕[③]。

【注释】

① 吕望：即吕尚，后世多称姜子牙。② 功祚：指辅助帝王的功业。③ 夷齐：伯夷，叔齐。

【赏析】

孔融的诗文"体气高妙"，诚如这首诗开篇所言，"岩岩钟山首，赫赫炎天路"，慷慨的情辞中透露出诗人远大的抱负，在诗人看来，他并不认为天下之路就是为那些世子所铺设的，贫寒之人一样可以走通。大路朝天，光耀门楣之事并不只是局限于士族子弟的。"安能苦一身，与世同举厝。由不慎小节，庸夫笑我度。"这样的人真是不拘小节，气度高尚的，他不立足于天地间，还有何人？可惜生不逢时，使他无法与时代同进退。

正是基于诗中所洋溢的这种情怀，孔融才不会因为人情世故就改变自己的原则，他看不起吕望那样的老匹夫，却欣赏管仲这样的人才。但他的刚直惹怒了曹操，而犯下了死罪。建安年间，曹操接到了一封这样的书信，"武王伐纣，以妲己赐周公"。写信的人是孔融，他是专门就曹操攻下邺城，其子曹丕纳袁绍儿媳甄氏为妻一事进行讽刺的。

曹操自然大怒，但碍于孔融名声过大，而且是儒家大学者，只能将恶气强压，而孔融却丝毫没有因此而收敛。

孔融毫不收敛，他虽然聪明，却并不明白官场中的利益规则。他认为自己是"当时豪俊皆不能及"，对于他人总是一副恃才傲物的模样，就连曹操他也不放在眼里。曹操"挟天子以令诸侯"的行为，在孔融看来是大逆不道，十分不可容忍的，所以，但凡曹操出一点差错，孔融必定会唇齿相逼，惹得曹操大为不满。

孔融身为圣人后裔，自小学习儒术，却完全背弃了儒术的内在精神。孔融认为孝道是不足守的，他说，"父之于子，当有何亲？论其本意，实为情欲发耳。子之于母，亦复奚为？譬如物寄瓶中，出则离矣。"孔融此言一出，即刻遭到了大众的反对。

作为当时正直的士族代表人物的孔融，一生傲岸，为人刚直，但也正是因为如此，他才落得了最后身首异处的结果。想来孔融一生跌宕起伏，也算是乱世一英杰，却祸从口出，而飞来横祸，不但自己遭殃，还连累妻儿共赴黄泉。实在是可悲可叹！

"吕望尚不希，夷齐何足慕"，这是何等大的口气！而曹操斩杀孔融的理由便是因为孔融那些肆无忌惮的言论，对于孔融能将父母比作容器的话语，曹操为孔融带上了不孝不贤的罪名。其实最初和最终的理由只有一个，便是他不能让孔融这样不安分的人妨碍了他的统治大业。

七哀诗三首（其一）

王粲

西京乱无象①，豺虎方遘患②。复弃中国去③，委身适荆蛮④。亲戚对我悲，朋友相追攀⑤。出门无所见，白骨蔽平原。路有饥妇人，抱子弃草间。顾闻号泣声⑥，挥涕独不还⑦。未知身死处，何能两相完⑧。驱马弃之去，不忍听此言。南登霸陵岸⑨，回首望长安。悟彼下泉人⑩，喟然伤心肝⑪。

【注释】

① 西京：长安，是西汉时的国都。无象：没有章法、体统。② 豺虎：指董卓的部将李傕等。遘：造。③ 中国：指中原地区。④ 委身：托身、置身。荆蛮：荆州。古代中原人称南方民族为蛮。因荆州地处南方，故曰荆蛮。⑤ 追攀：形容依依不舍的样子。攀，攀着车辕恋恋不舍。⑥ 顾：回头看。⑦ 挥：挥洒。⑧ 完：全。这两句是妇人所说的话，说自身还不知死所，哪能两相保全，不得已才弃子逃生。⑨ 霸陵：汉文帝刘恒的陵墓所在地。岸：高地，高冈。⑩ 悟：领悟。下泉：《诗经·曹风》中的篇名之一，下泉，即"黄泉"，下泉人喻指汉文帝。⑪ 喟然：伤心叹息的样子。

【赏析】

后人对于《七哀诗》有很多解释，大都认为所谓哀，便是痛而哀，与人的七情六欲有关。但也有人认为哀主要围绕的主题与音乐有关，和韵律有关。

这一首《七哀诗》写于公元192年，当时长安刚刚经历过一场动乱。

在诗歌中，诗人交代了他远离长安的理由，也在诗歌中道出了长安已经变成了何等模样，"西京乱无象，豺虎方遘患"。在诗人离开长安前往目的地的路途中，他见到了最为残酷的景象：累累的白骨和荒芜的田野，路边有一饥饿难当的妇人，抱着自己的孩子丢弃在草丛间，回头看时，听到孩子的哭声，妇人洒泪却不抱回自己的孩子——自己尚且不知将来要死在何处，如何能母子两全呢？实在是不得已才抛弃孩子的呀！

这一幕令诗人不忍卒看，于是他骑马加快速度离去，不忍心听这世间哀号凄惨的声音。

王粲历经苦难，支撑他在乱世中存活下来的便是心中不灭的信念。在他的诗中，萧条凌乱的景象并不可怕，那些凋敝都会过去，然而此诗所描绘的景象触目惊心，"悟彼下泉人，喟然伤心肝"，何止是诗人自己，后世读到此诗的人莫不喟然而伤。"出门无所见，白骨蔽平原"，也成为那个时代的一个经典影像。

从军诗五首（其五）

王 粲

悠悠涉荒路，靡靡我心愁。四望无烟火，但见林与丘。城郭生榛棘，蹊径无所由[①]。萑蒲竟广泽[②]，葭苇夹长流。日夕凉风发，翩翩漂吾舟。寒蝉在树鸣，鹳鹄摩天游[③]。

客子多悲伤，泪下不可收。朝入谯郡界④，旷然消人忧。鸡鸣达四境，黍稷盈原畴。馆宅充廛里⑤，士女满庄馗⑥。自非贤圣国，谁能享斯休。诗人美乐土，虽客犹愿留。

【注释】

①蹊径：小路，野径。②葭蒲：芦苇和蒲草，泛指水草。③鹳鹄：鹳与鹄，其形瘦长，飞翔极高。④谯郡：指谯县，古县名，秦朝设置，约在今安徽省亳县。⑤廛（chán）里：城市聚居的地方。⑥庄馗：四通八达的道路。馗，同"逵"。

【赏析】

　　这首《从军诗》分为两部分，前半部分描写了山河破碎的荒芜景象，而后半部分则对未来寄予了深切的厚望。

　　王粲，字仲宣，山阳高平人，初侍刘表，后跟随曹操。三国名臣，为建安七子之冠冕。善于诗赋，更有过目不忘之才能。对功名的急迫渴望，王粲毫不掩饰。在曹操帐下，王粲得到了从未有过的重视。谁说凋敝的王朝就注定荒芜一切？王粲的才气在曹操那里得到了完全的发挥，虽然曹操帐下人才济济，但王粲还是凭借着他的才能赢得了曹操的赞赏，而他自己对于曹操的知遇之恩也是感恩戴德，他曾说："帝王虽贤，非良臣无以济天下。"

　　文人自古以来便是以悲悯情怀为重的，王粲也不例外。就在跟随曹操征讨东吴的路途上，王粲写下了《从军诗》五首，这是其中之一。虽然是描述了动荡的汉末年月，但却是从侧面抒发了希望可以拥有美好生活的愿望。生活在那个战乱的年代，诗人与众生一样不可避免地要历经磨难，但是他并不绝望，而是在艰险磨难之中，看到了未来的乐土，那里是让他的忧愁烟消云散的地方。

杂 诗

王 粲

日暮游西园,冀写忧思情。曲池扬素波。列树敷丹荣。上有特栖鸟①,怀春向我鸣。褰袵欲从之②,路险不得征。徘徊不能去,伫立望尔形。风飚扬尘起,白日忽已冥。回身入空房,托梦通精诚。人欲天不违,何惧不合并?

【注释】

①特:单的、独的,这里指没有配偶的鸟。②褰:揭起,撩起(衣服)。袵:同"衽"。

【赏析】

这首诗表达的是诗人对朋友的思念之情。诗人从游园写起,借景抒情,在弯曲的池水中,还有成行的木丛里,将满心的愁绪托付给了这一片赏心悦目的景色。明代文人王夫之有言道:"以乐境写哀,以哀景写乐。"王粲正是这样做的。他以文人独有的清明内心和强大的自我意识,以及细腻的情感,将他对人世间无常情感的看法一一描摹出来。

诗人以细腻的感情触角,想象到"上有特栖鸟,怀春向我鸣",进而由树上孤独的飞鸟,想到了远方的友人。如同在对他召唤一般哀鸣,所以诗人快步向前,希望可以追随上这份召唤的脚步。

但却是道路险阻,举步维艰。游园之内自然不会难行,所以诗人隐喻的是世间动乱,难以前行。在这首诗歌中,诗人将自己的幽思和社会的动荡有机地结合在了一起。当现实与理想交织之后,所带来的冲击已经能掀起惊天的波浪。

由虚入实,王粲的内心情感随着诗句的延续而延伸下来,在无法抗拒的恶劣环境中,王粲最终也只得选择退回房中,暗自哀叹"人欲天不违,何惧不合并"?明明担心难以与友人再度重逢,却偏偏还要安慰自己有什么可怕的，纠结的内心在摇摆的世风中孤独地摇曳，深沉含蓄。

王粲的这首《杂诗》哀婉动人，全诗直抒胸臆，将对友人的深情抒发得淋漓尽致，比起刘桢的《赠徐干》来，多了几分哀思，少了几分愤慨。

饮马长城窟行

陈 琳

饮马长城窟①，水寒伤马骨。往谓长城吏，慎莫稽留太原卒②。官作自有程③，举筑谐汝声。男儿宁当格斗死④，何能怫郁筑长城⑤。长城何连连⑥，连连三千里。边城多健少⑦，内舍多寡妇。作书与内舍，便嫁莫留住。善侍新姑嫜⑧，时时念我故夫子⑨。报书往边地，君今出语一何鄙⑩？身在祸难中，何为稽留他家子。生男慎莫举，生女哺用脯。君独不见长城下，死人骸骨相撑拄。结发行事君⑪，慊慊心意关⑫。明知边地苦，贱妾何能久自全？

【注释】

① 长城窟：长城附近的泉眼，古时供行役者饮马用。窟，泉窟，即泉眼。② 慎：小心。稽留：滞留。太原卒：从太原地区调来服役之人。③ 官作：政府的工程。程：期限。④ 格斗：短兵相接的搏斗。⑤ 怫郁：烦闷。这一句和前一句意谓：男子汉宁可与敌人搏斗而死，怎能憋着一肚子气而在这里修筑长城呢！⑥ 连连：绵长的样子。⑦ 边城：亦指长城。健少：健壮的年轻人。⑧ 姑嫜：古时如此称呼丈夫的父母，即今日的"公婆"。⑨ 故夫子：原来的丈夫。上面四句是戍卒劝妻子改嫁的信中之语。⑩ 鄙：薄。⑪ 结发：古时男子二十束发而冠，以示成年。⑫ 慊慊：怨恨的样子。关：牵系。

【赏析】

《饮马长城窟行》是乐府古题之一。这一首诗歌,是通过描写修筑长城所带给人们的苦难,写出当时的哀风悲鸣。

陈琳是建安七子之一,在追随曹操之前,曾效力于袁绍,多次写文章辱骂曹操,历数他的罪行。后来陈琳被曹操俘虏,曹操惜才,便安抚陈琳,没有将他斩杀,反而收为部下。

"饮马长城窟,水寒伤马骨。"战乱的时代,造就了诗人独特的视角和笔触。边地水寒若此,连马喝了这种的水,都会因受不了寒气而被伤,戍卒苦役们的艰辛便可想而知。诗人开句点题,直接进入主题。一个征夫对监管修筑长城的官吏诉苦说:"我已经到了服刑期满的日子了,千万不要延迟我的归期。"可以看出这位征夫归心似箭,也可以看出修长城是一项多么非人的徭役。

征夫提醒之后,官吏并不放行,只是打着官腔说官府自有定夺。这让归期已到的征夫十分不满,他认为大丈夫如果要死,就要战死沙场,轰轰烈烈,而不是在这里窝窝囊囊地做苦工。但他的怨言又有何用呢?战事一日不停,长城就不能停止修建。

如果要怨,也只能怨这无休止的战争和动荡的时局。长城绵延万里,何时才能修筑得完?可是生命有限,如果将全部的精力都耗费在修筑长城上面,那几时才能为自己打算和考虑?但不论征夫作何打算,他都无法违抗官府的命令。

在这首诗歌中,诗人用征夫绝望的心情来寓意当时的纷乱时代,与建安七子其他人相比,陈琳相对年长,所以,他对汉末魏初的动荡岁月有着刻骨的体会。

"明知边地苦,贱妾何能久自全",女子明知道丈夫生死难料,但仍甘愿以自己的一生作为赌注,等待丈夫最终的归来。征夫与妻子之间的这份情感在那个纷乱的时局中尤为可贵。正因为知道艰难,所以才愈加珍惜和耐心。

这首《饮马长城窟行》一直是魏晋诗歌史上的名篇,给那个黑暗的年代增添了少许的光亮。可以说,这是陈琳一览民间疾苦,然后将自身所受之苦相融合,迸发出的情感汇总。

别诗(其二)

应 玚[1]

浩浩长河水,九折东北流。晨夜赴沧海,海流亦何抽[2]?远适万里道,归来未有由。临河累太息,五内怀伤忧。

【注释】

[1] 应玚(公元177—217年),字德琏,东汉南顿县(今项城)人。东汉末文学家,建安七子之一。长于诗赋,今有文赋数十篇,《侍五官中郎将建章台集诗》为其代表作品。[2] 抽:吸干,纳尽。

【赏析】

应玚的才气虽然比不上王粲,但在建安七子中也是名列前茅的。他留给后世的诗作虽不多,但我们也能从中看出这位诗人对时局的忧虑和对苍生的担忧。

诗人写道:浩荡的长河水荡尽了古今,却荡不尽世人的忧伤,在沧海横流之际,诗人站于高处俯瞰脚下河流纵横,感叹这些奔腾了万里的水流是否知道疲倦。诗人无法坦然地接受荒郊四野的景象,也无法对那些苦难的黎民视若无睹,"临河累太息,五内怀伤忧",该句所描绘的画面,是诗人因为悲悯而穿越无尽时光的展现。

驾出北郭门行

阮 瑀

驾出北郭门[1],马樊不肯驰[2]。下车步踟蹰,仰折枯杨枝。顾闻丘林中[3],嗷嗷有悲啼[4]。借问啼者出[5],何为乃如斯？亲母舍我殁，后母憎孤儿。饥寒无衣食，举动鞭捶施⑥。骨消肌肉尽，体若枯树皮。藏我空室中，父还不能知。上冢察故处，存亡永别离。亲母何可见，泪下声正嘶⑦。弃我于此间，穷厄岂有赀⑧？传告后代人⑨，以此为明规。

【注释】

① 北郭门：城郭北门。郭，外城。古时坟地多于城郭北门。② 樊：马因度负重而不肯再走。③ 顾：回头听到。④ 嗷（jiào）：悲啼的声音。⑤ 出：谁。⑥ 举动：动辄。捶：用以鞭马的木棍。⑦ 嘶：破声，这里指哭至嘶哑。⑧ 穷厄：穷困。赀：同"资"，财富。⑨ 传告：规诫。

【赏析】

这一首诗歌属于乐府题材，被北宋末期的学者郭茂倩收录在《乐府诗集》中。题目由古诗中"驱车上东门，遥望北郭墓"一句引申而来。

阮瑀借此诗描写了一个孤儿遭到继母虐待的故事。整首诗歌作者以第一人称的身份出现，令读者看到后愈发感到真实。作者驾着马车奔驰在道路上，却在一处树林间听到隐隐的哭声，十分悲苦。作者下车察看，只见一个孩童哭坐于一处孤坟上。

这是铺垫，继而从作者的发问引发到高潮，孩童哭诉自己忍受虐待的经过，使得听者流泪，闻者伤心。最后再回到孩童生母的坟墓前，但已经是天人两隔，生离死别的分开了，所以这样的悲痛更加使人无奈。

阮瑀出身名门望族，才华横溢，琴棋书画无不精通。本人也自视甚高，是建安七子中脾气最为固执的一个人。"书记翩翩，致足乐也"指的便是阮瑀。

阮瑀文笔极好，但凡他写过的文章，别人就无法再增加一字或者再减少一字。为此，曹操多次考验过阮瑀，但他都顺利过关。最为精彩的一幕便是曹操需要一份公文，而当时阮瑀正在马背之上，但他却以马为案，提笔写好了公文，曹操接过一看，果然还是一字不用增加，一字不用减少。

赠徐干

刘 桢

谁谓相去远,隔此西掖垣①。拘限清切禁,中情无由宣。思子沉心曲,长叹不能言。起坐失次第,一日三四迁。步出北寺门,遥望西苑园。细柳夹道生,方塘含清源。轻叶随风转,飞鸟何翩翩。乖人易感动②,涕下与衿连。仰视白日光,皦皦高且悬③。兼烛八纮内④,物类无颇偏。我独抱深感,不得与比焉。

【注释】

①西掖:指宫阙西侧。垣:墙。②乖人:犹离人。③皦皦:明亮洁白。④八纮(hóng):指八方极远之地。

【赏析】

建安七子中有一人颇得曹操和曹植的喜爱,他们总和此人饮酒作对,畅谈歌赋,对他委以重任,这人就是刘桢,后世称之为"文章之圣"。

刘桢放荡不羁,在曹丕所设宴席之上,甄氏出来与众人见面,大家纷纷下跪以示尊重,刘桢因为厌恶曹丕抢夺他人之妻,不肯对甄氏下跪。这惹得曹丕大怒,当下便要将刘桢处死,后来经人求情,才将其投入监狱。

本是耿直地想要表达自己内心的不满,却不料惹来了牢狱之灾。事有凑巧,刘桢被关押的北寺狱旁边,便是他的好友徐干办公的地方。

二人只有一墙之隔。刘桢陷入囹圄,是因为他的直言不讳。仕途断送,只有荒僻的监狱才是他的归宿。而隔壁的公堂就好像一个巨大的讽刺,那样的地方,曾经也是刘桢办公的地方,可是如今却成了禁锢他的工具。而他的好友徐干此刻却处于这样一个地方。想来刘桢当时的内心应当是充满了失意和惆怅的。于是他提笔写下了这首有名的《赠徐干》。刘桢的心中充满了向往，他看穿了这世事变化，将内心积郁的沉闷一吐为快。

这首诗歌倾诉了自己被囚禁的痛苦和不满，还抒发了对徐干的思念之情。虽然二人相距不远，但依据当时的法律法规，二人想要见一面，却并不是那么容易的。所以，刘桢只能将自己对好友的思念之情写入诗歌之中，以此来表达自己内心的愤懑。

"起坐失次第，一日三四迁。步出北寺门，遥望西苑园。"这是刘桢通过自己的坐立不安来衬托出他的痛苦。虽然因为口角太烈而受到了关押，但在这种情况下，刘桢丝毫不改，他依然语气激烈地抱怨现实的不公。

"仰视白日光，瞰瞰高且悬。兼烛八纮内，物类无颇偏。"刘桢从不忍气吞声，从不阿谀奉承的心性在这首诗中展露无遗。

刘桢在当时的七子中就是颇负诗名的，曹丕称他"五言诗之善者，妙绝时人"。钟嵘夸他："仗气爱奇，动多振绝。贞骨凌霜，高风跨俗。"刘桢作诗如做人，狂放不羁，凛冽傲骨，字里行间多是情骇言壮之辞。清代文人刘熙载说刘桢是"公干气胜"，是有些道理的。

酒德颂

刘 伶

有大人先生者①，以天地为一朝②，万朝为须臾，日月为扃牖③，八荒为庭衢④。行无辙迹⑤，居无室庐，幕天席地⑥，纵意所如。止则操卮执觚⑦，动则挈榼提壶，唯酒是务，焉知其余？

有贵介公子，缙绅处士，闻吾风声⑧，议其所以。乃奋袂攘襟⑨，怒目切齿，陈说礼法，是非锋起。先生于是方捧罂承槽⑩，衔杯漱醪⑪。奋髯箕踞⑫，枕曲借糟⑬，无思无虑，其乐陶陶。兀然而醉⑭，豁尔而醒⑮。静听不闻雷霆之声，熟视不睹泰山之形，不觉寒暑之切肌，利欲之感情。俯观万物，扰扰焉如江汉三载浮萍；二豪侍侧焉，如蜾蠃之与螟蛉⑯。

【注释】

①大人先生者：德行高尚的老先生。②朝：天。③扃牖（jiōng yǒu）：门窗。④庭衢（qú）：庭道。⑤辙迹：轨迹。⑥幕天席地：以天为幕，以地为席。⑦卮：饮酒器具。"觚"同。⑧风声：名声。⑨奋袂攘襟：敛起袖子，绾起衣襟。⑩方：正。⑪醪（láo）：浊酒。⑫奋：拨弄。髯：胡须。⑬曲（qū）：酒曲。⑭"无思无虑"三句：昏沉的样子。⑮豁尔：猛然。⑯蜾蠃（guǒ luǒ）：细腰蜂。螟蛉：螟蛾的幼虫。

【赏析】

魏晋人嗜酒，而以竹林七贤尤甚。嗜酒者以借酒消愁的居多，唯有刘伶却多引以为乐趣。在一次酒醉之后，他写下这篇200余字的《酒德颂》，本作自赏用途，不成想写了亘古妙文，把喝酒升华到了一种玄奥的境界。

该篇颂里出现的主人公是个德行高尚的老先生，也可以说就是刘伶本人。在文章的起始处，老先生便称自己喝酒喝到一种超凡的境界。他可以把天地开辟作为一天，把万年作为须臾，把日月作为门窗，把天地八荒作为庭道；行走没有一定轨迹，居住无一定房屋。他还能以天为幕，以地为席，放纵心意，随遇而安。一个人可以"以天为幕，以地为席"，该算得上是非常逍遥的人了。

接着在第二段，作者写道："有贵介公子，缙绅处士，闻吾风声，议其所以。"由于他的行为乖张，有很多人时常在人前折损他，刘伶并不是不以为然，时常反唇相讥。激动时便跳起来敛袖绾襟，张目怒视，咬牙切齿予以反驳：礼仪法度又算得了什么，真正的是非自有公道人心去判定。

骂够之后，刘伶仍然继续衔杯痛饮，枕着酒槽睡觉，无忧无虑，其乐陶陶。困了便睡，醒了便饮，什么四时寒暑、声色货利，都像脚下随波逐流的"江汉三载浮萍"，都如"蜾蠃之与螟蛉"，渺小得不值一提。全颂洋洋洒洒，尽是作者不羁的风度。

竹林七贤虽都有饮趣，但是真正在喝酒方面有心得的只有刘伶一人。

对于酒完全没有抗拒力的刘伶，自然酒后就更加毫无约束。他曾因喝酒喝得太多，为了散热而脱光衣服，大字形躺在自家屋子里。一次客人进屋找他，发现他什么都没穿，便讽刺他放纵。刘伶笑嘻嘻地说："天地是我的房屋，室内是我的衣裤，你们为什么要钻进我的裤裆里？"客人顿时无言，尴尬地离开。

刘伶在饮酒方面本身已达到可驭万物的境界，忘却生死，忘却荣辱，他在文才上或可永世不能企及阮、嵇二人，但他的洒脱中见可爱，是谁也到不了的境界。这篇《酒德颂》就是作者对于酒与性情的一种独特的个人体悟。

咏怀八十二首（其一）

阮 籍

夜中不能寐，起坐弹鸣琴。薄帷鉴明月[1]，清风吹我襟。孤鸿号外野，翔鸟鸣北林[2]。徘徊将何见，忧思独伤心[3]。

【注释】

[1] 薄帷：幔帐。鉴：照。[2] 翔鸟：飞翔盘旋着的鸟。鸣：悲鸣，哀号。[3] 这两句是写人与翔鸟一样因不能寐而孤寂徘徊，得不到慰藉。

【赏析】

这首诗保持了阮籍诗作的一贯风格。感物忧思，阮籍的悲伤虽内敛,但却一点也不比那些多愁善感的人少一份细腻的心思。

诗首即言那时正是午夜,诗人躺卧很久都睡不着,便起身来到窗边对月抚琴。看着月光洒在床帷之上,影影绰绰,清风徐来,掀起了他的衣襟。在这般清寂的夜晚,偶尔传来野外孤鸿鸣叫、倦鸟啼吟,阮籍突然为它们的凄鸣感到痛心。自己孤身在外徘徊也就罢了,鸟儿们也同样为空中徘徊,找不到自己的那片林子。

阮籍天生嗜酒如命,酒后时常驾车出行,驱车一半时跳下车,伏地痛哭,不为别的,正是因为前方的路不好走,车已经过不去了,王勃为此写过"阮籍猖狂,岂效穷途之哭"的句子。阮籍的悲伤与无望,也许是当时大部分士人的心情。魏晋交替之际,魏王曹芳被司马氏所控,作为士大夫阶层的名士,要么跟着曹氏一同灭亡,要么跟司马氏合作。面对这两种选择,一些人采取了消极抵抗的方式。阮籍是当时非常有名的才士,曾胸怀大志,奈何天下多变,真才实学者少之又少,一时间壮志难酬。尽管司马昭对他非常赏识,多次邀请阮籍入朝,但阮籍对司马氏的印象极差,几次耍酒疯躲过司马昭的招揽。

南朝宋的诗人颜延之考证说阮籍总是写悲情诗,原因在于晋文帝司马昭在位时世人多虑祸患的缘故。阮籍忧谗惧祸,才躲进竹林深处,独自伤心苦闷。晋君向来多猜忌,大概是曹魏留下的后遗症,是以当时的名士即便有报国之心,却仍惧怕入朝为官。颜延之对阮籍的这番推测不无道理。很多后人都认为阮籍的咏怀诗多太过隐晦,有时根本看不出他究竟要表达什么,可身处于令人惧怕和幻灭的时代,有多少人敢于直言自己的痛和不满呢?

阮籍的诗如他的人一样,充满了矛盾。他不是完全地抨击时政,为怀才不遇而不满,也不是完全地脱离神行,求得飞升;他既不愿与世事同流合污,又不能真正地与现实划清界限寻觅归趣。

阮籍几乎是在乱世当中写下咏怀诗最多的人。他一生作诗百余首,流传不过90余首,其中咏怀就占领82首,后人一直把这些诗作为考证阮籍一生经历的依据。的确如此,阮籍的思卿、思家、思社稷的想法都贯穿在他的诗作中,而其压抑在心中的痛,也在诗中流露无余。

咏怀八十二首(其二)

阮 籍

二妃游江滨,逍遥顺风翔。交甫解佩环,婉娈有芬芳①。猗靡情欢爱②,千载不相忘。倾城迷下蔡③,容好结中肠④。感激生忧思,萱草树兰房⑤。膏沐为谁施⑥,其雨怨朝阳。如何金石交⑦,一旦更离伤⑧。

【注释】

①婉娈:亲爱。②猗靡:缠绵。③倾城:美貌绝世。④中肠:衷心。⑤萱草:即忘忧草。兰房:泛指妇女居所。⑥膏沐:妇女用来润泽头发的化妆品。⑦金石交:像金石般坚固的情谊。⑧一旦:一下子。

【赏析】

这首咏怀诗,讲的是男女离别之后,女子身世的可怜之状。全诗援引的是上古神话《列仙传》中的一个神话故事。诗中的"二妃"便是神话故事的两位女主人公。"二妃"乃是江汉两河的仙子,于江、汉之间的水域飘摇,遇到了美男子交甫。交甫见到两位美女体态轻盈,美丽不可方物,她们身上还带着怡人香气,不免一见钟情了,对二女发出追求之语,请她们解下环佩给自己,当作定情信物。二女见交甫长得很俊美,也产生了爱意,便解下环佩给他,转身羞涩地离开。

在《列仙传》里只写了二妃与交甫相遇的这段情谊,却无后续。但诗人却不甘心故事在就此打住,便通过诗歌大胆地为神话写了续集。他写交甫与二位神女分开许久,彼此不能忘情,可是交甫却没有回头找她们。长年的分别总是让人生怨,二妃的心中产生了浓烈的不满，坐在小屋里对着满室的忘忧草径自哀伤，甚至无心打扮。期待与爱人相见，却偏偏不见对方归来，那思念的滋味好比企盼天降甘露却偏偏终日艳阳一样。

阮籍笔下的"二妃"，果真是叫人怜惜不已。阮籍为她们哀婉，也为她们感到非常不平："如何金石交，一旦更离伤。"为何比金石还坚固的爱情，一分别便要断绝呢？

阮籍的诗总显得隐晦，而这也让后世人一直无法完全透彻了解他的为人。对于这首咏怀诗，也有人理解为是阮籍在借二妃与交甫来比喻自身与君王之间的关系。

咏怀八十二首（其三）

阮 籍

嘉树下成蹊①，东园桃与李。秋风吹飞藿②，零落从此始。繁华有憔悴，堂上生荆杞③。驱马舍之去，去上西山趾④。一身不自保，何况恋妻子？凝霜被野草，岁暮亦云已⑤。

【注释】

①嘉树：桃李。蹊：小路。②藿：豆叶。③荆杞：树名。④西山：首阳山，伯夷、叔齐的隐居地，这里表达隐居的意向。趾：山脚。⑤已：停、止。

【赏析】

这首《咏怀》的前两句即引出了古代的一个典故——桃李不言，下自成蹊。此话的意思便是桃李虽不能言语，但其开花之后的嫣然妩媚、结果之后的香甜美味，仍是人们心中的最爱。去欣赏和采摘它们的人自然会在树下踏出一条小路。据说诗人在庭院里种了许多桃李树木，每天看其花开花落，结出美好的果实。不过，秋风吹过，枝叶便凋零了，往日再美艳的树木一旦退下华丽的衣裳，不过变成了枯木衰草。

花开花落本是万物的生长规则，年复一年自然如此，可是在诗人眼中，却充满了惶惑与清冷。想起当年对功名的奢望如今已化作虚无，诗人顿感而发，说道："秋风吹飞藿，零落从此始。繁华有憔悴，堂上生荆杞。"诗人痛苦的并不是得不到显赫的地位，而是失去荣华富贵变得没落。没有繁就没有衰，就像花开得茂盛、果结得琳琅，可秋风扫过仍是不免要退去衣装变得沉寂。于是诗人写道："驱马舍之去，去上西山趾。"在他看来，能获得解脱的途径就只有驱车逃至山野，甚至不惜与妻子亲人离散。只是诗人并没有自己想象或诗歌中表现出来的那般潇洒豁达，不然也不会有"穷途之哭"。这样也就不难理解诗人在末尾回复到天地山野上来，"凝霜被野草，岁暮亦云已"，四时无惑，自然消息变幻，咏怀感慨只不过是人才有的。天地自然原本是无情的，并不会因人的情感而停止变化。

酒会诗

嵇 康

乐哉苑中游，周览无穷已。百卉吐芳华，崇台邈高跱①。林木纷交错，玄池戏鲂鲤②。轻丸毙翔禽③，纤纶出鳣鲔④。坐中发美赞，异气同音轨。临川献清酤⑤，微歌发皓齿。素琴挥雅操，清声随风起。斯会岂不乐，恨无东野子⑥。酒中念幽人，守故弥终始。但当体七弦，寄心在知己。

【注释】

① 崇：高。高跱（zhì）：高耸。这句是说远远的高台耸立。② 玄：深。③ 丸：指弹丸、轻丸，喻弹丸的迅疾。毙：击中。④ 纤纶：钓鱼用的丝绳。出：钓到。鳣鲔：这里泛指各种鱼。⑤ 临川：在水边。酤：酒。⑥ 东野子：即阮侃，嵇康挚交，后迁居东野，故诗人称其东野子。

【赏析】

　　这首诗前六句主写作者的欣然。身处百花林木交错的风景优美处，上有山峦浩渺，下有游鱼临渊，举头观望鸟翔，附身可钓鲤鲫，容身于自然之中，嵇康一边饮酒，一边操琴而歌，其中的惬意不是三言两语能概括的。在极致的欢愉当中，他的心情陡然失落，乐而忽悲。"斯会岂不乐。恨无东野子。"原来他是突然思念起过去的朋友，感叹朋友"东野子"无缘再参加自己的音乐酒会。

　　"东野子"是嵇康深深思念的人，他本名为阮侃，身居河内太守，后迁居东野。由于二人多年不见，所以嵇康才借"东野子"来指代他，以表自己的念旧之情。其实，思故人只是诗人突然惆怅的一个诱因，他真正的悲伤皆由当时朝政混乱而起。对魏晋两股势力的角力，嵇康深恶痛绝，他常说自己决不能与这些俗人同流合污，因此他的言志诗大多都自表清白。所以诗人最后说："酒中念幽人，守故弥终始。但当体七弦。寄心在知己。"点明了诗人要笑傲山林、洁身自好的气节。

　　这里选的这首诗是嵇康传世不多的诗作之一。诗如其人，林、池、琴、友，既是作者表达心志高洁的一首诗，也是魏晋名士的一幅生活画面，展现的仍然是那个时代的精神风气。

与山巨源绝交书

嵇　康

　　康白：足下昔称吾于颍川①，吾尝谓之知言②。然经怪此③，意尚未熟悉于足下④，何从便得之也？前年从河东还，显宗、阿都说足下议以吾自代⑤；事虽不行，知足下故不知之。足下傍通⑥，多可而少怪⑦，吾直性狭中⑧，多所不堪，偶与足下相知耳。间闻足下迁，惕然不喜⑨；恐足下羞庖人之独割，引尸祝以自助，手荐鸾刀⑩，漫之膻腥⑪。故具为足下陈其可否。

吾昔读书，得并介之人⑫，或谓无之，今乃信其真有耳。性有所不堪，真不可强。今空语同知有达人，无所不堪，外不殊俗，而内不失正，与一世同其波流，而悔吝不生耳。老子、庄周，吾之师也，亲居贱职；柳下惠⑬、东方朔，达人也⑭，安乎卑位。吾岂敢短之哉⑮！又仲尼兼爱，不羞执鞭⑯；子文无欲卿相⑰，而三登令尹⑱。是乃君子思济物之意也⑲。所谓达能兼善而不渝⑳，穷则自得而无闷㉑。以此观之，故尧、舜之君世㉒，许由之岩栖㉓，子房之佐汉㉔，接舆之行歌㉕，其揆一也㉖。仰瞻数君，可谓能遂其志者也。故君子百行，殊途而同致㉗，循性而动，各附所安。故有处朝廷而不出，入山林而不反之论。且延陵高子臧之风㉘，长卿慕相如之节㉙，志气所托，不可夺也。

吾每读尚子平、台孝威传㉚，慨然慕之，想其为人。少加孤露㉛，母兄见骄㉜，不涉经学。性复疏懒，筋驽肉缓㉝，头面常一月十五日不洗；不大闷痒，不能沐也㉞。每常小便而忍不起，令胞中略转㉟，乃起耳。又纵逸来久，情意傲散，简与礼相背，懒与慢相成，而为侪类见宽㊱，不功其过。又读《庄》《老》，重增其放。故使荣进之心日颓，任实之情转笃㊲。此由禽鹿，少见驯育㊳，则服从教制；长而见羁，则狂顾顿缨㊴，赴蹈汤火；虽饰以金镳㊵，飨以嘉肴㊶，逾思长林而志在丰草也。

阮嗣宗口不论人过㊷，吾每师之，而未能及。至性过人，与物无伤，唯饮酒过差耳。至为礼法之士所绳㊸，疾之如仇，幸赖大将军保持之耳㊹。以不如嗣宗之贤，而有慢驰之阕[45]；又不识人情，暗于机宜[46]；无万石之慎[47]，而有好尽之累[48]，久与事接，疵衅日兴，虽欲无患，其可得乎？又人伦有礼，朝廷有法，自惟至熟[49]，有必不堪者七，甚不可者二。卧喜晚起，而当关呼之不置[50]，一不堪也。抱琴行吟，弋钓草野[51]，而吏卒守之，不得妄动，二不堪也。危坐一时，痹不得摇，性复多虱[52]，把搔无已[53]，而当裹以章服[54]，揖拜上官，三不堪也。素不便书，又不喜作书，而人间多事，堆案盈机[55]，不相酬答，则犯教伤义，欲自勉强，则不能久，四不堪也。不喜吊丧，而人道以此为重，已未见恕者所怨，至欲见中伤者；虽瞿然自责[56]，然性不可化，欲降心顺俗[57]，则诡故不情[58]，亦终不能获无咎无誉如此，五不堪也。不喜俗人，而当与之共事，或宾客盈坐，鸣声聒耳，嚣尘臭处，千变百伎，在人目前，六不堪也。心不耐烦，而官事鞅掌，机务缠其心，世故繁其虑，七不堪也。又每非汤、武而薄周、孔，在人间不止此事，会显世教所不容[59]，此其甚不可一也。刚肠疾恶，轻肆直言，遇事而发，此甚不可二也。以促中小心之性[60]，统此九患，不有外难，当有内病，宁可久处人间邪？

又闻道士遗言，饵术、黄精，令人久寿，意甚信之。游山泽，观鱼鸟，心甚乐之。一行作吏，此事便废，安能舍其所乐，而从其所惧哉！

夫人之相知，贵识其天性，因而济之。禹不逼伯成子高[61]，全其节也。仲尼不假盖于子夏[62]，护其短也。近诸葛孔明不逼元直以入蜀[63]，华子鱼不强幼安以卿相[64]。此可谓能相始终，真相知也。足下见直木必不可为轮，曲者不可为桷[65]，盖不欲以枉其天才，令得其所也。故四民有业[66]，各以得志为乐,唯达者为能通之,此足下度内耳。不可自见好章甫[67],强越人以文冕也[68];己嗜臭腐,养鸳雏以死鼠也。吾顷学养生之术,方外荣华[69],去滋味,游心于寂寞,以无为为贵,纵无九患,尚不顾足下所好者。又有心闷疾,顷转增笃,私意自试,不能堪其所不乐。自卜已审,若道尽途穷则已耳。足下无事冤之[70],令转于沟壑也[71]。

吾新失母兄之欢,意常凄切。女年十三,男年八岁,未及成人,况复多病,顾此恨恨[72],如何可言。今但愿守陋巷,教养子孙;时与亲旧叙阔,陈说平生。浊酒一杯,弹琴一曲,志愿毕矣。足下若嬲之不置[73],不过欲为官得人,以益时用耳。足下旧知吾潦倒粗疏[74],不切事情,自惟亦皆不如今日之贤能也。若以俗人皆喜荣华,独能离之,以此为快;此最近之,可得言耳。然使长才广度,无所不淹[75],而能不营[76],乃可贵耳。若吾多病困,欲离事自全,以保余年,此真所乏耳。岂可见黄门而称贞哉[77]!若趣欲共登王途[78],期于相致,共为欢益,一旦迫之,必发其狂疾。自非重怨[79],不至于此也。

野人有快炙背而美芹子者[80],欲献之至尊[81],虽有区区之意[82],亦已疏矣。愿足下勿似之。其意如此。既以解足下,并以为别。嵇康白。

【注释】

①颍川:代称山嵚,山涛的叔父,曾就职于颍川太守。②知言:知己之言。③经:常。④意:心想。⑤显宗:公孙崇,谯国人,曾为尚书郎。阿都:吕安,嵇康好友。以吾自代:指山涛打算推荐嵇康代替其职务。⑥傍通:善于应付变化。⑦可:许可。怪:责怪。⑧狭中:心地狭窄。⑨惕然:忧心的样子。⑩鸾刀:刀柄缀有鸾铃的屠刀。⑪漫:沾污。⑫并介之人:兼济天下而又耿介孤直的人。介,耿介孤直。⑬柳下惠:展禽。名获,字

季,春秋时鲁国人。为鲁国典狱官,曾被罢职三次,有人劝他到别国去,他自己却不以为意。居于柳下,死后谥"惠",故称柳下惠。⑭达人:通达之人。⑮短:轻视。⑯执鞭:执鞭赶车的人。⑰子文:姓斗,名谷于菟,春秋时楚国人。⑱令尹:楚国时的官名,相当于宰相职位。⑲济物:救世济人。⑳达:显达。㉑穷:失意时。㉒君世:做皇帝。㉓许由:尧时隐士。岩栖:隐居山林。㉔子房:张良。㉕接舆:春秋时楚国隐士。㉖揆:原则,道理。㉗殊途而同致:所走道路不同而达到相同的目的。㉘延陵:季札,春秋时吴国公子。子臧:曹国公子。曹宣公逝世以后,曹人要立子臧为君,子臧拒不接受,离国而去。季札的父兄要立季札为嗣君,季札引子臧不为曹国君为例,拒不接受。风:高尚情操。㉙长卿:司马相如。㉚尚子平:东汉时期人,传闻他在儿女婚嫁之后,便不再过问家事,恣意游历五岳名山,不知所终。台孝威:东汉时人,曾凿穴而居,以采药为业。㉛孤:幼年丧父。露:羸弱。㉜见骄:被骄纵。㉝驽:劣马,这里形容迟钝。缓:松弛。㉞不能:能,同"耐"。沐:洗头。㉟胞:膀胱。㊱侪(chái)类:同辈朋友。㊲实:本性。㊳见:被。㊴顿缨:挣脱羁索。㊵金镳(biāo):金属制作的鹿笼头。㊶飨(xiǎng):喂。嘉肴:精美的饲料。㊷阮嗣宗:与嵇康同为"竹林七贤"之一,不拘礼法。㊸礼法之士:借虚伪礼法来维护自己利益的人。绳:纠正过失。㊹大将军:指司马昭。保持:保护。㊺阙:缺点。㊻暗于机宜:不懂得随机应变。㊼万石:石奋,汉代人,一生以谨慎著称。㊽好尽:尽情直言,不知忌讳。累:过失。㊾惟:思虑。㊿不置:不已。㊶弋(yì):射禽鸟。㊷性:身体。㊸把搔:搔痒。把,同"爬"。㊹章服:官服。㊺机:同"几",小桌子。㊻瞿然:惊惧的样子。㊼降:抑制。㊽诡故:违背自己的本性。不情:不符合真情。㊾会显:会当显著,为众人所知。㊿促中小心:指心胸狭隘。㊶伯成子高:禹时隐士。㊷子夏:孔子弟子卜商。㊸元直:徐庶。㊹华子鱼:华歆。幼安:管宁。㊺桷(jué):承瓦的椽。㊻四民:士、农、工、商。㊼章甫:古时一种绾在发髻上的帽子。㊽文冕:有花纹的帽子。㊾外:排斥。㊿事:做。冤:委屈。㊶转于沟壑:指流离而死。㊷悢(liàng)悢:悲痛的样子。㊸嬲(niǎo):纠缠。㊹潦倒粗疏:放任散漫。㊺淹:贯通。㊻营:营求。㊼黄门:宦官。㊽趣(cù):急于。㊾重怨:大仇。㊿野人:住于乡野之人。美:以……为美味。㊶至尊:君主。㊷区区:感情诚挚的样子。

【赏析】

　　这是嵇康因山涛未经过他的允许就举荐他做官时所写的断交书。"山巨源"即是指山涛本人，巨源是山涛的字。其实，嵇、山二人之间虽然因为这封断交书的介入而发生感情破裂，但并没到老死不相往来的地步。嵇康写断交信完全是气山涛与他交往多年竟然还不了解他的脾气。

　　这篇《与山巨源绝交书》是嵇康与官场完全断绝的宣言书。内容大体是说他听闻世界上存在一种既能兼济天下又是耿介孤直的人，他最初并不相信，但后来还是承认了。就比如老子和庄周、柳下惠和东方朔等都是通达的人，皆职位低微出身，却始终保持一颗对任何事情都宽容的心态，保持身在官场染缸仍坚持正道，不与世俗同流。对于这些能保持操守的人，嵇康无法否认，甚至对他们感到钦佩，但他仍然强调，一个人有一个人的活法，有些事情不能忍就是不能忍。他自问做不到像阮籍那样天性淳厚，待人接物毫无伤害之心、温软可欺。所以当他得知山涛擅自举荐他，才会愤怒难耐，毕竟他完全把山涛视为知己，而山涛却不清楚他的选择。

　　这封"断交书"字里行间大有类似"道不同，不相为谋"的伤人字眼，十数年友情就此断绝。与其说是与山巨源绝交，不如说是与权贵绝交，与那个道德礼法崩颓的时代绝交。正所谓"志气所托，不可夺也"。

言　志

何　晏

　　鸿鹄比翼游，群飞戏太清①。身常入罗网，忧祸一旦并。岂若集五湖，顺流唼浮萍②。逍遥放志意，何为怵惕惊？

转蓬去其根③,流飘从风移。芒芒四海途,悠悠焉可弥?愿为浮萍草,托身寄清池。且以乐今日,其后非所知。

【注释】

①太清:指天空。②唼(shà):鸟吃食。③转蓬:指随风飘转的蓬草。

【赏析】

此诗的前四句道明了诗人内心的担忧。天上的鸿鹄遨游天际,比百鸟有更高的志向。可就是因为飞得太高反而更令人觊觎,容易遭到网罗,倒不如地面、水中集结的凡鸟,随波逐流,啄食萍草,活得更加逍遥自在。诗人以鸿鹄自喻,指出了自己身在高位更容易成为众矢之的,他羡慕那些身份卑微的人,起码不会有"死于非命"的担忧。

诗的后半部分,"转蓬去其根,流飘从风移",表达了诗人内心渴望挣脱现实的牢笼桎梏。"芒芒四海途,悠悠焉可弥?愿为浮萍草,托身寄清池。且以乐今日,其后非所知。"诗的后几句,从字面上来看是说欲做池塘里小小的浮萍,安栖在清水池中,"今朝有酒今朝醉",且得今日一时之自在,不去理会将来会如何。这里诗人表达了想要变得"渺小"的愿望。

河中的蓬草脱离自己的慧根,四海茫茫,随遇而安,身不由己;人生也如这浮萍一般,不能掌控。然而这安宁也不过是一瞬而已。未来是怎样,谁也道不清楚,能做的便是得过且过。

此诗充满了玄之又玄的道家虚无思想,对未来不可预料的诗人,无论在诗词文赋里怎样推崇老庄的逍遥与自在,却知道自己永不可能超越那道界限,因而他害怕不已,痛苦莫名,便把世间的一切想象成是虚无的,并极力地去推崇"万物以无为本"的观点,还凭借自己在文坛的地位,极力将此学说推到学术潮流的顶端。不过诗中也完全暴露了他的思想弱点,他甚至把自己所拥有的一切、经历的事情都看作是一场老天的骗局,不愿面对。

车遥遥

傅 玄

车遥遥兮马洋洋[1],追思君兮不可忘。君安游兮西入秦,愿为影兮随君身。君在阴兮影不见[2],君依光兮妾所愿。

【注释】

① 洋洋:舒缓潇洒的样子。② 阴:背阴之处。

【赏析】

这首《车遥遥》的诗中,主人公是一个思妇,诗人用他的笔为思妇勾勒出了一道清丽的背影。清晨明媚的春光里,她斜倚栏杆,凭栏远眺,目光穿透了楼阁的阻隔,随着街道上的车马渐行渐远。她的夫君已经离去很久,她仍记得刚分别的情景,他的马车一颠一摇,马儿舒适地伸展着蹄子前进。不知怎的,她好像又听见马蹄声,难道是夫君还没离开吗?

陷入追忆的她突然醒转,才发现眼前的光景是自己想象出来的,惆怅更浓。中间的两句"君安游兮西入秦,愿为影兮随君身",正是思妇从想象中惊醒过来,更加思念丈夫的情景。她的丈夫为了求取功名到西北的秦地,一去不归,妇人很希望自己能化作丈夫的影子,始终陪伴在他的身旁,形影不离,生死不分。最后一句话,更道明了思妇想要化为影子的急迫心情,甚至希望夫君永远不站在阴影处,以免影子不见了。

正史上所记载的傅玄,同情黎民百姓,为官勤政清廉,从政治国有道,深受晋武帝的信任。傅玄写起思妇闺怨诗来同样精彩,上面选的这首诗便是其中代表。

豫章行（苦相篇）

傅 玄

苦相身为女①，卑陋难再陈②。男儿当门户③，堕地自生神④。雄心志四海⑤，万里望风尘⑥。女育无欣爱，不为家所珍。长大逃深室⑦，藏头羞见人。垂泪适他乡⑧，忽如雨绝云⑨。低头和颜色，素齿结朱唇。跪拜无复数，婢妾如严宾。情合同云汉⑩，葵藿仰阳春⑪。心乖甚水火⑫，百恶集其身。玉颜随年变，丈夫多好新。昔为形与影，今为胡与秦⑬。胡秦时相见⑭，一绝逾参辰⑮。

【注释】

①苦相：苦命。②卑陋：卑贱。陈：陈述。③当门户：当家。④堕地：指生下来。自生神：天然具有灵气。⑤四海：天下。⑥望风尘：指想望平定寇警。⑦逃：躲避。⑧适：出嫁。⑨雨绝云：喻女子出嫁与家人离别。⑩同云汉：像牛郎织女之会于天河。⑪葵：向日葵。藿：一种野菜。仰阳春：仰恃春日之阳光。喻自己仰赖丈夫的爱情像葵藿仰赖春天的阳光一样。⑫心乖：感情不和。⑬胡与秦：比喻相去甚远。⑭时：有时。⑮逾：超过。参辰：两个星名。意谓：胡秦尚且还有相见之时，而自己被丈夫弃绝之后却是如参辰，永不相见。

【赏析】

《豫章行》描写的是一个饱受爱情摧残的"苦相女"。苦相女就是长得柔柔弱弱的美女，面相看上去就是常常受到虐待和忽略的女子。在诗中，每句话都是她的难堪遭遇。"女育无欣爱，不为家所珍。……垂泪适他乡，忽如雨绝云。"封建社会中男子通常是当家人，处于经济上的支配地位。而女子从出生、出嫁到养老，都被要求依附于男子，而且受尽白眼。傅玄笔下的苦主比一般的女子更惨的是遭到了丈夫遗弃。

古代的家庭认为，"嫁出去的女儿，泼出去的水"，女子是累赘，快点嫁掉才好。苦相女到了婆家之后，本以为能得到丈夫的怜惜和疼爱，哪知道好日子没过多久，丈夫便开始纳妾，玉颜随年变，丈夫多好新。这使她无地自容。最后，傅玄以"胡秦时相见，一绝逾参辰"来形容女子被抛弃的悲凉。参、辰两星是天上相隔遥远的星辰，而胡、秦两地是地上相隔万里的地域。被丈夫抛弃的苦相女，与丈夫的关系便如参、辰两星与胡、秦两地一样，她永远也没办法再接近丈夫的心。

苦相女与丈夫相亲相爱的时间非常短暂，男人的心怎么能变得那么快呢？"昔为形与影，今为胡与秦。"然而胡秦犹然可以南北来往，丈夫待我却是恩情决绝，就像杜甫诗中所写："人生不相见，动如参与商。"从此"一绝逾参辰"。诗人以深刻的同情之心，刻画了这位遭遇坎坷的苦相女形象，可怜可叹。

魏晋时期的诗歌名作大都是感怀诗或言志诗，而傅玄却比较特别，他的有名诗一般都是写女子的，在这些诗作中满含着傅玄对于女性的怜惜之情。

与妻李夫人联句

贾 充

室中是阿谁？叹息声正悲。
叹息亦何为？但恐大义亏①。
大义同胶漆，匪石心不移。
人谁不虑终，日月有合离。
我心子所达，子心我所知。
若能不食言，与君同所宜②。

【注释】

①大义：指夫妻情义。②所宜：妥帖，这里指夫妻安稳度日。

【赏析】

这是典型的联句形式对诗。联句据记载始于汉武帝时期，因为是两人或多人每人一句共同完成的诗歌，所以才称之为联句。

这是一首诉说离别之情的诗歌，缠缠绵绵又依依不舍，诗人和妻子仿佛都不晓得该如何安顿自己离别前的零乱心情，一人一语地表明各自的心迹。贾充首先领起全诗，道出室内悲叹，想来贾充口中的"室"应该就是二人日常所居住的卧室，藏匿了不少夫妻恩爱的欢乐往事。此时，贾充却问这房间内是谁在悲伤地叹息，自然是指身旁的妻子李氏。

贾充妻子李氏是尚书仆射李丰之女，不但有才情，还贤良淑德，对贾充照顾有加，只是可惜后来因为朝纲变动，李丰被当时掌握政权的司马师所杀，连累家人一同受到牵连，要发配边疆，早已嫁为他人妇的李氏也不能幸免。眼看分别在即，感情一向融洽的贾充和李氏便免不了悲戚一番。贾充问完，李氏作答，她说叹息只是担心夫妻情分就会到此终结，难怪李氏会这样想，古时的女子本就地位卑微，更何况如今成了犯妇的李氏，今朝一走，他日恐怕就难得与贾充见上一面了。

贾充作为丈夫，自然不能在离别之时说出伤人的话，他一番海誓山盟的表白，说自己的心就如同磐石一样坚固无转移，让李氏放心。可李氏也明白月有阴晴圆缺，生离死别的事情古来有之，这是无法强求的。贾充依然对天起誓，他对李氏的爱不会改变，李氏才稍微放心，黯然离去。

然而就在李氏离去不久后，贾充便再次娶妻。就在贾充的生活日益恢复平淡的时候，李氏却遭逢天下大赦而回归故土，这样的结果令两个人都始料未及，誓言依然，可惜物是人非。贾充的现任妻子郭氏不许李氏入门，而贾充也因为惧怕郭氏而迟迟不肯将李氏接回家门，昔日的承诺而今成了一纸空谈。

盘中诗

苏伯玉妻

山树高，鸟啼悲。泉水深，鲤鱼肥。空仓雀，常苦饥。吏人妇，会夫稀。出门望，见白衣。谓当是，而更非。还入门，中心悲。北上堂，西入阶。急机绞，抒声催。长叹息，当语谁。君有行，妾念之。山有日，还无期。结巾带，长相思。君忘妾，未知之。妾忘君，罪当治。安有行，宜知之。黄者金，白者王。高者山，下者谷。姓者苏，字伯玉。人才多，知谋足。家居长安身在蜀，何情马蹄归不数。羊肉千斤酒百科，令君马肥麦与粟。今时人，智不足，与其书，不能读。当从中央周四角。

【赏析】

此诗可见于《玉台新咏》的第九卷，《古诗源》对这首诗的评价颇高："使伯玉感悔，全在柔婉，不在怨怒，在深于情。似歌谣，似乐府，杂乱成文，而用意忠厚，千秋绝调。"

《盘中诗》之所以能令无数后人欲罢不能，奇妙之处便在于它的文字排列顺序，从中央到四周盘旋回转，好像珠走玉盘，屈曲成文。虽然最初的图片早已失传，但是从之后人们对于它的复原图片来看，苏伯玉的妻子所下心思不是一般人可以比拟的。

作为一首简单质朴的爱情诗歌来讲，《盘中诗》在诗歌的最初用三字比兴，将对丈夫的思念通过山林高木、悲鸟啼鸣、泉水深深、鲤鱼肥硕表达出来，因为栖息在树林里的飞鸟饱受着寒风和凄苦的折磨，所以才悲鸣不断，而在泉水中游乐的鲤鱼，正是因为鱼水之欢，所以才能长的肥硕。

诗中的这位妻子巧妙地告诉丈夫，她就像那得不到滋润的飞鸟一样，在长安翘首以盼等待远方的丈夫，而日益消瘦。这份刻骨的相思在盘中回旋写下，那循环的不仅是文字，还有妻子如海深的爱恋。

苏伯玉的妻子只是一个平凡的女子，她需要平凡的呵护和温存，同样是凡心波动，苏伯玉的妻子将情感寄托在诗歌之中，她想让苏伯玉知道，她对他的思念，从来就没有改变和中断过，这个女子用自己的蕙质兰心，为远在四川的丈夫绘制出了一幅思恋图。

如果苏伯玉有心，定然会风尘仆仆地赶回。"出门望，见白衣。谓当是，而更非。"苏伯玉的妻子抱着强烈的思念，甚至于连路过门口的陌生男子都当作了丈夫的身影，由此可见她内心的纠结思念有多深。

然而在这难解难分的思念下面，隐藏的也有妻子无限的担忧，她害怕丈夫在外另有新欢，将她遗弃。所以，便先为自己树立良好的形象，她希望这样可以令丈夫放心，可见在那个不平等的年代，女子想要守候一份感情是多么不容易。

而后，苏伯玉的妻子便对丈夫展开了声声的呼唤。她知道丈夫人才出众，为了让丈夫早日回家，她便隐晦地提醒丈夫，不要爱惜马匹，须得快马加鞭地赶回长安来，因为这里有做妻子的为他早就准备好的酒肉和宴会。情感在这里达到了高潮，而整首诗歌也就在此迈入尾声了。"今时人，智不足，与其书，不能读。当从中央周四角。"指点人们该如何去读这首诗，不过考据下来，不像是女诗人填上的，反倒像是多事的后人写上的。想来女诗人如此热切地期盼丈夫的归来，不可能用如此轻蔑的语气来指点丈夫该如何读这首诗。

不管怎么说，这都是一首巧妙的诗歌，是苏伯玉的妻子用智慧唱出来的诗歌。个中意味想来只有苏伯玉最能明了，据传这位才子在接到妻子的礼物后，当下快马加鞭，赶回了长安，与妻子团聚。

这一首诗歌大多是三字成句，使得整首诗歌读起来语气急促，没有其他思恋诗歌那样温婉缓慢，反而表现出一种急躁和不安的情绪。这或许也与苏伯玉妻子的心境有所契合，正因为丈夫出门久不归来，所以，她的内心才从最初的缠绵委婉，转化成了躁动不安的激烈幽怨之情。

悼亡诗三首（其一）

潘 岳

荏苒冬春谢①，寒暑忽流易②。之子归穷泉③，重壤永幽隔④。私怀谁克从⑤，淹留亦何益⑥。黾勉恭朝命⑦，回心返初役。望庐思其人，入室想所历。帏屏无髣髴⑧，翰墨有余迹。流芳未及歇，遗挂犹在壁。怅恍如或存⑨，回惶忡惊惕⑩。如彼翰林鸟⑪，双栖一朝只。如彼游川鱼，比目中路析⑫。春风缘隙来，晨溜承檐滴⑬。寝息何时忘，沈忧日盈积⑭。庶几有时衰⑮，庄缶犹可击⑯。

【注释】

①荏苒：逐渐。谢：去。②流易：消逝。③之子：那个人，指妻子。穷泉：指黄泉。④幽隔：被幽冥之道阻隔。意谓妻子逝世，长眠地下，永远同生者隔绝了。⑤私怀：指悼念亡妻的心情。克：能。⑥淹留：久留。⑦黾勉：勉力。⑧帏屏：帐帏和屏风。无髣髴：帏屏之间连亡妻的仿佛形影也见不到。⑨如或存：好像还活着。⑩回惶：惶恐。惕：惧。⑪翰林：鸟栖之林。⑫析：分开。⑬承：顺着。⑭盈积：众多的样子，指忧伤越积越多。⑮庶几：但愿。⑯庄：庄周。缶：瓦盆，古时一种打击乐器。

【赏析】

这是一首著名的悼念亡妻的诗歌。荏苒冬春谢，寒暑忽流易，时光的流逝并没有减弱诗人对妻子的深爱，反而因为时间的积淀而更加深厚。

潘岳在12岁的时候和杨氏订婚，结婚之后，二人感情很好，可惜，在他们婚后第24个年头，杨氏因病去世，留下了潘岳独自一人饮泣。从诗作中可以看出，潘岳在妻子死后很长一段时间内都无法接受这个事实，"黾勉恭朝命，回心返初役"。他本是想要留在家中陪伴妻子的亡魂，却因为朝廷的公事繁忙，不得不离家远去。陪伴妻子的愿望难以实现,潘岳内心的悲戚从诗句中汩汩流淌出来。

潘岳悼念妻子杨氏的诗歌一共有三首,这是第一首,大概作于杨氏亡后第一年。诗人写道:"庶几有时衰,庄缶尤可击。"在这里他想效仿庄周,冷淡对待妻子离世的事实,然而他越是想要忘记,记忆便越是深刻,令他愁锁眉心不得展。

唐朝诗人李商隐叹息道:"只有安仁能作诔,何曾宋玉解招魂。"后世文人认为潘岳的悼亡诗有着"其情自深"的特点,十分感人。而潘岳也成了古来多情男人的代表。

王明君辞

石 崇

我本汉家子,将适单于庭①。辞决未及终,前驱已抗旌。仆御涕流离,辕马为悲鸣。哀郁伤五内,泣泪沾朱缨。行行日已远,乃造匈奴城。延我于穹庐②,加我阏氏名③。殊类非所安,虽贵非所荣。父子见凌辱,对之惭且惊。杀身良未易,默默以苟生。苟生亦何聊,积思常愤盈。愿假飞鸿翼,弃之以遐征。飞鸿不我顾,伫立以屏营。昔为匣中玉,今为粪上英。朝华不足欢,甘为秋草并。传语后世人,远嫁难为情。

【注释】

① 单于:汉时匈奴称其君主曰"单于"。② 穹庐:指蒙古包。③ 阏氏(yān zhī):汉时匈奴王正妻的称号,相当于汉人所称的皇后。

【赏析】

石崇的这篇写昭君出塞的诗,是他一生最被人肯定的佳作。从文风来看,汉代的胡风和张扬、沉郁与肃杀处处可见,字里行间不见得有多华丽，却情真意切，所言不虚，不难看出诗人对昭君的喜爱和敬佩。

诗中讲述的便是昭君出塞后的心情，她迫于无奈离开家乡，为安土和亲，纵使满心悲愤，日夜受着思乡、思国的煎熬，却又不得不于浮生间偷存。人们总是想着昭君如何伟大，去设想她决定和亲的坚强与从容，却总是忽略她内心真实的感受。一个弱女子离乡背井嫁到蛮荒之地，未来的前程缥缈；身在他乡求存，一辈子可能都无法归家，思亲的念头在心里煎熬着，这些在所难免，且避无可避。

石崇以奢华荒淫著称，却得了一个女子的真心敬爱，那就是绿珠。"繁华事散逐香尘，流水无情草自春。日暮东风怨啼鸟，落花犹似坠楼人。"这首杜牧的《金谷园》，写得就是这石崇和绿珠的旧事。后人总无法理解何以石崇之为人，竟能有这样的故事。而在这首《王昭君辞》中，似乎隐约可以得到几缕信息，诗人并不是个无情的人，所以在诗末尾他说道："传语后世人，远嫁难为情。"诗人是站在王昭君的角度表情达意的，这与后世许多咏叹昭君出塞的诗作是十分不同的。

咏史（其三）

左 思

吾希段干木①，偃息藩魏君②。吾慕鲁仲连③，谈笑却秦军④。当世贵不羁⑤，遭难能解纷。功成耻受赏，高节卓不群。临组不肯绁⑥，对珪宁肯分⑦。连玺曜前庭⑧，比之犹浮云。

【注释】

①段干木：战国时期魏国人，隐居穷巷，不向仕途。②偃息：安卧。藩：维护。③鲁仲连：战国时期齐国人。④却：斥退。⑤不羁：不受笼络。

⑥临组不肯绁：功成不受赏之意。组，丝织绶带。⑦珪：上圆下方的玉。"对珪宁肯分"同"临组不肯绁"之意。⑧玺：印。

【赏析】

左思出身贫寒，矮小丑陋，曾以《三都赋》创造了"洛阳纸贵"的佳话。这位才子天生一副倔骨头，视钱财富贵如粪土，看荣辱如浮云。司马家族的高压政策，左思并不畏惧，他写过8首咏史诗，拿古人做文章，讽喻当下，慷慨陈词，痛快淋漓。这一首便是其中之一。

诗人非常仰慕段干木、鲁仲连等历史上有名的贤士，并用两人的经历来鼓励自己。段干木是战国时期的贤者，他隐居不出仕，却私下提点魏国君主，保住魏国免遭秦国的兵祸；而鲁仲连是战国末期的名士，喜好自由自在不受束缚地活在世上，却在国难时能站出来解除祸乱，待大功告成后拒不受赏，并以此为耻。左思欣赏的便是二人的高洁，对于这些人来说，名利不过浮云贱草，不值一提。

左思《咏史》，一面高声赞叹，一面低语自抚疗伤。由于晋代门阀制度的限制，严重影响寒士进入仕途，所以左思极度唾弃门阀势力，一度流露过厌世的情绪，也誓言要远离这个腐败的俗世。可是，他心有不甘。晋惠帝时，左思曾依附权贵贾谧，是文人集团"二十四友"的成员。然而在贾谧死后他才意识到此路不通，所以后来八王之乱，齐王司马冏召左思做记室督，他决不就职，也算是诗人"连玺曜前庭，比之犹浮云"志节的实现吧。

赴洛道中作二首（其二）

陆 机

远游越山川，山川修且广。振策陟崇丘①，安辔遵平莽②。夕息抱影寐③，朝徂衔思往④。顿辔倚嵩岩⑤，侧听悲风响。清露坠素辉⑥,明月一何朗⑦。抚枕不能寐⑧,振衣独长想⑨。

【注释】

①振策:挥鞭。策,马鞭。陟:登高。崇丘:高山。②安:同"按"。辔:马的缰绳。平莽:草原。③夕息:夜晚休息。抱影:形影相吊,描述孤独的情状。④徂(cú):往。衔思:凄楚的样子。⑤顿辔:停马。顿,止。嵩:高。⑥素辉:洁白的光辉。⑦一何朗:多么明朗,形容皓月皎洁明朗。⑧枕:小桌子。⑨振衣:穿衣。

【赏析】

陆机出身名门,他的祖父陆逊、父亲陆抗皆是东吴名将。在他20岁时,东吴刚亡,陆机本已和弟弟陆云隐居起来,于书经中体会墨香的奇妙,在山水中寻找人生的意义。他天生烂漫,又富奇才,如果能安然地生活在江东,人生定然别有一番境遇。可是迫于复兴家业的压力,他不得不赴洛阳求取功名。

本诗是陆机北上赴洛阳的途中所写的感言,前四句是他在山川河流间行走时的所见所闻。告别了家乡亲人,陆机时而手握缰绳缓行,时而登马驱策而走,翻过山川与绿野,看着一条条河流从眼前穿行而过,感受着时光的飞逝。夜晚孤独而眠,清晨露水未去便要起身上路,一回首便思念吴地,再转身前路茫茫。来到高山险路,"顿辔倚嵩岩,侧听悲风响",诗人本想寻个避风的地方坐坐,耳边却听着在山间罅隙里呼啸的风声,如同哭泣一般。

诗的最后两句,所写的又是一个孤枕难眠的夜晚。当夜,皎洁的月光洒在地上,对着这样的月亮,陆机更加难以入眠。

后人一直对陆机多有非议:他苟求功名;贪图富贵;攀龙附凤。然而那个时代没有是非,权势与武力才有最终的判决权,文人的命运无法自己掌控。事实上,陆机不过是波云诡谲的乱世里,又一个仕途失意人,因为涉足政治,终成祭品。

临终诗

欧阳建

伯阳适西戎①,孔子欲居蛮②。苟怀四方志,所在可游盘。况乃遭屯蹇③,颠沛遇灾患。古人达机兆④,策马游近关⑤。咨余冲且暗⑥,抱责守微官。潜图密已构⑦,成此祸福端。恢恢六合间,四海一何宽。天网布纮纲⑧,投足不获安。松柏隆冬悴,然后知岁寒。不涉太行险,谁知斯路难。真伪因事显,人情难豫观。穷达有定分,慷慨复何叹。上负慈母恩,痛酷摧心肝。下顾所怜女,恻恻心中酸。二子弃若遗,念皆遘凶残⑨。不惜一身死,惟此如循环。执纸五情塞,挥笔涕汍澜⑩。

【注释】

①伯阳:老子的字。②蛮:古代南方的少数民族。③屯蹇:《易》二卦名,意谓艰难困苦,后称挫折、不顺为"屯蹇"。④古人:指春秋卫国的大夫蘧伯玉。达机兆:明达事物变化的先兆。⑤近关:距离国都最近的边关。⑥咨:嗟叹。"冲且暗":年幼而不明事理。⑦潜图:密谋,即指谋诛赵王伦。⑧纮纲:网索。⑨遘(gòu):遇到灾难。⑩汍澜:流泪的样子。

【赏析】

欧阳建,渤海郡人士。这首诗是他临终时所写。诗歌的前两句是自感身世,后面则几乎都是表达自己未能明智地离开朝廷而感到无比后悔的感情。

在诗中,诗人引用了古代两个极明智的人作为佐证,来说明仕途凶险,避世才是正道。春秋时期,卫献公无道,大夫孙林父先将其废除,后来献公又在大夫宁喜的帮助下夺回王位。孙林父被流放之后,作为功臣的宁喜也因专权被流放边关。孙、宁二人在策反时都曾经去找过蘧伯玉商量,希望得到他的配合,伯玉早料到会遭难,两次从国界最近的边关逃走,避开杀身之祸。欧阳建在被诛杀的一刻想起蘧伯玉,怪自己没有后者的睿智。

八王之乱成了中国史上大批文人集体陨落的一段时期,欧阳建便是其中之一。

他在这首临终诗里对自己的一生做了剖析,悔恨自己明明晓得官场黑暗,国家动荡,却不知道早一步抽身,辞官隐退,归田园居,仍妄想串谋欲诛杀司马伦,而这无疑导致了自己的结局。"恢恢六合间,四海一何宽。……不涉太行险,谁知斯路难。"诗人临刑前的情感是普通人所无法揣摩和体会的。

游仙诗十四首(其二)

郭 璞

青溪千余仞①,中有一道士。云生梁栋间,风出窗户里。借问此何谁,云是鬼谷子②。翘迹企颍阳③,临河思洗耳④。闾阖西南来⑤,潜波涣鳞起。灵妃顾我笑⑥,粲然启玉齿⑦。蹇修时不存⑧,要之将谁使?

【注释】

①青溪:山名。仞:长度单位,汉代七尺为一仞。②鬼谷子:春秋战国时人物。姓王名诩,纵横家鼻祖。隐于鬼谷,因名。③翘迹:举足。企:企慕,向往。颍阳:颍水北面。④洗耳:指舜让位于许由,许由不就,临水洗耳,表示不染尘事。⑤闾阖:即闾阖风,西风。⑥灵妃:宓妃,传说中洛水女神。⑦粲然:笑的样子。⑧蹇修:上古贤人,相传为伏羲氏之臣,掌管媒事。

【赏析】

老庄的道学在两晋时期甚是流行,是文人思想的救命稻草。以道学思想为核心的诗文有许多种,郭璞是游仙诗的领军人,这首诗是他的代表作之一。

据说一次他来到青溪山，此处是道家的圣地，又辈出隐士，诗人郭璞不由自主地便想到曾隐居在这里的鬼谷子、许由和灵妃三人。于是诗人开篇写道：壁立千仞的青溪山，云雾幽游，隐约可见楼阁梁栋。走入阁楼之间，山风穿窗呼啸而过，诗人询问了路人，知道此处便是鬼谷子的居所。诗人举目眺望，看到远处是颍水之滨，在那里曾留下了唐尧时期的隐士许由的足迹。尧帝曾经要将自己的帝位禅让给许由，许由拒不接受，甚至用颍水洗耳，表示再不想听到关于功名的"垢事"。随后诗人又来到青溪泉口，看着汩汩的清泉荡起鱼鳞微波，仿佛看到洛神灵妃踏水而来，明眸皓齿，顾盼生辉。又一转眼，仙子的踪影已经不知去向，失落涌上心头，原来都是自己的想象而已。

诗人是真的很想去隐遁修仙，可是在诗的最后一句道出了无法跳脱尘俗的原因：诗人不知道该去哪里寻找修仙和隐遁的路。

在这首诗中，眼前景致与历史传说联系融汇，诗人的丰富想象与理想追求寓于其中。整首诗表达的正是鲜明的魏晋寻仙这一主题。

兰亭诗二首（其二）

谢 安

相与欣佳节，率尔同褰裳①。薄云罗阳景，微风翼轻航。醇醑陶丹府②，兀若游羲唐③。万殊混一理，安复觉彭殇④。

【注释】

①褰裳：撩起下裳。语出《诗·郑风·褰裳》：子惠思我，褰裳涉溱。②醇醑（xǔ）：美酒。丹府：丹田。③羲唐：伏羲氏和唐尧。④彭殇：寿夭之意。彭指彭祖，传说中寿者，殇，未成年而死。这句是说不再感到长寿与早死的区别。

【赏析】

　　谢安传下来的诗仅有数首，在兰亭中所做的就有两首，上面这首便是其中之一。从这首诗中不难看出诗人当时的心情非常欢畅，与众人把酒言欢，仰望薄云美景，同褰衣裳，感受清岚徐来，醇醑陶丹府。唇齿间留有酒香，思绪飘若神仙。眼前此刻，只觉"万殊混一理，安复觉彭殇。"万物虽有不同，其实运行的道理一致，所以哪能看出早亡的人与百八岁的彭祖之间有什么区别呢？

　　受老庄影响的晋代士人，大多都郁郁不得志，寻求问道一途。而谢安却是这样一个人物：他完全将自己放逐在官场里，来去如鲲鹏，自由高飞。

　　也许在别人看来，谢安的《兰亭诗》中所言实在托大，一逞口舌之快，但在某种程度上，也许生死在诗人心中并无明显的区别。诗里的谢安已经完全忽略了生死的含义，这明显是受到玄学洗礼的超然者，"兀若游羲唐"，自然不惧怕生与死的苦痛。

泰山吟

谢道韫

　　峨峨东岳高，秀极冲青天。岩中间虚宇①，寂寞幽以玄。非工复非匠，云构发自然②。器象尔何物？遂令我屡迁。逝将宅斯宇，可以尽天年。

【注释】

①间：分隔。②云构：指山中的岩洞。

【赏析】

　　曹雪芹在《红楼梦》中的金陵十二钗正册判词中咏道："可叹停机德，堪怜咏絮才，玉带林中挂，金簪雪里埋。"其中"咏絮才"便是引用了东晋才女谢道韫的故事。谢道韫出身名门，当时的宰相谢安便是她的叔父,谢道韫从小便颇有才情,才思敏捷,不让须眉。一日天降大雪,谢安看到后,随口咏道:"白雪纷纷何所似?"兄长谢朗为了展示自己的才华,赶紧顺着谢安的诗句接着道:"撒盐空中差可拟。"最后,谢道韫缓缓而言:"未若柳絮因风起。"

《晋书》上记载,谢道韫的这番对白,不但得到了叔父谢安的夸奖,还获得了在场宾客一致的好评,纷纷赞叹谢道韫的才情之高。

这里选取的《泰山吟》虽比不得咏絮有名,可也能看出这名女子不同寻常的气势和胆魄。泰山在谢道韫的笔下雄伟壮丽,不但传神而且还动感十足,质朴之间带有美感,十分耐读,冲净之余又有玄远,谢道韫的才情在这首诗歌中得到了彻底的体现。

古代才女的诗词以阴柔为多见,可是谢道韫的这首诗歌却是阴柔少之,刚劲有余。"逝将宕斯宇,可以尽天年"可以看作是谢家风范在谢道韫身上的展示。

登池上楼

谢灵运

潜虬媚幽姿[1],飞鸿响远音。薄霄愧云浮[2],栖川怍渊沉[3]。进德智所拙,退耕力不任。徇禄反穷海[4],卧疴封空林[5]。衾枕昧节候[6],褰开暂窥临[7]。倾耳聆波澜,举目眺岖嵚[8]。初景革绪风[9],新阳改故阴[10]。池塘生春草,园柳变鸣禽。祁祁伤豳歌[11],萋萋感楚吟[12]。索居易永久,离群难处心[13]。持操岂独古[14],无闷征在今[15]。

【注释】

[1]虬:有角的小龙。[2]薄:同"泊",止。[3]怍:惭愧。[4]徇禄:做官。及:到。穷海:边远的海滨。[5]疴:病。[6]衾:被子。[7]褰(qiān):揭起。[8]岖嵚(qīn):山高而险。[9]景:光。[10]新阳:指春。故阴:指冬。[11]祁祁:

众多。⑫萋萋：草木茂盛的样子。⑬索居易永久，离群难处心：索居容易觉得岁月长久，但是难以安心做到。索居，散居。离群，离开朋友。⑭持操：坚持节操。⑮无闷：没有苦恼。征：验证。

【赏析】

　　出身大家族的谢灵运，自小被祖父谢玄捧在掌心呵护。谢玄因与谢安平前秦有功，在谢安死后，谢家受到朝廷极大的表彰，谢玄理所当然成了最大的受益者，被封为康乐公。谢玄有两子，灵运是其长子谢瑍最小的儿子，本名公义，而"灵运"是成年之后得到的字。

　　谢灵运自诩才高八斗，在晋廷几乎可以说是呼风唤雨，文坛上亦倾倒众生，然而南朝宋武帝刘裕取晋而代之后，立刻将谢灵运的爵位削去，降为散骑常侍。谢家曾是晋王朝数十年安定的支柱，对刘裕而言却是不可信的毒瘤。之后，谢灵运在毫无准备之下再被降级，最后沦落为永嘉太守。自此诗人不再理政务，完全寄情山林，四处游玩，写诗作文。

　　这首《登池上楼》便是谢灵运在永嘉排忧解闷的诗。诗人在朝廷内受到排挤，让他的人生充满了忧郁的颜色，心智总是在动摇，于是在某日清晨时早早地起来，登楼眺望。看到远处的薄雾和山峦，心思转瞬神游。

　　"潜虬媚幽姿，飞鸿响远音"，眼前情景令他想起龙、鸿之姿。沉潜的龙身形是那么幽闲曼妙，高飞的鸿鹄鸣叫是如此旷远幽深。诗人很想飞到高空之上，却愧对飞鸿；他想要栖息川谷，却惭对深渊的潜龙。在这里，飞鸿和潜龙两个意象其实是诗人对仕途和归隐的形容。"进德智所拙，退耕力不任"，诗人也曾积极地为进入仕途而修炼德行，苦于智慧拙劣；无奈之下退隐耕田，却又无法胜任农活。接着诗人写道："徇禄反穷海，卧疴封空林。"被进退不得弄得思想纠结之时，他深深地感到疲累。被迫来到偏远的地方做官，又时常身染疾病，只能"衾枕昧节候，褰开暂窥临"，面对窗外光秃秃的野林，浑然不知天地四时究竟变成了什么模样。

　　整首诗表达了一种久困之后的觉醒，诗人意识到浑噩下去就会抹杀自己的灵性，情不自禁地要为自己寻找生活和习作的灵感，于是披衣登池上楼远眺。他看到了崇山峻岭，也聆听到脚下不远处河流水波的叮咚声，原来初春的阳光早已降临，带着残余的冬风将人间的阴冷吹走。不知不觉间，池塘已经生满春草，园中柳条上的鸣禽也变换种类和叫声。

这首诗以登池上楼为中心，表达诗人内心的坚持与清高。从诗句中不难见出诗人百感交集的复杂感情。"池塘生春草，园柳变鸣禽"两句则被视为传世的佳句。

登江中孤屿

谢灵运

江南倦历览①，江北旷周旋②。怀新道转迥③，寻异景不延④。乱流趋孤屿，孤屿媚中川。云日相辉映，空水共澄鲜⑤。表灵物莫赏⑥，蕴真谁为传⑦。想象昆山姿⑧，缅邈区中缘⑨。始信安期术⑩，得尽养生年。

【注释】

①历览：遍览。②旷：荒废，搁置。周旋：应酬，这里指前去游赏。③迥：迂回。④景：日光，这里喻指时间。延：长。⑤澄鲜：色彩鲜明的样子。⑥表灵：指孤屿山的奇妙景象。表，明显。灵，灵秀。物：世人。⑦真：真人，仙人。这两句讲孤屿山的美丽风光无人游赏，那其中蕴藏真人的奇事就更没人去传述了。⑧昆山：指昆仑山，古代传说中西王母住处。⑨缅邈：悠远。区中缘：人世间的各种相互关系。⑩安期：安期生，古代传说中的神仙，因得长生不老之术，活过一千岁。

【赏析】

诗人在诗的开头便写道，看惯了永嘉江南面的景致，决定去江北游览一番，结果发现还是"江北旷周旋"，于是在游历一座孤岛后写下了这首《登江中孤屿》，为他觅到的美景盛赞一番。但见岛上有两座奇山，于水上巍峨耸立，在雾气的烘托下浮现层峦叠嶂的异景，令山体媚态横生。白色的浮云在阳光的照映下于澄明的江水中呈现出空明秀美的倒影。

诗人发现，不期而遇的山水风景原来可以美得接近仙境，于是诗人"想象昆山姿，缅邈区中缘"。猛然间，诗人觉得自己曾经万般在乎的尘缘竟是不知所谓的东西，完全可以放下。"始信安期术，得尽养生年。"刹那的顿悟涌上心头，现在终于能够领悟，世界上真的存在无惊无喜、心平气和的养生法门。

在这首诗里，诗人用"乱流趋孤屿，孤屿媚中川。云日相辉映，空水共澄鲜"四句描绘了江屿的奇色景致，也把自己孤高的灵魂再次提炼出来，是诗人在厌恶仕途之后彻底自我放逐到世外的写照。

于南山往北山经湖中瞻眺

谢灵运

朝旦发阳崖[①]，景落憩阴峰。舍舟眺迥渚，停策倚茂松。侧径既窈窕[②]，环洲亦玲珑。俯视乔木杪[③]，仰聆大壑淙。石横水分流，林密蹊绝踪。解作竟何感？升长皆丰容[④]。初篁苞绿箨[⑤]，新蒲含紫茸[⑥]。海鸥戏春岸，天鸡弄和风。抚化心无厌，览物眷弥重。不惜去人远，但恨莫与同。孤游非情叹，赏废理谁通？

【注释】

①朝旦：早晨。阳崖：向阳的山崖。②侧径：狭窄的路。③俯视：向下看。④丰容：草木茂盛的样子。⑤箨：竹笋名。⑥紫茸：紫色细茸花。

【赏析】

谢灵运的山水诗总是具有很强的真实性,从他的诗题中往往就可以看出来。这首诗中,他周详的路线和游览地点在题目中体现得很明显。

"朝旦发阳崖,景落憩阴峰。"引起全文的开篇,由此可以看出谢灵运所游山水的地点和地貌,继而写出时间和具体情形,从"朝旦"可以看出时间,而从"阴峰"可以看出地点。在将行程中的一切交代详细之后,诗文开始描摹自然景物,随着笔走神游,看客会随着诗句一起畅游在那片神奇的风貌中。

依山的小路蜿蜒曲折,眺望远方可以看到湖水清澈,与天相连,竟有水天一色的空灵之感。而后居高临下的观望,便是那些枝叶繁茂的树木,葱葱郁郁的醉人心神。隐约还可以听到流水声,动听悦耳。

在这里,诗人笔下单纯的景物描写,也可以使读者感受到他当时愉悦的心情。"不惜去人远,但恨莫与同。孤游非情叹,赏废理谁通?"全诗最后以忧伤而无奈的笔调结束,这样美好的景物竟然没有知音共同欣赏,实在是可惜。而且,若不是自己前来游历,那么,山水之间的真谛也便无人能知晓了。

庐山东林杂诗

慧 远

崇岩吐清气①,幽岫栖神迹②。希声奏群籁③,响出山溜滴。有客独冥游,径然忘所适④。挥手抚云门⑤,灵关安足辟⑥。流心叩玄扃⑦,感至理弗隔。孰是腾九霄,不奋冲天翮。妙同趣自均,一悟超三益⑧。

【注释】

① 崇岩:指香炉峰。② 幽岫(xiù):深山中的岩洞。③ 希声:奇异的音

响。④径：径直。⑤云门：闸门。⑥灵关：指心。辟：疏辟。⑦玄扃：墓门。⑧三益：语出《论语·季氏》："益者三友，损者三友。友直，友谅，友多闻，益也。"

【赏析】

这首诗是东晋名僧慧远所作。慧远是个极好云游的人，本持着纤尘不染的一颗佛心到处游历，时而普度旁人，时而观望微笑。

此诗所写即是慧远在庐山禅修参悟时所见，诗中首句所讲的"岩吐紫气"的情景，后世的李白等人都见过。山雾与阳光形成的霓虹造成雾气产生薄紫的现象，如同仙人的衣带，引人遐思。慧远深入山中，独行于小径，密林探幽，神思意远，脱离尘嚣，寻找自然同宇宙的玄机。于是诗人发出"孰是腾九霄，不奋冲天翮"的感慨，哪里才是九霄云外呢？偶触云门闸开，高山流水，看遗落凡尘的仙山，灵关顿开，神智翻腾而上，冲天幽游，翱翔宇内，心灵自足，最后两句"妙同趣自均，一悟超三益"，提点升华了整首诗的主题，也就是悟道。诗人终于明白道存何处。

然而道究竟在哪里则只可意会不可言传。凡心遗落不要紧，最要紧是获得精神境界的提高。

其实佛法道存何处，在每个修行者的心中都不一样，不管是慧远的在山间神往，还是惠琳的在世俗里探讨，所得都不尽相同。修行者的凡心如果遗落到山林间，或可偶得宇宙的玄机，但若是落在人世，往往招来是非。

饮酒二十首（其五）

陶渊明

结庐在人境①，而无车马喧②。问君何能尔③，心远地自偏。采菊东篱下，悠然见南山④。山气日夕佳⑤，飞鸟相与还⑥。此中有真意⑦，欲辩已忘言。

【注释】

①结庐：构筑屋子。人境：人居住的地方。②无车马喧：没有车马的喧嚣声。③君：作者自谓。尔：这样。④悠然：自得的样子。南山：指庐山。⑤日夕：傍晚。⑥相与还：结伴而回。⑦此中：此时此地的情和境，即隐居生活。真意：人生的真正意义。

【赏析】

这是陶渊明饮酒诗中最著名的一首，诗的意境清新而淡远。

近处是清幽的爱菊，远处是杳杳的南山，头顶滑过的是逍遥的飞鸟，心中留存的是自在的归意。在山野里找到的乐趣，只能心领神会，是无法用语言表达出来的。"结庐在人境，而无车马喧"，这里毫无是非的叨扰。是什么缘故呢？"心远地自偏"。这是一句具有哲理的话，大有深意，心不为外物所累，自然能得清净。

在晋代以前的古人诗歌中很少有表现这种思想意境的诗作，而陶渊明虽不是开风气者，但却是集大成者，他的诗追求的是人与自然的和谐，以及心与身的和谐。复归自然，成为魏晋田园诗的主题，也为后世确立了典范。"采菊东篱下，悠然见南山"，历来认为是难得之佳句。

魏晋时代，玄学为显学，诗人自然受其影响，这首诗末尾，诗人写道"此中有真意，欲辩已忘言"，用的就是庄子得鱼忘筌、得意忘言的意境，是对人生真谛的体悟，给人悠远的想象空间。

饮酒二十首（其十四）

陶渊明

故人赏我趣，挈壶相与至。班荆坐松下①，数斟已复醉。父老杂乱言，觞酌失行次。不觉知有我，安知物为贵。悠悠迷所留②，酒中有深味。

【注释】

①班荆：铺荆于地。②悠悠：指趋名逐利的人。迷所留：指那些人迷恋于虚荣名利。

【赏析】

  这是陶渊明以诗说理的一首饮酒诗，十分别致，富有生活气息，且寓哲理于其中，是同类诗中的佳作。

  诗的开头一句便将诗的意境点出，即饮酒，自此以下贯穿这一主题，依次写了饮酒中的各种乐趣。"班荆坐松下，数斟已复醉。父老杂乱言，觞酌失行次"所写的松下坐饮的情境，淳朴可爱，一幅乡间饮酒图跃然眼前。然而诗人毕竟是诗人，他与众人不同的是在这种宁静的乡间生活中，能够体悟到许多人无法体悟的东西，"不觉知有我，安知物为贵"，就有点物我两化，人与自然融合的味道了。

  诗歌的末尾一句"酒中有深味"，大有意趣，全诗从酒开始，以酒结束，而诗人从酒中味出深意，言有尽而意无穷。

  纯真自然，东篱采菊，陶渊明得到的是最终的落魄隐者的逍遥。"悠悠迷所留，酒中有深味"，此种平淡，如山泉沁酒，令后世亦甘甜如饴。

捣　衣

谢惠连

衡纪无淹度①，晷运倏如催②。白露滋园菊，秋风落庭槐。肃肃莎鸡羽③，烈烈寒螿啼④。夕阴结空幕⑤，宵月皓中闺⑥。美人戒裳服⑦，端饬相招携⑧。簪玉出北房⑨，鸣金步南阶⑩。栏高砧响发⑪，楹长杵声哀⑫。微芳起两袖，轻汗染双题⑬。纨素既已成⑭，君子行不归。裁用笥中刀⑮，缝为万里衣。盈箧自予手，幽缄俟君开⑯。腰带准畴昔⑰,不知今是非。

【注释】

①衡纪:玉衡星,这里指星斗。淹度:久度,过得慢。②暑运:指太阳运行。倏:快。③肃肃:形容凄厉的情状。莎鸡:纺织娘,蟋蟀一类的昆虫。④烈烈:同"肃肃"义。寒螀:寒蝉。⑤空幕:天穹。⑥中闱:闺房。⑦戒:告诫。⑧端饬:打扮整齐。招携:招呼同行。⑨簪玉:戴着首饰。⑩鸣金:身上佩带的物品行走时发出响声。⑪砧:捣衣石。⑫楹:堂屋。杵:捣衣棒。哀:声音凄清尖利,感人。⑬双题:额头两旁。题,额。⑭纨素:帛绢。⑮笥(sì):盛衣物的竹器。⑯幽缄:密密封闭。⑰畴昔:往昔,指在家时。

【赏析】

李白有诗"蓬莱文章建安骨,中间小谢又清发",这里小谢即指谢惠连(一说指谢朓),谢灵运则被称为大谢。在《谢氏家录》里有载:"康乐每对惠连,辄得佳语。"康乐指的是世袭康乐公的谢灵运,而惠连便是他的族弟谢惠连。

这是谢惠连广受称誉的一首诗。大意是说,秋夜萧索,白露湿冷,庭院深深,菊瓣吐寒。耳边尽是莎鸡(蟋蟀)、寒螀(寒蝉)振翅和鸣叫的声音,令空气当中充满了肃杀感。本该是悲怆的一夜,一群打扮整齐的美妇却纷纷出门,携手捣衣。这是《捣衣》诗所营造的画面,于清冷中带着难得的温馨。

一直以来,"捣衣"一词始终作为惆怅的代言词,它的意思是缝制厚实的衣裳。古人只要夜半听得捣衣声,便知是某家男子出征未归,秋天一到便是该为他们缝制冬衣的时刻。通常捣衣都是征夫们留在家中的妻子所做的事情。妇人们本应为丈夫久久不归而伤心的,但她们却依然能在寂寞中取乐,相携捣衣,彼此有说有笑,研究如何缝制更精致的衣裳和结实的腰带。于是一瞬间,凄凉的画面顿时充满了幸福的色彩,人美、衣美、景美、情美。此时人们才猛然意识到,离别不只是藏着悲伤,也许还有祝福与希望。

谢惠连是一个对世俗的传统礼教完全不放在心上的诗人,他天性随遇而安,来去莫辨,毫不流俗,甚至常被人说行为不检。他曾在为父守丧时期给自己的男宠写诗，引来诸多唾骂，甚至因此而不能入仕。谢惠连非但不以为意，反而乐在其中。所以诗人的笔下鲜有暴露出苦涩意味的文辞，这首诗中充盈着浓烈的幸福感，这是魏晋时代的文人诗家极少有的。

钟嵘《诗品》曾评价此诗是汉魏以来五言诗的"警策"之作。沈德潜也在《古诗源》中说道："一结能做情语，不入纤靡。"

拟行路难十八首（其四）

鲍 照

泻水置平地①，各自东西南北流②。人生亦有命，安能行叹复坐愁？酌酒以自宽，举杯断绝歌路难③。心非木石岂无感，吞声踯躅不敢言④。

【注释】

①泻：倾泻。②东西南北：以水流方向不一喻指人生贵贱不齐。③举杯断绝歌路难：《行路难》的歌唱因饮酒而中断。④吞声：形容欲言又止。踯躅：徘徊的样子。

【赏析】

这是鲍照的一首抒发人生苦闷的诗歌，整首诗以水流泻于地面而起兴，水流"各自东西南北流"，预示着人生总是会经历着不同的际遇。"泻水置地"是魏晋时期清谈中出现过的，鲍照不仅能引用，还使其更加富于生活气息，规避开理学枯燥无味的感觉，可见他的创造力和文字能力都是非同一般的。

鲍照看似自圆其说，又好似反问上天的诗句，让人读后无言。到底是命运的不公，还是人间的世事不公？期间的纠葛，真是说不清，道不明。既然如此，不如沉醉不醒，反倒可以解千愁。可是醉了就真的一了百了吗？鲍照却不能真正的沉醉酒中，他不愿意像木石一样没有思想，可是那巨大的踌躇却是无法轻易就说出口的，所以，他只能忍耐着将一切苦楚吞咽肚里。

鲍照绝对是南朝的异类，在那个温润的王朝中，他总是不合时宜地站出来说一些本不该他说的话，写一些本不该他写的诗文。所以，他脚下的路比别人难走，所以，他在兜兜转转之中总是找不到属于自己的合适定位。在他的字里行间，永远透露出一股不甘人后，却又无可奈何的情绪。

鲍照苦于拥有一腔热情和才学，却无法施展，在万般无奈之下，只能寄情于诗文，只有文字，才会不分贵贱。诗人用他所拥有的无坚不摧的悲悯和包容情怀，写下了一首首的诗歌，一篇篇的文章，咏叹着人生的苦闷，吟唱着世事的无情和冷酷。

芜城赋

鲍 照

泑迤平原①，南驰苍梧涨海②，北走紫塞雁门③。柂以漕渠④，轴以昆岗⑤。重江复关之隩⑥，四会五达之庄。当昔全盛之时，车挂辖⑦，人架肩⑧，廛闬扑地⑨，歌吹沸天。孳货盐田⑩，铲利铜山。才力雄富，士马精妍⑪。故能侈秦法⑫，佚周令⑬，划崇墉⑭，刳浚洫⑮，图修世以休命⑯。是以板筑雉堞之殷⑰，井干烽橹之勤⑱，格高五岳，袤广三坟⑲，崒若断岸⑳，矗似长云。制磁石以御冲㉑，糊赪壤以飞文㉒。观基扃之固护㉓，将万祀而一君㉔。出入三代㉕，五百余载，竟瓜剖而豆分㉖。

泽葵依井㉗，荒葛罥涂㉘。坛罗虺蜮㉙，阶斗䗪鼠㉚。木魅山鬼，野鼠城狐。风嗥雨啸，昏见晨趋。饥鹰厉吻，寒鸱吓雏㉛。伏虣藏虎，乳血飡肤㉜。崩榛塞路，峥嵘古馗。

白杨早落，寒草前衰。棱棱霜气㉝，蔌蔌风威㉞。孤蓬自振，惊沙坐飞。灌莽杳而无际㉟，丛薄纷其相依㊱。通池既已夷，峻隅又以颓㊲。直视千里外，唯见起黄埃。凝思寂听，心伤已摧。若夫藻扃黼帐㊳，歌堂舞阁之基，璇渊碧树㊴，弋林钓渚之馆，吴蔡齐秦之声，鱼龙爵马之玩㊵，皆熏歇烬灭，光沉响绝。东都妙姬，南国丽人，蕙心纨质㊶，玉貌绛唇，莫不埋魂幽石，委骨穷尘，岂忆同舆之愉乐，离宫之苦辛哉？

天道如何，吞恨者多，抽琴命操㊷，为芜城之歌。歌曰：边风急兮城上寒，井径灭兮丘陇残㊸。千龄兮万代，共尽兮何言！

【注释】

① 迆迤：地势相连渐平的样子。② 苍梧：汉置郡名，今广西梧州市。涨海：南海。③ 紫塞：指长城。雁门：秦置郡名，今山西西北。④ 柂（duò）：拖引。漕渠：这里指古邗沟。⑤ 这句是说昆岗像车轮轴心，横贯广陵城下。⑥ 隩：隐蔽深邃之地。⑦ 挂辒（wèi）：车轴头互相碰撞。辒，车轴的顶端。⑧ 架：相迫。⑨ 廛闬（chán hàn）扑地：遍地是密匝匝的住宅。廛，市民居住区。闬，里门。扑地，遍地。⑩ 孳：蕃殖。货：财货。⑪ 精妍：指士卒训练有素、装备精良。⑫ 侈：超过。⑬ 佚：超越。⑭ 划崇墉：谓建造高峻的城墙。划，剖。⑮ 刳浚洫：凿挖深沟。⑯ 休：美好。⑰ 雉堞：女墙。殷：大。⑱ 井干：指筑楼时木柱木架交叉的样子。烽：烽火。橹：望楼。⑲ 袤广：南北间的宽度称袤，东西的广度称广。⑳ 崒（zú）：高峻。断岸：陡峭的河岸。㉑ 御冲：防御歹徒。㉒ 赪（chēng）：红色。飞文：光彩相照。㉓ 基扃：城阙。固护：牢固。㉔ 万祀：万年。㉕ 出入：经历。三代：指汉、魏、晋。㉖ 瓜剖：比喻广陵城崩裂毁坏。"豆分"同。㉗ 泽葵：莓苔类植物。㉘ 葛蔓：蔓草。罥（juàn）：挂绕。涂：同"途"。㉙ 坛：堂中。虺（huī）：毒蛇。蜮（yù）：短狐。㉚ 麏（jūn）：獐。鼯（wú）：鼯鼠。㉛ 鸱（chī）：鹞鹰。㉜ 飡肤：食肉。㉝ 棱棱：严寒的样子。㉞ 蔌蔌：风疾状。㉟ 灌莽：草木丛生之地。杳：幽远。㊱ 丛薄：草木杂处。㊲ 峻隅：城上的角楼。㊳ 藻扃：彩

绘的门。黼（fú）帐：绣花帐。㊴璇渊：玉池。璇，美玉。㊵鱼龙爵马：古代杂技的名称。爵，同"雀"。㊶蕙心：芳心。纨质：丽质。㊷命操：谱曲。操，琴曲名。㊸阡径：田间小路。丘陇：坟墓。

【赏析】

这是鲍照留下的一篇有名的辞赋。文中诗人感慨了世事的盛衰变化，当时因为战乱不断，使得民众受苦，而鲍照亲眼看见了城池被毁的凄凉惨状，心中一时感慨万千，便写下了这样一篇文章悼念。

此赋从城池的地理位置开始写起，延伸至战争缘由和过程，最终将破败的情景用文字再现，通过对比之前的美景奢华，来映衬今日的荒芜破旧，想当日那些宫廷楼阁、乐声杂耍，通通都消失在了硝烟中。就连那些昔日的美人也无一幸免地归于黄泉，她们已经不会想起当日的欢乐或者痛苦了，因为死亡便是最终的归结。

一切的文字都围绕兴衰皆有循环来写，直视千里外，唯见起黄埃，诗人悲叹世事的情怀缠绵悱恻，诉说那被摧毁的城池和幸福，在猎猎的风中，那些田间的小路，还有那些荒墓，皆是凄凉。

满目荒芜，怀古伤今。鲍照的满篇愁绪皆是因为他对时代的无限愤懑，还有自身的不顺而引起的。在这篇文章中，诗人的人生观点基本得到展示。诗人感叹世上抱恨者是何其多。所以，还不如弹琴唱起歌曲。钟嵘《诗品》中对此评述道："才秀人微，故区湮当代。"沈德潜《古诗源》则说"如五丁凿山，开人世所未有"，对他都给予了盛赞。

秋思引

汤惠休

秋寒依依风过河①，白露萧萧洞庭波②。思君末光光已灭，眇眇悲望如思何！

【注释】

① 依依：形容秋寒的隐约。② 萧萧：形容白露零落。

【赏析】

比起同时期的其他诗人，汤惠休似乎是比较特别的一位，他一生平坦并无太多波折，所以诗作中也大多是淡然如水的意境。他的诗作虽然流传并不多，但每一首都感情饱满，尤其这一首更是他的代表作，为情诗的佳作。

"秋寒依依风过河，白露萧萧洞庭波。"由秋天引出思绪，诗人开笔即写出秋色的景色。那景色真美，微寒的气息中有风拂过河面，而波光粼粼的水面上有着思念还未泯灭的光辉。描写中带着悲哀，带着期盼，还有那么一点点的怦然心动。

这一首秋天的情歌在缓缓地吟唱，时光的流水中，它没有逊色一分一毫，反而愈加光鲜。如同璞玉，根本就不需要雕琢，只要随口一读，便能领略出其中深深的情意。汤惠休就是这样一个善于表达感情，但又不是一个一味哀思幽怨的诗人。

"思君末光光已灭，眇眇悲望如思何。"在这一首看似写景，其实写情的诗歌中，诗人寄托情思，浓情厚谊在反复铺垫中引申出来。在缠绵悱恻的情谊中，我们又能读到一股质朴典雅的宁静与含蓄。

杨花曲三首（其二）

汤惠休

江南相思引①，多叹不成音。黄鹤西北去②，衔我千里心。

【注释】

① 引：歌曲。《相思引》即是乐曲名。主人公借弹奏此曲抒发心中郁结的情思。② 黄鹤：一种善飞且恋侣的鸟。

【赏析】

《杨花曲》其实是一首乐府诗歌,诗中所提到的"江南"并不是真的江南之地,而是借此来形容女子的思念好比千山万水,无法跨越。

汤惠休早年本为僧人,因为才高八斗,后来孝武帝刘骏命其还俗,又得徐湛之赏识,巧得机缘,官至扬州从事史。

在这首《杨花曲》中,诗人开头写道:"江南相思引,多叹不成音。"作者借弹奏曲子,来抒发内心忧伤,但是却因为多次的叹息而调不成调,曲不成曲。根据诗文中所讲,所弹奏的这首曲子名称应该是《相思》,可是却因为过分的相思,而无法通过曲子传达出内心真实的想法。

在这首诗中,诗人用江南作为虚拟的词语,来形容相离之远、相思之深。既然相思之情无法通过曲调传达,那便让黄鹤带去好了:"黄鹤西北去,衔我千里心。"遥远的西北方,黄鹤将会向那里飞去,将思念和依恋传达到千里之外。"千里心"三个字将女子对男子的思念表现得柔情刻骨,动人心弦。于是,故事在这个短小的诗歌中得以升华,一个关于相思的传奇在这首诗歌中得到延伸。

咏早梅

何 逊

兔园标物序①,惊时最是梅。衔霜当路发,映雪拟寒开②。枝横却月观③,花绕凌风台。朝洒长门泣④,夕驻临邛杯⑤。应知早飘落,故逐上春来⑥。

【注释】

①兔园:汉梁孝王的园名,这里指扬州林园。物序:时序,时节变换。②拟:对着。③却月观:扬州的台观名。下文"凌风台"同。④长门:汉宫名。⑤临邛:汉县名。⑥上春:孟春正月。

【赏析】

　　这首诗以咏梅为题，处处围绕着一个梅字落笔，为我们描绘了一幅早梅图。他写道"惊时最是梅"，一句不落俗臼，"衔霜当路发，映雪拟寒开"，正当大地还是四目荒凉，寒风凛冽的时候，梅花却早早地探出头，开始了争芳斗艳，在凛冽中送出芳香。因为梅花不只高雅，而且在荒芜的土地上显得十分醒目，所以，诗人大费笔墨也要描摹出梅花的高雅，但同时也要赞叹出梅花的嫣然，和她傲视霜雪的高贵姿态。

　　而后诗人便顺理成章地由梅花想到了人事，那些悲欢离合、貌合神离的故事，在诗歌中得以体现。何逊并不是无病呻吟，他一生几多坎坷，经历了人间无数苦难，虽然胸怀天下，但却并未如愿以偿地报效家国。所以，他的诗文中多体现出"辛苦"之意，并不是他做作而为，而是真的有感而发。

　　很显然，诗人在这里以梅花自比，他认为自己也是傲雪清梅，虽然芳香四溢，但却面临着严寒的天气。好在他毫不气馁，认为与其悲叹人事，不如建功立业，营造自己的春天。

咏舞妓

何　逊

　　管清罗荐合①，弦惊雪袖迟。逐唱回纤手，听曲动蛾眉②。凝情昐堕耳③，微睇托含辞④。日暮留嘉客，相看爱此时。

【注释】

①罗荐：丝织席褥。②蛾眉：美人的秀眉。③昐：斜着眼看。④睇：斜视，细看。

【赏析】

咏舞伎的诗歌题材在古代不乏其作,然而何逊的这首却显得清新可爱。"管清罗荐合",管乐的清新旋律冉冉响起,飘逸的罗裙随之摇摆,缓慢而轻盈,祥和与温馨笼罩周围。突然间,弦乐之声奏响,宛如投入平静湖面的石块,打破了原有的和谐,开启了新的乐章。沉醉于轻柔的舞者,被这突如其来的变化惊了一下,不得不对自己的舞蹈做出相应的调整与转变——"弦惊雪袖迟"。她匆忙间舞起雪白的长袖,但还是慢了半拍。

表演还在继续,宛若百灵鸟般悦耳的声音、曼妙的舞姿,幻化成了何逊笔下的诗句。动听的曲调,从她的朱唇间缓缓唱出,纤细的双手也随歌而动,就连清秀的蛾眉也随着乐曲一起跃动。定格之时,深凝的双眸斜斜地看着脸侧长长的耳环,不经意的一瞥间隐藏着无尽的言语。

诗人在这首并不长的诗歌中,形象生动地描绘了一位曼妙可爱的舞娘形象。虽然无意间的走神就有可能是一个大失误,然而这是一位机敏真诚的女子,"凝情盼堕耳,微睇托含辞",她用满目含情完成了精彩演出。读来令人不免莞尔,心生向往。

山中杂诗(其三)

吴 均

山际见来烟[①],竹中窥落日[②]。
鸟向檐上飞,云从窗里出。

【注释】

①山际:山与天相接的地方。②窥:从缝隙中看。

【赏析】

这一首小诗用单纯白描的手法,展现出了一片山居的晚暮景象,栩栩如生，画面动人。恰到好处地将诗人闲散、舒适的心情刻画出来，又配上山林中幽然深远的意境，俨然是一幅绝妙的写生画。

作者吴均是南梁时著名的山水大家，他在山水诗文上的造诣丝毫不亚于当时的谢灵运等人，也算是自成一家，风格别样。这一首小诗是他的代表作之一。

从山际飘来的阵阵如烟山雾，到竹林中依稀窥探到的落日余晖，还有那屋檐上飞过的鸟儿，从窗外飘过的云朵，这一切只是简单的景物描写却在诗人的笔下生出了活灵活现的光辉。令人仿佛真的身临其境，看到了这一幕幕的场景，感受到了远离了尘嚣的清净和心事的超脱自然。

吴均的这首写景小诗看似与寻常人无异，但仔细品味，还是能读出一些不同。吴均年少有为，但却因为不通世事，在官场中屡遭打击。事业的不顺令这个男人心生归隐之意。所以，这一首杂诗也算是他看透仕途之后，从大自然中得到了一点点安慰。

诗人将自己放逐在山水之中，感受着那份独有的清雅和恬淡，然后用超然的笔调将其记录成文。如同一幅彩色照片一样，被人一读就牢牢地印在心间，无法挥去。

清人沈德潜说这首《山中杂诗》是"四句写景，自成一格"，是为不虞之论。

与朱元思书[①]

吴 均

风烟俱净，天山共色。从流飘荡[②]，任意东西[③]。自富阳至桐庐，一百许里[④]，奇山异水，天下独绝。

水皆缥碧[⑤]，千丈见底。游鱼细石，直视无碍[⑥]。急湍甚箭[⑦]，猛浪若奔[⑧]。

夹岸高山，皆生寒树⑨，负势竞上⑩，互相轩邈⑪；争高直指⑫，千百成峰⑬。

　　泉水激石⑭，泠泠作响⑮；好鸟相鸣⑯，嘤嘤成韵⑰。蝉则千转不穷⑱，猿则百叫无绝。鸢飞戾天者⑲，望峰息心⑳；经纶世务者㉑，窥欲忘反。横柯上蔽㉒，在昼犹昏；疏条交映，有时见日。

【注释】

①朱元思：吴均好友。②从：顺，沿着。③任意东西：任凭船按着自己的意愿时而向东时而向西。东西，向东，向西。④许：表示大约。⑤缥碧：青绿色。⑥直视无碍：毫无障碍。形容江水清澈见底。⑦甚：胜过。⑧若：好像。奔：指飞奔之马。⑨寒树：耐寒常绿之树。⑩负：凭。竞：争着。⑪轩邈：向着高处、向着远处。⑫直指：直插云天。指，向。⑬千百成峰：意思是形成无数山峰。⑭激：冲击。⑮泠泠：拟声词，形容水声清亮。⑯好：美丽的。相鸣：互相和鸣。⑰嘤嘤：鸟鸣声。韵：和谐的声音。⑱千转：长久不断地叫。⑲鸢飞戾天：比喻极力追求名利的人。戾，至。⑳息：使……平息，使动用法。㉑经纶世务者：治理政务的人。经纶，筹划。㉒柯：树木的枝干。

【赏析】

　　这篇小文是吴均写给友人朱元思的一封信，富有情趣，十分新颖，是六朝骈体文中的传世佳作。

　　这是吴均在旅游途中，将他的一些见闻记录下来写给朋友看的。原文并不只是这些，但因为遗失，留给后人的仅此而已。这篇用骈文写成的小品文精致短小、内容丰富，绘声绘色地描绘了浙江省内一段秀丽的风光。

　　作者以"奇山异水，天下独绝"引领全文，然后分别写这山和水奇在哪里，异在何处。这些景貌是高居庙堂的人无法体会的，而吴均也正是借此不再想起官场的险恶。在这篇小品文中，一个南朝文人落魄、释怀、包容的内心情境一一展现，在词句跌宕有致的节奏中,一个完整的清高文人栩栩如生。

《梁书·吴均传》说他的文体是清拔而有古气,吴均的诗文是自成一家,在当时颇有影响,时称"吴均体"。

从这篇文章中,我们几乎看不出诗人的悲观情绪,反而处处是游览山水胜景的欣喜之情。"鸢飞戾天者,望峰息心;经纶世务者,窥欲忘反。横柯上蔽,在昼犹昏;疏条交映,有时见日",更是奇妙佳绝江南景致,令人读后欲罢不能。

江南弄

萧 衍

众花杂色满上林,舒芳耀绿垂轻阴①。连手蹀躞舞春心②。舞春心,临岁腴。中人望,独踟蹰③。

【注释】

①轻阴:疏淡的树荫。②蹀躞:小步走路的样子。③踟蹰:徘徊不前的样子。

【赏析】

从"桃之夭夭,灼灼其华"开始,古人就习惯将美人与花相比,因为似乎只有鲜花堪配美人,窈窕女子的出现总是有美好的事物相伴。而在这一首诗里,诗人为这些美人挑选的陪衬是天下最美的"上林"。

诗歌前两句中竭力描绘上林之美,色彩斑斓、繁花似锦的皇家园林里,百花齐放、争奇斗艳,绿油油的新叶在阳光下闪烁着充满活力的光亮。在这个明媚的春日,一切都显得如此和煦。但这不过是个铺垫,为下面即将出场的美人作铺垫。面对如此美景,长年为帝王献艺的歌女们不禁春心荡漾,手拉着手,小步地跳起了舞蹈。

"舞春心,临岁腴",她们在大好的春光之中,翩跹起舞,无须音乐、无须伴奏,最美的回转便在随性之间舞出。心情大好的她们,享受着美妙的春光,尽情地燃烧青春。与她们的灵动洒脱不同的是"中人望,独踟蹰",那些深居宫中的宫女们,望见如此欢快的场面,不禁也为之所动,却只是踟蹰不前。

众歌女飘逸的服饰、灵动的舞姿、清脆的笑声,使春光也变得黯然失色了。绚烂的花草、艳丽的上林,这一美得令人沉醉的场景,在翩翩起舞的歌女们面前,竟沦为了陪衬。

子夜歌（其一）

萧 衍

朝日照绮窗①,光风动纨罗②。巧笑蒨两犀③,美目扬双蛾④。

【注释】

①绮窗：有花纹的格子窗户。②纨罗：丝质窗帘。③蒨：同"倩",形容样子美好。犀：长得洁白整齐的牙齿。④蛾：蚕蛾细长弯曲的触须,比喻女子好看的眉毛。

【赏析】

这首《子夜歌》将视线移向了寻常百姓家,前半部分的街巷是再普通不过的场景。初升的太阳把柔和的光洒向世间,不会太清冷,也不会太炙热。其中的一束光,透过薄薄的云层,照射到一个布满花纹的格子窗户上。随着阳光而至的微风,轻轻地吹动着窗内丝质的窗帘,不时地会掀开一条缝,仿佛想探究窗帘背后的秘密。一切都是那么自然。

微风想探究的,也是人们想"窥视"的,诗人用后面短短的两句诗,向世人展示了一幅绝好的"美人图"。窗帘拉开了,穿过如镜框般的窗框,一个闺中少女的容颜显露了出来。不知是因为眼前的景色而开心,还是想到了什么高兴的事情,女子突然笑了,露出两排漂亮的牙齿，秋波流转间，一对好看的眉毛随之扬起。

这样的场景，不由地让人想起了卞之琳那首著名的《断章》："你站在桥上看风景，看风景的人在楼上看你。明月装饰了你的窗子，你装饰了别人的梦。"在此诗中，少女就是那看风景的人，而读者就是那看少女的人，诗人为我们编织起一幅清丽的南朝子夜歌图。

藉田诗[1]

萧衍

寅宾始出日[2]，律中方星鸟。千亩土膏紫，万顷陂色缥。严驾仵霞昕，挹露逗光晓。启行天犹暗，伐鼓地未悄。苍龙发蟠蜿，青旗引窈窕。仁化洽孩虫，德令禁胎夭。耕籍乘月映，遗滞指秋杪。年丰廉让多，岁薄礼节少。公卿秉耒耜，庶甿荷锄耰[3]。一人惭百王，三推先亿兆。

【注释】

[1] 藉：通"籍"。[2] 寅宾：恭敬导引。寅即敬，宾即导。[3] 庶：众。甿（méng）：指农民。锄耰：亦作"锄耰"，即锄和耰，分别是锄田去草和碎土平地用的农具。

【赏析】

"籍田"乃天子耕种之田。即便是高高在上的君王，在以农为本的古代社会，也必须拿起锄头，亲自下田劳作。这已经成为一种固定的习俗，年年如此。

本诗就是围绕籍田这一主题，展开描写。诗的开头三句描绘了这样一幅画面，在仲春二月的一个凌晨，沉睡一晚的世间万物，恭敬地迎接着即将喷薄而出的旭日。在黎明霞光的映照之下，千亩的天子籍田呈现出迷人的紫色；籍田旁万顷的水池一片明亮的青白色。准备出发的天子车驾伫立在充满活力的朝霞之中，点点朝露于光亮下闪烁不定，仿佛也在欢迎着到来的晨光。

　　俗话说，一年之计在于春，一日之计在于晨。天子耕种也不例外。"启行天犹暗"，天还未全亮，天子的车队便已出发了，隆隆的鼓声震撼着还没完全醒来的大地。"苍龙发蟠蜿，青旗引窈窕"，青色的车马、青色的幡旗，声势浩大的天子车队，就在缓缓升起的朝阳中，向着籍田的方向不断前进着。这便是天子的气势。

　　古时天子耕种，重点并非天子实际劳作了多少，而在于身为君王示范万民之举。在这首《籍田诗》的后半部分，便围绕此而展开。君王将他的仁德和恩泽遍施于天下，就连那些幼小的动物也不例外，都得到了他的保护。籍田上，公卿和农人们手持农具，做好准备，只等着天子的第一锄之后，便能开始耕种了。天子亲自来参加耕种籍田的行为，令天下的四方侯王纷纷拿起锄头，效仿天子的行动。虽说千亩的籍田最终还是由庶人来耕种的，但天子象征性的第一锄，无疑是具有模范与榜样的作用。所以说"公卿秉耒耜，庶甿荷锄耰。一人惭百王，三推先亿兆"。于是，红霞、紫土、白水和青色的队伍，构成了一幅色彩丰富且生机勃勃的画面。

看美人摘蔷薇

刘　缓 ①

　　新花临曲池，佳丽复相随。鲜红同映水，轻香共逐吹。绕架寻多处，窥丛见好枝。矜新犹恨少，将故复嫌萎。钗边烂熳插②，无处不相宜。

【注释】

①刘缓：字合度，平原高唐人，刘绘之弟。②熳：同"漫"。

【赏析】

　　这首诗是梁代诗人中比较有代表性的描写美人的诗作。在诗人的笔下，美人不再遮遮掩掩，不再死守闺中，她们可以在晴好的天气中，经过一番盛装打扮之后，去赏花、去摘花，也能在心情愉悦之时随意起舞。

美人摘花，花衬美人，真是绝妙之至。刘缓在诗的前四句先写花，后写人，花人互映分外艳丽。鲜艳欲滴的蔷薇花，照映在碧波粼粼的池水之中，远处一个曼妙的女子款款而来。行至池边，她与花的倒影同时出现在水中，红花、红衫相映成趣。缕缕的幽香，随风而来，分不清何处是人，何处是花，辨不明是蔷薇的花香，还是美人的气息。

美人为摘蔷薇而来，于是，后六句尽绘美人摘花之景。她的倩影在花丛中忽高忽低、忽隐忽现。发现刚开的花朵，她的脸上马上露出欣喜之情；看到即将枯萎的花朵，不禁惋惜、感叹。就是这样一个头上插满鲜花、活泼纯真的女子，为采摘蔷薇而顾盼生姿，光彩四溢。烂漫的花丛之中，花即是人，人亦是花。全然是一幅绝美的图画。

晚登三山还望京邑

谢　朓

灞涘望长安[①]，河阳视京县[②]。白日丽飞甍[③]，参差皆可见。余霞散成绮[④]，澄江静如练[⑤]。喧鸟覆春洲，杂英满芳甸[⑥]。去矣方滞淫[⑦]，怀哉罢欢宴[⑧]。佳期怅何许[⑨]，泪下如流霰[⑩]。有情知望乡，谁能鬒不变？

【注释】

①灞：水名，源出陕西蓝田。②河阳：在今河南梦县西。京县：西晋都城洛阳。③丽：使……色彩绚丽。飞甍：上翘像飞翼的屋脊。甍，屋脊。④绮：有花纹的丝织品。⑤练：洁白的绸子。⑥甸：郊野。⑦方：将。滞淫：久留。⑧怀：想念。⑨佳期：归来的日期。⑩霰：雪珠。

【赏析】

"我吟谢朓诗上语，朔风飒飒吹飞雨"，这是李白咏谢朓的名句。齐明帝建武二年（公元495年）春天，谢朓接到任命，出任宣城太守。一切准备妥当之后，谢朓自金陵出发，逆大江西行，到宣城赴任。途经长江沿岸的三山之时，写下了这首《晚登三山还望京邑》。

诗人在前往宣城的路上，离家越远，谢朓的思乡之情愈切。他登上三山，"灞涘望长安，河阳视京县"。此刻站在三山山顶上的谢朓回望建康，与王粲在灞涘回望长安的场景竟是如此相似，诗人心中不仅怀着对故乡的眷恋之情，更有对清平治世的渴望。

极目远眺，建康城中皇宫和贵族宅第的飞檐明丽辉煌、参差不齐，在傍晚日光的照耀下清晰可见，正是"白日丽飞甍，参差皆可见"。虽然心知已离开很远，但还是忍不住想要从中寻找自己的旧居，这也算是人之常情吧。

不经意间，太阳已经西斜，眼前的景色美得令人沉醉，在谢朓的笔下，化为了"余霞散成绮，澄江静如练。喧鸟覆春洲，杂英满芳甸"。灿烂的晚霞铺满整个天际，宛如一匹散落的锦缎。余晖之下，清澄的大江与天相接，犹如一条纯净的白练。喧闹的归鸟，齐齐停落在江中的小岛之上，各色野花开遍了整个郊野。云霞与江水、群鸟与繁花相映成趣，构成了一幅明澈、空灵的水墨画。

然而，美景如斯也未能消减诗人的思乡情，又岂是后面的六句诗所能道尽的。欣赏之余，诗人不觉地将注意力集中到了那群归巢的小鸟身上，它们尚且知道归家，但人却不得不背井离乡。回想过去欢愉的日子，脑中不禁闪出半路折回的念头，一想到这一去，还乡之日便遥遥无期，泪珠就不受控制地洒落。每个人的心中都有对故乡的依恋，如此长久的别离，谁能保证鬓边的黑发变成白发之前，一定能回到家乡呢？

谢朓的诗内容高华，可与灵秀、飘逸的风云相竞，极得后世人推崇。沈约曾写诗称赞："吏部信才杰，文锋振奇响，调与金石谐，思逐风云上。"说他的诗作音调铿锵，那般的优雅动听，甚至可以与丝竹演奏的音乐之声相媲美，听之必然令人赏心愉悦。

沈约的称赞绝非恭维。谢朓"好诗圆美，流转如弹丸"的主张，正是源于沈约毕生醉心追求的诗之声律美。

采莲曲

萧　纲[1]

晚日照空矶[2]，采莲承晚晖。风起湖难渡，莲多摘未稀。棹动芙蓉落，船移白鹭飞。荷丝傍绕腕，菱角远牵衣。

【注释】

[1] 萧纲（公元503—551年），南朝梁简文帝。梁武帝第三子，字世缵。文学家。大宝二年（公元551年）为侯景所害。[2] 矶：水边突出的岩石、石滩。

【赏析】

《采莲曲》，顾名思义，是记录采莲活动的。诗中第一句中的"晚日"与"晚晖"则明确地指出了采莲的时间。薄暮时分，清波粼粼的池塘之中，满目皆是碧绿的荷叶。夕阳的余晖随意洒落在随微风而动的荷塘之中、空旷的石矶之上。寂静间，兴致盎然的女子准备荡舟采莲去了。翩然而动的小舟，漫行湖面之上，阵阵晚风吹过，碧波荡漾，前进中的小舟也随之不断地起起伏伏。

甫入荷塘，映入眼帘的便是一片茂密的荷花。盛夏时节，荷花已全然绽放，翠绿的荷叶之下，是已然成熟的莲蓬与莲藕。她们划着小舟，进入繁盛茂密的荷花丛中，"莲多摘未稀"，似乎预示着劳作永远不会停止，而快乐也不会停息。随后诗人用他细腻的笔触，借后面的三句诗，记录了采莲活动的每一个小细节。小舟置身花丛之中，行动很是缓慢，稍一划动船桨，朵朵荷花便纷纷坠落。小舟稍微向前移动一点，就会惊起一群白鹭，顿时便打破了原本宁静祥和的氛围。遍布四周的荷丝，纠结缠绕在一起，宛若一面张开的大网,总会在不经意间拦住女子的去路。水中漂浮的菱角,还会时不时钩住女子的衣衫。此情此景,读来令人陶醉。

江南弄

萧 纲

桂楫兰桡浮碧水①,江花玉面两相似,莲疏藕折香风起②。香风起,白日低。采莲曲,使君迷。

【注释】

①桂楫:指华丽的船。②香风:带有香气的清风。

【赏析】

这首诗描写的也是采莲。碧波浮动的水面,采莲的姑娘们驾着轻舟荡漾其上。她们绯红的容颜光彩夺目,与池中的荷花交相辉映,花与人都显得特别可爱动人。满塘的莲蓬已被她们采得差不多了,疏疏落落间,就连底部的藕根也都已被折断了。

"莲疏藕折香风起",此时采莲收获虽已远不如前,却并不妨碍快乐劳作的心情。也正是这份"香风起,白日低",才会产生"使君迷"的神奇魅力。荷塘深处,传来一阵幽幽的清香,轻柔地吹拂到每个人的脸上。抬起头,落日的晚霞将天空染成了绚烂的残红色。在如此充满诗情画意的傍晚时分,满载而归的姑娘们唱起了欢快的歌曲。悠扬的歌声令人沉醉,使人忘记了自己的存在,忘记了身边的一切,仿佛只剩下姑娘们口中传出的动人旋律。

伤王融

沈 约

元长秉奇调①，弱冠慕前踪②。眷言怀祖武，一篑望成峰。途艰行易跌，命舛志难逢。折风落迅羽，流恨满青松。

【注释】

①奇调：奇特过人的才情。②弱冠：古时男子二十成人，初加冠，称"弱冠"。后用以指代少年之时。

【赏析】

这是沈约悼念比他小26岁的忘年交王融的诗作。全诗充溢着一股哀伤痛惜之情。

永明十一年（公元493年），王融26岁，任中书郎，因距离他的目标还非常遥远，他总是心怀悲凄。

第二年，王融卷入了政治斗争，最终招致杀身之祸。这样的结局是沈约不曾预见到的，只有用一句"途艰行易跌，命舛志难逢"来表达对旧友的哀伤与惋惜之情。结句写道："流恨满青松。"这种伤怀又岂是言语所能述尽的。

沈约赞叹王融"元长秉奇调，弱冠慕前踪"。如此才华横溢且有凌云之志的年轻人，本该有一个大好的前程，无论是在仕途，还是文坛。然而造化弄人，王融身处的是中国历史上最混乱的时代之一。

"途艰行易跌，命舛志难逢"，人生路途艰险，容易跌倒，壮志难酬，好像鸷鸟高翔，却遭遇大风。王融因为卷入了政治祸乱，被收押入狱，诏命赐死，年仅27岁。一朝殒命，一代才子兼好友的命运令作者痛惜万分。"折风落迅羽，流恨满青松"，怅恨之情溢于言表，久之难平。

丽人赋

沈 约

有客弱冠未仕①,缔交戚里②,驰骛王室③,遨游许、史。归而称曰:

狭邪才女④,铜街丽人⑤。亭亭似月,燕婉如春。凝情待价,思尚衣巾。芳逾散麝,色茂开莲。陆离羽佩⑥,杂错花钿⑦。响罗衣而不进⑧,隐明灯而未前。中步檐而一息,顺长廊而迥归。池翻荷而纳影,风动竹而吹衣。薄暮延伫,宵分乃至。出暗入光,含羞隐媚。垂罗曳锦,鸣瑶动翠。来脱薄妆,去留余腻。沾妆委露,理鬓清渠。落花入领,微风动裾。

【注释】

①弱冠:指代少年之时。②缔交:结交。戚里:亲戚邻里。③驰骛:奔走趋赴。④狭邪:小街曲巷。⑤铜街:借指闹市。⑥陆离:形容色彩斑斓绚丽。⑦花钿(diàn):用金翠珠宝制成的花形首饰。⑧罗衣:用轻软丝织品制成的衣服。

【赏析】

在这篇小赋的开头,诗人为了证明自己所书之女子非天仙下凡,特别用了一引子,道出此赋乃从别人处听闻之后所作,显得尤为真实,也凸显了此丽人之鲜活。

正文前四句16字,尽述丽人之气质,虽坠入风尘,却也清丽脱俗。铜驼街的烟花之地,有一位乐妓才华出众、艳压群芳。出类拔萃、亭亭玉立,宛如皎洁的明月;气质温婉、神态安闲,仿佛温暖的阳春。既有平常女子的端庄秀丽,又有青春少女的靓丽风情。

美艳如斯的女子,心中始终存有美好的愿望:"凝情待价,思尚衣巾。"每次出场之前,她都会给自己留下一点时间凝神思虑:赵飞燕凭着一身舞艺,在歌舞乐宴上得到了汉成帝的赏识,从而当上了皇后。自己并不奢望如此,唯愿能如其他人一样,能过上夫妻恩爱、相伴终生的日子。每每念及此,她的脸上都会不自觉地流露出期待被人赎娶的表情。

然而,为了生存,她还是必须得盛装打扮,"芳""色""佩""钿"一样都不能少,同时借助"罗衣""明灯"的力量,来增添魅力。胜过麝香的芬芳身体、赛过绽放红莲的娇艳容颜、色彩斑斓的佩饰、精雕细刻的花钗金钿,将其衬托得宛若仙子下凡一般,还未露面便引得人翘首以盼。

听到走路时罗衣发出的响声,却始终不见美人露面;闪烁的灯光下美人的身影若隐若现,却如天际的星辰总也到不了跟前。原来,在前来的路上,她"中步檐而一息,顺长廊而迴回"。在走道中漫步,也需稍事休息一番,一段环绕的回廊在她脚下竟如漫长的征途。走走停停间,她被沿路的"池翻荷"和"风动竹"的美景所吸引,布满荷叶的池塘中映出她的倩影,吹动竹林的微风也一并拂过她的衣裳。她被如此的美景吸引而停下了脚步,"薄暮延伫,宵分乃至"。

千呼万唤始出来,犹抱琵琶半遮面,"出暗入光",丽人终于现出她的娇容,由浓重的夜色步入明亮的室内,她娇羞妩媚的面容顿时呈现于灯光之下。身上的罗裙锦带垂曳在地上,玉器首饰随着轻微的动作而摇曳生辉。在她离去之时,飞舞的花瓣飘上她的衣领,醉人的微风掀动着她的裙裾。飘然而去的身影和弥留的袅袅余香,久久挥之不去。

诗人笔下这位灵动的美人,虽不及宋玉《高唐赋》中的巫山神女和曹植《洛神赋》中的洛川女神华贵高洁,却也正是这份贪恋人间烟火的真实,使她比那些神女更易令人怦然心动。

燕歌行

萧绎①

燕赵佳人本自多,辽东少妇学春歌。黄龙戍北花如锦,玄菟城前月似蛾②。如何此时别夫婿,金羁翠眊往交河③。还闻入汉去燕营,怨妾愁心百恨生。漫漫悠悠天未晓,遥遥夜夜听寒更。自从异县同心别,偏恨同时成异节。横波满脸万行啼,翠眉暂敛千重结。并海连天合不开,那堪春日上春台?乍见远舟如落叶,复看遥舸似行杯④。沙汀夜鹤啸羁雌,妾心无趣坐伤离。翻嗟汉使音尘断,空伤贱妾燕南垂。

【注释】

①萧绎:字世诚,梁元帝,自号金楼子,长于诗文书画。②玄菟:古郡名,汉武帝时设。③翠眊(mào):指矛头。④舸:船。

【赏析】

前三句讲述了引发故事的缘由:丈夫出使。一个温馨静谧的月夜,本应是夫妻欢聚的美妙时光,不料却成了年轻貌美的辽东少妇的一场劫难:丈夫奉命到遥远的交河(今朝鲜吐鲁番)出使。丈夫骑着黄金络头的骏马,以翠羽装饰的旗帜为前导,意气风发地上路了,全然不顾少妇溢满双眸的感伤。

在萧绎的笔下,燕地不再是闻之皆惊的极北苦寒之地,反倒成了"佳人本自多"的盛产佳人之所。然而,苦寒之气虽消,愁闷之境愈甚,一个凄楚的离别故事就这样上演了,离开交河的丈夫,"还闻入汉去燕营",辗转又到汉人统治的地区出使去了,不仅没有回来看一眼家中的娇妻,就连只字片言都没有写回来,少妇还是从别人那里才得知这个消息。"遥遥夜夜听寒更",她被愁思困扰,在一个个难以成眠的夜晚，只能借默数更声度过了。

"每逢佳节倍思亲"，丈夫离开的每一个节日，都成了她最痛苦的日子。她思念着远方的丈夫，期望他突然归来，却总是一次次地希望落空，无奈之情尽现。节日期间，处处热闹非凡，眼看着别家夫妇成双成对，更显出少妇独自一人的寂寞。拖着孤单的影子，带着满腔的心事，少妇满面愁容地登上了高台。面对大海，她并非想借大声呐喊来发泄心中的不快，只是想看看能否见到丈夫归来的身影。目光所及之处，海天相接，苍茫一片。每当有一叶扁舟在天边出现，她的心里就燃起了一线希望，但船并没有朝她驶来。希望落空，失望弥漫，直到另一叶扁舟的出现。如此反复，少妇在高台之上，承受着一次次希望与失望交替的折磨。

最后，诗人写道："沙汀夜鹤啸羁雌，妾心无趣坐伤离。翻嗟汉使音尘断，空伤贱妾燕南垂。"夜色渐深，远处传来沙洲孤鹤的哀鸣声，像是在呼唤被豢养羁押的雌鹤，长久不息。如此凄厉的鸣叫声，使她更加心绪不定，辗转难眠。无论白天黑夜，家中还是户外，少妇的全部心思都是围绕丈夫展开的，盼望夫君出人头地，却又不得不付出青春与无尽的思念，这就是中国古代许多女子的宿命，读来令人黯然神伤。

悲落叶

萧 综

悲落叶，联翩下重叠[①]，重叠落且飞，纵横去不归。长枝交荫昔何密，黄鸟关关动相失[②]。夕蕊杂凝露，朝花翻乱日。乱春日，起春风，春风春日此时同。一霜两霜犹可当，五晨六旦已飒黄。乍逐惊风举，高下任飘飙。悲落叶，落叶何时还？夙昔共根本[③]，无复一相关。各随灰土去，高枝难重攀。

【注释】

① 联翩：比喻断续而迅疾。② 关关：鸟鸣声。③ 夙昔：昔日，往昔。

【赏析】

诗歌从秋风落叶写起，层层叠叠，铺出了诗人内心的忧伤。

诗人萧综原本是南朝梁皇子，却因为隐秘的身世与宫廷的倾轧，不得不叛离南梁，投靠北魏，成了北魏的丹阳王。这首诗歌便是作于诗人投身北魏之后。

在这首《悲落叶》中，诗人以落叶自比，道出了没落者的命运。人世间反复无常，齐被梁灭，梁被魏围困，权力之间的争夺永无止境，而萧综曾经简单的日子在这争夺中早已丧失殆尽，对于他来说，无论是当日的二皇子，还是今日的丹阳王，都是一场噩梦。

"夙昔共根本，无复一相关。各随灰土去，高枝难重攀。"诗人无可奈何的苦闷心情，随着诗句的起伏跌宕一一呈现。过去带着柔软而细腻的光辉在远处摇曳，诗人再也无法看到了，而他人生在短短的辗转中很快就走到了尽头。

《悲落叶》更是像诗人对自己结局的预料，道出了眼波深处的无言痛楚。作为一个男人，建功立业自然是理想目标，但萧综却因为仇恨而蒙蔽了自己最真实的视角。在他来到北魏之后，才渐渐发觉，原来自己就如同这秋日的落叶一般，四处飘零，却始终无法找到归宿。因为萧综的背叛，使得他在北魏也没有信任可言。"悲落叶，落叶何时返？"孤身飘零，无处立身，一股无边萧瑟悲凉之情溢于文字之间。"各随灰土去，高枝难重攀。"复杂的仇恨与悔恨夹杂着无奈，还有什么比这更令人哀痛的呢？

拟咏怀（其三）

庾 信

俎豆非所习[①]，帷幄复无谋。不言班定远[②]，应为万里侯。燕客思辽水，秦人望陇头。倡家遭强聘，质子值仍留。自怜才智尽，空伤年鬓秋。

【注释】

① 俎（zǔ）豆：指奉祀，这里指崇奉礼教。② 班定远：即班超。

【赏析】

这一首《拟咏怀》是庾信对自己处境的哀叹。

杜甫曾说"庾信文章老更成，凌云健笔意纵横"。可见庾信后期的诗作是被杜甫所赞赏的，或许是因为他们有着相似的人生，都是经历过繁华与凋零，所以才更能在诗词之中惺惺相惜。

南梁使臣庾信的人生从他42岁出使西魏算起，可以分为两段，前半生雕栏玉砌，全是得意少年郎的意气风发，后半生一朝沦落，竟是几经飘零的苦涩难耐。因为突然遭逢了家国的变故，所以庾信的诗中含着一种难言的愁绪。

庾信虽然有风骨，却不及其他文人那样坚硬，在现实的残酷下，他左摇右摆，不知道该何去何从。一腔的愤懑无处抒发，只得写进诗歌中，聊以寄托情怀。"俎豆非所习，帷幄复无谋。不言班定远，应为万里侯"，并不是贪生怕死，只是世道比想象中的要更艰难，亡国的痛苦和羁旅的惆怅，都让这位诗人无处释怀。道德上的自责令他无论身处何处都好像忍受批判，虽然才华横溢，却得不到适时的发展，只能在沉沦中空叹息，越陷越深。

然而诗人的笔锋却没有丢弃早年的雍容华贵，诗中依然还带有显贵的气息。"燕客思辽水，秦人望陇头。倡家遭强聘，质子值仍留。"诗人四处飘零，因而对于燕客、秦人对故乡的思念之切更能有深深的体会，这里辽水、陇头分别喻指燕人和秦人的故乡。作者其实是借燕客、秦人、质子自述胸臆。然而因为自身性格上游移不定的缺陷，使得整首诗歌的基调显得十分沉痛。或许因为时局的艰难，庾信的诗歌总是惆怅到令人哀婉，他后半生因为故土的沦陷和自身的难保，所作之诗也多是抒发抑郁之情。"自怜才智尽，空伤年鬓秋"，这恐怕是所有才子文人最伤怀哀痛的事情了。

拟咏怀（其十一）

庾信

摇落秋为气，凄凉多怨情。啼枯湘水竹①，哭坏杞梁城②。天亡遭愤战，日蹙值愁兵。直虹朝映垒，长星夜落营。楚歌饶恨曲，南风多死声。眼前一杯酒，谁论身后名？

【注释】

①湘水竹：即湘妃竹。舜死，舜二妃啼哭，泪洒在竹上，竹子尽斑。②杞梁城：指春秋时的莒城。杞梁，人名，齐国大夫。据史书载，齐庄公四年（公元前550年），齐国攻袭莒城，杞梁战死，其妻迎丧痛哭，城为之而崩，后来演变为孟姜女哭长城的传说故事。

【赏析】

清代学者陈祚明在《采菽堂古诗选》中说，庾信的诗歌"情纠纷而繁会，意杂集以无端。"在毫无出路的情况下，庾信只能自我安慰，结果哀叹的情绪越来越重。在错误的时间里被放到了错误的位置上，这种错位带来的痛苦令这位才华横溢的文学家痛苦不堪。

这是一首悼念梁朝覆灭的诗，诗中含义无奈而且悲切，亡国之痛在诗人心中胜过湘妃与杞梁妻的悲苦。"天亡遭愤战，日蹙值愁兵。"诗人将一切归于天意，可是他自己却逃不脱天意的安排。入新朝后，这位才思敏捷的文学家，对于他朝的重用总是感到如坐针毡。

或许一个有气节的文人就是如此，庾信虽然受到北周的重用，加官晋爵，还被封为了文坛宗师，但这一切都无法填补诗人内心的空缺。他对故土的思念无时无刻不再翻滚，"楚歌饶恨曲，南风多死声"就是诗人被迫羁留北方的痛苦心声。诗人也在这样矛盾的心情中度过了他的余生，一生没能归还，直至最后怨愤老死。

独不见

刘孝威

夫婿结缨簪①，偏逢汉宠深。中人引卧内，副车游上林。绶染琅琊草，蝉铸武威金。分家移甲第②，留妾住河阴。独寝鸳鸯被，自理凤凰琴。谁怜双玉箸③，流面复流襟。

【注释】

① 缨簪：古代显贵的冠饰。② 甲第：豪门贵族的宅第。③ 玉箸：眼泪。

【赏析】

这首诗讲述了一个丈夫显达而冷落妻子的故事。开篇第一句"夫婿结缨簪，偏逢汉宠深"，丈夫结冠入仕，得到了天子的赏识，可谓一步登天。于是白天他坐着镶嵌各式金银珠宝的车子，跟随着皇上游览上林苑；晚上他还经常由太监领着出入于天子的寝宫。他身上所穿的衣服再也不是当初的麻布粗衣，换成了位列相国、九卿方能佩的"青绶"和唯有大将军、侍中之辈方能戴的由武威金所铸的蝉饰，真是气宇轩昂、风光无限。

妻子见丈夫有此成就，自然心中无限欢喜，本以为可以随同丈夫一起迁居京城，见见外面的世界。不料，丈夫并没有接她这个患难与共的结发妻子进京，而是"分家移甲第，留妾住河阴"，让她一个人孤零零地留在了河阴（今河南平阴县）。从此以后，她只能在冷清孤寂中，打发漫长的时光。

被抛弃的妻子独寝鸳鸯被,触景伤情成了避无可避的现实。于是她自理凤凰琴,本为排遣心中忧郁,然而又不免哀叹起自己的身世,看着鸳鸯被、手抚凤凰琴,想起夫妻二人曾经琴瑟和鸣的过往,如今"谁怜双玉箸",于是不禁悲从中来,"流面复流襟"。眼泪不由自主地流下,等到回过神来,才发现连衣襟也都被泪水浸湿了。

《独不见》是古乐府旧题,其内容多写离人不相见之苦。这首便是其时代表之作。后世拟此题者有沈佺期的一首《独不见》较为有名。

答外诗二首(其一)

刘令娴 [1]

花庭丽景斜,兰牖轻风度。落日更新妆,开帘对春树。鸣鹂叶中响,戏蝶枝边鹜。调瑟本要欢,心愁不成趣。良会诚非远,佳期今不遇。欲知幽怨多,春闺深且暮。

【注释】

[1] 刘令娴:南朝梁代女诗人,善写闺怨诗,其中最著名的是《答外诗》二首,是回赠丈夫徐悱之作。

【赏析】

这是一首情诗,是刘令娴写给丈夫徐悱的思念之书,一览无遗地展示了自己从爱上丈夫到嫁人这一路上的心事历程。丈夫出远门,久不归还,妻子内心无法按捺思念之情,只得寄情于诗词,希望可以缓解心中焦虑。

诗中呈现出一番庭院春景,绚烂多姿。诗人触景生情,随着春光的烂漫到日暮的落下,她的内心也渐渐沉静。春光容易逝去,好景不复长存。诗人感叹和丈夫共同相守的时间本来就不多,偏偏还要忍受这不断的别离,让她独自一人自怨自艾地在这无限好的春光中,苦苦悲切。这首诗以景衬托其相思之情,写得颇为真切动人。

玉树后庭花

陈叔宝

丽宇芳林对高阁,新装艳质本倾城。映户凝娇乍不进,出帷含态笑相迎。妖姬脸似花含露①,玉树流光照后庭。花开花落不长久,落红满地归寂中!

【注释】

① 妖姬:美女。

【赏析】

历史上的每一次朝代更迭往往都会留下一些为后人咀谈的亡国遗事,魏晋南北朝亦是如此,它的尾声莫过于一曲著名的亡国之音——《玉树后庭花》。

就在北岸隋朝厉兵秣马之时,南岸的陈朝仍旧夜夜笙歌。纸醉金迷间,一位清秀女子的容颜格外引人注目:七尺长发黑亮如漆,面色绯红若朝霞,肌肤剔透胜白雪,双眸明澈似秋水,顾盼回转间光彩夺目、照映左右。她,便是饱受后世之人非议、陈叔宝的贵妃张丽华。

在陈叔宝眼中,张丽华无疑有倾城倾国之貌,"丽宇芳林对高阁,新妆艳质本倾城"。

张丽华刚满 10 岁之时,便远离了靠织席为生的家人,从草舍茅屋踏进了脂粉凝香的后宫。凭着一副乖巧、俊美的容貌,很快博得了陈叔宝最宠爱的妃子——孔妃的喜爱,成了其贴身侍女。但此时的张丽华年纪尚幼,"恐微葩嫩蕊"。然而她的天生靓丽已经开始博得陈叔宝的喜爱。渐渐长大的张丽华开始长伴陈叔宝的左右,她凭借自己的聪慧学会了陈叔宝喜欢的诗词歌赋和吹弹歌舞,愈发惹得帝王的疼爱。史书上说即便是在临朝之时,陈叔宝也不肯放开她,而是将她抱置膝上,同决天下大事。

"映户凝娇乍不进,出帷含态笑相应"写的是美人见驾之时的娇媚情态。美人的受宠不仅在于她的美貌,更在于她的聪慧和善于博取帝王的欢心。而结尾"妖姬脸似花含露,玉树流光照后庭",则恰好与开头相呼应,突出了宫中美人"倾国倾城"的姿色。

全诗人物与景致、殿宇和花木相互映衬,彼此辉映,玉彩明媚。其中"似花含露""玉树流光"等意象的描写极为生动传神,堪称宫体诗中的杰作。

敕勒歌

斛律金

敕勒川①,阴山下②,天似穹庐③,笼盖四野。天苍苍,野茫茫,风吹草低见牛羊④。

【注释】

①敕勒川:敕勒族游牧的草原,今内蒙古土默特旗一带。②阴山:即阴山山脉,东西走向,今在内蒙古自治区中部。③穹庐:蒙古包。④见:同"现",呈现。

【赏析】

这首《敕勒歌》是北朝诗歌中的杰作,选自《乐府诗集·杂歌谣辞四》。"敕勒"其实是当时北方一个少数民族的名称,又称高车。

整首诗为我们展现了一幅北国草原景象。天地苍茫,朔风吹展,牛羊隐现。这是北朝民歌留下的想象,引人入胜。苍茫的景色在寥寥数语中浮现,令人浮想翩翩。

据史书记载,魏太武帝在出兵征服了高车族之后,"皆徙置漠南千里之地。乘高车,逐水草,畜牧蕃息,数年之后,渐知粒食,岁致献贡。由是国家马及牛、羊遂至于贱,毡皮委积"。

这首《敕勒歌》民歌其实是南移的北朝人心中最美的回忆。草原恢宏博大,却因为追随族人的迁移而再也看不到这样雄浑壮阔的景象了,所以这些人通过咏唱这些歌曲,来怀念最初的出发之地,也不失为一种办法。古老的北朝游牧民族,就好像被放出的风筝,虽然在天空之上翱翔,但却始终被故乡牵扯着,线的那一端有他们无尽思念的草原和牧马。

折杨柳歌辞

无名氏

上马不捉鞭①,反折杨柳枝。蹀坐吹长笛②,愁杀行客儿。腹中愁不乐,愿作郎马鞭。出入擐郎臂,蹀座郎膝边。

【注释】

①捉:握。②蹀(dié)坐:即盘膝而坐。

【赏析】

这是一首送别诗,是征人在临出门之前与妻子依依惜别、相互折断柳枝送给对方,以表示爱情的一曲无奈之歌。

前两句是征人所唱的词,他翻身上马,却不拿马鞭,内心实在是不愿意离开。前路漫漫,不知道走出以后还能不能再回到原点,此时此刻即将要踏上征程的征人听着吹起的送行曲,内心一阵凄惶。

虽然征人以"行客儿"自居,字里行间透露出粗犷不羁的心态,但面对即将要奔走的道路和无常的命运,还是忍不住内心的愤恨。相比之下,妻子就没有一味地沉浸在痛苦之中,虽然丈夫的出征令也让她也感到了惶恐,但她还是将未来交付给了美好的想象。

她想象着自己是丈夫的马鞭,随时随地都可以带在丈夫的腰间,与丈夫形影不离。这样他们便可以在广袤的天地间肆意驰骋,永不分离。这个愿望自然是很难实现,但正是如此,便更能烘托出离别之时的痛惜之情。

王国维在《人间词话》中谈道:"其辞脱口而出,无矫揉装束之态。以其所见者真,所知者深也。"恰到好处地点评出了北朝民歌的特点——飒爽淋漓。

捉搦歌

无名氏

谁家女子能步行,反着夹裆后裙露①。天生男女共一处,愿得两个成翁妪②。黄桑柘屐蒲子履③,中央有丝两头系④。小时怜母大怜婿,何不早嫁论家计。

【注释】

①夹:夹衣。裆(dān):单衣。②妪:老妇。成翁妪,成为夫妇,白头偕老。③柘(zhè):一种灌木。④系:系物的细绳。

【赏析】

这是一首流传在北朝的乐府诗歌。歌名中的一个"搦"字就道出了这首诗的中心。"搦"表示捉弄、戏谑的意思。用在这里,自然表示为男女之间嬉戏、相互捉弄的意思。

《捉搦歌》叙述了北朝儿女情长之事,抒发了热切、诚挚的情感和爱情愿望。开头以男子设问的语气拉开诗歌的序幕,男子因为仰慕这位路过的女子,便格外关注女子的一言一行。男子不但关注女子的行步,还对女子的装束产生浓厚的兴趣。女子此时的一举一动都为男子所着迷。男子不禁浮想翩翩:要是能和女子一同前行该是多好。于是诗歌在最后便展开了良好的期盼,希望可以将二人的关系从路人发展到夫妻。

在古代,妇女本来是毫无话语权,但是,在北朝民歌中记录的女子,却一扫之前女性的唯唯诺诺。这首诗歌中的女子由足下木屐起兴,引发男女相配的联想。再以天要下雨,娘要嫁人为理由,提出早日出嫁的心情。情感在此表现得强烈，直率大胆中透露出深情，一曲他要娶、妾要嫁的郎情妾意图跃然纸上。

企喻歌

佚 名

男儿欲作健，结伴不须多。鹞子经天飞[1]，群雀两向波。

【注释】

[1] 鹞子：雀鹰。

【赏析】

这首诗简单质朴，风格悲凉慷慨，描写了当时的战斗生活，所歌颂的也是一种崇尚武功的精神。《企喻歌》属于乐府《横吹曲辞》中的《梁鼓角横吹曲》，是一种马背上演奏的音乐，属于军旅乐府诗歌，最初流行于北方的少数民族之间，后来因为迁徙和战争，才逐渐流传到汉族。

本诗作者虽然已经不可考，但他留下的这首民歌却能带给后人许多那个时代的信息。在作者大巧若拙的手法中，可以看出北朝男子的建功立业之心。诗歌开门见山，"男儿欲作健"，希望自己可以成为勇士。男子汉大丈夫，生平最大的心愿便是能够上阵杀敌，建功立业。而从第二句"结伴不须多"中也可以看出，北朝男子的勇气十分可嘉，他们不需要太多的帮手，具有孤军作战的能力。由此可以看出北朝男子不畏艰难和危险的勇气。他们就好像是一飞冲天的鹞子，势不可当，在群雀的队伍中所向披靡。

整首诗歌十分通俗易懂，作者用最质朴的语调为读者描绘出了一个最为生动的场景，使得人们在读过这首乐府诗后，眼前便能浮现出这些勇士在沙场上奋勇厮杀的场景。

企喻歌

苻融[①]

男儿可怜虫，出门怀死忧。尸丧狭谷口，白骨无人收。

【注释】

① 苻融：前秦人，字博休，前秦君主苻坚之弟。

【赏析】

这首《企喻歌》与前一首风格迥异。诗中满含凄惶，同为北方大地所见证，那些英勇的代价，便是这无边无际的白骨。在那个动乱的年代，一再展示的便是这样天道循环的场景，人其实真的太渺小了，小到一击便溃。

据《古今乐录》中记载，这一首民歌是前秦皇帝苻坚的季弟苻融所写，此人文武全才，德才兼备，多次率领军队四处征讨。

"男儿可怜虫"，"白骨无人收"，这位赫赫将才发出的感慨，禁不住让人心惊。遥想那个金戈铁马的年代，那些勇敢的英雄怀揣着激荡的情绪，在厮杀中改变着别人或者自己的生活。他们以为自己可以改变整个王朝，其实他们不知道，是王朝的变迁在改变着他们。随着战事的推进或者停滞，他们的追名逐利、建功立业也在随波逐流地动摇着。一朝的荣耀有可能在顷刻之间便毁于一场战事，动荡的时局使得一切都变得变幻莫测、无法预料。

正如诗人所写，纵再好男儿，朝夕间都有可能"尸丧狭谷口"，何等的悲怜惨烈。而这首《企喻歌》作为北朝民歌的代表作之一，正是那个朔北之地风刀凛冽的写照。

大唐诗情，盛世华章

黄河之水天上来，奔流到海不复回。大明宫的冷月辉煌，玉门关的胡笳羌笛，太多的人有过一个大唐梦。那个时代的风流才俊、豪士羁客，与红颜明媚，总是那么招摇迷人。这是一个以诗命名的时代，三百年诗唐留下无数诗行，山水田园、边塞怀古、感物忧思、闺怨悼离……若以花相拟，唐诗的绚烂唯牡丹之富贵雍容可以当之。

蝉

虞世南

垂緌饮清露①,流响出疏桐。
居高声自远,非是藉秋风。

【注释】

①緌(ruí):即璎珞之类的东西,垂饰物。

【赏析】

清代沈德潜在《唐诗别裁》中说:"咏蝉者每咏其声,此独尊其品格。"所以,古人说"餐风饮露"既有蝉的清高,也有做人的风骨。所以文人们都喜欢以咏"蝉"来自比高洁,而在唐诗中,咏蝉诗年代最早的一首,就是虞世南的这首《蝉》。

"緌"是古人帽带下垂,结在下颌的部分,类似于蝉的触须。垂緌是官宦、显赫的一种身份象征,与蝉饮"清露"似乎略有矛盾,既贵且清的人和事也并不多见。所以,虞世南说,蝉长长的鸣叫从梧桐树里飘出来,很响亮。这是什么道理呢?只要身居高位,并不需要借秋风吹送,声音也自然可以传得很远。这恰恰解释了"清"与"贵"的关系。"登高而招,臂非加长也,而见者远。顺风而呼,声非加疾也,而闻者彰。"一个人志存高远、心地清洁,其人格魅力显著,自然不需要靠权势、地位才能给自己树立声望。

唐太宗经常称赞虞世南的"五绝",认为他"德行、忠直、博学、文词、书翰"等方面均是上品。从这首《蝉》中,似乎可以读出虞世南的自信与从容。同为唐人"咏蝉三绝"之一,骆宾王说"露重飞难进,风多响易沉",是一种不得志的抱怨;而"居高声自远,非是藉秋风"却显示了诗人淡定的气质、自省的精神。

赐萧瑀

李世民

疾风知劲草①,板荡识诚臣②。
勇夫安识义,智者必怀仁。

【注释】

① 劲(jìng)草:茎坚韧的草。② 板荡:指政局混乱、社会动荡。

【赏析】

　　这首诗是李世民送给萧瑀的。其中最著名的两句就是"疾风知劲草,板荡识诚臣",讲的是"患难见真情"的主题。当年李氏兄弟争权,玄武门外刀光剑影,大臣萧瑀毫不犹豫地站在了他的身旁,同甘共苦的生活考验了他们的勇气和感情。当一个人身处顺境、左右逢源之时,锦上添花的人肯定会很多。但只有当身处逆境、需要雪中送炭的时候支持并帮助你的人,才是真正的朋友。李世民对此深有感触,所以他写诗送给萧瑀说,只有狂风大作,才知道哪一种草吹不弯、折不断;也只有在乱世之中,才知道谁是真正的忠臣。一介武夫怎么能够明白什么是道义和原则呢?只有智者才能始终怀有仁义之心。古语云"成者王侯败者寇",刘邦和项羽,李世民和窦建德,都是这类的典型。胜利了就是一国之君,从此名垂千古;失败了就要遁入山贼草寇的行列,甚至有可能性命不保。

　　然而在诗人看来,这并不是历史博弈的真正原因,"勇夫安识义,智者必怀仁"才是胜者与为寇者的区别。诗人结合自己的人生经验,总结出精彩的诗句,引人深思也感人肺腑。

春游曲

长孙皇后

上苑桃花朝日明①，兰闺艳妾动春情。
井上新桃偷面色，檐边嫩柳学身轻。
花中来去看舞蝶，树上长短听啼莺。
林下何须远借问，出众风流旧有名。

【注释】

① 上苑：皇家的园林。

【赏析】

　　这首诗描写的是上林苑风景。诗中说上林苑的桃花迎着朝阳开得正绚烂，深闺里美丽的女子心中涌动着春情。井栏边的桃花仿佛她红润的面色，屋檐下的新柳仿佛她细腻的腰身。她在花间徘徊，看那飞来飞去的彩蝶；在树荫下乘凉，听那黄莺曲曲动人的歌唱。何必站在远远的林下询问呢？她的风流早就远近闻名，无人不知。

　　美景配美人，春色动春情。如此的清艳、风流，的确是唐代女子的第一首绝唱。

　　在历史的叙述中，长孙皇后端庄贤淑、勤俭公正，为唐代后宫的表率，也深得太宗的信任。她善良、高贵、优雅，不但是唐朝女子们争相效仿的对象，也是现代社会知性女子的典范。如此德高望重之人，应该是正襟危坐、不苟言笑才对。唯其如此，方能震慑三宫六院，母仪天下，立德、立言、立行。"兰闺艳妾动春情"这样的句子似乎很难与长孙皇后联想在一起。然而这确是《全唐诗》中所录的长孙皇后为数不多的诗作之一。恐怕没人相信，如此香艳的情诗竟然是堂堂一国皇后所作。事实上，大唐以开放的襟怀和气度闻名，年轻皇后的一腔春情，在这首诗中流露无遗，却正好也见证了大唐的奔放与唐诗流彩华章的风流。

进太宗

徐 惠

朝来临镜台，妆罢暂徘徊。
千金始一笑，一召讵能来[①]？

【注释】

①讵：岂，怎么。

【赏析】

　　徐惠是太宗的一位妃子。她四五岁便熟读四书五经，8岁作诗《拟小山篇》歌咏屈原的高洁，并由此扬名："仰幽岩而流盼，抚桂枝以凝想。想千龄兮此遇，荃何为兮独往。"唐太宗爱惜才俊，一道圣旨翻山越岭来到湖州，年仅11岁的徐惠就这样被召进宫门，封为才人。徐惠钟灵毓秀、天资聪颖，而且勤勉好学、温柔可人，深得太宗的喜欢。

　　据说，有一次太宗下旨召见徐惠妃，结果左等右等，千呼万唤就是不见踪影。太宗非常生气，正要发火的时候却忽然见人送来徐惠妃写的一首诗。

　　徐惠的诗上说，"从早上开始，我就整理妆容，为了迎接陛下。但是等了很久你都不来，急得我在屋子里团团转。古人说千金才能博佳人一笑，现在怎么能你一下诏我就来呢？"

　　明明早上起来就梳妆等候心上人，然而终于等到了，自己却偏偏闹别扭，还嗔怪"你让我等了这么久"。这样的话当然是徐惠和唐太宗开的一个玩笑。能够如此毫不顾忌，足见二人的感情绝非一般。

　　这首诗中，作者的娇嗔恰好显现出一份亲昵情思，太宗是绝顶聪明之人，自然能够读懂。女诗人的才情跃然纸上，让人心生怜爱和敬佩。相传太宗看完此诗之后，不仅没有大怒，反而哈哈大笑。只有解语之人方能如此洒脱。

徐惠与太宗的感情应该是笃厚的。据说太宗死后，徐惠妃相思成灾并拒绝吃药，第二年也追随太宗而去，年仅24岁。

在狱咏蝉

骆宾王

西陆蝉声唱①，南冠客思深②。
不堪玄鬓影，来对白头吟。
露重飞难进，风多响易沉。
无人信高洁，谁为表予心？

【注释】

① 西陆：指秋天。② 南冠：代指俘虏。

【赏析】

这是初唐诗人骆宾王的一首名作。写作此诗的时候，骆宾王因得罪武则天而落监，故而名为《在狱咏蝉》。

秋蝉声声，诗人在监狱里听得阵阵心寒。一个"客"字意味深长。他觉得自己本不属于此，却被关在牢中，所以他把自己当成客人。如此的心境，哪里经得住蝉鸣呢？你看秋蝉黑色的羽翼，而我已经白发苍苍。人无两度少年时，这种对比，实在令人心生伤感。

颔联两句，诗人运用比兴手法，委婉曲折地表达了一股凄恻之感情。"白头"二字，写出了不足40岁既鬓发花白的忧虑，也写出了为情所伤的惨痛。"白头吟"原是乐府曲名，据《西京杂记》记载，时司马相如对卓文君爱情不专后，卓文君作《白头吟》以自伤，"凄凄重凄凄，嫁娶不须啼。愿得一心人，白头不相离"。诗人在这里正是巧妙地运用了这一典故，隐喻自己对国家的一片忠爱之心却遭遇辜负，可谓一语双关，平添不少韵味。露水很重的时候，蝉翼淋水，没办法振翅高飞；风声呼啸，它再大的鸣叫也容易被淹没。所以，骆宾王不禁对蝉感叹，浊世昏昏，无人相信你的高洁，除了像我之外，还有谁能够知道你的心意呢？这句话似在对蝉低语，又仿佛安慰自己。蝉的心事没人知道，难道诗人的志向就有人明白吗？由蝉到人，因功力深厚，诗作结尾丝毫不见漂浮之意，反而顿挫有力，沉思哀婉。

骆宾王写作此诗后不久便被释放。但他继续反对武则天当政，而且写下著名的《伐武曌檄》，号召天下人群起讨伐武则天。武则天看过他的文章后，不但不怒，反而大赞其文采斐然，并感叹他确为人才，甚至有宰相之能。可惜的是，他最终还是投靠叛军，兵败身亡。

于易水送别

骆宾王

此地别燕丹①，壮士发冲冠②。
昔时人已没③，今日水犹寒。

【注释】

① 此地：指易水，易水源自河北易县，是战国时燕国的南界。② 壮士：指荆轲，战国卫人，刺客。③ 昔时人：即指荆轲。没：死亡。

【赏析】

作为初唐四杰之一，骆宾王以诗文见长，但是他的一生却是以悲剧告终。清人陈熙晋在《骆临海集笺注》里说："临海少年落魄，薄宦沉沦，始以贡疏被愆，继因草檄亡命。"概括了骆宾王的一生。

诗人写此诗，虽是送别，但更多的是借诗抒发胸怀情感。荆轲是战国的勇士，骆宾王在易水畔，想起荆轲的故事，多少有些惺惺相惜的感怀。

当年荆轲刺秦，行至易水，高渐离击筑，荆轲慷慨悲歌，"风萧萧兮易水寒，壮士一去兮不复还。"天地愁云，送行之人无不变色。后来荆轲虽不幸失手，但他肝脑涂地的热忱与忠诚，却令后世深深铭记。昔日的侠客勇士已经随历史消逝在烟尘中，如今唯有寒风萧瑟，依然有当年的肃杀之气，易水桥下，流水还是如此冰寒。大有念天地之悠悠之感，只不过，骆宾王这首诗起首写得气势开阔，咏史感怀，却不落哀伤，带出几分悲怆与豪壮，末尾稍稍收抑，胸中的感情恰适而出。

寥寥四句，给人荡气回肠之感，不愧是借送别咏史言志的佳作，同时也开了初唐此类诗的风气先河。

如意娘

武则天

看朱成碧思纷纷，憔悴支离为忆君。
不信比来长下泪①，开箱验取石榴裙。

【注释】

① 比来：近来。

【赏析】

女皇武则天留存诗作并不算多，这首诗是其中比较有名的一篇。诗人眼见年华似水，却无法看到自己的幸福和未来，那份惶恐与忧伤呼之欲出。她说自己"已经看朱成碧，老眼昏花了。而这一切都是因为太过思念你。不相信的话，可以开箱验取，那些石榴裙上还有我滴下的泪光"。这是一首情诗，诗中表达的是年轻女子都会有的温柔和忧伤。

武媚娘从小就不喜欢女工，英武十足，少年时曾随父母游历大江南北。壮美的山河开阔了她的眼界和胸襟，也历练了她的胆魄和才干。据史书记载,武媚娘辞别寡母入宫时,曾对她的母亲说,"如今我进宫见皇上,怎么知道就不是好事呢?不要哭哭啼啼的,像小孩子一样!"深宅大院、宫门紧闭,能被皇帝宠幸固然是好事,但人生漫漫,哪一天不幸失宠,老死宫中恐怕也无人问津。媚娘母亲的痛哭想来也是人之常情。令人惊讶的倒是,年仅14岁的媚娘,面对未知的前途没有丝毫的恐惧,似乎人生的一切已然成竹在胸。

这首诗展现的却并不是野心勃勃的女皇气度。相反,此时的武媚娘,依然年轻貌美,同样有着对爱情的期盼与渴望。而诗中透露出的这份对爱情和相思的急迫表白,让人看到了作者身为女子的柔弱。

腊日宣诏幸上苑

武则天

明朝游上苑,火急报春知[①]。
花须连夜发,莫待晓风吹。

【注释】

① 火急:火速。

【赏析】

这首诗是很好理解的,说的是自己要游上苑,虽正值隆冬腊月,然而作者不管,她以自己女皇的威严,命令火急报春知,要那百花连夜开放,而且迟了一刻也都不行。想比武则天作此诗时心境是意气风发的,而一代女皇的霸道威严也在短短20字中淋漓彰显出来。

传说众花神接到命令后,迫于武则天的淫威都纷纷开放,唯有牡丹严守花令,拒不开花。结果第二天,武则天一怒之下令人将牡丹连根拔起,并火烧其根,贬往洛阳。

从军行

杨 炯

烽火照西京①,心中自不平。
牙璋辞凤阙②,铁骑绕龙城③。
雪暗凋旗画④,风多杂鼓声。
宁为百夫长⑤,胜作一书生。

【注释】

① 西京:长安。② 牙璋:古代发兵所用之兵符,分为两块,相合处呈牙状,朝廷和主帅各执其半。凤阙:皇宫。③ 龙城:汉代匈奴聚会祭天之处,此处指匈奴汇聚处。④ 凋:暗淡,模糊。⑤ 百夫长:军队的头目,泛指下级军官。

【赏析】

从军行,为乐府《相和歌·平调曲》旧题,多写军旅生活。诗人在首联两句写到,紧急的军情犹如燃烧的烽火迅速传到了西京。于是"国家兴亡,匹夫有责"的感受将书生意气层层激荡,心中的英气突然翻滚,再也不想端坐书斋,消磨青春与人生。

随后写辞别皇宫,从皇帝的手中领到那只令箭,铁骑龙城,奔赴金戈铁马的沙场。颈联是对朔北疆场的细致描写,大雪纷飞,军旗上的彩绘也在岁月的风尘里渐渐褪色,狂风怒吼,鼓角争鸣的喧闹夹杂在风中。

诗人戴叔伦在《塞上曲》中说:"愿得此身长报国,何须生入玉门关。"能够驰骋疆场,报国报民,又何必在乎自己的生死呢?可见,英雄之气,磊落风骨,早已存在胸中,为国为民为众生,肝脑涂地,哪里还顾得上生死!

诗作的最后两句,杨炯直抒胸臆,"宁为百夫长,胜作一书生",哪怕只是当个军队小官,也好过在书房里静坐。一股报国的急迫冲动飞流直下,颇有阵阵轰鸣、气壮山河之豪气。

代悲白头翁

刘希夷

洛阳城东桃李花,飞来飞去落谁家?
洛阳女儿惜颜色,行逢落花长叹息。
今年落花颜色改,明年花开复谁在?
已见松柏摧为薪①,更闻桑田变成海②。
古人无复洛城东,今人还对落花风。
年年岁岁花相似,岁岁年年人不同。
寄言全盛红颜子,应怜半死白头翁。
此翁白头真可怜,伊昔红颜美少年。
公子王孙芳树下,清歌妙舞落花前③。
光禄池台文锦绣④,将军楼阁画神仙⑤。
一朝卧病无相识,三春行乐在谁边?
宛转蛾眉能几时⑥,须臾鹤发乱如丝。
但看古来歌舞地,唯有黄昏鸟雀悲。

【注释】

①松柏摧为薪:松柏被砍伐作柴薪。②桑田变成海:典出《神仙传》:"麻姑谓王方平曰:'接待以来,已见东海三为桑田。'"③这两句是说,白头翁年轻时曾和公子王孙在树下花前共赏清歌妙舞。④这句是说白头翁昔年曾出入权势之家,过豪华的生活。光禄:光禄勋。此处指东汉马援之子马防的典故。《后汉书·马援传》载:马防在汉章帝时拜光禄勋,生活十分奢侈。文锦绣:指以锦绣装饰池台中物。⑤将军:指东汉贵戚大将军梁冀。曾大兴土木,建造府宅。⑥宛转蛾眉:这里指女子的青春年华。

【赏析】

诗歌的大意是说,洛阳城东开满了桃花与李花,飞来飞去,不知道都落在了谁家。洛阳的女子感慨落花,常常叹息犹如人生的绽放与凋落。今年落花,明年发新枝、开新芽,不知道还有谁能在。沧海桑田,大自然鬼斧神工还有什么不能改变吗?古人已经不会再经过洛阳城东了,而今天的人却依然对着风中落花感慨。年年月月,花都是一样的开落;可是,月月年年,赏花的人却已然不同。诗的后半段写到白头老翁,说这老翁也曾经是红颜美少年,可惜一朝生病无人过问。言外之意,这红颜少女也终有两鬓风霜的一天,韶光易逝,不过都是短促之间。诗歌的后半部分是感怀古人,多少风光显赫的贵胄,轻歌曼妙的丽人,最后也都只落得个须臾鹤发乱如丝。

诗歌末尾四句最是悲情,真正应了诗题所谓的"白头吟"。

此诗又名《代白头吟》,是一首拟古乐府。《白头吟》是汉乐府相和歌楚调曲旧题,古辞写的是女子毅然与负心男子决裂。诗人在这里则从少女写到老翁,咏叹人生的富贵无常、韶华易逝,抒情宛转,语词优美和谐,在初唐长诗中极受推崇,历来传为名篇。"年年月月花相似,岁岁年年人不同。"两句历来被作为佳句竞相传诵。

这首诗很难说到底是悲伤还是快乐,又或兼而有之,总归是写出了自然的恒常与人生的无常。神龟虽寿,犹有竟时。不管你怎样看待人生,珍惜或者浪费,她都如滔滔江水般一去不复返。所以,中国有句俗话,"年轻别笑白头翁,花开花落几日红"。没有谁能够永远朱颜皓齿,"人生韶华短",早一步或者晚一步而已,每个人都要步入白发苍苍的行列。

渡汉江

宋之问

岭外音书断[①],经冬复历春。
近乡情更怯,不敢问来人。

【注释】

① 岭外：五岭之外。

【赏析】

诗人和家里断绝音讯已经很久了，从冬天到春天就一直没有消息。等到离家乡近了，心理上反而有了疏离与惊恐，因为不知道家里的情况会怎样，更不敢问家里的情况。这看似矛盾的心理背后，掩藏着诗人的焦灼与渴望。

杜甫说，"烽火连三月，家书抵万金"。当战乱的马蹄踏碎了家园，分别日久，不知道家中是否已经横生变故。对亲人的关切、家园的担忧，恰恰让人不敢轻易触碰。几番梦回故里，笑着睡去；如今荣归故里，反倒不知所措。

家中的一切是否如昔？老屋外的草地、草地边的小溪、小溪畔的垂柳、垂柳下的旧居，一切都在岁月的流逝中静静地数着年轮。而那长长久久的乡愁，盘旋在心头的熟悉，就这样在欢天喜地中渐渐扬起。

"近乡情更怯，不敢问来人"，一个"怯"字，如点睛之笔，把诗人复杂的心情表现了出来。读来令人心中不免为之一震。

登幽州台歌

陈子昂

前不见古人，后不见来者。
念天地之悠悠①，独怆然而涕下②。

【注释】

① 念：想到。悠悠：形容时间的久远和空间的广大。② 怆然：伤感的样子。涕：古时指眼泪。

【赏析】

　　幽州台，即燕国时期燕昭王所建的黄金台，在今北京一代。诗人登上幽州台，目光穿越历史，回到战国，当年燕昭王筑黄金台招才纳贤，令天下臣服。而今，孤立在台上的诗人，回望前尘，张看身后，再也看不到贤王，也没有一位那样贤明的君王来效仿此法了。天悠悠之高远，地悠悠之壮阔，在这漫长的历史长河面前，诗人难掩心中万千感慨，孤独地兀立于此，怆然而泪下。

　　陈子昂生活在初唐时期，天下初定，万事更新，一切都处在激烈的变化中，含着历史层层断裂的悲痛，也有着对新生的渴望与追逐。所以，他没有辛弃疾那种"儒冠误身，英雄无路"的叹息，也没有张孝祥那种"匣剑空蠹，一事无成"的愁苦。相反，在他的诗中，始终贯穿着报国的激情。所以，即便悲伤、孤独，也都显示出格局的大气与开放。

　　李泽厚先生在《美的历程》中这样评价此诗："陈子昂写这首诗的时候是满腹牢骚、一腔愤慨的，但它所表达的却是开创者的高蹈胸怀，一种积极进取、得风气先的伟大孤独感。它豪壮而并不悲痛。"

回乡偶书

贺知章

其一

少小离家老大回，乡音无改鬓毛衰①。
儿童相见不相识，笑问客从何处来。

其二

离别家乡岁月多，近来人事半消磨。
惟有门前镜湖水②，春风不改旧时波。

【注释】

①鬓毛：额角边靠近耳朵的头发。衰（cuī）：疏落，衰败。②镜湖：湖名，在今浙江绍兴会稽山北麓。

【赏析】

贺知章36岁考中进士后便离开了家乡，所以自称少小离家。等到86岁的时候，在外奔波了将近半个世纪，终于在高龄的时候回到了家乡。一个人的生命能有多长呢？大概和记忆的铁轨一样漫长，深深地铺向生命的尽头。多少年过去了，他已然白发苍苍，可骨子里那份对故乡的依恋和执着，却从未有过任何的变化。年轻的孩子们却并不认识他，还笑着问他是从哪里来的。本来是故乡的人，却被误以为"客"，世事苍茫，人生短暂，诗人心头不免涌起无限感慨。

在《回乡偶书》的第二首诗中，他将这份归乡之情描绘得更加直白。他说：离开家乡已经太久了，近来人事沧桑，所以返回家乡。实际上，贺知章一生仕途都较为平顺，虽然没有大红大紫，但也算善始善终。八十几岁告老还乡，得到玄宗赏赐的土地，而且有许多朝中大臣都来唱和送行，也算衣锦还乡了。但一切荣耀都抵不上返乡的渴望。沧海变幻，物是人非，少年已然不认识当年的老者，但老者当年走时又何尝不是少年？

贺知章漂泊一生，返乡不久后便过世了。漂泊半世，终回故里，可惜却又是这般匆匆地离世，不能不让人嗟叹。

凉州词

王之涣

黄河远上白云间①，一片孤城万仞山②。
羌笛何须怨杨柳③，春风不度玉门关④。

【注释】

①远上：远远向西望去。"远"一作"直"。②仞：长度单位。古时七尺或八尺为一仞。万仞，形容极高。③羌笛：是一种乐器。④度：越过、经过。玉门关：汉武帝置，因西域输入玉石取道于此而得名。故址在今甘肃敦煌西北小方盘城。

【赏析】

《凉州词》又名《凉州歌》，为当时流行的一种曲子配的唱词。凉州为唐属陇右道，州治在今甘肃省武威县。

这首《凉州词》虽是一首怀乡曲，却写得慷慨激昂、雄浑悲壮，毫无半点悲凄之音。"黄河远上白云间"，既有奔涌磅礴的气势，也有逆流而上的坚韧。一片孤城，羌笛何怨，将冷峭孤寂的情思脱口而出，却没有消极和颓废之感。万丈雄心与盛唐气象如水银泻地，流畅自如。

春江花月夜

张若虚

春江潮水连海平，海上有月共潮生。
滟滟随波千万里①，何处春江无月明。
江流宛转绕芳甸②，月照花林皆似霰③。
空里流霜不觉飞④，汀上白沙看不见⑤。
江天一色无纤尘，皎皎空中孤月轮。
江畔何人初见月？江月何年初照人？
人生代代无穷已，江月年年只相似。
不知江月待何人，但见长江送流水⑥。
白云一片去悠悠，青枫浦上不胜愁⑦。

谁家今夜扁舟子？何处相思明月楼⑧？
可怜楼上月徘徊，应照离人妆镜台。
玉户帘中卷不去⑨，捣衣砧上拂还来⑩。
此时相望不相闻，愿逐月华流照君。
鸿雁长飞光不度⑪，鱼龙潜跃水成文⑫。
昨夜闲潭梦落花⑬，可怜春半不还家。
江水流春去欲尽，江潭落月复西斜。
斜月沉沉藏海雾，碣石潇湘无限路⑭。
不知乘月几人归⑮，落月摇情满江树。

【注释】

①滟（yàn）滟：波光闪动的光彩。②芳甸：遍生花草的原野。③霰（xiàn）：雪珠，小冰粒。④流霜：飞霜，古人以为霜和雪一样，是从空中落下来的，所以叫流霜。这里比喻月光皎洁，月色朦胧、流荡，所以不觉得有霜霰飞扬。⑤汀（tīng）：水边沙地。⑥但见：只见、仅见。⑦青枫浦：一名"双枫浦"，在今湖南浏阳济水中。这里泛指荒僻的水边之地。⑧明月楼：月夜下的闺楼。这里指闺中思妇。⑨玉户：形容楼阁华丽，以玉石镶嵌。⑩捣衣砧：古人洗衣，置石板上，用棒槌捶击去污。这石板叫捣衣砧。捣，反复捶击。⑪光不度：意谓飞不过这片无尽的月光，也就是书信不到之意。⑫鱼龙：这里是偏义复词，龙字无实义。古乐府《饮马长城窟行》："客从远方来，遗我双鲤鱼。呼儿烹鲤鱼，中有尺素书。"后以鱼书指书信，这句意思同上句。水成文，也就是虚幻同水花之意。⑬闲潭：幽静的水边。⑭碣石：山名，在河北，指北方。潇湘：水名，潇水在湖南零陵入湘水，这一段湘水叫潇湘，指南方。⑮乘月：随着月色。

【赏析】

　　张若虚乃是开元年间著名的"吴中四士"之一，至今存诗仅有两首，而这首《春江花月夜》以"孤篇盖全唐"的美誉，流传千古，被闻一多赞为"诗中的诗，顶峰的顶峰"。"春、江、花、月、夜"5个字包含了5种景色，诗题就令人心驰神往，而这5种意象，都包含了自然的循环往复与人世的更迭，集中体现了人世间最动人的良辰美景，构成了一片引人探寻遐想的奇妙艺术境界。轮回的春天，流动的江水，花开花落是时光的一份见证，千古月光照耀着古今的人们，而清凉的夜色也陪衬了如水般的岁月和生活。所以，张若虚说"人生代代无穷已，江月年年只相似"。不知道江月在等待什么人，只能看见长江流水，绵绵不绝。

《春江花月夜》是乐府《清商曲辞·吴声歌曲》中的旧题。关于此诗题创制者，"未详所起"；也有说是陈后主所作，或者隋炀帝所创作。据郭茂倩《乐府诗集》所录，题名《春江花月夜》的诗作共7首，除张若虚这一首外，隋炀帝二首，诸葛颖一首，张子容二首，温庭筠一首。而以张若虚这一首最上，历来有"孤篇横绝，竟为大家"的盛誉。

古 意

李 颀

男儿事长征①，少小幽燕客。
赌胜马蹄下，由来轻七尺②。
杀人莫敢前，须如猬毛磔③。
黄云陇底白云飞，未得报恩不得归。
辽东小妇年十五，惯弹琵琶能歌舞。
今为羌笛出塞声④，使我三军泪如雨。

【注释】

①事长征：从军戍边。②轻七尺：犹轻生甘死。③须：胡须。④羌笛：羌族乐器，属横吹式管乐。

【赏析】

自古幽燕一带多豪客，那里的男子都会沾染慷慨悲歌的士气，也便多了几分刚烈与彪悍。长大以后更是从军戍边，将勇武的气概泼洒在疆场之上,争做杀敌的英雄,为取胜甚至不惜生命的代价。凶煞的胡须如刺猬的毛刺一样密密地直竖在脸上,强敌当前,居然不敢向他靠近。

在这紧张的节奏中,一个手持雪亮战刀的七尺大汉的形象跃然纸上,在其背后黄沙漫漫,他怒目而视的眼神,吓倒敌军无数。就是这样一副雄壮与伟岸,将男子汉的铮铮铁骨都展现出来,胸中的激情陡然升起,"未报国恩,未立战功,怎可回还"?

然而李颀笔下并不是一味这样渲染疆场战士勇莽的形象,反而一转笔写到,辽东少妇年方十五,善于弹琵琶也善歌舞,今天忽然用羌笛吹奏了出塞的歌曲,曲波荡漾下,三军将士挥泪如雨。如此写来,不仅将虎虎生威的硬汉写得柔肠百结,也勾起了离家多年的军人浓浓的思乡之情。

对戍边或征战的将士来说,乡音最令人难以承受,当年项羽被围垓下,四面楚歌之声响起,军心动荡,思乡情切,部队再也无意征战。此诗以这样前后反差的描写,既奔腾顿挫,又含蓄细腻,全诗一气贯通,使得诗人笔下的这些将士,既有执着的血性,也有无尽的铁血柔情,堪称七言诗佳作。

古从军行

李 颀

白日登山望烽火[①],黄昏饮马傍交河[②]。
行人刁斗风沙暗,公主琵琶幽怨多[③]。
野营万里无城郭,雨雪纷纷连大漠。
胡雁哀鸣夜夜飞,胡儿眼泪双双落。
闻道玉门犹被遮,应将性命逐轻车。
年年战骨埋荒外,空见蒲桃入汉家。

【注释】

①烽火：古代用作警报信号。②饮（yìn）马：给马喂水。③公主琵琶：汉武帝时刘细君远嫁乌孙国王时，因途中烦闷而作琵琶之音。

【赏析】

诗人白天在山上望四方的烽火，晚上在交河边饮马。行军之人，白天以刁斗煮饭，晚上用此来省更。黄沙漫天，漆黑的夜晚，只能听得到巡夜的更声，还有如泣如诉的琵琶声。万里之内，没有城郭没有人烟，雨雪纷飞，苦寒之地，连着茫茫的大漠。胡雁胡儿的哀鸣和眼泪，就这样双双落下。谁不想回家呢？可玉门被遮，只能和敌人决斗分出你死我活。年年战骨，埋在荒野之外，只为了换"葡萄"种满汉家的庭院。

通过李颀的这首诗，人们对汉武帝的穷兵黩武似乎有了更全面的认识，但很多人似乎都忽略了一句深藏在诗中的落寞。

"公主琵琶幽怨多"，这句简简单单的唐诗描述了汉代公主刘细君的故事。刘细君本是江都王刘建的女儿，被汉武帝册封为公主，远嫁到乌孙王国做夫人。史书里记载，说她不但貌美且多才多艺，琴、筝等古乐更是无不精通。唐人《乐府杂录》中就说："琵琶，始自乌孙公主造。"

和亲与远嫁，似乎是许多公主难逃的命运。在这条和亲的路上，留下的不仅有鼓乐喧天远嫁的欢歌，也有那些年轻公主们的泪水、屈辱、魂断故乡的执着。

从军行三首

王昌龄

其一

烽火城西百尺楼①,黄昏独坐海风秋②。
更吹羌笛关山月③,无那金闺万里愁④。

其二

琵琶起舞换新声,总是关山旧别情。
撩乱边愁听不尽,高高秋月照长城。

其三

青海长云暗雪山,孤城遥望玉门关⑤。
黄沙百战穿金甲,不破楼兰终不还⑥。

【注释】

①烽火:又称烽燧,古代边防报警的两种信号。②海:唐诗写西北边塞而称海者,非海洋。或谓即青海湖,又或说是瀚海,即沙漠。③关山月:乐府横吹曲名,内容多写戍边生活。④无那:即无奈。金闺:古时称年轻女子的居室为闺房。⑤玉门关:俗称小方盘城,位于中国甘肃省敦煌市西北约90公里处,是中国境内连通丝绸之路的重要关隘之一,在汉朝和唐朝两次建立。现在的玉门关是唐代玉门关的遗址。⑥楼兰:历史上西域三十六国之一。

【赏析】

　　这是王昌龄从军行四首中的三首,辽阔的疆土,壮丽的河山,常常能令诗人生发出一股豪迈;而这份冲天的志向,又以恢宏的诗篇丰富了大唐的雄壮。黄沙漫漫,白雪纷纷,边塞生活的劳苦与艰辛,恐怕是许多诗人早已料到的。

第一首诗的内容写的是烽火台上，孤独的城楼矗立在荒凉的狂野上。举目四望，秋意渐浓，凉风一起，更添寂寞之情。此时，忽然传来笛声，曲调悠扬，如泣如诉。想起久别的妻子，这个时候，也一定坐在深闺里想念远征的人吧。读至此，不禁令人深深叹息。这长长的思念如漫长的征途，又像茫茫的荒漠，不知何时才是尽头！戍边出征的将士，他们的苦总是蕴含着浓烈的思乡情，对故乡亲人的思念，就像苍茫辽阔的大漠一样无边无际。

　　第二首诗的角度显得新颖。诗人起笔本是一派歌舞欢腾的景象，音乐和舞蹈不断地变换，翻新出新的曲调，但换来换去总是离别的伤情。这样的曲子总是能拨动人们的愁绪，而这愁绪又似乎总也听不尽。试问，这些烽火台上的征夫，歌舞欢庆的士兵，哪一个不是别家而来，谁能没有归家的渴望！平日战火纷飞，生死一念的战场让人无暇顾及内心的感情。唯有在寂静的秋风中，落日的余晖下，才能想起故乡的温暖。

　　第三首诗则是对古代戍边将士的军旅之苦与征战的决心的形象刻画，同时也展示了整个西北边陲的景象，大气苍茫。首句写到青海上空，长云漫卷，渐渐遮住了雪山。站在孤城之上，遥望远远的玉门关，不禁想起家乡和亲人。"黄沙百战穿金甲"，短短七个字中，深藏了战争的长久与艰苦，时间的流逝犹如滚滚黄沙，在身经百战中，渐渐磨透了将士们身上厚重的铠甲。这漫长的军旅生活不知道什么时候才能结束。可是，没有短暂的分离也便没有长久的相聚，只有打退了外族的入侵，才能回归田园，过幸福的日子。"不破楼兰终不还。"辛劳与责任，光荣与梦想，都在气势如虹的边塞诗中得到了充分的展现。王昌龄的这首《从军行》将环境氛围与人物的精神感情很好地融汇在一起，极具感染力。

出 塞

王昌龄

秦时明月汉时关,万里长征人未还。
但使龙城飞将在^①,不教胡马度阴山^②。

【注释】

① 龙城飞将:实指李广,但在诗中不仅指其一人,更是指代众多汉朝抗匈名将。② 胡:古人对西北少数民族的称呼。阴山:山名,指阴山山脉,在今内蒙古境内。

【赏析】

  自秦汉以来,冷月边关,一切似乎都没有变化;而月下关口的征战似乎也从未停止。在辽远的时空里,战争似乎成了明月、关隘唯一的主题。万里征途,将士们此去还没有回来。假如镇守龙城的卫青还在,抗击匈奴的飞将军李广还在,便再也不会有外敌入侵边境。诗中说的"秦时明月汉时关",不能简单理解为秦朝的明月,汉朝的关塞,而应该将秦、汉、明月、关塞,都融合在一起,叠加成各种不同的画面。而龙城和飞将都不是特指,而是暗含了对良将名臣的呼唤。只要有这样勇猛的将军,便可以让人们过上和平的生活。

  这首诗看似平常,写的是古代常见的边塞战争,但实际上却暗含了一个主题:和平。王昌龄说只要有奋勇杀敌的将军,为国捐躯的战斗精神,就可以抵御外族的侵扰,还百姓以安宁。其实不仅是秦、汉,世世代代的人们所渴望的都不过是安居乐业的生活。这里,并没有"笑谈渴饮匈奴血"的胆魄,也没有"直捣黄龙"的野心,在他的心里,只要能够镇守住边疆的平安、祥和,对敌人有震慑力就足够了,并无攻城略地、挥师抢占别国领土的意图。而这份"点到即止"的战争观,其实就来自于传统文化的"平和"之气。

  明代文学"后七子"的领袖李攀龙,将王昌龄的这首《出塞》

评为"唐人七绝的压卷之作",足见其成就之高。

芙蓉楼送辛渐

王昌龄

寒雨连江夜入吴①,平明送客楚山孤②。
洛阳亲友如相问,一片冰心在玉壶③。

【注释】

①吴:三国时的吴国在长江下游一带。②平明:清晨,黎明。客:指辛渐。楚山:春秋时的楚国在长江中下游一带。③冰心:比喻自己心地晶莹纯洁。

【赏析】

芙蓉楼原名西北楼,遗址在润州(今江苏镇江)西北。辛渐是唐代人,是作者王昌龄的朋友。这首诗大约写于开元二十九年(公元741年)以后,当时王昌龄为江宁(今南京市)丞。此诗写的是早晨在江边送别朋友的情景。第一句"寒雨连江夜入吴",描写烟雨迷蒙笼罩着江天,像是漫天里无边无际的离愁别绪。

这首诗不像普通"送别诗"那样极力渲染离情,而是以寒雨、孤山来衬托自己的孤独。虽然没有直说自己思念朋友的心情,但却想象着朋友对自己的思念,而且叮嘱说,假如他们问起我的话,一定要告诉他们,我的心依然像冰一样纯洁,玉一样高贵。

关于玉壶冰之典之前就有很多诗人用过,玉壶冰成为人格澄澈磊落的象征。诗人王昌龄几次遭贬,"谤议沸腾,两窜遐荒",大诗人仍然不拘小节不改初衷。在这首诗里,他托辛渐给洛阳亲友带去口信,用冰和玉来映衬自己的志向,传达的就是自己依然冰清玉洁、坚持操守的信念,深藏了巧妙的语言功力,也给人留下了深刻的印象,确是上乘佳作。

田园乐

王 维

桃红复含宿雨[1],柳绿更带新烟。
花落家童未扫,莺啼山客犹眠。

【注释】

[1] 宿雨:隔夜雨,指昨夜下的雨。

【赏析】

此诗一题作"辋川六言"。大意是,红红的桃花上还含着昨夜的雨露,绿色的柳条上也沾满清晨的烟雾。落花满园,家童还没来得及清扫,黄莺在清脆地啼叫,山客还在睡梦中酣眠。早春过后,低低的雾霭夹杂着氤氲的水汽,昨夜被春雨打落的花瓣散在院中。粉红的桃花,碧绿的枝条,一切都带着春天的气息、泥土的芳香。

在这首诗中,桃红柳绿莺啼,都如美丽的画卷般徐徐展开。寂静的清晨里传来黄莺的欢叫,而这一切都消融在客人甜美的梦境中。乡村的早晨,凝霜含雾,带着雨后土地新翻的气息,渐渐地在空气中弥散。

六字句诗在唐诗中并不多见,然其独特的韵律感却生出一种别样的意趣,堪称王维妙手天成的一首佳作。

渭川田家

王 维

斜光照墟落[1],穷巷牛羊归[2]。
野老念牧童,倚杖候荆扉[3]。

　　　　雉雊麦苗秀④，蚕眠桑叶稀。
　　　　田夫荷锄至，相见语依依。
　　　　即此羡闲逸，怅然吟式微⑤。

【注释】

①墟落：村庄。②穷巷：深巷。③荆扉：柴门。④雉雊（zhì gòu）：野鸡鸣叫。⑤式微：此处表归隐之意。语出《诗经·邶风·式微》，曰："式微，式微，胡不归。"

【赏析】

　　诗人笔下的田园生活充满着宁静闲适，在夕阳晚照映红的村落里，在放牧归来的牛羊走进的小巷中，老人惦念着放牧的孩子，拄着拐杖，倚着门扉，等着他们回来。野鸡在鸣叫，吃饱了桑叶的蚕也开始渐渐休眠，荷锄归来的农夫们彼此寒暄，悠游地聊着家常。一切都被夕阳镀上了金色。

　　"夕阳返照桃花镀，柳絮飞来片片红。"在这美好的景致面前，诗人禁不住羡慕农村生活的悠闲与安逸，在这样的时空里，忽然想起《式微》。《式微》乃《诗经》中的名篇，"式微，胡不归"意思就是，天黑了，怎么还不回家？很多评论都说王维的这首诗表现了他的退隐精神。但纵观王维一生，他厌恶官场却又不能决然而去，所以始终过着半官半隐的生活。开荒、守园，看似简单，其实都透着不寻常。繁华落尽，能够守着恬淡生活固然是好事；但能将这"淡而无味"的生活守到云开雾散、甘之如饴的地步，却并不是件容易事。这需要清净的思想，绝尘的灵魂。

　　王维用佛学的理念来弥合了官与隐之间的缝隙，将田园的乐趣发挥到了极致，建造了属于自己的"人间乐园"。而乡村，也因为有朴实的感情、热烈的骄阳、劳累后身体的疲惫与心灵的轻松，而受到人们的喜欢。古代如孟浩然、王维等诗人，都能将自己的情怀放置在山水田园间，呼吸自由的空气，感受生命的真实。

少年行

王 维

出身仕汉羽林郎①,初随骠骑战渔阳②。
孰知不向边庭苦③,纵死犹闻侠骨香。

【注释】

①出身:出仕、出任。羽林郎:官名,汉代置禁卫骑兵营,名羽林骑,以中郎将、骑都尉监羽林军。②骠骑:官名,即骠骑将军。渔阳:地名,汉置渔阳郡,治所在渔阳县(今北京市密云区西南)。③孰知:即熟知、深知。

【赏析】

诗歌大意讲,诗人离开家不久便成了皇帝的御林军,随后就跟着骠骑将军辗转沙场,参加了渔阳大战。其实,谁不知道远赴边疆,既辛苦又危险呢?但是保家卫国是每一个男人责无旁贷的使命,纵然战死疆场,留下一堆白骨,也在所不惜。

"出身仕汉羽林郎",是以汉代唐的比喻。古今中外,军营都是对男子汉的历练与考验。投笔从戎,更是许多书生向往的一种人生选择。王维当时正青春年少,热血沸腾,对杀敌报国自然也充满了向往。本诗正是王维壮志的体现,也是很多青年才俊的梦想。

陇西行

王 维

十里一走马,五里一扬鞭。
都护军书至①,匈奴围酒泉②。
关山正飞雪③,烽戍断无烟④。

【注释】

① 都护：官名。② 匈奴：这里泛指我国北部和西部的少数民族。酒泉：郡名，在今甘肃省酒泉市东北。③ 关山：泛指边关的山岳原野。④ 烽戍：烽火台和守边营垒。断：中断联系。

【赏析】

《陇西行》为乐府古题名之一。陇西即陇山之西，在今甘肃省陇西县以东。

王维素以山水田园诗著称，其笔调清新优美，常常流淌着静静的禅意，被尊为"诗佛"。然而少年时的王维也是一位深受儒家思想影响的人，有强烈的入世思想。这首《陇西行》诗起笔便以走马扬鞭的急迫态势，展示了十万火急的军情。风驰电掣的军书，只有简洁的一条消息：匈奴迫近，已经围住了酒泉。可是，抬眼望去，关山飞雪，一片白茫，根本看不到传递消息的烽火。这飞马疾驰传来的消息，该如何继续传递出去？刻不容缓的军情遭遇连绵的飞雪……

这首《陇西行》犹如边塞生活的横断面，切开了军旅生活紧张的节奏，然后便戛然而止，消失得无影无踪了。至于后面的故事，犹如茫茫白雪，无迹可寻，却引人想象。

宋代严羽在《沧浪诗话》中曾说，"唐人好诗，多是征戍、迁谪、行旅、离别之作，往往能感动激发人意。"而这首边塞诗无疑是最具豪情的。诗中所体现出来的快马加鞭的急促和风风火火的杀气，也算是对诗人早年积极进取的一种诠释。

山居秋暝

王维

空山新雨后，天气晚来秋。
明月松间照，清泉石上流。

竹喧归浣女①，莲动下渔舟。
随意春芳歇，王孙自可留。

【注释】

① 浣女：洗衣的女子。

【赏析】

　　雨后的山色一片翠绿，秋天的傍晚天高气爽。明月静静地照在松林之间，脉脉清泉静静地在石头上流淌。竹林里洗衣归来的妇女欢笑着离去，江上的莲蓬晃动，渔翁也在收线。春天的芳菲已然散去，但是他依然喜欢停留在这片山色湖光之中。

　　王维用淡淡的笔墨写下了这首诗，也描绘了这幅美丽的水墨山水画。这正应了苏轼对王维的称赞，"诗中有画，画中有诗"。王维的每一首诗都是优美的画卷，山色、湖光、宿鸟、鸣虫、晚照、轻风、朗月、晴空，所有自然的景物都在他的诗作中拥有了自己的生命，活灵活现，栩栩如生。大自然似乎把所有的感情和景色都和盘托出，呈现在读者的眼中。

　　诗人喜欢"随意春芳歇，王孙自可留"的淡然，欣赏"明月松间照，清泉石上流"的空静，生活犹如一杯淡淡的香茶，他的诗篇就像茶水中慢慢绽放的茶叶，尽情地舒展，然后释放出一缕缕浓香；也如一次次雨后的空间，清新洗练，荡漾着温润和松软。

阳关三叠

王　维

渭城朝雨浥轻尘①，客舍青青柳色新。
劝君更尽一杯酒②，西出阳关无故人③。

【注释】

① 渭城：地名，在今陕西咸阳市东北，渭水北岸。浥（yì）：湿润。② 更：再。③ 阳关：汉朝设置的边关名，因在玉门之南，故称阳关。是当时出塞必经的关口，旧址在今甘肃省敦煌市西南。

【赏析】

离别本来是一件令人伤感的事，但酒入愁肠，也便化成了绵绵的情意，忧而不痛，哀而不伤。王维的这首诗歌是这类的典范。

轻轻的雨丝，青青的柳条，在这样的美景下，"请你再饮一杯酒吧，恐怕从今一别，就再也见不到老朋友了"。如此的深情，配上细雨后清新的空气，伤感中带着些温暖，从容而悠扬地流淌在彼此的心中。

这首诗一般又叫《送元二使安西》。此诗传唱时反复弹唱三遍，因而得名《阳关三叠》。旧题中的元二，是作者的友人元常，因在兄弟中排行老二，所以诗人称其元二。当时诗人的朋友元二将要去安西，即唐时候的安西都护府，离别之际诗人作了这首著名的七绝。

朝雨、客舍、绿柳、离酒、故人，唐朝诗人用诗和酒装点了一次送别的盛宴。其实唐代人最懂离别的含义。"后会有期"不过是互相宽慰的话，所以朋友离别之际，总要以酒相劝，因为"西出阳关无故人"。此去经年，便纵有好酒，可惜故友良朋皆不能陪伴身边，这是何等的惆怅。从此山高路远，道阻且长，何年何月才能重逢，只能是彼此心中的一个"问号"。但他们似乎不愿意将这样的惆怅带给朋友，所以，每一次送别除了互道珍重，还要喝酒、赋诗，将这曲离歌唱得更有情调。朋友离去，满目山河，尽是惆怅之情。

杂 诗

王 维

君自故乡来，应知故乡事。
来日绮窗前，寒梅著花未①？

【注释】

① 著：指开花。

【赏析】

当王维遇到了自己故乡的人，他开心地问：你从故乡来，也应该知道故乡的事情。你来的时候，我窗前的梅花开了吗？诗人以最通俗平淡的语言，最寻常的小事发问，让人不免思考。

宋代杜耒有一首《寒夜》诗曰："寒夜客来茶当酒，竹炉汤沸火初红；寻常一样窗前月，才有梅花便不同。"两首诗有着几个相同的意象，即窗前、寒梅，但所表达的情感却是不相同的，一者是思乡，一者是来客。只是古人以梅寄托情思的文人传统始终是一成不变的。

其实，故乡的青山绿水，柳暗花明，都在诗人的心底低回。往事如在目前，在心里温习了无数次。能够深深记起的，一定是当年最刻骨铭心的故事。或许是寻常的一件乐事，或许是一次浪漫的邂逅，又或者只是偏爱自己窗前的梅花。总之，是不起眼的小物件勾起了大诗人的乡情。在每一个孤独的夜晚静静地升起，浓浓的思绪就这样，在慢慢的品味中荡漾开去。

将进酒

李 白

君不见黄河之水天上来，奔流到海不复回。
君不见高堂明镜悲白发①，朝如青丝暮成雪②。
人生得意须尽欢，莫使金樽空对月。
天生我材必有用，千金散尽还复来。
烹羊宰牛且为乐③，会须一饮三百杯④。
岑夫子，丹丘生⑤，将进酒，杯莫停。

与君歌一曲,请君为我倾耳听。

钟鼓馔玉不足贵⑥,但愿长醉不复醒。

古来圣贤皆寂寞⑦,惟有饮者留其名。

陈王昔时宴平乐⑧,斗酒十千恣欢谑。

主人何为言少钱,径须沽取对君酌⑨。

五花马,千金裘,呼儿将出换美酒,与尔同销万古愁⑩。

【注释】

①高堂:有时可指父母,在此指高高的厅堂。②青丝:喻指黑发。雪:指白发。③烹羊宰牛:意思是丰盛的酒宴。④会须:正应当。⑤岑夫子、丹丘生:李白之友。⑥钟鼓馔玉:泛指豪门贵族的奢华生活。钟鼓,鸣钟击鼓作乐。馔(zhuàn)玉,精美的饭食。⑦寂寞:这里是被世人冷落的意思。⑧陈王:三国魏曹植,因封于陈,死后谥"思",世称陈王或陈思王。平乐:平乐观。⑨径须:直截了当。沽:通"酤",买或卖,这里指买。⑩销:同"消"。

【赏析】

李白既是诗仙,又是酒仙,诗借酒兴,酒壮诗情,常常给他的生活涂满了五颜六色的光彩。关于李白喝酒的故事有很多,最著名的就是"龙巾拭吐,玉手调羹,力士脱靴"。说的是有一次李白喝多了,玄宗用手帕帮他擦嘴,杨玉环亲自为他调了解酒的汤汁,而高力士亲自为他脱靴子。这种待遇,恐怕翻遍大唐历史,也没有第二个人能够享受到。

《将进酒》原是汉乐府短箫铙歌曲调,题目意即"劝酒歌"之义,所以古词有"将进酒,乘大白"之说。

诗人开篇说"君不见黄河之水天上来,奔流到海不复回",一句将诗带入豪气与悲凉的沧桑感并行的境界里,这两组排比长句的发端,如挟天风海雨扑面而来。他的这种对历史和人世的感慨不同于陈子昂的念天地之悠悠,相反诗人并不沉痛,他说滚滚黄河之水从天而降,人生苦短,青丝染雪,很快就两鬓斑白。所以"人生得意须尽欢,莫使金樽空对月"。人生得意、快乐的时候,一定要开怀畅饮不要停杯问月,空留遗憾在心间。开篇几句前面是空间后面即时间。大开大合,气度不凡。

接着诗人说千金散尽,总会失而复得;但青春年华如水奔流,必须要好好珍惜。所以,喝酒要喝上三百杯,才能解忧怀,抒愁绪,让生命挥洒自如,有声有色。在这首诗的最后,诗人将"万古愁绪"化为一杯浓香烈酒,饮之思之,酣畅淋漓。

沈德潜曾评论此诗说"此种格调,太白从心化出",指的便是《将进酒》开篇的手法。所谓酒过三巡,就在"烹羊宰牛且为乐,会须一饮三百杯"的狂放之情趋于高潮之时,诗人转笔写道"岑夫子,丹丘生,将进酒,杯莫停",几个短句兀然加入,使诗歌旋律陡然加快。

这首诗篇幅并不算长,气象不凡。诗人李白得意人生,要诗酒壮怀,化作满腔舒豪,尽情地泼洒。失意之时,也可以自斟自饮,与尔同销万古愁。李白的诗篇挥发出来的,是阵阵酒气、才气与豪气。而这一切似乎都源于那句"天生我材必有用,千金散尽还复来",事实上这才是诗人无论人生得意失意都能保持豁达自信的原因所在。

南陵别儿童入京

李　白

白酒新熟山中归,黄鸡啄黍秋正肥。
呼童烹鸡酌白酒,儿女嬉笑牵人衣。
高歌取醉欲自慰,起舞落日争光辉。
游说万乘苦不早[①],著鞭跨马涉远道。
会稽愚妇轻买臣[②],余亦辞家西入秦[③]。
仰天大笑出门去,我辈岂是蓬蒿人[④]。

【注释】

① 游说：战国时，有才之人以口辩舌战打动诸侯，获取官位，称为游说。万乘：君主。周朝制度，天子地方千里，车万乘，因此，后来称皇帝为"万乘"。苦不早：恨不早就去做。② 买臣：朱买臣，汉会稽郡吴人，家贫好学。夫妻二人砍柴度日。买臣搬着柴一路念书，高兴起来还大声唱歌。妻子嫌他寒酸，劝他不要唱，免得招人耻笑。买臣不听，妻子不顾情义，断然离去。后来买臣得到汉武帝赏识，做了会稽太守。③ 秦：唐时首都长安，春秋战国时为秦地。④ 蓬蒿人：田野中人，也就是没有当官的人。

【赏析】

　　李白素怀远大的抱负，他曾说欲"申管晏之谈，谋帝王之术，奋其智能，愿为辅弼，使寰区大定，海县清一"，但一直没有得到机会。天宝元年（公元742年），唐玄宗召李白入京。此时的他已42岁，但是以他的率真，丝毫没有"人到中年万事休"的伤感，反而因为即将入京而变得异常兴奋。

　　这首诗就是表达诗人当时的心情。烹鸡、酌酒、儿女欢笑、高歌痛饮，扬鞭策马，还怕自己到得不够早。然后想起了朱买臣不得志的时候，他的老婆因嫌弃他贫贱，弃他而去，结果后来汉武帝赏识朱买臣，封他做了会稽太守。言外之意，那些曾经轻视李白的人都和会稽愚妇一样。

　　诗的最后两句写得尤其酣畅淋漓，多少踌躇满志的人听后都心潮澎湃，热血沸腾。"仰天大笑出门去，我辈岂是蓬蒿人。"这似乎是李白一生最喜悦的时刻，舒豪、旷达，志得意满溢于言表！

　　在这之前，李白过着一种近似游历隐居的生活。所以，等到皇帝终于下诏请他入京为官的时候，他立刻放弃了隐居生活，兴高采烈地去当官了，而且还写下了这首感情昂扬的诗。从古代士人的角度看，这无可厚非，所谓修身齐家治国平天下，最终目的在那里，读书所为即是施展抱负。

　　诗人独运匠心，既正面描写也间接烘托，有曲折，有起伏，使感情更为强烈、鲜明真挚。

独坐敬亭山

李 白

众鸟高飞尽,孤云独去闲①。
相看两不厌②,只有敬亭山。

【注释】

① 闲:形容云彩飘来飘去,悠闲自在的样子。② 厌:满足。

【赏析】

敬亭山在宣州(相当于今安徽宣城),谢灵运、谢朓等都曾在宣州做过太守。据说李白一生七游宣城,此诗是唐天宝十二年(公元753年)秋天再游宣州时所写,意境正是诗人独坐敬亭山的情景,多少带有怀才不遇的孤寂之感。

这首诗被认为是唐代五绝佳作。开头二句"众鸟高飞尽,孤云独去闲",几只鸟儿高飞远去直至不见踪迹,而在那寂寂长空,有一片白云,也缓缓飘远,看似眼前景物,实则是一种高绝的孤独之感。短短两句将读者瞬间引入一个"静坐"境界。在手法上,诗人是以"动"写"静",透露出诗人"独坐"形象,从而引出下文。后两句,诗人运用拟人手法,写自己与敬亭山凝视独对,"相看两不厌"表达了诗人此时对自然的体会,是一种孤寂之后的淡然,甚至还隐含着某种喜悦。

全诗四句不提独坐,而实句句隐映着"独坐"二字,看似静,实则感情十分突出。意象鲜明,境界似跃出纸面,兀立在读者眼前。这首诗平淡恬静,历来评价十分高。沈德潜《唐诗别裁》评论此诗"传'独坐'之神"。

登金陵凤凰台

李白

凤凰台上凤凰游,凤去台空江自流。
吴宫花草埋幽径[①],晋代衣冠成古丘[②]。
三山半落青天外[③],二水中分白鹭洲[④]。
总为浮云能蔽日,长安不见使人愁。

【注释】

① 吴宫:三国时吴国建都金陵,故称。② 晋代:东晋亦建都于金陵。衣冠:指豪门贵族。丘:坟墓。③ 三山:山名,在南京市西南长江边。半落:形容三山有一半被云遮住。④ 白鹭洲:古代长江中的沙洲,在今南京市水西门外。

【赏析】

此诗的写作时间一般认为是李白被流放夜郎遇赦返回后,也有说是天宝年间诗人被迫离开长安南游金陵时所写。凤凰台上的凤凰已经飞走了,只有空空的凤凰台看着江水东流。当年华丽的吴国宫殿,连同它的花草,一并被埋在幽静荒僻的小路上,而晋代的达官显贵也已经没入黄土,化为一座座坟丘。远处的三山若隐若现地耸立在青天之外,白鹭洲将长江分割成两道。天上的浮云随风荡漾,有时会遮住太阳,而望不到长安就会令我感到忧愁。

李白一生仗剑天涯,寄情山水,浪漫豪放,仿佛什么事都不会放在心上,但这首凤凰台上的感慨似乎印证了李白志在报国的豪情。李白生活在盛唐时期,安天下、济苍生始终是他的人生理想。当他登上金陵凤凰台,登高怀古、感时伤世的情绪便油然而生。诗的末尾两句写对浮云蔽日的焦虑,正是对帝王的忠心;而对国都长安的担忧,也是对国家前途的思考。

这首是李白少有的七言律诗,虽颇有模仿崔颢《黄鹤楼》之痕迹,然而不失为唐代律诗中脍炙人口的杰作。

玉真仙人词

李 白

玉真之仙人,时往太华峰。
清晨鸣天鼓,飙欻腾双龙[1]。
弄电不辍手,行云本无踪。
几时入少室,王母应相逢。

【注释】

① 飙欻（chuā）：迅疾的样子。

【赏析】

这首诗的大意是，玉真公主常常去太华峰修道。在她修道的时候，清晨就会听到雷声滚滚，犹震天之鼓；狂风大作，如龙翻云海。她拨弄闪电也丝毫不会灼伤玉手，腾云驾雾更是来去无踪。过不了多久，她就可以成仙得道，到时候王母娘娘也会亲自出来迎接。

玉真公主是武则天的孙女，只有三两岁的时候，母亲窦妃就被武则天秘密处死。她的童年生活，几乎都是在战战兢兢中度过的。玉真公主颇有些像惜春，已经"堪破三春景不长"，所以誓死和姐姐金仙公主一同出家。

唐朝公主的所谓出家并不严格，不用青灯古佛、面壁思过。出家，只是一种姿态，一种生活方式的选择，也可以说，只是一种暂时的选择。唐代公主出家后俸禄更丰，且自由不少。唐睿宗还特意为玉真姐妹修建豪华道观，而且派了许多歌舞女郎陪伴，并有退休宫女侍奉公主起居。道观大门一闭，与世隔绝，如人间仙境。玉真公主与大诗人李白、王维等都有交往，而李白与玉真公主的情谊更是非比寻常。相传，玉真公主晚年常在安徽敬亭山修炼，而李白也住在安徽，并多次赴敬亭山拜望玉真。

这首诗中,诗人对玉真公主不惜笔墨,大加赞美,也许正是因为李白称赞有术,所以玉真公主非常高兴,几次在哥哥唐玄宗的面前推荐李白,终于为他在朝廷谋得一席之地。

瑰丽的想象,奇绝的比喻,即便明知是着意夸奖玉真公主,也可以读出一份气势磅礴。

赠孟浩然

李 白

吾爱孟夫子①,风流天下闻。
红颜弃轩冕②,白首卧松云。
醉月频中圣,迷花不事君。
高山安可仰,徒此揖清芬。

【注释】

①孟夫子:指孟浩然。②轩冕:指官位爵禄。

【赏析】

同为唐代著名的大诗人,李白和孟浩然第一次相遇便英雄相惜,赞叹彼此的才华,并引为知己。

"吾爱孟夫子,风流天下闻",李白如此喜欢孟浩然的原因,正如他在诗中所说,孟浩然很年轻的时候就放弃了仕途,到老年更是卧在松林之间,开怀畅饮,独得生活的乐趣。而这份高山仰止的美德,犹如清香的花朵散发出迷人的芬芳。

也许,很多人都不明白,为什么李白一生积极入仕却对安贫乐道的孟浩然"情有独钟"。其实,李白生性浪漫、自由,与其说他热衷于功名,不如说他热衷于建功立业,而且内心始终对自由的田园生活充满了向往。而作为隐士的孟浩然,早年时候也曾求取功名,但不第后便欣然隐居,且终身不再出仕。他能够布衣终老却名闻天下，其才学和修养，自然都是人中极品。

李白对孟浩然的感情，在这首诗里似乎得到了完全的确认。人们常说古代人表达感情是含蓄的，但其中也有很多直抒胸臆的诗句，将互相的倾慕与喜爱表达得淋漓尽致。

秉持共同的操守，激励彼此的进步。知人看伴，在朋友的身上，就可以很明显地看出一个人的性格、修养与气度。因此，古人特别重视朋友。在他们的眼中，"同心为朋，同志为友"，只有志同道合，惺惺相惜的人才能配做"朋友"。而理解了这些，再来读李白的这首赠诗，就不难理解"高山安可仰，徒此揖清芬"的盛誉之下，蕴藏着多么强烈的相知相惜之情谊。

长干行

李 白

妾发初覆额①，折花门前剧②。
郎骑竹马来③，绕床弄青梅④。
同居长干里，两小无嫌猜⑤。
十四为君妇，羞颜未尝开。
低头向暗壁，千唤不一回。
十五始展眉⑥，愿同尘与灰。
常存抱柱信⑦，岂上望夫台。
十六君远行，瞿塘滟滪堆⑧。
五月不可触，猿声天上哀。
门前迟行迹，一一生绿苔。
苔深不能扫，落叶秋风早。
八月蝴蝶黄，双飞西园草。
感此伤妾心⑨，坐愁红颜老⑩。

早晚下三巴[11],预将书报家。
相迎不道远[12],直至长风沙[13]。

【注释】

①妾:古代妇女自称。初覆额:指头发尚短,刚刚盖着前额。②剧:游戏。③竹马:儿童游戏时以竹竿当马骑。④床:这里指坐具。弄:逗弄。⑤无嫌猜:没有嫌疑猜忌之心,指天真烂漫。⑥始展眉:意谓才懂得些人事,感情也在眉宇间显现出来。⑦抱柱信:用《庄子·盗跖篇》记尾生等候相约女子不来,坚守信约,抱桥柱被水淹死典。⑧瞿塘:峡名,长江三峡之一,在重庆市奉节县东。滟滪堆:瞿塘峡口的一块大礁石。⑨感此:指有感于蝴蝶双飞。⑩坐:因而。⑪早晚:何时。三巴:指巴郡、巴东、巴西,都在今四川省东部。⑫不道远:不会嫌远,即不辞远的意思。⑬长风沙:地名,距金陵七百里,水势湍险。

【赏析】

《长干行》是乐府旧题《杂曲歌辞》调名,原为长江下游一带民歌,其源出于《清商西曲》,内容多写船家妇女的生活。长干为地名,今江苏省南京市。行是古诗的一种体裁。

此诗内容比较简单,但却写得优美动人。开头以妾(我)的口吻写到,当头发刚刚能够盖过额头的时候,我会折些花在家门前玩耍。你骑着竹木马过来,我们就快乐地绕着井栅栏做游戏。因为从小就是邻居,在一起玩,一起度过美丽的童年,一起跟着时间长大,所以两颗心从来就没有猜忌。长大以后,两个人便结婚了。

然后又写男子出去经商,女子在家殷切地思念,并不断地回忆往事,觉得日子过得太快,因为思念丈夫,满面愁容逐渐令红颜苍老。最后,她还痴情地说,"什么时候回来,提前告诉我,我远远地就去迎接你的归来"。

其中的"郎骑竹马来,绕床弄青梅","同居长干里,两小无嫌猜"四句流传最广,也因而为后世流传出两个最美丽的爱情词:青梅竹马、两小无猜。实际上,这首诗不仅开创了一种"两小无猜"的爱情模式,也为后世提供了"两小无猜"的范本。《唐宋诗醇》评价此诗说"儿女子情事,直从胸臆间流出,萦迂回折,一往情深",十分恰切。

赠 内

李 白

三百六十日,日日醉如泥^①。
虽为李白妇,何异太常妻^②?

【注释】

①醉如泥:烂醉貌。②太常:官名,掌宗庙礼仪,兼掌选试博士。

【赏析】

　　这是一首格调活泼的五言小诗,诗人说自己一年360天,天天烂醉如泥。醒来后觉得对不起妻子,害妻子担惊受怕,非常不好意思。所以,给妻子写情书,怜惜她嫁给李白也没什么好日子过,整天在收拾饭局。

　　整首诗笔法活泼,实在看不出太多的歉意,而更多的是活泼洒脱,这源于李白豪迈洒脱的个性,与他为文的情趣、乐观精神。

登太白峰

李 白

西上太白峰,夕阳穷登攀。
太白与我语,为我开天关。
愿乘泠风去^①,直出浮云间。
举手可近月,前行若无山。

一别武功去，何时复更还。

【注释】

① 泠风：清风。

【赏析】

　　李白本字太白，此番又费力攀登，终于登顶太白峰，又听太白金星对他说话，为他打开通天的途径。这一连串瑰丽的想象，似乎正是李白抑郁不得志的一种抒怀。天宝元年（公元742年），李白应诏入京，其时可谓踌躇满志。然而朝廷昏庸，不久之后，作者就遭权贵排斥，根本无法实现自己的政治抱负。诗人因此感到无尽惆怅和苦闷。在这首《登太白峰》中，便可以窥到诗人当时的心境。

　　李白似乎已经登到了峰顶，仿佛体会了"峰顶绝顶，两手空空"的伤感。可即便如此，李白似乎并不死心，回望武功山，不知道这一别，何年何月才能再回来！一种失望、落寞与惆怅，徒然涌上心头。这种出入翰林中微妙、复杂而又矛盾的心态，实在耐人寻味。

　　诗人登高怀古的时候，有一种辽远的胸怀。诗人不拘泥于一台一楼一山的景物，而是将深刻的历史感、悲壮的现实感都融汇在景物里，贯穿在诗篇中。一方面，唐代辽阔的疆域，给诗人们放眼山河留下了巨大的空间；而唐代的大气、刚健和明朗，也令诗人们壮志在胸，意气风发。登高，已经不单纯是一项写诗作赋的乐事，更升华成一种思想的萃取和提炼，一次精神和情操的攀越。

　　李白的诗与他的性情都有着很强烈的浪漫主义色彩。正如皮日休所说："言出天地外，思出鬼神表，读之则神驰八极，测之则心怀四溟，磊磊落落，真非世间语者，有李太白。""太白与我语，为我开天关。愿乘泠风去，直出浮云间"，无论仕途上如何失意，诗人豪迈不羁的性情总是贯穿在他的诗作当中。

行路难

李 白

金樽清酒斗十千,玉盘珍馐值万钱①。
停杯投箸不能食②,拔剑四顾心茫然。
欲渡黄河冰塞川,将登太行雪满山。
闲来垂钓碧溪上,忽复乘舟梦日边。
行路难,行路难!多歧路,今安在?
长风破浪会有时,直挂云帆济沧海。

【注释】

① 珍馐:珍奇名贵的食物。馐,美食。② 投箸:放下筷子。

【赏析】

李白一生自命清高,其实骨子里也是渴望为国为民效力,干一番事业的。然而在皇帝的眼里,他只是太平岁月的一个点缀。皇帝召见李白,并不是用他的才学来安邦定国,而只是用他来写诗。李白的诗可以用来称赞杨贵妃的美貌、大唐王朝的盛世,顺便歌颂一下皇帝的英明神武;除此之外,他在皇帝的眼中,没什么大用。所以李白很失望,在自己的诗歌里反复表达自己的失意。

路,指的就是自己的前途;行路难,就是很难找到自己的前途,觉得理想没希望实现了。

诗人写道,金樽、玉盘盛来美酒佳肴,面对朋友们的好意,我应该"一饮三百杯"才对,但不知道何故,我却停下杯筷,胸中郁闷令我喝不下也吃不下,拔剑四下环望,心中一片茫然。想渡黄河,结果冰川阻塞;想登太行,不料大雪封山。

"停杯投箸不能食,拔剑四顾心茫然"两句,写的是诗人不知该向何处的惆怅,纵使心怀"济世安民"的豪情,然而现实却是"欲渡黄河冰塞川，将登太行雪满山"，这两句似乎正应了诗的题目"行路之难"。现实处处受阻，诗人不禁感慨道行路难："行路难！多歧路，今安在？"垂钓、乘舟都是在等待贤君降临，到时便可以东山再起，一展宏图伟愿。世路难行仍要不断努力，这么多的道路，我不知道应该走哪一条？

李白为尘世的追求而沮丧，也同样可以令人看到不屈不挠的振奋。所以，他说，总会有乘风破浪的一天，高挂云帆，畅游沧海，直抵心中的彼岸。这就是李白的追求、昂扬与自信，不管世事如何艰难，总有长风破浪的乐观，在任何失意的时候都能在结尾给人以光明、鼓舞和力量。

望天门山

李 白

天门中断楚江开①，碧水东流至此回。
两岸青山相对出，孤帆一片日边来。

【注释】

① 天门：即天门山。

【赏析】

天门山，古代又称博望山，即东梁山与西梁山，在今安徽。此地两山夹江对峙，像一座天然的门户，形势险要，"天门"即由此得名。

这首诗大气磅礴，第一句"天门中断楚江开"，写天门山被楚江断开，碧绿的江水浩荡东流，到这个地方忽然掉转头回去，气势壮阔。两岸青山，对峙耸立，有一只小船沐浴在阳光中，从天边缓缓驶来。其壮阔、辽远的景致，水遇险峰的阔达，天门山雄奇的景色，不但内化了诗人的自我精神，也借此抒发了对山河壮美的热爱。

李白生活在盛唐，而盛唐的诗人典型特点就是喜欢昂扬高歌，将自己的一腔希望都铺洒在壮丽的河山之中。这种感情在李白的诗中几乎随处可见。

诗中畅然一体,"两岸青山相对出,孤帆一片日边来",点出一个"望"字来。在开篇的大气磅礴之后,诗人又以令人喜悦的笔触描绘出一幅江上来帆的景象,果然妙哉。

黄鹤楼

崔颢

昔人已乘黄鹤去①,此地空余黄鹤楼②。
黄鹤一去不复返,白云千载空悠悠。
晴川历历汉阳树③,芳草萋萋鹦鹉洲④。
日暮乡关何处是⑤,烟波江上使人愁。

【注释】

①昔人:指骑鹤的仙人。②黄鹤楼:在今湖北武昌蛇山。③晴川:指白日照耀下的汉江。④萋萋:芳草茂盛。⑤乡关:故乡。

【赏析】

黄鹤楼因武昌黄鹤山而得名。《齐谐志》载古代仙人子安乘黄鹤过此;又《太平寰宇记》引《图经》说,云费祎登仙驾鹤于此。

崔颢的这首《黄鹤楼》历来被尊为唐诗七律之冠,众口交誉。这首诗的大意是:曾经的仙人已经驾鹤西去,这里只留下一座空空的黄鹤楼。黄鹤飞去后便再也没有回来,千百年来,只有朵朵白云依旧在楼前荡漾、飘浮。汉阳的树木在阳光下清晰可见,鹦鹉洲上,草木也无比丰盛。在这暮色将至的时候,我举目远眺,何处是我故乡?江上烟波荡漾,我无尽的愁绪随着这片暮霭弥散其中。

"树高千丈叶落归根",这是传统文人的家园理想。而此时,傍晚的余晖拉长了诗人的愁绪,白云悠悠,无限苍凉尽收笔底,波澜壮阔时,很难分清这究竟是因为黄昏的惆怅还是故乡的渺茫。其中"晴川历历汉阳树,芳草萋萋鹦鹉洲"一联更是唐代律诗中对仗罕见的精绝之句,工整巧妙,意象鲜明,极富意境,高唱入云。"芳草萋萋"之语是出自《楚辞·招隐士》,"王孙游兮不归,春草生兮萋萋"。李白曾写《鹦鹉洲》一诗:"鹦鹉东过吴江水,江上洲传鹦鹉名。鹦鹉西飞陇山去,芳洲之树何青青。"

据元人辛文房《唐才子传》记李白登黄鹤楼本欲赋诗,因见崔颢此作,为之敛手,说:"眼前有景道不得,崔颢题诗在上头。"珠玉在前,不得不暂时搁笔。当然,这只是传闻,但却足以说明这首诗影响深远,也可见崔颢诗为人所推崇的程度。

沈德潜评此诗,以为"意得象先,神行语外,纵笔写去,遂擅千古之奇"。元杨载《诗法家数》论律诗第二联要紧承首联时说:"此联要接破题(首联),要如骊龙之珠,抱而不脱。"而唐代严羽在《沧浪诗话》中谓此诗:"唐人七言律诗,当以崔颢《黄鹤楼》为第一。"

长干曲

崔颢

其一

君家何处住?妾住在横塘[①]。
停船暂借问,或恐是同乡。

其二

家临九江水,来去九江侧。
同是长干人,生小不相识。

【注释】

① 横塘：古堤名。三国吴时修筑，位置大约在秦淮河南岸，也多指百姓聚居之地。

【赏析】

《长干曲》是南朝乐府中《杂曲古辞》的旧题。这里撷取的是诗人四首长干曲中的两首。第一首诗以一个女子的口吻来写。在碧波荡漾的湖面上，年轻的女子撞见了自己的意中人，只听她说道："你的家住在哪里啊？"还未等人家回答，便着急地自报家门："我家住在横塘，你把船靠在岸边，咱们聊聊天，说不定还是老乡呢。"

其淳朴的性情、直白的语言将年轻姑娘的潇洒、活泼和无拘无束生动地映现在碧波荡漾的湖面上，别有一番质朴和爽朗。

正所谓"易求无价宝，难得有情郎"。在《长干曲》的第二首中，小伙子也憨厚地回答了姑娘的提问："虽然我们同是长干人，可原来却并不认识。"诗人崔颢并没有告诉人们这故事的结局。但是，能有如此浪漫的开篇，想来也应该是美丽的结局。

崔颢的这两首诗朴素率真、清浅明丽、蕴藉无邪，极有汉魏乐府和六朝前代民歌之遗风，被认为是抒情诗中的上乘之作。

赠梁州张都督

崔　颢

闻君为汉将，虏骑罢南侵。
出塞清沙漠，还家拜羽林①。
风霜臣节苦，岁月主恩深。
为语西河使，知余报国心。

【注释】

① 拜：授给官职。羽林：侍卫皇帝的禁军。

【赏析】

这是崔颢写给边疆将士的赠诗。诗中说，听说你做了将军，从此胡虏的铁蹄就再也不敢南侵。你出塞回来，还朝就拜为"羽林军"。扑面而来的风霜和风尘，令将士们都感到辛苦，但随着岁月的流逝，大家都将感激皇上的恩情。

在诗歌的最后两句作者点明这首诗是为西河使所作。"知余报国心"，崔颢对西河使的勉励之情便跃然纸上。一个愿意驻守国家边陲、保社稷人民安康的将军，即便吃苦再多也会感激皇上。"谢主隆恩"在将士们的心目中，确为发自肺腑的热忱，而盛唐的雄浑、战士的刚健，就如同强盛的汉朝一样，都在这诗作中熠熠生辉，神采飞扬。

也因为这份铁血男儿的斗志昂扬，将书生们的爱国激情也深深唤醒。

别董大

高 适

千里黄云白日曛①，北风吹雁雪纷纷。
莫愁前路无知己，天下谁人不识君②？

【注释】

①曛：昏暗。白日曛，指太阳黯淡无光。②谁人：哪个人。

【赏析】

董大是诗人高适的一个朋友，名叫董庭兰，是盛唐时期的一位著名的琴师，也有传闻说他是著名的隐士，居住在山野林间，清心寡欲、如道如仙。

《别董大》是诗人送别友人董庭兰时所作，共有两首，这里选的是其中最有名的一首，堪称唐代送别诗的绝唱。黄沙漫天，白云也几乎被染成了黄色。北风呼啸，群雁在大雪纷纷中向南而飞。如此忧郁的天气里,高适即将告别这位著名的琴师。他鼓励董大说,不要担心前路茫茫没有知己,以你的才华和名气,天下哪有不认识你的人呢?言外之意,像你这样优秀的人,到哪儿都会受到人们的喜欢。如此宽慰朋友,对方也满载着祝福上路,这样的离别便冲淡了愁绪。

古人诗作中,离别诗占了很大的比重,但大多风格上是惆怅惜别,甚至如江淹《别赋》所说的"黯然销魂者,唯别而已矣"。到了宋代,柳永和青楼女子作别时,"执手相看泪眼,竟无语凝噎",拉着她们的手,竟然哽咽无声,不知道说什么才好。哀婉忧伤,催人泪落。

但高适的这首别诗,却显得有些独特,不落俗套。开头起兴,用的是千里黄云、白日微曛、北风吹雁、雪落纷纷的意象,起笔气象上就没有小家无奈的味道,接下来诗人一转笔,对朋友说道:不必忧愁前路没有知己,放眼这天下有几个人不知道你呢!这是赠别,是安慰,也是相知。天下谁人不识君,董庭兰是一时的名士,所以,高适对他的鼓励其实并不过分。

正是朋友彼此的相知和欣赏,才能使作者在离别之际有着这种气度,而这样的洒脱与释然恐怕只有王勃的那句"海内存知己,天涯若比邻"可以与之相媲美吧。

凉州词

王 翰

葡萄美酒夜光杯①,欲饮琵琶马上催②。
醉卧沙场君莫笑③,古来征战几人回。

【注释】

①夜光杯:用白玉制成的酒杯,光可照明。②催:催人出征。③沙场:平坦空旷的沙地,古时多指战场。

【赏析】

　　甘甜的美酒、通透的夜光杯、断断续续传来的琵琶声，汇成了独特的音乐，流淌在将士们的心里。谁都知道从军打仗总会有所死伤，那么不如开怀畅饮，醉卧沙场。就算是喝醉了，希望也不会有人笑话我们，自古征战，有几个人是活着回去的呢？

　　这本是一个引人伤感的话题，将士们为了家园的安宁必须出来打仗，而战争必然带来死伤，但这一切似乎并没有动摇他们的志向。相反，在将生死置之度外后，他们显得更加豪迈。功名利禄似乎并不重要，封侯拜相也不再计较，只有此刻盛宴的豪华，开怀畅饮的痛快，才是人生最可珍惜的经历。

　　林庚先生在《唐诗综论》中说，"边塞诗是盛唐诗歌高峰上最鲜明的一个标志"。而王翰这首《凉州词》，无疑是唐代同类诗中的佳作。

望 岳

杜 甫

岱宗夫如何①？齐鲁青未了。
造化钟神秀，阴阳割昏晓。
荡胸生层云，决眦入归鸟②。
会当凌绝顶，一览众山小。

【注释】

① 岱宗：即泰山。泰山为五岳之首，故称宗。② 决眦：表示极目远视。

【赏析】

　　这首《望岳》是目前现存杜诗中年代最早的一首，也是杜甫诗歌中最为昂扬奋进的一首。当杜甫登上泰山，他用拟人的手法写大自然"钟情"于泰山，所以造就了他的美丽与灵秀。泰山高耸入云，向阳向阴只是一面之隔,却恍如晨昏之别。只有登上这座山,才能够一览众山的渺小!人们常以杜甫之诗沉郁顿挫,却不料他也有如此豪迈的气魄、浪漫的情怀。盛世唐朝,在他的诗里,原来也同样可歌可泣。

"会当凌绝顶,一览众山小"两句历来被人吟诵,文学大家萧涤非评论此诗时说道:"从这两句富有启发性和象征意义的诗中,可以看到诗人杜甫不怕困难、敢于攀登绝顶、俯视一切的雄心和气概。这正是杜甫能够成为一个伟大诗人的关键所在,也是一切有所作为的人们所不可缺少的。这就是为什么这两句诗千百年来一直为人们所传诵,而至今仍能引起我们强烈共鸣的原因。"

明人莫如忠在《登东郡望岳楼》诗中对这首诗的赞誉甚高:"齐鲁到今青未了,题诗谁继杜陵人?"清代浦起龙说"杜子心胸气魄,于斯可观。取为压卷,屹然作镇",而杜诗"当以是为首"。

前出塞

杜 甫

挽弓当挽强[①],用箭当用长[②]。
射人先射马,擒贼先擒王[③]。
杀人亦有限,列国自有疆[④]。
苟能制侵陵[⑤],岂在多杀伤[⑥]?

【注释】

①强:指坚硬的弓。②长:长的箭。③擒:捉拿。④列:分立,建立。⑤苟:如果。制侵陵:制止,侵略。陵,这里同"凌",欺侮的意思。⑥岂:难道。

【赏析】

首联两句是写进行战争前,要先准备好锐利的武器,挽弓一定要挽强弓,用箭一定要用长箭,有助于战事的胜利。颔联写射人的话,可以先射倒他的马,马倒了人自然也就丧失战斗力了。如果擒贼的话,应该先把他们的头领抓住,这样的话,"人无头不走,鸟无头不飞",敌军队伍一乱,自然就对我方战局有利。为什么要射马、擒王呢?因为可以少杀人,而且快速结束战争。

《孙子兵法》有云:"是故百战百胜,非善之善也;不战而屈人之兵,善之善者也。"说的就是百战百胜虽然值得庆祝,但并不是最好的事情。能够不经历战争就让对方投降,或者如飞将军那样镇住敌兵,才是上上策,是最高的计谋和智慧。所以,杜甫接着说,杀人是有限度的,每个国家都有自己的疆域。如果能够制服他们,不再忍受他们的欺凌和侵略,又何必多杀无辜的人呢?这首诗正是杜甫一贯忧国忧民思想的体现。

饮中八仙歌

杜 甫

知章骑马似乘船,眼花落井水底眠。
汝阳三斗始朝天,道逢曲车口流涎,恨不移封向酒泉。
左相日兴费万钱,饮如长鲸吸百川,衔杯乐圣称避贤。
宗之潇洒美少年,举觞白眼望青天,皎如玉树临风前[1]。
苏晋长斋绣佛前[2],醉中往往爱逃禅。
李白一斗诗百篇,长安市上酒家眠。
天子呼来不上船,自称臣是酒中仙。
张旭三杯草圣传,脱帽露顶王公前[3],挥毫落纸如云烟。
焦遂五斗方卓然[4],高谈雄辩惊四筵[5]。

【注释】

[1]皎:洁白。玉树临风:形容人玉树一样风度潇洒,秀美多姿。亦作"临风玉树"。临风,迎着风。[2]长斋绣佛:吃长斋于佛像之前,形容修行信佛。

长斋，终年吃素；绣佛，刺绣的佛像。③ 脱帽露顶：古代指不受礼仪的约束。④ 卓然：形容酒后精神焕发，不凡的样子。⑤ 高谈雄辩：指言辞高妙广博，辩论充分有力，形容能言善辩。四筵：四座。

【赏析】

诗中八仙指的是贺知章、汝阳王李琎、左丞相李适之、名士崔宗之、苏晋、李白、张旭和焦遂。他们都是同时代的人，又都在长安生活过，皆嗜酒、豪放、旷达。

余光中先生在《寻李白》中写道："酒入豪肠，七分酿成了月光，剩下的三分啸成了剑气，绣口一吐就半个盛唐。"在诗中他将李白醉饮人生的潇洒，仗剑天涯的豪放，都浓缩在月光中，顶着盛唐的光环，锦心绣口，诗香酒香。有人说，"青春、诗歌和酒"是李白诗篇中不断吟诵的主题，也是盛唐留给后世英姿勃发的倒影。于是，每每提起大唐，首先令人感叹的便是扑面的酒气。一杯清酒，让飞扬的青春更加浪漫；一杯烈酒，让灼热的胸怀更加激荡。英雄的壮烈、美人的惆怅，都化作清酒、美酒，陶醉了人心，也酿就了诗情。

《饮中八仙歌》别具一格，是一首极富特色的"肖像诗"。杜甫以速写笔法、洗练的语言，将这八个酒仙人物写进一首诗里，构成一幅生动豪迈的人物群像图。

醉八仙中，首先出场的是贺知章。杜甫说他喝醉酒后，骑着马就像坐船一样，摇摇晃晃，结果眼花缭乱的时候，失足落井，就在井底睡着了。汝阳王敢喝酒三斗再去朝拜天子，路遇卖酒的车垂涎三尺，恨不能把自己的封地移到"酒泉"。

接着，杜甫写了丞相酒量恢宏，如饮百川之水。风流名士崔宗之，酒后英俊潇洒，衣袂飘飘，宛如玉树临风。而苏晋虽然吃斋礼佛，但还是喜欢在"酒"中逃避"佛"的束缚，宁愿用长久的修行换短暂一醉。以"草圣"著称的张旭，他喝醉的时候，不会顾及王公显贵在场，会脱了帽子，奋笔疾书，笔走龙蛇，字迹如云卷云舒，潇洒自如。还有唐代著名布衣焦遂，五斗之后，便会高谈阔论，常常语惊四座。

当然，这八仙中，最著名的还是李白。杜甫说"李白一斗诗百篇，长安市上酒家眠。天子呼来不上船，自称臣是酒中仙"。李白每次酒喝多了的时候，诗也就特别多。写了诗，干脆就睡在酒家里，醒了之后，还可以继续喝。这还不算什么，连天子叫他的时候都不上船，还说"我是酒中的神仙"，言外之意，可以不听你的号令，彰显了李白不畏权贵的个性；也让他浪漫、可爱、无拘无束的形象深入人心。

王嗣奭曾评论此诗："此创格，前无所因。"确实，《饮中八仙歌》风格独特，情调轻快谐谑，豪迈畅快，一气呵成。每个人物性格各异，却又异中有同，群像浑然一体又彼此映衬，在唐诗中可谓别开生面之作。

江畔独步寻花

杜 甫

黄四娘家花满蹊[①]，千朵万朵压枝低。
留连戏蝶时时舞，自在娇莺恰恰啼。

【注释】

① 蹊：路。

【赏析】

杜甫的大部分诗歌，都凝结着浓重的哀愁，所以后世常觉得他"苦大仇深"。倒是这首小诗，笔调轻快流畅，一洗往日的愁怨，春天的喜悦也在字里行间不断迸发。黄四娘家的小路上开满了缤纷的花朵，千朵万朵的花把树枝压得很低。彩蝶在花间飞舞流连忘返，自在的黄莺在娇嫩地啼叫。在这条乡村的小路上，繁花似锦，莺啼蝶舞，有美不胜收的景色，也有愉快的心情。

此时，杜甫已经在成都浣花溪畔建了一座草堂作为安身之地。

经历了颠沛流离后,他更加珍惜这份来之不易的安定。春暖花开的时候,他的心情也变得异常轻快,来到江畔散步、赏花,并写下了这首著名的诗篇。

"黄四娘家花满蹊,千朵万朵压枝低",只此一句,春天的意境便尽情地舒展,田园的乐趣也逐渐铺开。而"留连戏蝶时时舞,自在娇莺恰恰啼"两句中,作者以其常喜用的叠字写出戏蝶与娇莺可爱生动的形象。"时时"和"恰恰"读起来很有律动感。

客 至

杜 甫

舍南舍北皆春水,但见群鸥日日来。
花径不曾缘客扫,蓬门今始为君开①。
盘飧市远无兼味②,樽酒家贫只旧醅③。
肯与邻翁相对饮④,隔篱呼取尽余杯⑤。

【注释】

①蓬门:用蓬草编成的门,这里表示居处的简陋。②兼味:指各种美味佳肴。③旧醅:隔年的陈酒。古人好饮新酒,而诗人以家贫无新酒招待客人而感到歉意。④肯:能否允许的意思。⑤呼取:叫,招呼。

【赏析】

杜甫说,在我茅舍的南北两侧,都静静地流淌着春水,鸥群整日飞来飞去,环境幽雅静谧。我的花径已经很长时间没有清扫过了,落花无数,却并不曾有客来临。今天听说朋友要过来,紧闭的大门也将为你而打开,酣畅淋漓的快意挥洒自如。等朋友来后,又可见到杜甫频频劝酒:自己家离菜市场太远,只能吃点简单的饭菜;买不起太昂贵的酒,也就只能喝点自己酿造的酒。虽然并不阔绰,但盛情却十分纯朴。估计朋友也并不介意,所以酒酣处,竟然想到与邻居那个老翁对饮,隔着篱笆,高声呼唤邻居过来一起痛饮。

这是很有意思的一个场景,诗人在家与朋友喝酒,兴高采烈处,竟然向隔壁的老翁高呼:"我的朋友来了,你也过来一起喝酒啊!"诗作至此戛然而止,虽然没有写到后来的欢闹,但料定一定比杜甫停笔处更为热烈,而邻里乡情也在这其中得到了充分的展现。

"花径不曾缘客扫,蓬门今始为君开",这种田园式的浪漫,这种古风般田园生活,让人引颈遐想。

蜀 相

杜 甫

丞相祠堂何处寻,锦官城外柏森森①。
映阶碧草自春色,隔叶黄鹂空好音。
三顾频烦天下计,两朝开济老臣心。
出师未捷身先死,长使英雄泪满襟。

【注释】

①锦官城:古城名。故址在今四川成都南。成都旧时就有大城、少城,其中少城为掌织锦官员之官署,因称"锦官城",后世以之为成都别称。

【赏析】

这首诗以问句开篇,到哪儿去找武侯诸葛亮的祠堂呢?只有到城外柏树森森的地方去找。柏森森既庄严肃穆,也静谧凄凉。台阶上,碧草深深,只有黄鹂在树上兀自鸣叫。当年,刘备三顾茅庐请先生出山,为苍生济世定天下三分,作为开国元老,承业先臣,诸葛亮一生鞠躬尽瘁,忠肝义胆。可惜的是,出师尚未成功却病死军中,以致后世英雄每每提起,都替他悲哀,涕泪满衣襟。杜甫写此诗的时候,安史之乱尚未平息,在江山社稷风雨飘摇的时候,杜甫想起了曾经披肝沥胆的蜀相,他当年的功勋已经被历史所磨灭,荒草丛生、柏树阴森,还有谁能在意丞相的祠堂呢?换句话说,还有几个人记得宰相的功劳呢?

本诗是一首比较典型的咏古诗。古代的诗人常常选取符合自己人生理想的古代人物来歌颂,在称颂他们的同时,也表达了自己的心愿和心声,在慨叹他们命途多舛,生不逢时之际,也抒发了自己对现世的情怀。所以,后人在吟诵这些篇章的时候,不仅想起诸葛亮,也感叹起杜甫,会产生双重的悲伤和同情,也会对前后两个时代有清晰的比较和深刻的印证。

"出师未捷身先死,长使英雄泪满襟。"这最后两句尤其感人。后世爱国将领宗泽因无法杀敌报国,收复失地,愤懑成积,临终时不断吟诵这句"出师未捷身先死,长使英雄泪满襟",足见杜甫这首诗感人之深,影响之远。

周汝昌评论此诗说:"……长使英雄泪满襟袖的英雄……是指千古的仁人志士,为国为民,大智大勇者是,莫作'跃马横枪'、'拿刀动斧'之类的简单解释。老杜一生,许身稷契,志在匡国,亦英雄之人也。说此句实包诗人自身而言,方得其实。"又说,"老杜又绝不是单指个人。心念武侯,高山仰止,也正是寄希望于当世的良相之材。他之所怀者大,所感者深,以是之故,天下后世,凡读他此篇的,无不流涕,岂偶然哉!"

兵车行

杜 甫

车辚辚①,马萧萧②,行人弓箭各在腰③。
耶娘妻子走相送④,尘埃不见咸阳桥⑤。
牵衣顿足拦道哭⑥,哭声直上干云霄⑦!
道旁过者问行人⑧,行人但云点行频⑨。

或从十五北防河,便至四十西营田。
去时里正与裹头⑩,归来头白还戍边!
边亭流血成海水,武皇开边意未已。
君不闻,汉家山东二百州,千村万落生荆杞⑪!
纵有健妇把锄犁,禾生陇亩无东西⑫。
况复秦兵耐苦战⑬,被驱不异犬与鸡。
长者虽有问,役夫敢申恨?
且如今年冬,未休关西卒⑭。
县官急索租,租税从何出?
信知生男恶,反是生女好。
生女犹得嫁比邻,生男埋没随百草!
君不见,青海头⑮,古来白骨无人收。
新鬼烦冤旧鬼哭,天阴雨湿声啾啾⑯!

【注释】

①辚(lín)辚:车轮声。②萧萧:马嘶叫的声音。③行人:指被征出发的士兵。④耶:同"爷",父亲。⑤咸阳桥:便桥,汉武帝所建(在今陕西咸阳市)。⑥顿足:脚跺地。⑦干:读作一声,冲。⑧过者:诗人自称。⑨点行:指点名征调壮丁。频:频繁。⑩里正:唐时每百户有设一里正,负责管理户口、检查民事、催促赋役。⑪荆杞:荆棘与杞柳,两种野生灌木。⑫陇亩:耕地。陇,同"垄"。无东西:不分东西,即行列不整齐。⑬秦兵:指关中一带的士兵。⑭关西:函谷关以西。⑮青海头:指自汉代以来汉族经常与西北少数民族发生战争的地方。⑯啾啾:呜咽声。

【赏析】

　　"行"本为一种乐府歌曲体裁,这首《兵车行》是杜甫的新题。战车在轰轰地前行,战马在萧萧地悲鸣,出征的人们,弓箭佩戴在各自的腰间。爹娘、妻子、儿女都跑过来送别,尘土飞扬的路上,几乎看不到咸阳桥。亲人们牵着士兵们的衣服痛哭不止。哭声一直传到了天上,直冲云霄。这是杜甫描绘的一幅图景,用这哭声、烟尘,写出了冲天的怨气和悲愤。战争,让人们流离失所,拆散了一个个美满的家庭。

诗作的后面写了许多士兵,离家的时候还是壮年,但回来的时候已经两鬓斑白。所以,杜甫说,生男孩不好,以后随军打仗难说生死,很多人空留一堆白骨在边境,没有人来收。新鬼喊冤旧鬼烦愁,在雨天里声声悲叫。所以,还是生女孩好,还可以嫁给旁边的邻居,至少不用去从军打仗。可是,杜甫的诗似乎没有料到另一种悲伤:在一个战争频繁的年代,女孩也一样没有幸福的生活。在连年的征战中,女子只有征夫,而永远没有丈夫。所谓家园,其实早已残缺不堪,无论是战士还是在家守候的"耶娘妻子",都在乱世里身不由己。

诗的最后几句可谓触目惊心,"君不见,青海头,古来白骨无人收"。这种白骨蔽平原、一战万骨枯的景象,骇人心魄又让人叹息。"新鬼烦冤旧鬼哭,天阴雨湿声啾啾",写得如此悲凉无奈,阴风惨惨,鬼哭啾啾,之前的尘埃不见咸阳桥的景象,此时在诗人笔下却化成白骨累累,这一强烈对比,其效果是不寒而栗的。穷兵黩武劳民伤财,诗人满含愤慨与悲悯,将其对现实的控诉与对黎民百姓的同情淋漓尽致地抒发出来。

九日蓝田崔氏庄①

杜 甫

老去悲秋强自宽②,兴来今日尽君欢。
羞将短发还吹帽,笑倩旁人为正冠③。
蓝水远从千涧落④,玉山高并两峰寒⑤。
明年此会知谁健?醉把茱萸仔细看⑥。

【注释】

①蓝田：即今陕西省蓝田县。②强：勉强。③倩：请人代替自己做。④蓝水：即蓝溪，在蓝田山下。⑤玉山：即蓝田山。⑥茱萸：草名。

【赏析】

诗人感叹自己已经老了，悲秋的愁绪也更加浓重。正赶上重阳，所以他宽慰自己，并决定打起精神来和大家共尽欢乐时光。结果有风吹来，帽子一歪，露出稀疏的短发。羞愧之余，忙请旁边的人帮自己整理帽冠。抬眼望去，蓝田之水，在远处奔泻；玉山之峰，携着高处的轻寒。山高水阔，壮怀激烈，不免感叹人世的短暂。不知道明年的这个时候还有谁能健在，带着茱萸再来这里聚会！和永恒的自然、无尽的岁月相比，只会让人觉得自己突然苍老。于是不免心惊，人生太短，却常常叹息太长！

长歌行

李 泌

天覆吾，地覆吾，天地生吾有意无。
不然绝粒升天衢①，不然鸣珂游帝都②。
焉能不贵复不去，空作昂藏一丈夫③。
一丈夫兮一丈夫，平生志气是良图。
请君看取百年事，业就扁舟泛五湖。

【注释】

①天衢（qú）：天空广阔，任意通行，如世之广衢，故称天衢。②鸣珂（kē）：显贵者所乘的马以玉为饰，行则作响。③昂藏：气度轩昂，超群出众貌。

【赏析】

这首诗的大意是：天覆盖着我，地承载着我，天地生我应该是有意义的吧。否则,可以不食人间烟火,直接得道成仙,或者也可以担任比较重要的职位,总之是应该有意义的。不然的话,难道让我既得不到富贵功名也不能修炼成神仙吗?这岂不是令我枉为七尺男儿,愧为大丈夫!大丈夫啊,就是要有志气有抱负,将平生的理想都放在建功立业之上。诸君,可以看我这短短人生,百年之事,等到我功成身退的时候,就会乘一叶扁舟,到五湖四海中过自己逍遥快乐的日子!

诗人李泌的理想,似乎和春秋时的范蠡有所相似。治国平天下,可以为国为民生死不惧,一旦成就霸业,反而功成身退,隐姓埋名,过隐居的日子去了。李泌在结句说"业就扁舟泛五湖",成就了自己的人生价值,也完成了历史的转折与递进,功成身退便了无遗憾。

一斛珠

江采苹

柳叶双眉久不描,残妆和泪污红绡[1]。
长门尽日无梳洗[2],何必珍珠慰寂寥。

【注释】

①红绡:红色薄绸。②长门:此处借汉武帝陈皇后的典故,表达旧人遭弃的忧伤。

【赏析】

斛是古代常用容量单位之一,通常学者们认为斛和石相通。

在杨贵妃之前,唐玄宗曾经宠爱过一位梅妃,名叫江采苹。后来,玄宗受了杨贵妃的挑唆,将梅妃江采苹发往上阳宫居住。安史之乱起,唐玄宗顾不上带走梅妃,便匆匆逃跑。据传梅妃被安禄山的士兵乱刀砍死;也有人说她为保贞节,投井自尽。

当年梅妃因忍受不住上阳宫的清冷,便写了一首《楼东赋》送给玄宗。玄宗看后心有所动,但怕杨贵妃生气,所以只偷偷地送去了些珍珠。梅妃大失所望,将珍珠退还,并写下了这首诗。

"柳叶双眉久不描,残妆和泪污红绡"两句写出了一个遭弃的女子无心梳洗打扮,终日以泪洗面的情形,然后用汉武帝陈皇后的典故,表达了自己内心的幽怨,读来让人不禁伤怀。

八 至

李季兰

至近至远东西①,至深至浅清溪。
至高至明日月,至亲至疏夫妻。

【注释】

①至:极,最。

【赏析】

唐代才女李季兰写下这样的诗行后,人们纷纷推断她一定曾经历尽沧桑、阅尽人生,所以才能于繁华绚烂的背后,抽出这样深刻的思想。

最远最近的就是东西两个方向,最深也是最浅的就是"水",如小溪之浅,海量之深。最高也最明亮的就是太阳和月亮,最亲密也最疏远的关系,莫过于人间的夫妻。她用极平淡的语言道尽了复杂的人性与人生,没有浓墨重彩的熏染,却含义隽永。

后人评论此诗说,其当得平淡二字,可谓得之。

李季兰是唐唐玄宗开元年间有名的才女。原名李冶,据说她6岁时候,父亲觉得其年纪虽小,然性情不宁,将来恐生事端,遂将她送入剡中玉真观出家,从此易名李季兰。

李季兰16岁的时候,开始逐渐感到观中生活的寡淡无味,对外面的世界充满了向往。当时有不少雅士常来观中游览,见这个清秀的小道姑，就常与她逗笑，情窦初开的李季兰每每以秋波暗送。一日，李季兰偷偷跑到剡溪中荡舟，遇到了当时隐居此地的名士朱放，二人一见如故。后朱放常到溪边与她相会，一同游山玩水。后来朱放去江西为官，二人挥泪告别。

就在李季兰对朱放日思暮想，情意难舍之时，另一位才华横溢的男子前来拜访她，此人便是陆羽。这个男子的到来弥补了李季兰此时失落的情绪，二人经常一同对坐清谈，烹茶煮雪，日子倒也快活起来。李季兰重病之时，陆羽细心热情地一直在她身边照料，李季兰对此感动不已。李陆二人感情从未间断，只是碍于各自身份，不能婚嫁，一生也只是互为知己而已。安史之乱爆发后，玄宗仓皇逃离长安。兵燹烽烟中，李季兰不知所终，一代才女给世人留下了一个扑朔迷离的传奇人生。

相思怨

李季兰

人道海水深，不抵相思半。
海水尚有涯，相思渺无畔。
携琴上高楼，楼虚月华满[1]。
弹著相思曲，弦肠一时断。

【注释】

[1] 月华：月光。

【赏析】

世人只识海水深，却不知道比海水更深更寒的便是相思的苦楚。毕竟，海水的尽头还有海岸，但相思的尽头却依旧是无尽的相思。在这长长的叹息中，诗人只能独倚高楼，轻抚琴弦。可是人去楼空，抬头却望见一轮满月，月华深浓。曲调悲切处，不禁折断琴弦。

这首《相思怨》语言直白,通俗易懂。全诗不着一个怨字,但句句似含无尽幽怨。即便远隔千年,她当年的缕缕情丝依然历历如新。

走马川行奉送出师西征

岑参

君不见走马川行雪海边①,平沙莽莽黄入天。
轮台九月风夜吼②,一川碎石大如斗,随风满地石乱走。
匈奴草黄马正肥,金山西见烟尘飞③,汉家大将西出师。
将军金甲夜不脱,半夜军行戈相拨④,风头如刀面如割。
马毛带雪汗气蒸,五花连钱旋作冰⑤,幕中草檄砚水凝⑥。
虏骑闻之应胆慑,料知短兵不敢接,车师西门伫献捷⑦。

【注释】

① 走马川:又名左末河,即今新疆车尔成河。② 轮台:地名,在今新疆维吾尔自治区米泉区境内。③ 金山:指天山主峰。④ 戈相拨:兵器互相撞击的声音。⑤ 连钱:马斑驳的毛色。⑥ 草檄(xí):起草讨伐敌军的文告。⑦ 车师:唐安西都护府所在地,在今新疆吐鲁番。

【赏析】

有人说,唐朝是中国历史上最意气风发的时代,因为强大,也因为壮美。唐朝战争频繁,且胜战较多,所以,只有金戈铁马的纵横,才能更好地泼洒青年人的赤诚。而这份热烈的冲动,也燃烧了更多的激情。在理想主义和浪漫主义的交织下,苦寒之地的边塞荒凉,也常常变为诗人眼中的奇绝美景。

岑参的边塞诗似乎都有一个共通的特点,那就是语意新奇,壮烈而又瑰丽。诗歌从茫茫黄沙写起,戈壁的荒漠与寂寞都在这幕天席地的浑黄中展开。首先是狂风怒吼,那些像斗一样大的碎石,随着狂风满地滚动,飞沙走石的险境历历在目。匈奴借着草黄马肥的机会，率领大军侵犯大唐江山。将士们晚上都不脱盔甲，顶着如刀的狂风在暗夜里行军。那些同样劳累的战马，在寒冷的天气里，毛上虽然沾着雪，却因连夜行军的奔跑，而令它们浑身冒着热气。而天寒地冻，那热气一遇到冷空气，则形成了一串串冰花凝结在战马的身上。军帐里正打算起草檄文，却发现砚台里刚刚倒出来的墨水也凝成了冰。

在这呵气成霜的时候，诗人的笔墨却似乎更加酣畅淋漓。他说战士们顶风冒雪的姿态一定会吓倒敌军，料想连仗也不用打了，我们就可以胜利还朝。虽然这只是岑参浪漫的幻想，但他对边塞生活细致入微的观察与描摹，却给人以蓬勃的激情、豪迈的气势与力量。

白雪歌送武判官归京

岑 参

北风卷地白草折[①]，胡天八月即飞雪[②]。
忽如一夜春风来，千树万树梨花开[③]。
散入珠帘湿罗幕[④]，狐裘不暖锦衾薄[⑤]。
将军角弓不得控[⑥]，都护铁衣冷难着[⑦]。
瀚海阑干百丈冰[⑧]，愁云惨淡万里凝[⑨]。
中军置酒饮归客[⑩]，胡琴琵琶与羌笛[⑪]。
纷纷暮雪下辕门[⑫]，风掣红旗冻不翻[⑬]。
轮台东门送君去，去时雪满天山路。
山回路转不见君，雪上空留马行处。

【注释】

①白草：西北的一种牧草。②胡天：指塞北的天空。③梨花：春天开放，花为白色，这里比喻雪花积在树枝上，像梨花开了一样。④珠帘：以珠子穿缀成的挂帘。罗幕：用丝织品做的幕帐。⑤狐裘（qiú）：狐皮袍子。锦衾

（qīn）：锦缎做的被子。⑥角弓：用兽角装饰的硬弓。不得控：天太冷而冻得拉不开弓。控，拉开。⑦都护：镇守边镇的长官，此为泛指。铁衣：铠甲。⑧瀚海：沙漠。这句是说大沙漠里到处都结着很厚的冰。阑干：纵横交错的样子。⑨惨淡：昏暗无光。⑩中军：古时分兵为中、左、右三军，中军为主帅的营帐。饮归客：宴饮回去的人，指武判官。饮，动词，宴饮。⑪胡琴琵琶与羌笛：胡琴等都是当时西域地区兄弟民族的乐器。这句是说在饮酒时奏起了乐曲。羌笛，羌族的管乐器。⑫辕门：军营的大门。⑬风掣（chè）：红旗因雪而冻结，风都吹不动了。掣，拉，扯。冻不翻：旗被风往一个方向吹，给人以冻住之感。

【赏析】

武判官其名不详。判官为唐时官职名，唐代节度使等朝廷派出的持节大使，可委任幕僚协助判处公事，称判官，是节度使、观察使一类的僚属。

塞外风光的奇特莫测，是安居中原内地的人们所无法料到的。如果不是亲历战争，恐怕岑参也很难从变幻莫测的气候中捕捉到灵感的火花。作为由南方而来的战士，岑参对北方的生活充满了好奇。

这首长诗便是对塞北风光的生动描绘。平地而起的北风，吹折了"白草"。八月秋高气爽之际，胡地竟然已经开始大雪纷飞。而大雪骤然降落，犹如千朵万朵的梨花沉沉地压在枝头。北风吹，大雪飞，塞外苦寒美，诗人在这里就像"发现新大陆"般，以惊喜的笔触来描绘北方的风景，一切都显得那么神奇。诗的末尾处，岑参送客来到路口，漫天飞雪再也找不到客人。山回路转，只有雪上留着马蹄的痕迹。在这歪歪斜斜的脚印中，岑参看到了什么呢？苦寒之地的奇景、豪情，抑或是如白雪一般悠悠不尽的思乡与惆怅？

本诗被作为唐朝边塞诗的上品佳作，尤其那句"千树万树梨花开"，更是脍炙人口，令人称绝。

送杨氏女

韦应物

永日方戚戚①,出行复悠悠②。
女子今有行③,大江溯轻舟。
尔辈苦无恃④,抚念益慈柔。
幼为长所育,两别泣不休。
对此结中肠,义往难复留。
自小阙内训⑤,事姑贻我忧。
赖兹托令门⑥,仁恤庶无尤。
贫俭诚所尚,资从岂待周。
孝恭遵妇道,容止顺其猷。
别离在今晨,见尔当何秋。
居闲始自遣,临感忽难收。
归来视幼女,零泪缘缨流。

【注释】

①戚:悲伤忧愁。②悠悠:谓遥远。③行:女子出嫁。④无恃:指幼年失母。⑤阙:通"缺",缺少,没有。内训:母亲的训导。⑥令门:好人家,这里指女儿的夫家。

【赏析】

这是中唐著名诗人韦应物在女儿出嫁之时写给她的诗。韦应物说妻子早丧,抚养女儿的时候,对女儿的怜爱更多了几分。因为妻子离世,两个女儿多年来一直相依为命,姐妹情深,此番分别,她们只能流泪互诉哀肠。"女大当嫁",他没办法把孩子留在身边。因为从小没有受到母亲的调教,他害怕女儿结婚后不会侍奉公婆,遭到别人的批评和责罚。

诗人以近乎白描的笔触,将女儿出嫁前父亲内心的复杂情感抒发得感人肺腑。"别离在今晨,见尔当何秋",这股父女之情是作者真性情的流露,读来令人感伤不已。

因为这份担忧,诗人嘱咐女儿说,婆家是大户人家,你嫁过去一定要贤惠,懂得勤俭持家,要敬老爱幼,恪守妇德,一切言谈举止要合情、合礼。今天,咱们父女就此分别,不知道何年何月才能再相逢。在这离别的时候,伤感忽至,竟然易放难收。回来看到小女儿还在身边,忽然又止不住流下泪来。妻子早亡,对孩子倍加怜爱,令韦应物身兼"严父慈母"的双重职责。女儿出嫁的时候,父母爱、骨肉情,忽然都在分离的时刻跃然纸上,不禁催人泪下。

题都城南庄

崔护

去年今日此门中,人面桃花相映红①。
人面不知何处去,桃花依旧笑春风②。

【注释】

① 人面桃花:原指女子的面容与桃花相辉映,后用于泛指所爱慕而不能再见的女子,也形容由此而产生的怅惘心情。也作"桃花人面"。② 笑:形容桃花盛开的样子。

【赏析】

诗的大意很简单,去年的这个时候,我在这扇门前喝水,看到青春的姑娘和盛开的桃花交相辉映。今年的这个时候,故地重游,发现姑娘已不知所踪,只有满树的桃花,依然快乐地笑傲春风。

关于诗中所隐喻的这段故事,在唐代孟棨的笔记小说《本事诗》中有过记载。在那年清明节的午后,刚刚名落孙山的崔护独自出城踏青。后来崔护忽觉口渴,恰好行至一户农家门外,便轻叩柴扉,讨一杯水喝。大门打开，年轻美丽的姑娘温柔地端了一碗水送给崔护，自己悄然地倚在了桃树边。崔护见姑娘美若桃花，不免怦然心动。可是，即便大唐再开放、宽容，但生活在"非礼勿视、非礼勿言"的封建时代，男女之间的禁忌还是颇多的。所以，这次偶然的邂逅并没有更多的情节了。第二年的清明，崔护又去了南郊踏青。据传，他看到门上一把铁锁，怅然若失地写下了这样的诗行。崔护题完诗后，依然有许多放不下的心事，到底惦念着，几天后又返回南庄。结果，在门口碰到一位白发老者，老者一听崔护自报家门，便气急败坏地让崔护抵命。

原来，去年自崔护走后，桃花姑娘便开始郁郁不乐。前几天，刚好和父亲出门，结果回来看到这首诗写在墙上，便生病了。不吃饭不睡觉，没几天就把自己折腾死了。崔护听后，深深地感动了，他跑进屋里，扑倒在姑娘的床前，不断地呼唤姑娘。这感天动地的痛哭，竟真的令姑娘奇迹般地活了过来，与崔护有情人终成眷属。

在封建社会，除了父母之命、媒妁之言，很多年轻人根本接触不到其他的异性。所以像这首诗中隐喻的那种一见钟情对于他们来说，显得尤为珍贵。"人面桃花"的明媚和"人面不知何处去"之落寞，吟诵出的就是诗人的感喟。

整首诗以"人面"和"桃花"为线索，贯串通篇，同去年与今日物是人非的映照对比，反映出了诗人对失去美好事物的无限怅惘之感。而结尾两句"人面不知何处去，桃花依旧笑春风"，更是被传为诗坛佳句。

节妇吟

张 籍

君知妾有夫，赠妾双明珠。
感君缠绵意，系在红罗襦。

妾家高楼连苑起,良人执戟明光里①。
知君用心如日月,事夫誓拟同生死。
还君明珠双泪垂,恨不相逢未嫁时。

【注释】

① 良人:指女子的丈夫。

【赏析】

　　这首诗的大意如下:你知道我是有夫之妇,却赠给我一对明珠。我感激你的情意,将它们系红罗襦上。我丈夫家也是有地位、有权势的名门望族;所以,我尽管知道你对我情深意浓,也只能和丈夫"共进退,同死生"。今天,将这对明珠含泪送还给你,只能怪造化弄人,没有让我们在未婚时相遇。诗作的最后两句尤其深婉,历来为人所称道。

　　诗人笔下的"节妇"似乎比现代人更有智慧。"还君明珠双泪垂",既不乏对别人感情的尊重和感谢,也没有突破道德和婚姻的规范,有情有义却也有礼有节,实在是一个懂得感情又珍惜生活的才女!

　　张籍这首诗表面上写的是男女之情,实则寄托了诗人的政治理想。原本在诗题下有注云:"寄东平李司空师道。"李师道是唐朝时平卢淄青节度使,兼任数种官衔,势力很大。张籍是韩愈大弟子,对当时的藩镇割据局面是十分痛恨的。而这首诗便是其为拒绝大军阀李师道的拉拢所作。钱仲联、徐永端等学者就曾评论,认为此诗"通篇运用比兴手法,委婉地表明自己的态度。单看表面完全是一首抒发男女情事之诗,骨子里却是一首政治诗,题为《节妇吟》,即用以明志。"

　　因为此诗写的委婉动人,"还君明珠双泪垂,恨不相逢未嫁时"更成为唐诗佳句,这首《节妇吟》一般被人们当作爱情诗的典范佳作。

新嫁娘

王 建

三日入厨下,洗手作羹汤。
未谙姑食性①,先遣小姑尝②。

【注释】

① 姑:婆婆。② 小姑:丈夫的妹妹。

【赏析】

按照习俗,新媳妇过门三天后,要下厨房为大家做饭。但是,新媳妇刚入门,并不知道公婆的饮食喜好,但是这是个灵秀的女子,她想出了一个办法:就是让自己的小姑来尝尝口味,看是否符合婆婆的喜好。

"未谙姑食性,先遣小姑尝"两句,几个瞬间场景,让读者看到了一个聪明、细心的新嫁娘。因为厨房必定是小姑常出入的地方,这第一天做羹汤给公婆,因为掌握不好其口味,所以才想出了这个妙招。显然这是个会讨巧的新娘子,作者对这个新嫁娘无疑是十分欣赏的。

读这首诗多少会让人联想起朱庆馀的那首《近试上张水部》:"洞房昨夜停红烛,待晓堂前拜舅姑。妆罢低声问夫婿,画眉深浅入时无?"同样的聪明,只是朱诗中的女子更娇媚温婉,因为她所面对的是自己的丈夫,而所问之事也是妆容,而王建笔下的女子则更显得活泼甚至带有几分狡黠,可爱得让人心生亲近之意。

古人讲唐诗绝句最难,因为要在短短的四句20字中将一个意境或形象表现出来,是十分不易的。这首《新嫁娘》,简简单单20个字,却将新媳妇聪明乖巧的性格刻画得栩栩如生。正如沈德潜评论此诗所说:"诗到真处,一字不可易。"一首《新嫁娘》活泼短小,堪称五绝中的佳作。

上阳宫

王 建

上阳花木不曾秋,洛水穿宫处处流。
画阁红楼宫女笑,玉箫金管路人愁。
幔城入涧橙花发①,玉辇登山桂叶稠②。
曾读列仙王母传,九天未胜此中游。

【注释】

①幔城:张帷幔围绕起来像城一样,故称"幔城"。涧:指涧水。②玉辇:皇帝的车轿。稠:密,这里指茂盛。

【赏析】

王建的这首《上阳宫》描写了上阳宫的景色和宫中奢华的生活。他说上阳宫的花木好像从来都不曾经历过秋天,草木繁茂永远藏着勃勃生机。洛水从宫中穿过,四散分流到各处。雕栏玉砌的楼阁上,有宫女在欢笑;箫管齐奏的声音婉转地飘到了宫外,引起路人的愁思。涧水边上,幔帐围起的小城里,橙花才刚刚开放,桂叶浓稠桂花四溢的时候,妃子们坐着玉辇出来游玩。

上阳宫始建于唐高宗时,武则天在位的时候又进行了扩建。宫内,殿堂楼阁连绵不绝,洛水穿城,水河沿岸,桃李飘香,绿树成荫,碧波荡漾,花团锦簇。相传,上阳宫一年四季风景如画。触景生情,诗人王建不免感叹:"曾读列仙王母传,九天未胜此中游。"意思是说自己也读过《列仙传》,但觉得她们住在九重天的宫殿之上,也不如在上阳宫好啊!

在诗人的笔下,一个"当惊世界殊"的人间宫殿之繁华景象如在目前。

乌衣巷

刘禹锡

朱雀桥边野草花①,乌衣巷口夕阳斜。
旧时王谢堂前燕②,飞入寻常百姓家③。

【注释】

① 朱雀桥:故址在今江苏省南京市江宁区,横跨于秦淮河上。② 王谢:即王导、谢安两大家族。③ 寻常:平常。

【赏析】

这是刘禹锡非常有名也是最得意的怀古名篇之一。自古王朝更迭,人世变迁,楼台殿宇都随历史的江水滔滔逝去,又或如云烟过眼。然而能够带走的是历史风卷残云后的硝烟,而月色、夕阳、花草树木深埋地下的根却依然故我地升落开谢,繁荣或者荒芜。

诗人有感于斯,遂写下了这首《乌衣巷》:朱雀桥边冷冷落落,长满了野花野草。乌衣巷口的断壁残垣,也正横七竖八地倒在夕阳里。原来王导和谢安家的堂前燕子,如今也飞入了寻常百姓家筑巢。曾经车水马龙的繁华街道,如今也已经遍地荒凉,只有筑巢的燕子飞来飞去,不知人世沧桑。

乌衣巷是东晋时期氏族大家的聚居区,故址在今南京市东南,文德桥南岸,当时是三国东吴的禁军驻地。因为禁军身穿黑色军服,所以民间俗称其为乌衣巷。东晋时王导、谢安两大家族,都住在这里,人称其子弟为"乌衣郎"。到了唐朝,乌衣巷已经沦为废墟。

白居易曾盛赞刘禹锡的这首《乌衣巷》,说此诗令自己"掉头苦吟,叹赏良久"。近代学人范之麟评价这首诗说,"《乌衣巷》在艺术表现上集中描绘乌衣巷的现况;对它的过去,仅仅巧妙地略加暗示。诗人的感慨更是藏而不露,寄寓在景物描写之中。因此它虽然景物寻常,语言浅显,却有一种蕴藉含蓄之美,使人读起来余味无穷"。

秋 词

刘禹锡

其一

自古逢秋悲寂寥，我言秋日胜春朝[①]。
晴空一鹤排云上，便引诗情到碧霄。

其二

山明水净夜来霜，数树深红出浅黄。
试上高楼清入骨，岂如春色嗾人狂[②]。

【注释】

① 春朝：即初春，此处指春天。② 嗾（sǒu）：教唆，指使。

【赏析】

　　第一首《秋词》历来被看作刘禹锡的代表作，也是他一反前人悲秋落寞情怀的昂扬赞歌。一句"自古逢秋悲寂寥"道尽了千古文人的悲秋情结。而在刘禹锡看来，秋高气爽的天气，似乎比春天还要给人以鼓舞。晴空之上，一只展翅高飞的鹤冲天而上，排云的斗志激励了诗人，将他的诗情倏忽间便引到了碧霄之上。其通达的态度，乐观的精神，令刘禹锡的诗从所有吟诵秋天的苦恼中解脱出来，想到秋天的辽阔、壮美，就会不自觉地吟诵起他的这首诗。

　　此诗一出，便受到很高的评价。学者倪其心评语此诗说："诗人通过鲜明的艺术形象表达深刻的思想，既有哲理意蕴，也有艺术魅力，发人思索，耐人吟咏。"

　　第二首描写秋色的诗，与前面一首虽然写作的重点不同，但是放在一起，却相得益彰，将秋天的骨气与景色，都融化在了舒远与旷达中。

明朗的山，纯净的水，夜里的霜，都如此清透、洁净。树木上那些各色花朵也开始渐渐透出浅黄。登上高楼，清气入骨，哪里像春色那样撩人情思，引人发狂。

刘禹锡将春和秋放在一起对比，写出了秋天的朴素、爽朗与纯净。第一首诗，志向远大，如一鹤冲天；第二首诗，心地高洁，如明山净水。两首诗既纠正了前人"逢秋寂寥"的忧伤，也展示了诗人的志向与情操，可谓"一箭双雕"。

"以诗言志"是中国诗歌历来的传统，文人们常常借助诗歌来表达自己的感情和志向。《秋词》中对秋高气爽的歌颂，正是唐朝蓬勃激情的具体显现。

逢病军人

卢 纶

行多有病住无粮，万里还乡未到乡。
蓬鬓哀吟古城下①，不堪秋气入金疮②。

【注释】

① 蓬鬓：鬓发蓬乱，描绘疲病冻饿、受尽折磨的人物形象。② 金疮：指伤口。

【赏析】

战争是那样的残酷，自古以来，刀锋上舔血的战士，没有几个人能够全身而退。战死的自是不必多说，很多在战争中受伤的，因为得不到及时的治疗，也将逃不过死亡的厄运。

在这首诗中，卢纶将"病军人"的苦、愁、忧、痛刻画得入木三分。首先，他写到这个多病的军人，因为走了太远的路，所以没有了继续赶路的口粮。万里的归乡之路，变得更加漫长。在这位军人的心里，"叶落归根，我还没有到家，怎么能死去呢？好不容易从战场上活着出来，虽然已经伤残，但如果回到家里，就可以与亲人团聚了。"

可是,战场上受的伤还在隐隐作痛,行了这么远的路已经疲惫不堪,而且连吃的东西都没有了,根本不知道要死在什么地方。所以,卢纶感叹道,他蓬头垢面,身心俱疲,哪里还能忍受秋天的寒气深入他已然恶化的伤口呢?古城之下,他的叹息如此微弱,也显得那样孤寂。这样一个生了病的军人,无依无靠,很有可能病死他乡,或者饿死他乡。

假如他就这样死了,他的家人也依然无从知晓。累累白骨,不管是堆在硝烟散尽的河边,还是古城外荒凉的墙根,他们都是年轻的妻子们日夜思念的人。如果人真的是有灵魂的话,就会隔山隔水,前世今生,也要等到团圆的那天。这些苦命的军人,地下有灵,恐怕也能托梦到妻子们的枕边,替她擦干泪水,在梦中相依相伴。

上阳白发人

白居易

上阳人①,红颜暗老白发新。
绿衣监使守宫门②,一闭上阳多少春。
玄宗末岁初选入,入时十六今六十。
同时采择百余人,零落年深残此身。
忆昔吞悲别亲族,扶入车中不教哭;
皆云入内便承恩③,脸似芙蓉胸似玉。
未容君王得见面,已被杨妃遥侧目④。
妒令潜配上阳宫,一生遂向空房宿。
宿空房,秋夜长,夜长无寐天不明。
耿耿残灯背壁影⑤,萧萧暗雨打窗声⑥。
春日迟,日迟独坐天难暮;

宫莺百啭愁厌闻，梁燕双栖老休妒。
莺归燕去长悄然，春往秋来不记年。
唯向深宫望明月，东西四五百回圆。
今日宫中年最老，大家遥赐尚书号。
小头鞋履窄衣裳⑦，青黛点眉眉细长；
外人不见见应笑，天宝末年时世妆。
上阳人，苦最多。
少亦苦，老亦苦，少苦老苦两如何？
君不见昔时吕向《美人赋》；
又不见今日上阳白发歌！

【注释】

① 上阳：唐宫名，指当时东都洛阳的皇帝行宫上阳宫。② 绿衣监使：太监。唐制中太监着深绿或淡绿衣。③ 承恩：蒙受恩泽。④ 遥侧目：远远地用斜眼看，表嫉妒。⑤ 耿耿：微微的光明。⑥ 萧萧：风声。⑦ 履（lǚ）：鞋。

【赏析】

　　此诗是白居易《新乐府》五十首中的第七首，是一首著名的政治讽喻诗。诗人以老宫女的口吻解说上阳宫中的生活，字字寂寞、句句幽怨，如泣如诉，饱含岁月的血泪和辛酸。白居易作这首诗的时候，旁边加了小序，说是杨贵妃专宠后，后宫就再也没有人能够受到皇上的宠幸，但凡长得有几分姿色的妃嫔和宫女，都被送往别处幽闭。"上阳宫"便是其中之一。

　　诗的开头说，上阳宫女红颜渐渐地苍老，而白发却在不断地增多，入宫的时候才仅仅16岁，现在已经60岁了。当年一起进宫的百余人，现在都逐渐凋零，在寂寞的深宫，只剩下我独自一个人。幽闭的宫门重重关上，寂寥的岁月无边无际。

　　在这首诗的结尾，上阳人说，现在我的年龄是宫中最大的了，皇帝恩典我，赐我为"女尚书"。但这空空的头衔对于我来说，又有什么用？我依然还是穿着"小头鞋""窄衣服"的过时的女人，根本不知道外面已经流行宽袍大袖了。外面的人看不到也就罢了，要是真的看到了，一定会笑话我的，因为我现在的装束还是天宝末年的打扮。对此诗中人自我解嘲了一番，其中，似乎又带着深深的苦痛与悲愤。

三千佳丽被深锁在上阳宫中，没有君王的召见，也无法与家人团圆。风霜雪雨，她们就这样不声不响地凋落成残花败柳，人老珠黄，只在寂寞的日子里，倾听岁月的怀想。上阳宫就是一座禁锢青春、绞杀热情和希望的坟墓，是一座无情无义、无声无息的监牢。诗人通过对这位老宫女一生遭遇的描写，形象而极富概括力地向世人展示了"后宫佳丽三千人"的悲惨命运，揭露了封建旧制度下皇宫内院里对无辜女性的摧残。

此诗融叙事、写景、抒情和议论为一体，形象生动，极富感染力，正如王夫之说，"以乐景写哀，以哀景写乐，一倍增其哀乐"。含泪的微笑、隐忍不发的情绪，才容易深深地把人感染。此诗一直以来被认为是唐代写深宫闺怨题材的佳作。

中 隐

白居易

大隐住朝市，小隐入丘樊[①]。
丘樊太冷落，朝市太嚣喧。
不如作中隐，隐在留司官。
似出复似处，非忙亦非闲。
不劳心与力，又免饥与寒。
终岁无公事，随月有俸钱。
君若好登临，城南有秋山。

君若爱游荡,城东有春园。
君若欲一醉,时出赴宾筵。
洛中多君子,可以恣欢言。
君若欲高卧,但自深掩关。
亦无车马客,造次到门前。
人生处一世,其道难两全。
贱即苦冻馁[2],贵则多忧患。
唯此中隐士,致身吉且安。
穷通与丰约,正在四者间。

【注释】

① 丘樊:即园圃、乡村,此处指隐居之处。② 冻馁:寒冷和饥饿。

【赏析】

"小隐隐于野,中隐隐于市,大隐隐于朝。"这是传统文人对隐居的定义,也是他们对生活的理想。"看破红尘惊破胆,吃尽人情寒透心。"能够超脱红尘羁绊,忘怀得失,淡看花开花落,笑对云卷云舒,的确需要心灵的清修,而如何修炼正是对隐者的区分。有才能的人参透红尘,远离人群,在深山野林间躲避尘世的烦恼,但这只是小隐。

白居易认为,更厉害的是中隐之人,他们不单纯依赖世外桃花源的宁静,而是选择在鱼龙混杂的市井之地修炼。世事繁华,唯我清静无为,这才是中隐的境界。大隐就要隐在热闹喧哗、卧虎藏龙的朝廷,一腔救国救民的情怀,却丝毫不为名利所动,权倾朝野同样泰然处之。这才是真的隐士。在古人看来,唯有胸怀天下又虚怀若谷的人,才是隐者中的顶尖人物。

诗人在诗中说,大隐在朝堂,小隐在山林。尘外寂寞又荒凉,朝廷又过分喧嚣,不如就在做官的当中隐居,有个三品闲职,不闲不忙,优雅从容。能够在富贵荣华和疲于奔命中找到一份稳定的惬意,在大小隐逸的夹缝间找到自己安身立命的根本所在,才是中隐的至高境界。于是诗人写道:"人生处一世,其道难两全。贱即苦冻馁,贵则多忧患。唯此中隐士,致身吉且安。穷通与丰约,正在四者间。"

能够在大小、繁华与清净、富贵与贫贱中找到平衡的支点,既不用受政治的掣肘,也不用为生计而奔波,亦官亦隐,半出半入,才是真正中隐的乐趣。白居易的这首诗显然表达的就是这样的想法。

赠内子

白居易

白发方兴叹,青娥亦伴愁。
寒衣补灯下,小女戏床头。
暗澹屏帏故,凄凉枕席秋。
贫中有等级,犹胜嫁黔娄①。

【注释】

① 黔娄:春秋时期鲁国人,隐居不仕,家贫,死时衾不蔽体。

【赏析】

这是诗人写给妻子的一首诗,表达的是对同甘共苦岁月的追忆和珍惜。

诗人写道:"白发苍苍的我刚刚叹息,我的妻子也陪着我发愁。深夜已至,妻子还要挑灯为我缝补衣裳,只见小女儿无忧无虑地在床头玩耍,她哪里能够明白父母的困苦。屋里的屏风已经破旧不堪,望望床上,我们只有枕头和席子。"这将是怎样一个凄凉的秋天啊!

诗作结尾,忽而转入对妻子的安慰,"虽然贫穷,但嫁给我比嫁给更穷的黔娄还是要强些的"。黔娄乃春秋时期的贤士,家贫如洗,死的时候席子放正了都无法遮盖全身。白居易用黔娄自比,既暗示了自己"不戚戚于贫贱"的志向,也安慰了善解人意的贤妻。

虽然这只是写给妻子的赠诗,但也可以看作是一封动人的情书。白居易因诗闻名,也因那些讽喻时政的诗歌而被贬官。宦海沉浮,能够有妻子同喜同忧,快乐可以加倍,愁苦可以分担,人生还有什么更多的奢求呢?

井栏砂宿遇夜客

李 涉

暮雨潇潇江上村①,绿林豪客夜知闻②。
他时不用逃名姓③,世上如今半是君。

【注释】

①潇潇:象声词,形容雨声。江上村:即诗人夜宿的皖口小村井栏砂。
②绿林豪客:指强盗。③逃名姓:即"逃名",避声名而不居之意。

【赏析】

李涉是中唐时期非常著名的诗人。此诗描写的是一天傍晚,他和书童正走在荒村绵绵的细雨中,遭遇拦路抢劫的强盗之事。强盗知道来人是李涉后,很高兴,请他写首诗送给自己。于是李涉就写下了这首诗。诗的大意比较简单:"暮雨潇潇,我在这荒凉的村庄和夜色中,遇到了一位'豪侠'。这位大侠居然知道我的诗名。今天我赠给他一首诗,并且告诉他,你不用害怕别人知道你的名字了,现在这么乱的世道,强盗多得很。"

李涉这首诗写得非常巧妙,他说"绿林豪客"都知道自己的诗,这其实暗示了自己的诗普及率很高,非常受欢迎,社会各阶层人士都广泛阅读并喜爱。

而这个趣事也从侧面印证了唐代社会的一个风气,那就是崇尚诗歌。连山贼草寇都推崇诗人而喜欢诗歌了,甚至能够为了一首诗而放弃"职业操守",可见全社会对诗人和诗歌的重视程度已经相当之高。

题鹤林寺僧舍①

李涉

终日昏昏醉梦间,忽闻春尽强登山②。
因过竹院逢僧话③,又得浮生半日闲④。

【注释】

①鹤林寺:晋时建成,原名古竹院(在今江苏省镇江),曾为镇江南郊著名古寺之一。②强:勉强。③过:游览,拜访。④浮生:《庄子》中有"其生若浮",意谓人生如无根的浮萍,漂浮无止,无力自制,由此出之。

【赏析】

人生一场大梦,世间几度秋凉。建功立业的志向,常常压得人没有喘息的机会。所以李涉说,终日碌碌无为地奔忙,仿佛在梦中一般。忽然听说春天就要过去了,所以还是决定出来登山。路过竹林深处,偶遇寺庙里的僧人,闲谈中受到智慧的点拨,令俗世麻木之心获得了片刻的轻松和欢愉。一句"浮生半日闲"道尽了人世沧桑事,也点醒了世俗混沌人。

相传,元代名士莫子山某次出游,途经寺庙,想起李涉当年的幸运,希望自己也可以得遇高僧指点。不料,寺中方丈竟然比红尘中人更贪钱财,俗不可耐;而且非要他赠诗一首留作纪念。莫子山不讲情面,便将李涉的句子顺序重新调整,得了首新诗:"又得浮生半日闲,忽闻春尽强登山。因过竹院逢僧话,终日昏昏睡梦间。"虽然只是句式的调整,却写出了自己尴尬的"半日闲",庸僧的鄙俗也轻松地见诸笔端。

"天下熙熙,皆为利来;天下攘攘,皆为利往。"为加官晋爵,为仕途功名,为建功立业,芸芸众生以各种理由在不懈地奋斗着,珍惜了青春,却辜负了年华。惜取少年时固然是昂扬的一种状态,但于忙碌中品一杯香茶,也是人生应有的一种潇洒。

"又得浮生半日闲",退去浮华,才能给心灵以宁静的港湾。诗人正是对这一切有了深深的体会,所以才能写出这样的句子。

行 宫

元 稹

寥落古行宫①,宫花寂寞红。
白头宫女在,闲坐说玄宗。

【注释】

① 行宫:帝王外出所住的离宫。

【赏析】

元稹的这首五绝用了"寥落""寂寞""闲坐"三个词,有白发宫女对岁月的感触,也有历史的变迁与伤怀,写得很是细致动人。她们回忆天宝旧事,说玄宗却不说玄宗的是非对错,令人不胜感慨。

"枯木逢春犹可发,人无两度少年时。"寒来暑往中,见宫花年年火红,而宫女们的黑发却日渐雪白。满怀希望入宫来,不料却被安置在上阳宫,除了遥想贵妃的丰腴、玄宗的恩宠,留在心里的记忆还能剩下什么呢?她们只能寂寞地打发时光,而时光又因为寂寞显得无比漫长。

在诗中,诗人暗示着,宫女们满怀希望入宫来,不料却被安置在上阳宫,皇帝佳丽三千,只专宠一人,她们只能寂寞地打发时光。最后一句余韵深长,一个闲字,将宫女的寂寞与凄凉一生皆尽写出,寂寞宫花连同这孤寂的行宫,令人万千感慨。

离 思

元 稹

曾经沧海难为水①，除却巫山不是云②。
取次花丛懒回顾③，半缘修道半缘君④。

【注释】

①曾经：曾经历过。曾，副词。经，经历。②除却：除了。③取次：循序而进。④半缘：一半因为。修道：作者既信佛也信道，但此处指的是品德学问。

【赏析】

　　这是唐代诗人元稹为悼念亡妻韦丛所作的一首诗。诗里说，曾经体验过沧海的波澜壮阔，别的水便无法再吸引我，曾经深味过巫山的云蒸霞蔚，别处的风景也便不能再令我陶醉。即使我从百花丛中穿行而过，也不会留恋任何一朵，更别说回头张望。这一半是因为修道的原因，另一半就是因为你的缘故。

　　古人说，"观山则情满于山，看海则意溢于海"，山山水水总能留人愁绪，抒怀解忧。但是，在元稹看来，这一切似乎都毫无意义。他经历过最美的巫山云雨，体味过动人心魄的沧海波澜，世间任何的景物也不能打动他了。全诗写的虽然是景致，不着半个"情"字，却烘托出了无限的爱意，也点出了对亡妻刻骨铭心、矢志不渝的爱情。

　　此诗历来被认为是元稹最具代表性的一首，也是古代爱情诗中的经典佳作。

菊 花

元 稹

秋丛绕舍似陶家①,遍绕篱边日渐斜。
不是花中偏爱菊,此花开尽更无花。

【注释】

① 陶家:指陶渊明的住处。

【赏析】

在中国古典诗词中,咏物诗占了很大分量,有咏树、咏柳、咏春,甚至咏蝉、咏梅等,其真实意图都不是单单描写纯色的自然,而是把自己的感情夹杂在情景之中,借大自然的山川万物来抒发自己的情趣与志向。菊花,没有牡丹的华丽、兰花的名贵,却常常以迎风傲雪之姿态,深得文人的喜爱,也成为古人最细化咏叹的题材之一。

元稹的这首《菊花》,从比喻入手,将菊花与陶渊明的气质迅速对接。陶渊明说"采菊东篱下,悠然见南山",静谧的菊花是陶渊明隐逸生活的象征,也是他躲避尘世烦恼的栖息之所。元稹说,绕着这个院子走了很久,太阳已经开始落山,我还是流连忘返,不忍离去。并不是我偏爱菊花,而是因为一旦菊花凋谢,自然界也便没有别的花好欣赏了。"不是花中偏爱菊,此花开尽更无花",只此一句,就点出了诗人偏爱菊花的原因。

菊花通常是百花中最后凋落的一种,历尽风霜,许多温室里的花朵都早早凋谢,却唯有菊花可以迎风傲雪,守候最后的绚烂。也因此,在百花凋零的季节,人们便会偏爱得天独厚依然绽放的菊花,欢唱她的风骨,也颂扬她的坚贞。诗人在这后凋的菊花中,参悟到的不仅是自然的哲理,还有人生的操守和坚持。

剑 客

贾 岛

十年磨一剑,霜刃未曾试①。
今日把示君,谁有不平事?

【注释】

① 霜刃:形容剑风寒光闪闪,十分锋利。

【赏析】

贾岛的这首《剑客》一改平日苦吟的传统,于刀光剑气中找到了应有的豪情。他是这样讲的:"我十年来只磨了这一把剑,到如今,刀刃未开,寒风四射,冷若冰霜。今天我将这宝剑取出,敢问天下英雄,谁有不平之事?"

贾岛早年曾出家,后因诗名大震,颇得世人赏识。结果,还俗后,却屡考不中,可说是"造化弄人"。

在《剑客》这首诗中,贾岛以剑的锋利、剑客的豪情自喻,显示了自己革除利弊的宏大愿望。可惜的是,空有利剑在手,剑胆雄心,却没有报国之门。久而久之,剑气消散,锐气受挫。虽锤炼有术,但平生未展愁眉,应该也算一大憾事吧!诗作虽然短小却十分精练,而且透着彪悍与狂野,散发着晚唐少有的豪壮,读来令人顿生豪迈之气。

书 愤

张 祜

三十未封侯,癫狂遍九州①。

平生莫邪剑，不报小人仇。

【注释】

① 九州：泛指中国。《禹贡》载：冀州、兖州、青州、徐州、扬州、荆州、豫州、幽州、雍州为九州。

【赏析】

诗人说，我有世所公认的莫邪宝剑，却从不会为报私仇而轻易动用。这虽然只是个人的理想，但也可以看出古人在"争斗"之事上的原则。个人恩怨上，不会因为小事而引发殴斗，那么民族大事，更不会为了利益的取舍，而置国家安危于不顾。能够有良将镇守边关，能够有容人的气度和雅量，不触犯边界或尊严的底线，就是可以容忍的让步。毕竟，战争只是一时之事，装在人们心里的还是对和平与安宁的渴望。

不要为小事剑拔弩张，而应该用这宝剑行侠仗义，做一番惊天动地的大业。"平生莫邪剑，不报小人仇"，体现的正是诗人豪迈的高贵气节。

旅次朔方

刘皂

客舍并州已十霜①，归心日夜忆咸阳。
无端更渡桑乾水，却望并州是故乡。

【注释】

① 并州：古州名，约在今河北保定和山西太原、大同一带。

【赏析】

诗人刘皂说："我像客人一样在并州生活了十年，这些日子里，我日夜想念故乡咸阳，归心似箭，只盼着早点荣归故里。"刘皂没有说为什么来到并州，也没有说为什么又要回到家乡。但是古今一理，料想初渡桑乾水时，背井离乡不过是为理想、功名奔波。年方日久，十载艰辛，一无所获，只得告老还乡，"更渡桑乾水"。

有人说，世界上最珍惜的都是"得不到的"和"已失去的"。那些曾经的擦肩而过，忍痛别离，常常令人肝肠寸断。在并州的十年，诗人日夜想念自己的故乡，故乡的亲友，故乡的山水，几番梦回，恐怕都是故乡缥缈的云烟。可是，当刘皂终于可以踏上返乡的归途，回望并州，忽然惊觉：十年来，并州已经成了自己心中的"另一个故乡"。可当他发现了自己这浓浓的依恋时，竟然又是与故乡的一次作别。

当一个人漂泊在举目无亲的异乡里，人常常会有一种孤独感。所谓"归心日夜忆咸阳"，思乡之苦成为羁旅之人日夜纠结不去的心语。唐诗中很多名篇佳句之所以能够打动人心，并不是因为其辞藻华丽，或者发了如何另类的癫狂之语。恰恰相反，许多唐诗之所以深刻感人，广为传诵，主要是源于对生活真诚、细腻的描摹，对人类共通的普适性情感的一种解读。这也是刘皂这首诗作流传不衰的原因。

咏 雪

张打油[①]

江山一笼统，井上黑窟窿，
黄狗身上白，白狗身上肿。

【注释】

① 张打油：据说打油诗即由此人所创。

【赏析】

这首诗诙谐生动，是一首典型的打油诗。

关于"打油诗"的名称，历来有不同的争议。有人说是姓张的诗人在打酱油的路上写作的此类诗歌，故有这一称号。但普遍的观点是中唐时期，一位名叫张打油的人，他写的诗因别出心裁，无法归类，故用他的名字定义，唤作"打油诗"。

张打油凭借自己的勇气和才华，开创了另类唐诗的风采，也因此令自己名垂千古。

张打油最著名的诗作要数这首《咏雪》。该诗通篇不着一个"雪"字，却将雪落大地给人们造成的视觉上的错觉写得非常清楚。黄狗因身上的落雪而变成了白狗，白狗因为雪落在身上，看起来比原来更要胖了。虽然十分口语化，但却的确要费一番心思才琢磨得出如此奇特的诗句。

关于张打油，还有一段极其有趣的故事。传说，某年冬天，一位大官到宗祠祭拜，结果发现大殿雪白的墙壁上写着一首诗：六出九天雪飘飘，恰似玉女下琼瑶。有朝一日天晴了，使扫帚的使扫帚，使锹的使锹。官爷一看就怒了，命令周围的官兵前去缉拿此人。这个时候，师爷不慌不忙地说："大人不用找了，除了张打油，谁会写这种诗啊！"于是，官爷下令把张打油给抓来。

张打油听了大人的训斥后，接受他的考试。官老爷以安禄山兵变，围困南阳郡为题考他，张打油清了清嗓子，吟道：百万贼兵困南阳，也无援救也无粮。有朝一日城破了，哭爹的哭爹，喊娘的喊娘！

谢亭送别

许浑

劳歌一曲解行舟①，红叶青山水急流。
日暮酒醒人已远，满天风雨下西楼。

【注释】

① 劳歌：即送别歌。原指在劳亭（故址在今南京市南，是古代著名的送别之地）送别时唱的歌，后来成为送别歌的代称。

【赏析】

这首诗的大意是：唱罢送别的歌曲后，你也要解舟远行了，青山、红叶，还有湍急的流水，一波波，激荡起蓬勃的深情。等到酒醒的时候，太阳已经落山，人也已经远去。满天风雨中，只有我独自一人走下西楼！

歌酒相送，是古人送别的雅致，今天人们恐怕只有酒很少歌，至于诗就更是天方夜谭了。但在古人这其实是再平常不过的。当年弘一大师一曲"天之涯，地之角，知交半零落。人生难得是欢聚，唯有别离多"亦是如此。

古今中外，所有的离别都逃不过"愁绪"二字，这也是《谢亭送别》能够深入人心的原因，即在于他抓住了几个最有渲染力的意象：行舟，红叶，急流，西楼，而这一切皆从离别者之眼，于是劳歌、别酒将它们一一连缀在一起，送别的气氛和情谊渲染开来。第三句里写"日暮酒醒人已远"，早晨送别，醉酒不忍，等到傍晚酒醒，才又恍然间意识到朋友早已离去，空见那满天风雨，只能独自彷徨惆怅罢了。

诗人没有直接写送别时人们的言语动作和嘱托心情等，反而写朋友离去之后自己醒来的所见，显得更加生动真实。

秋 夕

杜 牧

银烛秋光冷画屏①，轻罗小扇扑流萤②。
天阶夜色凉如水③，坐看牵牛织女星。

【注释】

①银烛:白色而精美的蜡烛。冷:清冷。②轻罗小扇:轻巧的丝质团扇。③天阶:天庭,即天上。

【赏析】

  杜牧的这首《秋夕》描绘了一幅深宫图景。白色的烛光让屏风上的画面更添幽冷,深深的夜色,清冷如水,坐在这一片月光中,看着牵牛织女星,举着团扇的宫女正在兴味盎然地扑打着"流萤"。天阶上的夜色,有如井水般清凉;坐在榻上仰望夜空里的牵牛和织女星。

  诗写宫女的幽怨生活。"轻罗小扇"暗示着宫女孤寂被弃的命运。自汉代班婕妤《怨歌行》后,古典诗词中便常有以团扇、秋扇代女子遭弃或失宠。

  古人说腐烂的草容易化成流萤,宫女居住的庭院却有飞来飞去的流萤,足见其荒凉。团扇本是夏天用来纳凉的,到了秋天,气候寒冷,扇子也就没有用了。所以,秋天的扇子常常用来比喻古代的弃妇。而宫中的夜色与人情一样淡薄凄凉,宫女们只能凭借扑流萤来解闷。日子太漫长了,千篇一律的都是寂寞,甚至可以望见人生的尽头也是寂寞堆砌的时光。

  这首《秋夕》在艺术上十分有特点。诗中并没有直接的抒情或议论,然而宫女那种哀怨与期望相交织的复杂感情见于言外,从一个侧面反映了封建时代妇女的悲惨命运。

过华清宫

杜 牧

长安回望绣成堆①,山顶千门次第开②。
一骑红尘妃子笑③,无人知是荔枝来。

【注释】

① 绣成堆：锦绣拥簇。② 千门：即夸张形容所有山门依次大开，以便送荔枝的马飞驰无阻。③ 妃子：指杨贵妃。

【赏析】

唐玄宗为了让杨贵妃吃上新鲜的荔枝，常常令官差快马加鞭、日夜不息地赶路。身为一国之君，唐玄宗缔造了盛世如莲的美梦，也亲手摧毁了所有的成就。劳民伤财，只为博美人一笑。曾经英武果断、贤明天下的君王，变得如此昏聩。

杜牧的这首诗就是对那段历史的咏怀。诗人写道，从长安回望华清宫，茂盛的草木，华美的宫殿，看起来一片花团锦簇。山顶上的宫门一层层地打开，杨贵妃看到有一骑快马飞奔而来，不禁开心地笑了。百姓们还以为这疾驰的驿马送的是紧要的军情，只有杨贵妃知道送来的是自己爱吃的荔枝。

学者张明非评价杜牧这首诗，认为其"艺术魅力就在于含蓄、精深"，又说此"诗不明白说出玄宗的荒淫好色，贵妃的恃宠而骄，而形象地用'一骑红尘'与'妃子笑'构成鲜明的对比，就收到了比直抒己见强烈得多的艺术效果"。

《过华清宫》共三首，这里选取的是其中最有名的一首，此诗全篇并没有关于安史之乱的描写，但其中却句句透着"渔阳鼙鼓"的声音。"一骑红尘妃子笑，无人知是荔枝来"，用语流畅自然，毫不堆砌，却深刻含蓄，堪称唐诗中的咏史佳作。

遣 怀

杜 牧

落魄江湖载酒行①，楚腰纤细掌中轻②。
十年一觉扬州梦，赢得青楼薄幸名③。

【注释】

①落魄：失意，多指仕途潦倒而漂泊江湖。②楚腰：代指细腰美女。掌中轻：形容女子体态娇美、轻盈，传说赵飞燕"体轻，能为掌上舞"，由此得之。③薄幸：薄情，负心。

【赏析】

杜牧在这首诗的起笔处，就写下了自己放荡不羁的生活。一个落魄的文人，漂泊四方，走到哪里都不忘喝酒解愁。那些秦楼楚馆里的姑娘们，舞姿曼妙，撩人动情，风流韵事自然不必细说。

然而，人生如梦。诗人在惊觉十年岁月恍如隔世一梦的时候，悲从中来，令人痛不欲生。杜牧诗文俱佳，才华横溢，又是名门之后，然而平生志向却始终未得施展。十年的努力，他依然做人幕僚，屈居人下；除了放浪形骸，还能怎么样呢？只换来了"青楼薄情人"的名声。

杜牧虽然人在烟花深处，纵情畅饮，但他的心并没有在青楼驻足，总是怀着一展宏图的志向。因此，他既不能安心在青楼里尽情挥霍感情，也无法完成自己的愿望。深深的自责交织着沉重的失意，纠结在他的心中。

从诗人的感怀诗中，读者似乎可以读出晚唐的凄凉：越来越多的诗人无法施展自己的才华，完成自己的志向。他们甚至只能借助青楼女子的情感与人生，来感慨蹉跎岁月后建功立业的虚妄。如果说盛唐时李白等人的怀才不遇是"愤怒的咆哮"，那么到了杜牧的晚唐，所有的愤懑都化作了一声叹息——"十年一觉扬州梦，赢得青楼薄幸名"。

题乌江亭

杜 牧

胜败兵家事不期①，包羞忍耻是男儿②。

江东子弟多才俊③，卷土重来未可知。

【注释】

①期：预料。②包羞忍耻：指大丈夫能屈能伸的气度和博大的胸襟。③江东：指项羽起兵之地。

【赏析】

当年乌江亭长劝项羽暂避一时，等待卷土重来的机会，可项羽仰天长叹，觉得自己愧对江东父老，终于还是没有冲破自我的桎梏，刎颈身亡。乌江亭，又叫乌江浦，在今安徽和县东北。据《史记》记载，项羽兵败时，因倍感无颜面见江东父老而自刎江边。至此，后世对项羽的评价，便坐实了"英雄豪杰"的美誉，而"宁为玉碎不为瓦全"的观念也由此深入人心。

面对众口一词的称颂，杜牧在《题乌江亭》中却写下了自己迥然不同的观点。

在这首诗中，他提出了一个"成败乃是兵家常事"的道理，并且认为能够"包羞忍耻"才是真正的男子汉，所谓"大丈夫能屈能伸"就是这个道理。

杜牧在诗中不但提出了自己的观点，还提出了充足的论据，他说："江东子弟多才俊，卷土重来未可知。"意思是说江东之地藏龙卧虎，人才济济，假如能够忍得一时的"失败"，回江东等待东山再起，说不定卷土重来之时也能成就一代霸业。言外之意，项羽刚愎自用，一再错失良才和机会，甚至在最重要的时候都放弃了最有价值的生命，实在有愧"英雄"之名。韩信受"胯下之辱"却终成一代名将，司马迁受"宫刑"愤而著《史记》成千古绝唱，而项羽却没能忍得一时的失败，西楚霸王死得这般羞愧，令杜牧不胜唏嘘。

赤 壁

杜 牧

折戟沉沙铁未销①,自将磨洗认前朝②。
东风不与周郎便③,铜雀春深锁二乔④。

【注释】

①戟:古代的一种兵器。销:销蚀。②将:拿起。磨:磨光。洗:洗净。③认前朝:认,认出。这里是说,认出戟是东吴破曹时的遗物。③东风:指火烧赤壁。周郎:周瑜,字公瑾,人称周郎,吴军大都督。④铜雀:铜雀台,是曹操所建的一座楼台(在今河北省临漳),楼顶里有大铜雀,故得此名。传说铜雀台上住有姬妾歌妓,是曹操暮年时的行乐之处。二乔:指东吴乔公的两个女儿。

【赏析】

这首诗的大意是:折断的兵器埋在泥沙中,虽然日子过了这么久,仍然没有消融。拾起来后,经过仔细磨洗,可以隐约认出这是前朝赤壁大战时的遗物。假如当年东风不给周瑜以方便,曹操的铜雀台里恐怕就会深锁二乔了。

大乔是孙策的夫人,小乔是周瑜的夫人;二人皆为东吴美女。以她们的命运来反衬战争的结局,有历史兴衰的感慨,也同样影射了战争的含义与指向。

在诗人看来,历史存在着极大的偶然性,就像诗里提到的"东风";假如重新编排这场历史大戏,或者假如那一天的东风没有来,那么说不定历史都要被重新书写。战争的输赢常常是"天时地利人和",尤其在古代战争中,"天时地利"似乎是决定输赢的关键。所以,中国人常喜欢说"谋事在人,成事在天"。这也暗示了在历史的很多"必然规律"中,总是有偶然性的因素在起着重要的作用。也因此,杜牧觉得项羽实在不应该自刎,兴衰成败,常常是历史的一次偶然，只有留得住自己，才能留得住反败为胜的机会。

暮秋独游曲江

李商隐

荷叶生时春恨生，荷叶枯时秋恨成。
深知身在情长在，怅望江头江水声[1]。
白发未除豪气在，醉吹横笛坐榕明。
天荒地变吾仍在，花冷山深奈吾何。
洗竹放教风自在，隔溪看得月分明。
儿童不解春何在，只向游人多处行。
开帘一寄平生快，万顷空江着月明。

【注释】

[1] 怅：怅惘，伤感。

【赏析】

　　曲江是唐代长安最大的名胜风景区，安史之乱后荒废。诗的开头几句讲荷叶生长的时候，春恨也随之生长。荷叶枯败的时候，秋恨也已经生成。诗人深深地知道，只要还活在这个世界上，这份感情就不会断绝。但也只能眺望无边的江水，听她呜咽成声。

　　相传，李商隐曾有个青梅竹马、情投意合的恋人，小名叫"荷花"。李商隐在进京赶考前一个月，荷花不幸身染重病，李商隐虽然日夜陪伴，但终于还是回天乏术，只能看着荷花凋残。但时光的变迁并没能淡化李商隐的爱情，他依然深深地眷恋着美丽的荷花姑娘，写了许多荷花诗表达自己的深情。

　　这首诗便是其中之一，诗人将浓浓的痴情化作奔流的江水。"怅望江头江水声"，诗人不禁感慨"天荒地变吾仍在"，虽然我还在，然花冷山深,伊人却已消逝,我又能如何。"深知身在情长在","万顷空江着月明"两句更是荡漾着诗人天长地久的深情。

夜雨寄北

李商隐

君问归期未有期,巴山夜雨涨秋池①。
何当共剪西窗烛②,却话巴山夜雨时③。

【注释】

①巴山:也叫大巴山,在今四川省南江县以北,此处泛指巴蜀之地。秋池:秋天的池塘。②何当:什么时候才能够。③却:副词,还,且,表示小小的转折。话:谈论。

【赏析】

这首诗在《万首唐人绝句》中题为《夜雨寄内》,"内"在古代是内人、妻子的代称。所以一般认为李商隐这首诗是写给妻子的。但也有人说是写给朋友的信,因为李商隐的妻子在他写作此诗的时候已经去世了。

李商隐的诗一般比较晦涩,但这首却写得清浅动人,诗人说:"你问我什么时候才能回家,我也说不清楚。我这里巴山的夜雨已经涨满了秋池,我的愁绪和巴山夜雨一样,淅淅沥沥,凝结着我思家想你的愁绪。什么时候才能够回家呢?和你一起剪烛西窗,到那个时候再和你共话这巴山夜雨的故事。"

短短的四句诗中,第一句回答了妻子的追问,第二句写出了雨夜的景致,第三句表达了自己的期待,最后一句暗示了如今的孤单。四句话,简而有序,层层铺垫,写出了羁旅的孤单与苦闷,也勾画了未来重逢时的蓝图,甚至把连绵细雨也写进笔底波澜,堪称最为简短而又全面的情书。一波三折,含蓄深婉地衬托了与妻子隔山望水的深情。

锦 瑟

李商隐

锦瑟无端五十弦①,一弦一柱思华年②。
庄生晓梦迷蝴蝶③,望帝春心托杜鹃④。
沧海月明珠有泪,蓝田日暖玉生烟⑤。
此情可待成追忆⑥,只是当时已惘然。

【注释】

①锦瑟:弦乐器,似琴。古有五十根弦,后为二十五根或十六根弦。②华年:美好的年华。③庄生晓梦迷蝴蝶:典故,出自《庄子·齐物论》"庄周梦为胡蝶,栩栩然胡蝶也;自喻适志与!不知周也。俄然觉,则蘧蘧然周也。不知周之梦为胡与?胡蝶之梦为周与"。李商隐此处引庄周梦蝶的故事,以言人生如梦,往事如烟。⑤蓝田:在今陕西省蓝田县东南,古代著名的美玉产地。⑥可待:岂待,何待。

【赏析】

这首《锦瑟》是李商隐爱情诗的代表,也是历来爱诗者最喜吟诵的诗篇。宋元之后,对此诗的解读更是众说纷纭。周汝昌先生认为以"锦瑟"开端,实则暗示了"无题"之意,是李商隐爱情诗中最难理解的一首。

在锦瑟一音一节的弹奏中,李商隐似乎也看到了曾经逝去的流年。庄生迷梦,理想转眼成空;望帝啼鹃,如生活的忧思;明珠有泪,泣血而成;良玉生烟,可望而不可即。四句诗,四个典故,四种意象。

李商隐的爱情诗一般都给人以晦涩之感,此诗尤甚。不论是锦瑟年华,还是如玉如珠,最终换来的却只是一片怅惘。然而这一份怅然若失,又正是人们在面对感情时的共鸣。也正因此,尽管李商隐的诗晦涩难懂,意象朦胧,但却千百年来为人所钟爱。

贾 生

李商隐

宣室求贤访逐臣,贾生才调更无伦①。
可怜夜半虚前席,不问苍生问鬼神。

【注释】

① 贾生:贾谊。

【赏析】

据《史记·屈贾列传》记载:贾生征见。孝文帝方受厘(刚举行过祭祀,接受神的福佑),坐宣室(未央宫前殿正室)。上因感鬼神事,而问鬼神之本。贾生因具道所以然之状。至夜半,文帝前席(在座席上移膝靠近对方)。既罢,曰:"吾久不见贾生,自以为过之,今不及也。"

诗人在这里借贾谊之身世,独辟蹊径,并不去写贾谊遭贬长沙、怀才不遇的事,而是将诗歌定格在贾谊被召回长安、宣室夜对的那一幕上。

诗人说汉文帝到处求贤才,而贾谊的才气更是无人能及。可惜,文帝半夜不眠,所问的并非天下苍生的大事,而只是些乱离怪神的奇谈。李商隐感慨贾谊的才华不能施展,也哀叹自己的志向无法实现!但是,无法否认的是,汉文帝时期,经济发展迅速,社会比较安定,甚至出现了封建社会辉煌的盛世"文景之治"。可见,国家并无忧患,皇帝也并不昏庸,只是在诗人们的眼中,国家的前途、个人的命运都应该比现在更好才对。也许正是这份希望与失望的落差,才让他们在理想与现实间难以平衡吧。

而事实上,诗人壮志难酬的现实,并不是因为真的生逢乱世、怀才不遇,而是他们对自己人生的期待无法实现。故而诗人在这里借贾生之故事来比喻自己的不得志,正是借古讽今的意思。

乐游原

李商隐

向晚意不适①,驱车登古原。
夕阳无限好,只是近黄昏。

【注释】

① 不适:不悦。

【赏析】

　　乐游原,是唐时著名游览胜地,汉宣帝时候所立,是长安(今西安)城内地势最高处,于其上可观望长安城。据说文人墨客亦多爱来此,咏诗抒怀,李商隐便是其一。

　　这首《乐游原》诗流传很广,也因此给了人们一种固定的惆怅:夕阳的景色虽然十分美好,只可惜已经接近黄昏,日暮西山,再多的浪漫也挽不住人生的时光了。叹息,就在这样的余晖中悄悄袭来,将世世代代的人击中,涌起无数的伤感。

　　在中国传统的感情中,人们对清晨的喜欢要胜过黄昏,对春天的喜欢胜过秋天。因为"一年之计在于春,一日之计在于晨"。晨与春都象征一种开始,唯有欣欣向荣的时光才能带给人希望,催促人奋进。所以,那些送别、离愁多是在秋雨迷蒙的傍晚,似乎也只有这样的落幕,才能将时光交错,人世无常都溶解在这一片夕阳之中。在这晨昏之间,数不清的是似水流年。建功立业的人、告老还乡的人、打算一展雄才伟略的人,都在黄昏时分反思自我与人生。

己亥岁

曹 松[①]

泽国江山入战图[②],生民何计乐樵苏[③]。
凭君莫话封侯事[④],一将功成万骨枯。

【注释】

①曹松:唐末诗人,字梦徵,舒州(今安徽桐城)人。②泽国:江汉流域。③樵:打柴。苏:豁草。④封侯事:特指含义。己亥岁时,镇海节度使高骈在淮南镇压黄巢起义军,以"杀人多"之功绩受到封赏。

【赏析】

安史之乱后,战争开始蔓延到全国,加上唐末开始接连不断的农民起义,所以曹松说,举国的江山都绘入了战图,满目疮痍的时候不要再说什么生民乐于生计的话(樵为打柴,苏为割草,合为"生计"之意)。所谓"宁为太平犬,不为乱世民",说的就是这个道理。颠沛流离,家园离散,哪里还有什么活着的快乐可言。看到人民如此艰难,曹松不免感叹,千万不要说什么封侯拜相的事情,哪一个将军的荣誉不是死伤千万条生命换来的。

曹松的这首诗,揭示了所有战争的实质,"一将功成万骨枯"。那些累累的白骨,似乎还泛着淋淋的血迹。但是这掷地有声的哀号却不是所有的人都能够听到。战争,让人们离开了家园,也让人们的灵魂无所依靠。那些堆积如山的白骨,那些望眼欲穿的思妇,都没办法再迎来人间的团圆。"匈奴未灭,何以家为"的豪言壮语似乎还依稀回荡在人们的耳畔,但是没有了完整的家园,还能有什么人生的希望和幸福?

春 怨

金昌绪[1]

打起黄莺儿,莫教枝上啼。
啼时惊妾梦[2],不得到辽西[3]。

【注释】

①金昌绪:唐时余杭(今浙江杭州)人,生平不详。②妾:女子自称。③辽西:古郡名(今辽宁省辽河以西),当时少妇的丈夫征戍之地。

【赏析】

诗中可怜的少妇,终年不见自己的丈夫,想念、惦念、思念,欲诉无人能懂。只能凭借自己的幻想、猜想,一次次在心中勾画丈夫的形象;也只能一次次低声问自己,他现在过得怎么样?

全诗大意是说:一个年轻的少妇起来后,云鬓花偏径直走到窗前,嗔怒地赶走了清晨中欢快啼叫的黄莺。她责怪它们的叫声惊醒了她的美梦。在梦中,她正走在通往辽西的路上,日夜思念的丈夫马上就可以见到了,所有的相思和喜悦都凝成了一团,结果却不幸被黄莺吵醒。那一串思念的美梦,不知熬了多少个日夜,盼了多少回月圆,不能相见,便只能期待梦中团圆。连虚幻的美梦都做得不甚齐全,难怪她愤怒地赶走了这些无辜的鸟儿。

虚池驿题屏风

宜芳公主[1]

出嫁辞乡国,由来此别难。
圣恩愁远道,行路泣相看。

沙塞容颜尽，边隅粉黛残。
妾心何所断，他日望长安。

【注释】

① 宜芳公主：本豆卢氏女，有才色，唐玄宗的外甥女，姓杨。

【赏析】

这首诗的大意是：从此远嫁异邦，不知何时再能回乡，绵绵的远道上，边走边哭，泪湿罗裙。塞外沙漠将磨尽所有的花容月貌，看年华老去，粉黛消残。这思乡的感情不知道什么时候才能中断，今生有缘，何时还能回望长安！这首诗虽然称不上工巧，但出自一个远嫁公主之手，载着辞家别国的苦楚，所以读来字字心寒。

然而更令人心寒的是，公主嫁过去大概仅仅过了半年，那些边界的胡人便起兵造反。深陷狼窝，宜芳公主定然做了叛军刀下的冤魂。

有的人翻唐诗，究唐史，想要考证出宜芳公主的身世，说她并非"正牌"公主，十有八九只是皇室的旁系。但实际上，宜芳到底是怎样的身份也许并不重要，一个花季少女带着和平的使命，最后惨死异邦，这本身就是一出悲剧。"沙塞容颜尽，边隅粉黛残。"宜芳公主恐怕也曾想过老死他乡吧！可惜她没有王昭君幸运，能够千古留名，恩爱终老。当然也不如蔡文姬，毕竟曹操当年还愿以城池换回一个女子。

算起来，从古至今，在和亲的路上，辞别父母家园、深味骨肉离散之苦的公主还真不在少数。只可惜，盛世欢歌，掩盖了公主们低低的诉说。

橡媪叹

皮日休

秋深橡子熟，散落榛芜冈①。
伛伛黄发媪②，拾之践晨霜。

移时始盈掬③，尽日方满筐。
　　几曝复几蒸，用作三冬粮。
　　山前有熟稻，紫穗袭人香。
　　细获又精舂，粒粒如玉珰④。
　　持之纳于官，私室无仓箱。
　　如何一石馀，只作五斗量。
　　狡吏不畏刑，贪官不避赃。
　　农时作私债，农毕归官仓。
　　自冬及于春，橡实诳饥肠。
　　吾闻田成子⑤，诈仁犹自王。
　　吁嗟逢橡媪，不觉泪沾裳。

【注释】

① 榛芜冈：草木丛生的山冈。② 伛伛：弯腰驼背的样子。③ 移时：过了好久。盈掬：满把。④ 玉珰：玉制耳坠。这里用以比喻米粒晶莹洁白。⑤ 田成子：春秋时齐国宰相田常。

【赏析】

　　这首《橡媪叹》是皮日休的代表作，他通过对"橡媪"这一形象的同情，深入地刻画了唐末农民的悲惨生活。诗作从深秋时候一位老妇人上山捡橡子开始写起。这位黄发的老太太，躬身驼背，踩着清晨的霜雾，辛苦了整整一天，才拾了一筐的橡子。拿回去之后，几经暴晒和蒸煮，用以做过冬的粮食。看到此处，可能很多人会以为是收成不好，但实际上并不是这样。

　　诗人接着描写了丰收的欢快。他说，山下的稻子都熟了，麦穗飘香，香气阵阵，扑面而来。仔细地挑选然后再认真舂米，简直是颗颗饱满，粒粒晶莹。可惜，除了交官税，还要受地方官吏的盘剥，他们用官粮放高利贷借给农民，等农民收获的时候，他们将"官粮"放回农仓，然后从中获取"高额利润"。

"自冬及于春，橡实诳饥肠。"一年忙到头，粮食都入了贪官污吏的手中，而自己却只能以橡实充饥，读来催人落泪。无怪乎作者要"吁嗟逢橡媪，不觉泪沾裳"了。

陇西行

陈 陶

誓扫匈奴不顾身，五千貂锦丧胡尘①。
可怜无定河边骨②，犹是春闺梦里人。

【注释】

①貂锦：装备精良的精锐之师，即指战士。②无定河：地位陕西北部。

【赏析】

陈陶的这首诗，开篇气势雄伟，发誓扫平匈奴，所以兵将们都奋不顾身。不幸的是，五千将士惨死在战争中。可怜那些倒在河边的累累白骨，依然是妻子春闺中深深思念的丈夫。诗作从起初的昂扬到转为哀伤，及至最后一句，思念之情如断肠草，令人不忍卒读。

这个春闺梦里人，是让人牵挂的，大多数的人也只是注意到"梦里人"，而事实上，在这首诗里最凄凉的应该是那个做梦的人，即春闺里的女子、思妇，在古时丈夫出门远征，妻子便从此在家中日夜思念牵挂。

思念已经是如此的令人忧伤，然而更加可怕的是，她们甚至不知道自己的梦中思念的丈夫是否还活着。"可怜无定河边骨，犹是春闺梦里人"，这才是最大的悲剧所在。

马嵬坡

郑畋

玄宗回马杨妃死,云雨难忘日月新①。
终日圣明天子事,景阳宫井又何人②。

【注释】

① "云雨"句:意谓玄宗、贵妃之间的恩爱虽难忘却,而国家却已一新。
② 景阳宫井:故址在今江苏省南京市玄武湖边。

【赏析】

　　马嵬坡即马嵬驿,在今陕西兴平市西。安史之乱爆发后,唐玄宗被迫离京长安,在走到马嵬坡时,兵士们发生了动乱,说"红颜祸水、奸妃误国",若杨玉环不死,军队便不再前行。唐玄宗万般不舍,然而贵妃不死,众怒难平。最后,三尺白绫将这段帝王宫苑情挽了一个死结。

　　杨贵妃的身世后人有过许多描写,罗隐也写过一首《帝幸蜀》:"马嵬山色翠依依,又见銮舆幸蜀归。泉下阿蛮应有语,这回休更怨杨妃。"马嵬坡前,山色青翠依旧,这一次是黄巢攻入长安,唐僖宗仓皇出逃。唐玄宗泉下有知,恐怕会发出这样的感慨,这一回可不要再埋怨杨贵妃了。言外之意,当年玄宗为堵众人之口,赐死杨贵妃,既是逼不得已,也是嫁祸于人。拿一个与政治无关的女人开罪,折损了玄宗的一世英名。

　　《围炉诗话》说,"古人咏史但叙事而不出己意,则史也,非诗也;出己意、发议论而斧凿铮铮,又落宋人之病";又说"用意隐然,最为得体"。历代对唐明皇与杨贵妃的这段情事,多有诗作,郑畋的这首历来被认为写得温厚动人、讽喻评论有度,可谓是咏史诗中的佳作。

题菊花

黄 巢

飒飒西风满院栽,蕊寒香冷蝶难来。
他年我若为青帝①,报与桃花一处开。

【注释】

① 青帝:我国古代神话中的五天帝之一,分管春天的天神。

【赏析】

  据说此诗写于黄巢5岁之时,也有人说他当时已经8岁了。那年秋天,父亲和祖父在庭院里咏菊。按照古代文人的审美习惯,自陶渊明后,菊花便成了隐者志洁与高贵的象征;而咏菊也成了诗坛雅士的一种传统。但归根结底,所有的主题都脱不了孤高傲世的精神底色。当父亲和祖父还没有写好菊花诗的时候,黄巢就抢先说了一句:"堪与百花为总首,自然天赐赭黄衣。"这句诗的意思是,能够与百花共存,而且被尊为花王,上天自然会赐我为王。赭黄衣是皇帝袍服的代称,象征了无比的权贵。

  彼时,黄巢还仅仅是个学龄前儿童,不料却吟诵了这样奇怪的诗。父亲生气了,欲责打他不学无术;反倒是祖父替他解围,说让他再赋一首试试。思忖片刻,黄巢高声吟诵出这首七绝。

  秋风萧瑟中,满院秋菊赏心悦目。可是,在这寒冷的冬天,花蕊渗透着料峭的秋意,冷韵幽香扑面而来,毕竟不是风和日丽的春天,连蝴蝶也都很难过来采摘。如果有一天,我当了号令春天的花神,定要让菊花和桃花一起在盎然的春色中绽放。

  有评论说,这十足体现了诗人打算执掌大权,救百姓于肃杀的秋天中,让他们体会春天温暖的雄心壮志。也有人说,凭什么桃花能在最浪漫的春天开,菊花却要独守寂寞呢?让百花都在一个季节开放,深刻体现了古人朴素的平等观念。然而这些理想,很显然都是后人根据他的英雄事迹分析出来的。在当时,也许他只是一时兴起,并无明确的称帝念头。但不管怎么说,能够咏出"若为青帝"的诗句,黄巢在未来岁月"振臂一呼,应者云集"的态势,已然初露端倪。

咏 菊

黄 巢

待到秋来九月八①,我花开后百花杀②。
冲天香阵透长安③,满城尽带黄金甲④。

【注释】

①九月八:古代九月九日为重阳节,有登高赏菊的风俗。说"九月八"是为了押韵。②杀:枯萎,凋败。③香阵:阵阵香气。④黄金甲:金黄色的铠甲,这里诗人意在喻指菊花颜色。

【赏析】

　　这首《咏菊》,是黄巢流传最广、影响最深的一首诗,也有人称为《不第后赋菊》,说是黄巢落第后,写此诗表达强烈的反抗精神。但就诗中的气度来看,应该是他人生鼎盛时的作品,也就是他率领数十万起义军围困长安时所作。黄巢在兵围长安之时,胸中止不住豪情荡漾,想到未来将一鼓作气,以激越、湍急之势冲抵长安,更增添了对胜利的磅礴想象。

　　九月初九本为中国传统的重阳节,这一天里人们登高、赏菊,与亲人团聚。秋高气爽、心旷神怡,以登高来祝福生活的步步高升。既有节日的喜庆,也有一层成功的寓意。所以,黄巢说,九月初八的时候,当菊花开遍京城时,百花都已经凋落了。只有秋菊的香气,四处弥散冲透长安,而遍地开放的,正是犹如黄金铠甲般的菊花!

　　此诗最为精妙处在于,虽然题为"咏菊",但全诗不着一个"菊"字,通过对色彩、气味、状态、场景的描绘,将菊花和起义军的气魄，合二为一，形神兼备，斗志昂扬。而那直逼长安、迫不及待的感情，也随着菊花的浓郁直冲云霄。历来咏菊者甚众，但多为意境高远、避世消难的象征。唯有黄巢，以不可匹敌之势，改写了菊花的风采，令她在隐士的气质上，增添了战士的豪迈，也由此刷新了"咏菊诗"的主题。

关于黄巢的结局，始终众说纷纭。有人说他兵败后自尽，也有人说他削发为僧。《全唐诗》一共收录了黄巢三首诗，而这一首的真实性，常常因为他人生扑朔迷离的谢幕而变得富有争议。

伤田家

聂夷中

二月卖新丝，五月粜新谷①。
医得眼前疮，剜却心头肉。
我愿君王心，化作光明烛。
不照绮罗筵②，只照逃亡屋③。

【注释】

①粜：卖。②绮罗筵：指富贵人家的宴会。绮罗，绫罗绸缎。③逃亡屋：逃亡庄户的茅屋。

【赏析】

按理说，春种秋收是天经地义的事，但是在诗人聂夷中所描述的晚唐，这种正常的要求显然已经得不到满足。二月份正是养蚕的季节，五月份正是插秧的时候，哪里有新丝、新谷拿出来卖呢？但是不卖又不行。苛捐杂税多如牛毛，只能将这些还没有成熟的丝和谷低价出售。"杀鸡取卵"和"养鸡生蛋"，谁都知道哪一个更为有利，但时间不等人，那些盘剥的税收，让人只能先顾眼前的燃眉之急了。"医得眼前疮，剜却心头肉"一句，可谓是这首泣血之作的"诗眼"。

谁都愿意悠闲地想着未来,但所有的发展都要以眼下的生存为首要。鲁迅说:"人必生活着,爱才有所附丽。"在动荡的社会里,如何能够活下去,就是首要的问题。至于没有了新丝和新谷,来年的生活怎么办,都还是暂时顾及不到的问题。

所以,诗人不无悲痛地说:"我愿君王心,化作光明烛。"意思是说我希望可以得遇明君,他的心像明亮的烛火一样温暖、光明。不要只看到达官显贵的绫罗绸缎、金碧辉煌,而是要关心一下那些流离失所、多灾多难的人民。

小 松

杜荀鹤

自小刺头深草里①,而今渐觉出蓬蒿②。
时人不识凌云木③,直待凌云始道高④。

【注释】

①刺头:长满松针的小松树。②蓬蒿:蓬草和蒿草,泛指草丛。③凌云:高耸入云。④始道:才说。

【赏析】

松树在刚刚破土而出的时候,长得非常微小,以至于被埋没在深草之中。而到了现在,才感觉它慢慢长大,长得比蓬蒿还要高。世人不知道它其实是凌云木,只有到了它长成参天大树的时候,才开始夸奖他的高大。

杜荀鹤出身寒微,也有人考证说他是杜牧的私生子,无论怎么说,都不是很受器重的"身世"。寒门求考,屡试不第,杜荀鹤空有一腔才华,却不得施展。多年的积怨压在心头,借小松这一意象,抒发内心的愤懑。

杜荀鹤生于寒门,以小松初年没于荒草自比,可谓恰如其分。

在没能顶天立地的时候,任何一棵稻草都不应该受到歧视,这便是杜荀鹤最深切的渴望与表达。

贫 女

秦韬玉

蓬门未识绮罗香[1],拟托良媒益自伤[2]。
谁爱风流高格调[3],共怜时世俭梳妆[4]。
敢将十指夸针巧,不把双眉斗画长。
苦恨年年压金线[5],为他人作嫁衣裳。

【注释】

[1]蓬门:代指穷人家。蓬,蓬茅。绮罗:丝织品,代指富贵妇女奢华的衣服。[2]拟:打算。托良媒:拜托好媒人。[3]风流:形容意态优雅、娴静温婉的样子。格调:品格和情调。[4]怜:爱惜。时世:当今。[5]压金线:用金线绣花。压,一种刺绣手法,用作动词,即刺绣。

【赏析】

这首《贫女诗》因其语意直白、内蕴丰富而为人所传诵。诗作开篇就写道,自己是一个贫家女子,不像富贵人家的女孩子那样能够穿漂亮的绫罗绸缎。如今,我也到了应该出嫁的年纪了,也想托媒人帮我找一户好的人家。可是,现时社会,人们都喜欢达官显贵,谁会欣赏我一个贫家女子的高洁情操呢?谁又能喜欢我这不合时宜的打扮呢?我能够值得骄傲并夸赞的只有一双巧手,也不愿意效仿她们那样将眉毛画得细长。可惜的是,我年年以金线刺绣,绣出一件件美丽的嫁衣,却都是做给别人穿的。而自己这么多年来却没有找到一个可以托付终身的人!

"苦恨年年压金线,为他人作嫁衣裳。"这是贫家女感慨爱情的叹息;更是多少才俊志士怀才不遇的愤慨与无奈心境的反映。

整首诗字里行间却流露了诗人的委屈和不甘。贫士怀才，犹如贫女怀德，必然也决定了不愿意与人同流合污的高洁志向。也因如此，才不得不转而感叹自己的"怀才不遇"。这份不平之气，渐渐郁结在心头，一针一线，自己的心每时每刻也都受着深深的刺痛。

金缕衣

杜秋娘

劝君莫惜金缕衣①，劝君惜取少年时②。
花开堪折直须折③，莫待无花空折枝④。

【注释】

① 金缕衣：缀有金线的衣服，比喻荣华富贵。② 惜取：珍惜。③ 堪：可以，能够。直须：尽管。直，直接，爽快。④ 莫待：不要等到。

【赏析】

关于这首《金缕衣》，一直有学者说并非杜秋娘所作，她不过是中唐时一个著名的歌女，因为曾经唱过此曲，所以便有幸被冠名。这首诗的大意是：我劝你不要在乎那华丽的金缕衣，我劝你还是要好好珍惜青春年少的光阴。花开的时候，不要犹豫，直接折下来便可以了。不要等到花谢之后，徒然折下一段空枝。

曹雪芹在《葬花词》里写道："试看春残花渐落，便是红颜老死时。一朝春尽红颜老，花落人亡两不知！"花开花落，最能触动女子细腻的情思。而诗人杜秋娘似乎也悟到了这自然的常态，但她并不消极。她鼓励并劝勉世人，不要贪图金缕衣的物质吸引，要将自己的热情和年华投入到积极进取之中。唯有把握时机，撷取人生最灿烂繁华的光阴，才算不辜负宝贵的生命。

这首诗千百年来广为传唱，"花开堪折直须折，莫待无花空折枝"两句更成为后世人劝喻珍惜光阴，及时行乐的经典诗句。

宋词的美丽与哀愁

这是一个自由又任性，开阔又禁锢，舒适又离乱的朝代。盛与衰在此交融，高雅与低俗在这里磕碰，尘世的欲想与来世的幻想在这里纠结。只有动荡并立、雅俗同分的时代，才能够看到如此的妖娆与壮烈。一带江水，将大宋一分为二，一半给了风花雪月，一半给了山河壮烈。悲壮与妩媚同存，贪逸与愤慨并彰，还有数不清的繁华，汴梁的车水马龙、杭州的暖风熏醉、勾栏烟巷里的醉酒弹歌，宋词是一幅旖旎又壮烈的山河画卷。

相见欢

李 煜

　　林花谢了春红①，太匆匆，无奈朝来寒雨晚来风。

　　胭脂泪②，留人醉③，几时重④？自是人生长恨水长东。

【注释】

①谢：凋谢。②胭脂泪：指女子的眼泪。女子脸上搽有胭脂泪水流经脸颊时沾上胭脂的红色，故云。③留人醉：一作"相留醉"。④几时重：何时再度相会。

【赏析】

　　这首《相见欢》初读字字写景，细品却句句言情。花开花谢，时光匆匆，人世间最无常的就是自然的更迭，恰如晨起的寒雨晚来的冷风。在苦雨凄风的岁月中，不禁想到了分别时的场景。人生的哀痛莫过于"生离死别"，娇妻的泪水点点滴落，可惜连这样伤感的时光都不知几时还能再有？人生的遗憾犹如东流之水连绵不休。

　　正所谓"一切景语皆情语"，岁月匆匆，不仅有红花凋落，也有国破山河碎的悲凉。"朝来寒雨晚来风"，简简单单的7个字，既写出了晨昏的景致，也写出了处境的凄苦。

　　李煜被软禁期间，虽然名为侯，实则与外界几乎隔绝。"违命侯"这三个字对这位南唐后主的羞辱恐怕是外人无法真正体会的。人间的悲欢离合、春秋苦度，深深地刺痛着词人。

　　除了风雨，真的再也没有什么来客了。人生长恨水长东，这般恨，真个无有终了。

虞美人

李 煜

春花秋月何时了①,往事知多少。小楼昨夜又东风,故国不堪回首月明中!

雕栏玉砌应犹在②,只是朱颜改③。问君能有几多愁④,恰似一江春水向东流。

【注释】

① 了:了结,完结。② 砌:台阶。雕栏玉砌:指远在金陵的南唐故宫。应犹:一作"依然"。③ 朱颜改:指所怀念的人已衰老。④ 君:作者自称。能:或作"都""那""还""却"。

【赏析】

据史书记载,南唐旧臣徐铉探望,李煜拉着徐铉的手悲切地哭了起来,感慨当初听信谗言错杀忠臣,抚今追昔,悔恨难平。不料,徐铉是宋太宗派来的"眼线"。贰臣终究是贰臣,被宋太宗一逼问,吓得什么都说了,当然吞吞吐吐透露出的还有李煜对近况的哭诉。这是宋太宗所无法忍受的。

很快,李煜四十二岁的生日到了。明月当空,故国不堪回首。后主的文人情思在这夜色和月色中被深深地唤起,"雕栏玉砌应犹在,只是朱颜改。问君能有几多愁,恰似一江春水向东流"。推杯换盏之际,竟然忘了寄人篱下需低头的道理,酒入愁肠,一时兴起,国仇家恨喷薄而出。

一首《虞美人》,成就了李煜个人词史上的辉煌,也葬送了他宝贵的生命。据说宋太宗被"小楼昨夜又东风"激怒,赐下毒酒一杯。李煜死后被追为吴王,爱妻小周后悲痛欲绝,不久也随之而死。美人香消玉殒随爱仙逝,空留一段《虞美人》孤独遗世千古传唱。

纵观李煜的一生,半是词人,半是帝王。为词,他香艳旖旎;为王,也多如此。

李煜走后，世间留下了他的词作。人们记不得他当皇帝时候的词，却感慨他阶下囚生活的无尽心酸，"梦里不知身是客，一晌贪欢。独自莫凭栏，无限江山，别时容易见时难。"字字看来皆是血，今非昔比痛断肠。所以王国维评价说："后主之词，真所谓以血书者也。"

江南春

寇 准

波渺渺，柳依依。孤村芳草远，斜日杏花飞。江南春尽离肠断，蘋满汀洲人未归①。

【注释】

① 蘋：一种生活在水中的蕨类植物。

【赏析】

　　这是寇准流传于世的一首小词，词中写道：江南春水荡漾，烟波缥缈，绿柳条条，绵绵思绪，柔柔芳草。夕阳映照下，杏花飘飞。孤村，芳草，斜阳，总归是离愁别绪，断肠苦，人未归；青春年华如浮萍遇水，聚散两依依。

　　堂堂宰相，写此柔情似水的小词，难免让人联想其弦外之音。

　　寇准出身世家，十九岁就高中进士。当时的皇帝宋太宗赵光义选官时，喜欢倾向于老成持重的人，于是有人建议寇准把年龄填大一点，不料遭到寇准的拒绝，理由是："准方进取，可欺君耶？"从步入仕途的那一刻，寇准的正直就为他迎来了无数的荣耀。

　　寇准其人虽正直、率真，但识人的眼光却并不准。早年时，老臣王旦一直对他十分赏识，并在太宗面前推荐他为宰相。结果他却毫无知觉，并常奏本揭发王旦的短处，连皇帝都替王旦叫屈。良相未能善待，而后辈奸臣丁谓又出其门下。丁谓等人不断排挤寇准，终于把他挤出了朝廷，贬到千山万水外不知所终的地方。

晚年的寇准，不但在政界惨遭排挤，铺张浪费也屡遭指责。他生性奢豪，飞黄腾达后更是极度奢侈，家里从来不点油灯，都是用蜡烛照明。相传，连寇准家的厨房、厕所里，烛光都彻夜不熄，天明便可见烛泪遍地堆积。南宋大诗人陆游，在巴东叩拜寇准遗像时，曾作诗云，"人生穷达谁能料，蜡泪成堆又一时。"寇准仕途上无限风光，但生活方面却多为后世诟病。素以节俭著称的司马光就经常以他为反面教材，教育儿子要勤俭持家。

长相思

林逋

吴山青①，越山青②。两岸青山相送迎，谁知离别情③？
君泪盈，妾泪盈。罗带同心结未成④，江头潮已平⑤。

【注释】

① 吴山：指钱塘江北岸的山，古代这里属吴国。② 越山：指钱塘江南岸的山。③ 此句一作"争忍有离情"。④ 罗带：丝织成的带子。同心结：把罗带打成结，比喻同心相爱。⑤ 潮已平：江潮涨满，与岸齐平，表示船将开行。

【赏析】

这首《长相思》虽然写的是离愁别绪，但笔调清新优美。上阕写景，"吴山青、越山青"两个叠字的运用，在复沓的民歌中唱出江南美景。一句"谁知离别情"似乎是对亘古青山的怨怒，也像是对情人的嗔怪，别有意味。下阕由景入情，"君泪盈，妾泪盈"，满纸离别之痛，泪眼婆娑，哽咽无言。

吴越为春秋时期古国之名，在今江浙一带。这里自古以来明山秀水，风光无限。

林逋是北宋初年著名隐士，目下无尘、孤高自许，隐居在西湖边的孤山；二十年不入城、不入仕。他终身未婚无子，植梅养鹤，人称"梅妻鹤子"。提到林逋,人们首先想到的自然是他的诗,"众芳摇落独暄妍,占尽风情向小园。疏影横斜水清浅,暗香浮动月黄昏。"一首小诗,田园之乐,暗夜之情,跃然纸上;满溢的遐思和仰望在后人的心头层层荡漾,隐居的清雅和高逸,也如夜半歌声,缥缈而至。

这首词作,深深地浓缩了吴越青山绿水的万种风情,如一朵凝香含露的小花,意境优雅,盈溢出一抹清香。

点绛唇

林 逋

金谷年年①,乱生春色谁为主?余花落处,满地和烟雨。又是离歌,一阕长亭暮。王孙去②,萋萋无数,南北东西路③。

【注释】

①金谷:即金谷园,指西晋富豪石崇在洛阳建造的一座奢华的别墅。因征西将军祭酒王诩回长安时,石崇曾在此为其饯行,而成了指送别、饯行的代称。②王孙:贵人之子孙。这里指作者的朋友。③萋萋:草盛貌。

【赏析】

古人有"萋萋芳草喻离愁"的文学传统,如"青青河畔草,绵绵思远道"(《饮马长城窟行》),"又送王孙去,萋萋满别情"(《赋得古原草送别》),无处不生的春草,犹如人们无处不在的深情,别意缠绵,难舍难分。

林逋的这首《点绛唇》写得气韵生动,于众多咏物诗词中脱颖而出。残园、乱春、烟雨、落花、离情、日暮,在阡陌交通的小路上不断蔓延。全词无一"草"字,却字字令人联想到芳草萋萋,写景抒情浑然一体,被奉为咏物词的佳作。王国维更是称赞为"咏春草三绝调"之一(另两首分别为梅尧臣的《苏幕遮》和欧阳修的

《少年游》)。

古人咏春咏草多为感怀伤世,以屈原为首的文人骚客,也多以香草美人自喻,含蓄地表达自己对君主的忠贞、"迷恋",以及愿意为江山社稷肝脑涂地的决心。所以,这类"八股写法"常常是托物言志,鲜有真诚、纯粹的咏物之作。

唯此,林逋的词中融进了自己的离愁别恨,又无关时局的波澜,在眼界和境界上自然与别家不同。其颇得盛赞也是情理之中。

从林逋的隐居情况来看,宋初虽偶有征战,但生活还算安逸,用现代词汇来讲,比较"休闲"。假若生逢乱世,逃命尚且来不及,哪里还有闲情雅致来隐居。于美丽的西湖边,看梅花怒放,听野鹤长鸣,林逋过上了传统文人最向往的"隐居生活"。他超脱凡尘俗世,情怀高拔挺秀,为文人的躬耕自守、恬退隐居树立了最初的范本。

林逋存词仅三首,《长相思》为闺情极品,《点绛唇》为咏物一绝,故谈及宋词,始终越他不过。

渔家傲

范仲淹

塞下秋来风景异①,衡阳雁去无留意。四面边声连角起②。千嶂里③,长烟落日孤城闭④。

浊酒一杯家万里,燕然未勒归无计⑤。羌管悠悠霜满地⑥。人不寐,将军白发征夫泪!

【注释】

①塞下:边地。风景异:指景物与江南一带不同。②边声:马嘶风号之类的边地荒寒肃杀之声。角:军中的号角。③嶂:像屏障一样并列的山峰。④长烟:荒漠上的烟。⑤燕然:山名,即今蒙古境内之杭爱山。勒:刻石记功。据《后汉山·窦宪传》记载,东汉窦宪追击北匈奴,出塞三千余里,

至燕然山刻石记功而还。燕然未勒：指边患未平、功业未成。⑥羌管：羌笛。霜满地：喻夜深寒重。

【赏析】

范仲淹曾亲历战场，带兵作战，许多军旅题材的词作广受青睐，最著名的便是这首《渔家傲》。开头两句是对塞外朔地景象的描绘，给人营造了一种开阔苍茫的气象。在这塞外守边征战，其艰苦是常人无法想象的，思乡变成了永久的话题，然而"浊酒一杯家万里，燕然未勒归无计"。战事未成，归家不得，这是种悲情，但同时似乎也蕴含着词人"不破楼兰终不还"的隐隐决心。词句彰显的是一位爱国文人的胸怀，这虽是一首边塞词，但却不入俗白，显得悲壮而不悲伤。结尾"人不寐，将军白发征夫泪"，可堪可叹，苍苍白发，空对南飞大雁，一杯浊酒，闷对落日孤城。英雄情怀的悲歌与幻灭，都在这一刻随长烟腾起。

苏幕遮

范仲淹

碧云天，黄叶地，秋色连波，波上寒烟翠。山映斜阳天接水，芳草无情，更在斜阳外。

黯乡魂①，追旅思②，夜夜除非，好梦留人睡。明月楼高休独倚。酒入愁肠，化作相思泪。

【注释】

①黯乡魂：指思乡之愁苦令人黯然销魂。黯，愁苦、沮丧。②追：追缠不休。旅思：羁旅的愁思。

【赏析】

范仲淹工于诗文，除了家国愁恨之外，也有自己的一份闲情逸致，且写过许多描写景致的词，其中以这首《苏幕遮》写得最是凄婉。

词开头两句"碧云天，黄叶地"，从天地大气之中抽取出无边秋色。然后是远山、斜阳、芳草外，天水相连，感伤、旅怀、忧思、乡愁，令一切都黯淡无神。独倚栏杆，泪暗洒，一杯美酒，一怀愁绪，浓烈地在心里燃烧，化为无尽的相思泪。

自古文人多风流，而宋代文人由于生活的滋润与富饶，则更添几分情致。宋词中男欢女爱、相思成灾的词多如牛毛，但能够写到范仲淹这样沉痛的却并不多。

卜算子慢

柳 永

江枫渐老，汀蕙半凋①，满目败红衰翠。楚客登临，正是暮秋天气。引疏砧、断续残阳里。对晚景、伤怀念远，新愁旧恨相继。

脉脉人千里。念两处风情，万重烟水。雨歇天高，望断翠峰十二。尽无言、谁会凭高意？纵写得、离肠万种，奈归云谁寄？

【注释】

① 汀蕙：水边小洲上的蕙兰。

【赏析】

残阳映照，画柳烟桥边，执子之手，离愁万种。情到深处，却依然要含蓄隐忍片刻，无语凝噎，千叮万嘱，含情脉脉，话不尽的依依别情，留恋处，兰舟时时催发。此情此景，在传统文人的生活中，一般都是和发妻话别时的情景。到了柳永这里，便不是娇妻，而是风尘女子了。

柳永笔下云集的青楼女子,秀香、英英、瑶卿、心娘、佳娘等都得到过柳永诗词。"秀香家住桃花径,算神仙才堪并","英英妙舞腰肢软,章台柳,昭阳燕","有美瑶卿能染翰,千里寄小诗长简","心娘自小能歌舞,举意动容皆济楚","佳娘捧板花钿簇,唱出新声群艳伏"。

柳永仅凭婉约小词,就将世所唾弃的青楼女子形象带进了高雅的文学殿堂。从为文和为人两方面来讲,都是一种突破,是非一般的境界。他不像达官显贵,一夜春宵后,重整衣冠,站在道德的制高点,鄙视他们曾经玩弄过的青楼女子,一副假道德君子的模样。柳永是以平等的、同情的态度去对待这些女子的。他可以发现她们灵魂中可贵的东西,用饱含怜悯的诗词抚慰她们冰冷的灵魂。

柳永比亲人还能体谅她们的苦处,她们找到了能倾诉衷肠的好伙伴。他的眼神抛弃了轻蔑,多了点理解,随时令人感到"同是天涯沦落人"的惆怅;他不是一般的嫖客,甚至可以从嫖客变成她们的好朋友。这些女子把他当成知己看待,甚至抛却了钱色的交易。

忆帝京

柳 永

薄衾小枕凉天气,乍觉别离滋味①。展转数寒更,起了还重睡。毕竟不成眠②,一夜长如岁③。

也拟待、却回征辔④;又争奈、已成行计。万种思量,多方开解,只恁寂寞厌厌地⑤。系我一生心,负你千行泪。

【注释】

① 乍觉:刚刚发现。② 毕竟:终于、到底、无论如何的意思。③ 岁:年。
④ 也拟待:这是万般无奈后的心理活动。却回征辔:怎么能掉转马头回去

呢。⑤寂寞厌厌地:百无聊赖地。

【赏析】

柳永和歌伎舞女们的感情极深,这一点不容置疑。但柳永笔下的情词,多为女子的思恋。这一首《忆帝京》,沾染了无限相思,以男子的口吻和立场来写可谓别具一格。难怪刘熙载在《艺概》论柳词中盛赞"细密而妥溜,明白而家常"。

细看这首词,薄衾天凉秋意渐浓,深夜独卧,辗转反侧,相思袭来难入眠,醒来还想睡,希望在梦里重逢。一句"毕竟不成眠"蕴含了无比的思念和孤单。我们常常用"一日不见如隔三秋"形容相思之苦,却不料柳永的一句"长夜如岁"更让人心惊。别离的滋味可说是写得情浓隽永。

下阕更加深入地描写了离情。相思无尽,只想回头找你;可是已赴征程,为功名也为生计。于是寂寞天地,只能在万种无奈中开解自己。通篇明白晓畅,平和浅易,寥寥数字勾勒出一个离开心爱之人的男子度日如年的愁苦。如果至此结束,顶多不过为"淫词艳曲"中流行一时的诗句。可柳永毕竟不是普通人,他对艺伎的感情也非同一般。结尾处一句"系我一生心,负你千行泪"如繁花落地。落拓曲折处,委婉动情,九曲回肠之意,深切动人。从来,人们太熟悉女子的倾诉,正因如此,在一个男权世界里,能够听到才华横溢的才子深深的表白,更觉意义非凡。

读柳永词,虽然可以读出他的沉沦,也同样可以读出一种别样的韵味。柳永,一个深入市井的落魄文人,一个青楼女子的蓝颜知己,一个烟花柳巷的四时常客,一个在潦倒中走出异样轨迹的词人。他的生活像北宋这场大戏里的一个亮点,照亮了当时的人生百态,折射了时代为人所耻、歌舞升平而又道德冰冷的角落。所幸的是,他的词作没有和生活一样浪迹酒色,而是时刻散发出人性的悲悯和况味。

天仙子

张 先

《水调》数声持酒听①,午醉醒来愁未醒②。送春春去几时回?临晚镜,伤流景③,往事后期空记省④。

沙上并禽池上暝⑤,云破月来花弄影。重重帘幕密遮灯,风不定,人初静,明日落红应满径⑥。

【注释】

①《水调》:曲调名。②愁未醒:愁未消。③流景:像水一样逝去的年华。④后期:以后的事情。记省:记得,这里指对将来的预测。⑤并禽:成双成对的鸟儿,多指鸳鸯。暝:天晚。⑥落红:指被风雨打落的花朵。

【赏析】

这首《天仙子》不但是张先的代表作,也是北宋词坛的惊世名篇。词人那天听歌吃酒,结果举杯消愁愁更愁,不觉醉去,醒来时闲愁还是闷在心里无处消散,于是,引出了更多的伤感。"送春春去几时回?临晚镜,伤流景,往事后期空记省。"

"送春",送的只是四季的交替;而"春去",去的却是大好的青春年华。感伤流年,原来正是因为迢迢往事被清晰地记住,其情思之绵长,铺叙之委婉,极尽惆怅动人之能事。

天色渐晚,水禽并眠在池边休息,暮色低垂,渐覆大地。忽然一阵晚风,吹开了云层,露出了朦胧的月光;而在这月色渐浓的时候,园中小花也渐渐抖动,月光斑驳,花影婆娑,在光阴的流逝中忽然瞥见那一缕春意盎然的微光,令词人的情思不免异常矛盾。转身回到屋中,拉上重重帘幕,风更大了,世界终于安静下来了。这样的风,明天又会吹得落花满院了吧。

张先,字子野,与柳永齐名,擅长小令,偶尔也作慢词。词意含蓄,常常以男欢女爱为题材,情味深婉。因写过"心中事,眼中泪,意中人"的名句,被人称为"张三中"。后又因常常列举自己平生得意之句:"云破月来花弄影"(《天仙子》),"娇柔懒起,帘幕卷花影"(《归朝欢》),"柳径无人,堕絮飞无影"(《剪牡丹》),后又将最后一句改为"柔柳摇摇,坠轻絮无影";因三句皆有"影"字,世称"张三影"。

王国维先生在《人间词话》中评论遣词造句时说,一个"弄"字意境全出,天上地下月色花影,在瞬间拥有了灵性,令人心生怜爱。

千秋岁

张 先

数声鶗鴂,又报芳菲歇。惜春更把残红折。雨轻风色暴,梅子青时节。永丰柳①,无人尽日飞花雪。

莫把幺弦拨②,怨极弦能说。天不老,情难绝。心似双丝网,中有千千结。夜过也,东窗未白凝残月。

【注释】

① 永丰:唐代长安有永丰坊。② 幺弦:琵琶第四弦,因其最细,故称幺弦。

【赏析】

这首小词上下阕语意贯通,表达了爱情受阻的幽怨和坚定不移的决心。"天不老,情难绝"既化用了李贺的"天若有情天亦老",又别出自心,肯定了天不会老,深情也不会断绝的信念。其中"心似双丝网,中有千千结"更是发挥了谐音的妙用,"丝"恰好暗示了"思",寸寸相思,结成紧密的网,任谁也破坏不了。

张先的词上承花间下启苏轼,是宋词发展中的重要一环。陈廷焯在《白雨斋词话》中评价为:"张子野词,古今一大转移也。"他的词作蕴意凝练,情感饱满,"才不大而情有余",是婉约言情类的高手,而这首《千秋岁》更是个中翘楚。

清平乐

晏 殊

红笺小字①,说尽平生意。鸿雁在云鱼在水②,惆怅此情难寄。

斜阳独倚西楼,遥山恰对帘钩③。人面不知何处,绿波依旧东流。

【注释】

①红笺:印有红线格的绢纸,多指情书。②鸿雁:大雁。③帘钩:挂窗帘的铜钩,此代指窗户。

【赏析】

晏殊字同叔,14岁的时候,应神童试,真宗召其与众进士同廷应考,结果晏殊提笔成文,从容镇定,真宗赐进士出身。35岁正是许多人为功名挤破头的时候,晏殊却已经升任翰林学士,后拜相;一生富贵,青云平步。

或许正因此,晏殊的词里多为平和的情感,很少使用冷僻的典故。其清健的词风,正如他平平稳稳的一生,"修身、齐家、治国、平天下",而悠游也可以成就难得的风雅。一首《清平乐》,正是这种从容、娴雅的例证。

小词上阕写情,幽幽爱慕都铺陈在一方小巧的信纸上,"雁足传书""鱼传尺素",惆怅深处,连最愿意传递感情的它们也不忍将情书送出。托书不成,便只能借景抒情,将无限情思融入眼前的景色中,斜晖脉脉,高楼上独自一人,"遥山恰对帘钩",本想两两相望穿越时空,不料目光受到青山的阻隔,徒添一段愁思。结尾两句,笔锋忽转,并无更多悲凉之感,情人不在,而绿波依旧。言虽有尽,却含义无穷。

这首《清平乐》读来虽有哀愁却并不哀怨，虽是艳情却毫不妖艳；惆怅难遣，却也不似柳永和周邦彦等人的浓艳香软、汪洋恣肆。所谓"文如其人"正是此意。晏殊写词，由于经历和身份的原因，感情上总是有所收敛，"胸有惊涛、面如平湖"，这种风致在这首小词中得到了充足的体现。

浣溪沙

晏　殊

一曲新词酒一杯，去年天气旧亭台①。夕阳西下几时回？

无可奈何花落去，似曾相识燕归来。小园香径独徘徊②。

【注释】

①"去年"句：语本唐人邓谷《和知己秋日伤怀》诗"流水歌声共不回，去年天气旧池台"。② 香径：花园里的小路。

【赏析】

这是晏殊最为著名的一首词作，词境直指人世无常，感慨世事变迁。

对酒当歌，试问"夕阳西下几时回"？夕阳西下，触动了词人的情思，彩虹易散琉璃碎，亭台楼阁依旧，而韶华流转却转眼成空。词人不仅描写了眼前事物，更有对世事无常的感喟。

"无可奈何花落去，似曾相识燕归来"两句更成为词坛绝唱。花开花落，春去秋来，美好事物的消长无法阻止，空留词人在园中徘徊独思。年年岁岁花相似，岁岁年年人不同。这种对人生哲理性的思考，令词作在语言和意境上都显示出卓尔不群的风采。

由于晏殊的位高权重，所以他不用像南宋很多词人那样，为晋级和交友而做些应制的唱和，他不用为酬答谢意而埋藏真性情，辱没自己的才学。

有人说晏词的清丽雅秀有花间词的遗风,但从晏殊这首《浣溪沙》来看,实在有"出于蓝而胜于蓝"的成就。

浣溪沙

晏 殊

一向年光有限身[1],等闲离别易销魂[2]。酒筵歌席莫辞频。

满目山河空念远,落花风雨更伤春。不如怜取眼前人[3]。

【注释】

[1]一向:片刻,一晌。有限身:意思是人生短暂。[2]等闲:一般,平常。销魂:灵魂离开肉体,指极度悲伤、痛苦或快乐。[3]怜:怜爱,珍惜。取:语助词。

【赏析】

这首《浣溪沙》是晏殊的代表作之一。词人哀怨的是时光有限,离别之情最是伤人。推杯换盏之际,良友相对,及时行乐方能排遣抑郁。满目山河空悲喜,落花时节,风雨更添春愁,不如把酒言欢,立足现实,珍惜眼前。

晏殊虽少时赐进士出身,但在论资排辈的封建官场,一切工作都要从基层做起。词人似乎能参透人生的憔悴易损,所以自然也不愿意让时光一去成空。与其悲辛无尽不如用心珍惜,正所谓:"满目山河空念远,不如怜取眼前人。"而类似的主题,词人在他的《踏莎行》中也曾吟唱过:"春光一去如流电。当歌对酒莫沉吟,人生有限情无限。"能够好好地珍惜眼前的一切,才能牢牢地抓住幸福的人生,这是词人的人生哲学。

蝶恋花

晏 殊

槛菊愁烟兰泣露①,罗幕轻寒②,燕子双飞去。明月不谙离恨苦,斜光到晓穿朱户③。

昨夜西风凋碧树,独上高楼,望尽天涯路。欲寄彩笺兼尺素④,山长水阔知何处!

【注释】

① 槛:栏杆。② 罗幕:丝罗质地的帷幕,富贵人家所用。③ 朱户:指大户人家。又言朱门。④ 尺素:书信的代称。古人写信用素绢,通常长约一尺,故称尺素。

【赏析】

这首小词以"昨夜西风凋碧树,独上高楼,望尽天涯路"三句闻名于世,是一首抒发离愁别恨的上乘词作。婉约派词人的怀远伤感之作,大抵都褪不去忧郁的底色,词境上也显得不够开阔。唯有此词,以高楼独倚的姿态,写尽天涯人生路上的孤独,读来不禁伤怀且蕴含了广大而深切的苍凉。其词意之悠远、格局之阔大,皆非同类婉约词所能比拟;一枝独秀,如寒梅傲雪,令人在"忘尽"之余,虽苍茫悲壮,却也辽远阔达。

王国维先生曾借用此三句来解释治学之道,认为乃为学三重天之第一境界。跳出了狭小的爱慕与柔情,王国维对词意的夸张似乎更显得出这首词的普适性。

人们无法揣测晏殊的爱情,只能从他的词作中,寻到些蛛丝马迹。就像这首词中的那些字眼,明月离恨、西风碧树、彩笺尺素……正是"山长水阔知何处",一片恋恋离愁低吟不绝。

玉楼春

晏 殊

绿杨芳草长亭路①,年少抛人容易去②。楼头残梦五更钟,花底离愁三月雨③。

无情不似多情苦,一寸还成千万缕④。天涯地角有穷时,只有相思无尽处。

【注释】

①长亭路:指送别的路。②年少抛人:也可作"人被年少所抛弃",意思是人由年少变为年老。③五更钟:指念人的时候。"三月雨"同。④一寸:指心。千万缕:指相思愁绪。

【赏析】

这首《玉楼春》依然延续了婉约派恋情词的特质,"无情不似多情苦"大有"爱过才知情重,醉过才知酒浓"的意味,一缕情思剪成千万段。身为大宋朝堂堂宰相,虽然碍于情面不能过分表露自己的深情,但"天长地久有时尽,相思绵绵无绝期"之感慨,想来也是真正有过铭心刻骨的爱情吧。

大宋词坛犹如一盘好棋,无论贩夫走卒还是帝王将相,都可以找到适合自己的位置,将才情发挥到极致。"一团和气,两句歪诗,三斤黄酒,四季衣裳。"中国传统文人的理想生活模式,在晏殊的身上得到了完美的演绎。

生查子

欧阳修

去年元夜时①,花市灯如昼。月上柳梢头,人约黄昏后。

今年元夜时,月与灯依旧。不见去年人,泪满春衫袖。

【注释】

① 元夜:农历正月十五夜,即元宵节,也称上元节。

【赏析】

这首《生查子》是欧阳修的代表作。通过主人公对"去年今日"的怀念和追忆,写出了物是人非之感,今昔对比,似乎是受唐代诗人崔护《题都城南庄》的启发。小词叙事清晰,构思巧妙,如上等香滑巧克力,入口即溶,绵绵情意唇齿留香。

在中国古代,元宵节相当于情人节,宋朝更是放长假五天。《岁时杂记》云:"自非贫人,家家设灯。"可见欧阳修的"花市灯如昼"所言非虚,但看那"月上柳梢,人约黄昏"实在不像在人山人海的城里赏灯,倒像是青年男女的幽期密会。上阕至此戛然而止,言有尽而意无穷,如水穷之处坐看云起……只在下阕"不见去年人,泪满春衫袖"中约略可推断出当年甜蜜约会的场景。

月、柳、花灯,繁华并起一如往昔,却再也寻不到去年的佳人,怅然若失犹如一曲人生咏叹调。古人吟咏"元宵节"的诗词很多,佳作迭出,令人目不暇接。这首《元夕》堪称此类诗词中的上品。

浪淘沙

欧阳修

把酒祝东风①,且共从容,垂杨紫陌洛城东②。总是当时携手处③,游遍芳丛。

聚散苦匆匆,此恨无穷。今年花胜去年红。可惜明年花更好,知与谁同?

【注释】

①把酒：端着酒杯。②紫陌：泛指郊野的大路。③总是：大多是，都是。

【赏析】

抚今追昔，时光交错，故地重游，这似乎成了欧阳修词作中的一个基调。这首《浪淘沙》又是一例。

据词作分析，去年此时，把酒问东风，欧阳修和朋友同游洛阳城东，垂柳依依，携手游春，无限从容。可惜，别后重逢再难聚，今年花更红，却不知此番分别何时才能再聚，明年即便花开更艳，也不知该与谁同行赏春？赏春之时不免留下伤春之感。后人赞此词"深情如水，行气如虹"。作为一代文史大家，欧阳修的文与人，似乎也都兼具了这两点特征。

欧阳修少时家贫，母亲以荻画字，教他读书。他天资聪慧，且勤勉好学，一生从不自满，不耻下问，加上胸襟坦荡，终成一代文豪。

在任何一个朝代，最有名气的文人，必定是文章写得最好的那个。所以，在苏轼还没有成名前，欧阳修无疑是文坛泰斗。在苏轼兄弟双双中进士不久，一次偶然的机会，欧阳修读到了苏轼的文章，慧眼识珠，认定苏轼将来必将一代风流，"吾老矣，当放此子出一头地。"此言落地后不胫而走，一时引为文坛佳话。

如欧阳修这等文坛盟主，有很多人都不愿意退居历史二线，于是打压后辈，以便巩固其地位。而欧阳修却从不如此，他曾经和儿子论文章的时候，提到苏东坡，认为三十年后，便无人再提起自己，大有"只知东坡，不知欧阳"的悲凉。可尽管有此先见之明，欧阳修却依然扶持后辈，曾巩、王安石等身为布衣的时候，都曾得到过欧阳修的提携与赞赏。

朝中措

欧阳修

平山阑槛倚晴空①,山色有无中②。手种堂前垂柳,别来几度春风。

文章太守,挥毫万字,一饮千钟。行乐直须年少,尊前看取衰翁③。

【注释】

①平山:即平山堂,欧阳修出守扬州时修建,后成为扬州名胜。②山色有无中:王维《江汉临泛》"江流天地外,山色有无中。"此处借用其句。意思是山色若隐若现。③衰翁:作者自谓。

【赏析】

欧阳修一生宦海沉浮,几经贬谪,流年岁月,再次饯别知己,人生感慨不免脱口而出。

词的首句开篇写景,拔地而起,有凌空突兀的气势。手种垂柳既有对生活琐事的深情,"枝枝叶叶离情",不知道已经过了多少个春秋。几度春风几度霜,深婉细腻处更添豪放。下笔如风,一饮千钟,太守才气纵横、满腹豪情,都栩栩如生跃然纸上。结尾处劝人劝己,现身说法,奉劝诸位"行乐直须年少"。另有一说,认为欧阳修劝告年轻人,宦海挣扎,须早做打算,"成名需趁早",但此意与作者词旨相去甚远。

结尾两句,确有时光易逝之感慨,虽貌似消极,但通读全词,却有苍凉豪迈之情、顿挫之感,词意渐渐开阔。这一杯酒,喝得醉卧红尘,笑谈千古人生事,虽为醉言醉语,却实在吟诵得情真意切。欧阳修为人为官,光明磊落,酒后沉醉,也丝毫不辱才名;斗酒填词,留下一座"醉翁亭",供后世瞻仰。

西江月

司马光

宝髻松松挽就,铅华淡淡妆成①。青烟翠雾罩轻盈,飞絮游丝无定②。

相见争如不见③,有情何似无情。笙歌散后酒初醒,深院月斜人静。

【注释】

①铅华:铅粉。②"青烟翠雾"两句:皆形容珠翠冠的盛饰,指妇女的头饰。③争:怎。

【赏析】

宋代尚文,对于司马光来说,生活在宋朝,不仅拥有独立的精神、无上的荣耀,还很自然地沾染了时代的气息:比如文人指点江山的激越,锐意进取的情怀;当然也还有软香温玉的甜腻。

词的上阕写宴会上遇到的一个舞女,松挽云髻,薄施粉黛,体态轻盈,如青烟翠雾般袅娜,如柳絮柔丝般旖旎,妩媚动人,风情万种。下阕忽然由写景转到写情,有点多情却被无情恼的落寞,长长的相思如碧波荡漾的柔情,剪不断、理还乱。月斜人静,酒后初醒,夜色清凉如水,眷恋、伤感、抑或惆怅,心中五味杂陈,一切景语皆情语,风月无边情意绵绵。

因为刚直不阿的性格,司马光通常会被很多人误认为是一位不懂风月的严肃刻板的人,然而后人从文学里读到的司马光并不是一个怒目金刚式的道学家,他不会永远正襟危坐、高谈阔论,在觥筹交错,酒酣耳热、丝竹乱心之际,这位政坛才子也会写下这片段情思,歌之咏之。

这首词上阕写人下阕写景,看似平淡无奇,实则回味隽永。与宋朝许多浓艳香软的词风不同,《西江月》清新淡雅,风格婉丽,可谓"不着一字,尽得风流"。

桂枝香

王安石

登临送目,正故国晚秋,天气初肃。千里澄江似练,翠峰如簇。征帆去棹残阳里,背西风酒旗斜矗。彩舟云淡,星河鹭起,画图难足①。

念往昔,繁华竞逐②,叹门外楼头③,悲恨相续④。千古凭高,对此漫嗟荣辱⑤。六朝旧事如流水,但寒烟衰草凝绿。至今商女⑥,时时犹唱《后庭》遗曲。

【注释】

①画图难足:用图画也不能完美地表现它。②豪华竞逐:争着过豪华的生活。③门外楼头:指南朝陈亡国惨剧。④悲恨相续:指亡国悲剧连续发生。⑤凭高:登高。漫嗟荣辱:空叹什么荣耀耻辱。这是作者的感叹。⑥商女:歌女。

【赏析】

王安石是北宋著名文学家、政治家,字介甫,晚号半山。他的一生可谓跌宕起伏,是少有的在政治上和文学上都有大手笔的人物之一。他是唐宋八大家之一,一生留下诗词作品更是可观,其中不乏佳作。

登高吊古,词人开门见山以"正故国晚秋,天气初肃"起笔。自古逢秋悲寂寥,而半山先生却以"初肃"二字领起,笔力遒劲,精神抖擞,与刘禹锡的"我言秋日胜春朝"有相似的意境。"澄江似练,翠峰如簇"看似随手拈来,却于锦绣江山之上,看出其宏大的视野、开阔的胸襟。

词作下阕忽念往日繁华,六朝古都的风流如此迅速便随历史云卷云舒,千古江山,万种情愫,都只剩相继的荣辱。最后两句,化用了杜牧的诗句:"商女不知亡国恨,隔江犹唱后庭花。"嗟叹之感,弥新而永固。"千古凭高,对此漫嗟荣辱",无限的慷慨悲凉,读来至今荡气回肠。

中国传统文人总是喜欢借景抒情,登高怀古,放眼远眺,山河秀美,壮志难酬。这惆怅之中,有感怀沧海桑田之变迁,有抒发仕途坎坷之愤懑,也有慨叹国家兴衰之忧虑。宦海沉浮、国运起落全都融合在自然的景色中,涌上心头。宋代更是词人佳作频出的时代。或许正如有人所说的那样,宋朝的确是培养真正"精神贵族"的沃土,而王安石便是这沃土中孕生的一颗明珠。

临江仙

晏几道

梦后楼台高锁,酒醒帘幕低垂。去年春恨却来时[①]。落花人独立,微雨燕双飞。

记得小蘋初见[②],两重心字罗衣[③]。琵琶弦上说相思。当时明月在,曾照彩云归[④]。

【注释】

① 春恨:春日离别的情思。却来:又来。② 小蘋:是晏几道朋友家歌女的名字。③ 心字罗衣:绣有心字图案的丝罗衣裳。④ 彩云:这里指小蘋。

【赏析】

这首《临江仙》是晏几道久负盛名的佳作,也是婉约词中的绝唱。午夜梦回,烟锁重楼;残梦醒来,见帘幕低垂,不禁悲从中来。去年的闲愁旧恨又纷至沓来,这恼春的情绪已非一日之功。想起当年初遇美女小蘋的时候,她穿着绣有双重"心"字的罗衫,仿佛也在期待日后的心心相印。娇柔的手指奏出美妙的琵琶乐,"低眉信手续续弹,说尽心中无限事"。明月当空,小蘋如彩云般飘然而归……

晏几道乃宰相晏殊第七子,字叔原,号小山,疏狂磊落,不慕荣利,称得上是豪门中的"异数"。他虽生于相府,却视功名利禄如粪土,倒是把姐妹们看得比生命都珍贵。

词作从"楼台酒醒"开始写起,时空交错,由眼前实景写入心中真情,由相思无尽想到前尘旧事;结尾处,虚景中暗藏孤单之意,却无愁凉之叹,朗月当空,顿挫曲折之情油然而生。"落花人独立,微雨燕双飞",虽化用了前人诗句,但与词情十分贴切。

陈廷焯在《白雨斋词话》中称赞这首词:"既闲雅,又沉着,当时更无敌手。"读《临江仙》,人们依然能够感受到小山当年呼之欲出的深情,后世也罕见敌手。

鹧鸪天

晏几道

醉拍春衫惜旧香。天将离恨恼疏狂[1]。年年陌上生秋草,日日楼中到夕阳。

云渺渺,水茫茫。征人归路许多长。相思本是无凭语,莫向花笺费泪行[2]!

【注释】

[1] 疏狂:词人个性及生活情态的自我品题。疏,阔略世事;狂,狂放不羁。[2] 花笺:信纸的美称。

【赏析】

这首《鹧鸪天》将悠悠相思写得云烟缥缈、雾水迷茫。"相思本是无凭语,莫向花笺费泪行"两句更让人痛断肝肠。既然相思本来是无可诉说的,那一腔热情岂不是都白白浪费在诗词上了吗?可是,除此之外,似乎又别无他法。

晏几道的词,常常可以听到他的呼唤,"莲、鸿、蘋、云"是他最常提起的四个名字,此四人皆为歌伎。小山虽为贵族,但却深味人间的悲凉,对底层的女子有一种充满温度的体贴和尊重。

江城子

苏 轼

十年生死两茫茫①,不思量②,自难忘。千里孤坟,无处话凄凉。纵使相逢应不识,尘满面,鬓如霜。

夜来幽梦忽还乡③,小轩窗④,正梳妆。相顾无言,惟有泪千行。料得年年肠断处⑤,明月夜,短松冈⑥。

【注释】

①茫茫:渺茫,不知音信。②思量:思念,想念。③幽梦:梦境隐约,故云幽梦。④小轩窗:小室的窗前。轩,只有窗槛的小室。⑤料得:料想。⑥短松冈:种植小松树的山冈,指王氏墓地。

【赏析】

这是诗人的妻子王弗祭日的十周年,苏轼梦魂相扰,夜半惊醒。他惶惶四顾,王弗对镜梳妆的样子已经随着梦醒被四周的黑暗吞掉,伸手一拭,双鬓已被眼泪浸湿,苏轼难掩心中沉痛,下床题了这首《江城子》。

据史料记载,王弗为人"敏而静",知书达理,秀外慧中。在与苏轼婚后的生活中,王弗总能在一些生活琐事上从旁点拨,对苏轼给予提醒,无论是待人接物,还是诗词赏析,苏轼都能从王弗那里得到不同的惊喜。相传当年北宋进士王方在四川眉州青神县的岷江河畔与友人相聚。此地在一片青翠俊秀的山峰连绵在云海间,其中一山名为中岩,名声在外。此山中有一汪清泉,水波清澈见底,而池中的游鱼更是颇具灵性,只要临池拍手,这些鱼儿便如同听到召唤一般纷纷游来。王方见到此景时爱不胜收，便命人为这池清泉取名，众人挠头深思时，一少年已经挥毫而就，写下了"唤鱼池"三个大字。笔法遒劲，取义深刻，王方对面前这个少年顿时生出几分赏识。

这个少年便是苏轼。因为年少才俊，苏轼被王方选为乘龙快婿，将自己16岁的爱女王弗嫁给了苏轼。才子佳人，珠联璧合，也算得上是一段人间佳话了。苏轼为人豁达，不拘小节，在与客人交往时，常会因无心之失而将人得罪。这时，王弗便凝立屏风之后，将苏轼之过谨记，然后婉言相告，言辞凿凿，令苏轼心悦诚服。王弗的病逝将两个人11年的幸福终结。王弗去世的第四年，苏轼续弦，娶了王弗的堂妹王闰之，也是一个温顺贤良的女子，有着和王弗相似的眉眼。恍惚中，苏轼似乎又能看到曾经的幕幕往事。

卜算子

苏 轼

缺月挂疏桐，漏断人初静[1]。谁见幽人独往来[2]，飘渺孤鸿影[3]。

惊起却回头，有恨无人省[4]。拣尽寒枝不肯栖，寂寞沙洲冷。

【注释】

[1] 漏：古代盛水滴漏计时的器皿。漏断，漏壶水滴尽了，指时已深夜。[2] 幽人：幽居之人，苏轼自谓。[3] 飘渺：即缥缈，隐约悠远的样子。[4] 省：明白。

【赏析】

这首词是苏轼被贬之后所作。众所周知，苏轼为人刚直，直言不讳，多次得罪当朝权贵，更因为参与"乌台诗案"深受牵连，被贬为黄州团练副使。那一次的政治跌宕是他政治生涯的一个低潮，但也正是现实生活中的不如意，令苏轼有了创作的灵感。他将对现实生活的不满和对未来、理想的期望都写到了诗词中，那段时间是他创作的高潮期。

心有所思，笔有所动，苏轼的这首《卜算子》将他当时所受的不公正待遇和委屈统统诉诸笔下。仔细品读这首词可以发现，苏轼所表达的这种愤慨并不是慷慨激昂，或是抑郁不能自己，而是一种淡淡的忧愁，这种忧愁徘徊在字里行间。

在苏轼的众多词作中，都可以发现这样一个规律，他不仅写离别之情，男女相思，而更多的是放眼社会现实。他将雄浑之风贯穿始终，抑扬顿挫间对词的格局和意境进行了新的洗礼。因此，这种悲情词便成了苏轼词作的闪光之处。

苏轼所感伤的并不是靡靡之音，而是在理性的大框架之下，跳脱出自怨自艾这个狭隘范畴的感情，情愫的基调奠定在深厚的精神基础上。苏轼淡然处之，虽然也有哀伤，但却是适可而止，点到为止，词首不甚着意，却描画出惨淡的背景。

作为一个从小就接受着封建正规的儒家教育，立志要抱负国家的士大夫，政治上的不断失意自然会引起苏轼情绪上的不满，但在苏轼发泄不满的词作中，却看不到他的浮躁。他以孤鸿自比，抒郁郁不得之志。

他在词中写道，残月当头，而所能看见的仅仅是头顶寥寥无几的枯叶，在万籁俱寂的时空下，词人感到孤独万分。这就是苏轼词中所营造的感伤情怀，一种"缥缈于天地间"只可意会不可言传的境界。

虽然苏轼心中悲凉，但他却不是顾影自怜的无用书生，在感慨之后，他将笔锋一转："惊起却回头，有恨无人省。拣尽寒枝不肯栖，寂寞沙洲冷。"一语道出自己的豁达和胸襟。这个世上没有什么事情能令他心灰意冷的，再多的苦难对于苏轼来说都只是浮沉一梦。

念奴娇 赤壁怀古

苏 轼

大江东去,浪淘尽、千古风流人物。故垒西边,人道是、三国周郎赤壁①。乱石穿空,惊涛拍岸,卷起千堆雪。江山如画,一时多少豪杰!

遥想公瑾当年②,小乔初嫁了③,雄姿英发。羽扇纶巾,谈笑间、樯橹灰飞烟灭。故国神游,多情应笑我、早生华发。人生如梦,一樽还酹江月。

【注释】

① 周郎:即周瑜。赤壁:赤壁之说不一,实际上三国时期周瑜击败曹操大军的赤壁是在湖北薄圻县西北、长江南岸。② 公瑾:周瑜字公瑾。③ 小乔:周瑜的妻子。

【赏析】

写这首词时,苏轼正值不惑之年而遭流放,所以,他只能在闲暇之时凄然北望,遥想故人,看似游山玩水,实则是在山水中品咂人生的况味。词人心中虽然凄惶,却不影响他豁达地看待人生。理想主义的人常常是这样的,他能够认清现实,却又不愿意向现实低头,他会用一些安慰之语劝解别人,而自己则在达观之外,兀自感慨。

其实,苏轼的词作中有一种固有的情感模式:伤感,感悟,放达。这便是苏轼历经一生磨难而终没能被打垮的秘诀。

苏轼一向都被后人赞誉为豪放派的领军人物。在苏轼的作品中,不论是诗词还是散文,都蕴含着磅礴大气之感,令人读后荡气回肠。苏轼文化造诣颇高,被柏杨盛赞为"中国文学史上最杰出的明星,也是中国文学史上一位十项全能的人"。

满庭芳

琴 操

山抹微云①，天连衰草，画角声断斜阳②。暂停片辔，聊共引离觞③。多少蓬莱旧侣，频回首、烟霭茫茫④。孤村里，寒烟万点，流水绕红墙。

魂伤。当此际，轻分罗带⑤，暗解香囊⑥，谩赢得、青楼薄幸名狂⑦。此去何时见也，襟袖上、空有余香。伤心处，长城望断，灯火已昏黄。

【注释】

①抹：涂抹，染上。②画角：军中用的涂有颜色的号角。③引离觞：在饯别的筵席上连续不断地举杯劝酒。④烟霭：指云雾。⑤罗带：丝织的带子。⑥香囊：装香料的荷包。古代赠香囊以表示别情。⑦薄幸：薄情。

【赏析】

琴操是在北宋红极一时的歌伎。不仅因为她长得清丽绝俗，还因为她写就一手好词。"妓女"加"才女"这一双重身份，令她备受推崇。

琴操相传出身官宦，少时不幸被抄家，后父母相继亡故，无以为生，沦入青楼卖笑。好在小时候读过几首诗文，加上宋代文人常常来烟花柳巷厮混，琴操在这种半雅半俗的"文化氛围"里泡久了，也便生出了一点诗意。偶有文客来，吟风弄月，也可以填词作曲，人气渐旺，名声渐响，提到琴操之名，西湖一带，无人不晓。

一天，某官吏游西湖，一时高兴，吟唱起秦少游的《满庭芳》，"山抹微云，天连衰草，画角声断斜阳……"琴操听了这位官人的唱词，心说"应该是'画角声断谯门'才对"。可又不好意思直接说他没文化，于是委婉地说道："错得好，虽然词句唱错了，但是词的意境反而推进了。"谁知这位大人高兴地抱拳道："久闻姑娘才华不让须眉，既然错了，姑娘能否用这个韵，填一首新词呢？"琴操略一沉吟，随即改为上面的这首《满庭芳》。

吟罢，搁笔一笑，嫣然妩媚，围观人等纷纷凑上来观词，疾呼"妙极"。于是，琴操改韵的事儿也就由此流传开了。

据说琴操死时年仅24岁，她当年修改的《满庭芳》至今读来仍可见其深厚笔法。对语言的驾驭、词境的揣摩、音韵的锤炼，没有长时间的研习恐怕很难一时之间成就如此佳篇。

卜算子

琴 操

欲整别离情[1]，怯对尊中酒。野梵幽幽石上飘，寨落楼头柳。不系黄金绶[2]，粉黛愁成垢。春风三月有时阑，遮不尽，梨花丑。

【注释】

[1] 整：处置、应付。[2] 绶：本义：丝带。古代用以系佩玉、官印等。

【赏析】

琴操在玲珑山修行时，东坡、佛印等偶尔过来对诗，谈禅悟道。期间，琴操写下《卜算子》。

"欲整别离情，怯对尊中酒"，开头两句化用了杜牧的《赠别》诗："娉娉袅袅十三余，豆蔻梢头二月初。春风十里扬州路，卷上珠帘总不如。多情却似总无情，唯觉尊前笑不成。蜡烛有心还惜别，替人垂泪到天明。"化得比较巧妙，融自己的感情于其中，一个"怯"字，十分动人。

琴操粉面似雪，秀发如墨，实在是明艳动人；这样才情与色艺佳绝的女子在当时自然远近闻名，即便她"不系黄金绶，粉黛愁成垢"，也仍然难以掩盖光彩。于是顺理成章的，琴操的名字很快就被风流才子苏东坡听见了。苏东坡风流倜傥,天性浪漫,两人一见倾心,引为知己。从此,才子品茗,佳人抚琴,犹如人间仙境。

然而苏东坡虽生性风流,却也深谙人世甘苦:琴操举止清雅,谈吐不凡,落入青楼实在可惜。于是,一次参禅时,东坡问琴操:"何谓湖中景?"琴操答道:"落霞与孤鹜齐飞,秋水共长天一色。"问:"何谓景中人?"应道:"裙拖六幅潇湘水,鬓挽巫山一段云。""何谓人中意?""随他杨学士,憋杀鲍参军。"又问:"如此究竟如何?"琴操默然,酸甜苦辣涌上心头,语顿无以应。东坡索性说道:"门前冷落车马稀,老大嫁作商人妇。"

琴操是何等聪明的女子,登时顿悟,涕泪长流。

沉吟半晌后,决定削发为尼,了却情缘。遂起身为东坡唱道:

"谢学士,醒黄粱,门前冷落稀车马,世事升沉梦一场,说什么鸾歌凤舞,说什么翠羽明珰,到后来两鬓尽苍苍,只剩得风流孽债,空使我两泪汪汪,我也不愿苦从良,我也不愿乐从良,从今念佛往西方。"

关于琴操身后的故事,传闻颇多,有的说苏轼送她去出家之后,又后悔了。几次登山拜访,劝她回杭州,琴操不从。于是苏轼借酒消愁,醉卧玲珑山,遗憾万千。也有人说,琴操隐入佛门之后,闭门谢客,精研佛法,加上风月场上看透了人间悲凉,很快就悟道了。也有一说,琴操入山修行没几年就驾鹤仙去。

"春风三月有时阑,遮不尽,梨花丑",唯有留下这不多的几首词句,引得世人对这位历史烟尘里的女子的故事继续猜测和遐想。

满庭芳

秦 观

山抹微云①,天连衰草,画角声断谯门②。暂停征棹,聊共引离尊③。多少蓬莱旧事,空回首、烟霭纷纷④。斜阳外,寒鸦万点,流水绕孤村。

销魂。当此际,香囊暗解⑤,罗带轻分⑥。谩赢得青楼,薄幸名存⑦。此去何时见也,襟袖上、空惹啼痕。伤情处,高城望断,灯火已黄昏。

【注释】

①抹:涂抹,染上。②画角:军中用的涂有颜色的号角。③引离尊:在饯别的筵席上连续不断地举杯劝酒。④烟霭:指云雾。⑤香囊:装香料的荷包。古代赠香囊以表示别情。⑥罗带:丝织的带子。⑦薄幸:薄情。

【赏析】

这首《满庭芳》开篇以"山抹微云,天连衰草"起笔,犹如一副精致工整的对联。既勾勒出天光云影的情致,也显示出作者心灵的秀巧。上联一个"抹"字,说得粉嫩、轻巧,如登台"献技",总需对镜梳妆一番。下联一个"连"字,有"黏合"之意,却不需黏合那样用力,只微微地搭着,便对接得恰到好处。

在这样虚幻迷离的景致里,"多少蓬莱旧事,空回首、烟霭纷纷",回望前尘,往事如烟,如烟霭纷纷,恰如开篇一抹微云,前后呼应成趣。而"斜阳外,寒鸦数点,流水绕孤村"三句更是写尽人间惆怅事,画尽人间无限情。斜阳、寒鸦、孤村,每一个词都看似闲笔,可读起来却满纸薄凉。

下阕忽然转入"销魂",遥想定情之日,罗带轻解,香囊相赠,何等情深义重。不料想,如今却留下薄情郎的名声。此去一别,不知何时才能相见,襟袖上,只留下情人的点点泪痕。最后三句,写得尤为悲凉。回头远望,一灯如豆,漫入无边的黄昏。"伤情处",意境全出,任是无情也动人。

这首佳作历来被人所赞赏,苏轼戏称,"山抹微云秦学士,露花倒影柳屯田",说得正是秦观。

鹊桥仙

秦 观

纤云弄巧①,飞星传恨,银汉迢迢暗渡②。金风玉露一相逢③,便胜却人间无数。

柔情似水,佳期如梦,忍顾鹊桥归路④。两情若是久长时,又岂在朝朝暮暮。

【注释】

①纤云弄巧:是说纤薄的云彩,变化多端,呈现出许多细巧的花样。②银汉:银河。传说每年七夕牛郎织女渡河相会。③金风:秋风,秋天在五行中属金。玉露:秋露。金风玉露,喻指秋天,这句是说他们七夕相会。④忍顾:怎么忍心回顾。

【赏析】

秦观的这首《鹊桥仙》写的是中国一个传统而又美好的节日"七夕"。词作开篇点题,写出了漫天彩云都是织女的巧手所织,可惜如此聪颖的人却不能和心爱的人长相厮守。"盈盈一水间,脉脉不得语",银汉迢迢,若远若近,满腹深情暗渡。金风玉露,久别的情侣相会,胜过人间无数次的相聚!可惜,假期太短,倏忽间,温柔和缠绵还未褪尽,那条相逢的鹊桥便要成为织女的归途。不忍离去,却不得不回顾,只有一句"岂在朝朝暮暮"。

这首小词,看似写的是天上牛郎与织女,实写人间悲欢离合;欢乐中有离别的苦楚,相聚后有彼此的期待与鼓舞。"相见时难别亦难"乃人之常情,自古一理。

有人说,这是少游写给某个青楼女子的情诗,"两情若是久长时,又岂在朝朝暮暮"完全是一种托词,是对青楼女子的一种安慰。不论他是写给谁,这种对爱情的坚贞和笃信都值得推崇。

清代学者王国维评价秦观时说,"少游虽作艳语,终有品格,方之美成（周邦彦），便有淑女与娼妓之别。"可以说是对秦少游词品的极高评价。

踏莎行

秦 观

雾失楼台，月迷津渡①。桃源望断无寻处。可堪孤馆闭春寒②，杜鹃声里斜阳暮。

驿寄梅花③，鱼传尺素④。砌成此恨无重数。郴江幸自绕郴山⑤，为谁流下潇湘去⑥？

【注释】

①津渡：渡口。②叵堪：那堪。③驿寄梅花：引用陆凯寄赠范晔的诗："折梅逢驿使，寄与陇头人。江南无所有，聊赠一枝春。"作者以远离故乡的范晔自比。④鱼传尺素：《古诗》中有"客从远方来，遗我双鲤鱼。呼儿烹鲤鱼，中有尺素书"。⑤郴：郴州，今湖南郴州市。幸自：本身。⑥为谁：为什么。

【赏析】

秦观的这首词作从一片想象的世界中入手，雾霭弥漫，失去了渡口的方向，陶潜先生当年的桃花源更是无处寻觅。寒舍孤馆，听得杜鹃声声，斜阳中阵阵悲鸣。书信与礼物如离恨般越积越多，愁苦无重数。

结尾处，词人以郴水绕郴山自喻，感叹好端端一个读书郎却被卷进政治的旋涡，对身世不幸躬身自省。秦观一生才华峻拔高超，却因新旧党派之争，屡遭贬谪，最后被贬到郴州，被削去了所有的官爵和俸禄，内心之愁苦彷徨可想而知。

当年柳永因为一句词作，便终身与仕途绝缘；而秦少游也因为新旧党派之争，被排挤在主流之外。此时的秦少游，写下这首飞升词坛的《踏莎行》,心已彻凉。

然而,不论是悲凉的身世之感,还是甜蜜的爱情传说,经少游妙笔,汩汩深情,便勾勒出一曲曲隽永的词作。"可堪孤馆闭春寒,杜鹃声里斜阳暮"一句历来为人所称道,王国维先生盛赞"词境最为凄婉"。

浣溪沙

秦 观

漠漠轻寒上小楼。晓阴无赖似穷秋①。淡烟流水画屏幽。

自在飞花轻似梦,无边丝雨细如愁。宝帘闲挂小银钩。

【注释】

① 无赖:令人讨厌,无可奈何的憎语。穷秋:深秋。

【赏析】

有人说《满庭芳》是秦观长调之冠,而《浣溪沙》则是小令的压卷之作。它起笔轻柔,通篇飘着淡淡的哀怨和闲愁,如清歌荡漾,悠然而至。闲情雅致中一派轻盈、恬淡。

秦观是著名的"苏门四学士"之一,因生性豪爽,洒脱不羁,才情纵横,颇得苏轼赏识。秦学士才华横溢且温柔多情,写得一手好词,所以,关于他的"绯闻"自然也遍地流传。其中,当属和苏小妹的传闻最为活灵活现。

苏小妹为苏东坡的妹妹,自然也是饱读诗书的才女。秦观年轻有为,自然也想一睹芳容,于是装扮成道士,前去瞻仰。见到苏小妹后,发现虽不算妖娆,但气质清幽,全无半点俗韵。一时兴起,和苏小妹隔空对诗。他们语言交锋之际,爱情火花四溅,对彼此的才能也算了然于心。及至秦观登科后,方才与苏小妹完婚,成就了一段才子佳人的传奇。

然而，传奇虽然奇妙，却始终当不得真。历史上到底有没有苏小妹这个人也尚无定论。但是，从秦观的词作来看，大抵是没有的。即便有，嫁的肯定也不是少游。

六州歌头

贺 铸

少年侠气，交结五都雄①。肝胆洞，毛发耸②。立谈中③，死生同。一诺千金重。推翘勇，矜豪纵。轻盖拥④，联飞鞚⑤，斗城东⑥。轰饮酒垆，春色浮寒瓮⑦，吸海垂虹。间呼鹰嗾犬，白羽摘雕弓⑧，狡穴俄空。乐匆匆。

似黄粱梦。辞丹凤⑨，明月共，漾孤篷。官冗从⑩，怀倥偬⑪，落尘笼。簿书丛⑫，鹖弁如云众⑬，供粗用，忽奇功。笳鼓动，渔阳弄⑭，思悲翁。不请长缨⑮，系取天骄种⑯，剑吼西风。恨登山临水，手寄七弦桐⑰，目送归鸿。

【注释】

① 五都：五都具体所指，历代各有不同，汉代以洛阳、邯郸、临淄、宛、成都为五都；三国魏时以长安、谯、许昌、邺、洛阳为五都；唐代以长安、洛阳、凤翔、江陵、太原为五都。词中盖泛指北宋北方的各大都市。② 肝胆洞，毛发耸：肝胆相照，正义凛然。③ 立谈中：须臾而谈，即意气相投。④ 盖拥：形容车马随从很盛。⑤ 联飞鞚（kòng）：联辔并驰之意。鞚，有嚼口的马络头。⑥ 斗城：原指汉代长安故城。词中借指北宋东京汴京，即今之开封。⑦ 春色：酒的泛称。古人酿酒，一般从入冬开始，经春始成，故多称春酒。⑧ 白羽：箭名。⑨ 丹凤：指京城。唐时长安有丹凤门，故以丹凤代指京城。⑩ 冗从：散职侍从官，汉代时设置。词中盖指方回自熙宁元年至元祐六年前23年间，官阶由右班殿直而磨勘迁升至西头供奉，皆属禁廷侍卫武官，性质与汉之"冗从"相近。⑪ 倥偬：急迫匆忙。⑫ 簿书丛：担任烦琐的公

文事务。⑬鹖弁（hé biàn）：鹖，古书上说的一种善斗的鸟。弁，旧时称低级武职。⑭渔阳弄：曲名。下文"恩悲翁"同。⑮请长缨：即请战之意。⑯天骄种：原指胡族（如匈奴等），词中盖下泛指外寇。⑰七弦桐：乐器之一，指琴，多以桐木制成，或五弦或七弦，故名。

【赏析】

词人是一个地方小官，他人微言轻，又远离京城。既没有朝堂之上慷慨陈词的悲壮，也没有战死沙场的机会，只能在苟安的时代中体会自己的人生。大宋朝醉生梦死、歌舞升平，他对着自己空旷的日子，徒然一声断喝，犹如晴空闪电，尖锐地刺破了时局温软的喉咙，发出了振聋发聩的雷鸣。

这首词的上阕以"少年侠气，交结五都雄"开篇，一"侠"一"雄"奠定了全词的基调。接着，贺铸详细描述了自己与伙伴们的品性：肝胆相照、生死与共、豪放不羁、英勇盖世。带着鹰犬狩猎，踏平狡兔之巢；围聚豪饮，可吸干海水，气魄如虹。"雄姿壮彩，不可一世。"言辞中，结交豪雄之情，吞吐山河之势，令人无限神往。然而，以"乐匆匆"三字戛然而止，似有转折之意。

至下阕，首句急转直下，匆匆美梦，朝气蓬勃的生活原来只如一枕黄粱。赏心乐事的青春一掷如梭，沉沦困厄的官宦生活逐渐取代了少年侠客的快乐。"明月共，漾孤篷。官冗从，怀倥偬，落尘笼。""供粗用，忽奇功。笳鼓动，渔阳弄，思悲翁。"这是词人对自己十几年来的生活写真，也是对胸中愤懑的一种抒发。

原本是行侠仗义、豪情满怀的少侠，却误入牢笼般的官场，在地方打杂，案牍中劳形，不能驰骋沙场、建功立业；一腔抑郁，化为满肚子的牢骚。三字一顿犹如层层巨浪，直指苍天埋没才华的不公。长歌当哭，英雄泪，散满襟。"剑吼西风"四个字把所有的悲愤与激越推向了狂怒的高峰。词作结尾三句峰回路转，"恨"字一出，怒吼变成了悲凉。凌云之志无处施展，只能抚琴诵词，看山水孤鸿。

贺铸与北宋其他词人不同，他生于军人世家，本人也从武职开始做起，从小就希望能够为江山社稷出力。只可惜，他空有为国之志,却难寻报国之门。依赖求和而苟安的朝代,再大的侠客恐怕也宏愿难平。

由于词牌所限,宋词题材多有趋同。大部分为依红偎翠之作,而绝少直言家国大事。及至靖康之后,才有了岳飞、张孝祥、陆游、辛弃疾等人的爱国作品。然而,能够写出如此义薄云天,侠情万丈的,非贺铸莫属。

贺铸的这首《六州歌头》笔力雄浑苍健,上承苏轼,下启南宋辛派,在词史上有着不容忽视的地位。

鹧鸪天

贺 铸

重过阊门万事非①,同来何事不同归?梧桐半死清霜后②,头白鸳鸯失伴飞。

原上草,露初晞③,旧栖新垅两依依④。空床卧听南窗雨,谁复挑灯夜补衣!

【注释】

①阊(chāng)门:本为苏州西门,这里代指苏州。②梧桐半死:比喻丧偶。③晞(xī):干掉。④新垅:新坟。

【赏析】

贺铸一生屈居下僚,经济上并不宽裕。贺铸的妻子赵氏本是千金小姐,嫁给贺铸后勤俭持家、不惧劳苦,对丈夫非常体贴,夫妻二人感情深厚。妻子不幸过世,贺铸想起曾经相濡以沫的时光,悲从中来,挥笔写下这首词,以悼亡词寄托自己的哀思。

本篇词作从"物是人非"的感叹入手,不禁问道:"同来何事不同归?"这种责问,看似无理取闹,实则情到深处。有人说爱情的最高境界,就是"敬他如父,尊他如兄,亲他如弟,爱他如子,视他如友"。贺铸的追问,既有不合常理的撒娇与嗔怪,也暗含了不忍诀别的撕心裂肺。秋霜过后梧桐半死,词人以白头鸳鸯自喻,垂垂老矣,却无人相伴,孤独和凄凉呼之欲出。

一灯如豆,夜雨敲窗,想起妻子从前"挑灯夜补衣"的形象。凄怨哀婉的情感,缓缓打开读者的心扉,令人不免潸然泪下。这首纪念亡妻的小词与苏轼的《江城子》同为悼亡词中的精品。所不同的是贺词中,贫贱夫妻患难与共的真情更加荡气回肠。

青玉案

贺 铸

凌波不过横塘路①,但目送芳尘去②。锦瑟华年谁与度③?月桥花院④,琐窗朱户⑤,只有春知处。

飞云冉冉蘅皋暮⑥,彩笔新题断肠句⑦。试问闲情都几许⑧?一川烟草⑨,满城风絮,梅子黄时雨。

【注释】

①凌波:形容女子步态轻盈。②芳尘去:指美人已去。③锦瑟华年:指美好的青春时期。锦瑟,饰有彩纹的瑟。④月桥:赏月的平台。花院:花木环绕的房子。⑤琐窗:雕绘连锁花纹的窗子。朱户:朱红的大门。⑥蘅皋:长着香草的沼泽中的高地。⑦彩笔:比喻有写作的才华。事见南朝江淹故事。⑧都几许:共有多少。⑨一川:遍地。

【赏析】

贺铸,字方回,是宋太祖贺皇后的族孙,妻子也是宗室之女。他始终不得志,初为武职,位低事烦;后改为文职,亦不能实现理想与抱负,终于请辞,定居苏州。

贺铸退居苏州时,碰到了一位妙龄女郎,心花怒放之际,写下的这首千古名篇《青玉案》。

词人说，姑苏水乡，横塘梦境，美人已去，却爱慕难忘。古人的"闲愁"相当于我们今天的"爱情"，青草、柳絮、飞雨，铺天盖地，难以计算其多少，正如可遇而不可求的爱的愁绪。

此词一出，便传诵一时，成为词坛里又一朵奇葩，"一川烟草，满城风絮，梅子黄时雨"一句更是得尽好评，以至于贺铸因这首小词得"贺梅子"的雅称。

周汝昌说："晚近时候再也没有听说哪位诗人词人因名篇名句而得名。"

少年游

周邦彦

并刀如水①，吴盐胜雪，纤手破新橙。锦幄初温，兽烟不断，相对坐调笙。

低声问：向谁行宿？城上已三更。马滑霜浓，不如休去，直是少人行。

【注释】

① 并刀：并州（今山西）出产的剪刀。如水：形容剪刀的锋利。

【赏析】

刀闪亮，盐晶莹。开篇起笔以"刀如水""盐胜雪"引入场景，纤纤素手破开一枚新橙。闪亮的刀光，手如柔荑，轻轻地拨开黄色的鲜橙，果品打开后，满室盈香。"锦幄初温"可见是入夜情事，而烟香不断，意蕴撩人，且有红颜知己对坐吹笙，环境之温馨动情，羡煞旁人，不言自明。

词的上阕如同桂花烹茶，酿足了依偎与爱恋，久久不散的浓情如化不开的巧克力，孕育出下文的甜蜜。"低声问"三个字既有低声的妩媚，也有不愿破坏了雅兴的娇弱：城上三更，霜浓路滑，不如不要回去了吧!一副女子的娇羞,欲言又止,想留住情郎却不肯开口,却含蓄地表达外面冰天雪地一派寒冷,大有"天留人"之意。缠绵依偎之姿态,柔情似水之温暖,与外面的天寒地冻,实在是冰火两重天的对比。任是铁打的筋骨也一样化为绕指柔肠。

其情思之幽微、细腻,袅袅婷婷,令人不仅想象到词中的女子柔情似水,当真是一朵温柔的解语花。爱恋极深却无半点俗态,情意缠绵却恰到好处,正所谓"增之一分则太长,减之一分则太短;着粉则太白,施朱则太赤",所以陈廷焯在《白雨斋诗话》中赞其为"本色佳作"。

这首《少年游》的成功问世,充分见证了周邦彦的文学才能:词语婉丽、缜密,形成了典雅、浑厚的词风;虽为恋情词,却并无牵衣扯袖之造作,发展了柳永等人的慢词,对南宋姜夔、张炎等人的词风影响深远,被人尊为婉约派集大成者,或有称之为格律派的创始人。

夜飞鹊

周邦彦

河桥送人处,良夜何其[①]?斜月远堕余辉。铜盘烛泪已流尽[②],霏霏凉露沾衣[③]。相将散离会,探风前津鼓[④],树杪参旗[⑤]。花骢会意[⑥],纵扬鞭、亦自行迟。

迢递路回清野[⑦],人语渐无闻,空带愁归。何意重经前地,遗钿不见[⑧],斜径都迷。兔葵燕麦[⑨],向残阳、影与人齐[⑩]。但徘徊班草[⑪],欷歔酹酒[⑫],极望天西。

【注释】

① 良夜何其:良夜,原作"凉夜",据别本改。② 铜盘烛泪已流尽:暗自垂泪到天明之意。③ 霏霏:本形容雨雪之密,此处形容露浓如雨。④ 津鼓:

指渡口行舟催发的鼓声。⑤ 树杪：树梢。参旗：星名，又名"天旗""天弓"，属毕宿，共九星，初秋时于黎明前出现于天空。⑥ 花骢（cōng）：毛色斑驳的马。⑦ 迢递：遥远貌。⑧ 遗钿：此处非实指遗落的钗钿，而是指情人的踪迹。⑨ 兔葵燕麦：形容景色凄寂。⑩ 影与齐：意为"欲与人齐"。⑪ 班草：铺草于地而坐。⑫ 欷歔：叹气。酹酒：洒酒于地表示祭奠或立誓，此处用为祷祝之意。

【赏析】

读周邦彦的词，古人今人同赞处大抵有二：一为感情深沉，引句式起伏变化，有抑扬顿挫之感；二是时空交错，回望前尘，需细细追寻。

这首词的上阕由桥边、月夜、送别写起，铜盘烛泪，犹如杜牧所言，"蜡烛有心还惜别，替人垂泪到天明"，一份依依不舍之情，荡胸升起。薄露沾衣，已近天明，分别在即，马解人意，挥鞭时不忍离去。

下阕写到"重经前地"，才知前面是作者深深的回忆。"遗钿不见，斜径都迷"，似有"人面不知何处去"的感慨。总之，物是人非，夕阳晚照，徘徊旧地，慨叹唏嘘，望向西边，悲不自已。其中"兔葵燕麦，向残阳、影与人齐"三句，被梁启超誉为送别词中的双绝之一（另一绝为柳永之"杨柳岸、晓风残月"）。全词怀旧的伤感虽隐忍不发，却于良月夜、斜晖处蔓延，"哀怨而浑雅"（陈廷焯语），为婉约词中的代表作。

世人常把周邦彦和柳永放在一处对比，认为柳永市井气息偏浓，而周邦彦却词风含蓄秀丽，善于铺排，且辞藻华美，韵律和谐。实际上，柳永虽无周邦彦的齐整、缜密，却于格律之外任意挥洒，自有一份无法束缚的超脱。

周邦彦少年时落魄不羁，后在太学读书，神宗时献上《汴京赋》，仕途坦荡，因精通音律，后屡被提拔，为朝廷作乐。故浪子气息较少，宫廷感受颇浓，有很强的帮闲意味；虽比柳永工密典丽，却没有柳永在世俗，尤其是青楼女子中的威望高。

眼儿媚

赵 佶

玉京曾忆昔繁华①,万里帝王家。琼林玉殿②,朝喧弦管,暮列笙琶。

花城人去今萧索③,春梦绕胡沙。家山何处,忍听羌笛,吹彻梅花④。

【注释】

①玉京:汴京。②琼林玉殿:不仅指皇城之中各种宫殿,特别是那模仿杭州凤凰山的艮月,此是赵佶宠臣蔡京、朱腼等搜刮财货、竭尽民力兴建而成的宫殿。③花城:指靖康之变以前的春色。④梅花:在此指《梅花落》的乐声。

【赏析】

赵佶即宋徽宗,他天资聪慧,能文擅画,是赫赫有名的书画天子。

据《宋史》的记载:"宋徽宗诸事皆能,独不能为君耳!"他的荒淫无耻总是屡遭诟病。大敌当前,临阵退缩传位给儿子,自称太上皇,万事撒手不管,令人深感此人可鄙可恨。但有一点似乎又是值得肯定的:国破家亡之日,他没有逃跑。本来宋徽宗已经从开封跑了,结果众爱卿一时劝阻,又决定回来了,不料和儿子一起被掠走,留下了永世难忘的"靖康之耻"。宋徽宗可以当文人、当画家,和李师师吟风弄月,和蔡京琴棋书画,甚至可以和高俅组织国家足球队,但就是不适合当皇帝。可怜的皇帝诗人,在解送的途中写下了这首《眼儿媚》。

汴京的繁华从此只能在梦中回忆,远处的羌笛之声缥缈而来,哀怨、悲发。后主李煜当年也做过"四十年来家国,三千里地山河"的词句。论诗词书画之才,宋徽宗与李后主并驾齐驱;论治国理朝之"能",二人更是不分伯仲。可毕竟,南唐历史短暂且疆域有限,怎比得上大宋当年的风光与繁华。据说同行的赵桓也和了一首,吟罢,父子二人抱头痛哭。毕竟"家山何处,忍听羌笛,吹彻梅花",亡国之痛不是常人所能承受的,更何况是一国君主。

燕山亭

赵 佶

裁剪冰绡①,轻叠数重,淡著燕脂匀注②。新样靓妆③,艳溢香融,羞杀蕊珠宫女④。易得凋零,更多少无情风雨。愁苦。问院落凄凉,几番春暮。

凭寄离恨重重,这双燕,何曾会人言语。天遥地远,万水千山,知他故宫何处。怎不思量,除梦里有时曾去。无据⑤。和梦也新来不做⑥。

【注释】

①冰绡(xiāo):洁白的丝绸。绡,薄绸。②燕脂:即胭脂。③靓妆:美丽的妆饰。④蕊珠宫女:传说中的仙女。⑤无据:没凭据,不可靠。⑥和:连。

【赏析】

靖康一役,宋徽宗似乎比李后主还要凄惨,他的妻子女儿都被金人掠去,惨遭蹂躏,不得善终。凄风苦雨,都低吟成一首首悲词,遗留在北上的途中。其中的这首《燕山亭·北行见杏花》也是宋徽宗的佳作,王国维先生称之为一封"血书"。

整首词从期望到失望,进而转为绝望,最后连回归中原的梦想也破灭了,结尾哀痛至绝,肝肠寸断。所以也有人推测这首词是赵佶的绝笔,写于幽闭期间,写后不久便离世。不管怎样,中原的气象,汴京的繁荣,江南的柔美,临安的旖旎,都将与他无缘了。他将永远被冰封在白雪覆盖的黑土之下,除了魂归故里,再无他途。

宋徽宗是一个全才,史称"能书擅画,名重当朝"。他不仅创作了大量的书画精品,还经常亲临画院指导工作,一时兴起,还亲自以古诗文命题,如"嫩绿枝头一点红""竹锁桥边卖酒家"。

宋徽宗不仅会画画还擅长书法,他开创的"瘦金体"挺拔俊美,修长匀称,婉转秀丽,堪称中国书法史上的明珠。北宋末年,金人攻陷汴京后,掳走珠宝、嫔妃无数,但他都未动声色,当殃及他的书画后,哭而叹之。可见,宋徽宗最看重的就是书画,在他的心里,至高的宝贝就是艺术。

如梦令

李清照

其一

常记溪亭日暮[1],沉醉不知归路[2]。兴尽晚回舟[3],误入藕花深处[4]。争渡,争渡,惊起一滩鸥鹭[5]。

其二

昨夜雨疏风骤[6],浓睡不消残酒[7]。试问卷帘人[8],却道"海棠依旧"。知否,知否?应是绿肥红瘦[9]!

【注释】

[1] 常记:时常记起。"难忘"的意思。日暮:黄昏时候。[2] 沉醉:大醉。这里说"沉醉"既有饮酒过量的意思,也暗示溪亭景色宜人,令人陶醉,乐而忘返。[3] 晚:指天黑路暗。回舟:乘船而回。[4] 误入:不该入而入。藕花:荷花。[5] 鸥鹭:海鸥和鹭鸶,这里泛指水鸟。[6] 疏:指稀疏。[7] 浓睡不消残酒:虽然睡了一夜,仍有余醉未消。浓睡,酣睡。[8] 卷帘人:此指侍女。[9] 绿肥红瘦:绿叶繁茂,红花凋零。

【赏析】

两首词放在一起对照，可以比出诸多相似之处。旅游、吃酒、泛舟，第二天睡醒了，伸个懒腰，似乎没能散尽昨夜的浓酒，闲来无事，和丫鬟"斗嘴"，轻松快乐，饶有情趣。第一首小令中说"溪亭日暮，沉醉不知归路"，没有点明是和哪一个亲友出去游玩，但可以从词作中推测，她的郊游无比快乐，尽兴而归。

在封建男权社会里，能够为才女争得一席之地，且光芒万丈，千古不散，巍然屹立于词坛而毫无逊色的，除了李易安，恐怕找不出第二个人了。大体上，人们把李清照的词作分为前后两期。早期词作风格柔美、活泼，既有闺中女儿的自由，也有新婚宴尔的快乐。其中最为人所称道的当属这两首。

李清照能够在北宋词坛声名鹊起，不仅仅是个人才华的积累，也是历史的一个机缘。她生于北宋官宦之家，是标准的大家闺秀。资质聪慧，再经过艺术的熏陶和洗练，自然生出钟灵毓秀的神采。李清照生在士大夫之家，18岁时嫁给宰相之子赵明诚。夫妻二人志同道合，常常一起勘校诗文，收集古董，既是同舟共济的伴侣，也是志同道合的朋友。

永遇乐

李清照

落日熔金①，暮云合璧②，人在何处？染柳烟浓，吹梅笛怨③，春意知几许！元宵佳节，融和天气，次第岂无风雨④？来相召，香车宝马，谢他酒朋诗侣。

中州盛日⑤，闺门多暇，记得偏重三五⑥。铺翠冠儿⑦，撚金雪柳⑧，簇带争济楚⑨。如今憔悴，风鬟霜鬓，怕见夜间出去。不如向、帘儿底下，听人笑语。

【注释】

①落日熔金：落日的颜色好像熔化的黄金。②合璧：像璧玉一样合成一块。③吹梅笛怨：指笛子吹出《梅花落》幽怨的声音。④次第：接着，转眼。⑤中州：这里指北宋汴京。⑥三五：指元宵节。⑦铺翠冠儿：饰有翠羽的女式帽子。⑧撚金雪柳：元宵节女子头上的装饰。⑨簇带：装扮之意。

【赏析】

这首词上阕写元宵节的热闹，令人恍惚间仿佛置身汴京的繁华。下阕遥想当年自己闲暇游乐之时，青春烂漫，无忧无虑，"铺翠冠儿，撚金雪柳，簇带争济楚"，少女的情状活灵活现。词末，笔锋忽转，讲到如今，霜染鬓白，憔悴难耐，对外面的繁华已经提不起半点兴趣，心灵也开始衰老。最后一句"不如向、帘儿低下，听人笑语"尤其悲凉。词人既怀念当初元宵胜景，又害怕触动往事的伤感。隔帘问话，不敢去触碰外面的繁华，只能躲在回忆中安慰自己的孤寂。历史变迁、人世沧桑，隔着一帘幽梦，忽觉还乡，笙歌曼舞之夜，独自垂泪、断肠。

南宋末年爱国词人刘辰翁曾说："余自乙亥上元诵李易安《永遇乐》，为之涕下。今三年矣，每闻此词，辄不自堪。"李清照这首《永遇乐》将身世之感、国家之叹，南宋的风雨飘摇和自己的今昔对照，全部容纳其中，读来令人心碎。

声声慢

李清照

寻寻觅觅，冷冷清清，凄凄惨惨戚戚①。乍暖还寒时候②，最难将息③。三杯两盏淡酒，怎敌他晓来风急④？雁过也，正伤心，却是旧时相识。

满地黄花堆积⑤，憔悴损，如今有谁堪摘⑥？守著窗儿，独自怎生得黑⑦？梧桐更兼细雨，到黄昏点点滴滴。这次第⑧，怎一个愁字了得！

【注释】

①"寻寻觅觅"三句：此词起拍连用十四叠字，既使词家倾倒，亦为历代论词者所称道，公认这在形式技巧上是奇笔，甚至谓其前无古人，后无来者。②乍暖还寒：脱胎于张先《青门引》的"乍暖还轻寒"之句，谓天气忽冷忽暖。③将息：调养休息，保养安宁之意。④晓来：今本多作"晚来"。⑤黄花：菊花。⑥有谁堪摘：有谁能与我共摘。一说言无甚可摘。⑦怎生：怎样，如何。⑧这次第：这情形，这光景。

【赏析】

　　李清照晚年隐居杭州，许多词作都透露出生活的凄苦和悲凉。李煜说"天上人间"，李清照怕也是如此吧。正因为对当年生活的无比眷恋，才对如今愁云惨淡的日子体会更深。如鲁迅先生所说，"从小康之家而坠入困顿"，似乎对生活的体会更加敏感而深刻起来，愁苦之感似乎最为动人。李清照这首著名的《声声慢》正是一例。

　　这首词以豪放之笔写悲怆之情，在词史上堪称一绝。后世把李清照的词尊为"易安体"。李清照志存高远，出淤泥而不染。晚年郁郁而没，事亦皆无可查证。一代才女，生前身后都令人哀婉叹息。

满江红

岳　飞

　　怒发冲冠①，凭栏处、潇潇雨歇②。抬望眼，仰天长啸，壮怀激烈。三十功名尘与土，八千里路云和月。莫等闲、白了少年头，空悲切。

　　靖康耻，犹未雪。臣子恨，何时灭！驾长车，踏破贺兰山缺③。壮志饥餐胡虏肉，笑谈渴饮匈奴血。待从头、收拾旧山河,朝天阙④。

【注释】

①怒发冲冠:形容愤怒至极的样子。②潇潇:雨势急骤。③贺兰山:在今宁夏回族自治区。④天阙:宫殿前的楼观。

【赏析】

  岳飞生于北宋汤阴县的一户佃农家。根据其身份的推测,恐怕岳母刺字的故事只是传说的一种。但不管是否真有其事,岳飞的"精忠报国"之心,确是世所公认的。岳飞青年时期目睹了女真族大规模的掠宋战争,深刻地感受到人民的艰难生活,所以很早就树立了恢复国土、讨还山河的志向。及至成年,便和宗泽、韩世忠等英雄站到了抗金的第一战线。

  岳飞一生留下的词作寥寥可数,这一首被学者认为是岳飞所写的唯一词作。整首词风格上可谓气贯如虹,"怒发冲冠"四个字便使岳将军的形象兀立在读者眼前。全词节奏紧凑,用韵铿锵,顿挫有声,"莫等闲、白了少年头,空悲切"更成为激励才俊少年奋起立功的名句。"三十功名尘与土,八千里路云和月",词从这句开始突然荡开,给人以气势开阔之感。结尾四句,气概凌云,撇去战争本身的内容不谈,如此豪壮的词作恐怕也只有岳飞这样的英雄才能写得出来。

  岳飞带领岳家军冲锋杀敌,令金人闻风丧胆。1139年岳飞把金兀术的十万大军打得落花流水,一举收复了郑州、郾城、朱仙镇等几处重镇,令金兵连夜撤退。南宋几十年的抗金斗争才算有了根本性的转机。沦陷十几年的中原,总算有望回收。岳飞激动地对兄弟们说,"直捣黄龙府,与诸君痛饮尔"。

菩萨蛮

朱淑真

山亭水榭秋方半①,凤帏寂寞无人伴②。愁闷一番新,双蛾只旧颦③。

起来临绣户,时有疏萤度。多谢月相怜,今宵不忍圆。

【注释】

①榭:建于高台或水面(或临水)的木屋。②凤帏:闺中的帷帐。③蛾:眉毛。颦:作动词为皱眉;作形容词意为忧愁。

【赏析】

朱淑真生于南宋初,具体生卒年及事迹均不详,官宦世家,号幽栖居士。这首《菩萨蛮》从山水自然写到闺中愁怨,起来在窗前等待心上人,却没有等到。"多谢"两句,写得十分巧妙,既把月亮比拟得十分富有人情味,也深刻地暗示了"月有阴晴圆缺,人有悲欢离合"的意味,含义隽永,深婉动人。

朱淑真是一位多愁善感的女词人,多情而又敏感,情思细密又包含哲理。从月亮的残缺中得到理解和安慰,令人不禁感叹女词人的善解人意,也不免更加怜爱这份含泪的笑容。

陈廷焯在《白雨斋词话》中说,"朱淑真词才力不逮易安,然规模唐、五代,不失分寸"。从朱淑真和李清照的自号上就可以推见两人生活的差别。虽同样是官宦小姐,且都才情并茂,但李清照却是"易安",而朱淑真只能"幽栖"。说到底,还是家庭生活能够成就女人的幸福。而关于朱淑真的婚姻历来就有种种不同的猜测:有人说她嫁给了市井小民,也有人说她嫁给了官宦。虽有很多种不同的说法,但却有一个共识:那便是朱淑真不幸福。

"凤帏寂寞无人伴","多谢月相怜,今宵不忍圆",在朱淑真的词里,人们几乎看不到"争渡"的快乐,有的只是闷闷愁苦。

清平乐

朱淑真

恼烟撩露①,留我须臾住②。携手藕花湖上路,一霎黄梅细雨。

娇痴不怕人猜,和衣睡倒人怀③。最是分携时候,归来懒傍妆台。

【注释】

①恼:烦恼。撩:撩拨。②我:乃是复数,相当于"我们"。③睡倒人怀:即拥抱伏枕于恋人肩上。

【赏析】

这首词是朱淑真词作中较为明快的一首。

男女相约在夏日,灿烂的阳光铺洒在湖面上,水波和眼波一起荡漾,两个人携手在藕花湖上约会,黄梅细雨温润地敲打在脸上。在这样的时光里,人影晃动,心驰神往,不自觉便忘怀其中了。"娇痴不怕人猜,和衣睡倒人怀"两句袒露了女词人的襟怀。在那个男女"授受不亲"的年代,尤其是清规戒律的理学已经开始束缚人的时代,能够不为外界所动,尽兴而为,率性而为,也不枉自己年轻了一回。

可能是放怀得失、不计荣辱的关系,朱淑真在自我解放中找到了自由,也因为这宝贵的人生经历,让她在后来的婚姻岁月中,常常找不到幸福感。所以,常常有数不清的悲痛从心底里生发,是情郎未至的失落,还是对礼教抗衡的失败?这一切,后世已经很难了解。只能在艺术的短简残篇中寻找她的落寞与艰辛。

钗头凤

陆 游

红酥手①,黄縢酒②。满城春色宫墙柳。东风恶,欢情薄,一怀愁绪,几年离索③。错、错、错。

春如旧,人空瘦。泪痕红浥鲛绡透④。桃花落,闲池阁,山盟虽在,锦书难托。莫、莫、莫!

【注释】

①红酥手:一种类似面果子一样的下酒菜。②黄縢酒:宋时官酒上以黄纸封口,又称黄封酒。③离索:离群索居,在此指分离的意思。④浥:沾湿的意思。鲛绡:泛指薄纱。

【赏析】

陆游与表妹唐琬相爱的时候,陆游将传家之宝凤钗送给表妹做定情信物,而写作这样一首《钗头凤》,词牌与经历暗合,也证明了陆游的深情。

望着表妹红润的玉手,接过她递来的温酒,这满城醉人的春色和柳条,勾起多少往事。分别几年来,惆怅满怀,如今桃花依旧凋落,当年的誓言还在耳边回响,而今连书信都没有半封。面对曾经的爱情,陆游脱口而出的"错、错、错"与"莫、莫、莫",似乎在怀疑什么,又似乎在否定并拒绝接受现实。

陆游和表妹唐琬两小无猜,青梅竹马。成人后,按照封建社会的习俗,亲上加亲,结为夫妻。两人在一起琴瑟和谐,恩爱无比。但陆游的母亲非常不喜欢唐琬,具体情况有很多种说法。一说陆游的母亲在娘家的时候和嫂子(唐琬的妈妈)不和,所以看不上这个侄女;一说是陆母不喜欢唐琬的开朗;还有一说是唐琬和陆游结婚两年没有孩子,陆母为了后继有人,便责令陆游休了表妹。陆游不愿意,在别的地方置了一处房产,照样和唐琬开心地生活。但纸里包不住火，陆母知道后，勒令陆游和唐琬断绝关系，当头一棒打散了这对鸳鸯。

陆游后来遵母命娶了一个温柔恭顺的女子为妻，很快生了个大胖小子。唐琬也在后来嫁给了皇族后裔赵士程。可以说唐琬是幸运的，赵士程温柔敦厚，同情唐琬的遭遇，对唐琬也是百般温存。在一次外出游玩中，唐琬夫妇恰遇陆游夫妇。唐琬来给表哥敬酒，大家稍坐叙旧，说了很多劝慰之语。及至唐琬将要离开，陆游忽然心潮澎湃，提笔在沈园写下了这首《钗头凤》。唐琬读后伤心玉碎，感慨万千，于是也提笔和了一首《钗头凤》。

世情薄，人情恶，雨送黄昏花易落。晓风干，泪痕残，欲笺心事，独语斜阑。难，难，难！

人成各，今非昨，病魂常似秋千索。角声寒，夜阑珊，怕人寻问，咽泪装欢。瞒，瞒，瞒！

唐琬感慨人情薄如凉水，雨打落花的黄昏时刻，常常是以泪洗面，想要诉说这无尽的心事，但却实在非常艰难。今天的你我，已经不能再重复昨天的故事，虽然心里情深依旧，却要对别人强颜欢笑。"难"与"瞒"暗示了唐琬虽然衣食无忧，但心中的凄苦却并不比陆游少半分，后来唐琬郁郁而终。而几十年之后，年逾花甲的陆游再游沈园，已是物是人非。而陆游也先后写作了四首梦游沈园的怀旧诗。80岁的那年春天，他再次暂居沈园，往事迢迢扑面而来，陆游饱含深情地写下了最后一首"沈园情诗"：沈家园里花如锦，半是当年识放翁；也信美人终作土，不堪幽梦太匆匆。

陆唐二人的这两首《钗头凤》都是爱情绝唱，放在一起来读，真是深切婉转，如泣如诉。

诉衷肠

陆 游

当年万里觅封侯①,匹马戍梁州②。关河梦断何处③,尘暗旧貂裘④。

胡未灭⑤,鬓先秋⑥,泪空流。此生谁料,心在天山⑦,身老沧洲⑧。

【注释】

① 万里觅封侯:指奔赴万里外的疆场,去寻找建功立业的机会。② 梁州:今陕西南部汉中地区。③ 关河:关塞河防,山川险要之处。梦断:梦醒。④ 尘暗旧貂裘:貂皮裘上落满灰尘,颜色因此暗淡。这里借用苏秦典故,说自己不受重用,未能施展抱负。⑤ 胡:本为古代对北方少数民族的泛称,在此指金兵。⑥ 鬓先秋:两鬓早已斑白,如秋霜。⑦ 天山:在今新疆境内,是汉唐时的边疆,这里代指抗金前线。⑧ 身老沧洲:陆游晚年退隐在故乡绍兴镜湖边的三山。沧洲,滨水之地,古时隐士所居之处。

【赏析】

陆游生在北宋灭亡之际。不知道是不是因为这特殊的年代赋予了他的爱国情怀,令他的一生都深深地沉浸在这份激情与冲动之中。生于国家破败之时,复国之梦犹如不屈的灵魂,深深地注入陆游的血液中,并伴随岁月的起伏逐渐融化在他的心里。可惜的是,他一生无数次请缨,却屡遭罢黜,最后不得不退隐田园,发出"壮士凄凉闲处老,名花零落雨中看"的感慨。所有的悲凉、沉郁和顿挫,都化为一首首《诉衷肠》,深深地烙印在宋代的词史上。

所谓"当年万里觅封侯",写这首词的时候,陆游已经年近七十,回忆起当年往事,不胜唏嘘。"胡未灭,鬓先秋,泪空流"三句,以"未、先、空"勾画出"烈士暮年,壮心不已"的感慨。心中报国之志犹存,不料身老沧洲。

读至此，不免让人想起他的《十一月四日风雨大作》。在风雨之夜，陆游一个人躺在山野孤村之中，窗外雷鸣电闪；心里的孤寂、身世的悲凉、时代的风雨、国家的飘摇，都在这样一个夜晚涌上心头。然而诗人终其一生却都报国无门，正是此生谁料，心在天山，身老沧洲。"男儿到死心如铁"的决心与"报国欲死无战场"的愤懑，都在这首词中得到体现。其深切哀婉，遗憾与痛心，都深深地藏在字里行间，力透纸背，让人心碎。加上陆游一生的忠肝赤胆，不禁给人荡气回肠、绵绵不绝之感。

卜算子

陆 游

驿外断桥边，寂寞开无主。已是黄昏独自愁，更著风和雨①。

无意苦争春，一任群芳妒②。零落成泥碾作尘③，只有香如故。

【注释】

①著：值，遇。②一任：完全听凭。③碾：轧碎。

【赏析】

在这首词里，陆游用桥边寂寞的梅花，暗自开放的清香，来衬托自己高洁的气质，喻义丰富，词境高雅。梅花的清香扑面而来，陆游的风骨也同样显得卓尔不群。苏轼说，"江山风月，本无常主，闲者便是主人"。各花入各眼，有的人可以从自然常态、落花流水中读出青春易逝，人生苦短；而有的人却可以从中品咂出寂寞的况味、落寞的心酸。同样被不断吟唱的毛泽东的《咏梅》，"待到山花烂漫时，她在丛中笑"，虽然用了同样的词牌，却完全是另一种激情，革命的浪漫与乐观充盈其间。

陆游不幸生于宋朝，生在离乱而又覆灭的年代，这似乎注定了他一生的漂泊与艰辛。和辛弃疾一样，他们常常因报国无门而不得不从战场上退回来，隐居在山野田园间。

中国文人的归隐一般分为主动和被动两种。陶渊明属于主动的，归去来兮，实在厌倦了官场的争斗，犹如神雕侠侣绝迹江湖，都是因为厌倦。而陆游和辛弃疾这种归隐，多半是因为屡遭贬谪，愿意退也得退，不愿意退也得退。

大宋朝"以和为贵"，对敌人奉若上宾，根本由不得陆游这样的人天天摇旗呐喊。识相的人都愿意安逸地享受杭州的生活，品味江南格调的优雅。"驿外断桥边，寂寞开无主"，美好景色也被陆游这种忧愤之士渲染得分外悲伤。

水调歌头

朱 熹

江水浸云影，鸿雁欲南飞。携壶结客何处①？空翠渺烟霏。尘世难逢一笑，况有紫萸黄菊，堪插满头归。风景今朝是，身世昔人非。

酬佳节，须酩酊②，莫相违。人生如寄③，何事辛苦怨斜晖。无尽今来古往，多少春花秋月，那更有危机。与问牛山客，何必独沾衣。

【注释】

①携壶：拿着酒壶。②酩酊：喝醉。在此是喝酒尽兴的意思。③人生如寄：比喻人生短促，如同暂时寄居在世界上。

【赏析】

这是宋代学者朱熹的代表作。上阕是景物描写，一江春水，融化了天光云影；万里长空，包容了鸿雁南飞。提着酒壶，呼朋引伴，登高远眺，满眼翠绿的山色，缥缈的烟霏。相逢一笑，忘却尘世烦忧。紫色的茱萸，黄色的菊花，缤纷地插在头上。面对眼前景象，词人登高怀古，不免感叹往事如烟，只有这令人欢愉的风景一如从前。

词作下阕劝勉好友，佳节之际，即便酩酊大醉，但总算没有辜负一片大好时光。生命有限，何苦寻愁觅恨怨东风，夕阳迟暮，只需尽情享受。古往今来，春花秋月，绵延的时空和生命的乐趣相融汇。"与问牛山客，何必独沾衣"，结尾以乐观的精神否定人生的无常。

词人登临望远，丝毫不见前人的惆怅，有的只是享受眼前美景的欣喜，赞誉自然的豪放。在朱熹的哲学世界里，天、地、人本来就是一体的。上下四方曰宇，往来古今谓宙。生生不息的宇宙和绵延接续的人生一样，充满勃勃生机。

朱熹虽然为官建树不大，但为学为文却可当后世表率。朱熹是一个奇特的矛盾体。他身上有道学的禁锢、儒教的束缚，他中规中矩地把自己拘囿在一个框架中，同时也有文人的洒脱、侠客的豪放。

卜算子

严 蕊

不是爱风尘[①]，似被前缘误[②]。花落花开自有时，总赖东君主[③]。

去也终须去，住也如何住！若得山花插满头，莫问奴归处[④]。

【注释】

[①] 风尘：古代称妓女为堕落风尘。[②] 前缘：前世的因缘。[③] 东君：司春之神，借指主管妓女的地方官吏。[④] 奴：作者自指。

【赏析】

严蕊,字幼芳,是南宋时期江南一带名妓。宋人周密在《癸辛杂识》中称她"善琴弈、歌舞、丝竹、书画,色艺冠一时。间作诗词,有新语。颇通古今。"这首词是严蕊的代表作。上阕写沦入风尘、俯仰随人的苦楚。"似被前缘误"中的"似"字,既有对于宿命的叹息,也有迷茫、怀疑并期待脱离苦海的心理。"花落花开"两句,暗含了对自己身世飘零的感怀,也含蓄地表达了对岳霖解救自己的期待。下阕的"去与留",承接了上阕的花开花落,也设想了未来的生活:能够"山花插满头",做一个普通的农妇,就是自己最好的归宿了。

全词意境清幽,既陈述了委屈,又婉转地考虑到了官衙内特定的时间、地点和人物关系,用词委婉含蓄却不卑不亢,虽身为下贱却并不作践自己,铮铮铁骨朗朗可见。

念奴娇

张孝祥

洞庭青草①,近中秋、更无一点风色。玉鉴琼田三万顷,着我扁舟一叶。素月分辉,明河共影,表里俱澄澈。悠然心会,妙处难与君说。

应念岭表经年②,孤光自照③,肝胆皆冰雪。短发萧疏襟袖冷④,稳泛沧溟空阔。尽吸西江,细斟北斗,万象为宾客。扣舷独啸⑤,不知今夕何夕⑥。

【注释】

①洞庭青草:洞庭湖和青草湖。两湖相连,在湖南岳阳市西南,总称为洞庭湖。②岭表:即岭南,两广之地。经年:年复一年,几年。③孤光:指月亮。④萧疏:萧条稀少貌。⑤扣舷:拍打船边。⑥今夕何夕:赞叹良夜的

常用语。

【赏析】

　　张孝祥的词风继承了苏轼的"疏豪",另一方面,他也学习苏轼的"狂放",兼容浪漫主义情怀,运笔自如,如法天成。

　　"洞庭青草,近中秋、更无一点风色",一开头即点名地点、时间。面对万顷山光水色,诗人不免会感觉到自身的渺小与人世的无常。名为风景而实为情怀。唐朝陈子昂感伤"念天地之悠悠,独怆然而涕下";张若虚感慨"今人不见古时月,今月曾经照古人";苏轼也乘一叶小舟划过赤壁,感叹"天地曾不能以一瞬,物与我皆无尽也"。面对天地间恒常的清风明月,词人也不自觉地沉浸在澄澈的感觉中,悠然自得,体会天人合一的妙悟。正是悠然心会,妙处难与君说。

　　"诗中有画,画中有诗"才是中国审美里最为上乘的艺术境界。山川之峭拔,湖水之明净,都可以体现出内心的嶙峋、壮美和宁静。而"孤光自照,肝胆皆冰雪"更是对自己情感、人格的一种提升与净化。西江北斗,万象尽为宾客,作者在反客为主的时候,情动于衷不能自已,禁不住扣舷而歌,"不知今夕何夕"。

　　词人从忘情于自然美景,到忘怀得失,最后登上了忘我的高峰,安静恬淡"无一点风色"的洞庭湖,居然也雷霆万钧、壮志凌云起来。留恋、憧憬、怅惘、叹息,个人的感伤,家国的忧患,种种复杂的深情交织在一起,也让敏感的诗人觉出人生苦短、壮志难酬。

　　回头去看历史上的张孝祥,他有胸襟、有胆略、有气魄;才华、词风和人品都直逼苏轼。不但秉承了苏轼的豪放,也开创了后世辛派词人的沉郁和悲凉。

六州歌头

张孝祥

长淮望断[1]，关塞莽然平[2]。征尘暗，霜风劲，悄边声。黯销凝[3]。追想当年事[4]，殆天数[5]，非人力；洙泗上[6]，弦歌地[7]，亦膻腥[8]。隔水毡乡[9]，落日牛羊下[10]，区脱纵横。看名王宵猎[11]，骑火一川明[12]，笳鼓悲鸣，遣人惊。

念腰间箭，匣中剑，空埃蠹[13]，竟何成！时易失，心徒壮，岁将零[14]。渺神京[15]。干羽方怀远[16]，静烽燧[17]，且休兵。冠盖使[18]，纷驰骛，若为情[19]！闻道中原遗老[20]，常南望、翠葆霓旌[21]。使行人到此，忠愤气填膺[22]，有泪如倾。

【注释】

[1] 长淮：淮河，当时为宋金东部分界线。望断：极目远望。[2] 莽然：草木丛生。[3] 黯销凝：暗自销魂凝思，形容因感伤而沉思。[4] 当年事：指靖康间金兵南侵灭北宋事。[5] 殆：也许、大概。[6] 洙泗：古代鲁国的两条河，流经曲阜。此处代指中原地区。[7] 弦歌：弹琴唱歌，此指礼乐教化。[8] 膻腥：牛羊的气味，借指金兵。[9] 毡乡：古代北方少数民族大多住毡帐，故称其居所为毡乡。[10] 落日牛羊下：黄昏时牛羊下山回栏。[11] 名王：古代少数民族对贵族头领的称呼。宵猎：夜间打猎。此处指夜间军事演习。[12] 骑火：骑兵打着的火把。[13] 空埃蠹：白白积满尘埃，被虫蛀蚀。此指闲置不用。[14] 岁将零：一年将尽。[15] 神京：指北宋京师汴京（今河南开封）。[16] 干羽：盾牌和雉羽。古代的两种舞具。怀远：以文德怀柔远人。此处谓朝廷对敌妥协。[17] 烽燧：指战争烟火。[18] 冠盖使：穿官服乘马车的使臣。此处指去金求和之使臣。[19] 若为情：何以为情。[20] 中原遗老：中原沦陷区的百姓。[21] 翠葆霓旌：指皇帝的车驾。翠葆，用翠羽装饰的车盖。霓旌，绘有云霓的彩旗。[22] 填膺：塞满胸怀。

【赏析】

　　这首词是张孝祥留守建康时期,在一次宴席上所赋,主战派张浚听后感慨良多,起身离座。词的上阕主要写宋金对峙的局面,下阕写自己的壮志难酬。从朝廷当政者安于现状,到中原百姓空盼复兴,其中往来穿梭时不我待的感伤,令人读罢悲壮难平。"忠愤填膺,有泪如倾",更加重了山河破碎风飘絮的凄凉。

　　张孝祥任职期间,刚正不阿,屡屡上书提议加强边防、抵御金人;还提出了许多改革的举措,显示了远大的政治理想。其词作也多以恢复中原为志向,对朝廷不用贤才,尤其是屈辱求和表示了极大的愤慨。他的这首词正是这一情绪的宣泄。就如杜甫的诗历来被尊为"诗史"一样,这首《六州歌头》也被很多名家称为"词史"。

　　在风格上,张孝祥填词,一方面学习苏轼的"疏豪",本词就是此类的典范。而在宋代的词史上,张孝祥也的确是承前启后的一代,是由苏轼过渡到辛弃疾的一位重要词人。

青玉案

辛弃疾

　　东风夜放花千树[①]。更吹落、星如雨[②]。宝马雕车香满路[③]。凤箫声动[④],玉壶光转[⑤],一夜鱼龙舞[⑥]。

　　蛾儿雪柳黄金缕[⑦],笑语盈盈暗香去[⑧]。众里寻他千百度[⑨],蓦然回首[⑩],那人却在,灯火阑珊处[⑪]。

【注释】

① 花千树:花灯之多如千树开花。② 星如雨:指焰火纷纷,乱落如雨。星,指焰火,形容满天的烟花。③ 雕车:豪华的马车。④ 凤箫:箫的名称。⑤ 玉壶:比喻明月。⑥ 鱼龙舞:指舞动鱼形、龙形的彩灯。舞鱼舞龙是元宵节的表演节目。⑦ 蛾儿雪柳黄金缕:皆古代妇女元宵节时头上佩戴的装饰

品。这里指盛装的妇女。⑧ 盈盈：声音轻盈悦耳，亦指仪态娇美的样子。暗香：本指花香，此指女性们身上散发出来的香气。⑨ 他：泛指，当时就包括了"她"。千百度：千百遍。⑩ 蓦然：突然，猛然。⑪ 阑珊：零落稀疏的样子。

【赏析】

　　词人在开头似乎有意无意地巧妙化用了岑参的名句"忽如一夜春风来，千树万树梨花开"，这风还未及催得百花开，便已然吹醒了元宵夜的火树银花。一朵朵烟花怒放，在夜空中绽开无数的光亮，纷纷落下，如星光之雨降临人间，一时万物华彩。看街上，车水马龙，吹拉弹奏之声不绝于耳，人们载歌载舞，热闹非凡。

　　上阕以"宝马""雕车""玉壶"等词汇写景，其光月交辉、香影徘徊之绚烂扑面而来，其间或声色可闻，或环佩悦耳，或花灯迷眼，如梦亦如幻。然而，稼轩之高明，却不仅仅在于渲染节日的气氛。仅仅行笔至此只能沦为写景之佳作，却难以称得上极品。稼轩的盖世才华正是在下阕的意境之中才得以流露。

　　在这热闹的都市里，烟花如莲，在盛世天空次第开放，街灯与花灯闪烁，照得月夜如昼。女子们的头上插满了蛾儿、雪柳，一路欢笑着走过，只有笑声随着飘来的衣香缓缓飘散。词人众里寻她，辗转而不可得，心中的怅然若失不禁涌上心头。然而词人一转笔，蓦然回首之时，发现她正在灯火零落的地方，殷殷之情，一切的期待尽在不言中。

　　南宋词人写元夕，大多有一定的套路和结构，即上阕专属于繁华，下阕满眼惆怅。辛弃疾的这一首上阕写了元夜的灿烂与喧闹，歌舞升平之势不可挡，而下阕并没有沿袭陈规俗套，于片段言语中描写了自己的爱情，令人读后屡屡回头。

　　王国维曾说古今人治学问有三重境界，其中这"众里寻他"四句，为治学及人生的最高境界，似乎有恍然彻悟的意味。而稼轩正是捕捉到了人生这瞬间的惆怅与惊喜，将这份得失之间的感情发挥得淋漓尽致。热闹的元夕、喧嚣的城市、美丽的女子，都不如心上人的回眸一笑。在辛弃疾的笔下，这"蓦然回首"的情致竟是如此深婉。词到此处，戛然而止，但人们的想象却从未中断，可谓余韵悠长。

永遇乐 京口北固亭怀古[①]

辛弃疾

千古江山，英雄无觅，孙仲谋处[②]。舞榭歌台，风流总被，雨打风吹去。斜阳草树，寻常巷陌，人道寄奴曾住[③]。想当年，金戈铁马，气吞万里如虎。

元嘉草草[④]，封狼居胥[⑤]，赢得仓皇北顾[⑥]。四十三年[⑦]，望中犹记，烽火扬州路。可堪回首，佛狸祠下[⑧]，一片神鸦社鼓[⑨]。凭谁问：廉颇老矣，尚能饭否？

【注释】

①京口：今江苏省镇江市。北固亭：在镇江东北北固山上，又名北顾亭。面临长江。②孙仲谋：孙权字仲谋，三国时吴国君主。③寄奴：南朝宋武帝刘裕的小名。④元嘉草草：刘裕的儿子宋文帝刘义隆在元嘉年间草率北伐，结果大败，国势一蹶不振。⑤封狼居胥：汉武帝时，骠骑将军霍去病曾追击匈奴至狼居山，在山上筑坛祭神而还。狼居胥，一名狼山，在今内蒙古西北部。此处说宋文帝好大喜功，也想北封狼居胥山，结果惨败。⑥仓皇北顾：荒乱败退中回望追敌。⑦四十三年：辛弃疾于绍兴三十二年（1162年）渡江南归，至写此词时整43年。⑧佛狸祠：北魏拓跋焘的祠庙。⑨神鸦：祭祀时飞来觅食的乌鸦。社鼓：社日祭神的鼓声。

【赏析】

这首词写于1205年。当时，韩侂胄奉命北伐，而朝廷也起用了久被闲置的辛弃疾。可是，辛弃疾清醒地知道自己很难有所作为。一方面，多年来官场的险恶令他深恶痛绝；另一方面，韩侂胄由此独揽朝政轻敌冒进令他担忧。

锣鼓齐鸣的战争又令词人热血沸腾，他很想跃马驰骋，纵横疆场。在这种失落与矛盾中，夹杂着久违的激情。在这种情绪的支配下，辛弃疾登高怀古，写下了这首忧思深远、千古传唱的名篇。

词作以怀念古代英雄的壮举为主线，间或穿插王朝兴衰成败的典故，借古喻今，将历史的恢宏与人物的命运相连，抒发了自己的愤懑与悲怆。而"四十三年，望中犹记，烽火扬州路"的感慨是辛弃疾最为伤痛的记忆。

辛弃疾极力主战却屡遭主和派暗算，不断受到排挤。后来干脆被朝廷安排了一个闲职，虽然逍遥，却与鸿鹄之志相去甚远。

但北方文化的粗犷却赋予了辛弃疾豪放的性格。广阔的胸襟，不羁的情怀，侠客的风范，这些都深深内化为一股精神的力量，慢慢融化在辛弃疾的词风中，令他的词作骨气奇高、卓尔不群。

鹧鸪天

姜 夔

肥水东流无尽期[1]，当初不合种相思[2]。梦中未比丹青见[3]，暗里忽惊山鸟啼。

春未绿[4]，鬓先丝，人间别久不成悲。谁教岁岁红莲夜[5]，两处沉吟各自知。

【注释】

[1]肥水：源出安徽合肥西南紫蓬山，东流经合肥入巢湖。[2]种相思：种下相思之情。[3]丹青：泛指画像。[4]春未绿：本词作于正月，这时气候很冷，草未发芽，所以说春未绿。[5]红莲夜：指元夕。红莲，指花灯。

【赏析】

春天的绿色还没有到，双鬓的白发已经先染成了丝。"人间久别不成悲"看似劝慰自己和他人，实则却将浓厚的感情包藏在深沉的话语中。沧海桑田，入骨的相思已经不能再伤害自己，心灵仿佛生了老茧一般麻木，历尽坎坷却佯装无事的痛苦，令人不忍卒读。

"红莲"指灯节的花灯，"红莲夜"自然便是元宵灯节。"谁教岁岁红莲夜"一句似乎在抱怨年年元夕，可只有读到"两处沉吟"，才知情深义重，唯恐团圆之夜更添愁绪。

相传，这首词是姜夔二十几岁在合肥结识某女郎时所作。分手后，他依然对女子想念不已。"肥水东流"既暗示了悠悠远去的岁月，也像是姜夔漫长无尽的相思。真是不应该种下这不合适的情思，年年团圆夜，听山鸟幽怨地哀啼。就在元夕的夜里，姜夔梦到了自己昔日的情人。不知道这个时候她正卧于谁的身边，在哪一个枕榻边与人取暖。

"人间别久不成悲"，正是深深尝透了别离的滋味，作者才能发出这样的感慨。爱情虽然已经过去了，但曾经的爱，却总是被人深深地想起，纵然相隔天涯，却也"两处沉吟各自知"。

梅花引

蒋捷

白鸥问我泊孤舟，是身留①，是心留②？心若留时，何事锁眉头？风拍小帘灯晕舞，对闲影，冷清清，忆旧游③。

旧游旧游今在否？花外楼，柳下舟。梦也梦也，梦不到，寒水空流。漠漠黄云④，湿透木绵裘⑤。都道无人愁似我，今夜雪，有梅花，似我愁。

【注释】

①身留：被雪所阻，被迫羁留下来。②心留：自己心里情愿留下。③旧游：指昔日漫游的伴友与游时的情景。④漠漠：浓密。黄云：指昏黄的天色。⑤木棉裘：棉衣。

【赏析】

这首词是南宋灭亡,蒋捷归隐后所作。当时恰值寒冬,他乘船在外,忽逢大雪,江面被冰雪阻挡,只得将小舟停于荒野之上,等风雪稍小后再起程上路。然而旅程漫漫,实在是寂寞难耐,枯坐在船舱中的蒋捷放眼望去,四周一片白茫境地,怀旧之情油然而生,便写下这首《梅花引》。

虽然风雪当头,但词人开篇并不写风雪,而是以虚写实,用白鸥发问引出自己去留不得的尴尬心情。"是身留,是心留?"词人嘴角挂着自嘲的笑容,其实身留又如何,心留又怎样?

这首词的上阕在疑惑是去还是留的问题,但纵观全词,通篇都在围绕一个"愁"字展开。"都道无人愁似我,今夜雪,有梅花,似我愁。"实际上,蒋捷并不是在这片江水之上难以决定自己的去留而发出这愁苦之声,他是在当时的整个时代洪流中难以找寻到自己的方向。

整首词虽然看起来是在为去留而烦恼,其实却是围绕着"心若留时,何事锁眉头?"这句而展开,不禁令人赞叹词人实在用心良苦。"梦不到,寒水空流",那过去的一切就像身下悠悠而尽的江水,是他拼尽全力也无法抓住的往事。这是他心中所悲苦的事情。

词末,他提到了"今夜雪,有梅花,似我愁"。众所周知,蒋捷是爱梅之人。梅花高洁,开在苍茫的冬季,傲然独立于大风大雪中,正是蒋捷情操的依托与象征。梅花的傲雪迎风,不也正是他寂寞生活中深深的愁苦吗?一首《梅花引》道出了梅花的清妍之美,同时也说出了蒋捷自己的心境。

虞美人

蒋 捷

少年听雨歌楼上,红烛昏罗帐。壮年听雨客舟中,江阔云低、断雁叫西风[①]。

而今听雨僧庐下,鬓已星星也②。悲欢离合总无情,一任阶前,点滴到天明。

【注释】

①断雁:失群孤雁。②星星:形容白发很多。

【赏析】

　　这首《虞美人》从听雨入手,将蒋捷一生的境况一一表现,通过时空的跳跃,将其一生的心事都融汇在里面。人生如戏,不然,为何正是春风得意、意气风发时,命运的轨迹突然急转直下,将他送入暗不见底的深渊呢?

　　从此,再没有灯红酒绿的逐笑,也不会再有那风光无限的青春,一切来去都太过匆匆,甚至让人怀疑这是否就是自己曾经刻骨铭心经历过的岁月。抚今思昔、百感交集,蒋捷在太湖小舟上看湖面上落下的纤纤雨丝。看雨听风,人生在离乱后逐渐憔悴。

　　晚年的蒋捷心情复杂,在这首词里,作者听的写的其实都不是雨,而是自己凄风苦雨、动荡不安的一生。他在追思自己一生颠沛流离的生活。

　　这首词所写的不仅是作者个人从风光到衰老的历程,其实也可透见南宋从兴盛到衰亡的嬗变轨迹。"一任阶前,点滴到天明",从旧时的自己到而今的自己,在尝遍悲欢离合后,对待世事的态度已心如止水、波澜不惊了。

摸鱼儿

元好问

　　问世间,情是何物,直教生死相许?天南地北双飞客①,老翅几回寒暑②。欢乐趣,离别苦。就中更有痴儿女③。君应有语,渺万里层云,千山暮雪,只影为谁去?

横汾路[4],寂寞当年萧鼓[5],荒烟依旧平楚。招魂楚些何嗟及,山鬼暗啼风雨[6]。天也妒,未信与,莺儿燕子俱黄土。千秋万古,为留待骚人,狂歌痛饮,来访雁邱处。

【注释】

①天南地北:比喻距离很远。②老翅:鸟类及昆虫的翼,通常用来飞行。寒暑:冬、夏两个季节,泛指岁月。③就中:于此。④横汾路:汾河岸,当年汉武帝巡幸处,帝王游幸欢乐的地方。⑤萧鼓:用排箫与建鼓合奏,一般也用作仪仗音乐,有时乐工可以坐在鼓车中演奏。⑥山鬼:民间传说中的一位美丽女神。风雨:亦指男女幽会。

【赏析】

元好问进京赶考时,经并州。在那里,他遇到一个捕雁的人,听到了一个令他为之动容的故事。捕雁人那天刚好捕杀了一只雁,另一只脱网而逃。可是当它看到爱侣已死的时候,悲鸣哀啼,盘旋上空不忍飞去。旋即,竟用尽力气投地而死,是以殉情。

此事,元好问在《摸鱼儿》前面题的小序中这样叙说:"太和五年乙丑年,付试并州,道逢捕雁者云:'今日获得一雁,杀之矣。其脱网者悲鸣不能去,竟自投地死。'予因买得之,葬之汾水之上,累石为识,号曰雁丘。时同行者多为赋诗,予亦有《雁丘词》。"

元好问深切地懂得了两只大雁间生死不离弃的情感。他将两只亡雁买来,葬在汾水岸边,垒石头以做记号,名为"雁丘"。故而这首词又名《雁丘词》。这首词虽是咏物,却紧紧围绕一个"情"字展开,从"世间"落笔,开篇便问情为何物。正所谓"情至极处,生者可以死,死者可以生"。故而元好问写下"直教生死相许"的契约。在词人心中,一份爱情,就应当像殉情的大雁这般至死方休。不仅是爱情,人世间的一切感情都应如此。

并州的会考,元好问没能取得名次,但是年少轻狂,落第的打击并没能扑灭元好问的热情。就像一颗微小的石子投落进表面光滑,丝毫未起涟漪的湖面,所激起的不过是转瞬即逝的波动而已。而后的岁月里，元好问才真正经历了人生的低谷。三十而立，正是成家立业，意气风发的时候，元好问却偏偏逢上了战祸。家破人亡、科场再度失利、蒙古围城、汴京被破、被俘后被囚禁和关押的日子里，饥饿与忧愁，流泪与流血，生离与死别……一切都像活在噩梦里。

元好问一生几十年，经历了风云动荡的岁月，为官恤民、为士请愿、愤世吟诗、奔走存史，最终在1257年客死他乡。

元曲，触及心灵的浅吟低唱

金元之际，游牧民族入主中原，文化的交融催生了元曲的兴盛。而元人独特的精神特质从元曲里可以看到七八分。天涯羁縻，西风寥落，元人的文字中流淌着的是旧年马蹄，是市井狎客、羁旅文人的种种情思。因一切向往而产生的温馨与美好，因一切专注而产生的哀怨与疯魔，因一切痴狂而产生的荒唐与罪恶，无不让人感到怜惜、肃然而又庄重。

小桃红　江岸水灯

盍西村

万家灯火闹春桥，十里光相照，舞凤翔鸾势绝妙①。可怜宵②，波间涌出蓬莱岛。香烟乱飘③，笙歌喧闹，飞上玉楼腰④。

【注释】

①舞凤翔鸾：凤形和鸾形的花灯在飞舞盘旋。鸾，凤凰一类的一种鸟。②可怜：可爱。③香烟：灯火，焰火。④玉楼：华丽的高楼。

【赏析】

这一曲《小桃红》写的是元宵灯节时的情景。作者盍西村仅有17首散曲流传后世，其中有8首都是在江西临川郡游历时即景抒情之作。这首曲写的正是"临川八景"之一的"江岸水灯"。

当时正赶上元宵灯节，独挑一盏金鱼灯的作者在街上走来走去。因宦游在外，他没有亲人朋友傍身，只好独自欣赏万家灯火、华丽的节日盛况，在他人的热闹中寻找温暖，以慰藉自己孤独的心灵。十里灯辉舞动闪烁，在夜空中勾勒出诸多幻影，如同凤凰飞舞、鸾鸟翱翔，美轮美奂。江水掩映着光辉潺潺流动，水上花灯时隐时现，不时有游船过往，传来好听的歌声，让他以为自己到了蓬莱仙境。烟雾缭绕、笙歌震天，整个临川化作了琼楼玉宇，于祥云之中展露风姿。从曲子中可见，作者此时的内心充满了欢畅。

每年的农历正月十五是春节之后第一个重要的节日，又称"上元节"。南宋吴自牧在《梦粱录》中讲："正月十五日元夕节，乃上元天官赐福之辰。"也就是说这一天乃天官赐福，地官赦罪的大好吉日。不仅如此，张灯三日亦是传下千年的习俗，历朝历代各地各县都把张灯观灯作为一大盛事。据《隋书·音乐志》记载：隋代的元宵庆典格外隆重，处处张灯结彩，日日歌舞升平，八里戏台、乐者过万,表演者达数万人,游玩凑热闹的百姓更是不计其数。京城里更是通宵达旦,彻夜尽欢。到了宋代,张灯习俗由三夜延长至五夜,除此之外尚有大量街头表演和烟火,与今日过节无异。《东京梦华录》中记载:每逢灯节,开封御街上,万盏彩灯垒成灯山,花灯焰火,金碧相射,锦绣交辉。京都少女载歌载舞,万众围观。十里长街,万人空巷,酒肆茶坊无不热闹非凡,百里灯火不绝。

盍西村是钟嗣成《录鬼簿》中名不见经传的一个人物,但钟氏仍把他列为"学士"之一,可见此人的文化底蕴值得后人称道。根据盍西村这首曲子所描写的情景,元宵节在元代其盛况依然不减当年。作者在曲子中勾勒了一个繁华热闹的上元佳节盛况。

喜春来

伯 颜[1]

金鱼玉带罗阑扣[2],皂盖朱幡列五侯[3],山河判断在俺笔尖头。得意秋,分破帝王忧[4]。

【注释】

①伯颜:蒙古族人。②金鱼:一种象征官阶的配饰。罗阑:丝罗做的官服。③皂盖朱幡:指高官出行时的仪仗。④分破:减少。

【赏析】

1273年,忽必烈汗任命伯颜为伐宋军最高统帅,与左丞张弘范兵分两路攻打南宋。陆秀夫与宋朝的小皇帝跳海,宣告了以伯颜为首的蒙古南伐军大获全胜。甩鞭下马,伯颜大踏步走进了位于临安的南宋皇宫,两侧铁甲兵以整齐的步伐跟在他的后面,轰鸣的脚步声响彻殿霄,盔甲明晃晃的光泽为瓦片染上了一层雪色。蒙人当时的意气风发,怎能用言语来形容。当晚,伯颜便命人大摆宴席,与张弘范举杯同庆。

酒过三巡,兴致所至,伯颜忍不住唱了起来。这曲《喜春来》充溢着他的人生得意:腰缠玉带,并悬金鱼配饰,出入身穿紫气东来袍,乘的是一品大臣的黑盖红幡车,笔尖所写的是主宰大好河山未来去向的文书,谈吐运筹帷幄,行走迅疾如风,生平不做他事,专为帝王解忧。此等业绩,伯颜当然有理由大谈特谈。

　　伯颜生于西亚蒙古四帝国之一的伊儿汗国,是蒙古巴邻氏后裔,他的祖父阿拉黑、祖叔女纳牙阿都是成吉思汗的开国元勋,他的父亲晓古台和他本人臣属成吉思汗幼子托雷家族。想当年托雷做监国时期,就注定了伯颜的家族在元帝国中的不平凡。一次偶然的机会,伯颜入朝给忽必烈奏事,结果忽必烈一眼就看出他以后必成大器,将其留在身边。不久,伯颜便先后升为中书左丞相、中节右丞、知枢密院事,专司主持伐宋的军政要事。

　　"得意秋,分破帝王忧",得意之际,绝不能忘了自己身兼护国的重任。伯颜灭宋之际,始终都在想方设法为元王朝拉拢人才。当初元兵俘虏宋朝明臣文天祥,伯颜是蒙古将领中唯一主张力劝文氏投降的人。文天祥乃治世之才,如果忽必烈能得到此人相助,相信蒙古江山会更加稳固。此时的伯颜不但有眼光,而且能做到不忌才,在元人当中难能可贵。不仅如此,在他劝文天祥时,被后者骂得狗血淋头,却毫无怒色,这份胸襟与他在曲子中所展露出的气度如出一辙。

黑漆弩　游金山寺

王　恽[①]

　　苍波万顷孤岑矗[②],是一片水面上天竺[③]。金鳌头满咽三杯,吸尽江山浓绿。

　　蛟龙虑恐下燃犀,风起浪翻如屋。任夕阳归棹纵横[④],待赏我平生不足。

【注释】

① 王恽：字仲谋，号秋涧，卫州路（今河南）人。元朝著名学者、诗人、政治家，是元世祖忽必烈、裕宗皇太子真金和成宗皇帝铁木真三代的谏臣。② 岑：小而高的山。③ 上天竺：上天竺寺（杭州灵隐山上）。④ 棹（zhào）：船桨，这里代指船。

【赏析】

　　此曲是王恽到金山一地所写的，前曲是站在金山上描写江水，后曲则是乘船后对沧浪的感叹。

　　金山是江苏镇江西部的一个小岛，位于长江边上，金山寺自然就在此处。说起这个寺庙，让人立刻想到白娘子"水漫金山"的故事。王恽来到此处，目的是为了游金山寺，但他的曲中几乎没有关于寺庙的描写，也没提到白、许的故事，而是立于小山之上，望万顷碧波，看天高水远，想象自己身置于天竺圣地。

　　登临高处，人的胸襟会不由得变得旷达，曹操观沧海、苏轼看赤壁，皆是胸涌豪情。王恽自然也想如古人一样，做"一樽还酹江月"的酒脱之事。不过他没有用酒水便宜了江水，而是痛饮数杯，恨不得自己有神鳌的海量，将江山绿川连同酒水一起"吸尽"。吞八荒并六合的气势，自古便是人们最向往的，王恽被风物所撼，豪情自然就扼不住了。黑礁尖翘，水浪滔天，如同被蛟龙翻搅。王恽在后曲的开篇用了"蛟龙恐燃犀"的典故。据《晋书·温峤传》记载，温峤到长江西北的采石矶，听说矶下的水深不可测，有蛟龙等怪物，于是点燃犀角观察，果然看到了类似蛟龙的怪物。那怪物怕燃烧的犀角，吓得翻腾不已，搅起了倾天大浪。王恽看着眼前翻腾的沧浪，禁不住想起了这个典故，游兴更盛。

　　轰鸣的大浪让许多船掉转离去，作者却执意乘船迎浪直上。他的目的当然不是为了冒险，而是游乐的情绪蓬勃不已，不肯回头。

　　作者一生为官之作为，大多都能得到皇帝们的支持，官路可谓一路亨通。他终年78岁，到死都受到元王室的尊重。也许这也是作者所写的词曲，抛却了景、人的因素，总有豪情万丈的原因吧。

平湖乐

王 恽

采菱人语隔秋烟,波静如横练[①]。入手风光莫流转[②],共留连。画船一笑春风面。江山信美,终非吾土,问何日是归年?

【注释】

① 横练:形容湖水的平静澄清。② 入手风光:映入眼帘的风景。

【赏析】

这是王恽一首风格较为独特的曲作。水上腾升的烟波如白练一般,在朦朦胧胧中隐约能听到采莲女的笑声。她们探出纤手,撷下一株莲蓬,虽然因为江雾的关系,王恽看不清她们甜甜的脸蛋,但依然能感觉到她们的美。单听得船中传出她们的笑声,就令他如沐春风了。

此处美景之胜,本应让人乐而忘返,可是作者却突然伤感起来,对所有景致失去了兴趣,反而思念起北方的家乡,不知离开多年的家变成了什么样子。此处正是"萧索更看江叶下,两乡俱是宦游情"的真实写照。越是胜景,越发激起人的乡情。

久经仕途,在外游宦多年的作者又一次到了江南。从前游的是金山,这次则来到了江南水乡。他本想继续豪迈放歌一曲,说说自己在事业、为学、人生上的志向和体会,却发现水乡里的景象似乎调动不了他的激情,反倒是水上采莲女妖娆、欢快的模样吸引了他,让他的心顿时变得柔软起来。

这首《平湖乐》没有了滚滚碧涛,而是静波水烟,显出几分惆怅。正如其在曲中感叹的:"江山信美,终非吾土,问何日是归年?"

寿阳曲

卢 挚①

才欢悦,早间别,痛煞煞好难割舍②。画船儿载将春去也,空留下半江明月。

【注释】

① 卢挚:字处道,号疏斋。元代涿郡(今河北)人。曾任廉访使、翰林学士。诗文与刘因、姚燧齐名,有"刘卢""姚卢"之称。② 痛煞煞:形容悲痛之甚。

【赏析】

这首《寿阳曲》是卢挚与梨园名伎朱帘秀离别时所写。生活本是聚少离多,更何况卢挚有公务在身,还是大家子弟,不可能总跟朱帘秀在一起。时值春季,二人刚刚爱到浓时,他就要踏上归程,朱帘秀也要赴他乡演出,这一分别不知道要多久才能相见。于是在分别之际,卢挚写下了这首《寿阳曲》,传达内心的离别苦痛。

朱帘秀又名珠帘秀,在当时梨园戏班子里排行老四,所以大家叫她四姐,小辈称她一声"娘娘"。梨园里出来的名角不少,朱帘秀却是顶尖中的顶尖,她的美与一般青楼女子、戏苑名伶的香艳俗气迥然不同。关汉卿亦曾赞叹上妆登台的朱四姐如琉璃放彩,周围一切事物都会黯然失色。

身为翰林学士的卢挚,其文采自不在话下,诗文与名家刘因、姚燧等人齐名,是当时的名士之一。朱帘秀的名声远播,自然勾起了卢挚对她的遐想。闻名不如见面,卢挚也去听了朱帘秀的戏。未曾想,一睹红颜便失了心,从此对朱帘秀的爱恋竟一发不可收拾。

作者每次看到朱帘秀的表演,都说她的音色动林梢,连夜里啼鸣的黄莺都要对她甘拜下风。讲到她的容貌时已经无法用人间的言语来描绘,唯恐会亵渎了她。其实朱四姐儿的音容笑貌未必好到如此程度，但在卢挚看来完全是没来由的美。因此，当二人不得不离别的时候，卢挚才会苦闷无比。

"才欢悦，早间别"，作者感叹二人刚刚聚首，就要分别，心痛欲裂。"画船儿载将春去也，空留下半江明月"，面对载着朱帘秀离去的画船，感到周围的绿意和鸟鸣瞬间失色，一切的喜悦都被朱帘秀的画船载走，徒留他对着半江明月追忆二人相处的时光。作者内心的离别与相思之苦痛溢于言表，令人慨叹。

折桂令 长沙怀古

卢 挚

朝瀛洲暮舣湖滨①，向衡麓寻诗②，湘水寻春，泽国纫兰，汀州搴若，谁与招魂？空目断苍梧暮云，黯黄陵宝瑟凝尘，世态纷纷，千古长沙，几度词臣。

【注释】

① 舣：船靠岸边。② 麓：山脚。

【赏析】

卢挚的一生可以说是一个悲剧，元世祖至元五年（1268年），经过几轮的筛选，卢挚荣登进士榜单前列，不久之后当上翰林院集贤学士。卢挚做集贤学士没多久，就因得罪人而遭谗，被贬谪到湖南，路经长沙偶感风物，写下了这曲《折桂令》。

早晨还在朝中办事，晚上却已被放逐到遥远的南方。朝夕不过几个时辰，境遇却是天壤之别。古人把天子脚下比作"瀛洲"，卢挚借"瀛洲"与"湖滨"对比，来说自己遭到朝廷的放逐。

曲中第一句交代自己遭遇后，接下来便写他在湖南的见闻：徜徉在衡山之麓，漫步于湘水之滨，鼻尖嗅到的是岸芷汀兰散发的幽香，眼前是漫天芳草，令人想起了以秋兰为佩的屈原和在江边追忆屈原的宋玉。哎，像宋氏一样肯为屈原招魂的有几人呢？千年时光匆匆而逝，他来到了湘水之滨，举目遥望远处苍梧山与黄陵庙，不禁想到了舜帝和他的两个妃子，思古之情油然而生。

"空目断苍梧暮云，黯黄陵宝瑟凝尘"两句，所指的便是舜帝与娥皇女英的故事。司马迁在《史记·五帝本纪》里曾讲到，舜到南方巡狩，死于苍梧山下，便葬在此处。《水经注》中记载，娥皇、女英对舜帝忠贞不已，舜帝死后，她们纷纷溺毙于湘水殉情。人们为了纪念二女而在洞庭湖畔修了黄陵庙。卢挚用这两句话来描写暮霭覆盖的苍梧山和黄陵庙，并对尘土掩埋的二妃抒发自己的哀伤和追悼之意。

作者在江南待了数年之久，以《蟾宫曲》为曲牌写了十余首怀古曲，名义上感叹千秋万世，其实是倾倒一肚子的苦水。卢挚思屈原、宋玉，思舜帝、二妃，皆是有缘由的。长沙湘水畔，多少年来留下了无数骚客的遗憾。卢挚也怕在这里度过余生，再难回到帝王身边施展长策。为忠臣者最怕遭冷弃，他的伤情在曲中不言而喻。

蟾宫曲　武昌怀古

卢　挚

问黄鹤惊动白鸥：甚鹦鹉能言，埋恨芳洲①？岁晚江空，云飞风起，兴满清秋。有越女吴姬楚酒，莫虚负老子南楼。身世虚舟②，千载悠悠，一笑休休。

【注释】

① 芳洲：芳草丛生的小洲。② 虚舟：任其漂流的小舟。

【赏析】

感怀身世的卢挚，在人生理想幻灭之后，不得不放手，辗转到了湖北武昌。卢挚此时仍带着集贤学士的高帽，却终日闲极无聊。

一日，他登临名闻天下的黄鹤楼，忽而有只惊起的白鸥横空飞过，与黄鹤楼构成了奇妙的画面，就像黄鹤惊动白鸥一般，令白鸥不敢停留。此情此景，激发了卢挚的灵感，他遂写下了这首曲。

举目望去，看到远处的鹦鹉洲，卢挚蓦然想起死在此处的汉末才士祢衡。祢衡因为恃才傲物、桀骜不驯，相继得罪曹操、刘表等人，最后一个收留他的江夏（武昌）太守黄祖也受不了祢衡的嘴，将他处死。祢衡的饮恨在卢氏看来可悲可悯。卢挚认为，一个有才能的人因为高位者的不赏识而就此淹没，实是一件恨事。

不过，浩瀚长空，云淡风轻，有美女香酒陪伴，卢挚觉得不应因为一点伤古之情就浪费了眼前的景致，辜负"老子南楼"的美意。"老子南楼"本是《晋书·庾亮传》里的一个小故事。东晋六州都督庾亮镇守武昌时，他的部下殷浩等人月夜乘船登南楼赏夜景，庾亮得知后也来凑热闹。部将们见状纷纷走开，为自己偷闲的行为感到不好意思。庾亮却笑着说："你们不用这么着急走，就算先生老子来了这里，看到胜景也不忍离开的。"说罢便亲热地与殷浩等人饮酒作乐，谈论国家大事。

作者借"老子南楼"来劝自己，不要辜负良辰美景。面对身世如虚舟，无根无底、四处飘荡的境况，卢挚虽然伤怀，可是却于事无补，他能做的只剩下自我释怀。历史记载中的卢挚温柔多情，词曲清丽，在他的众多曲子当中，这曲《蟾宫曲·武昌怀古》竟突发豪放之言，叫人不免惊讶。难得卢挚能如此看得开，在淫雨霏霏的元代发出清音。

不可否认的是，他的怀古曲既不是为赞扬古人而作，也不是为天下黎民所写，通常都只是为自己诉苦。他无力改变现实，能做的只剩下饮酒作乐，寻求离开浮生的解脱。

一枝花 不伏老

关汉卿

【梁州】我是个普天下郎君领袖,盖世界浪子班头。愿朱颜不改常依旧①,花中消遣,酒内忘忧。分茶颠竹②,打马藏阄,通五音六律滑熟,甚闲愁到我心头?伴的是银筝女③,银台前、理银筝、笑倚银屏;伴的是玉天仙,携玉手、并玉肩、同登玉楼;伴的是金钗客,歌金缕、捧金樽、满泛金瓯。你道我老也,暂休。占排场风月功名首,更玲珑又剔透,我是个锦阵花营都帅头,曾玩府游州。

【隔尾】子弟每是个茅草岗、沙土窝、初生的兔羔儿,乍向围场上走;我是个经笼罩、受索网、苍翎毛老野鸡④,踏踏得阵马儿熟。经了些窝弓冷箭镘枪头,不曾落人后,恰不道人到中年万事休,我怎肯虚度了春秋。

【尾】我是个蒸不烂、煮不熟、槌不匾、炒不爆、响当当一粒铜豌豆;恁子弟每谁教你钻入他锄不断、斫不下、解不开、顿不脱、慢腾腾千层锦套头。我玩的是梁园月,饮的是东京酒,赏的是洛阳花,攀的是章台柳。我也会围棋、会蹴鞠、会打围、会插科、会歌舞、会吹弹、会咽作、会吟诗、会双陆。你便是落了我牙,歪了我嘴,瘸了我腿,折了我手,天赐与我这几般儿歹症候,尚兀自不肯休。则除是阎王亲自唤,神鬼自来勾,三魂归地府,七魄丧冥幽,天哪,那其间才不向烟花路儿上走。

【注释】

① 朱颜:红颜美色。② 分茶颠竹:品茶、画竹。③ 银筝女:妓女。④ 翎毛:

羽毛。

【赏析】

　　关汉卿此曲可谓字字珠玑，精彩异常，逐字逐句都是关汉卿个性的体现。在"梁州"的第一句中，关汉卿便自夸"普天下郎君领袖，盖世界浪子班头"。历史上敢于吹嘘自己是俏郎君，而且事事皆会的，除了汉代的东方朔以外，恐怕也只有关汉卿如此"大言不惭"了。然而，当时的很多文坛中人都说关汉卿的确风流倜傥、博学多才，无论吟诗、吹箫、弹琴、舞蹈、下棋、打猎等，无一不精。

　　据史书上载，关汉卿大约生活在1300年前后。他与马致远、王实甫、白朴并称为元杂剧四大家。关汉卿原本家学从医，曾在皇家医院任职，给皇上、娘娘们诊过脉、熬过药。他天生聪颖，学任何事情都一点就透，可偏偏对医学就是提不起兴趣，反而爱上了写剧本，天天在外游荡。

　　生活经历的扑朔迷离，并没有令关汉卿本人的性格变得难以揣测，相反，他个性十足，而且在当时的文坛上别树一帜，这在他的套曲《一枝花》里可以明显地看出。

　　在这首套曲中，最精彩的部分要数"尾"曲的前两句，关汉卿自称是"铜豌豆""千层锦套头"，言下之意自己又硬又韧，谁也管不了，谁也劝不了，个性十足。他身在勾栏，周边美女如云，可却并不爱人间情事、风花雪月。他只爱吹拉弹唱，处处留才。他希望人们通过他的笔和戏，看看这世界疯狂到什么程度。如果有人要迫他闭嘴，就算打断他的腿脚、打歪他的嘴巴、毁他的容，只要他还有表达的意识，就绝对不会善罢甘休。除非是"阎王亲自唤，神鬼自来勾，三魂归地府，七魄丧冥幽"，他才能闭上自己的嘴。

　　元末剧作家贾仲明说关汉卿是"驱梨园领袖，总编修师首，捻杂剧班头"。此话可以说是对关汉卿最大的赞赏。国学大师王国维在讲到关汉卿的剧曲时说："关汉卿一空倚傍，自铸伟词，而其言曲尽人情，字字本色，故当为元人第一。"

赵盼儿风月救风尘

关汉卿

【胜葫芦】你道这子弟情肠甜似蜜,但娶到他家里,多无半载周年相弃掷,早努牙突嘴,拳椎脚踢[1],打的你哭啼啼。

【幺篇】恁时节"船到江心补漏迟",烦恼怨他谁?事要前思免后悔。我也劝你不得,有朝一日,准备着搭救你块望夫石。

【注释】

① 椎(chuí):即打。

【赏析】

关汉卿的这部《赵盼儿风月救风尘》,讲的是妓女为生存挣扎的故事。在古代,许多妓女为了摆脱贫贱苦苦挣扎,拼命学艺以提高身价,希望能被懂得怜香惜玉的情人收作妾。对她们来说,如能觅得良缘,便是天大的幸运。

剧中的赵盼儿是关汉卿杜撰的一代名妓,是现实世界当中风尘女子的代表。剧中的她,有着风月女子的共性,年轻时对爱情有所向往,年长时才知道人间缺乏真爱,但她仍怜悯那些与她遭际相同的女子,希望帮她们找到真爱。

少女时期的赵盼儿貌如桃花、聪颖异常、天真烂漫,在心中勾勒过梦中情人的样子,想着和他携手畅游江南,在波光潋滟的西湖上荡舟对赋,过上惬意美满的生活。这是每个风尘女子的共同愿望。然而当时光匆匆而逝,赵盼儿才知飞上枝头不可能,找个理想男人嫁掉则更是做梦。十年风尘生活,让她说出了肺腑之言:"待嫁一个老实的,又怕尽世儿难成对;待嫁一个聪俊的,又怕半路里轻抛弃。"这是妓女内心的最大矛盾，现实不由得她不清醒。因此当她看到了同行的小妹宋引章抛弃了好心的穷书生安秀实，打算嫁给浪荡子弟周舍时，坚决反对。

这两段唱腔是赵盼儿奉劝宋引章的话，阅人无数的她，对什么样的男子是好男儿，一眼就可以看出。周舍善于甜言蜜语，家里又是富贵人家，但并不等于他是好人。宋引章还是个小女儿家，贪图周舍的俊俏嘴脸，又觉得他比书生安秀实更能让自己过得殷实，便毁了与安秀才之间情定三生的约定。但赵盼儿看出了个中凶险，她断言周舍"酒肉场中三十载，花星整照二十年"，意思就是说周舍一肚子花花肠子，根本不是个值得托付终身的男子。但是，在赵盼儿苦劝之下，宋引章仍执意要嫁给周舍，盼儿无奈，预言引章必将经常遭受打骂，被丈夫冷落。因为官宦子弟大多把漂亮的妓女当作玩物，根本不把她们当人看。宋引章贪图一时之快，跟了周舍回其老家郑州。结果事情正如盼儿所料，宋引章婚后备受周舍的凌辱与折磨，只有写信向盼儿求救。

关汉卿写下《赵盼儿风月救风尘》的剧本，原因在于他同很多名妓相交至深，对她们的遭遇深表同情，亦希望她们能坚强地为命运拼搏。一个人拥有玉骨风姿，不是与生俱来，而是后天培养出来的气质。虽然那些沦为妓女的女子遭受了诸多不平的待遇，只要她肯抬头挺胸，并以自己高超的技艺和不屈的气节来应对世人，一样会得到尊重。

感天动地窦娥冤

关汉卿

【正宫·端正好】没来由犯王法，不提防遭刑宪，叫声屈动地惊天。顷刻间游魂先赴森罗殿，怎不将天地也生埋怨。

【**滚绣球**】有日月朝暮悬,有鬼神掌着生死权。天地也只合把清浊分辨,可怎生糊突了盗跖颜渊①:为善的受贫穷更命短,造恶的享富贵又寿延。天地也,做得个怕硬欺软,却元来也这般顺水推船。地也,你不分好歹何为地。天也,你错勘贤愚枉做天②!哎,只落得两泪涟涟。

【注释】

① 盗跖:春秋时强盗,名跖。颜渊:孔子弟子,指贤人。② 错勘:错误判断。勘,核对。

【赏析】

  这里撷取的是《窦娥冤》中流传数百年的最经典的两段曲目。《窦娥冤》的故事背景是元代的淮安。来自山阴的书生窦天章因为无力偿还蔡婆的高利贷,只好把7岁的女儿窦娥抵给蔡婆当童养媳,自己则赴京求取功名,希望有朝一日出人头地。窦娥长大后成了蔡婆的儿媳,怎知道丈夫不到两年就死了,剩下她和蔡婆相依为命。不久,蔡婆向当地的赛卢医要债,赛卢医心生歹念,把蔡婆骗到郊外打算谋害,正巧被流氓张驴儿父子撞见,吓得赛卢医慌忙逃跑。

  张驴儿父子本就不是正经人,知晓蔡婆有钱,窦娥又漂亮,便起了贪欲,要求蔡婆报答他们的救命之恩,迫她和窦娥招他们父子俩入赘。蔡婆自知被侮辱了,但却不敢做声,反倒是窦娥闻讯坚决反抗。所谓好女不侍二夫,更何况对方还是个流氓,窦娥无论如何也不肯答应婚事。可是,张驴儿贼心不死,趁着蔡婆有病,送上混着毒药的羊肚儿汤给她喝,打算毒死她,就此抢占窦娥。哪知道他的梦做得美,却不料蔡婆闻汤后感到恶心,给了张驴儿的爹喝,结果一碗"索命汤"要了张驴儿老子的命。

  世人讲,善有善报,恶有恶报。张驴儿害人不浅,反而害了自己的爹,本应该吸取教训,但他反而掉转过来诬陷窦娥毒死自己的爹。官府的大老爷不明事理,不分青红皂白地对窦娥严刑逼供,窦娥终于屈打成招,遂被判了死刑。

窦娥深知通过官吏公正判决来为自己平冤已是泡影，她唯有心死，举头发下重誓，如果她是被冤枉的，头颅被砍下之后，鲜血必然一滴不剩地溅在飘飞的八尺素练上，六月飞雪将掩埋她的尸身，淮安一带必大旱三年。窦娥的诅咒果然一一应验，百姓们皆知窦娥确实是被冤而死。

窦娥惨死之后，人间终遭报应，但关汉卿并没有就此煞笔。他不但要通过上天为窦娥鸣冤，还要在人世当中还窦娥一个清白。窦娥的魂魄找到在京城里当上官员的父亲窦天章诉冤，窦天章遂千里迢迢回乡为女查案，终于把张驴儿千刀万剐，以命抵命。

关汉卿借窦娥的身世控诉当时社会的不公，元文人大多写着四平八稳的文章，视野却越发变得狭隘，社会也变得萎靡不振。世态之颓气，并不是关汉卿能一扫而罢的，他自己很清楚，但他仍要用窦娥的魂灵，来惊动愚昧的现实世界，一扫世态的颓气。窦娥的精神正是关汉卿的写照。

好酒赵元遇上皇

高文秀

【牧羊关】见酒后忙参拜，饮酒后再取覆①，共这酒故人今日完聚。酒呵，则到永不相逢，不想今番重聚。为酒上遭风雪，为酒上践程途。这酒浸头和你重相遇②，酒爹爹安乐否？

【注释】

①取覆：回答。②酒浸头：原作骂人的话"酒鬼"。这里用以自指。

【赏析】

这是元代戏曲作家高文秀所作，讲的是一个叫赵元的"酒鬼"的故事。

这段故事由赵元的蛇蝎老婆刘月仙引起。此女嫌弃赵元不长进，暗暗在外面与东京臧府尹有暧昧关系，一心想要嫁给臧府尹，刘、臧二人为了做长久夫妻，遂设了一个诡计。臧府尹差赵元送文书到汴京给丞相赵普，却故意把文书晚三天交给赵元，让他延误日期。宋代官府有明文规定，延误一日杖四十，延误三日就处斩，赵元心知死路一条，又不得不送，满腹哀愁地上路了。一场梨花大雪来临，天寒地冻，不过赵元并没有对老天发出怨怼，反而感谢上天，因为大雪让自己躲进了路边酒馆。

此处选的就是酒馆中的情境。十分有趣，是赵元见到"酒"之后的表现。他一路冲进酒馆，叫来"酒大人"，对其又是参拜又是讨好。赵元视酒如亲人，还以为自己赴死之前肯定不能再见它，没想到因为暴风雪而与"亲人"重逢，实在让他又惊又喜。剧中第二折这段求爷爷告奶奶的感激话，读来让人忍俊不禁。他那充满谐趣的话被微服出巡、落脚酒店的宋太祖赵匡胤一行人听到，赵匡胤忍不住留意到此人。

赵元一边喝一边唱，忽然听见旁边的掌柜在与人大声理论，顿觉对方打扰了他的酒兴。他上前一问掌柜，才知有几个人喝完酒却没钱付账，他便大方地替这些人付了钱。没有酒钱的几人正是赵匡胤一干人等，赵匡胤不小心丢了银子，所以无钱付账，他欣然接受了赵元的恩惠，并与赵元把酒言欢。二人聊得甚是投机，均觉得遇到了知己。赵元一时酒劲上来，便开始对赵匡胤诉苦，讲刘月仙和臧府尹如何害他。赵匡胤闻言思索半晌，声称自己认识宰相赵普，并且在赵元的手臂上写下了一封"求情信"。赵元带着手臂上的"求情信"到了京师，见到赵普之后，赵普立刻对他客客气气，还推荐他当上高官。

衣锦还乡的赵元，见到臧府尹被赵普发配边疆，刘月仙也被杖刑一百，两人都受到应有的惩罚，他便心满意足了，遂向朝廷辞去官职，回到了他的酒坛边，又开始了与美酒相伴的生活。

赵元自认自己是"愚浊的匹夫，不会讲先王礼数"，宁归隐而不进取。其实，他身上有着古代文人共同的气质，入仕之念并非一点没有，但他自言一介匹夫，是因为世上人心难测，伴君如伴虎。爱人的欺骗、上司的陷害令他对现实充满失望，而"酒大人"从不会骗人。在酒的面前人可以变得毫无心机，酒也可以为人解除一切烦恼。在赵元看来，贪杯是一种不可言喻的幸福，比升官发财更为现实。

素有"小关汉卿"美称的元代戏曲作家高文秀借赵元的故事发挥，写了《好酒赵元遇上皇》一剧，顿时在民间引起了不小的轰动，让市井之人再次肯定"酒"是好物。在高文秀的笔下，赵元历经酒难、酒缘、酒功、酒趣等过程，让观众着实为他捏了一把汗。看罢剧目之后，人们忍不住开怀叫好。

其实，高文秀之所以选中赵元的经历作为剧本的内容，也是想借他来影射自己。赵元因酒难而遇酒缘，巧得功名，是高文秀以及所有元文人的梦想。如果他们能赶上帝王微服出访，与帝王结缘，说不定也可入朝为官。可现实状况的悲惨又令元文人知道一切仅是梦想而已，所以高文秀又安排赵元回到"酒大人"身旁，这是元文人无奈之下的选择。郁结于心中的不甘之痛和不仕之忧，只能从舞台戏剧中寻求自我麻醉。

庆东原

白朴

忘忧草[1]，含笑花[2]，劝君闻早冠宜挂[3]。那里也能言陆贾[4]？那里也良谋子牙[5]？那里也豪气张华[6]？千古是非心，一夕渔樵话[7]。

【注释】

[1]忘忧草：萱草，一作紫萱，食用后有如醉酒之态，故得名"忘忧"。[2]含

笑花：花名，属木兰科，初夏开花，因开时常不满而宛如含笑之状，故得名"含笑"。③闻早：趁早。冠宜挂：宜辞官。④陆贾：汉高祖之谋臣，能言善辩。⑤子牙：姜太公，名姜尚，字子牙。⑥张华：西晋文学家，字茂先，曾劝谏晋武帝伐吴。⑦渔樵话：渔人樵夫所说的闲话。

【赏析】

《庆东原》一曲，是杂剧大家白朴的信手拈来之作，他曲中的主人公浅笑晏晏，将忘忧、含笑二草带在身边，告别悲伤的苦难。文辞看似浅显，实则意境深远。

人世的各种动荡，令诸多世人想抛却各种烦恼，消除自己苦难的记忆。曲中抱着忘忧、含笑草的人，是众生的化身，同时也是白朴自身的写照。他想借两种植株背后的内涵来奉劝世人，把功名利禄都抛却，因为它们到头来不过是一场空。

旧时人们把忘忧草叫作紫萱，认为吃了之后可以忘却一切凡尘俗事，故有其名；南方人把含笑花作为百花之首，四时皆开，奇香无比，妖娆娇俏。其实，忘忧草不过是黄花小菜，含笑花也不过是茉莉而已。然而，它们被想象力极丰富的先人赐予了古色古香、文气十足的别名，化作诗词歌赋里的托物，以言作者志向。白朴在他的《庆东原》开篇，同样挪用二草，来抒写他的真情。

作者甚是怕自己的奉劝不能打动人们追逐名利的心，便以许多因求名而变得不幸的古人来作证。他举了汉代能言善辩的陆贾、西周足智多谋的姜子牙、文韬武略的东晋大臣张华，这些大名鼎鼎的古人都遭遇被放逐远方的命运，是非功过不被帝王记着，反而成了渔樵茶余饭后的谈资。古人尚且如此，更别说我辈闲中人了。

作者的感叹不无道理。元王朝朝政黑暗，让身在官场的人心灰意冷，过去那些直到功成才打算身退的人，大多数没有好下场，非死即伤，因此何必留恋官场？不如看开，不想是非功名。《庆东原》中的寥寥几语，言辞看似轻松洒脱，事实上并不轻松。

阳春曲 知几

白　朴

知荣知辱牢缄口①，谁是谁非暗点头。诗书丛里且淹留②。闲袖手，贫煞也风流③。

【注释】

①缄口：闭口不言。②淹留：停留。③贫煞：贫穷到极点。风流：光彩。

【赏析】

"知几"意为知晓事情变化的关键或预兆，几即预兆之意。白朴原名恒，字仁甫，后自己改名为朴，字太素。人心如字，简单可见，白朴不希望尘世的俗气玷污了自己的人格。白家是元初文坛上享有盛名的文学世家，白朴的仲父白贲虽早夭，却已有诗名在外，而多才多艺的元好问更是白朴父亲白华的好朋友，对白朴格外喜爱。金灭亡时，汴京城破，白华与妻儿失散，蒙古兵进城大肆劫掠，导致白朴和姐姐与母亲分离，幸而元好问及时赶到，救下白朴姐弟二人，带着他们四处奔逃，生活极为艰辛。元好问对白家姐弟视如己出，在白朴身染瘟疫、生命垂危之际，元好问抱着他数夜未眠，直至他浑身发汗病愈，元好问才昏倒在地。对于这个无亲无故的"父亲"，白朴始终铭记于心，无论从品行还是文学上，均极力向元好问学习。看到白朴如此聪颖灵秀，元好问亦对他非常喜爱，在读书、为人处世方面格外用心去培养他。

元太宗九年（1237年），12岁的白朴被元好问送回了父亲白华身边，白华欣喜若狂。白朴就此在北方真定城安居下来，成为当地很有名气的少年才子，很早就被朝廷起用。他刚一做官就萌生退意，因为当年蒙古兵夺他家产，伤害他的亲人，这使他对元统治者深恶痛绝，他更不解的是为何父亲仍甘愿屈于元朝的淫威之下。面对这满目苍凉的山河，他忍不住伤心欲绝，只想甩手离去。他深知身在官场，不能保留志节，只能放开名利，与经史做伴，在文丛中讨口饭吃。于是，他毅然放弃了官位，告别了父亲，四处游历。

这首曲子里，作者感慨自己半生荣辱，早已看得清楚，只不过不想说罢了，谁是谁非暗自琢磨，即使能辨别出对错又怎样，改变得了现实吗？父亲的一生命途多舛，亦父亦师的元好问同样坎坷颇多。虽然白朴年纪轻轻，却在《阳春曲》中早早地显露出看破红尘的绝望。对一切彻底地看透，毫无期望可言，白朴当是怎样沉重的心思？此曲的风格亦如他的字"太素"一样，充满了沧桑的意味。

墙头马上（节选）

白 朴

【寄生草】柳暗青烟密，花残红雨飞。这人人和柳浑相类①，花心吹得人心碎②，柳眉不转蛾眉系。为甚西园陡恁景狼藉③？正是东君不管人憔悴④！

【醉春风】则兀那墙头马上引起欢娱，怎想有这场苦、苦。都则道百媚千娇，送的人四分五落，两头三绪。

【注释】

①人人：心上人。②花心：人心。③恁：那样。④东君：传说中的春神，这里即指春风。

【赏析】

《墙头马上》是白朴戏曲的最得意之作，倾注了他的很多感情。剧中的主人公李千金是洛阳官宦人家的小姐，刚过二八年华，小女儿的心事便由原来的红妆刺绣及玩耍转变为考虑嫁人的问题。剧情是从李千金在某日趴于墙头向外张望开始写起。

"寄生草"是写李千金所住的园内情景："柳暗青烟密，花残红雨飞。"在李千金眼中，园内景物残破，徒惹佳人不快。实则是佳人不快，才看不惯园内的风光。就在她百无聊赖的时候，突然见到一个俊美至极的书生骑马经过。两人四目相对，风拂过，掀起二人的发丝，勾勒出他们清新的轮廓，那一瞬间，他们彼此均感如沐春风。千金脸上一红，急忙从梯子上下来，躲在墙后。

骑马的书生并不是普通人家的子女，而是工部尚书裴行俭的儿子裴少俊，但千金并不知晓。裴少俊当时年过18岁，墙头惊鸿一瞥，觉得千金貌若天仙，一时间心潮涌动，文思泉涌，便写了首诗，抛进了李家的墙内。躲在墙后的千金拾起诗来看了看，微笑着回赠一首抛出去。

后来李千金的乳母发现二人偷偷恋爱，可怜他们爱得辛苦，便帮他们两个私奔。裴少俊遂把李千金偷偷带回家藏在后院，整整7年，裴家人都没有发现千金的存在。在这7年当中，李千金还为裴少俊生了两个孩子：儿子端端6岁，女儿重阳4岁。天不从人愿，端端和重阳在玩耍的时候被工部尚书裴行俭发现了，后者几番追问裴少俊，才知道他竟然早已暗结连理，便大骂李千金不知礼数，迫使裴少俊休了她。李千金据理力争，但裴少俊却拗不过父亲的威逼而休了她。

"醉春风"便是当时李千金痛苦的心声。李千金无奈之下唯有回到洛阳，却发现父母双亡，一时间悔恨不已。心念着"家万里梦蝴蝶，月三更闻杜宇"，想当初只顾着恋爱，可7年下来却落得被休的下场，父母又双双亡故，人生还有什么希望？万念俱灰之下，她去了父母的坟前守孝，寻个清净。

时光匆匆流逝，大半年过去了，裴少俊中了进士，担任洛阳令一职，将父母接到洛阳，打算与千金再识前缘。千金当时早就断绝了复婚的念头，而且她痛恨裴少俊就那样休了自己，缘分已被隔断，还有什么可续，于是死活不肯答应复婚。裴行俭这时知道了李千金竟然是自己的旧交李世杰之女，便主动跑去跟她道歉，希望她再做自己的儿媳妇。千金被求得心烦，又看到自己的儿女抱着她的大腿不肯松开，无奈之下只好原谅了裴少俊。

一个墙头、一匹高头马,成就了这段姻缘,所以白朴为李千金与裴少俊的故事起了《墙头马上》的名字,以言表对墙头、马背等"媒人"的感激。

天净沙 春夏秋冬

白 朴

一

春山暖日和风,阑干楼阁帘栊①,杨柳秋千院中。啼莺舞燕,小桥流水飞红②。

二

云收雨过波添,楼高水冷瓜甜,绿树阴垂画檐。纱厨藤簟③,玉人罗扇轻缣。

三

孤村落日残霞,轻烟老树寒鸦,一点飞鸿影下。青山绿水,白草红叶黄花。

四

一声画角谯门④,半庭新月黄昏,雪里山前水滨。竹篱茅舍,淡烟衰草孤村。

【注释】

① 帘栊:即窗帘。② 飞红:落花。③ 簟:藤席。④ 谯门:建有望楼的城门。

【赏析】

这四首《天净沙》,写的是春夏秋冬四个季节的景致。第一首大意是说春日的山水、风雨、花草、楼阁、亭台，无不是文人最容易注意到的地方。大地回春时，院内暖风拂过，柳枝摇曳，秋千微荡，小桥流水，落红旋舞，莺啼燕叫，引人相思。所谓思春，大概就是这些景物惹得人心发痒，无法按捺于室。白朴以《天净沙》做了8首小令，春夏秋冬各2首，借四时的风光，来形容他一生的经历和心境起伏。上面这4首春夏秋冬曲，即是从8首小令里撷选出来的。

白朴的幼年饱经战乱，回归家园后，与父亲重逢，又新婚不久，心中满是温情，所以春曲充满了温馨畅快的意味，而没有惆怅且充满沧桑之感。

第二首为夏令，虽然韵调和含义不及春、秋两曲，但满是甜蜜。云雨收罢，楼高气爽，绿树成荫，垂于廊道屋檐，微微颤动，极尽可爱。透过薄如蝉翼的窗纱，隐约见到一个身着罗纱、手持香扇的女子躺在摇椅上，扇子缓缓扇动，女子闭目假寐，享受夏日屋内的阴凉，那模样美得令人心动。

在这首小令中，白朴并没有交代那女子是谁，但以他和妻子多年痴恋的经历来看，此女最有可能是他的妻子。白朴爱妻甚深，妻子的一颦一笑，一举一动，都是他乐见喜闻的，而且在他的记忆中是那样清晰。夏日妻子乘凉的情景，一直都是他脑海中最美的画面。

在秋令当中，落霞中的村落不是热闹而是荒僻。轻烟袅袅，老树昏鸦，一点飞鸿成了夕阳中苍凉的魅影，更加勾起说不清的愁，明明还是青山绿水，却早已叶红草白，不是金黄的喜悦，而是不能回家的恨。这样的情景令人忆起马致远的"秋思"，一幕倾颓的画面从天而降，面对如此萧瑟之景，怎能不悲从中来、撕心裂肺？

最后一首写冬日黄昏日落，山坡上是皑皑的白雪，凉月照亮了半个庭院，眼前流淌过一条清冷的湾流，城门上所挂的警戒号角在冷风中微微晃动颤抖，碰撞到石墙上发出微弱的响动，越发显出冬日的冷清。竹篱茅舍变得枯黄，没有鸟儿肯在这里栖息，瑟瑟的寒意在静静流动，万籁俱寂。

白朴始终充满对现世的同情，对自己的怜惜。他所写的小令、杂剧，内涵只有一个：怜悯一切值得他怜悯的人，李千金、裴少俊、唐明皇、杨贵妃，还是那些香闺中的思妇、街头艺人、江上孤翁。

这四曲《天净沙》正是他的自怜之作。然而，白朴虽有落叶飘零之苦，有魂牵梦萦之痛，但却没有半分怀才不遇之感，这恰是他的脱俗之处。

梧桐雨（节选）

白 朴

【滚绣球】长生殿那一宵，转回廊，说誓约，不合对梧桐并肩斜靠，尽言词絮絮叨叨。沉香亭那一朝，按霓裳，舞六幺①，红牙箸击成腔调，乱宫商闹闹炒炒。是兀那当时欢会栽排下，今日凄凉厮辏着，暗地量度。

【三煞】润蒙蒙杨柳雨，凄凄院宇侵帘幕。细丝丝梅子雨，装点江干满楼阁②。杏花雨红湿阑干，梨花雨玉容寂寞。荷花雨翠盖翩翩，豆花雨绿叶潇条。都不似你惊魂破梦，助恨添愁，彻夜连宵。莫不是水仙弄娇，蘸杨柳洒风飘？

……

【黄钟煞】顺西风低把纱窗哨，送寒气频将绣户敲。莫不是天故半人愁闷搅？前度铃声响栈道。似花奴羯鼓调，如伯牙《水仙操》。洗黄花润篱落，渍苍苔倒墙角。渲湖山漱石窍，浸枯荷溢池沼。沾残蝶粉渐消，洒流萤焰不着。绿窗前促织叫，声相近雁影高。催邻砧处处捣，助新凉分外早。斟量来这一宵，雨和人紧厮熬。伴铜壶点点敲，雨更多泪不少。雨湿寒梢，泪染龙袍。不肯相饶。共隔着一

511

树梧桐直滴到晓。

【注释】

①六幺：唐代著名曲子。②江干：江边。

【赏析】

　　这段唱腔讲的是唐明皇马嵬坡杀死杨国忠、逼杨玉环自缢之后回宫时的情景。安史之乱渐渐平定，回到长安的玄宗不问世事，退居西宫颐养天年。可是痛失挚爱，他如同丧失了魂魄，而爱情沦丧之后他的权力又被架空，爱情与事业皆无好结果的玄宗凄凉不已。面对着西宫内杨玉环的画像，他更加心痛欲死。

　　"滚绣球""三煞""黄钟煞"三段均是描写唐玄宗当时的心情。他回想在长生殿的那晚，与杨玉环并肩坐在长廊上，对着在夜风中簌簌作响的梧桐，誓言生生世世不分离。还有在沉香亭的那天，玉环跳着绝美的舞蹈，他唱歌，她舞袖，彼此眉目传情，好不快活。这些好像都发生在昨日一样，一转眼物是人非事事休，只剩下自己对着凄迷细雨、冷冷殿阁，看百花落尽、绿叶萧条。

　　夜里西风寒气逼人，在窗棂间滑过时发出奇怪的声响，仿佛是西蜀栈道上的马铃声、渔阳鼙鼓的惊魂声，令玄宗冷汗淋漓。败落的花叶、月下阴影重重的山石、枯静的荷塘与翅沾湿露的蝴蝶，看上去死一般的寂静，然而他又看到昏黄的灯火在闪烁，耳边听到了虫燕喧闹泣鸣和恼人的捣衣声。玄宗弄不清自己究竟听到或看到什么，只因他心乱如麻、彷徨无措，有声也是无声，无情也是有情。这一夜梧桐雨，沾湿了周遭的事物，而他的泪早已打湿龙袍。

　　作者将玄宗放进了梦幻凄清的西宫，让他游离其内无法超脱。此举略显残忍，然而却可真实地反映出玄宗的情谊。

　　白朴一生在情感上饱经伤痛，这令他能深切体会两人的苦痛，所以他对唐明皇与杨贵妃不免生出同情。

醉高歌 感怀

姚 燧

十年书剑长吁①,一曲琵琶暗许②。月明江上别湓浦③,愁听兰舟夜雨。

【注释】

①书剑:携书带剑,即宦游在外。②一曲琵琶:即指《琵琶行》。许:称许。③湓浦:即湓水。

【赏析】

姚燧,字端甫,是元代初期最为著名的学士。姚燧虽身居京城,但驰名中原各地,许多士人闻其名而奔赴大都,欲瞻仰他的风采。

这首曲是姚燧在九江巡视时写的,从中不难看出他经历了十年宦海生活后,所剩的只是长吁短叹。终日在皇权之下挣扎匍匐,在各种势力的斗争间摆动,未曾得到些许痛快。他漫步于江岸,直到暮色退去、月上枝头。他到江上乘舟听雨,闲极无聊弹了曲琵琶乐,以寄托他的哀愁。

一些名家在解读姚燧这段曲子时,认为姚燧的琵琶曲暗指当年白居易和琵琶女偶遇的经历。白居易与琵琶女于江上邂逅,不过是白氏人生中的一小段插曲,但马致远的《青衫泪》一剧,却将二人的偶遇变成了一段风流韵事。所以姚燧的"琵琶暗许",意思大有可能指琵琶女芳心暗许白氏,而他用这个典故,证明姚燧的心中也有思念的人。不过,有关姚燧"芳心暗许"谁人的猜测,完全是人们想当然的。另外,古人借典成文,多存在移情作用,即便姚燧真的在思念某人,也不一定就是心爱之人。

根据姚燧的经历来看,此曲《醉高歌》更像是发生活的牢骚。"琵琶暗许","许"的该是姚燧不满现状的心绪,最后一句"愁听兰舟夜雨"可以证明。

凭阑人 寄征衣

姚 燧

欲寄君衣君不还①,不寄君衣君又寒。寄与不寄间,妾身千万难②。

【注释】

① 衣:即征衣,寄给游者的衣物。② 妾:旧时妇女自称。

【赏析】

姚燧对仕途唾弃,对黎民百姓的苦难生涯也饱含同情。一次,在游宦江南时,姚燧在路边遇到一个妇人。那妇人差人将做好的衣物送去给前线的丈夫,旋即又把衣服要了回来,如此翻来覆去,行为古怪。在他的询问之下,妇人才哭哭啼啼地说,她寄衣服给夫君,是怕夫君在边疆受冻,可是她又怕对方已经回程了,衣服寄不到,因此心思矛盾。姚燧闻言黯然垂泪,回到寄居的府中,提笔写下了这曲《凭阑人·寄征衣》。

作者模拟了女子的微妙心思,在寄与不寄之间,女人心灵充满挣扎的痛苦。她每一次踌躇,每一次反复,对亲人的思念就多了一重。千百重压下来,叫她难以透过气来。

姚燧的诗词曲赋,总是能用简单、纯粹、真挚的语言来彰显最残酷的现实。这曲《凭阑人·寄征衣》,虽无华丽的描写,却是元散曲写实作品中的魁首,其奥妙在于极易上口,而后韵无穷,话虽短少,重见字数达13处,然意境已经到了极其深远的境界。

满庭芳

姚 燧

天风海涛,昔人曾此,酒圣诗豪①。我到此闲登眺,日远天高。山接水茫茫渺渺②,水连天隐隐迢迢③。供吟啸,功名事了,不待老僧招。

【注释】

①酒圣:酒中之圣,这里指"竹林七贤"之一刘伶。诗豪:诗中英豪,指刘禹锡。②茫茫渺渺:形容山水相连,浩渺无边的样子。③隐隐迢迢:同"茫茫渺渺"义。

【赏析】

这曲《满庭芳》没有了《醉高歌》的长吁短叹,也没有了《凭阑人》的伤心难过,开篇便直逼苏轼的"乱石穿空,惊涛拍岸,卷起千堆雪",有种天高海阔的气魄在其中。在酒圣诗豪频临的江南胜景面前,姚燧的情绪被迅速调动起来,他登高而招,远眺江山,山水迢迢,烟波浩渺,心胸豁然开朗,抬眼仰天长笑,什么功名利禄、荣辱富贵,都可以抛于脑后。他此刻的心境所容纳的只剩下眼前此刻的美景。

作者少年时非常不幸,出生不到三年时,父亲便辞世了,丢下他一人在尘世飘零。伯父姚枢见他可怜,便带他移居到边境。

姚燧的文学素养可能是在那段时间培养出来的,因为没有俗世的叨扰,他可以专心徜徉书海,年纪轻轻时便精通诗、词、曲、书、画,回到京城之后,迅速成为文坛的一颗新星,很快便被人推举到秦王府做文学,后来进入朝廷担任翰林学士承旨。元成宗时期,姚燧当上了江西行省参知政事,与宰相之职只有一步之遥。

才华横溢、仕途顺利,按理说姚燧不应该痛苦,至少物质生活有保障,什么都不缺,应该快活才是。但他看到了无数的政治风波,这些并非他所愿,然而过得过不得,不是他能选择的,也由不得他选择。

寿阳曲 潇湘夜雨

马致远 ①

渔灯暗,客梦回,一声声滴人心碎。孤舟五更家万里,是离人几行情泪。

【注释】

① 马致远:元代著名戏曲作家,散曲家,元大都(今北京)人,号东篱。其作品语言清丽,沉郁中亦显飘逸,有脱俗之风。

【赏析】

一曲《寿阳曲》,点点离人心碎声敲打着人们的心弦。本曲的曲名既为"潇湘夜雨",可见马致远所在的地方必定是潇湘之地。潇湘本指湘、潇二水汇集的零陵郡,后来人们干脆用它来指代湖南等地。当地每逢夏秋便落雨不停,尤其是傍晚开始的淋漓小雨,激起浮动的江雾,一些渔人驾着小舟于雾间若隐若现,渔灯朦朦胧胧,更惹人遐想。

元代的人多离愁,有国家民族变乱的原因在里面,也有个人的情感在其中。过去人们表达情感的有诗词歌赋,也有民间传奇,不过表现张力比元代的杂剧和曲子显然要弱。另外,饱经离难的元人情感变得复杂得多,他们通过自己的笔墨,大量融合各民族、各地方言的感叹词,创作出易于弹唱的曲调和歌词,使得他们要表达的内容更加情深义重,催人泪下。

"离愁"之曲写得最让人魂断的当属马致远,他的《天净沙·秋思》已成绝响。在《汉宫秋》里他也曾借昭君王嫱之口道出"背井离乡,卧雪霜眠"的痛苦。离开家乡如同躺在霜雪上,实在难以忍受。而这首《潇湘夜雨》，肯定会让离家万里、心有所系的人在烟雨蒙蒙面前惆怅满腹，泪水涟涟。

像马致远这样的羁客遍布大江南北，因秋景而生乡情的人也比比皆是。

四块玉 马嵬坡

马致远

睡海棠[①]，春将晚，恨不得明皇掌中看[②]。霓裳便是中原患[③]。不因这玉环[④]，引起那禄山[⑤]？怎知蜀道难[⑥]。

【注释】

①睡海棠：这里喻指杨贵妃。②明皇：唐玄宗。③霓裳：指《霓裳羽衣曲》。④玉环：杨贵妃字。⑤禄山：安禄山。⑥蜀道难：安禄山攻入潼关后，唐玄宗仓皇逃往四川之事。

【赏析】

马致远在写这首形容杨贵妃的《四块玉》时，多少对这个美女持鄙视态度。作者笔下的杨贵妃美则美矣，却并不招人喜爱。

暮春时节，海棠春睡的杨贵妃姿容娇艳，玄宗（即唐明皇）恨不得把她当作掌中明珠，然而偏偏就是这个美女成了中土大唐的祸患。玄宗与她终日在宫中轻歌曼舞、饮酒作乐，不顾朝政，节度使生出异心，在地方起兵造反，祸国殃民。最终安禄山叛变，攻入潼关，玄宗带着杨玉环及残兵逃亡蜀中。逃亡大队路过马嵬驿时，扈从的禁卫军哗变，要求玄宗诛杀杨玉环以谢天下，重拾明君姿态。将玉环视若心头肉的玄宗悲痛不已，但为了稳定军心，也只能忍痛割爱。马致远的曲子讲的就是这段故事，他明说唐明皇无道，其实是说杨玉环为红颜祸水。

汉宫秋

马致远

【醉中天】将两叶赛宫样眉儿画,把一个宜梳裹脸儿搽,额角香钿贴翠花,一笑有倾城价。若是越勾践姑苏台上见他,那西施半筹也不纳,更敢早十年败国亡家。

【梅花酒】呀!俺向着这迥野悲凉。草已添黄,兔早迎霜。犬褪得毛苍,人掇起缨枪,马负着行装,车运着糇粮①,打猎起围场。他、他、他,伤心辞汉主;我、我、我,携手上河梁②。他部从入穷荒;我銮舆返咸阳。返咸阳,过宫墙;过宫墙,绕回廊;绕回廊,近椒房;近椒房,月昏黄;月昏黄,夜生凉;夜生凉,泣寒螀;泣寒螀,绿纱窗;绿纱窗,不思量!

【注释】

① 糇(hóu)粮:干粮。② 携手上河梁:形容惜别之景。

【赏析】

昭君出塞,令自汉以来的无数后人唏嘘感慨,文人骚客不乏诗作。一个女人为了所谓的民族大义而牺牲"贞洁",便是永世赞赏的对象。许多人可怜王嫱远赴千里,埋骨他乡,魂向中土不能回,为她写下不计其数的挽联,为她歌功颂德。

但是,马致远的《汉宫秋》不想苟同他人的看法,而是对元帝与王嫱不能情有所衷给予了最大的怜悯。马致远的《汉宫秋》作为元代的名剧,所写的虽然是昭君,但它的特别之处在于不以昭君出塞为主要内容,而是写了一段昭君与元帝相爱的过程。在全剧中,马致远尽情地发挥着自己的想象,放纵自己的笔调,去写一段欲舍难离、可歌可泣的爱恋。

这里选取的"醉中天"就是《汉宫秋》第一折中汉元帝与王昭君邂逅的一幕场景。

此女的面容倾国倾城，汉元帝一看到她，便惊为天人，比西施有过之而无不及。如果越王勾践早遇到她，西施也要被忽略不计。汉元帝十分不理解，就算自己终日在朝堂上忙于政事，也不可能轻易忽略这样的优雅女子，究竟原因为何？

让汉元帝深深着迷的女子，便是在汉宫中待了几年的王昭君。她没料到在半夜里弹琴，竟然会惊动帝王，犹以为自己身在梦中。想当年画师毛延寿从中作梗，在她的画像上点了丧夫痣，使她从一进宫就幽居冷殿。一晚，她忧思难消，本打算趁着夜里无人，拂曲聊以慰藉，竟然引来一心希冀见到的人。

剧中的元帝和王昭君，前者体贴，后者温柔，使他们相处的时光温馨无比。昭君得宠之后，画师毛延寿畏罪潜逃至匈奴，为了报复元帝和昭君，便将昭君的画像送给单于。单于顿时为王昭君的美貌所迷，本准备南下进攻的念头也打消了，派使者到汉室索婚，只要元帝将昭君奉上，一切皆可商量，要是汉元帝敢拒绝，匈奴百万雄兵将即日南侵，以决胜负。

汉元帝本以为满朝的文武百官会支持他打仗，哪知这班人马各个吓得屁滚尿流，哭爹喊娘地要求他把昭君送给匈奴王。面对这些，元帝一个人又能做什么？就这样，元帝忍着撕心裂肺的痛楚，在大殿上为王昭君和匈奴单于主持婚礼。

"梅花酒"是第三折中的一段曲子，此段所写的尽是元帝送别昭君时的痛苦心情。他在灞桥之上，远眺着护送王昭君的马车隐于荒草戈壁，感到自己的魂也快要离体追随而去。元帝一想到昭君从此便要受苦，终日对着荒草霜天，身边伴的不是贴心的人，他便痛苦难当。塞外的生活是何等凄苦，随处可见褪了毛的狗、扛着红缨枪的牧人，四处都是马负行装，荒凉不已，待在那里，过的日子也必定辛苦非常。昭君伤心地离开，目送她离去的元帝也不得不乘车回咸阳，可是每过一道宫墙，每走一条回廊，两个心爱之人的距离便远了几里。对元帝来说,汉宫之内,只余一片孤寂,只剩凉夜昏月,只闻寒蝉悲泣,再也听不到昭君的琵琶声了。

这一段曲子情感缠绵悱恻,马致远笔下的汉元帝,多情得超乎想象。但剧情没有就此打住,更悲惨的事情发生了。

得到王嫱的单于率兵北去,王嫱却做出惊世之举。她一方面不舍故土,另一方面思念元帝成疾,便在汉番交界的黑龙江投水而死。昭君死的当夜,汉元帝做梦惊醒,突闻窗外孤雁哀鸣,顿时泪如泉涌。他跌跌撞撞地跑出寝殿,叫宫人去打听昭君的消息,才知昭君已经自尽。而单于怕和汉室起干戈,遂将画师毛延寿遣送回来。元帝痛煞,几欲撞墙,下令叫人砍了毛延寿的脑袋,以慰藉昭君在天之灵。数年后,元帝也抑郁而亡。

在《汉宫秋》里,王嫱与元帝的爱情虽然生不能在一起,但得到了共同赴死的结局,这是马致远对忠贞爱情的理解。

西厢记(节选)

王实甫

【秃厮儿】我则道神针法灸,谁承望燕侣莺俦①。他两个经今月余则是一处宿,何须你一一问缘由?

【圣药王】他每不识忧,不识愁,一双心意两下投。夫人得好休,便好休,这其间何必苦追求?常言道"女大不中留"。

【麻郎儿】秀才是文章魁首,姐姐是仕女班头②;一个通彻三教九流,一个晓尽描鸾刺绣。

【幺篇】世有、便休、罢手,大恩人怎做敌头?起白马将军故友,斩飞虎叛贼草寇。

【络丝娘】不争和张解元参辰卯酉③,便是与崔相国出乖弄丑。到底干连着自己骨肉，夫人索穷究。

【注释】

① 燕侣莺俦（chóu）：形容男女欢爱如燕莺般谐和相伴。② 班头：领头。
③ 参辰卯酉：对头。十二时辰中，卯酉正相对，参、辰二星亦正相对。

【赏析】

　　这5段唱腔出于《西厢记》第四本第二折，是红娘最出彩的段子。"圣药王""麻郎儿""幺篇"三段曲子是红娘赞崔、张是才子佳人，情投意合，而张生的义兄还是大将军，与崔家门当户对；而"秃厮儿""络丝娘"两段里，红娘直接指责老夫人不守信用，坏人家姻缘，连心头肉的好女儿都不管不顾。五曲铿锵有力，完全展露了红娘伶牙俐齿的一面。

　　老夫人被红娘一连串的抢白，弄得一句话也说不出来，思来想去，考虑到张生义兄杜确的身份，只有同意二人交往，但张生必须考取功名才能和崔莺莺结婚。不久，张生果然考得状元，立刻赶往家中报喜。然而一波未平，一波又起，郑恒突然横插一脚，欺骗莺莺说张生已经成了卫尚书的东床快婿，意图染指莺莺。好在张生和杜确及时赶到，惩治了小人郑恒。而张生终于得偿所愿，抱得美人归。此时的张生早把答应红娘的事情忘在脑后，小小的红线人只能黯然退出了舞台。

　　红娘的可爱、大胆、泼辣赢得众多人喜爱，贾仲名在追忆王实甫时曾言："风月营密匝匝列旌旗，莺花寨明飚飚排剑戟。翠红乡雄赳赳施谋智。作辞章，风韵美，士林中等辈伏低。"每日混迹在妓馆市井的王实甫，见"卑贱者"无数，了解到他们每个人活着的方式都有所不同，生活际遇也大相径庭。他如此写红娘，一是对此类女性心存同情，二是真的想在戏曲中为普通世人争得永世流芳的机遇。

月明和尚度柳翠

李寿卿[①]

【混江龙】直待要削开混沌,月为精魄柳为魂。一任着纷纷白眼,管甚么滚滚红尘!恰才个袖拂清风临九陌,又早是杖挑明月可便扣三门。则为我这半生花酒为檀信,其实的倦贪名利,因此上不断您这腥荤。

【黄钟尾】你道是这回和月常相守,才赚的春风可便树点头。聚莺朋,会燕友,蜂衙喧,蝶梦幽,啭黄鹂,鸣锦鸠,噪昏鸦,覆野鸥,袅金丝,春水沟,拂红裙,夜月楼,酒旗前,望竿后,风又狂,雨又骤,霜正严,雪正厚,霜来欺,月来救,我救的这月里杪椤永长寿;我着你访灵山会首;也不索别章台的这故友;我则怕你又折入情郎画眉手。

【注释】

[①] 李寿卿:元代剧作家。太原人。曾任官职。有杂剧 10 种,今存《伍员吹箫》《度柳翠》。

【赏析】

剧中第一个登场的不是柳翠也不是月明,而是观音菩萨。她手持玉瓶柳枝,忽然发现枝条上沾染了尘土,暗道原来柳枝仍没有摆脱尘俗的叨扰,便罚它下凡经历轮回之苦,30 年后再度修炼成佛。于是这枝柳枝就投胎成了杭州抱鉴营的风尘妓女柳翠,被富户牛员外包养。虽然柳翠平时在外行为不检点,但因生得太漂亮而深得牛员外的欢喜。天上的佛祖怕柳翠无法自度成佛,派去了佛祖第十六尊罗汉月明尊者去人间点化她。

柳翠与转世的月明尊者邂逅是在柳翠父亲去世十周年的法事上。牛员外为了讨好柳翠,特别到蒿亭山显孝寺请了十个和尚下山为柳父超度。显孝寺很小,住持凑了半天才弄出九个和尚,思来想去只好把伙房做饭的疯癫和尚月明叫来凑数。这疯癫和尚正是月明尊者转世。

月明自称"疯魔",没酒、没肉、没美女绝不下山,直到住持——应允,他才跟着去了,并且打定主意要与柳翠见面。住持对他的想法心存唾弃,却不知他的目的其实是为了引导柳翠返本还原,重回西天。

"混江龙"内容充满了佛家因果轮回的思想,是月明下凡的理由。柳翠为因,月明为果,二者同下凡间互为因缘。月明虽在人间遭尽白眼,图得不是名、利、色,而是为柳翠打开一条偿还罪孽之路。于是,月明对柳翠的第一次度化开始了。他见到柳翠之后,便奉劝她快快脱离声色犬马的日子,早些超越生死,免却六道轮回。可柳翠舍不得青春少年,她可以凭借美貌和身材来换取钱财,以前过惯了享受的生活,若是半路出家,她就等于失去了一切可依仗的资本。

"黄钟尾"这段曲子是月明和尚给柳翠讲的一个佛偈。他打了一个有趣的比喻:在水沟边迎风飘零的垂柳,一生受尽蜂蝶百鸟鸣叫的折磨;在珠楼酒家旁的细柳,受尽脂粉与酒旗的沾染。二柳年年月月遭风霜雨雪的摧残,得百般凌辱,这是劫数也是历练,而帮助柳树脱离苦海的正是那天上明月。这个比喻的言外之意很明显,天上明月指的便是月明和尚,那二柳便指柳翠了。

柳翠因为心中有愧,夜夜梦中都会见到月明在跟她讲佛法,有时又梦到自己变成梨花猫儿思春。月明知道柳翠一面想要出家,一面又有贪恋凡尘的心思,便再去找柳翠劝说。不过,柳翠仍舍不得自己的三千发丝,却不知发丝正是她烦恼的来源。月明苦口婆心再三劝谏,又在睡梦中把柳翠引至阎神面前,让柳翠看清人死后的凄惨情景和投胎轮回于六道的境况,终令她点头答应出家修行。其实柳翠本身也是有慧根的,她前世为观音大士的柳枝,终日沐浴无边佛法,听月明和尚整天念叨,也听出些门道。

受教的柳翠心无杂念地决定出家,月明和尚的任务终于圆满完成,他打算脱离凡胎回佛门圣地灵山,等着二人再次相见。最后月明还怕柳翠再动凡心,特别再三嘱托她不要再堕落风尘。看过了世间种种绰约风姿,告别了生命里牵肠挂肚的人,柳翠追随在月明的身后,脱离苦海荣归西天,回到观音大士的玉瓶。

李寿卿想借《月明和尚度柳翠》一剧来度化那些还看不透人生疾苦的人们。剧中的词曲唱起来典雅脱俗,意境幽玄,叫人得到生命的顿悟。其实,所谓的"顿悟"都是李寿卿自身对生命和生活的诠释,这是他早凡人一步得到的慧根。

叨叨令 道情

邓玉宾

一个空皮囊包裹着千重气[①],一个干骷髅顶戴着十分罪。为儿女使尽些拖刀计,为家私费尽些担山力。你省得也么哥?你省得也么哥?这一个长生道理何人会?

【注释】

① 皮囊:皮袋,指人的躯壳。

【赏析】

邓玉宾与张可久同写道情,张可久的还带有俗世的气息,邓玉宾的这首就完全是一首"道情曲"。

邓玉宾生在元世祖至元文宗年间,做官不久便突然去修道,曾言"不如将万古烟霞赴一簪,俯仰无惭"。在他看来,宁肯头插一根木簪,也比做官来得轻松,起码无愧于天地。

在这曲《叨叨令》中,邓玉宾显露的"道心"高于张可久,他对"道"的理解更深一重。邓玉宾在曲中笑称人身不过一副空皮囊、干骷髅,这句话表明了他在求道一途上已经达到一定境界。

"皮囊"本是佛教用语，指的是人的躯壳。佛家认为，潜心修炼到涅槃境界者可以抛却躯体，灵魂不灭。道家借"皮囊"一说，认为人的躯壳内是千重"元气"，就像灵魂一样的东西。要保住元气，就必须清心寡欲，以免泄了真元。至于曲中"干骷髅顶戴着十分罪"的说法，则大有来头。《庄子·至乐》里有载：庄子路遇一副骷髅，问旁人这骷髅的主人是因战乱亡国而死还是被诛杀至死？还是因为行为不端，给父母子女带来忧患而自尽？又或者是冻死饿死？又或是寿终正寝？旁人皆不清楚。晚上庄子睡觉时，骷髅的主人托梦给他说："你说的都是人间种种困难和罪孽，只有一死才能解脱。"庄子故事里所讲述的苦难，便是人这副皮骨一生都摆脱不了的罪。

　　作者用这两个典故，是要告诉世人：人的破皮囊和干骷髅，如果清静无为就能保存元气得以长生，若背负种种罪孽就会生不如死。种种罪孽来源于何处？便是为子女使尽心力，不惜蝇营狗苟；为家庭拼命攒钱，不惜做下诸多勾当。邓玉宾觉得这些事情会使人丧失自我，所以他奉劝世人"你省得也么哥"，要想真正地长命百岁、安康幸福，一定要戒贪欲、戒奢望。

鹦鹉曲　山亭逸兴

冯子振

　　嵯峨峰顶移家住①，是个不唧溜樵父②。烂柯时树老无花③，叶叶枝枝风雨。故人曾唤我归来，却道不如休去。指门前万叠云山，是不费青蚨买处④。

【注释】

①嵯峨：山势高峻的样子。②不唧溜：不精明。③柯：斧柄。④青蚨：即钱。

【赏析】

　　此曲是冯子振42首《鹦鹉曲》中的第一首。峰峦如聚的山巅，一个老樵夫背着担柴缓缓走在山麓间。四周并不是人们想象的美景郁林,而是老树枯枝,在凄凄的风雨中被摧折的年华。曲中,樵夫过的并不是轻快日子,隐居的生活也并不是田园、肥鸭及蜜水。有人曾劝过老樵夫不要再待在山林中虐待自己,年龄大了就要回到村里养老,何必非要留恋并不富裕的山林?可是老樵夫宁可手执烂柯居山林,因为尘世的乐趣可以用钱买,而山里的乐趣是无价的。

老樵夫的闲情野趣,其实也是冯子振心中的真正想法。"烂柯"指围棋,这个代称源于一个古老的故事。相传晋朝有个叫王质的人入山采樵,看到两个童子在那里下棋,于是他便放下手中的斧头,蹲在那里看棋。哪知道一盘棋下完,他旁边斧头的手柄都腐烂了,原来时间已经过去数十年,他所遇的童子其实是神仙。

曲中樵夫手执烂柯的生活,即是冯子振向往山林的缘由。他宁肯像晋代的王质一般,与神仙划下道来,也不想再回到人世。在山中的冯子振可以像神仙一样与猿鹤为伍、麋鹿为伴,可以下棋不觉时日,这是何等的惬意。虽然这些都是设想,他只遇到了一个笨和尚,过着素餐陋衣的日子,但是生活无拘无束,再没有那个互相倾轧、钩心斗角的朝堂。

冯子振一生的文章、诗歌、词曲,很少看到柔情似水,大都是他兴起而作,因此充满了横空出世的灵性与超然。对他一直甚为仰慕的贯云石曾为他写了篇《寄海粟》,将他比喻成三国的陈登。

他所写的42曲《鹦鹉曲》,或许未必篇篇都是上好作品,但均即景生情,抒怀言志,纵论古今,感性而书。

寿阳曲 答卢疏斋

朱帘秀[①]

山无数,烟万缕。憔悴煞玉堂人物[②],倚篷窗一身儿活受苦[③]。恨不得随大江东去!

【注释】

①朱帘秀：元代文学家，著名杂剧女演员，艺名珠帘秀，因排行第四故人称朱四姐。②玉堂人物：即指卢挚。玉堂，即翰林院，因当时文人聚集于此，故多称文士曰"玉堂人物"。③篷窗：船窗。

【赏析】

疏斋是卢挚的号，元人多用"斋"做号，以表示身心整洁。这支曲是为回答卢挚的《寿阳曲·别朱帘秀》。卢挚与朱帘秀此时情意相通。当朱帘秀收到卢挚《寿阳曲》这封"情书"时，一遍遍地读来，每一次都像在心口上割下一块肉般，痛彻难当，遂写下这曲《寿阳曲·答卢疏斋》，回应卢挚的深情。

坐在画舫里四处漂泊游艺的朱帘秀，凭依着船头的栏杆，看着无数山峦从画舫的窗前闪过，看着山野人家升起的青烟，黯然销魂。她早过惯了到处漂泊的日子，哪曾想过卢挚会为她挂心消瘦。她不知道该是受宠若惊，还是应该伤心。坐在这船头心烦意乱，卢挚说他那边唯余下半江明月，自己又何尝不想成为江水，再次流到他的身旁，与他相守。

卢、朱二人隔着长江，一唱一答，词曲里的情谊珠联璧合。古人相信，"两情若是久长时，又岂在朝朝暮暮"。其实情到浓时，希望的正是日日缠绵。人们常说，短暂的分别是为了更长久的相见，然而又有多少爱侣因短暂一别而永世分离的呢？相见时难别亦难，别了之后再相见更为渺茫。如果相爱的两人身份有别，一个是高高在上的"玉人"，一个是青楼里的"俗人"，转身的瞬间就是天涯。

一年之后，朱帘秀回到扬州定居不走，但与卢挚的情却不了了之。

清江引

贯云石①

弃微名去来心快哉,一笑白云外。知音三五人,痛饮何妨碍,醉袍袖舞嫌天地窄。

【注释】

① 贯云石:元代散曲作家。字浮岑,号成斋、疏仙、酸斋。辞官后隐于杭州一带,改名"易服",自号"芦花道人"。

【赏析】

贯云石,号酸斋,1286年出生于元大都西北郊高粱河畔维吾尔族人聚居的畏吾村。因家庭祖辈极其显赫,可以说他是在众星拱月的环境下长大的。贯云石的父家是武将出身,父辈众人皆在南方任军政要职,母亲廉氏则是维吾尔名儒廉希闵的女儿。廉氏的叔父廉希宪曾任元朝宰相,被元世祖尊称为"廉孟子",廉家显赫的文士才子频出。幼年时期的贯云石常随母亲住在廉家的"廉园"里一面学武,一面修文,很快便成为潇洒的好男儿,儒、侠集于一身。

父亲死后,贯云石直接继承了爵位——两淮万户达鲁花赤,此官职位居三品,握有兵权,下统十余万百姓和近万名将士。不仅如此,当时朝廷内握有重权的人皆多次举荐他。权财皆在眼前,贯云石理当意气风发,可他在家乡整顿军纪、训练兵马之际,越发觉得这样的生活不适合自己。他厌恶战争和杀戮,想有所作为又不希望通过武力实现。他听说京城姚燧的学名显赫,人格亦是上上乘,决定拜入姚燧门下,于是毅然决然将爵位让给弟弟,进京拜访姚燧。这曲《清江引》表达的就是此时他的心情。

陡然放下家庭的重担,贯云石顿觉全身轻松,云淡风轻。"弃微名去来心快哉,一笑白云外"正是作者真实心情的写照,也言明了他自己的毕生志向,只愿觅得"知音三五人",同袍同饮,把酒言欢。喝醉了之后舞袍弄袖，大跳醉舞，任意挥洒衣袍，天大地大，有不尽的空间可以任他施展，不必再受任何束缚。

人心已宽，便可容纳万物。在"廉园"居住的时候，贯云石结识了赵孟頫、程文海等当世显赫才子，在他拜入姚燧门下后，也结交了许多才高八斗之人。他与这些人常常到山林里徜徉，谈论诗文，对饮欢歌，乐而忘返。姚燧生性严谨，鲜少夸人，对贯云石的文辞却赞不绝口，认为他有古乐府的风韵，无论写诗词还是做人，皆玲珑剔透。

清江引

贯云石

竞功名有如车下坡，惊险谁参破①！昨日玉堂臣②，今日遭残祸，争如我避风波走在安乐窝。

【注释】

① 参破：佛家语，看破、看透。② 玉堂：指翰林院。③ 争：怎。

【赏析】

这首《清江引》也写于贯云石旅居杭州之际，然而上一首的情感潇洒淡然，似乎还存有年轻人的洒脱与快活，与他刚让爵给弟弟时的情绪极其契合。但这首《清江引》却明显能感到他内心的凋零，归隐只为寻得片刻的安乐。

竞逐功名如同车下陡坡，凶险异常，弄不好一头扎进沟里，摔得遍体鳞伤，更有可能粉身碎骨、一命呜呼，那其中的未知之数叫人惊悚。身在官场也是一样，凶险不是简单可以参透，也许前一刻还是朝堂里的机密要臣，与皇帝耳鬓厮磨，下一刻已中暗箭，横死牢中，还不如像他一般远远地逃开，寻找一个可居之所。此曲的末尾一句，可看出贯云石对世间名利的完全参破。

"昨日玉堂臣,今日遭残祸",作者似乎已然看透官场的凶险。仁宗延祐二年(1315年),贯云石避居杭州,在这里建起了属于自己的陋居,仿效陶渊明过着独自下地耕田的闲适生活。可每至午夜梦回,依然对当年在朝廷经历的那场"恢复科举风波"心有余悸。无奈的叹息之语,是作者沉迷显贵生活之后的"顿悟",其中不乏那些不足为外人道的心酸。不过,他能及早抽身去寻求避居乐趣,却也是极为明智之举。而且恰恰是因为他避居江南杭州,在那西湖堤畔度过了他的似水年华,使他不断找到文学上的灵感,才攀上了词曲文学的高峰,令他的曲子灵秀清新,内容生动自然,唱起来朗朗上口。"争如我避风波走在安乐窝",也是在这绿野山川中,贯云石参透了武修的至境:止戈终生,静以养性。

粉蝶儿 西湖十景

贯云石

描不上小扇轻萝,你便是真蓬莱赛他不过。虽然是比不的百二山河,一壁厢嵌平堤,连绿野,端的有亭台百座。暗想东坡,逋仙诗有谁酬和[①]?

【好事近·南】漫说凤凰坡,怎比繁华江左。无穷千古,真是个胜迹极多。烟笼雾锁,绕六桥翠障如螺座。青霭霭山抹柔蓝,碧澄澄水泛金波。

【石榴花·北】我则见采莲人和采莲歌,端的是胜景胜其他。则他那远峰倒影蘸清波。晴岚翠锁,怪石嵯峨[②]。我则见沙鸥数点湖光破。咿咿哑哑橹声摇过。我则见这女娇羞倚定着雕栏坐,恰便似宝鉴对嫦娥。

【料峭东风·南】缘何?乐事赏心多,诗朋酒侣吟哦。花浓酒艳,破除万事无过。嬉游玩赏,对清风明月安然坐。

任春夏秋冬天，适兴四时皆可。

【注释】

①逋仙：北宋诗人林逋，隐居孤山，以梅为妻，以鹤为子。②嵯峨：山势高峻的样子。

【赏析】

南宋时期，官宦游人为了表西湖之盛，"册封"了十处景观为美景之至，包括苏堤春晓、曲苑风荷、平湖秋月、断桥残雪、柳浪闻莺、花港观鱼、雷峰夕照、双峰插云、南屏晚钟、三潭印月。十景各擅其胜，组合在一起又能代表古代西湖胜景精华。

西湖风光令贯云石兴致高涨，在泛舟之际他便写下了很多曲子，这套《粉蝶儿·西湖十景》，也是为表十处风景的华美，是专门赞誉西湖景致的。

作者在套曲第一段末尾提到了两个人的名字。数百年来，能够把杭州西湖的美和风韵表达得淋漓尽致的也就只有苏东坡的《饮湖上初晴雨后》与在西湖边隐居的林逋所写的隐逸情趣诗。所以贯云石自问文学素养达不到苏、林两位的程度，但也想试着描绘当地的胜迹。

在套曲第二段里，作者开篇说北方有一处胜地凤凰坡极其漂亮，但与江东各处的秀丽是无法比拟的，特别是杭州。他在西湖边上放眼远眺，六桥腾临苏堤上，近处波光潋滟，莲叶无穷，荷花别样，沙鸥点点；远处翠山碧水、怪石林立。采莲人高歌，闺中少女乘着船坊，以扇遮面，羞涩地坐在阑干旁赏湖。景好、花好、酒好、人好，贯云石如何能不乐不思蜀呢？而且身边还有好友张可久陪伴，二人喝酒吟诗，实在有说不出的兴致，多少烦恼都在这清风、明月、湖水中化为虚无。

贯云石的好友程文海曾言他是个"功名富贵有不足易其乐者"。因为贯云石认为，功名换不来逍遥的生活与心灵。

"清风荷叶杯，明月芦花被，乾坤静中心似水。"从得到芦花被、自诩"芦花道人"的一刻,贯云石已经心如止水,绝了名利场,宁"月明采石怀李白,日落长沙吊屈原",也不爱荣华富贵。他避居杭州,偶尔出外采药,一面欣赏钱塘西湖风情,一面以卖药诊断为生。春至包家山修禅,夏季去凤凰山避暑,秋天钱塘观潮,冬季与普通百姓在街头吹拉弹唱,偶尔到天目山与著名的中峰禅师说佛论道,下山来路遇景致随意赋诗一首。就这样,贯云石在杭州城内城外亦隐亦现,其种种行迹,渐渐成了民间的美谈。

曲中所透露出来的"去留无意"的心境,应该足以概括贯云石的一生,不被纸醉金迷所惑,唯愿徜徉于西湖,问道于山水,求得文学圣境。后人将他与徐再思的曲并称"酸甜乐府"(徐再思号甜斋),且说他的曲风"擅一代之长",能够引领当世的风尚。

清江引

贯云石

南枝夜来先破蕊[1],泄露春消息。偏宜雪月交[2],不惹蜂蝶戏。有时节暗香来梦里。

芳心对人娇欲说[3],不忍轻轻折。溪桥淡淡烟,茅舍澄澄月。包藏几多春意也。

【注释】

[1] 破蕊:开花。蕊,花蕾。[2] 宜:喜欢。交:结交。[3] 芳心:优美的情怀。

【赏析】

贯云石咏梅的小令共有4首,皆以《清江引》为曲牌,以上所选为其一、其三。第一首写早春的梅花,此时冬雪尚铺盖大地,梅花初放似报春,却不如桃、李、杏、樱那样争春,也不惹任何蜂蝶来嬉戏。到了夜晚,它的幽香丝丝缕缕的,还能进入人们的梦乡。梅在月下幽静孤高,不流俗,不媚骨,正如贯云石本人一般。陆游曾作诗："高标逸韵君知否，正在层冰积雪时。"正是因为梅花在千层冰雪的覆盖下依然独特芬芳，才能数千年来长啸于春。这样超凡脱俗之花，在贯云石心中就是他自己的象征。于是他在夜晚起身穿衣，去追寻梅香的源头。如此便有了上面的第二首咏梅曲。

贯云石一个人独步在月色如水的郊外，看着无边的静谧天空、浩渺银河，长长地叹息一声。翻过小桥溪水，隐约可听到冰下溪水的叮咚作响。远处是还冒着淡烟的茅舍，似乎是农家在烧炉取暖。正当此时，一缕淡淡的梅香再次顺着微微的寒风溜过鼻尖，混合着农家烟火的味道，沁人心脾。作者顺着香气飘来的方向望去，才发现月下溪边正绽放的寒梅。他急忙走过去，本想抬手折一株拿回家去，但又怕损害了梅的姿态，惊动梅仙，只好忍住采撷的欲望。

在作者的眼中，这个梅花仙子有冰做的肌理、玉做的肤脂，是衣服飘然欲飞的模样，而且似乎对他欲语还休。如此更令贯云石不敢折枝，怕惊动了梅仙。天色灰蒙蒙发亮，午夜快要离去，清晨即将到来。作者所想象出来的仙女渐渐消逝，原来她竟然是雾霭造成的幻象。此刻，空气中只剩下了梅花带来的春意。贯云石笔下的梅，清幽而优美，叫人只敢远观而不敢亵玩。

赵氏孤儿 大报仇

纪君祥

【南吕·一枝花】兀的不屈沉杀大丈夫，损坏了真梁栋。被那些腌臢屠狗辈[①]，欺负俺慷慨钓鳌翁。正遇着不道的灵公，偏贼子加恩宠，着贤人受困穷。若不是急流中将脚步抽回，险些儿闹市里把头皮断送。

【双调新水令】我则见荡征尘飞过小溪桥，多管是损忠良贼徒来到。齐臻臻摆着士卒[②]，明晃晃列着枪刀。眼见的我死在今朝，更避甚痛答掠③。

【驻马听】想着我罢职辞朝，曾与赵盾名为刎颈交。是那个昧情出告？元来这程婴舌是斩身刀！你正是狂风偏纵扑天雕，严霜故打枯根草。不争把孤儿又杀坏了。可着他三百口冤仇甚人来报？

【注释】

①腌臜：骂人的话，即"混蛋""无赖"。②齐臻臻：整齐的样子。③答掠：拷打。

【赏析】

《赵氏孤儿》是中国古代最有名的复仇记之一。司马迁在《史记·赵世家》中详细地讲述了"赵氏孤儿"的故事，纪君祥为了使其变得更加富有戏剧性，在某些细节上投注了自己的臆想。

晋景公年间，大奸臣屠岸贾欲称霸皇廷，密谋陷害忠烈名门赵氏，并将其一家老小全部杀害。唯一漏网的是赵朔之妻，她是晋成公的妹妹，腹中怀有赵朔之子，由于她当时身在皇宫，才躲过此劫，并在不久后产下一名男婴。赵朔的好朋友程婴和门客公孙杵臼发誓要为赵朔报仇，将这名男婴秘密保护起来，但此事还是被屠岸贾发现，后者立刻下令追杀赵氏遗孤。

程婴一路逃亡，仍是被屠岸贾的部将韩厥拦住去路。程婴本以为必死无疑，却没想到韩厥竟然放了他们。

杀一个手无寸铁的婴孩，对韩厥来说是不仁；想到赵氏一家若因自己的阻拦而不能报仇雪恨，他韩厥就是不义。不仁不义之事，韩厥自认绝对做不出来，思来想去，干脆自尽算了，成全了自己，也成全了别人。而程婴也以亲子之性命替下他人之子。此等忠义，古今罕见。

为了找到程婴和赵氏孤儿的下落，屠岸贾扬言要屠杀晋国所有一个月以上、半岁以下的婴儿。为避免连累无辜，程婴带着自己的儿子与公孙杵臼逃往一个方向，引敌人来找，另一方面让他的妻子带着赵氏遗子逃往另一个方向。屠岸贾果然率师追杀程婴和公孙二人。程婴假意投降屠岸贾,"出卖"公孙杵臼和婴儿。公孙杵臼心中明白他的苦衷,咬牙陪他演了这场"血泪秀"。

这三段唱腔,内容是公孙杵臼大骂朝廷败坏、昏君无道,竟让屠岸贾这等卑鄙小人位列三公。他直言皇帝老子简直有眼无珠,又假意骂程婴"狗贼","出卖"自己和赵氏。屠岸贾怕程婴作假,便让程婴鞭打公孙,程婴只好忍着心痛抽打公孙,而心却在淌血,几乎把银牙咬断。他暗道此仇不报,誓不为人。到最后,他只能眼见着亲生儿子死于乱刀之下,而好朋友公孙杵臼也头破血流而亡。

背着"忘恩负义"的骂名,程婴将赵氏遗子带在身边,躲在深山老林里隐居。在与世隔绝、青山绿水的桃源中,程婴将报仇的念头不断灌输给赵家遗子。这样做是对还是错,程婴一直在挣扎,但是想到赵家满门三百口皆死于屠岸贾之手,如果不除掉此人,恐怕连天都不容。山中一日,世上千年。不知不觉,赵氏遗子赵武立世成人,联合屠岸贾的"亲信",里应外合将屠岸贾诛杀,还了赵氏和程婴等人的清白。然而,程婴想到自己的孩子和朋友皆不能复生,痛不欲生。他被接入了豪华的赵府,却并没有享受的心情,而是每日待在屋中,沉默地坐在案席之上,到了夜晚,对月无语。

在正史的记载中,程婴最后以死来祭奠朋友的魂灵。不过在《赵氏孤儿》这部剧中,纪君祥让程婴免于一死,或许多少削弱了悲剧的力量。

殿前欢 对菊自叹

张养浩

可怜秋,一帘疏雨暗西楼。黄花零落重阳后[1],减尽风流[2]。对黄花人自羞。花依旧,人比黄花瘦[3]。问花不语,花替人愁。

【注释】

①黄花：指菊花。②风流：美好的风光。③人比黄花瘦：引自李清照《醉花阴》。

【赏析】

　　此曲是张养浩逛遍官场大熔炉之后所作。很多诗人、词人都好"自叹"，因为自言自语是一种非常好的排遣抑郁的方式。张养浩的《殿前欢》中"自叹"的特别之处在于他找了一株菊花作为倾诉对象，因为菊花不会言语驳斥，可以听他任意牢骚。

　　西风碎减叶飘零，推开了窗子，映入眼目的不是一帘幽梦，而是凄风疏雨。雨水从楼瓦淌下，化作雨帘。重阳节后，菊花凋零，曾经鲜艳夺目的花朵已落去大半。花虽败落，但那些在枝头盛放的秋菊仍保有风采。再看自己，却已瘦得不成人形，作者忍不住问花，自己该如何是好，花虽不语，想必它也在为自己感到忧愁。本曲以通感的手法来结束，一句"花替人愁"，顿使曲子中的愁情变得更加浓郁。张养浩的自怜自惜赫然在目，令人也想化作秋菊，成为倾听他的对象。

　　张养浩本并非好隐逸之人，少年时才学便闻名天下，19岁入朝为官，在真正退隐前身居要职，高官厚禄享之不尽。他为官清廉、刚正不阿，"入焉与天子争是非，出焉与大臣辩可否"，百官敬畏，民心拥戴。可是为官30年后，他突然感到"看了些荣枯，经了些成败"，一切都显得那般无趣，遂辞官回家，隐居于世外。朝廷6次召他入宫，都被他婉言拒绝。

　　放下了朝政的担子，张养浩的心思全落在作曲弄文当中，对生活和命运的吟咏成了他的文学主题。一株菊花就这样化作他顾影自怜的倾听者。在《殿前欢》的曲子中，他本认为凋零的花应比他更自怜，但实际上菊耐秋风的能力远超乎他的想象，于是张养浩才想，也许菊花是在替他悲苦，是以纷纷凋谢。

　　张养浩之所以写"对菊自叹"，其实还有另一层深意。菊花是陶渊明的最爱，陶渊明经常对菊咏叹，表明心迹。张养浩选用菊花，自然是说自己也想如陶渊明一样，成为一个不问世事的隐居者。往日的宦海风波已成过去，鸟儿返林、鱼儿纵渊，那时的陶公何等惬意，张养浩也想成为另一个陶公，过着池鱼在故渊的生活。

雁儿落兼得胜令 退隐

张养浩

云来山更佳，云去山如画，山因云晦明，云共山高下。倚仗立云沙，回首见山家①，野鹿眠山草，山猿戏野花。云霞，我爱山无价；看云行踏②，云山也爱咱。

【注释】

①山家：山那边。家，同"价"。②行踏：走动。

【赏析】

这首《退隐》写的是作者脱离官场之后闲适的生活。他每日都到家门前的山中漫步，偶尔坐看晴空之上云来云去，欣赏如画山色，写下了上面这首曲子。举目望去，山色因云的有无而忽明忽暗，云则随着山的高低忽上忽下。天地间的景象真是奇妙。他拄着登山的拐杖，抬头看到云山相依相偎，低头可见山下的人家，周围则是山猴戏耍、野鹿徜徉，芳草遍地，如临九霄仙境。他就这样怡然自得地看呆了，恨不得扑进云团、扎身花野。没有了烦恼，一切都变得比以往更美好。这一刻，山水与他融为一体。

离了公堂回到家乡，每日对着荷花烂漫云锦香，张养浩玩得痛快。他还给自己的隐居别墅起了个浪漫的名字叫"云庄"，意思是说自己能够身在云端无拘无束。庄内置有一座绰然亭，风姿绰绰，周围的花与竹无半点俗气，空气中飘着水和山的清香。此等"美色"当前，用张养浩自己的话来说就是："著老夫对着无限景，怎下的又做官去？"美景在眼前，实在舍不得离开它而去做官。不过，处江湖之远，心虽不思庙堂，张养浩仍有很多挂牵。天历二年（1329年），朝廷以"关中大旱，饥民相食"为由请他担任陕西行台中丞前往赈灾。此时的张养浩身染重病，卧居云庄，多日不出，但想到灾民受苦受难，他强打起精神收拾包袱上任。途经潼关，看峰峦如聚，波涛如怒，张养浩不禁仰天悲呼："兴，百姓苦；亡，百姓苦。"千年一叹，能有比此更沉痛的吗？

这一上任，张养浩4个月未尝回家，每日在灾区居住，鼓励灾民，躬身劳作，终因劳瘁而猝死于灾棚之内。在字数不多的《元史》中亦曾记载过这样的情景："关中人闻张养浩死讯，哀之如丧父母，痛哭失声，震撼云霄。"

鹦鹉曲

白贲[①]

侬家鹦鹉洲边住[②]，是个不识字渔父。浪花中一叶扁舟，睡煞江南烟雨。觉来时满眼青山，抖擞绿蓑归去。算从前错怨天公，甚也有安排我处。

【注释】

[①]白贲：字无咎，元代文学家，南宋遗民诗人白挺的长子，也是元代最早的南籍散曲家之一。[②]鹦鹉洲：在今湖北武汉西南长江中。

【赏析】

此曲讲的是一个居住在武昌城外鹦鹉洲的渔翁，每日以打鱼为生，靠天吃饭，过着无拘无束的生活。

作者白贲是元代有名的大文人，乃白朴的仲父，字无咎。在当时，白贲的曲被广为传唱，是梨园众家最好吟唱的曲子。

关于这曲《鹦鹉曲》后世还有一个颇为有趣的故事。说是有一年，京城里最出名的酒楼请来了梨园的名角演唱，老板忙前忙后招呼着闻讯而来的客人，笑得合不拢嘴。就在这时，不知从哪里传来一阵珠落玉盘的琵琶声，奏的正是当时流行的白贲的《鹦鹉曲》。在大厅里已经摆好位置的乐师听到响动，立刻执起乐器附和。酒楼里也瞬间安静下来，人人都在屏息，准备聆听那似九天玄女发出的妙音。坐在雅座上的冯子振摸了摸唇上的小胡子，向身边的朋友低声问道："什么歌女伶人如此奇特，惹得这么多人来看？"朋友笑答："莫要小瞧了这歌女，她是梨园顶尖的歌伎御园秀。白贲的《鹦鹉曲》唱到低音时调涩幽咽，梨园众秀唯有御园秀善于驾驭。"

一曲终了，御园秀盈盈起身向观众谢礼。观者拼命地鼓掌，有人甚至向台上抛钱财献媚。这时却见御园秀脸色转为黯然，她柔声对台下众人说："这曲子恐怕是绝响了，唯有一首单曲，如是套曲该是多么美妙，可惜白贲辞世，再没有人为此曲做几套精妙的词出来。"她的话虽委婉，意思却是在说没人能在此曲上超越白贲。

最初只是在一旁听曲的冯子振本不以为然，但听她这样一说，颇感不服，仰头饮下杯中酒，喝道："来人，笔墨伺候！"冯子振拿起笔来，疾书一个时辰有余，最后叫人将一叠纸稿交到御园秀手中，然后起身拉着朋友离去。接过纸稿的御园秀一篇篇翻看，仔细查来，上面竟有42篇《鹦鹉曲》，且曲曲韵脚工整，大都不输于白贲。

迷青琐倩女离魂

郑光祖[①]

【元和令】杯中酒和泪酌，心间事对伊道，似长亭折柳赠柔条。哥哥，你休有上梢没下梢。从今虚度可怜宵，奈离愁不了！

【后庭花】我这里翠帘车先控着，他那里黄金镫懒去挑。我泪湿香罗袖，他鞭垂碧玉梢。望迢迢恨堆满西风古道,想急煎煎人多情人去了②,和青湛湛天有情天亦老。俺气氲氲唱然声不安交③,助疏剌剌动羁怀风乱扫④,滴扑簌簌界残妆粉泪抛,洒细蒙蒙邑香尘暮雨飘。

【柳叶儿】见渐零零满江干楼阁,我各剌剌坐车儿懒过溪桥,他圪蹬蹬马蹄儿倦上皇州道。我一望望伤怀抱,他一步步待回镳,早一程程水远山遥。

【注释】

① 郑光祖:字德辉,平阳(今山西)人,元代著名杂剧家、散曲家,与关汉卿、马致远、白朴齐名,被后人合称为"元曲四大家"。② 急煎煎:形容异常焦急。③ 唱然:叹息的样子。④ 疏剌剌:也写作"疎剌剌""疎辣辣""疎喇喇",象声词。

【赏析】

最早的"倩女离魂"来源于唐陈玄祐的《离魂记》。后来,元杂剧大家郑光祖辞官归隐,全身心投入戏剧创作,精心编排了这段故事,一部《迷青琐倩女离魂》的悲情戏就这样问世。

郑光祖的"倩女"是因情而差点离魂死去的富家小姐张倩。张倩与秀才王文举从小指腹为婚。王文举父母早亡,家庭落魄,适婚年龄时到张家提亲,不料张母嫌弃王家无权无势,打算悔婚。为了让王文举知难而退,张母便借口说只有他中了进士,才将张倩许配给他。张倩对情感格外忠贞,知道母亲有意为难,便在王文举赴京应试时来到柳亭与他告别,一面勉励,一面诉衷情。

这三段唱曲,便是张倩和王文举在亭中送别的情景。"元和令"一段单讲二人饮酒告别。和着泪饮一杯苦酒,张倩知道就算对王文举说尽千言万语,也不可能将他拉回身边,对方去赶考毕竟是为了自己,她所能做的只有折柳赠他,让他别把自己忘了。张倩怕王文举也做负心人,再三叮咛他不要三心二意,不然她对母亲表示坚持不改嫁就没了意义。

看着王文举的马渐行渐远,她也踏上了马车,但仍在掀帘眺望。

"后庭花""柳叶儿"两段里便满含张倩告别之后不舍的情绪。望着古道迢迢,她在西风中垂泪,风过泪干,下一缕泪水又沾巾。"峨眉能自惜,别离泪似倾",张倩克制住了临别时的泪水,却无法遏止别后的相思。所以王文举离去不久,她便思念成疾。

《迷青琐倩女离魂》此后的三折戏,即是张倩因为相思而离魂、由离魂再到回魂的经过。一开始,张倩只是终日做着王生归来的梦,听到些许动静便趴到阳台上去看。错认了人之后独自伤悲,恨自己不应该在柳亭赶王文举走。就这样在"远浦孤鹜落霞、枯藤老树昏鸦"中,听着长笛一曲,思念情郎,最后她病卧榻上,昏迷不醒。原来是魂魄不听人指挥,跟着王文举的脚步赴京赶考去了。

王文举还以为张倩真的追着自己来了,便高高兴兴地和她的魂魄在京城生活了三年,直到状元及第衣锦还乡,打算正式拜访岳母大人,于是便修书一封给张母。哪知道两人一回到家中,张母便狂奔出来说张倩是妖魅,自己的女儿则快要病死了。王文举闻言,大惊失色,拔剑就要杀了跟在自己身边三年的"人"。张倩一时凄苦,魂魄一下子竟回到了自己的卧房,看到自己的原身形销骨立,不成样子,不禁悲从中来。一时激动,魂魄瞬间又回归身体之内,整个人终于醒了过来。张倩与王文举的结局可想而知,在郑光祖的笔下得到了一个圆满的结局:二人厮守,皆大欢喜。

哨遍 羊诉冤

曾 瑞

【幺】告朔何疑,代衅钟偏称宣王意。享天地济民饥,据云山水陆无敌。尽之矣,馲蹄熊掌,鹿脯獐狍①,比我都无滋味。折莫烹炮煮煎熛蒸炙②,便盐淹将盾③,醋拌糟焙。肉糜肌鲊可为珍,莼菜鲈鱼有何奇④,于四刘时中无不相宜。

【一煞】把我蹄指甲要舒做晃窗，头上角要锯做解锥，瞅着颔下须紧要栓挺笔。待生挦我毛裔铺毡袜，待活剥我监儿踏覃皮⑤。眼见的难回避，多应早晚，不保朝夕。

【二】火里赤磨了快刀⑥，忙古歹烧下热水，若客都来抵九千鸿门会。先许下神鬼飐了前膊，再请下相知揣了后腿。围我在垓心内，便休想一刀两段，必然是万剐凌迟。

【尾】我如今刺搭着两个蔫耳朵，滴溜着一条麓硬腿。我便似蝙蝠臀内精精地，要祭赛的穷神下的呵吃。

【注释】

①獐豝（bā）：腊肉。②折莫：同"遮莫"，不论。③将厃：酱渍。④莼菜：一种水草，又名凫葵。⑤监儿：肉皮。覃皮：制好压光的皮。⑥火里赤：蒙古语，厨师。

【赏析】

"幺"段所讲是战国时期一段关于羊的典故，在《孟子》当中有所记载。秦代以前，各国流行以动物血涂钟以歌颂功德的祭祀仪式，叫作"衅钟"。齐宣王见仆人牵牛而过，仆人准备宰牛用来"衅钟"，宣王见牛害怕而大腿发抖，心中不忍，就叫人以羊代替。孟子便说，宣王见牛害怕而不忍杀它，是仁爱之心。事实上，宣王并不是真的仁慈，他觉得牛可怜，难道被杀的羊不可怜吗？

后面三段曲子是从《哨遍》当中节选出来的，内容大都是人们对羊的残忍宰割。羊被单纯地杀掉似乎满足不了人们的欲望，有人还将羊的蹄子切下来做窗帘挂饰，把角锯下来做成刀柄，生剥羊毛做地毯和袜毡，活剥羊皮制成革。羊被千刀万剐，受尽皮肉之苦，人们却乐得在一旁观赏，有的还拿刀直接切下活羊的肉下锅，剩下没皮少肉的赤裸裸、血淋淋的羊奄奄一息。

曾瑞是钟嗣成深深佩服的一位儒家高士，每听到有关曾氏的消息都格外谨慎地记录，曾瑞的言论和勉励世人之语令他铭记在心。后来，钟嗣成在《录鬼簿》中为曾瑞写下悼词："江湖儒士慕高名，市井儿童诵瑞卿。更心无宠辱惊,乐幽闲不解趋承。身如在,死若生,想音容犹见丹青。"

曾瑞一生未入仕途,性格温润却一身傲骨。他家居杭州,终日神采奕奕,往来于闹市,到处结交江湖人士,偏偏不屑于官宦,自号"褐夫"。曾瑞的诗词连市井里玩闹的孩子都能信口念出,足见其在民间的威信之大。与民同乐的曾瑞亦与民同忧,而生于民间长于民间的曾瑞是最有资格诉说人间疾苦的曲人。不过,他并没有直抒自己的不满,而是以寓言曲的方式来讥讽。《哨遍·羊诉冤》便是他的代表作品。

曾瑞完美地把曲子和寓言结合起来,写下了《哨遍·羊诉冤》的套曲,替被欺压的百姓说话。虽然在他之前借动物说人言的还有姚守中的《牛诉冤》和刘时中的《代马诉冤》,但他以"羊"喻世,可谓用心良苦。

王妙妙死哭秦少游

鲍天祐[1]

【甜水令】则见那闹闹哄哄,聒聒噪噪,道姓题名,围前围后。湿浸浸冷汗遍身流。哭哭啼啼,凄凄凉凉,不堪回首,愁和闷常在心头。

【折桂令】困腾腾高枕无忧;却和你梦里相逢,原来是神绕魂游。一灵儿杳杳冥冥,哀哀怨怨,荡荡悠悠。凄惶泪流了再流,思量心愁上添愁,空教我淹损双眸。拆散了燕侣莺俦,至老风流,佳句难酬;觑了这一曲新词,便是他两句遗留。

【注释】

[1] 鲍天祐:字吉甫,元代后期剧作家。杭州人,生卒年均不详,约元成宗元

贞中前后在世。

【赏析】

《王妙妙死哭秦少游》一剧主要是讲妓女王妙妙与秦观（字少游）的一段情缘。秦观死后，此女千里哭丧，最终为秦观殉情。女主人公妙妙在历史上确有其人，但只是个名不见经传的歌伎，在宋人的笔记小说里连她的名字都没有记载。她是秦观一生所遇众多女人之一，与秦观的真正情人楼东玉和陶心儿相比，她几乎不值一提，但她能在历史中留下一个小小身影，并为后人传诵，原因大概就在于她的痴情吧。

秦观是宋代的风流人物，乃苏门四学士之一，好诗文又多情。试想，能写出"两情若是久长时，又岂在朝朝暮暮"的男人，就算女人没有见过他，也会被他的才情所迷。他一生只有一个正妻徐文美，但秦观并不爱她，也许是父母之命、媒妁之言得来的妻子，他痛恨这段婚姻，也因此冷落了娇妻。所以秦观把词文献给了很多名妓，却从不肯对妻子稍加辞色。婚姻生活的不顺令秦观流连在外，写出了无数风流词作，亦迷倒了远近的名伶。

"金风玉露一相逢，便胜却人间无数。"身居长沙的名妓王妙妙与秦观素未谋面，却因他的词而对他倾心不已，在她的心目中，秦观是个完美的神。她所唱的曲子均是秦观所作，长沙人皆知名妓妙妙的偶像是秦观。不久，秦观被贬谪到长沙，听闻此处有这样一个仰慕他的歌伎，便隐瞒身份接近妙妙，问她为何因三两句词爱上一个陌生男人，如此岂非草率。万一秦观貌丑如猪，妙妙岂不是吃亏？妙妙却说，如果能见到秦观的真人，无论怎样，就算做他的妾侍，她亦心满意足矣。

如此情真令秦观不禁暗暗咋舌，遂表明身份，与妙妙成了无话不谈的知己，甚至赠词答谢她的情意。然而好景不长，秦观需要再次南下，不能携她同行，两人只有分别。谁知此去一别千里，妙妙再闻秦观的讯息，二人已是天人永隔。

那一晚，午夜惊梦，梦中到处是一片闹哄哄和哭声，然后是一幕骇人的景象，将妙妙吓醒。她在梦中似乎看到少游掀帘而进，来到她的榻边，只是轻抚她的脸庞，没有说话，而是泪流满面。醒来的妙妙心中一阵哀怨，愁上添愁，暗道梦中的情景是不是有不好的寓意。难道是秦观的灵魂前来找自己道别吗？犹记得秦观临走时给自己赠诗的情景，可他一直未归，难道是出事了？

这两段曲子是《王妙妙死哭秦少游》残本里的片段，主讲妙妙在秦观走后的忐忑情绪。她为了给秦观守节，闭门不待客，也不去秦楼楚馆唱歌，只为了等秦观归来带她远走他乡。可是她却做了这么不好的梦，一时间心绪不宁，便叫人出去打听秦观的下落。果然不出三日，去打听的人带来一纸自雷州寄出的书信，上面竟是秦少游死于归途的噩耗。

鲍天祐是元代的杂剧家，遗留下来的作品残本仅有《史鱼尸谏》《曹娥泣江》《投笔哭秦少游》《比干剖腹》《杨震畏金为富不仁》《宋弘不谐班超》（与汪勉之合作）。这些剧目大多是悲情作品，无论含义和情感，皆如"老蛟泣珠"，沉郁低吟，重而不闷，辛而不酸。所以他笔下的痴情人，越发显得情深义重。

拿着报丧信的妙妙顿感万事皆休，所有的希望化为灰烬，徒留自己为他喝上一杯痛煞人心的祭酒。她疯了一样回到住处，收拾细软，披上了丧衣，千里迢迢奔赴秦观去世的旅馆。当看到秦观的灵柩停放在那里，她走上前趴在棺沿上，伸手抚摸心爱之人的尸身，围着棺木缓缓移动着脚步。不知过了几时，运送棺木的人叫她起身，准备合棺，她却突然失声痛哭，低吟"去意难留"，仰天倒地，竟没了气息。王妙妙因爱秦观的才而爱其人，宁选择圆满亦不要分离，她当然值得后世赞赏，也难怪明代小说家冯梦龙称：千古女子爱才者，唯长沙歌伎王妙妙是一绝。

水仙子 若川秋夕闻砧

乔 吉

谁家练杵动秋庭①。那岸纱窗闪夜灯。异乡丝鬓明朝镜②,又多添几处星③。露华零梧叶无声。金谷园中梦④,玉门关外情,凉月三更。

【注释】

①练杵:指捣衣棒。②明:显示。③几处星:鬓发花白。④金谷园:晋代石崇建,在今河南洛阳。

【赏析】

此曲是乔吉行经若川时所作。他落脚若川时正是秋夜,本来应该是夜深人静,却隐约听到阵阵的捣衣声。古人的衣物是由丝麻等物编织而成,需要用捣衣木将织物砸软,越是经过锤炼,衣物会越发柔软贴身。乔吉顺着捣衣声音传来的方向,望见一户人家的灯还没有熄灭,透过窗子映出里面女人干活的孤独身影。他猜测也许女人的亲人去了远方,她思念得睡不着,唯有捣衣消遣,在忙碌中驱除愁苦。

想到这里,乔吉不由得感同身受,记忆如潮水般涌来。想到李白的那句"高堂明镜悲白发,朝如青丝暮成雪"。他拿起轩窗边的镜子,发现自己两鬓昏黄,零星地出现了几点白芒,这让他感觉自己又老了几岁。想到自己多年行走江湖,已然老得如此之快,那家人岂不是……不敢再这样想下去。正当此时,一叶梧桐在身边飘落,干枯的剪影被月光映在土地上,梦幻中令作者似乎做起了"金谷园中梦"。

金谷园是晋代石崇宴客聚会之地,经常在那里大摆家宴,汇集当时的文豪"二十四友"等,一起吟诗作对,好不快活。就连李白都曾希望造一个相同的金谷园以供朋友、亲人聚会。其实不但李白有这个想法，乔吉也希望能拥有一个金谷园，因为他已经太久没有见过家人和朋友了。

想到金谷园的乔吉忽然又忆起了"李白夜度玉门关"的典故。李白路过玉门关时曾写下《子夜吴歌》，是专为丈夫出关打仗的思妇所写的："长安一片月，万户捣衣声。秋风吹不尽，总是玉关情。"李白在《子夜吴歌》中也用到了捣衣的情景，与乔吉的《水仙子·若川秋夕闻砧》中提到的捣衣声相映成趣，难怪乔吉会在曲尾引出此典。

凭阑人 金陵道中

乔 吉

瘦马驮诗天一涯[①]，倦鸟呼愁村数家。扑头飞柳花，与人添鬓华[②]。

【注释】

① 此句为骑着瘦马浪迹天涯之意。② 华：花白。

【赏析】

"曲从肺腑出，出辄愁肺腑。"乔吉的这首《凭阑人·金陵道中》正是如此。作者在穷游天涯之后，路过金陵古道，再涌思乡念头，忍不住写下了这曲《凭阑人》。"古道西风瘦马"是古人词曲中常用作烘托背景气氛的媒介，乔吉的曲子也不例外。不过，"瘦马驮诗"不是指乔吉，而是唐代诗人李贺。李贺本是唐宗室郑王李亮的后裔，虽家道中落，依然饱读诗书，得了功名，怎知道遭人毁谤，不能举进士。从天堂一下子被打入地狱，令李贺大受打击，便在外流浪。他有个习惯，骑着一头毛驴，背着一个破皮囊，见到什么新鲜事物就赋诗一首，丢入囊中。他的诗集就这样不知不觉累积而成，"瘦马驮诗"的典故也就名声在外了。

元代之后的学者研究过乔吉与李贺的经历，称二人的遭遇格外相似。元人钟嗣成在《录鬼簿》中形容乔吉："平生湖海少知音，几曲宫商大用心。百年光景还争甚？空赢得，雪鬓侵，跨仙禽，路绕云深。"意思是说乔吉一生当中难遇知己，费尽心思做文章，只为得到有识之士的赏识。然而人已到老，得到的只是两鬓斑白，所能做的只有退隐江湖。钟嗣成对乔吉的评断的确是中肯的。

乔吉过着如同李贺一般的流浪生活，他在行走多年之后，最终还是受不住想家的煎熬，生出倦鸟归乡、狐死向丘的意念。他到了金陵附近，眼看离老家杭州不远，再看到几只倦鸟向附近村子飞去，便忍不住伤情起来。在这曲小小的《凭阑人》里，前半段乔吉借李贺自比身世，借倦鸟说自己的归乡情切；后半段则是完全化为对自己的怜惜，感慨自己的青春年华就这样逝去了。激起他感慨时光流逝的便是那漫天飞舞的柳花。晚春的柳树该生叶了，残存的柳絮迎风扑面，沾在两鬓，如同自己的生命已经垂暮，却还独身在外，实在太过孤独了。此时，乔吉并未至晚年，不过华发早生，而柳絮挂在两鬓上显得他更加苍老，内心倍觉凄惶。

人恋故土，特别是对漂泊厌倦之后，寄一封家书，恨不得魂魄与家书一同寄去，留下没有灵魂的躯壳。飘零十数年的乔吉也有着同样的想法。中国台湾诗人余光中将乡愁比喻成一枚小小的邮票，乔吉没有小小的邮票，但却有小小的思乡曲被他放在了自己的诗袋中，虽然寄不出去，却寄托了他的情怀。

折桂令　毗陵晚眺[①]

乔　吉

江南倦客登临[②]，多少豪雄，几许消沉。今日何堪，买田阳羡[③]，挂剑长林[④]。

霞缕烂谁家画锦[⑤]，月钩横故国丹心。窗影灯深，磷火青青⑥，山鬼喑喑⑦。

【注释】

①毗陵：古县名，在今江苏常州。②倦客：特指倦于游宦之人。③阳羡：古县名，在今江苏宜兴。④长林：茂林。⑤画锦：衣锦还乡。⑥磷火：墓地中多见，在空气中会自动燃烧的气体。⑦喑喑：啜泣的样子。

【赏析】

乔吉很善于写才子佳人、风流韵事，他是写这方面杂剧的专家，但因长年的漂泊生活所苦，在政治上又屡不得志，忍不住发出"多少豪雄，几许消沉"之语。这首散曲《折桂令·毗陵晚眺》便是其中的代表。

在这首曲中，作者首句便自诉身份是"江南倦客"。他的一生落拓江湖，纵有千秋之志，却始终得不到功名。曾经的书生意气没了，雄心壮志也没了，都化作对生活的厌倦、对官场是非的看轻。想当年，苏轼纵横官场几十年，三起三落，最后得出了一个结论："人生如梦，一樽还酹江月。"于是抛却一切，在阳羡买了块田，过起田园生活。乔吉在曲中提到"买田阳羡"，指的便是苏东坡的经历，也借此来比喻自己想要归隐的心意。与此同时，他也以"挂剑长林"来形容自己对世俗的厌倦，欲超脱其外的感慨。

徐逊是晋朝的一介小官，因看透了仕途的险恶，突然觉得生活没有乐趣，收拾包袱求仙问道去了。有人说徐逊成了仙，每每到人间神游的时候就来到艾城镇（今江西南昌附近）的冷水观，习惯把佩剑挂在观内的一棵松树上，再访问人世。作者似乎也想如徐逊一样，历尽了渺渺征途，走过漠漠平林，受尽了苦雨凄风，知道了汲汲营营不现实，到头来黄粱梦一场，于是看淡了功名利禄。乔吉在诗中用"挂剑长林"的寓意，大概是因为徐逊抛却功名、远离尘俗正是他所要追求的。

水仙子

乔吉

眼中花怎得接连枝①,眉上锁新教配钥匙②,描笔儿勾销了伤春事。闷葫芦绞断线儿,锦鸳鸯别对了个雄雌。野蜂儿难寻觅,蝎虎儿乾害死③,蚕蛹儿毕罢了相思。

【注释】

①连枝:连理枝。②眉上锁:比喻双眉紧锁的样子。③蝎虎:壁虎。相传古时用朱砂喂养壁虎,使其全身赤红,之后将其捣烂,涂于女子身上。若女子不与男人交合,便终身不灭。

【赏析】

美丽的花向来是赏心悦目的,但乔吉笔下的主人公情场失意,但见花开,丝毫不觉得花美,反而觉得花是虚幻,结不成主人公想要的连理枝。在这里,花化作了主人公情人的替身,既然花成虚幻,说明曲中人正处于失恋阶段。这个失恋人痛苦失意,愁眉不展、眉心如同上了深锁,找不到钥匙来拆解,真想拿起笔来一笔勾销了伤心往事。

曲中人的心情纠结难疏,暗暗责怪老天怎么错点鸳鸯谱,导致"从此萧郎是路人"的后果。不过怨天怨地又如何,最后都以分手收场,自己还像点了壁虎朱砂一样为男人坚守着爱情,像春蚕吐尽丝般执着地爱着,到头来才发现那人原来爱得根本不是自己。

曲中"蝎虎儿乾害死"指的是汉唐时期皇宫中流行的"守宫砂",是宫女们为帝王守贞的标志。曲中人借朱砂的典故,便是想说自己太痴傻,为了一个不值得留恋的人而坚守爱情。

满庭芳 渔父词

乔吉

一

吴头楚尾，江山入梦，海鸟忘机。闲来得觉胡伦睡①，枕著蓑衣。钓台下风云庆会，纶竿上日月交蚀。知滋味，桃花浪里，春水鳜鱼肥。

二

活鱼旋打，沽些村酒，问那人家。江山万里天然画，落日烟霞。垂袖舞风生鬓发，扣舷歌声撼渔槎。初更罢，波明浅沙，明月浸芦花。

三

秋江暮景，胭脂林障，翡翠山屏。几年罢却青云兴，直泛沧溟②。卧御榻弯的腿疼，坐羊皮惯得身轻。风初定，丝纶慢整，牵动一潭星。

四

江声撼枕，一川残月，满目摇岑。白云流水无人禁，胜似山林。钓晚霞寒波濯锦，看秋潮夜海镕金。村醪窨③，何人共饮，鸥鹭是知心。

【注释】

①胡伦：同"囫囵"，浑然一体的完整东西。②沧溟：大海，指代隐居江湖。③醪窨（láo yìn）：乡中人家自酿的酒。醪，粗劣的酒。窨，地窖。

【赏析】

　　上面四首是从乔吉众多渔父曲中撷取出来的。首曲讲作者来到古代吴楚的交界之处（今江西北部），此处距他寄居的江南苏杭之地不远。江赣北部的旷远景象，激发了乔吉的诗性，在这里他赏江鸭观鸬鹚，几乎忘却了自身。不去惦念前尘，不去思考未来。宁静的江水令乔吉全身心融入其中，抛掉所有心机，几乎进入了天人合一的境界，所以乔吉用"海鸟忘机"来形容自己此刻的精神境界。

　　在《列子·黄帝》中曾提到"海鸟忘机"的典故。一个人每天清晨到海边去逗引鸥鸟。鸥鸟知他无捉鸟的意思，便纷纷落下与他和平共处。这个人的父亲知道之后，让他去捉鸥鸟来赏玩。等到这人再次来寻鸥鸟时，鸥鸟却看出了他的动机，始终盘桓不落。心无杂念的人才容易让人真诚相处，渔父因为没有功利之心，所以能与鸬鹚交友、鸥鸟对歌，他心胸坦荡、无忧无虑，醒时戏水，困时抱着蓑衣躲在船篷内睡个昏天暗地，这是何等的舒适生活。乔吉看到了他们的悠闲自在，又如何不捶胸羡慕呢？

　　日月交辉、风云聚会，时间在不知不觉中流逝，被渔父耽误了行程的作者不认为自己是在浪费时间，反而觉得"桃花流水鳜鱼肥"才是真正的生活，过去留恋官场不过是浪费青春的噩梦。对命途坎坷、仕宦多波澜的他来说，也就只能把对一切现实的不满转化为对荡舟打鱼的喜爱了。逃避悲痛总比陷入悲痛更容易令他接受。

　　第二首曲是渔父收网后的情景。长河落日，云霞如烟，江山似一幅泼墨的画卷。傍晚的渔父本该收工，忽然嘴馋起来，便用现打的活鱼卖钱换酒，自斟自酌。在收网过程中，渔父放歌一曲，一副惬意的模样。等到劳作、歌唱兴尽过后，渔父们陆续划船归家，喧闹的江面恢复宁静，只剩下清澄的水波在初升的月下微微荡漾。两岸芦蒿被微风拂过，芦花闪动，发出簌簌的声响，人心好像被这声音安抚了一样，归于平静。

　　通常文人写渔父曲，几乎都会提到"芦花"二字。在作者的第二首曲子末尾，也提到了此物。芦花其实并不美，白花点点，夜晚更没有什么美可言，然而这里孕育了白鹭沙鸥，滋养鱼类，是渔人赖以生存的地方。贯云石就言，在满目的苍花之中，渔人"虽无刎颈交，却有忘机友"，作者用"芦花"来为曲子收尾，就是要表达对渔父生活的喜爱。

秋江暮景，夕阳醉染山林，渔翁们过着数十年如一日的生活，近可到青山，远可到沧溟，想去哪里就去哪里。第三曲所描述的无拘无束式的隐逸，即是作者欲选择的隐遁方式。他特别以"卧御榻"的严子陵自喻，表示自己一定不能再回头留恋仕途。

严子陵是东汉的高士，王莽篡政时曾邀请他做谋士。为了避开窃国者的恩惠，严子陵避居乡野。光武帝刘秀复政之后便给他写信，并亲自登门拜访求他出仕，甚至与他同榻而眠，毫不避嫌。但严子陵看透了官场互相倾轧的现实，立刻抽身归去，隐居于富春山下，常年披着羊皮夹袄于江边垂钓，不问尘缘。

卧御榻时，腿和心都是悬着的，因为伴君如伴虎，所以睡了一夜也会浑身酸痛；披着自家的衣袄坐着睡着，就算再沉重，醒来也觉一身轻。名利本为浮世重，能放下才是聪明人。想到这里，乔吉重归现实，写下了第四首曲子。他纵览四下风景，再次低头望着眼前波光如洗的湖水，心内豁然。于是他卧舟水上，听着浪打浪的声音，看晚霞染红江水，观秋潮时涨时停。仰望行云，低俯流水，不必寻他人共饮，对川水残月独酌，视鸥鹭为知音。

四首曲子，从白日写到午夜，从夏暑讲至冬寒，其实就是作者的自白书。他不停地告诉自己，一定要相忘江湖，他觉得没什么好留恋，也不必留恋，只去过着渔人的生活，远离市井，自制珍酿，笑语欢歌。可做渔父就一定快乐吗？事实上渔父也有他的苦，如能有更美好的生活，打鱼的人也未必多。就像乔吉不想慕名利而活，却根本忘不了自己的境遇，最后只能做一个尘世里自我安慰的可怜人一样。

为咏叹渔父煞费苦心的元代文人，乔吉大概是第一人。他一生给渔父写了数十余首词曲。在《乐府群玉》中就收录了20首，每一首的写作时间都不一样。他每到一处,只要见到渔父水上作业,总忍不住放歌以解情怀。渔家风情所以诱人,不在于渔人收入多少,而是乔吉觉得他们能够笑傲江湖,比遭遇了险恶仕途的自己纯洁、高贵得多。

斗鹌鹑 冬景

苏彦文

地冷天寒,阴风乱刮;岁久冬深,严霜遍撒;夜永更长,寒浸卧榻。梦不成,愁转加。杳杳冥冥,潇潇洒洒。

【紫花儿序】早是我衣服破碎,铺盖单薄,冻的我手脚酸麻。冷弯做一块,听鼓打三挝。天那,几时捱的鸡儿叫更儿尽点儿煞。晓钟打罢,已到天明,划地波查①。

【秃厮儿】这天晴不得一时半霎,寒凛冽走石飞沙。阴云黯淡闭日华,布四野,满长空、天涯。

【圣药王】脚又滑,手又麻,乱纷纷瑞雪舞梨花。情绪杂,囊箧乏②,若老天全不可怜咱,冻钦钦怎行踏?

【紫花儿序】这雪袁安难卧,蒙正回窑,买臣还家,退之不爱,浩然休夸真佳。江上渔翁罢了钓槎,便休题晚来堪画。休强呵映雪读书,且免了这扫雪烹茶。

【尾声】最怕的是檐前头倒把冰锥挂,喜端午愁逢腊八。巧手匠雪狮儿一千般成,我盼的是泥牛儿四九里打。

【注释】

① 划(chǎn)地:同"刬的",依旧,照样。波查:艰辛、磨折。② 囊箧(qiè):用以装书籍、文稿的箱子,后泛指书。

【赏析】

　　这是元代曲人苏彦文仅存于世上的一篇元曲作品,描写的是饱受官商摧残之后的穷苦人的生活境况。

　　曲子开篇交代的是穷人的生活背景:广漠的洪荒宇宙被寒冷所充斥,容身于苦岁严霜之中,夜似乎更加漫长。冷侵床榻,卧不成眠,人心苦不堪言。篇首的一句"杳杳冥冥,潇潇洒洒",是曲中人对衣不蔽体的自嘲自叹。曲中的主人公为疾苦而惆怅沮丧,眼巴巴期盼着快点天明,挨过一时算一时。然而天明日暖没有多久,飞沙走石、霜雪烈风又袭长空,漫天雪花飞舞,主人公却毫无欣赏的心情,因为他只知道苦寒和过冬的难处,而感受不到丝毫的天地之美。穷人过冬唯一个"苦"字能形容,没有风花雪月的好事,也没有踏雪寻梅的风雅。

　　所以在"紫花儿序"中,作者接连举了数个典故,提醒世人在冰天雪地中是极难遇到好事的,也无欣赏雪景的情致。第一个典故指晋代周斐的《汝南先贤传》中的"袁安卧雪"。晋时,一年冬天大雪封门,洛阳令到州里巡视灾情,见家家户户都扫雪开路出门谋食,全城只有一户人家门口没有动静,雪封路途,不可通行,正是城中名士袁安的家。洛阳令以为袁安已经冻死,叫人凿门而入,看袁安窝在被里不动,便问何故。袁安说:"雪天人人饥饿受冻,我不想出门去麻烦别人。"洛阳令被袁安度人的心意所感动,将之举为孝廉。

　　苏彦文在《斗鹌鹑》里所描写的寒士,与袁安一样贫苦,但却不可能像袁安般走运。不仅如此,寒士连像南朝宋代的吕蒙风雪天到寺庙讨食的事情都不敢做,因为他怕与吕蒙遭遇相同的尴尬,被人赶回寄居所。又比如韩愈获罪贬谪潮州遇雪感叹、孟浩然灞桥风雪寻梅、柳宗元江上看渔翁垂钓、孙康映雪苦学、宋人陶氏扫雪烹茶的雅事,这些事情更不是贫苦寒士所能奢求。一个人如果冷得要死了,也就不会想到风雅之事。他只盼冬季快点过去,端午快点到来才好,那时天朗气清,空气暖和,容易觅食,也不用受冻。

　　未尝穷人苦,不知世人贫。生活不够艰难,同情之词不过都是站在高处的观望之语。久在外漂泊的苏彦文大概曾经历过《斗鹌鹑》里所写的困窘日子，是以字字见血，声声控诉。而他也成了元代仅有的几个关心农村生活的曲人之一。

朝天子 同文予方邓永年泛洞庭湖宿凤凰台下

刘时中

有钱，有权，把断风流选①。朝来街子几人传②，书记还平善③。兔走如梭，鸟飞如箭，早秋霜两鬓边。暮年，可怜，乞食在歌姬院。

【注释】

①把断风流选：垄断青楼名妓的刷选，即谓霸占所有有名的妓女。②街子：巡街的士卒。③书记：这里指纨绔子弟。平善：平安。

【赏析】

单看上面这曲《朝天子》，辛辣讽刺，内容揭露社会的黑暗，想必作者刘时中该是个愤世嫉俗的汉子，然而事实上他本人温文尔雅、性格谦逊，此文章的风格与本人的性格相差很大。

此曲作成于湖上，是刘时中与友人野外郊游时所作。大凡文人郊游时所写的文章，多以咏物为主，以喻心情。而他这篇文章偏偏充满了愤怒和驳斥，实在有趣得很。

据史载，刘时中与文子方、邓永年等几个友人同游洞庭湖、凤凰台等地时，曾写下大量以《朝天子》为曲牌的小令，江南风情、小桥流水、人情冷暖、物是人非，这些在他的小令中如冰凉溪水沁入人心，言语清新脱俗却不离现实。然而唯独此曲大骂纨绔子弟，令儒雅的刘时中有口不择言之嫌。

曲子写的是个家中有权有势的得意少年，总到花街柳巷狎妓风流，把各地青楼名妓的牌子全部采摘个遍。每天晚上，妓馆门前都有少年保镖在那里巡视，记录此少年的留宿地，报给该少年的家人，让家人确定他是否平安无事。

相传当年杜牧在淮南节度使牛僧孺的幕府当掌书记时，每天晚上都到娼妓那里留宿，牛僧孺便派了几个巡夜的跟着他，在妓馆外面防止他遭政敌暗算。这少年有杜牧当时的几分风流，却没有杜牧的才气，加之家里的放纵，导致他变得不学无术，蹉跎了最好的时光，结果变成败家子，到家中一贫如洗时什么都不会做，只能回到当年自己逛的妓院门前讨饭。有人说，人不风流枉少年，然而风流少年却枉然。刘时中大概是在泛舟时听了某位朋友吹嘘经历的风流韵事，一时间看不过去，便写了此曲，暗讽一些纨绔子弟。

作者痛斥金玉其外、败絮其中的人，同时也在表达自己对朝廷不懂用人的不满。知识分子的义愤填膺全在字里行间。全曲言语直白却惨淡，有"酒肉臭"的辛辣，却不失和煦，这使此曲在众多讽刺时政的曲子中显出鲜见的"清丽"。

端正好 上高临司

刘时中

【叨叨令】有钱的贩米谷、置田庄、添生放，无钱的少过活、分骨肉、无承望；有钱的纳庞妾、买人口、偏兴旺，无钱的受饥馁、填沟壑、遭灾障。小民好苦也么哥，小民好苦也么歌，便秋收鬻妻卖子家私丧[1]。

【滚绣球】且说一季中事例钱，开作时各自与，库子每随高低预先除去，军百户十锭无虚。攒司五五拿，官人六六除，四牌头每一名是两封足数，更有合干人把门军弓手殊途。那里取官民两便通行法，赤紧地贿赂单宜左道术，于汝安乎？

【注释】

① 鬻：卖。

【赏析】

这里选的两段曲子是刘时中套曲《端正好·上高监司》里的段子。该套曲子的开篇写的是元代发生了一场罕见的大饥荒："众生灵遭磨障，正值着时岁饥荒。"这一年粮食罕有，物价日益上涨，奸商富户自认奇货可居，高价兜售粮草以获取暴利，许多贫苦者饿死路中，乞丐成群结队、四处乞讨。

"叨叨令"一曲中这样写道：有钱人仍旧屯田置地、喝酒嫖妓、买卖人口，没钱的人注定要骨肉分离、忍饥挨饿、家破人亡。这是对当时真实情景的描写。根据《元史》的记载，元顺帝至正十四年（刘时中生活的年代）的确有旱情发生，流民四起。刘时中应该是经历了这段日子，见到途有饿殍才忍不住绘下这幅灾民图。当时官府曾下达过赈灾令，但并没有显著成效。

《端正好·上高监司》中塑造了一个"救世主"式的人物——高监司。刘时中笔下的高监司开仓赈济，日夜奔走抚恤灾民，惩治奸商和鱼肉百姓的官吏，毫无偏私。他"爱民爱国无偏党，发政施仁有激昂。恤老怜贫，视民如子，起死回生，扶弱摧强……天生社稷真卿相，才称朝廷作栋梁。这相公主见宏深，秉心仁恕，治政公平，莅事慈祥。可与萧曹比亚，伊傅齐肩，周召班行"。刘时中甚至将高监司的仁慈和政绩看作古人所谓的"仁政"。

高监司在现实当中是存在的，而《端正好》一曲正是刘时中写给高监司的万言书。刘时中盛赞高监司的德行，其中不乏奉承的意思。整个曲子里揭露了当时的社会现象：时值灾情严重时期，官商却囤积大量纸钞以供挥霍，搅乱市场正常经济秩序，祸患乡民。政府表面上道貌岸然，出资出力，实则他们下发的纸币一文不值，根本用不上。刘时中力捧高监司，实则企盼他能到朝廷进言，整顿地方吏治。

第二段"滚绣球"描写的是官吏横征暴敛和贪污受贿的嘴脸。由于元政府对币制管理非常混乱，官吏和商人伙同起来玩转钞法，钻朝廷的空子,私下印制纸钞,一旦有收益便可坐地分赃。按照衙门里的老规矩,大官分大头,小官得小钱。库府官员、军百户、攒司、官人、四牌头人人有份,连门军、弓手这些看管人员都能拿到好处。官宦中所谓的"有钱人"还和商贾串通一气印制假钞,四处骗钱;一些官员甚至借朝廷的名义回收破损钞票,声明全部烧毁,实则再用到市场进入流通。官人、商人没有成本地拿着"钱"到处挥霍,受苦的不过是毫不知情的普通百姓。这种无形的凶险,比官、商直接奴役打骂穷人还要可怕。鉴于这种现象,刘时中希望高监司能将情况禀报朝廷,解决社会上种种问题,以免民众生变,引发动乱。

　　刘时中并不是个愤世嫉俗的知识分子典型,但他的儒雅与悲天悯人,决定了其作品的时代基调。他一唱一吟,都是当时的贫苦者在死亡线上挣扎的血泪,因而他的曲子有着元代的"史诗"的称誉。一曲《端正好》,充满了刘时中的愤恨和伤悲,他满怀希望,可是他也应该清楚地意识到最后得到的必定是失望。一个高监司又能如何,就算他肯帮刘时中递上谏言,可是腐败已经渗透到了元朝廷内部,有道是上行下效,地方政府胡作非为其实不过是整个朝廷内部变化的缩影罢了。

蟾宫曲　怀古

阿鲁威①

　　问人间谁是英雄,有酾酒临江②,横槊曹公③。紫盖黄旗,多应借得,赤壁东风④。更惊起南阳卧龙⑤,便成名八阵图中。鼎足三分,一分西蜀,一分江东。

【注释】

①阿鲁威:蒙古族人,字叔重,号东泉。②酾酒:饮酒。③槊:长矛。④赤壁东风:指东吴周瑜在赤壁大败曹操之事。⑤南阳卧龙:诸葛亮曾隐

居于南阳卧龙岗，人称"卧龙先生"。

【赏析】

不写青青柳河畔的儿女情长，是阿鲁威一生曲作的特色。

这首曲子是怀古之作。但凡了解三国英雄人物，应该猜得到曲中前三句话所说的是曹操、孙权和诸葛亮三人。世间谁是英雄？作者首先让自己站在了赤壁之顶，睥睨天下，放眼千秋。苏轼当年的《赤壁》一词推崇的是意气风发的周公瑾，然而，语调在急转直上后却于词尾萧条下来，道自己太多情，人生才会百般复杂。

这首《蟾宫曲》不同于苏轼对人生无常的感叹，而是品评历史名人。曹操在历史上的正面评价要远远少于负面评价。窃国者、好战者，这样的名头追随曹操至死，后世很多文人也如此称呼他。然而其雄踞北方，横槊赋诗，"对酒当歌"，才情斐然，难道不是风流人物吗？阿鲁威将曹操摆在了自己所写之曲的首位，可以看出他非常钦佩曹氏的才能。除了曹操以外，三国还有许多英雄于赤壁之地留下了华丽的倩影，比如孙权。孙权于赤壁一战成名，占据江东之地，自然也有王者风范。而卧龙先生诸葛亮更是身负奇才，以八阵图困曹军，神乎其神；辅佐刘氏，将蜀国治理得井井有条，鞠躬尽瘁死而后已。魏、蜀、吴三分天下，三人居功至伟，各不逊色。

作者在曲中的称赞至此戛然而止，并无任何兴叹之语。其实，他是不想发出任何叹息，因他正面临人生最美好的时光，是该有所作为的时刻，所以他仅仅描述三国英雄的胸怀和业绩，无论历史给予他们何种褒贬评价，他们能在三国时代赫然横空出世，必有其过人之处。作者其实只想效仿其一，一展自己的才华。

阿鲁威身在官场，前半生可谓意气风发。他才学过人，仕途顺利，言辞间免不了豪兴胜人。他喜欢战国浪漫诗人宋玉的诗，觉得宋玉的诗歌沉郁博大，内容厚而不冗，因而自愿追随这种风格。因为是北方人，是以他的词曲里亦存在豪迈的风格。一半沉郁一半豪放，使阿鲁威的曲子"如鹤唳高空"，既动听，又能将人带入凌云之端，感受爽朗的气质。

醉太平 寒食

王元鼎

声声啼乳鸦,生叫破韶华①。夜深微雨润堤沙,香风万家。画楼洗净鸳鸯瓦②,彩绳半湿秋千架。觉来红日上窗纱,听街头卖杏花。

【注释】

① 生:偏偏。韶华:美好时光,这里指春光。② 鸳鸯瓦:成对的瓦。

【赏析】

王元鼎的这曲《醉太平》延续了他惯有的风格——温柔缱绻。农历三月初,也正是清明前的那段日子,人们称其为寒食节。刚刚出生的小鸦最爱挑这个时间放声鸣叫,宣告春天即将离开,夏日便要到来。经过一夜春雨润万物之后,花香深入小巷人家,唤醒了人们萌动的心灵。民间都认为"春雨贵如油",其实不无道理,冰封大地之后,渴求水分的万物一得到点滴滋润,当然争先出土,一尝春天的滋味。在这种氛围下,不雅致的事物亦变得雅了起来。王元鼎甚至注意到了被雨水洗刷得晶莹剔透的楼上鸳鸯瓦,还有院中随风微微荡动的秋千。就在此时,被洗净的天际升起一轮红日,街头传来了叫卖杏花的声音。

"小楼一夜听春雨,深巷明朝卖杏花。"这是陆游的名句,被王元鼎化用成了《醉太平》的最后一句:"听街头卖杏花。"这一化用,令全曲瞬间发生了微妙的变化。有时候,后人在前人的诗词中常能觅得"芳草",放入自己的文章当中,成了文章的点睛之笔。

单从这一曲《醉太平》,便完全可见王元鼎曲风的迤逦柔美。王元鼎的写景曲子有名,闺情词更是出色,但若是与阿鲁威比起来,王元鼎的柔情似水的确欠缺了男子汉大丈夫应有的旷达胸怀。

寒鸿秋

薛昂夫

功名万里忙如燕，斯文一脉微如线①，光阴寸隙流如电，风霜两鬓白如练。尽道便休官，林下何曾见？至今寂寞彭泽令②。

【注释】

① 斯文：品格清高，文雅脱俗。② 彭泽令：指彭泽县令陶渊明。

【赏析】

这首曲子的大意是说：那些追求功名的人，每天就像燕子衔泥筑巢般忙个不停，所谓的士人清高早就丝脉悬卵，不值一提，前人常说的"斯文扫地"恐怕就是如此。日月如梭，飞如电光，两鬓已经如白练的文人们个个都想要辞官归隐，可是到山野里去寻找，却很难见到他们的行迹，这些人大概是都是故作清高，以隐居来吸引别人请他出去做官。也难怪曾经在彭泽做县令的陶渊明感到孤单，只因同路中人太少，借鸡生蛋者颇多。

据史载，薛昂夫是回鹘（今维吾尔族）人，生卒年月不详，祖辈曾做过官，他自己也做过一些官职，在晚年时辞官隐居，过着写书法、作曲子的田园生活。他不是被仕宦抛弃的人，而是厌倦官场后才选择归隐。所谓人在"江湖"，对于那些苟求名利的士人，薛昂夫见得多了，深感不屑，便在曲子中化用了唐代灵澈和尚的诗句"相逢尽道休官去，林下何曾见一人"，讽刺为了名利放弃尊严的假道学。

官场是什么呢？在薛昂夫的眼中不过是功名利禄和阴险危机堆砌起来的脆弱殿堂，虚伪至极，一击即破。

薛昂夫的这曲《塞鸿秋》传唱千古，不在于他将自己表现得如何"出淤泥而不染"，而在于他痛斥一些人的虚伪作为，道破了某些

"隐逸玄机",撕破了假隐士的面皮。该曲子铿锵有力,充满了辛辣讽刺的意味,是元曲中难得一见的清醒之作。

殿前欢

薛昂夫

捻冰髭①,绕孤山枉了费寻思,自逋仙去后无高士②。冷落幽姿,道梅花不要诗。

休说推敲字,杀效颦难似③。知他是西施笑我,我笑西施?

【注释】

①冰髭(zī):银白色的胡须。②逋仙:指林逋。高士:品行高尚的君子。③杀:竭力仿效。效颦:指东施效颦的典故。

【赏析】

此曲是薛昂夫于冬季所写,内容是一面观雪,一面寻觅隐居的高士。曲子虽然写的是冬景,但冬日在作者的笔下并不凄然,而是利落清爽的。拂去了衣服上的浮雪,看雪花在手背上结成了凝露,薛昂夫抚了抚挂上白霜的胡须淡笑。入山闲游间,眼前偶然出现了一片傲雪梅林,让他想起许多文人皆喜好咏梅的习惯,不知道是否能在这梅林间也能见到踏雪寻梅的高士?

弃官隐退的薛昂夫去追求真正的居士生活。既然要出尘,便出尘个彻底,闲来无事看四时风景,四处去探访同道中人。寻寻觅觅,始终不见高士的踪影,薛昂夫颇感失望,又不得不释然。自从宋代最喜梅花的"梅仙"林逋成仙去后,世上便罕见真正的爱梅者。

心思百转,薛昂夫在恍惚间忘了时光的流逝,也忘记了身边散发着幽香的梅花,等他回过神来天色已晚。他自嘲地笑了,暗道还是不要写咏梅诗,如果写得不好,言语间出了纰漏,就像东施效颦一样,会笑煞"西施"(旁人)的。思及此处,薛昂夫哑然一笑,转身离去。无论是曲中的薛昂夫还是曲外的薛昂夫,都是闲适而洒脱的。

从宦海浮沉到世外仙居,薛昂夫的心境在一点点地转变;从辣笔嘲讽到信笔游记,薛昂夫的文风也在发生悄然的改变。然而,悠然的生活不会磨平他的棱角,对于薛昂夫的文字,后人的评价始终如一:字如迸珠,干净利落;文风龙驹奋迅,如并驱八骏;想象一日千里、超越时空的界限;情感上讽世有余亦流露出悯世的沉重。

《殿前欢》一曲看似清兀雅适,然其中依然有着薛昂夫沉重的情感,一句"知他是西施笑我,我笑西施"流露的无奈,又有多少人能体会。汲汲营营的一生,是可笑的,苦觅终南的一生,是可悲的。作者参透了这一点,所以才写下了一曲曲警世之言,奉劝众生,不要再被表面上的浮华所欺骗。

柳营曲 叹世

马谦斋

手自搓,剑频磨,古来丈夫天下多。青镜摩挲[1],白首蹉跎,失志困衡窝[2]。有声名谁识廉颇?广才学不用萧何[3]。忙忙的逃海滨,急急的隐山阿[4]。今日个,平地起风波。

【注释】

[1] 摩挲:抚摸。[2] 衡窝:指代隐居者所住的简陋小屋。[3] 萧何:汉高祖刘邦的开国功臣。[4] 山阿:大山谷。

【赏析】

马谦斋,生卒年不详,约元仁宗延祐年间在世。他与当时著名的曲人张可久几乎生活在同一个时代。

空有抱负却出入无门,马谦斋在曲中流露出的抱怨在元代的各种文学作品中都比较多见，然而这首《柳营曲》却是其中最闪亮的一篇，因为此曲有辛弃疾的那种大开大阖、痛快淋漓、生动直率的风格。辛词在宋代独树一帜，乃豪放词中佼佼者。马谦斋在《柳营曲·叹世》里用了"手自搓，剑频磨"，不禁让人想到辛弃疾的"醉里挑灯看剑，梦回吹角连营"。辛词的悲伤原因在于未能完成守护宋室的大业，就已两鬓斑白，而马谦斋此曲充满的是无法施展抱负、被埋没于乡野的不甘。此外，马谦斋在自己的文中用了辛弃疾的《永遇乐·京口北固亭怀古》中有"廉颇老矣，尚能饭否"的语典。如此一来，越发显出马曲与辛词风格和意义上的相似。

作者搓着两手，把剑磨了再磨，心中思潮澎湃，追忆古往今来的大丈夫、大豪杰。对镜挑起白发，才想起岁月流逝，而自己却身居陋室不能一展长才。就算自己成为廉颇那样的一代名将，仍会遭受别人的非议，老矣无用；就算自己像萧何那样是通世才子，换到这个乱世亦恐怕也只有空嗟叹而已。

马谦斋的曲子中，虽然充满了对田园生活的热爱，事实上却在抨击元朝廷不重人才。在看似轻松活跃的"太平词话"中，有着马谦斋浓浓的悲伤和失望。

柳营曲 怀古

马谦斋

曾窨约[①]，细评薄[②]，将业兵功非小可。生死存活，成败消磨，战策属谁多？破西川平定干戈，下南交威镇山河[③]。守玉关班定远[④]，标铜柱马伏波。那两个，今日待如何？

【注释】

①窨约：思忖，揣度。②评薄：评品。③南交：交趾。④班定远：即班超，

封定远侯，因称。

【赏析】

这是马谦斋四首《柳营曲》中的第二首，透露出了作者强烈的不满。此曲里写了两个人物，一个是班超，一个是马援。"曾窨约"的意思是指作者曾经暗自揣摩，与下一句"细评薄"意思相同。马谦斋仔细品评了历史上那些有过丰功伟绩的将臣，看他们的行军打仗和成败经历之后，最终选定了班、马二人作为怀古对象。这两人皆是东汉名将，其功业非同小可，在危机四伏、生死存亡的戎马生涯中战策频发，在历代将才中脱颖而出。

作者提到定远侯的功绩。班超出征西域三十几年，平定北方的干戈，而马援南征定边，使少数民族不敢越汉土雷池半步。二人为汉江山领土的划定做出了不可估量的贡献，然而今日二人踪影何在？在全曲的最后，作者发出了悲凉的疑问。古代的贤士子舆曾说过，生命的获得，是因为适时，生命的丧失，是因为顺应；安于适时而处之顺应，悲哀和欢乐都不会侵入心房。如果马谦斋能像子舆所说的那样，把生活中的不满都放下，适时而顺应地活着，那么他就不会那么痛苦。可是世上本没有"如果"，马谦斋根本不可能超越时代而存在，那些与他有着同样遭遇的士人也无法摆脱世态炎凉的现实。那么，他们所能做的，也就只有退居偏远之处，以免误落尘网。

马谦斋的怀古之曲，对以往的英雄持心驰神迷的态度，但他又不得不回到现实，像辛弃疾的"尚能饭否"一样，痛心地呼号。马谦斋是个书生，他的志愿不是沙场，而是仕途，但他也有满腔的热血和抱负，有马革裹尸的胸襟和魄力。可惜，理想与现实的千丈落差却让他悲愤难当。

马谦斋的曲子，豪放中带着些许忧伤，其中有无法回避的控诉和无法拔除的悲伤，细细读来总能让人回味无穷。他有辛弃疾的影子，却没有辛弃疾的奔放，在慷慨激昂中收敛着内心的苦楚，这才是马谦斋和他的曲子共同拥有的特点。

人月圆

张可久[1]

萋萋芳草春云乱[2]，愁在夕阳中。短亭别酒[3]，平湖画舫[4]，垂柳骄骢[5]。

一声啼鸟，一番夜雨，一阵东风。桃花吹尽，佳人何在，门掩残红。

【注释】

[1]张可久：元朝重要散曲家、剧作家，名伯远，字可久，号小山，与乔吉并称"双壁"，与张养浩合为"二张"。[2]萋萋：草长得茂盛的样子。[3]短亭：指送行饯别之处。[4]画舫：装饰华贵的游船。[5]骄骢：指骏马。

【赏析】

"柳"是古人送别必不可少的事物。原因是古人把"柳"视作"留"的谐音，表示挽留之意。当彼此分别时，折一枝柳条赠给赴远方的人，意即不想和他分别、恋恋不舍。相传古代长安灞桥的两岸，十里长堤十步一柳，由长安东去的人多在此处告别家人或朋友，都喜欢随手折柳相送。从那时开始，"柳"与文人的诗词一直有着不解之缘。

古人多喜好借柳抒情，但柳只是这曲《人月圆》的意象之一，并不能完全说明张可久的离愁。芳草萋萋、夕阳乱云、短亭画舫、马蹄东风、桃花虚门，除了垂柳以外，曲中的各种景致都蕴含着别情，丝丝入扣，寸寸沁心。

张可久开篇所用的"萋萋芳草"，是从秦观那里借来的灵感。秦观在他的《八六子》一曲中写道："恨如芳草，萋萋刬尽还生。"恨是一种绵长的痛，像芳草一样蔓延在心田，纵使野火焚烧亦春风再生。然而张可久从萋萋芳草那里得来的不是焚心的恨意，而是别绪，他的离愁情绪在夕阳中不断蔓延，使他的脑中闪现了无数离别场景：

短亭践行时举杯相送；平湖画舫中分袂诀别；垂柳下，载伊而去的青马，这些情景历历在目，如何能不使他怆然而涕下？"一声鸟啼，一番夜雨，一阵东风"，便把作者的离愁别绪推向了高潮。然而桃花吹尽，佳人何在？门掩残红，花落人去，今日再回到曾经去过的地方，他看到的已经不是曾经熟悉的人了。

《人月圆》一曲最后一句隐含的其实是唐人崔护的典故。崔护因失去了心爱之人的踪影而凄绝，写下了"人面不知何处去，桃花依旧笑春风"的伤情句子。张可久借用此典，想必也是因为和"佳人"分别许久，回过头来发现佳人已经不在。张可久的"佳人"究竟是男还是女，是爱人还是好友，已经无从查知，但他的思念不比崔护轻浅，甚至有过之而无不及。

在短短的一曲中，景与情的交融没有半分罅隙，典故与内容没有半点脱节，不着一字，尽得神韵。高栻曾赞他"才华压尽香奁句，字字清殊"。可见张可久每言一句，皆可让人回味无穷。在这首曲中，他笔下的"柳"不着痕迹地成为他诉别情的工具，心甘情愿地化作张可久相思的寄托。

齐天乐过红衫儿 道情

张可久

人生底事辛苦[①]，枉被儒冠误[②]。读书，图，驷马高车[③]，但沾著者也之乎。区区[④]，牢落江湖[⑤]，奔走在仕途。半纸虚名[⑥]，十载功夫。人传《梁甫吟》[⑦]，自献《长门赋》[⑧]，谁三顾茅庐？白鹭洲边住，黄鹤矶头去[⑨]。唤奚奴[⑩]，鲙鲈鱼，何必谋诸妇？酒葫芦，醉模糊，也有安排我处。

【注释】

① 底事：何事。② 儒冠：指古代读书人戴的帽子。③ 驷马高车：古代达官

显贵的车乘。驷，一车四马。④区区：同"驱驱"，形容奔忙的样子。⑤牢落：无所依托。⑥半纸虚名：形容功名虚幻。⑦《梁甫吟》：乐府楚调曲名。⑧《长门赋》：司马相如曾为陈皇后作《长门赋》，以献汉武帝。⑨黄鹤矶：地处武昌市蛇山。⑩奚奴：仆童。奚，古代奴隶的一类。

【赏析】

张可久的这曲《道情》是对功名彻底失望之后而作的，几乎可以说是古往今来大部分文人的真实心声。人生一世为谁辛苦为谁忙，埋头苦读，图高车驷马、名声利禄，为半纸虚名忙忙活活几十年，到头来朱门未得。于是张可久在曲中暗怪：为什么自己不能像写下《梁甫吟》的诸葛亮和写下《长门赋》的司马相如一样遇到明主？纵有一身才气又如何呢？看来只能逃脱现实，找个白鹭洲、黄鹤矶那样的好地方，纵情诗酒。

元文学处处存在"道情"，使许多文学作品虽然读来舒适，却内涵不足，在这首曲作中也有体现。明珠暗投，张可久为此悲愤不已，一肚子牢骚，却挣脱不了现状，他只好自我安慰，决定去隐居。因而这首曲子里充满了消极厌世的想法，也暗含道家遁世的虚无思想。然而作者是因不能在尘俗里找到出路才去追求道家的世外生活，所以他的"道情"实在充满了太多"机心"，并不是单纯的访仙。与同时代的元代人邓玉宾相比，张可久的曲子里就是因为缺少一种"戒贪戒奢"，所以才不免有牢骚之嫌。

锦橙梅 遇美

张可久

红馥馥的脸衬霞①，黑髭髭的鬓堆鸦②。料应他，必是中人③。打扮的堪描画，颤巍巍的插着翠花④，宽绰绰的穿着纱。兀的不风韵煞人也嗏⑤。是谁家⑥，我不住了偷偷睛儿抹⑦。

【注释】

①红馥馥：红艳艳。②黑髭髭：黑而密。鬓堆鸦：这里形容鬓发像乌鸦的羽毛一样黑。③中人：此中之人，这里指歌伎。④颤巍巍：形容头上饰物震颤抖动的样子。⑤兀的：这样的。喽：语气助词，无实义。⑥谁家：哪一个。⑦偷偷睛儿抹：偷偷看一眼。抹，看一下。

【赏析】

这首曲子中的女子，虽然没有曹植的"洛神"那样令人惊叹，但楚楚动人的模样依然让张可久甘愿丢了魂魄。此美人面如桃花，鬓如漆鸦，容光焕发的模样，令人想起《诗经·卫风·硕人》里那段形容女子的话："手如柔荑，肤如凝脂，领如蝤蛴，齿如瓠犀，螓首蛾眉，巧笑倩兮，美目盼兮。"

通常来说，女子的手、脖颈、齿鼻、眉目、笑容、肌肤都是容易被人注意的地方，哪一处有缺憾，都会破坏整体的美感。张可久所遇到的美女，对镜描妆，美艳动人，身着轻纱、头戴珠花，一举一动都媚态十足。在美女面前，张可久暴露了男儿痴状，这让他感到很不好意思，暗怪"是谁家，我不住了偷偷睛儿抹"。自己为什么不停地偷看人家，弄得自己好像登徒子一般。

醉太平 无题

张可久

人皆嫌命窘，谁不见钱亲？水晶环入面糊盆①，才沾粘便滚。文章糊了盛钱囤②，门庭改做迷魂阵③。清廉贬入睡馄饨，胡芦提倒稳④！

【注释】

①面糊盆：喻指污浊的官场。②囤：这里指盛钱用具。③迷魂阵：妓院，

泛指坑害人的场所。④胡芦提：形容糊里糊涂。

【赏析】

　　写此类讽喻曲的元人，尤以张可久居多。张可久的性格直来直去，其讽世曲自然充满了"战斗"的意味。

　　从曲子的用词可以看出，张可久保持了他一贯的风格——在扭曲的时代写着愤世之曲。在他的眼中，整个元王朝的存在就是一个悲剧。人人皆嫌贫爱富，对钱看得比命更重要；世人尽数变得心思污浊，见钱眼开。那些有德行的人，写出的好文章拿去糊钱袋的缝隙，以防铜板掉出去；而那些明明应该是出入人才的官府却变作了迷魂阵，多少清高者进去了就成了俗人。

　　芸芸众生，人们想要从下九流变上九流难于登天，然而从上九流沦为下九流却非常容易。有些人因为不知上进，自认生活过得不错，而其思想和行为比下九流的人龌龊不知几百倍。例如那些威风凛凛的武将，比孙子、吴起还要盛气凌人，但真正懂得兵法的并不多；那些头戴高帽、一派潇洒的文臣，真正懂得治理国家的又有几人？寇盗横行不能阻击；百姓困苦不能救助；贪官污吏不能彻查；法纪败坏不能整顿，让这些人做国家的"栋梁"，国家如何能不亡？

　　因为受不了官场污浊便去做了庶民，而经不住挑逗的，便渐渐沦陷，遗臭万年。张可久认为，这两种道路都不可选，还不如一开始就不进官场的大染缸，过着三杯两盏淡酒、糊里糊涂的生活。

天净沙　探海

徐再思[①]

　　昨朝深雪前村。今宵淡月黄昏。春到南枝几分？水香冰晕。唤回逋老诗魂。

【注释】

① 徐再思：元代散曲作家，字德可，浙江嘉兴人。

【赏析】

这首《天净沙》与前面所录的贯云石的《清江引》同写冬末春初时节月下赏梅，但情致却不同。徐是闻香气而去寻梅，而贯则是为寻梅而闻香。

"春到南枝几分？"此时梅花开得并不多，必须去仔细探寻。作者已经寻了几天，先到前村，后到村外，终于见到了梅花。他看到的梅有着水一般的清新和冰一样的骨感。在黄昏之中，幽梅的姿态、香气、内涵均美到极致，甚至足以唤回梅仙林逋的魂魄。

后人常以"梅花香自苦寒来"来形容梅花的骄傲，只在寒冬腊月现身。而且很多诗人、词人自比梅子，想要从梅的身上沾得几分高洁的气息。梅花冰肌玉骨，傲绝于霜，独步早春，暗香浮动。唐李白、杜甫、柳宗元、白居易均爱梅的风骨，宋代的隐逸诗人林逋更视梅为妻子，为梅写了诸多小诗。

元人诸多陷于离难，能有情致赏梅的人不多，可一旦见到了梅花，依然肯为其奉上自己的心意和情感，其中以"酸甜乐府"二人为最。"酸甜乐府"即贯云石和徐再思，二人皆是心思敏感、懂得苦中作乐的人。他们乐山逸水，爱写男女相恋，酸甜莫辨。这二人都爱梅不已，不过一个是无意间与梅相恋，一个却是有意追随梅的影子。

蟾宫曲 春情

徐再思

平生不会相思，才会相思，便害相思。身似浮云，心如飞絮，气若游丝。空一缕余香在此，盼千金游子何之①。征候来时②，正是何时？灯半昏时，月半明时。

【注释】

① 千金：珍贵。② 征候：症状。

【赏析】

　　许多散曲作家写男女相思，通常凭借外物来隐晦言明，徐再思的这首《蟾宫曲》句句都是"相思"二字，却丝毫不令人觉得啰唆。

　　题名既然是"春情"，自然与相思、思春有关。看曲子表达的口吻，主人公应当是少女，因为徐再思在第一句就说了"平生不会相思，才会相思"，显然这是初恋情怀。少女正值豆蔻年华、情窦初开之际，刚与爱人分别，便害起相思病。思来想去，浑身无力，好像生了重病，眩晕得如置身云端，心如飞絮，气若游丝。仔细嗅那空气中的味道，似乎还有俏郎君身上的气息残留，可是他的身影却已不见，好想他快一点回来。可是他到远方云游去了，何时才能回来呢？盼着盼着，月儿半落，灯儿忽明，依旧不见俏郎君的身影，相思更加刻骨铭心。

　　元曲当中，最会写少女怀春、日日相思的当属徐再思。他的名字是"徐再思"，即"再三思量"的意思，其曲的内容也大多有"再三思量"的意蕴。徐再思的恋情曲缠缠绵绵，用词和情感都能营造出回环往复的效果，这点并不是那些好以男性身份揣测女性心思的词曲作者能轻易做到的。

清江引 相思

徐再思

　　相思有如少债的，每日相催逼。常挑着一担愁，准不了三分利①，这本钱见他时才算得。

【注释】

① 准不了：低不了。

【赏析】

此曲与前一曲《春情》一样,也是徐再思的相思名作。他把思念比作欠债,而且这债还不起,放情债的每天都来催逼。终日背负这沉重的愁苦,不知道什么时候能偿还完,也不知道该偿还多少,恐怕只有见了思念中的人时,才知道如何计算本钱与利息。

这曲《清江引》,简简单单几十字,不用典,不取巧,只用本色语言,以债务来比喻相思,显得别致有趣。关汉卿也曾把思念比作高息贷款,却没有徐再思说得形象逼真。

清代的褚人获在《坚瓠集·丁集》里留有徐再思的一段轶闻,说他曾在外漂泊十余年不归家,很可能在太湖一带游荡。徐再思是元代后期出了名的才子,虽然没当过大官,但是很多文人雅士都听过他的名字。如此出色的人,在外漂泊肯定与其际遇有关。长期的游荡生活,令他的心脆弱而柔软,易触景生情,因此他的文笔总是那样柔情如水,易于渗入人的内心。

阳春曲

李德载

茶烟一缕轻轻飏,搅动兰膏四座香[①],烹煎妙手赛维扬[②]。非是谎,下马试来尝。

蒙山顶上春光早,扬子江心水味高,陶家学士更风骚。应笑倒,销金帐饮羊羔。

金芽嫩采枝头露,雪乳香浮塞上酥,我家奇品世间无。君听取,声价彻皇都[③]。

【注释】

① 兰膏:泽兰炼成的油,这里指茶的水色。② 维扬:即扬州。③ 声价:名声和社会地位。

【赏析】

　　咏茶的诗文在历代当中均产生过许多，尤以宋、金两代为甚。到了元代，饮茶成为一种较常见的休闲活动，李德载写过10首有关茶的小令。这10首咏茶曲，在言语的修饰上没有华丽辞藻，反而充满返璞归真的天然之美，比宋、金两代颇显雕琢的茶词更加耐读有味。

　　这3首曲子，均是李德载在茶肆里跟人聊天时所写。从曲子可以看出，作者当时的心情散漫而舒服，品茶成了他生活中必不可少的一部分。

　　第一首所讲的是李德载"烹茶"的过程。一缕茶烟升腾，搅动了人的视线，茶烟的后面是空蒙缥缈的山色，令人目眩。李德载烹茶所用的兰脂香膏燃烧时所产生的香气，通常会引人进入平和宁静的状态。人们经常说烹茶可以养生，也有这个原因。李德载自认烹茶很有一手，比之扬州煎茶第一人陆羽并不差，如有过路的人不信，可以下马亲自来品尝他的手艺。

　　"烹煎妙手赛维扬"一句中，所含的典故便是扬州陆羽善煎茶法。"维扬"二字是扬州的另一种称谓。相传陆羽是中国煎茶法的创始人，人们一直沿用着他的煎茶法。李德载在这里自诩比陆羽有过之而无不及，颇有点自傲的模样。不过，他在路边煎茶，倒也不是为了显摆自己的茶道，而是想与路边的人结交，多聆听一些江湖故事罢了。

　　在有人坐下饮茶之后，作者继续说自己的茶、水之妙。究竟妙在何处？第二首的前两句便已道出。原来他的茶水之妙在于，茶为四川著名的蒙顶茶，水为江苏镇江金山西的泠泉水。据说蒙顶茶奇香无比，在唐代就享有盛名，许多诗人在文中都曾提到；而"扬子江心水"指的是扬子江滩涂上的金山泠泉，素有天下第一泉之称。好茶好水煮出来的香茶一壶，抱着此茶的李德载，认为自己比陶公还要独领风骚，真是比在那销金帐内享受荣华富贵、吃尽山珍海味要舒适自在得多。

　　从煮茶到饮茶，这只是作者享受的过程，他更要去亲自体会采茶的乐趣。是以在第三曲中,李德载写下了亲自登山采茶和卖茶的过程。清晨早起,李德载去山中,将尚带甘露的嫩茶尖从枝头摘下,配以牛奶,煮出绝顶美味的奶茶。李德载称此等极品奶茶,天下间只有他这一家。虽然很多人不相信他的奶茶品相极高,但不能否认的是,他的茶身价倍涨,甚至连皇族都争相订购。

这三曲咏茶曲,有作者的自夸在其中,同时他也是在为茶肆大做广告:茶既养生润性,茶道也是一种有趣的活动。

普天乐

张鸣善

雨儿飘,风儿扬①。风吹回好梦,雨滴损柔肠。风萧萧梧叶中,雨点点芭蕉上。

风雨相留添悲怆,雨和风卷起凄凉。风雨儿怎当②,雨风儿定当。风雨儿难当。

【注释】

①扬:吹动。②当:抵挡。

【赏析】

风儿吹,雨儿飘,深夜之中,作者本在做着好梦,却忽然被冷风细雨的寒意激得惊醒过来,好梦摧断,愁肠千转。风吹得梧桐叶簌簌作响,雨打在芭蕉上发出响声,更使人的情感一发不可收拾。雨打芭蕉,半丝柔情半丝泪,张鸣善当时感到的不是柔情,而是凄清。在前半段曲子中,渗透的满是诗人的怅然。

有人认为,这首曲中的主人公并不是张鸣善,而是一个和亲人离散的憔悴女子。如此雨夜,风雨交加,绵绵不绝,为人平添了悲怆。后半段的曲子好似一个女人对雨低喃,语言软软绵绵,意境痴痴缠缠,梧桐和芭蕉成了风雨徜徉的地方,同时也卷入了女子孤苦的泪与情。

全曲像水一样,层层渗透着难过,沾湿了人的灵魂,悲得令人无力。反复读来,倒觉得主人公是不是女子并不重要,关键在于是张鸣善要通过它传递的愁意。司马青衫的琵琶女奏出了"大弦嘈嘈如急雨,小弦切切如私语";而张鸣善的曲中雨,嘈嘈切切错杂弹,幽咽而感人,尽是伤怀在其中。

张鸣善是个充满战斗力的文人,因为语锋太利得罪了很多人,当然也获得了一些人的赏识。他的内心充满了生不逢时的郁闷,只有依靠讽刺来排遣抑郁。在他众多小令、散曲、套曲中,极难见到悲怆的语句。然而嬉笑怒骂一生的张鸣善,也会在寒雨夜里难当寒意,写下"风雨相留添悲怆,雨和风卷起凄凉。风雨儿怎当,雨风儿定当。风雨儿难当"这样的句子。

普天乐

张鸣善

海棠娇,梨花嫩。春妆成美脸,玉捻就精神。柳眉颦翡翠弯,香脸腻胭脂晕。

款步香尘双鸳印,立东风一朵巫云。奄的转身①,吸的便晒,森的销魂。

【注释】

① 奄的:忽然。

【赏析】

据说,元朝末年,张鸣善担任淮东道宣慰司令史时,路遇一个美貌女子,对其喜爱不已,但他只是远观,并没有主动结识这女子。这名美女使他终生铭记在心,张鸣善特意为她作了这首《普天乐》。

这首曲子中的女子有海棠、梨花般的面容,冰肌玉骨的身体,巫山缥缈的长发,这种美态并非人间应有。她颦笑转身踏步、举手投足探身,无不叫张鸣善心驰神迷、陶醉其中。她有"硕人"的美貌,罗敷的风姿,堪比历朝的美女,她临走时送出的"秋波",欲夺张鸣善的魂魄。张鸣善久久地凝视着美人的背影,即便美人早已消失不见,他依然站在斜阳下,不肯离去。

曲的前半部分是说女子世俗的美艳,"海棠娇,梨花嫩。春妆成美脸,玉捻就精神。柳眉颦翡翠弯,香脸腻胭脂晕"。但后半部分,作者笔锋一转,"款步香尘双鸳印,立东风一朵巫云",于是女子转瞬又有了神女缥缈的意味了。这里化用了宋玉高唐赋里的巫山神女的意境,也不免让人想起曹植的《洛神赋》中所写的"翩若惊鸿,婉若游龙""皎若太阳升朝霞""灼若芙蕖出渌波"的句子来。只是结尾女子形象似乎又转入魅艳,"吸的便晒,森的销魂"倒真有几分摄人魂魄的意思了。

蟾宫曲 别友

周德清

倚篷窗无语嗟呀①,七件儿全无②,做甚么人家?柴似灵芝③,油如甘露,米若丹砂。酱瓮儿恰才梦撒④,盐瓶儿又告消乏⑤。茶也无多,醋也无多。七件事尚且艰难,怎生教我折柳攀花⑥。

【注释】

①篷窗:代指陋居。嗟呀:叹息。②七件儿:柴、米、油、盐、酱、醋、茶7件事。③灵芝:仙草。④撒:即"无"。⑤消乏:用完。⑥折柳攀花:"寻花问柳",即狎妓。

【赏析】

坐在破烂的窗前,抬头屋顶漏,低头水积洼,家里柴米油盐酱醋茶等生活必需品都凑不全。柴如灵芝般珍贵，油如清晨甘露般难采取，米贵如丹砂，其他的所剩无多。生活七大件短此少彼，倒也真够贫穷。人过得是这样的日子，哪还顾得上去"折柳攀花"、放浪生活呢？

周德清乃宋代周邦彦的后人，《录鬼簿续篇》对他的评价极高。周德清对作曲、作词甚有心得，终生未出仕。

元人多亡命天涯，如周德清般的著名儒生都度日艰难，更别说其他人了。根据史载，元中期名臣吕思诚未当官之前，家境贫寒，时值旱灾，家中没米没粮，他要把自己唯一的儒袍拿去典当，妻子非常不舍。为此吕思诚曾自嘲："典却春衫办早厨，老妻何必更踌躇。瓶中有醋堪烧菜，囊里无钱莫买鱼。不敢妄为些子事，只因曾读数行书。严霜烈日皆经过，次第春风到草庐。"一个满腹经纶的书生，吃完上顿没下顿，穿的是破衣烂裤草鞋，那落魄滋味肯定不好受。文人尚且如此，更何况是普通百姓？对百姓来说，啃树皮、吃草根或许才是家常便饭。

士人之窘总是难以启齿的，所以多数人即便生活再落魄，也从未写自己吃不上饭的情况。对他们来说，宁饿死也不低头。周德清显然不这样认为。在这曲《折桂令》末尾，流露出他对"气节"的鄙视：七件事尚且艰难，怎生教我折柳攀花？没饭吃的人还想着风花雪月，不是太不现实了吗？

醉太平

钟嗣成

一

风流贫最好，村沙富难交①。拾灰泥补砌了旧砖窑，开一个教乞儿市学。裹一顶半新不旧乌纱帽，穿一领半长不短黄麻罩②，系一条半联不断皂环绦③，做一个穷风月训导④。

二

　　绕前街后街,进大院深宅,怕有那慈悲好善小裙钗⑤,请乞儿一顿饱斋⑥。与乞儿绣副合欢带,与乞儿换副新铺盖,将乞儿携手上阳台,救贫咱波奶奶!

【注释】

①村沙:粗俗,愚蠢。②黄麻罩:乞丐的衣物。③皂环绦:灰黑色的涤带。④穷风月:穷开心。训导:低级学官。⑤小裙钗:指代小女子。⑥饱斋:一顿饱饭。

【赏析】

　　这是三首《醉太平》中的两首。大意是说,贫而风流的生活比做个有钱人容易得多,虽然住的是破砖漏瓦,穿的是破袍烂服,教的是贫人、乞丐和小孩,成为穷教书的其实也挺有意思。在大街小巷里讨口饭吃,如果遇到个好心的漂亮姑娘施舍他一两床被子,给他个扎衣服的腰带,再和他谈谈情、说说爱,叫她祖奶奶都成。

　　元朝末年,少年钟嗣成寄居杭州,在当地求学,受邓文原、曹鉴、刘濩等大儒的指导,同窗好友中还有后来的戏曲家赵良弼、屈恭之等人。钟嗣成并非愚笨之人,反而满腹的治世之策,一心想要报效朝廷,却屡试不中。后来虽然当了一阵江浙行省任掾史,但一直得不到升迁,终看透官场的真实面目,回家写书、教书去了。不过,他并没有因为郁郁不得志而消沉,胸中还存有文人应有的气节:宁做一个民间教学的乞丐书生,活得潇洒快活,也比浑浑噩噩度过余生强上百倍。

　　《醉太平》中的主人公是钟嗣成的自喻,看起来倒像个泼皮小乞丐,语气满是调侃和撒泼,煞是可笑。然而,曲中人的生活境遇却正说明了元代文人"一无是处"的真实情况。在当时,很多人读了一辈子书,始终未能举士,如钟嗣成般埋没乡野,莫怪他们要嬉笑怒骂、自讽自嘲。钟嗣成在《醉太平》里显露的心声,同时也是大部分文人的怨怼和无奈。

凌波仙 吊乔梦符

钟嗣成

平生湖海少知音,几曲宫商大用心①。百年光景还争甚②?空赢得雪鬓侵,跨仙禽路绕云深。欲挂坟前剑,重听膝上琴③,漫携琴载酒相寻④。

【注释】

①宫商:中国有七声,宫、商、角、变徵、徵、羽、变宫。宫商即指代音乐歌曲。②争:差。③重听膝上琴:《世说新语·伤逝》中有记载:王子猷为子敬吊丧时,坐于灵床,弹子敬生前所爱之琴,却不成曲调,人琴俱亡,顿时心生悲凉,无限感伤。④漫:聊且。

【赏析】

钟嗣成写《录鬼簿》,正是希望借自己的笔,将那些埋没于乡野的才子佳人尽数录下。每记录一个人,钟嗣成总要反复琢磨,给予中肯评语。此曲正是为乔吉(字梦符)所写的悼词。如果留意乔吉的人生经历,会发现他与钟嗣成的一生极其相似。两人都曾在杭州寄居过多年,空有抱负却以布衣了残生。最后,乔吉选择浪迹天涯,钟嗣成则窝在杭州城中教书写剧本。

作者笔下的乔吉,一生孤独,流浪"湖海少知音",费尽心思争得功名,百年光景过后只剩满头白发,继而驾鹤西去。乔吉曾自称"不应举江湖状元",表示江湖中的才子绝不去争名逐利,对自己外出旅行和放荡生活给以安慰似的肯定。乔吉自我疏解,故作潇洒,但钟嗣成却知他实则凄苦,是以在《凌波仙》的前半曲中书写乔吉悲情的生活经历。乔吉死后,钟嗣成很想到他的坟前洒一杯水酒,挂一柄长剑,弹一曲乔吉所作的曲子,以慰他的魂灵。

"挂坟前剑"是钟嗣成引用春秋时季子赠剑给亡故的徐国国君的典故。季子答应将剑送给徐国君王,可是徐君早死,所以季子将自己的剑挂在了徐君的坟前。钟嗣成用此典故，既是同情乔吉的境遇，也说自己把他当作了知音。

纪念亡友的同时，钟嗣成何尝不是为自己的身世感到可怜、可悲。乔吉与他的遭遇如出一辙，他在悠悠的琴声中叹乔吉，当然也是叹自己。乔吉生前曾明心志："不占龙头选，不入名贤传。时时酒圣，处处诗禅；烟霞状元，江湖醉仙。"钟嗣成也是抱着这种想法，不求成为历史长河里闪耀的明星，只去饮酒观风月，做那《醉太平》里的泼皮无赖小书生。

一生最爱纳兰词

被王国维评为『北宋以来，一人而已』的纳兰性德，词风淡雅又不乏真情实意，无数人为之倾倒。他是清朝第一大词人，又是武功出众的御前一品带刀侍卫；他是一个奇特的男子，几乎拥有了世间的一切，但独独没有快乐；他是情深不寿的最典型代表，生命短暂却磨难重重；他是古来难得一见的情种，也是受尽造化捉弄的失意之人……一尺华丽，三寸忧伤，拈一朵情花，呷一口词香，最清澈的小令长调里蕴含着最纯真的情。

调笑令

明月，明月。曾照个人离别。玉壶红泪相偎①，还似当年夜来。来夜，来夜，肯把清辉重借②？

【注释】

①玉壶红泪：晋王嘉《拾遗记》卷七："(魏)文帝所爱美人，姓薛名灵芸，常山人也……时文帝选良家子女以入六宫，(谷)习以千金宝赂聘之，既得，乃以献文帝。灵芸闻别父母，嘘唏累日，泪下沾衣。至升车就路之时，以玉唾壶承泪，壶则红色。既发常山，及至京师，壶中泪凝如血矣。"后因以"玉壶红泪"称美人泪。②清辉：清澈明亮的光辉，多指日月之光，这里指月光。

【赏析】

其实，这首《调笑令》满含自嘲之意。

调笑令又名转应曲、三台令。关于这词牌名，在胡适《词选》中有一段解释："【调笑】之名，可见此调原本是一种游戏的歌词；【转应】之名，可见此词的转折，似是起于和答的歌词。"纳兰以调笑之名写彼时的红妆相偎，是嘲弄命运无常，也是在自讽西风独自凉。

开篇直呼明月，似谪仙般的邀月？举杯邀明月，对影成三人。不知一向谨慎的他，会不会也拍着玉板月下长歌，对酒当歌，人生几何？明月，明月，纳兰是想劝慰吧？海内存知己，自然天涯共此时，何必以身形羁绊？或者也是在祝福，既不得相守，便不如放开心胸祈祷，但愿人长久，千里共婵娟。

然而那一片月明中，纳兰好似又眼睁睁地看见那个人由远及近渐渐走向了他，咫心之距时，又远远地推开了他，狠狠地退出了他的视野。他们心意相交，却最终天各一方。

永远，相守时难以实现的诺言；遥远，离别时执手相看泪眼，一个转身便耗尽了一生的时间。

"玉壶红泪"一说，来自三国时期魏文帝曹丕宠妃薛灵芸。灵芸本是当时东吴浙西常山赞乡人。怀着对父母兄弟和家乡风物的恋恋之情，怀着对那宫廷生活的陌生和恐慌，灵芸从江南远赴洛阳。这一路灵芸泪如泉涌，随从便用玉唾壶给她承接泪水，只见流进壶中的泪水都带着血红。等到抵达洛阳，玉唾壶中已盛满了血泪，因此后世称女子的眼泪为"红泪"。

"夜来"之意还是取自薛灵芸。为了迎接灵芸，曹丕在洛阳城外筑土台，高三十丈，直入云间；在台下四周布满蜡烛，唤名"烛台"，蜡烛沿灵芸入城的路线从烛台一路绵延至洛阳城郊。魏文帝在烛台静候佳人之时，远远望见车马滚滚，尘埃翻腾，宛如云雾弥漫，不由感叹："古人云，朝为行云，暮为行雨，今非云非雨，非朝非暮。"因而改薛灵芸的名字为"夜来"。

到这里，词意也豁然开朗，这个被纳兰以自嘲的笔触留在诗行间的女子，多半应是纳兰思之念之而终不得相守的表妹。不似纳兰发妻卢氏离去时的痛彻心扉，直问"天为谁春"；不似沈宛不告而别返回故乡时，他叹息"等闲变却故人心，却道故人心易变"。他久久珍藏于追忆中的这份情，不似烈火般的热情，却因为凄清更惹人疼惜。不知纳兰回忆起了表妹的哪般，只一句玉壶红泪诉尽相思意。玉壶红泪，盛着互诉衷肠的甜蜜，家族的殷殷期望，对未知前途的恐慌，还有那伴君千日、终须一别的结局。

行至下片，纳兰低叹，来夜，来夜，以轻不可闻的声音，简单得不能再缩略的呢喃，重温那个已经冷却的旧梦，就像东坡轻言"作个归期天定许"。或许纳兰也是怀着几许期待的吧，虽明知好景已逝，却依旧忍不住希望；虽然到头来只落得往事如风信子的花瓣一般，散落一地，唯余"缥缈孤鸿影"。

纳兰希冀的来夜，更多的怕是在追寻那些终成回忆的昨夜，春风拂面灯火阑珊的昨夜，与表妹相知相伴的昨夜，逝去的情意缱绻的昨夜。这一段往事像是中了岁月的魔咒被封在心底，既没有结果，也难以诉说，唯有叹息悠悠时常回荡于心间。多少年过去后，才终于明白，那时光的封印唤为"此情可待成追忆"。

罢了,借一缕清辉,想佳人旧影,凭栏凝望,还是那一轮明月,却是年年新月照旧人。连月色都已变换,谁又能回到过去?没有过不去的,只有回不去的,纵使相逢应不识吧。

记得席慕蓉曾写过,我们也来相约吧,相约着要把彼此忘记。

还是明月如霜,还是好风如水,纳兰不知能否放下那份执着,与表妹相约着,各自走各自的人生。

虞美人

曲阑深处重相见,匀泪偎人颤。凄凉别后两应同,最是不胜清怨月明中①。

半生已分孤眠过,山枕檀痕涴②。忆来何事最销魂,第一折枝花样画罗裙③。

【注释】

①不胜:受不住,承担不了。清怨:凄清幽怨。②山枕:枕头,古代枕头多用木、瓷等制作,中凹两端突起,其形如山,故名。檀痕:带有香粉的泪痕。涴:浸渍、染上。③折枝:中国花卉画的画法之一,不画全株,只画连枝折下的部分。花样:供仿制的式样。罗裙:丝罗织成的裙子,多泛指妇女的衣裙。

【赏析】

词本为"艳科",以婉约为主,多写艳情,这是人们对早期词作品的印象。翻开古代词集,男女情爱、风花雪月乃是其中最重要的主题之一,这其中又不乏着重描写妇女的妖娆容貌、娇羞情态、华美服饰的作品。我国文学史上第一部文人词总集《花间词》中便有很多这样的词,所以后人常将其作为"艳词"的早期标本。

词的产生主要是为了表达文人心里那些诗歌所不能承载的细腻情愫,因而内容上自然会打上情感化的烙印,再加上早期词与乐曲相伴而生，其音乐基础为艳乐，多数时候都是由歌姬、妓女在倚红偎翠的环境下吟唱，因而便免不了绵软之气、柔靡之风，所以清代的刘熙载曾在《艺概·词曲概》里将词（尤其是五代时期的词）的特点概括为"风云气少，儿女情多"。

由于作者的气质与秉性使然，所以即使内容同为艳情，词作也往往会呈现出迥异的风格。早期花间词不仅内容空虚、意境贫乏，而且多追求辞藻的雕琢与色彩的艳丽，虽然词人多为男子，但他们写出来的文字却带着极浓重的脂粉气；纳兰的这一首《虞美人》虽然也写男女幽会，却在暧昧、风流之外多了几分清朗与凉薄。

发端二句"曲阑深处重相见，匀泪偎人颤"很明显出自李煜在《菩萨蛮》中的"画堂南畔见，一向偎人颤"一句。小周后背着姐姐与后主在画堂南畔幽会，见面便相依相偎在一起，紧张、激动、兴奋之余难免娇躯微颤；纳兰词中的女子与情郎私会于"曲阑深处"，见面也拭泪啼哭。但是细细品味，后主所用的"颤"字更多展现的是小周后的娇态万种、俏皮可人，而纳兰这一"颤"字，写出的更多是女子的用情之深、悲戚之深，同用一字而欲表之情相异，不可谓不妙。

李煜前期词作多写宫廷享乐生活，其"冶艳"风格在多首词中都可窥见，比如他的《一斛珠》："晓妆初过，沈檀轻注些儿个。向人微露丁香颗。一曲清歌，暂引樱桃破。罗袖裛残殷色可，杯深旋被香醪涴。绣床斜凭娇无那，烂嚼红茸，笑向檀郎唾。"这首词上阕写女子之美，下阕写女子与"檀郎"的调笑，几乎用一种白描的手法来写男女嬉戏、玩笑，但用词的精准和情状描摹之细腻却令整首词都笼罩着一股美艳之色。

与很多花间词相比，李煜的艳词大多做到了艳而不俗，能将男女偷情幽会之词写得生动而不放荡。纳兰的这一首《虞美人》又在李煜之上。

曲阑深处终于见到恋人，二人相偎而颤，四目相对竟不由得"执手相看泪眼"，但接下来纳兰笔锋一转，这一幕原来只是回忆中的景象，现实中两个人早已"凄凉"作别，只能在月夜中彼此思念，忍受难耐的凄清与幽怨。夜里孤枕难眠，只能暗自垂泪，忆往昔最令人销魂心荡的，莫属相伴之时，以折枝之法，依娇花之姿容，画罗裙之情事。

这首词首尾两句都是追忆，首句写相会之景，尾句借物（罗裙）映人，中间皆作情语，如此有情有景有物，又有尽而不尽之意，于凄凉清怨的氛围中叹流水落花易逝，孤清岁月无情，真是含婉动人，情真意切。

从五代到两宋，又及清朝，"花间词"的传统虽有所保留，但那些风花雪月的事，还是被时光这支画笔涂抹上了不同的色彩，或妖艳，或清新，都是词海中的一朵浪花，各有风情。

采桑子

谁翻乐府凄凉曲[①]？风也萧萧，雨也萧萧，瘦尽灯花又一宵。

不知何事萦怀抱[②]，醒也无聊，醉也无聊，梦也何曾到谢桥[③]。

【注释】

①翻：演唱或演奏之意。乐府：诗体名，初指乐府官署所采制的诗歌，后将魏晋至唐可以入乐的诗歌，以及仿乐府古题的作品统称乐府，宋以后的词、散曲、剧曲，因配乐，有时也称乐府。②怀抱：心胸。③谢桥：谢娘桥，古时称所爱的女子（或妓女）为"谢娘"，称其所居处为"谢桥"。

【赏析】

这是一首爱情词，抒写对情人的深深怀念：是谁在翻唱着那凄凉幽怨的乐曲，伴着这潇潇雨夜，听着这风声、雨声，望着灯花一点一点地烧尽，让人寂寞难耐、彻夜不眠。在这不眠之夜，不知道是什么事情萦绕在心头,让人或睡或醒都如此无聊,梦中追求的欢乐也完全幻灭了。

纳兰的词有个特点,虽然读起来平淡无奇,但回味心头时,却是百味杂陈。正如梁启超所说的那样,纳兰的词是"眼界大而感慨深"。的确如此,纳兰深谙词之大义,他熟练地用一个一个汉字串成最美丽的章篇。

"谁翻乐府凄凉曲?"算是纳兰词中的名句,看似平白易懂,却于深处暗含波涛汹涌的愁绪。谁在唱着那些凄美的歌曲,歌声萧索,居然令"风也萧萧,雨也萧萧"了,而且还凄凉到彻夜无眠,"瘦尽灯花又一宵"了。古人的烛火一般是用羊油做成的,烛芯烧着的时候,有时候会发出小小的爆裂的声音,像烟火一样。

所以,在这里纳兰会用"灯花"来描写,美丽的词汇既能增加词的美感,又能写出意境。这相思也有分类,纳兰的相思就如同燃烧的灯芯,模模糊糊,道不清真切,却是持续不断,烧不尽相思。

上片写完相思的凄凉,下片便转而写无聊的现状。"不知何事萦怀抱",思念到深处,依然觉察不出什么事情才是牵绊自己思绪的"罪魁祸首"。凄凉的心境令自己整夜无眠,而无眠之夜里,无谓的相思,更是令自己"醒也无聊,醉也无聊"。

词写到这里,意境接近尾声,只是令读词的人还是不甚明了,令纳兰凄苦而又无聊的女子究竟为何人?可能是为了解决读者心中的疑惑,也或许是为了回答自己这一整夜无聊的思索,纳兰最后一句便交代为"梦也何曾到谢桥"。

收笔之句似乎在字里行间悄悄透露了这位不知名的女子的倩影。末尾处的"谢桥"是说谢娘桥,古人用"谢娘"来指代心仪的女子,而"谢桥"便是由谢娘衍生出来的美丽词汇,指代佳人所住的地方。

夜阑更深,夜晚的静谧代替了白日的喧嚣,相思便也蠢蠢欲动,从心底涌上脑海,虽然整首词看不出任何山盟海誓、海枯石烂的决绝,反倒是处处透着几分"聚散无妨,由他去吧"的淡然。纳兰的心在词句中若隐若现,似乎在对这份感情喃喃自语:随风去吧,相思本无期，但凡有一日我不再想起你，那么我们就无须再痛苦了。

戛然而止的诗词并没有隔断纳兰多情多思的思恋，曾几何时，晏几道的"梦魂惯得无拘检，又踏杨花过谢桥"，道出了相思的轻薄与随意。而相同的词境，在纳兰的词里，却是透着几分清爽的纯情与率真。这是一种无法言说的情愫，思念中带着自嘲，冷淡中带着自责，想说爱一个人真的不容易，但停止思念一个已经远去的爱人更是不容易。

一场古时候的思念，一个谢娘的故事，或许思念真的是从一座谢桥走向另一座谢桥，在不经意间品味思念似醉非醉的感觉。纳兰的词，无人能够真正地诠释，但这也正是纳兰词的魅力所在，因为不懂，所以悲悯。

因为每个人的梦中深处，都有一份得到却又失去的美丽。

采桑子

而今才道当时错，心绪凄迷。红泪偷垂，满眼春风百事非。

情知此后来无计①，强说欢期②。一别如斯，落尽梨花月又西。

【注释】

① 无计：无法。② 欢期：佳期，欢聚的日子。

【赏析】

词人作词，多是有感而发，意由心生，纳兰的词总是那么精致，读后你说不清楚他想要表达的具体感情是什么，也说不清楚这首词究竟想要写什么，但每个词、每个字都能让你体会到灵魂深处的战栗，那是一种幸福的忧伤。

在纳兰的词里，这种幸福与忧伤相得益彰的表现形式十分多见，而这首《采桑子》中，更是运用得出神入化。几个词语的铺陈，看上去犹如一幅水墨丹青，清爽宜人，但细细品味，却是能够看出一些意象堆砌出来的情怀。

正如纳兰的另一名句"人生若只如初见"一样，直抒胸臆却不让人感到唐突，脱口而出也不让人觉得造作，不加雕饰，反而更显得纯真无邪，平淡之中，透着几分灵性。

"而今才道当时错，心绪凄迷。"开篇道来，犹如当头一棒，让人灵台一片清明，但细细想来，这句话平淡无奇，现在才知道自己错了，心里迷惘万分。这样的话语实在没有什么值得推敲的地方，如果这句话用在别处，可能就如同脚下的石头，被人们忽视了，但放在纳兰的词里，却又是不一样的。

有些诗词是要历经岁月淘洗的，历久弥新，经过反复的吟诵，才能琢磨出其中的味道，要知道最好的菜肴，往往是那些最简单的菜式，平淡出真章，纳兰的平淡，往往是在第一眼就把人打动，从此让人欲罢不能。

纳兰的词如同纳兰的人生，"当时错"，现在才明白了，才后悔了，可是，当时错的究竟在哪里？错在什么地方呢？古诗有云："人生自是有情痴，此恨不关风与月。"爱情最是难以讲究对错的，爱了就是爱了，没有对错。

无论纳兰探究当初是不该爱，还是不该走得太近，总之那段得到又失去的爱情令纳兰内心忐忑不安。一个"错"字，令人百转千回，牵肠挂肚。正因为有了之前的"错"，才有了下面的"泪"——"红泪偷垂，满眼春风百事非。"

前文我们已经讲过"红泪"这个典故，它一般是指女子伤心，纳兰将典故用于此，不知道是否有更加具象的所指。有情人无奈离别，这里的有情人是指他入宫的表妹，还是指江南的沈宛，后人不得而知，也说不清楚。

不过这已经不重要了，下一句"满眼春风百事非"，在春意盎然的时刻，有着悲伤的心绪，实在是更加令人感到凄凉。纳兰之所以受到人们的喜爱与推崇，就是因为他总是能明明白白地直指人心，轻易地说中每个在情场中辗转的男女心事。

这首词抒写词人凄迷的心绪：如今才知道当时自己是错了，不觉心绪凄迷。春光灿烂，人事全非，怎不叫人暗自垂泪！明知道以后的事情难以预料，却偏偏硬说可以再次欢聚。一别之后果然遥遥无期，如今梨花又落尽了，月亮也已偏西，相思的人唯有在这痛苦中饱受煎熬。

在上片的凄迷心情之后，下片则开始写出无可奈何的心境，在不知所以中还希望着能够相见。"情知此后来无计，强说欢期。"回想当时的分别，就已经知道了今生无缘，无法再相见，但偏偏还要告诉自己，来日方长，或许他日能够重逢。

这里的"欢期"是相见、欢聚的意思，而"强说"一词让这份期待中的欢期变得难以预见。明知道不能相见，却偏偏想要相见的矛盾心情，令这首词充满欲哭无泪、欲诉无言的悲凉。

纳兰自己或许也感觉到了自己的悲怆，他转笔结尾，写道"一别如斯，落尽梨花月又西"。人生或许就是这样，月圆月缺，这都是无可避免的，或许这就是应了那句"欲说还休，却道天凉好个秋"。

纳兰几笔淡淡的勾勒，整首词跃然纸上，令人读罢忍不住放手，这些千古名句如同一轮圆月，在漆黑的夜空，闪着清冷的光芒。

采桑子

拨灯书尽红笺也①，依旧无聊。玉漏迢迢②，梦里寒花隔玉箫③。

几竿修竹三更雨④，叶叶萧萧。分付秋潮⑤，莫误双鱼到谢桥⑥。

【注释】

①红笺：红色笺纸，多用以题写诗词或做名片等。②玉漏：古代计时漏壶

的美称。③寒花：寒冷时节开放的花，多指菊花。玉箫：人名。传说唐韦皋未仕时，寓江夏姜使君门馆，与侍婢玉箫有情，约为夫妇。韦归省，愆期不至，箫绝食而卒，玉箫转世，终为韦侍妾。事见唐范摅《云溪友议》卷三，多借指姬妾。后人以此为情人订盟之典。亦称玉箫侣约。④修竹：长长的竹子。⑤秋潮：秋季的潮水。⑥双鱼：指书信。谢桥：这里指情人所居之处。

【赏析】

在灯下给她写信，即使写满了信纸仍是意犹未尽，心里依旧惆怅无聊。偏又漏声迢迢相伴，不但添加愁绪，而且令人如醉如痴，仿佛在梦中与她相见，却又朦朦胧胧不甚分明。室外秋雨敲竹，滴在树叶上，点点声声，淅淅沥沥。将这孤独寂寞的苦情都付与此时的秋声秋雨中，不要忘了将书信寄给她才好。

世界之大，悠悠众生，能够有一个远方的人，付诸思念，也是幸福的事情吧。在昏黄的灯光下，将满腹的思恋都填于纸上，让飞鸿送去，我们天各一方，我对你无尽地想念。这种悲伤无望，却又充满想象的爱情，看似无聊，但却是持久永恒的。

纳兰将一首小词写得情谊融融，求而不得的爱情让他感到为难与痛苦时，也令他心中充盈着忽明忽暗的希望。

这首《采桑子》，一开篇便是无聊，写过信后，依旧无聊，虽然词中并未提及信的内容，信是写给谁的，但从"依旧无聊"这四个字中，就已经可以猜到一二了。纳兰总是有这样的本事，看似在自说自话，讲着不着边际的胡话，却总能营造出引人入胜的氛围，令读词的人不知不觉地沉沦。

纳兰将自己日常生活中的小事变为一台表演，读者成了观众，与他一起沉思爱恋。词中的"红笺"二字透露出纳兰所记挂的人定是一名令他着迷的女子，红笺是美女亲手制作，专门用来让文人雅客们吟诗作对用的。

不过，诗词中的红笺多是用来指相思之情，只要写出红笺，一切便都在不言之中了。下接一句"玉漏迢迢，梦里寒花隔玉箫"，引自秦少游的词句"玉漏迢迢尽，银河淡淡横"。漏是古时候计时的一种器具，不过用到古诗词中，为了美观，常被叫作玉漏、银漏、春漏、寒漏，等等。

诗词中，"漏"一向是寂寥、落寞、时间漫长的意象，在这里也不例外。以"玉漏"表达长夜漫漫、时空横亘的无奈之情，时间是相思最大的敌人，纳兰大概在这首词中是想表达自己爱着一个人，却无法接近。在接下来一句"梦里寒花隔玉箫"中，揭晓了纳兰感慨时光的缘由。

"玉箫"并非是指乐器，而是一个典故，是一个人名，宋词里有"算玉箫、犹逢韦郎"，玉箫和韦郎并称，讲的是一段郎情妾意的凄美爱情。玉箫是唐代韦皋的侍女，二人日久生情，定下终身。后来韦皋因事离开，和玉箫约定：少则五年，多则七年，一定会回来将玉箫接走，却没料到他一走之后便杳无音信。苦等了七年的玉箫想着情郎是不会回来了，便绝食而死，为这段无疾而终的情感殉葬。旁人可怜这个女子，便将韦皋留下的玉指环戴在了玉箫的中指上，然后下葬，在玉箫死后不久，当了大官的韦皋回来了，看到玉箫的坟墓，他十分悲痛。其情感动了一位方士，施法术让玉箫的魂魄重新投胎，二十年后，一名女子来找韦皋，看她中指，隐隐有一个环形的凸起，正是当年那个玉指环的形状。这名女子便做了韦皋的侍妾，弥补了上辈子的遗憾。

这个故事从此也令"玉箫"这个词成了情人誓言的典故，在纳兰这首词里，"玉箫"一词为心头所思念的情人。而"寒花"又为何物？

顾名思义，就是寒冷季节里开放的花。寒冷季节开放的花有梅花、菊花，纳兰在这里到底是指什么呢？其实根据上面的分析已经可以知晓，纳兰是在思念一位女子，这女子必然是他所钟爱的人，此刻他们分居两地，纳兰在梦中想要与她相见，但梦境毕竟不是现实，所以，就算再怎么思念，二人还是无法牵手相望。

所以，纳兰所谓的"寒花"大概也不过是借了一个"寒"字，来表达内心凄冷的感觉吧？下片不再写心情，转而写窗外的景色，既然无法入睡，那干脆看着外面的景色，来缓解内心的惆怅吧！

"几竿修竹三更雨，叶叶萧萧"，雨后的夜景，树木萧萧，好比自己的心情，无奈之中透着几分茫然。最后结尾"分付秋潮，莫误双鱼到谢桥"，呼应了开篇的那一句"拨灯书尽红笺也"，也算是一种心意的表达，希望能够凡事完满结束。

要交代一下的是，"分付秋潮"中的"秋潮"是有来历的，秋潮的意象表示：有信。潮水涨落是有一定时期和规律的。人们便将潮水涨落的时期定为约定之期限，在潮水涨落几番之后，要回来的人便要如约回归。

这是诗词中的一个主要意象，诸如唐诗名句"早知潮有信，嫁与弄潮儿"。"秋潮"在这里也是如此意境，上片一开始便是说词人正在写信，在词的结尾，词人写的这句"分付秋潮，莫误双鱼到谢桥"，便是说信要寄出去了。要将信托付给秋潮，告诉那个收信的人，自己的心意是怎样的。

整首词全是词人的比喻和典故，基本上没有真实场景的出现，但通读全词，每一句都是浑然天成，与下一句连接得十分巧妙。一首爱情小词能够写到如此的境界，纳兰的手笔，不愧为才子之法。

采桑子

明月多情应笑我，笑我如今。辜负春心[①]，独自闲行独自吟。

近来怕说当时事，结遍兰襟[②]。月浅灯深，梦里云归何处寻？

【注释】

① 春心：春景所引发的意兴或情怀。② 兰襟：芬芳的衣襟。比喻知己之友。《周易·系辞上》："二人同心，其利断金；同心之言，其臭如兰。"襟，连襟，彼此心连心。

【赏析】

　　这首词的写作背景有两种，一是怀友之作，纳兰是极重友情的人，他的座师徐乾学之弟徐元文在《挽诗》中对他赞美道："子之亲师，服善不倦。子之求友，照古有烂。寒暑则移，金石无变。非俗是循，繁义是恋。"

　　这番赞美绝非虚假奉承之意，纳兰之友确是"在贵不骄，处富能贫"。纳兰喜欢交朋友，他也善于交朋友，在纳兰短暂的一生中，他有许多志同道合的朋友，所以，词中所写的"结遍兰襟"，并不是夸张的修饰之语。

　　而纳兰本人的爱交友、善交友，体现出了他性格中多情、重情义的一面。不过，重情又往往成了他的负担。正如词中所写，"近来怕说当时事"，在而今的事是人非面前，纳兰害怕回忆起往昔美好的一切。他将头埋进沙子里，犹如鸵鸟一般，自欺欺人地躲避着一切。但他终是无法逃脱的。

　　纳兰在词中感伤：明月如果有感情，一定会笑我，笑我到现在都春心未结，独自在这春色中徘徊沉吟。最近很怕说起当年的那些往事，当时高朋满座，彼此惺惺相惜。如今月夜幽独寂寞，只有在梦里寻找往日的美好时光！

　　他希望不美好的尽快过去，往日的朋友依然能够惺惺相惜，如同他在词中所写的最后一句一样："梦里云归何处寻？"这一切都仿佛梦一样，难以寻觅，难道，真的只有在云归深处，才能找到当日的美好？

　　还有一说是，这首词是纳兰为沈宛而写，当日纳兰娶江南艺伎沈宛为妾侍，后来因为家庭的压力，二人被迫分离。这首词就是纳兰在离别之后，思念沈宛的佳作。

　　纳兰曾在一方闲章里刻有"自伤多情"四字，可见他自己也在为自己的多情而苦恼，在纳兰看来，就连天上的那一轮明月，也在嘲笑他的多情，嘲笑他在如此美好的春光下，却暗自苦恼，不解风情。

　　这首《采桑子》做得非常细腻，上片写出纳兰低沉黯然的心情，同时还烘托出纳兰怅然若失的心态。"辜负""闲行""独自",从这些词语中能够体会到纳兰内心的寂寞和无聊,只有自己吟唱自己的孤独,因为他人无人能懂。

而到了下片的时候,他便解释为什么自己会有如此沉郁的心情,首先是害怕回首往昔,他害怕提起当日的事情。因为往事不堪回首,一切过去的都将不再重来,纳兰面对的回忆不过是空城一座,而他自己,只有在城外兴叹。

这也就是为何纳兰会在月光下愁苦,在灯光下,午夜梦回,依然能够温习往日的岁月。不论这首词是纳兰做给朋友的,还是沈宛的,都是他发自内心的感慨,细腻单纯,干净得几乎透明。

诉衷情

冷落绣衾谁与伴?倚香篝①。春睡起,斜日照梳头。欲写两眉愁,休休②。远山残翠收③,莫登楼。

【注释】

①香篝:古代室内焚香所用的熏笼。②"欲写"二句:意思是本来想要画眉,然而却双眉愁锁,算了还是不画了。休休,不要、不用,表示禁止或劝阻。③"远山"句:意为远处山峦的翠色消散了。收,消失、消散。

【赏析】

世人总说花间词,艳丽奢华,透出一股脂粉气。反观纳兰此作,则比之花间词却有相似之处,更与温庭筠"梳洗罢,独倚望江楼"有几分相似。

《诉衷情》原为唐教坊曲,为温庭筠所创,后用为词牌名。温庭筠创制此调时取《离骚》诗句"众不可户说兮,孰云察余之中情"之意。后来,毛文锡词有"桃花流水漾纵横"句,故又名为《桃花水》。纳兰这首词秉承温词一脉,描写思妇春日无聊的情状,着墨不多,因此看似清淡,实则蕴藉有致。

"冷落绣衾谁与伴？"首句发问其实也是设问，自问自答。因无人相伴，看那绣衾衣裳，就算华美艳丽，也只让人觉得了无思绪。因为无人相伴，此情此景自然易解了。后两句："倚香奁。春睡起，斜日照梳头。"香奁本是古代室内焚香所用的熏笼。一般来说，古代官宦人家，或者大家闺秀闺房中才有能力燃此香笼，因此，倚香奁则再次点到此女子的身份。"春睡起，斜日照梳头"则点到时间，初日迟迟，已经倾斜到满屋子，"睡起晚梳头"，毫无心绪，一副慵懒形象跃然纸上。如果在此处还描写到女子动态特征呈现慵懒姿态的话，"欲写"二句则把这种慵懒之态又向前推进一步，说那女子本想画眉，却看到自己双眉愁锁，算了还是不描了，描来有谁看呢？"休休"则是这种心语的集中体现。

可想此场景：春日迟迟，少妇因幽枝独依，显得百无聊赖，则赖床度日，迟睡起，斜阳已至，更算是薄暮，因此无心打扮，只有深锁愁眉，无奈中更不知怎么排遣寂寞之念。因此想起温词倚楼断肠之句，更不敢登楼了。

自然，此处"远山残翠收"是实景虚写之笔。也由此可以看出，景色已经极熟悉，不必登楼就已知晓，想那断肠处自然是不宜多去的。

这首词纳兰承袭花间词风，因为他温文尔雅，少年风流而又擅长小令，此种词类自是写法娴熟，笔墨点至，形象刻画往往呼之欲出，细腻生动。但比之温飞卿《望江南》则有不足之处。

想来，温飞卿此词中摘取瞬间和纳兰自有时间延续上的联系，但飞卿词则更契合情感最浓郁的部分，那登高望远思人之境，自然是描写此种风情形象的绝时。虽都是斜晖残翠，纳兰自然无所突破，况飞卿断肠句一出，已经极其简洁而深刻地写尽了人物内心，纳兰描写的思妇心理之笔却不如这一个词力量深厚。而花间词集更写尽了思妇孤独伤春念远之情。

总之，纳兰为清词人，写思妇自然与自身身世之境相连。若非如此，则不过是磨炼前人之笔，亦无创新罢了。

浣溪沙

十里湖光载酒游,青帘低映白蘋洲[1]。西风听彻采菱讴[2]。

沙岸有时双袖拥[3],画船何处一竿收[4]。归来无语晚妆楼。

【注释】

[1] 青帘:旧时酒店门口挂的幌子,多用青布制成。白蘋洲:泛指长满白色花的沙洲。唐李益《柳杨送客》诗曰:"青枫江畔白蘋洲,楚客伤离不待秋。"[2] 采菱讴:乐府清商曲名,又称《采菱歌》《采菱曲》。[3] 沙岸:用沙石等筑成的堤岸。双袖:借指美女。[4] 一竿:宋时京师买妾,一妾需五千钱,每五千钱名为"一竿"。李煜《渔父》曰:"浪花有意千重雪,桃李无言一队春。一壶酒,一竿身,世上如侬有几人。"故此处之"一竿"亦可指渔人。

【赏析】

史上文人词句,各有风格。纳兰之词,可谓是情由景生,情景交融。这一首词,读罢内心充满美好的期待。目光所及,如诗如画。

景是湖边之景,文人向来喜爱以湖景为背景,兴许是由于湖之温和、宁静,令人心境平和。甚是喜爱朱自清的《桨声灯影里的秦淮河》,灯火酒家,映于湖面之上,悠扬醉心令人留恋不已。携酒游于湖面之上,风是江南之风,水为江南之水,酒家门面上的青布幌子掩映着白色的沙洲,好一幅惬意的佳景。

和着西风在小舟之上饮酒,醉心之趣,好似听见采莲曲悠扬地在湖面上拂过,又有沙岸上美女水袖飘然,翩跹起舞,自是美不胜收。此时纳兰又借李后主《渔夫》中"浪花有意千重雪,桃李无言一队春。一壶酒,一竿身,世上如侬有几人"一句,表达身在舟中,好似渔夫撑竿,尽享自然情趣的美好感触。当年李后主身为君王身不由己,只得写这样一阕词,画饼充饥,以抚慰自己疲惫无奈之心。在美景之中,纳兰是否也如后主一般惆怅地期待,我们并不能身临其境地大胆猜测，但至少从这词看，基调明朗闲适。纳兰对山山水水尤其喜爱，心心念念想要回归自然，为天地之间的一名酒客便可。这心愿，从满首词间漫溢的情趣就可窥见。

纳兰这词，写得清新、雅致。写景之词历代文人有不少佳作，纳兰写景却依旧不让人觉得雷同厌倦。勾勒这描绘的图景，秦淮河的灯火之夜又于脑中浮现，朱自清轻柔的笔触淡描："醉不以涩味的酒，以微漾着，轻晕着的夜的风华。不是什么欣悦，不是什么慰藉，只感到一种怪陌生，怪异样的朦胧。朦胧之中似乎胎孕着一个如花的笑——这么淡，那么淡的倩笑。淡到已不可说，已不可拟，且已不可想；但我们终久是眩晕在它离合的神光之下的……"湖面、小舟、酒家、沙堤、美女、灯火都有了，便觉人间万千之美，都已获得。纳兰之心，想必也是这般。田园之趣，之于生活，已然足够，不需更多。

读一阕写景之词，读出如此欢愉，纳兰之心，了然于世。

浣溪沙

脂粉塘空遍绿苔[①]，掠泥营垒燕相催。妒他飞去却飞回。一骑近从梅里过，片帆遥自藕溪来[②]。博山香烬未全灰。

【注释】

①脂粉塘：溪名。传说为春秋时西施沐浴处。《太平御览》卷九八一引南朝梁任昉《述异记》："吴故宫有香水溪，俗云西施浴处，又呼为脂粉塘。"这里指闺阁之外的溪塘。②片帆：孤舟，一只船。

【赏析】

写离愁，往往写闺怨。尤其温庭筠的词作，常见触及闺怨，以《更漏子》为最：

玉炉香，红蜡泪，偏照画堂秋思。眉翠薄，鬓云残，夜长衾枕寒。

梧桐树，三更雨，不道离情正苦。一叶叶，一声声，空阶滴到明。

守望空阶的女子，哀婉凄楚，惹人心碎。

纳兰这阕词，主人公亦是女子。开篇便是景色的渲染，写脂粉塘空旷只剩铺满的绿苔，早失却了昔时景象。这脂粉塘，相传正是春秋时候西施沐浴的溪塘，南朝梁任昉《述异记》有言："吴故宫有香水溪，俗云西施浴处，又呼为脂粉塘。吴王宫人灌妆于此溪上源，至今馨香。"纳兰句中的脂粉塘，实为女主人公闺阁之外的溪塘。女子之心细腻敏感，心有戚戚，窗外的溪塘，都如同着了凄凉的颜色。还未到分别之时，那溪塘都如同脂粉塘那般令人迷醉，可相离许久，溪塘都不再繁华，逐渐萧条。眼中之景，都像蒙了灰。

此时又见大地春回，看燕子掠泥而飞，好像是相互催促着，一片生机盎然的景象，可伫立至此，等不到思念之人执手相看，净是看燕子双双来去，分明高兴不起来。连燕子都有相伴的幸福，为何迟迟等不到你的归来？

离情凄凉。心爱之人在这景色里不能相伴，连那燕子都想要去嫉妒一番。

可嫉妒又有何用？无奈凄凉，只得怨那离别，让人愈发想念。恍惚，思念愈深，好似幻觉中他正轻骑从近处的梅园出现，又像是坐着小舟，从遥远的藕溪归来。晏殊之词浮于脑际："无穷无尽是离愁，天涯地角寻思遍"，弱女子的相思之情，全都寄托在那天涯地角的期待里，哪天心爱之人将从哪里归来，想象连连，好似梦了一场，醒来之时，恐怕甚是凄楚。臆想之辞，尤其感人。痴心人如此，怎能不让人动容？人生自是有情痴。这相思近痴的女子，不知道爱人归来之日是何时，也只得想象重逢之景，一次一次，念了一千遍，痴了一千遍，再见会是怎样的场景。好似要把所有的可能，都罗列一遍，要让自己重逢之时，不至于情绪失控，号啕大哭一般。

最后一句,博山炉中香已烧完,却未燃尽。言有义,意无穷。女子大概是注视着炉里升起的袅袅香烟,心里是比这缭绕的轻烟更剪不断理还乱的愁绪。香未燃尽这一意象,充满让人沉醉的力量。烟未散尽,女子的愁绪不能穷尽,等待归期到来的日子也不知到何时才尽。凄清之至,读罢也觉眼前轻烟袅袅一般,哀婉无奈。

忍不住想要去猜测,纳兰写如此一名痴情的女子想要诉说的是如何的深情?这女子写的是他日夜思念的爱人,还是他自己内心成痴的愁?

遥寄相思,等待的爱情最是苦痛,却又让人欲罢不能。

好事近

帘外五更风,消受晓寒时节。刚剩秋衾一半①,拥透帘残月。

争教清泪不成冰②,好处便轻别。拟把伤离情绪③,待晓寒重说。

【注释】

①剩:与"盛"音意相通。此"盛"犹"剩"字,多频之义。②争教:怎教。③伤离:为离别而感伤。

【赏析】

本篇是纳兰的一首简短小词,上片写相思,似乎是在回忆中找寻往昔的欢乐,又像是在怀念妻子,在她离去后产生了伤感之情,词意扑朔迷离,耐人寻味,有着重情重义之感,也有迷惘哀伤的纠结。

开头便直言了生命的不可承受之重,"帘外五更风,消受晓寒时节"。竹帘之外传来五更的寒风,在这清秋寒冷的早晨实在让人难以消受。这首词写与妻子乍离之后的伤感,写得如此直白动人,只怕是纳兰的内心真的是无法再忍耐下去了,爱情对于他来说是精神的一种很大寄托，但当他所依赖的爱情一份一份都离他而去的时候，再坚强的人，只怕也会难以承受了。

词一开始便颇有自怨多情之意。不过语言虽然直白粗浅，但是却真挚感人，情感不就是这样才最真实吗？越是直白简洁，便越是入情至深。而后接下去便说道："刚剩秋衾一半，拥透帘残月。"独自孤眠，秋夜冷冰冰的被子因多出了一半，而晓寒难耐，于是拥被对着帘外的残月。夜半孤枕难眠，只能望着明月去回忆往昔，但可惜，月亮似乎也知道他的心事，窗外所对的只是一轮残月而已。

欢乐和幸福都是短暂的，世上没有什么事情是长长久久、永不变更的。纳兰而今只剩下独自一人，孤独无依，现在对着窗外的残月，更是加重了这种孤独感。纳兰自然是情难以自禁，泪流满面。

故而下片便写道"争教清泪不成冰"，自然承接了上片的情绪，没有什么过渡，也没有任何的引申，依然是简单的描述，将心情的糟糕写得入木三分。直白的描述有时起到的作用不可小觑，纳兰将人生苦短、情短苦多的情感纠葛写得让人无法不去动情。

想起往日的种种，而今自己独自一人赏月，怎教清泪不长流，空自凝噎呢？这句中的"成冰"更是写出清冷孤寂的意味了。泪流至结成冰，这该是怎样的一种哀愁，纳兰的孤独和寂寞，在卢氏离去后便更加明显。但凡卢氏之前用过的衣物、住过的楼阁，对纳兰来说，都是一种折磨。

所以，纳兰才会说"好处便轻别。拟把伤离情绪，待晓寒重说"。纳兰自己也知道，面对这样铺天盖地的哀伤，最好的方法就是不把离别之事放在心上。这离愁别绪待到天亮以后再去想吧。

如此哀伤，似真非真，似幻非幻，极富浪漫色彩。在词的最后，纳兰从回忆中抽身，回归现实，他知道现今已经是人去楼空，物是人非了，与其在回忆中痛苦挣扎，不如转身睡去，让梦境和睡眠赶走孤寂和寂寞。

这首悼亡词写痛苦写得淋漓尽致，既然相爱的人总有一天会因为生老病死种种原因而分开，那当初为何还要用情那么深，以至于到如今还难以消解遗忘？这恐怕是所有有情人的困惑和疑问，纳兰在这首词的最后作了解答。既然相爱，就去爱，一旦当爱不起的时候，便是再后悔也无用了。

相爱本身并没有错，错的是上天给相爱的人时间太短。纳兰这首词的最后以无言地睡去结束，一句话，便让一切尽在了不言之中。全词平铺直叙，却是递进层深，读来令人黯然神伤。对于岁月的无情和短暂，纳兰作为一个失去至爱的男人，将自己的感慨抒发得令所有人都为之动容。情爱的神秘之处便在于无法控制，不可预知，你永远都无法知道，会在什么时候，什么地点，爱上一个什么样的人。

同样的，你也无法知道，会在一个什么地方，什么时候，与你相爱的人彻底分离，无法携手，到那个时候，即便你内心柔情万千，却也是无法跨过生死之间那千山万水的距离。

生死难料，唯独爱永恒，纳兰不但留下了他的词，更是将他的爱留在了世间。

江城子

湿云全压数峰低[1]，影凄迷，望中疑。非雾非烟，神女欲来时[2]。若问生涯原是梦，除梦里，没人知。

【注释】

[1] 湿云：湿度大的云，指云中满含雨水。[2] 神女：谓巫山神女。《文选·宋玉〈高唐赋〉序》："昔者先王尝游高唐，怠而昼寝，梦见一妇人曰：'妾，巫山之女也。'"李善注引《襄阳耆旧传》："赤帝女曰姚姬（一作'瑶姬'），未行而卒，葬于巫山之阳，故曰巫山之女。楚怀王游于高唐，昼寝梦见与神遇，自称是巫山之女。"又《神女赋》序："楚襄王与宋玉游于云梦之浦，使玉赋高唐之事，其夜王寝，果梦与神女遇，其状甚丽，王异之，明日以白玉。"

【赏析】

巫山上雨雾缭绕，高高的山峰也似被沉沉的云压低下来，山影凄迷，一眼望去，并不分明。并非雾气，也非野烟，正是巫山神女快要腾云驾雾而来。

若觉得这生涯原是一场梦幻，人生美好只有在梦中，除此便没有人能知晓。正如苏东坡所说，"事如春梦了无痕"。

这词有些版本有词题《咏史》，说纳兰写这首词是发历史的感慨。当然，至于具体是否如此并非最重要的，姑且看看纳兰所要咏的这段历史。纳兰是对楚王"巫山云雨"的事有感慨了。宋玉的《高唐赋》中讲了这个故事：

曾经，楚襄王曾带着我（宋玉）在云梦台一带游玩，遥望三峡高唐上面的楼台，看到高唐上面飘浮着一团非常独特的云气，形状像山一样突起，并一直往上升，突然又改变了形状，转眼之间，形状变化无穷。楚襄王问我：这是什么气啊？我告诉楚王说：这就是人们所说的"朝云"。楚襄又问道：什么是"朝云"呢？我告诉楚襄王说：过去，您的父亲楚怀王曾经游历高唐，因为困倦就在白天小睡了一会，睡着后梦见一个少女，这个少女对楚怀王说："我是住在巫山的女子，我是从别的地方来到这里的。听说您到这里来游玩，所以我过来向您推荐我自己，愿意陪您同床。"楚怀王于是与之同床。少女离去时向楚怀王告别说："我在巫山南面，最高最险的地方，早晨我是一团云，傍晚时我又变成飘忽不定的阵雨。每天早晨晚上，我都在巫山南面一个高台靠下一点地方。"第二天早晨，楚怀王一看，果然看到一团云在那里飘动，于是在那个平台上建了一座庙，取名为"朝云"。楚襄王说：朝云刚升起来的时候是什么样子的呢？我告诉楚襄王说：她刚开始出现的时候，茂茂盛盛像松树一样笔直，一会儿后，她光彩照人又像一位美丽的少女，她举起袖子遮住太阳，像在张望她思念的人；突然她又改变面貌，急驰像四匹马拉的战车，车上还插着战旗；你感到像风吹一样的凉，像冷雨一样的凄清。等到风止雨停，云也突然无影无踪了。

这个故事在中国历史上产生了很大影响，历代的诗词中这一典故可谓俯拾皆是。纳兰写这件事也是有原因的，可以当作咏史，更可以看作是他在倾诉着自己对人生的看法，以及对昔日爱情的追忆。词中的巫山神女如何不可以当作纳兰的故妻、知己、恋人等呢？而他自己，好比楚怀王，而他们之间的关系，无论多么值得自己怀念，值得后人追忆，但总是一番云雨罢了，烟消云散以后，一切也就幻为无物。结尾"若问生涯原是梦。除梦里，没人知"是词的结尾，更表露出纳兰对于人生的看法，很有悲观主义的倾向，也应该是对于人生愁苦的总结。

纳兰继承了婉约派的传统，这种风格有一个很重要的情感来源，也就是词人自身的情感要细腻委婉，甚至他们个人的人生情感经历颇为坎坷心酸，如柳永、晏殊、李清照，等等。婉约词在取材方面，多写儿女之情、离别之绪，在表现方法上多用含蓄蕴藉方法将情绪予以表达，其风格是绮丽的。大抵以为"诗言情"，不能把文章的社会责任放到诗词上来。在纳兰身上我们可以看到两方面都有体现，也能看到其中差异，便是婉约情感对他的巨大影响。

长相思

山一程，水一程，身向榆关那畔行①，夜深千帐灯。
风一更，雪一更，聒碎乡心梦不成②，故园无此声。

【注释】

①榆关：山海关，古称渝关、临榆关、临渝关，明代时改为今名，其地古有渝水，县与关都以水得名。在今河北秦皇岛。那畔：那边。②聒：吵闹之声。乡心：思念家乡的心情。

【赏析】

清康熙二十一年（1682年）二月十五日，康熙因云南平定，出关东巡，祭告奉天祖陵。纳兰随从康熙帝诣永陵、福陵、昭陵告祭，二十三日出山海关。塞上风雪凄迷，苦寒的天气引发了纳兰对北京什刹海后海家的思念,这首词即在这个背景下写成。

词的开篇即指出到达塞上山水漫长路途遥远,"山一程,水一程",仿佛是亲人送别了一程又一程,山上水边都有亲人的身影,这漫漫长路终究有亲人一直不舍不弃地萦绕山光水色心间。"身向榆关那畔行",榆关在这里代指山海关,一行人马由于使命在身皆是行色匆匆,只全身心地奔赴山海关。"夜深千帐灯"则是康熙帝率众人夜晚宿营,众多帐篷的灯光在漆黑夜幕的反衬下独有的壮观场景。

这里借描述周围的情况而写心情,实际是表达纳兰对故乡的深深依恋和怀念。二十几岁的年轻人,风华正茂,出身于书香豪门世家,又有皇帝贴身侍卫的优越地位,本应春风得意,却恰好也是因为这重身份,以及本身心思慎微,导致纳兰并不能够安稳享受那种男儿征战似的生活,他往往思及家人,眷恋故土。严迪昌《清词史》中曰:"'夜深千帐灯'是壮丽的,但千帐灯下照着无眠的万颗乡心,又是怎样情味?一暖一寒,两相对照,写尽了自己厌于扈从的情怀。"

"夜深千帐灯"既是上片感情酝酿的高潮,也是上、下片之间的自然转换。夜深人静的时候,是想家的时候,更何况还是这塞上"风一更,雪一更"的苦寒天气。风雪交加夜,一家人在一起什么都不怕。可远在塞外宿营,夜深人静,风雪弥漫,心情就大不相同。路途遥远,衷肠难诉,辗转反侧,卧不成眠。"聒碎乡心梦不成"的慧心妙语可谓是水到渠成。

纳兰思乡心切,孤单落寞,不由得生出怨恼之意:家乡就没有如此吵闹的声音。此处"故园无此声"看似无理实则有理:故园岂无风雪?但同样的寒宵风雪之声,在家中听与在异乡听,感受自然大不相同,在家中无论寒风如何呼啸,心中也是有所归依的暖着的,而如今身处异地,风声也就聒噪了起来,雪花也就凌乱吵闹了起来。纳兰的乡关之思和怨尤之情在此被表露得尤为明显。

"山一程,水一程"与"风一更,雪一更"的两相映照,又暗示出词人对风雨兼程人生路的深深厌倦的心态。首先山长水阔,路途本就漫长而艰辛，再加上塞上恶劣的天气，就算在阳春三月也是风雪交加，凄寒苦楚，这样的天气，这样的境遇，让纳兰对这表面华丽招摇的生涯生出了悠长的慨叹之意和深沉的倦旅疲惫之心。

从"夜深千帐灯"的壮美意境到"故园无此声"的委婉心地，既是词人亲身生活经历的生动再现，也是他善于从生活中发现美，并以景入心，满怀心事悄悄跃然纸上。

天涯羁旅最易引起共鸣的是那"山一程，水一程"的身泊异乡、梦回家园的意境，信手拈来不显雕琢，王国维曾评："容若词自然真切。"

本词既有韵律优美、民歌风味浓郁的一面，如出水芙蓉纯真清丽；又有含蓄深沉、感情丰富的一面，如夜来风潮回荡激烈，深受后人喜爱。

纳兰将塞上风景、行军神态，以及自身的怨思之情婉转道来，画面壮美中不乏相思柔情，正所谓"刚柔相济"，尤其其中"夜深千帐灯"一句，取景新颖豪壮，深受国学大师王国维赞赏。不得不说这是一首描写边塞军旅途中思乡寄情的佳作。

清平乐

烟轻雨小，望里青难了。一缕断虹垂树杪[①]，又是乱山残照[②]。

凭高目断征途，暮云千里平芜[③]。日夜河流东下，锦书应记双鱼[④]。

【注释】

①断虹：一段彩虹，残虹。树杪：树梢。②残照：落日的光辉，夕照。③平芜：草木丛生的平旷原野。④双鱼：亦称"双鲤"，一底一盖，把书信夹在里面的鱼形木板，常指代书信。

【赏析】

  这首词是于塞上写离情：烟雨迷蒙中，放眼望去满眼尽是青色，没有尽头。又到了夕阳落入群山的时候，树梢上挂着一段彩虹。登高远眺，望断征途，只看到一片暮云停驻于千里旷野。河水昼夜不停地向东流去，就像我对你的思念之情，于是将这一份相思之苦托双鱼为你寄来。

  这首《清平乐》，有人说是纳兰词的代表作之一，是纳兰用心写成的一首离情之作。但细细品味下来，其实能够发现，这首词并不能算是纳兰词作里的好作品，整首词不过是平淡乏味，一个平庸之作而已。

  但是，这也不能从而否定纳兰在词章上的艺术成就，他一生所填写的词数量之多，是显而易见的，偶尔的平庸之作也并不能抹杀他。还有一点就是当时的清朝词坛的风气并不是很好，纳兰的词可以说是开了先河，为清词注入了鲜活的力量。

  所以，这首词也有解析的必要。"烟轻雨小，望里青难了。"古代文人要写离别之情，总是会将情景设置在烟雨迷蒙、柳条拂面之中。纳兰这首词也不例外。烟雨蒙蒙中，放眼望去，满目青色，无边无际。好像词人此刻的心情，充满迷蒙。

  虽然从这首词的字里行间可以推断出这是写离别之情的，但至于纳兰是为谁写的离别词，就不得而知了。从词句判断，应该是纳兰的友人。友人离别，站于迷蒙的细雨中，看着友人离去的方向，最终望不到友人的身影，想着友人此时应该走到何处。

  友情总是纳兰生命中重要的支撑，故而他才会对每一段友情的消逝都感到痛苦万分。写完细密的雨，接下来，纳兰便将笔触延伸到更远处。"一缕断虹垂树杪，又是乱山残照。"上片之见是时间的一个顺延，雨停之后，天边现出彩虹，在远处乱石上，夕阳残照，彩虹挂在树梢上。

  纳兰写词，总是要尽善尽美，尽管这首词并非他的佳作，但依然可以从中看出纳兰写词的风格。他将每种景致都极致化，令他的词成为一种艺术。这首《清平乐》的下片依然写景,但更多则是抒情。

"凭高目断征途,暮云千里平芜。"登高望远,方能心胸开阔,古人不乏登高的诗作,纳兰这句词有着与他以往词里没有的豪气干云。男儿气概在此时表露无遗,登高望断天涯路,前方征途漫漫,一眼看不到头,但是在眼前,暮云停驻,而云霞下面,则是千里的平原,草木丛生,犹如思念的荒地,长满了杂草。

词在最后,写下如何缓解思念的方式,便是"日夜河流东下,锦书应记双鱼。""双鱼"也是一个典故,双鱼又称为"双鲤",一底一盖,把书信夹在里面的鱼形木板,常指代书信。

从最后的这句词来看,似乎是要写给远方的爱妻,但从当时的情景来看,纳兰并未有牵挂着的女子。不过,不论这词是因何而作,也是纳兰将一番思念之苦,化作锦书,托送给双鱼,希望后世都能看到。

清平乐

将愁不去[①],秋色行难住。六曲屏山深院宇[②],日日风风雨雨。

雨晴篱菊初香[③],人言此日重阳。回首凉云暮叶[④],黄昏无限思量。

【注释】

① 将愁:长久之愁。将,长久。② 六曲屏山:如山峦般曲折往复的屏风。③ 篱菊:谓篱下的菊花。语出晋陶潜《饮酒》诗之五:"采菊东篱下,悠然见南山。"后用以为典实。④ 凉云:阴凉的云。南朝齐谢朓《七夕赋》:"朱光既夕,凉云始浮。"

【赏析】

找不到烦恼的缘由,却总也挣不脱这种没有缘故的心情,失落是每个人都体会过的。人们在人生中不断追求、前行的过程中,难免会有不如意的时刻，但纳兰却不应该是一个烦恼的人，在旁人眼中，他享尽了荣华富贵，可是在他自己看来，却并不满足。

这首词是重阳节的感怀之作：绵绵清愁挥之不去，无尽的秋色也难以留住。屏风掩映下那深深的庭院，整日愁风冷雨，不曾停歇。好不容易天晴了，菊花吐露出芬芳，听说今天正是重阳节。回望天边那阴云和暮色中的树叶，不由产生无限的思绪。

与纳兰的这首《清平乐》相似的一首，是晏殊所写的一首《清平乐》。晏殊作为有名的词人，可以说是纳兰的前辈。晏殊的那首《清平乐》如下：

金风细细，叶叶梧桐坠。绿酒初尝人易醉，一枕小窗浓睡。
紫薇朱槿花残，斜阳却照阑干。双燕欲归时节，银屏昨夜微寒。

晏殊的这首小词抒发初秋时节淡淡的哀愁，语言十分有分寸，意境讲究含蓄。晏殊只是从景物的变更和主人公细微的感觉着笔，一直是旁敲侧击地描写，而从不是从正面来写情绪的波动，这首词读后，令人感到句句寓情、字字含愁。仔细品味之余，语言的清新、风格的婉约也是一大特色。

同样是抒发内心惆怅，纳兰的《清平乐》就显得更为简单直接一些，说愁便直接写愁，简单明了地道出自己的烦恼。"将愁不去，秋色行难住。"愁苦无法挥去，就连美丽的秋色都无法挥去愁闷。此处"将愁"表示长久的愁闷，秋色最是伤人的，因为寂寥，故而最能引起人们的伤感，因为迟暮，因而能让人们无法释怀。

在秋色中想挥手赶走哀愁，这无疑是愁上加愁，而纳兰也丝毫不避讳自己对于忧郁的无能为力，他坦然地告诉人们自己真的是"将愁不去"。比起晏殊的含蓄和隐藏，纳兰就好像一个孩子，毫无忌讳地将自己内心深处的感受讲出来，丝毫不怕被世人耻笑。

或者正是因为这份坦白，纳兰的词更显得有种直白的魅力，无人能够替代。而后接下一句是:"六曲屏山深院宇,日日风风雨雨。"屏风掩映下的庭院,日日风雨,愁云惨淡,人在这里,怎会不被感染!

纳兰居住的庭院,为何会让他感到哀愁?其实境由心生,所谓的庭院深深,还不是自己内心凄苦,所以,才看什么都显出一副悲凉模样吗?是谁让纳兰如此哀伤,是谁家的女子让纳兰神色清冽地立于窗前,眉头紧锁,无限恨,无限伤。

纳兰的这首词是否为一个女子所作,不得而知。或者,这根本就不是纳兰为任何人写的词,而只是他在重阳之时,想起往昔,感怀往事的作品。我们无从知晓。纳兰的许多作品都是这样,看似表达了对某个人深深的思念,但其实这个人却好像虚无缥缈似的,让人摸不到任何踪迹。

"雨晴篱菊初香,人言此日重阳。"下片的风格稍显婉转,不再如上片那样晦涩,下片写到天气放晴,菊花绽放,香气扑鼻。然后词人才恍然大悟,原来是正逢重阳之日。重阳是一个让人伤感的节日。

古人写道"每逢佳节倍思亲",说的便是重阳。重阳节是个让人思念故人的节日。纳兰身逢重阳,想起往日,必然是感慨万千。今昔往日,多少不同,而今一同从脑海中掠过,那些过往,仿佛还历历在目。

黄昏正在换取这一天里最后的一抹阳光,暮日下的世界,被覆上了迷离的光芒。黑暗即将到来,带走这一天的明亮,重阳节也很快就会过去。第二天依然是崭新的一天,"回首凉云暮叶,黄昏无限思量"。

只是在这即将告别白日的时刻,纳兰回首天边的云朵和落木,心头不禁思绪万千。这首重阳节感伤的词,写出了词人深埋心底的忧伤。

清平乐 忆梁汾

才听夜雨,便觉秋如许。绕砌蛩螿人不语①,有梦转愁无据②。

乱山千迭横江③,忆君游倦何方④。知否小窗红烛。照人此夜凄凉。

【注释】

① 蛩螿:蟋蟀和寒蝉。蛩,蟋蟀。螿,蝉。② 无据:不足凭,不可靠。③ 横江:横陈江上,横越江上。④ 游倦:犹倦游,指仕宦漂泊潦倒。

【赏析】

这首词是秋夜念友之作,抒发对好友顾贞观深切的怀念。顾贞观是江苏无锡人,其曾祖顾宪成是晚明东林党人的领袖,可谓真正的书香门第。顾贞观的个人才情和文化素养也自然与众不同,是当时很有名气的江南文士。

康熙十五年(1676年)的春夏间,他与权相明珠之子纳兰性德相识,成为交契笃深的挚友。或许是气质的相互吸引,或许是才情的彼此契合,两人第一次相见,便有"一见即恨识余之晚"之感,相见甚欢,相谈甚多,彼此引为知己。

而在词坛的成就两人同样齐名,举凡清史、文学史、词史无不将二人相提并论,被视为风格近似、主张相同的词坛双璧。

二人因为才情而惺惺相惜,在与顾贞观相交的日子里,纳兰是快乐的。他们时常以词会友,互相切磋文学。可是再深的友谊也不能保证天长地久地相处,纳兰因为官职在身,总需要外出办事。

这次,他又要随同皇帝外出游走,官场的事情总是枯燥乏味的,不如与友人饮酒作诗来得痛快。但人在官场,身不由己,纳兰只得依依不舍告别友人,准备出发。在外出的日子里,纳兰一直是孤独寂寞的。

虽然康熙很赏识他,但君臣毕竟有别,二人不会无话不谈。纳兰恪守着君臣之礼,他将自己内心的一切都隐忍下来,这更加重了他内心的郁闷情绪,想要及早结束这场出行,好早日回去与友人团聚。

在这种心情下,纳兰写下了这首《清平乐》:才刚刚听到窗外的雨声,就已感觉到秋意已浓。是那蟋蟀和寒蝉的悲鸣声,让人在梦里产生无限哀怨的吗?乱山一片横陈江上,你如今漂泊在哪里呢?是否知道有人在小窗红烛之下,因为思念你而备感凄凉?

单纯的想念,让人能够从词句中嗅到友谊的醇香。友谊就是这样,不论彼此身在何方,总是能够随时随地想起对方。纳兰外出公干,想起远方的挚友,虽然秋意正浓,但心头也是会涌起阵阵暖意。

"才听夜雨,便觉秋如许。"才刚刚听到窗外有雨声,就已经感觉到浓浓的秋意了。身上的寒意大多是心里的凄凉带来的,身边没有知己,自然感觉到凉意。夜雨之中,更能听到蟋蟀和寒蝉的悲鸣声,秋意渐浓,蟋蟀和寒蝉也知道自己生命无多,故而叫声凄厉。在夜色下,这更让人产生无限的哀怨。

"绕砌蛩螀人不语,有梦转愁无据。"上片在凄凄切切的情愫中结束,纳兰将思念友人之心情描述得如悲如切,这首词是思念友人,却又好像是纳兰自悲自切的呢喃自语。结束了上片的哀痛,下片则是沉思,依然饱含哀怨,所描写到的景物,也是蒙上一层灰暗色彩,看不到颜色。

"乱山千迭横江,忆君游倦何方。"眼前乱石堆砌,远山横陈江上,江水滔滔,滚滚东逝去。不知道友人而今漂游到了何方。杳无音信,只能靠着思念回忆过去美好的日子。纳兰与好友之间没有联系,让他内心充满不安。

"知否小窗红烛。照人此夜凄凉。"这是纳兰在反问友人的话,是否知道有人在思念你呢?是否会因为被思念而感到凄凉呢?友人自然是无法感受到纳兰千里外的思念的,但纳兰在此的疑问,可以看出纳兰的纯真心性,这个才华横溢的清初才子,其实只是一个渴望友谊与关爱的男子。

词的初衷是思念友人，但当写到最后，却变成了纳兰自怨自艾的一首自哀词，写不尽的哀伤情，透过词意里的风雨，飘洒而出，湿了人心。

清平乐

风鬟雨鬓①，偏是来无准。倦倚玉阑看月晕②，容易语低香近。

软风吹过窗纱③，心期便隔天涯④。从此伤春伤别⑤，黄昏只对梨花。

【注释】

①风鬟雨鬓：形容妇女在外奔波劳碌，头发散乱的样子。后代指女子。②月晕：又称"风圈"，月光被云层折射，在月亮周围形成的光圈。③软风：柔和的风。窗纱：窗户上安的纱布、铁纱等。④心期：心中相许，引申为相思。⑤伤春：因春天到来而引起忧伤、苦闷。伤别：因离别而悲伤。

【赏析】

宋词里有许多缠绵悱恻的句子，在那些句子背后，隐藏的是一段段悲欢离合、感人至深的爱情故事。那些宋词，大多是写给歌女，因为歌女作为宋代的一个群体，颇受关注，她们有着文化素养，有着艺术才华，是宋代文人十分欣赏的一个群体。

在古代的社会里，女子的任务便是嫁做他人妇，为丈夫家传宗接代，然后相夫教子，扮演贤内助的角色。这样的女子需要温柔贤惠，懂得三从四德，低眉顺眼，事事以丈夫的话为最高指令。

这样的女人自然无法得到男人真正的喜爱，他们便更热衷于去追逐花街柳巷里，或者那些并不常规的爱情。因为有了爱情，生活才有了调味剂。于是，才有了那么多赏心悦目的诗词歌赋，因为有了感情，辞赋便变得更有味道。

纳兰并不是一个贪恋美色的人,但他却是一个最需要爱情的男人,他的爱情曾随着表妹的入宫一度低沉,随着妻子卢氏的去世差点毁灭,甚至随着沈宛的离去而消散殆尽。不过还好,在他的内心,始终保存了有关爱情的一点追求,而纳兰又将这点追求,放入了诗词中,时刻提醒自己,原来,爱情并未走远。

这首《清平乐》情辞真切,将相恋之中人们想见又害怕见面的矛盾心情,一一写出。"风鬟雨鬓",本是形容妇女在外奔波劳碌,头发散乱的模样,可是后人却更喜欢用这个词去形容女子。

女子与他相约时,总是不守时间,不能准时来到约会地点。但纳兰在词中却并无任何责怪之意,他言辞温柔地写道:"偏是来无准。"虽然女子常常不守约定时间,迟到的次数很多,但这并不妨碍纳兰对她的宠爱。想到与女子在一起的快乐时光,纳兰的嘴角便露出微笑。

"倦倚玉阑看月晕,容易语低香近。"记得旧时相约,你总是不能如约而至。曾与你倚靠着栏杆在一起闲看月晕,软语温存,情意缠绵,那可人的缕缕香气更是令人销魂。如今与你远隔天涯,纵使期许相见,那也是可望而不可即了。从此以后便独自凄清冷落、孤独难耐,面对黄昏、梨花而伤春伤别。

过去的时光多么美好,但是美好总是稍纵即逝。在纳兰的回忆里,这份美好过分短暂,好像柔软的风,只是轻微吹过脸庞,便已逝去。"软风吹过窗纱,心期便隔天涯。"与《清平乐》的上片相比,下片的格调显得哀伤许多,因为往昔的美好回忆过后,必须要面对现实的悲凉。

在想过往日与恋人柔情蜜意之后,今日独自一人,看着春光大好,真是格外感伤。纳兰一向是伤春之人,那是因为他内心深处一直藏着一份早已远逝的情感,就如同这春光一样,虽然眼下再怎么美好,总有逝去的那一天。

"从此伤春伤别,黄昏只对梨花。"结局就是这样,有时候,人们往往知道结局是无法逆转的,但站在时光的路口,依然想不自量力地去扭转乾坤。

最终,伤的只有自己。

凤凰台上忆吹箫 守岁[1]

锦瑟何年[2],香屏此夕[3],东风吹送相思。记巡檐笑罢[4],共捻梅枝。还向烛花影里,催教看、燕蜡鸡丝[5]。如今但、一编消夜,冷暖谁知?

当时。欢娱见惯,道岁岁琼筵,玉漏如斯[6]。怅难寻旧约,枉费新词。次第朱幡剪彩[7],冠儿侧、斗转蛾儿[8]。重验取[9],卢郎清鬓[10],未觉春迟。

【注释】

[1] 守岁:农历除夕一夜不睡,送旧迎新。[2] 锦瑟:漆有织锦纹的瑟,借喻往日的好时光。李商隐《锦瑟》:"锦瑟无端五十弦,一弦一柱思华年。"[3] 香屏:华美的屏风。南朝梁简文帝《美女篇》:"朱颜半已醉,微笑隐香屏。"[4] 巡檐:来往于檐前。[5] 燕蜡鸡丝:即燕蜡与鸡丝,旧俗农历正月初一所做的节日食品。明瞿祐《四时宜忌·正月事宜》谓:"洛阳人家,正月元日造丝鸡、蜡燕、粉荔枝。"[6] 琼筵:盛宴、美宴。玉漏:古代计时漏壶的美称,唐苏味道《正月十五夜》诗:"金吾不禁夜,玉漏莫相催。"[7] 次第:依次地。朱幡:指显贵之家所用的红色旗幡。剪彩:古代正月七日,以金银箔或彩帛剪成人或花鸟图形,插于发髻或贴在鬓角上,也有贴于窗户、门屏,或挂在树枝上作为装饰的,谓之"剪彩"。[8] 斗转:乱转。宋康与之《瑞鹤仙·上元应制》:"闹蛾儿、满路成团打块,簇着冠儿斗转。"蛾儿:古代妇女于元宵节前后插戴在头上的剪裁而成的应时饰物。[9] 验取:检验、查看。[10] 卢郎:传说唐时有卢家子弟为校书郎时年已老,因晚娶,而遭妻怨。宋钱易《南部新书》云:"卢家有子弟,年已暮,而犹为校书郎,晚娶崔氏女,崔有词翰,结褵之后,微有慊色。卢因请诗以述怀为戏。崔立成诗曰:'不怨卢郎年纪大,不怨卢郎官职卑。自恨妾身生较晚,不见卢郎年少时。'"后用为典故。

【赏析】

　　纳兰的词多悼亡之作。这首词也是借写节序抒发怀人之感：什么时候才能再有那美好的时光啊，今岁的除夕只剩有锦瑟相伴，东风吹来则更增添了相思。还记得当年你我共度除夕的情景，那时你我欢笑着往来于檐下，之后又共捻着梅枝，在灯影里催看手中的蜡燕、丝鸡做得如何。如今我却手持着一卷书来消磨着除夕，我的伤心寂寞还有谁能知晓？那时见惯了欢娱的情景，没想到会有今日的孤寂。当时还说以后年年都会有美宴，漏壶的滴答声也会永远如此。如今却难以实现旧时的愿望，如何不叫人惆怅。家家户户挂起朱幡彩旗，人们高高兴兴地戴上了迎新的装饰。再来看看我，虽然仍是青春年少，然而心却已老。

　　还是我们熟悉的那个纳兰。华美的辞藻，生动的情节，细腻描绘的小儿女情态之下，是人间欢宴后无尽的悲凉。

　　少时读《红楼》，见其中说黛玉"向来是个喜散，不喜聚的"。那时觉得，她天性不喜热闹。年纪大些再读《红楼》，忽地想到，每次聚会她疯玩疯闹兴奋劲儿不比谁差，她受不得的，是喜乐过后的离散吧，索性不聚。散，有韶华盛极的荒凉，氤氲着凄怆的美，似乎如此，日本人才喜爱"樱花庄重凋落"超过喜爱"樱花盛放"——这其中的差别需要细细体味，整棵樱树从开花到全谢大约十六天，甚至给人形成樱花边开边落的错觉。日本人有坚强的武士道精神垫底儿，才能在冉冉落花下畅饮着"悲"之酩醴；而中国敏感纤弱的文人神经受不得"悲"的冶炼，他们感时花溅泪，恨别鸟惊心。

　　散，源于聚。《浮生六记》中沈复与芸娘被高堂双双逐出家门，芸娘病弱，不久于人世，强颜笑曰："昔一粥而聚，今一粥而散；若作传奇，可名《吃粥记》矣。"纳兰与妻子的散聚，在除夕新岁，元宵佳节。

　　除夕前后的欢愉，多少人写得。辛弃疾写《青玉案》"蛾儿雪柳黄金缕，笑语盈盈暗香去"；李清照作《永遇乐》"铺翠冠儿、捻金雪柳，簇带争济楚"；纳兰说"次第朱幡剪彩，冠儿侧、斗转蛾儿"。

辛弃疾情念的是红尘路上擦肩而过的绝世女子，李清照怀念的是自己逝去的年华正艳时的欢颜，纳兰怀念的是曾与自己举案齐眉、你侬我侬的发妻。同是缅怀一种逝去，辛弃疾体会更多的是一种失落。那女子如流水落花，被命运的风吹至书生面前，又随命运之风翩然而去，书生心中几多怅惘，却并不哀伤。李清照有感于自己飘零的身世，有感于青春的荣枯，失去了赵明诚，失去了岁月的往昔，已然是"凋萎了"。心都枯了，哪还有什么悲喜？纳兰是爱那女子的，他的心悬系在那女子身上，整个人都痴了，记得"巡檐笑罢，共捻梅枝"，记得"烛花影里，催教看、燕蜡鸡丝"。所谓相思，最怕的是一人把心生在伊人的身上，伊人的生命凋零，那颗心也随之枯萎化灰。

黛玉作歌曰："试看春残花渐落，便是红颜老死时。一朝春尽红颜老，花落人亡两不知。"人亡，花落，凄怆的情景勾起几多心底的伤悲。人们独独忘记的，是那惜花人，消隐在岁月的哪个角落里啜饮相思的苦酿。

点绛唇

小院新凉，晚来顿觉罗衫薄①。不成孤酌，形影空酬酢②。

萧寺怜君③，别绪应萧索④。西风恶，夕阳吹角，一阵槐花落。

【注释】

① 罗衫：丝织衣衫。② 酬酢：主客之间相互敬酒，主敬客曰酬，客敬主曰酢。③ 萧寺：佛寺。唐李肇《唐国史补》卷："梁武帝造寺，令萧子云飞白大书'萧'字，至今一'萧'字存焉。"后因称佛寺为萧寺。④ 萧索：萧条、凄凉。

【赏析】

纳兰性德在给姜西溟赠词《金缕曲·慰西溟》中有"马迹车尘忙未了,任西风、吹冷长安月。又萧寺,花如雪"句,词中即提到萧寺,史料更载:姜西溟到京参加"博学鸿词"考试,在京时曾寓萧寺。而纳兰与其交谊甚厚,姜在京时跟纳兰交游甚密,自然可知这首词多为纳兰怀念姜西溟所作。

提到姜西溟,纳兰与其交游便有一段佳话。

姜西溟是"江南三布衣"中的一位。与纳兰交游时姜西溟是纳兰之父纳兰明珠政敌的门生,常与其父对立,他曾经在纳兰面前摔过杯子,臭骂纳兰家"没有一个好人"。而纳兰却不以为忤,认为姜的牢骚是出于对官场黑暗和龌龊的不满,始终以诚相待。在姜西溟在京考举时毅然不顾父亲反对,将姜接到自己家里居住,以解生活之忧。

另有故事说姜一向狂傲,口无遮拦,甚至几犯欺君犯上的大罪,都被纳兰一一化解。姜也最终发现纳兰性德有一颗金子般的心,并衷心为之感动。在感谢纳兰的信中,他写道:"轸念贫交,施及存殁。使藐然之孤,虽不能尽养于生前,犹得慰所生于地下。"由此可见,他们两人,一个是真诚待朋友,包容朋友,一个是直言不讳,快人快语。这样的友谊,这样的交情在今天读来,亦让人为之动容。

在这首寄词中,纳兰以"小院新凉"起笔,言及天气刚刚转冷,后句有"晚来"自然说到那一天至傍晚时,天气变得凉了,而由"清朝'博学鸿词'考试一般设于秋季"可知,此处说的应该是秋凉。秋凉便觉有些寒意了。词的上片从自己的感官出发,写怀友心绪:天色已晚,小院里忽然添了几分寒意,便觉得此时衣裳有些单薄了。念及此处,便想起那友人,为下片怀人之言埋下伏笔。此时我只能一个人独饮驱寒,"形影空酬酢"一句便把自己的伤怀念远、孤独寂寞的心情刻画得惟妙惟肖。一个人独饮闷酒,自然是对着自己的影子对饮长歌了。可谁又是主谁又是客,来来去去还不是自己一个人罢了。

下片自然承接到怀念友人处,便提及萧寺。自友人处起笔,想起当初跟友人在萧寺中惺惺相惜之情、对饮长谈之景,对比此刻的自己的形影相吊,忽而不觉黯然。恰巧是在萧寺,虽史说:"梁武帝萧衍笃信佛教,多造立寺院,而冠以己姓,称为萧寺。"其名出自萧姓,但也觉萧索之意,遂有了下句"别绪应萧索"。此处纳兰匠心独运,把自己的情感转而嫁接到随后而至的秋凉之感上,又用萧寺做引子,显得十分巧妙有味。后边几句乃从容道来,一点都不带滞凝之感。

想想此处应是这种风景:西风劲吹夕阳,随着晚风,天气转寒,我怀念友人是否衣缕单薄,不抵风寒呢?想到你处,自是那槐花也承受不起这风寒,萧萧索索,落了一阵,你是否也执酒驱寒,跟我一般寂寞独酌呢?

纳兰此作将自己的思友之情藏起,上片写己,下片转至友人,把笔触瞄准了各种秋景,景语之处,句句怀人,显得尤为真挚感人。

浣溪沙

谁念西风独自凉?萧萧黄叶闭疏窗[1]。沉思往事立残阳[2]。

被酒莫惊春睡重[3],赌书消得泼茶香[4]。当时只道是寻常。

【注释】

①萧萧:稀疏的样子。疏窗:刻有花纹的窗户。②残阳:夕阳,西沉的太阳。③被酒:醉酒。④赌书:比赛读书的记忆力。典出宋李清照、赵明诚翻书赌茶之事。李清照《金石录后序》云:"余性偶强记,每饭罢,坐归来堂,烹茶,指堆积书史,言某事在某书卷第几页第几行,以中否角胜负,为饮茶先后。中即举杯大笑,至茶倾覆怀中,反不得饮而起,甘心老是乡矣!故虽处忧患困穷而志不屈。"

【赏析】

　　西风吹来,谁会想到有人在这风中独自悲凉?"无边落木萧萧下",遍地黄叶堆积,万物在沉寂前,似乎都要纷扬一番,如同蝴蝶一样地翻飞。秋也如此壮阔美丽。然而独坐闺中,疏窗紧闭,似乎与世相隔,只因为心中寂寥,独自凄凉。念起往事,独自沉思,在斜风残阳中,无限思量涌来,人何能禁?

　　醉酒得深沉,便不要在这春日里惊起,再感时伤春。怀想曾经与他赌书的日子,真是快乐至极,以至于茶杯翻覆,倒进怀中。这些在当时看来,自以为是平平常常,而今尽是伤心的回忆罢了!

　　这首词通过李清照的口吻,回忆和丈夫曾经的美好高雅的生活,表达天人相隔的无限伤感。

　　宋代著名词人李清照,十八岁时与右相赵挺之之子赵明诚结婚,夫妻生活甜蜜恩爱。两人志趣相投,一起收集古玩字画,并一起勘校、考订版本,生活十分闲适惬意。他们最常做的游戏就是在晚饭后猜书斗茶。两人先煮上一壶茶,然后轮流由一人说出一句或一段古人的诗文,让对方猜这句话出自哪本书、第几卷、第几页、第几行,以猜中与否分胜负,猜对了就优先喝一杯茶。由于李清照的记忆力特别强,几乎是每猜必中,赵明诚不得不甘拜下风。然而,聪明幽默的赵明诚也每每在李清照端起茶杯时讲笑话,结果常常引得她哈哈大笑,以致茶杯倾覆怀中,浇得一身湿漉漉。李清照将这些生活趣事记录在自己与丈夫合写的《金石录后序》中,成为才子佳人传诵的千古佳话。

　　事实上,纳兰性德写李清照、赵明诚夫妇相敬如宾,意趣高雅,一方面出于对古人的羡慕和替古人感伤,另一方面则是因回忆起自己与妻子的经历,从而生发一种顾影自怜的情绪。

　　这首《浣溪沙》中"沉思往事立残阳"与"当时只道是寻常"二句,情感极浓,情感上是递进式的:由不知人生为何如此辛苦而"沉思",思到头终究也无答案,却转头长叹"当时只道是寻常"!所以王国维说:"纳兰容若以自然之眼观物,以自然之舌言情。此初入中原未染汉人风气,故能真切如此。北宋以来,一人而已。"这绝非溢美之词。或许王国维也知道后人也会不能理解他何以盛赞纳兰性德。王国维受德国伦理哲学家叔本华的悲观主义影响,他尤为认同尼采"一切文学,余爱以血书者"以及歌德的"凡人生中足以使人悲者,于美术中则吾人乐而观之"。还自己说:"其使吾人超然乎厉害之外,而忘物我之关系。一旦入乎其中,犹集云弥月,而旭日杲杲也。"而词中这样的人并不是很多的,算来也只有纳兰性德是这种真性情的人了。所以我们完全可以理解他何以会盛赞纳兰性德,而众人又以为"过誉"云云。

浣溪沙

酒醒香销愁不胜,如何更向落花行。去年高摘斗轻盈。

夜雨几番销瘦了,繁华如梦总无凭[1]。人间何处问多情。

【注释】

[1] 繁华:是实指繁茂的花事,也是繁盛事业的象征。无凭:无所凭借、无所依托。

【赏析】

文章看似怜花,实际借花写出了对故人的思念。

一夜酒醒之后却发现柔弱的花儿已经凋零,只剩下片片花瓣残留,回忆起这些花儿仍在枝头绽放时的美丽容颜,谁能料到眼前这番颓败之景?如何能迈步再去赏花,如何舍得踏上这娇嫩的身躯,再给他们沉重的破坏?

去年高摘斗轻盈,花儿已经凋零,逝去的美好不再复返。只有回忆慢慢升起,顺着血液在全身汩汩流淌,渐渐涌上心头:那悠远的场景缓缓出现,春红柳绿,听得到黄莺嘤咛,听得到笑声如铃,去年今日赏花时,高摘斗轻盈。一起攀上枝头摘取花儿,比赛谁的身姿更加轻盈,一路笑语不断,惊起一片飞鸟。伊人如画美如梅。当时只道是寻常,而今阴阳相隔,只能花下落泪,睹物思人,争教两处销魂!

"轻盈"二字出自李白的《相逢行》:

怜肠愁欲断,斜日复相催。
下车何轻盈,飘然似落梅。

这首诗主要讲了作者在以此谒见皇帝之后巧遇一位美丽的女子,这惊鸿一瞥令他毕生难忘。于是他看着女子优美的身姿,从心里发出感慨:"下车何轻盈,飘然似落梅。"性德在这里主要是来形容心上人美如白梅。

即便是众星拱月,拥有繁华富贵、功名利禄又能如何,谁解其中味?欲说却无言,锦绣丛中只落得满心荒芜。内心厌倦了现在的一切,但又无法逃离,只得佳人伴也就罢了,可总是天妒红颜,伊人早逝!

"夜雨几番销瘦了,繁华如梦总无凭。"风吹雨打,花儿怎禁得起如此,往日枝头的熙熙攘攘如烟如雾、如画如卷,如梦一场消逝了,不可依托。残留的花瓣无言地展示着时间的无情,繁华亦如此,不过是梦一场,不过是过眼云烟,欲借酒消愁,却愁更愁,醒来不过是更残忍的世界,绵绵阴雨带来的压抑加重了内心的孤寂,屋檐的水珠滴滴敲在心上。

落花飞尽,红消香断,往往惹得人吟出:"一朝春尽红颜老,花落人亡两不知!"黛玉从小离开亲人进入荣国府,一介孤女只能在那样的大家庭中过着战战兢兢的日子,稍有不妥随时可能招来非议,于是她在《葬花吟》中感慨自己的身世是"一年三百六十日,风霜刀剑严相逼",而生活在富贵之乡的性德不用担心自己寄人篱下看人眼色,但是他面临着更加无奈的局面:出身贵族、超逸脱俗、才华横溢、宦海生涯平步青云，一切在别人眼里都是值得羡慕的，但是谁能了解他的天性，对仕途的不屑，对功名的厌倦，对友情的追寻，对爱情的坚守？这些堆积在内心深处无处诉说的话渐渐形成一层层厚厚的锈迹，一颗玲珑剔透的心，充满了斑斑伤痕。

李煜成为亡国君主后，日日梦回往事，但国家已灭，明月、雕栏仍在，朱颜不再，此恨悠悠，于是他感慨道"问君能有几多愁"，将心中的遗恨表现得淋漓尽致，从而流传千古！但是他的"问君能有几多愁"尚有"恰似一江春水向东流"的下句，人间何处问多情呢？性德无法得出结论，他在反问这个世界，反问世人，反问自己。

醉时的梦幻、酒后的残酷，往往令人唏嘘不已。夕阳渐渐爬上墙头，时光易逝，红颜老去，只留一地余香借以缅怀，内心的孤寂只能独自品尝，何处问多情？

浣溪沙，淘尽了英雄红颜，只留下千载的孤寂与相思。

减字木兰花 新月

晚妆欲罢，更把纤眉临镜画①。准待分明②，和雨和烟两不胜③。

莫教星替，守取团圆终必遂。此夜红楼，天上人间一样愁。

【注释】

①纤眉：纤细的柳眉。②准待：准备等待。③和雨：细雨。不胜：不甚分明。

【赏析】

这是一首咏物词，描写新月，比喻拟人，巧妙别致，颇有风格。

上片正面描写，通过比喻拟人表现新月。看那天边初升的新月，像一位美貌绝伦女子，正临镜梳妆时用那画笔画出的一条弯弯的眉毛。要等到夜色中的烟雾消散后，天空澄澈，那时才能看见这一轮新月的美丽——然而细雨烟中，不甚了然，满目还是一片迷蒙。上片虽主要写的是新月，却还应注意到一点，也就是情感上的表现。本来花了很长时间、很多心思，好好化了一番晚妆，要等有人来欣赏自己，然而"准待分明"时，却发现"和雨和烟两不胜"，竟然不能看清这美貌，如何不让人悲伤？这里将新月拟人化了，比成一位女子，弯弯的眉毛高高翘起，好像女子皱眉不高兴似的。但实际的情感从下片可知并不单单是新月的悲伤，而是"此夜红楼，天上人间一样愁"。

下片从侧面描写新月，并且把情感也从新月落到人身上了。不要让星星替代了新月，让它们成为这漫漫黑夜的主角，须慢慢坚持，总会有变成玉盘圆月的那一夜。

上片写景，下片抒情，上片写月，下片写人，最后一句"天上人间一样愁"将上下两片、天上人间联系起来，情景交融。

这首词中"红楼"可以有多种解释。一种是红色的楼房，如史达祖《双双燕》中"红楼归晚，看足柳昏花暝"，洪昇《长生殿·偷曲》"人散曲终红楼静，半墙残月摇花影"。两句中的"红楼"都是指这个意思。第二种解释是富贵人家中，女子居住的闺房称为"红楼"，如白居易《秦中吟》"红楼富家女，金缕绣罗襦"，王庭珪《点绛唇》词"花外红楼，当时青鬓颜如玉"。第三种解释是旧时妓女居住的地方，如周友良《珠江梅柳记》卷二载："二卿有此才貌，误落风尘，翠馆红楼，终非结局，竹篱茅舍，及早抽身。"当然还有《红楼梦》之所谓"红楼"，大概是由于曹雪芹于悼红轩中披阅十载、增删五次的缘故，这"红楼"应是第一种意思。

至于本首词中"红楼"的意思，向来应该是第二种，富贵家庭中女子的闺房，因为这符合词人的总体风格以及社会环境。事实上，明清以来，文人的诗词中妓女的成分已经远少于唐宋，原因就在于唐宋妓女一般是艺伎，她们多具有一定的艺术修养，或能歌善舞，或长于填词写诗歌，所以那时文人多喜欢来往其间；然而明清以来，妓院就成为真正的烟柳之地,文化氛围也消失殆尽,艺伎就不是主流,文人也不齿于此了。所以从这两方面看,纳兰性德这里的红楼应该是第二种意思,或者是第一种。

减字木兰花

断魂无据①,万水千山何处去?没个音书②,尽日东风上绿除③。

故园春好,寄语落花须自扫。莫更伤春,同是恹恹多病人④。

【注释】

①断魂:销魂,形容哀伤、感动、情深。无据:无所依凭。②音书:音信,书信。③尽日:终日,整天。除:指夏历四月,此时繁花纷谢,绿叶纷披。④恹恹:精神不振的样子。

【赏析】

这首词主题还是写伤春离别之情,属于纳兰性德常见的题材,然而在构思上却十分巧妙。可谓虽然同是一种酒,却用了不同的酒瓶盛装,最后让喝酒的人品出了不同的味道。

首先,在主题上仍旧是伤春怀人。伤春题材的诗词是传统诗词最重要的主题之一,写伤春的甚至比悲秋还要多,如杜甫《江南逢李龟年》"正是江南好风景,落花时节又逢君",王安石《泊船瓜洲》"春风又绿江南岸,明月何时照我还",陆游《豆叶黄》"一春常是雨和风,风雨晴时春已空"等。纳兰性德的这首在对伤春这一风格的继承上有他自己的特点。他说"莫更伤春",他用不伤春来表现自己的伤春,他要走出伤春的情节,然而始终又没能走出,只能是嘴巴上的一句话罢了。试想,他自己能不伤春么?他所思念的恋人能不伤春么?春的事实摆在面前,如同离别一样真实,不伤春,情何以堪?

　　这首词结构上很有其特色，使用了对话式的结构。全词分上下片，在一首词中创造了异空间中妻子和自己进行对话的可能性，这种可能性由词人自己去把握，恰到好处地表达了情感主题两方面的思念，并用对话来缓和由于空间差距造成的交流矛盾。

　　上片是从妻子的角度来说的。断魂飘忽无定，思量无限，万水千山，天涯海角，伊人何处去，为何一点音信也没有，一纸信笺也没来，整日独立东风，春风吹来，枝叶又绿。

　　下片是从自己角度来说的，承上对前面的妻子抱怨似的语言进行回答，似乎是在异空间中进行对话似的。怀想故园，想来春色正好，满园浓郁正春风，此时此刻，多想给你一封信啊，我要告诉你，去年一同赏花，一同看春华凋零，一同扫去那谢落满地的花，一同葬花，可惜今年，只你一人，独自赏花，独自面对花的凋零，最后一人扫去满地残红。这何等残忍，何等伤心，我又怎能提笔，如何给你这样的一封信呢？不要再伤春了，春去春又回，春色年年再，不能同在固可惜，你我同是天涯伤心客，同患相思疾。

　　无论如何，这种对话都只是一个假设而已，只是词人由于思恋太深而导致的情感爆发。词人无论怎么"解释"，在家中的恋人都不能听见，所以也不会"原谅"他，而这一点是纳兰性德自己也清楚的。所以说这首词的情感基调还是悲哀伤感的。

　　对话体的结构是这首词的典型特征，词人通过对话形式表达两地相思，事实则是表达了自己对妻子的一片深情。这首词上片立足于妻子的"问"，下片立足于自己的"答"，问答两方面中交点在于自己这一方面，主要是抒发自己对妻子的爱情以及各种主客观原因导致下的无奈，情感是悲伤、灰色的。

鹧鸪天

独背残阳上小楼,谁家玉笛韵偏幽①。一行白雁遥天暮②,几点黄花满地秋。

惊节序,叹沉浮,秾华如梦水东流③。人间所事堪惆怅,莫向横塘问旧游④。

【注释】

① 玉笛:玉制的笛子,笛子的美称,指笛声。② 白雁:候鸟。体色纯白,似雁而小。③ 秾华:指女子青春美貌。④ 横塘:古堤名,一为三国吴大帝时于建业(今南京)南淮水(今秦淮河)南岸修筑,亦为百姓聚居之地;另一处在江苏省吴西南。诗词中常以此堤与情事相连。旧游:从前游玩过的地方。

【赏析】

在中国古代,每到重阳佳节,人们就会登高,为的是避灾求福,而随着时间的推移,登高逐渐演变成古人的一种重要情结,每当他们在郁郁不得志时,通常以登高赋诗吟词,以排解心中的郁闷苦楚。

南唐后主李煜在国破家亡之后,在宋朝过了两年多的囚徒生活,在被囚禁的日子里,为了缓解心中的愁苦,他经常独上西楼远望,想象着昔日南唐的宫阙,而亡国之恨总会在这时一次次冲击他的心灵,因此他悲愤地写下了"无言独上西楼""小楼昨夜又东风"之类感伤的诗句。

与李煜这个偏安一隅的没落国君相比,纳兰无疑要幸运得多,他出身贵胄,父亲是权倾一朝的宰相,自身又是皇帝的贴身侍卫,深得圣上赏识。然而,他却蔑视一切荣华富贵,想的是要如何遁迹山林,与清风明月为伍。纳兰的出身和性格,也就注定他要终身扮演一个不得志的失意者,而这首《鹧鸪天》,就是他内心中满腔惆怅的真实写照。

"独背残阳上小楼",词一开篇,纳兰就为我们展现出一幅凄凉的画面,在一个秋日的黄昏,纳兰孤单地登上小楼,夕阳将他的影子一点点地拉长,就像他的心性一样,在时光的磨砺中消磨殆尽。

登上小楼之后,纳兰耳边传来幽咽的笛声,其中似乎还夹杂着些许的感伤。在中国古典诗词中,玉笛也是一个频繁出现的意象。"敦煌女伎持玉笛,凌空驾云飞天去""谁家玉笛暗飞声,散入春风满洛城""玉笛凌秋韵远汀,谁家少女倚楼听"……那为什么很少用"金笛""铁笛""铜笛"来入诗词呢?这是因为在古代,人们对玉看得很重,正所谓"黄金有价玉无价",文人君子必佩玉,于是,玉不仅是一种装饰品,更是一种人格、身份的体现。

登高必感怀,这是中国传统诗词的一个套路,另外还有"一切景语皆情语"的说法,所以纳兰在感怀之前,先看了看眼前的景色。"一行白雁遥天暮,几点黄花满地秋",远处,一行白雁飞入天际,近处,枯黄的叶子落了一地。一个人孤零零地登楼远眺就已尽显凄凉,如果再看到眼前萧瑟的秋景,自然会触景生情,发出无限的感慨。

词到下片,纳兰开始慨叹世事无常,人生如梦,"惊节序,叹沉浮,秾华如梦水东流",四季更替,人生浮沉,美好的时光像梦一样随着流水消失不见了,到这里,词人的惆怅之情已显而易见。

"人间所事堪惆怅,莫向横塘问旧游。"人间有无限的惆怅之事,既已如此惆怅,那就更不要向横塘路上询问旧游在何处了。读到尾句,我们不禁想起纳兰的另一首《浣溪沙》中的"我是人间惆怅客",不同的季节,相同的意境,虽然时光飞逝,但惆怅的心情却如影相随。

有人说这首词是登高感伤之作,也有人指出横塘在江南,这是一首登高怀人之作,怀念的是沈宛或是江南的友人,哪种说法正确,我们无法做出裁定,但我们能够确定的是,纳兰内心中那无法倾诉的惆怅,将永远陪伴在他的左右,直到他生命的终结……

鹧鸪天

别绪如丝睡不成，那堪孤枕梦边城[1]。因听紫塞三更雨[2]，却忆红楼半夜灯[3]。

书郑重，恨分明，天将愁味酿多情。起来呵手封题处[4]，偏到鸳鸯两字冰。

【注释】

[1] 边城：临近边界的城市。[2] 紫塞：北方边塞。[3] 红楼：红色的楼，泛指华美的楼房。这里指富贵人家女子的住房。[4] 呵手：向手呵气使暖和。封题：物品封装妥当后，在封口处题签，特指在书札的封口上签押，引申为书札的代称。

【赏析】

在中国古典诗词中，有许多缠绵悱恻的诗篇，从"窈窕淑女，寤寐求之"的吟唱到"十年生死两茫茫"的悲叹，再到"才下眉头，却上心头"的相思情愁。我们在欣赏这些诗篇时，所能感受的不仅仅是那种热烈、深沉的感情，更能体味到洋溢在其中的绵绵相思以及幽幽愁思。

纳兰的这首词是塞上怀远之作，仍然是相思的主题，首句"别绪如丝睡不成"，直抒胸臆，多情公子此时正在塞上，别后的相思之情让他辗转反侧，夜不能寐，而"那堪孤枕梦边城"则更进一步说明了纳兰的愁思之深。按照正常的理解，"梦边城"应该解释为"梦见边城"，但是联系上下文，我们就知道其应该解释为"梦于边城"。

由于孤枕难眠，于是纳兰只好从床上爬起来，去倾听那塞外夜半的雨声，可是这潇潇的夜雨声，就如同愁苦之人拨弄琴瑟的弦声，凄凉震耳，声声敲痛着纳兰那颗充满愁思的心，也越发触动了他的情思，让他不自觉地回忆起家中灯前的妻子，她此时是否也在思念着自己？

紫塞，指的是北方边塞，鲍照在《芜城赋》中有"南驰苍梧涨海，北走紫塞雁门"的诗句。长城之下的泥土呈紫色，相传这是因为修筑长城的老百姓一批批全都死在城下，以至于"尸骨相支拄"，百姓的血肉之躯掺和了泥土，恰是紫色，所以边塞就被称为紫塞。

相思之情此时已如春日的野草一样，迅速地疯长着，于是纳兰拿起笔，铺开纸笺，开始给妻子写信，抒发自己的离愁别绪。"书郑重，恨分明"，纳兰在这里化用李商隐的"锦长书郑重，眉细恨分明"，李诗原是一首《无题》：

> 照梁初有情，出水旧知名。
> 裙钗芙蓉小，钗茸翡翠轻。
> 锦长书郑重，眉细恨分明。
> 莫近弹棋局，中心最不平。

李商隐当时新婚不久，由于卷入了"牛李党争"，因此在仕途上遭遇了不公正的待遇，新妻子王氏并没有因李商隐在仕途上的不得志而放弃他，而是一直不离不弃，与其患难与共。于是李商隐写下了这首诗。纳兰在此处截取"书郑重"和"恨分明"二语，语义上让人感到十分疑惑，至于他在当时要表达什么含义，我们今人就不得而知了。

接下来纳兰用一句"天将愁味酿多情"，将整夜的情思推向了高潮，人有七情六欲，会感到愁苦，而苍天似乎也在用滴滴答答的细雨声来酝酿自己的愁苦，一个"酿"字，可谓是全词的词眼。

边塞严寒，纳兰好不容易写完信，呵着僵硬的双手封合了信封，在为信封签押的时候，偏签押到鸳鸯两字时，却发现笔尖被冻住了，只有一片冰凉的寒意。在这里，纳兰将自己的心境与天气巧妙地结合在一起，那被冻住的恐怕不仅仅是笔尖，更是纳兰的那颗心吧？

相传卢氏死后，纳兰在二十六岁时续娶了官氏，由于和官氏的婚姻带有政治色彩，所以纳兰一直对官氏非常冷淡，如果真是这样的话，那么这首词就应该不是写给官氏的。那么，我们是否就有理由推测，这又是一首怀念卢氏的悼亡之作呢？从"天将愁味酿多情""偏到鸳鸯两字冰"这几句来看，纳兰当时的心中确实有一种难以诉说的愁苦。

鹧鸪天

　　冷露无声夜欲阑①，栖鸦不定朔风寒。生憎画鼓楼头急②，不放征人梦里还。

　　秋淡淡③，月弯弯，无人起向月中看。明朝匹马相思处④，知隔千山与万山。

【注释】

①冷露：清凉的露水。②画鼓：有彩绘的鼓。③淡淡：水波荡漾的样子。④匹马：一匹马，后常指单身一人。

【赏析】

　　在一个尚武不重文的王朝中，纳兰当然知道自己应该驰骋在沙场之上，建功立业，但是他却偏偏是一个生有英雄志却又放不下儿女情的人。因此在羁旅行役中他创造了大量描写痴男怨女的相思怨怼之作，这首词就是其中的一首。

　　开篇两句，"冷露无声夜欲阑，栖鸦不定朔风寒"，夜色将尽，冷露无声，朔风猎猎，寒鸦飞起，一静一动，形成对比，恰似词人此时跌宕起伏的心境。在中国古典诗词中，乌鸦常与衰败荒凉的事物联系在一起，例如李商隐《隋宫》："于今腐草无萤火，终古垂杨有暮鸦。"马致远《天净沙·秋思》："枯藤，老树，昏鸦。"这首词的首句出现"栖鸦"，则表现出词人黯然愁思的心情。

　　"生憎画鼓楼头急，不放征人梦里还"，词人本想早点入睡，好在梦中与妻子相会，谁知可恶的鼓声偏又在楼头急响，声声恼人，导致他无法在梦里还乡。在这里,纳兰用哀伤的笔调对人生的怨憎进行了描写,同时也用反衬的手法来衬托出自己的思念愁苦之情。

下片继续进行景物描写,"秋淡淡,月弯弯,无人起向月中看"。在中国古典诗词中,月亮这一意象往往成为人们思想情感的载体,有的人用月亮来渲染清幽气氛,从而烘托出一种悠闲自在、旷达的情怀,如王维的《山居秋暝》"明月松间照,清泉石上流",有的人则通过描写月亮来寄托相思之情,抒发思乡怀人之感,如李白《静夜思》中的"床前明月光,疑是地上霜。举头望明月,低头思故乡"。有的人则用月亮来渲染凄清的气氛,烘托孤苦的情怀,例如白居易的《暮江吟》"一道残阳铺水中,半江瑟瑟半江红。可怜九月初三夜,露似珍珠月似弓"。而在这首词中,秋波荡漾,月儿弯弯,本来是一派美好、宁静的景象,可是除了词人之外,竟没有旁人与他一起观赏,从而突出他的孤独寂寞。

结尾两句,"明朝匹马相思处,知隔千山与万山",使思念具体化,纳兰此时已经想到明朝更会越行越远,归程阻隔,万水千山,而对妻子的思念之情则会变得越来越重。

鹧鸪天

送梁汾南还,时方为题小影。

握手西风泪不干,年来多在别离间。遥知独听灯前雨[1],转忆同看雪后山。

凭寄语,劝加餐,桂花时节约重还。分明小像沉香缕[2],一片伤心欲画难。

【注释】

① 遥知:谓在远处知晓情况。② 分明:简单明了。沉香:熏香料名,又称沉水香、蜜香。

【赏析】

在纳兰的诗词中,随处可见其对于友情的珍视,虽然他已早登科第,又是皇族贵胄,然而却虚己纳交,待人至诚至真,推心置腹。当时朝野满汉种族之见甚深,而他的朋友却都是江南人,而且皆坎坷失意之士,纳兰性德倾尽自己的全力帮助他们,这其中就有顾贞观。

有一天南方传来噩耗,顾贞观的母亲病故,他必须立刻离京南归,当纳兰得知这一消息后,他伤心、震惊的程度一点也不亚于顾贞观,甚至比其还要强烈,纳兰不仅为顾贞观难过,也为自己难过,因为顾贞观已经成为他精神生活中不可缺少的一个人,而现在他不得不面对其要离自己而去的事实,于是,他将自己的痛苦化成一行行长短句,填写了这首词。

"握手西风泪不干",词一开篇,作者就为我们营造出一派依依惜别的景象,在秋风之中词人与友人握手作别,泪水止不住滑落。古人在离别时通常以握手表示诚挚的友情和一往情深的伤别之意,李白就有"握手无言伤别情"的诗句,而之所以"泪不干",是因为古时候交通不便,通信极不发达,朋友之间往往一别数载却难以相见,所以古人在与亲人朋友离别时都会特别伤感。

作为康熙皇帝身边的一等侍卫,纳兰常常要入值宫禁或随圣驾南巡北狩,因此与朋友们聚少离多,很少见面,如今好不容易有一个相聚的机会,友人却又突然要南归,因此他才会发出"年来多在别离间"的感慨。

"遥知独听灯前雨,转忆同看雪后山",前一句纳兰虚写未来,后一句则实写过去。纳兰想象着身在远方的友人灯前独坐听雨的愁苦,脑海中回忆起与顾贞观雪后一同看山的快乐日子。

"凭寄语,劝加餐",这句化用王次回《满江红》词"凭寄语,劝加餐,难嘱咐,雨和雁"。此时词人已经摆脱了伤感的心情,转而叮嘱友人要保重身体,并希望他在桂花开的时候能够回来与自己相聚。

"分明小像沉香缕",字面上的意思是小像在缕缕沉香的轻烟里历历可见,其实这里还有一个典故,李贺曾作过一首《答赠》诗,其中有一句"沉香熏小像,杨柳伴啼鸦",在这句中,"小像"本做"小象",是象形熏炉的意思,但由于误传的时间久远,也就约定俗成地变成了"画像"的典故。

"一片伤心欲画难"则化用高蟾《金陵晚望》中的"世间无限丹青手,一片伤心画不成"。高诗的意思是世间无数大画家,谁也难画出此刻的一片伤心之感,而纳兰将此句化用,用意也就变得十分明显,虽然容貌可以画出来,但是自己的伤心和不舍却难以画出,从而表达出对友人的思念之情。最后两句照应了小序中的"为题小影",顾贞观南归时,纳兰赠以小像,题以词作,只可惜这幅小像在道光年间毁于火灾,否则我们今人就能够通过小像来看一看这位多情公子当时是怎样一副伤心欲绝的表情。

梁佩兰在纳兰性德的祭文中说:"黄金如土,惟义是赴。见才必怜,见贤必慕。生平至性,固结于君亲,举以待人,无事不真。"结合这首词来看,梁佩兰的话虽然不无溢美之词,然而用于纳兰性德却也绝不夸张。

鹧鸪天

十月初四夜风雨,其明日是亡妇生辰。

尘满疏帘素带飘①,真成暗度可怜宵②。几回偷湿青衫泪③,忽傍犀奁见翠翘④。

惟有恨,转无聊。五更依旧落花朝。衰杨叶尽丝难尽,冷雨西风幂画桥⑤。

【注释】

①疏帘:指稀疏的竹制窗帘。素带:白色的带子,服丧用。②真成:真个,的确。暗度:不知不觉地过去。③青衫:青色的衣衫,黑色的衣服,古代指书生。④犀奁:以犀牛角制作而成的梳妆盒。翠翘:古代妇人首饰的一种,

状似翠鸟尾上的长羽,故名。这里指亡妻遗物。⑤冷雨西风:形容恶劣的天气或悲惨凄凉的处境。画桥:雕饰华丽的桥梁。

【赏析】

卢氏逝去的第二年,被葬于明珠家的祖茔,这首词作于卢氏下葬后不久,当时正值十月初四夜,窗外突然风雨大作,多情公子想到明天将是亡妻的生日,不由得悲从心起,于是,伴着凄风苦雨,纳兰赋词以寄哀思。

"尘满疏帘素带飘",妻子离去之后,屋子已经很久没有打扫,窗帘上早已落满了灰尘,室内一片死寂,只能看见素带飘动。其实,以纳兰显赫的家世,府中必定是奴婢成群,想来也不会如此狼狈,任凭"尘满疏帘",所以,这一切不过是纳兰心理上的主观感受而已,这样写一方面表现出他内心的极度悲伤,另一方面也营造出物是人非的意境。

李清照在经历了国破之愁、家亡之恨、丧夫之悲、流离之苦后,才产生"物是人非事事休,欲语泪先流"的感受,而纳兰只经历了丧妻之痛就产生了"物是人非"的感觉,足见他对卢氏的感情之深。

十月初五是亡妻的生日,因此初四的夜晚必定是一个凄苦冷清的"可怜宵",一个人在这种环境中,往往会睹物思人,纳兰自然也不可能例外。我们似乎能看到在这样一个寂寥的夜晚,纳兰独自一人在屋内徘徊,猛然间看到亡妻用过的妆奁翠翘,不觉暗自伤怀,几度清泪偷弹,甚至连衣袖都被泪浸得仿佛有千斤重了。

一个"偷"字,让人颇为费解,我们都知道,一个人在悲伤的时候,通常会找一个朋友倾诉,希望他能够安慰自己,化解自己的忧伤,那纳兰为什么要偷偷地流眼泪呢?其实,在封建社会中,由于受到社会道德规范的约束,一个男人如果不能抛却儿女私情,不仅会被其他人嘲笑为胸无大志,更会被其他男人视为异类,哪怕他哀悼的是自己的亡妻,所以纳兰只能无奈地"偷湿青衫泪"。

词到下片,纳兰将我们的视线带到了室外。"惟有恨,转无聊。五更依旧落花朝",这两句毫无刻意雕饰之感,读起来就好像纳兰此时正站在你的面前，流着眼泪向你倾诉。转眼间就到了五更天，纳兰一夜未眠，可当他来到户外之后，看到的却不是艳阳高照，而是"葬花天气"。其实，十月并不是落花时节，这仍然是纳兰心理上的主观感受而已，从而突出自己心中的无限悲伤。

全词以景物描写结束，强化了词人内心的愁苦。"衰杨叶尽丝难尽，冷雨西风幂画桥"，衰杨叶尽，景色依然，我和你却已生死殊途。此时凄风冷雨抽打着画桥，怎能不令人愁思满怀，百无聊赖。

这首悼亡词写得尤为低落惨淡，此时的纳兰已经英雄气短，唯有儿女情长，他失去了一生的红颜知己，虽然还有很多好友陪伴在他的身边，但是妻子是他们所不能代替的。因此纳兰不会再有幸福，他甚至还在这首词中流露出对人生的厌倦。

荷叶杯

帘卷落花如雪，烟月①。谁在小红亭？玉钗敲竹乍闻声，风影略分明②。

化作彩云飞去，何处？不隔枕函边③，一声将息晓寒天④，肠断又今年。

【注释】

①烟月：云雾笼罩的月亮，朦胧的月色。②风影：随风晃动的物影。③枕函：中间可以藏物的枕头。④将息：调养休息、保养，这里是珍重、保重的意思。

【赏析】

写景一向都是纳兰的强项，这首《荷叶杯》以景喻相思，将落花与月夜结合得相得益彰，清幽淡雅之处隐隐透着些许沉郁，纳兰这首词，读起来如泣如诉，耐人寻味。词如其名，荷叶杯，这是很清丽的词牌名，来源于隋朝人士殷英童《采莲曲》中"荷叶捧成杯"

一句,故此后便有了此名。

这首词的情感力量十分强大,虽然只读字面,并不觉得如此,但多留在心底回味几遍,便能感觉到这首词的婉转悠扬、连绵之美了。这是一首写景词,也是一首抒情词,抒发满腔抑郁、闷闷之情。

上片写幻象,在落花如雪的月夜里,朦胧中是谁伫立在小红亭里,偶尔传来几声玉钗敲竹般的声响,看去她身影历历,伫立风中。那身影蓦然化作彩云飞逝,要飞往何处?一切如梦如幻。然而与她在枕边的情义总是无法隔断、难以忘情的,道一声"珍重",又将天明,断肠人又要在愁苦中度过一年。

唐人以荷叶为杯,将其称之为碧筒酒。古人喜欢附庸风雅,他们"接天莲叶无穷碧","淡妆浓抹两相宜"。纳兰将此风雅延续,烟水迷蒙,可以让人们联想到许多艳美之事,"帘卷落花如雪,烟月。谁在小红亭?"一声反问拉开词的序幕,遥远的故事重回心头,纳兰这首词的意境可谓美到了极致,"落花如雪",落花犹如雪片一样纷纷扬扬飘落,而在月色下显得十分凄迷,纳兰用一个"烟"字去衬托"月",使得月夜下这场落花雪更为动人心魄。

在一场华丽的雕琢布景之后,纳兰的心事隆重出场:"谁在小红亭?"一声疑问让后人读词时也疑惑不解,究竟是何种女子,竟然让纳兰如此神醉心迷。按照纳兰写这首词的时间推算,他应当是在怀念卢氏。

卢氏与纳兰的感情至深,感天动地。他们二人都是绝代佳人,真可谓是人似落花如雪,情如烟月。二人之间的情感一直被后世传唱。纳兰的痴情,卢氏的温婉,这二人似乎成了神仙眷侣的代言人,看到他们就看到了完美伴侣。

但是,越是完美的就越容易碎。卢氏的死带给纳兰很大的伤痛,他写了无数的悼亡词,只为纪念自己这位妻子。在这首词中,可以清晰地感受到纳兰内心的伤痛,他带着深深的怀念,写下和卢氏有关的词句。

"玉钗敲竹乍闻声,风影略分明。"这是虚写,是纳兰的想象,他仿佛看到妻子的玉钗在敲动竹竿，发出声响。风声掠过，人影憧憧，妻子似乎就在眼前不远处，向他微微一笑，鲜活的画面让整首词仿佛都活了起来。

但这毕竟是幻境，是纳兰自己的想象。妻子已经去世，怎么可能会在人世间留下任何一点影踪呢？纳兰自然也是明白这点的，于是，他的哀戚，好似天边的云彩，飞往远处，无法回还。

漫漫蓝天，小楼轻上，回忆往昔，那些过去的日子让人心里竟是如此安定。日子曾经是那般温顺，在北方这个荒芜的都市里，也曾有过一对眷侣，双宿双飞，可是而今，一切都不在了，过去的再也回不来了。

"化作彩云飞去，何处？"都化作了彩云飞去，飞往何处呢？放眼望去，找不到踪迹。世间的事，莫非就是如此！红颜命薄，黄沙掩埋玉体，仅仅三载光阴，便天人相隔，永无相见之日了。

在落花如雪的月夜里，纳兰的心思里全是朦胧的想念。卢氏绰绰的身影，仿佛就在眼前。一声叹息，天边尽是断肠人。到底是谁寂寞？是去世的卢氏，还是仍然在世间苟活的纳兰？抑或是，这人世间，种种痴情的男女？

"不隔枕函边，一声将息晓寒天，肠断又今年。"月夜访竹，在一片夜色中思念故人。就仿佛这高洁的竹子，清洁如许，那份情感，天地可鉴。这些竹子，就好像纳兰的感情，日夜站在那里，千年不变。

这世间的情谊竟是如此不稳，忽而就永久地失去，再也看不到踪迹。但也正是如此，才更让那些痴情的人懂得情之艰难。

南歌子

翠袖凝寒薄①，帘衣入夜空②。病容扶起月明中，惹得一丝残篆、旧熏笼③。

暗觉欢期过，遥知别恨同。疏花已是不禁风，那更夜深清露、湿愁红④。

【注释】

①凝寒：严寒。《文选·刘桢〈赠从弟诗之二〉》："岂不罹凝寒，松柏有本性。"李善注："凝，严也。"②帘衣：即帘幕。《南史·夏侯亶传》："（亶）晚年颇好音乐，有妓妾十数人，并无被服姿容，每有客，常隔帘奏之，时谓帘为夏侯妓衣。"后因谓帘幕为帘衣。③残篆：指点燃的篆字形的香将要燃尽。④清露：洁净的露水。愁红：谓经风雨摧残的花，亦以喻女子的愁容。

【赏析】

　　古往今来，写男女相爱、离别苦情的词章不在少数。这些词，大多是你情我愿的甜蜜，或者是生死离别的怅然。总之就是生生死死，情情爱爱，并没有太大的新意。纳兰写词，也无法逃离这个怪圈，他的诗词，也大多是写此类，但纳兰却是能够写出千古情殇人的心事，写得让他们内心滴血。

　　这首词写离愁别恨：夜幕降临，帘幕里空空寂寂，他不在身旁，不免感到严寒凄冷。明月之下，支撑起这多病之躯，惹得将尽的残香烟雾缭绕。心里明白约定的欢会之日已过，想必你也跟我一样离恨难消。人已经病容满面，弱不禁风了，哪里还禁得起这夜来的愁苦相思呢！

　　人性最是复杂，从而也造就了文字的复杂。本来文字是反映人的内心所想，但因为人们常常不愿意那么轻易地就被旁人窥破心事，从而将简易的文字，变成了掌心中复杂的游戏。喜爱玩文字游戏的人，总能将几句诗词，写得云山雾罩，让人摸不到头脑，更摸不到这诗词中，想要表达何种意思。

　　其实，戳破文字伪装的一面，就可以看到隐藏在背后的真相。那些词人，总是将自己的心事包装完好，不愿意被别人看到。其实这不过是自欺欺人的一种方式罢了，谁能看不穿呢，唯有自己。

　　纳兰从不如此，他只要是写词，一向都是直来直去，爱恨情仇，从不隐晦，干脆利落得让人惊愕。这就是纳兰，仿佛孩童一般透明，他愿意将自己的喜怒哀乐通通拿出来与世人分享。

据清《赁庑笔记》载:"容若眷一女,绝色也。旋女入宫,顿成陌路。容若愁思郁结,誓必一见,了此夙因。会遭国丧,喇嘛每日应入宫唪经,容若贿通喇嘛,披袈裟,居然入宫,果得彼妹一见。而宫禁森严,竟不能通一语,怅然而出。"之后,纳兰便写下一首《减字木兰花》,抒写当日的忧郁和感伤。"相逢不语,一朵芙蓉着秋雨。小晕红潮,斜溜鬟心只凤翘。待将低唤,直为凝情恐人见。欲诉幽怀,转过回阑叩玉钗。"

纳兰当时的心情、神态,在词中表露无遗。但后人谁又能去嘲笑他的痴情和哀怨呢?问世间情为何物,直教人生死相许。纳兰能够做到痴情不改,后人有多少人可以拍着胸脯说自己也可以呢?

正是因为痴情和纯净,纳兰才敢于大胆地将自己的心事写入词中,与世人一起去看。他的心事,纯净如水,从未改变过。

有时,从此生死两茫茫。绝了心念,也好。

忆江南

挑灯坐①,坐久忆年时。薄雾笼花娇欲泣,夜深微月下杨枝②。催道太眠迟。

憔悴去,此恨有谁知。天上人间俱怅望③,经声佛火两凄迷④。未梦已先疑。

【注释】

①挑灯:拨动灯火,点灯。亦指在灯下。②杨枝:杨柳的枝条。③怅望:惆怅地看望或想望。④佛火:指供佛的油灯香烛之火。凄迷:景物凄凉迷茫。

【赏析】

这首词有两种说法,一是为伤悼亡妻之作,回忆起去年此时来,耳中所听、眼中所见都是凄迷之情景,更增添了惆怅:坐在灯下,回想陈年旧事。薄雾之下花影朦胧,夜已深沉,月亮也已经落下杨柳枝头，听你催促我不要睡得太晚，那样的情景历历在目。而今你却已经离去，心中无限幽恨又有谁能知道？你我天人永隔，相互怅惘，在这经声佛火中不胜凄迷，如此光景是梦是幻，还没睡去却已经分不清了。

天上人间，永难相聚，这样的痛苦纳兰品尝了无数。他爱的人一个一个都离他而去，而他自己却依然孤单地活在世间。"天上人间俱怅望"，一个在天上，一个在人间，相互凝望，相互惆怅地看望和想念。

有一说这首词是纳兰为沈宛所作，那个江南明眸皓齿的女子，在她离纳兰而去后，纳兰夜夜难眠，为她写下词章，以解心中的思念和牵挂。

自从沈宛离去之后，纳兰便没有了寄托，虽然家中有着妻子，但她不过是明媒正娶来的一位太太，与自己毫无精神交流。纳兰的孤独只有那个江南水乡如水一般的沈宛能懂。正因为懂得，所以沈宛选择了离开。

沈宛的离开令纳兰变得神情木然，对任何事情都漠不关心起来，他虽然每天过着按部就班的生活，却不再有任何活力。有时，他依然会去当日和沈宛共同住过的别院里小坐片刻，小院里的景色依旧，不过失去了女主人，显得有些冷清。

仅仅几个月的时间，爱情和幸福都远离他而去。依然是《忆江南》的词牌，但仅仅时隔数月，之前的愉悦便都消失了，留下的只是沉重和绝望。江南之行的十一首《忆江南》，犹如是纳兰的一场黄粱美梦，短暂过后，便要永久地面对清醒世界里的伤痛。那场明快的梦境虚幻得如同一场假象，消失得彻头彻尾。

梦醒了，梦碎了，纳兰留下的只有愤恨，但是应该恨谁？恨自己的软弱，恨世道的不公，还是恨这无法抗拒的命运？在深沉的夜色中，独坐一旁，头顶月色迷蒙，任夜色笼罩一身，因为实在已是心如死灰，无法再对外界有任何动作了。

"经声佛火两凄迷。未梦已先疑。"怀念着往昔种种，在经声和供佛的油灯香烛之火光下,内心凄迷。

人世本来就有着各种不幸和痛苦,有的人为衣食温饱而苦,有的人为理想未来而苦,还有人为苦而苦。总之人世种种,皆是在苦海中挣扎之人。可是纳兰的不幸,却是他自我选择的结果,他本来可以安享荣华富贵,可以在命运为他铺就的红地毯上越走越远,远离那些尘世中的烦恼。但他偏偏要抗拒命运对他的安排,他要走原本不该他走的路。结果,伤神伤身,他珍视友谊,友人却并未能时刻伴随他左右;他看重爱情,爱人却总是离他而去;他渴望拥有理想,理想却不能被他掌握。

无法掌握自己人生的纳兰,苦闷之下,只得寄情诗词,希望在诗文之中,能够舒缓情绪,找到新的方向。

虞美人

春情只到梨花薄①,片片催零落②。夕阳何事近黄昏,不道人间犹有未招魂。

银笺别梦当时句③,密绾同心苣④。为伊判作梦中人,索向画图影里唤真真⑤。

【注释】

① 春情:春天的景致或意趣。② 零落:树木枯凋。③ 银笺:白色的信笺。④ 同心苣:像连锁的火炬状图案花纹,或指织有同心苣状图案的同心结,古人常用以象征爱情。⑤ 画图:图画。真真:唐杜荀鹤《松窗杂记》:"唐进士赵颜于画工处得一软障,图一妇人甚丽,颜谓画工曰:'世无其人也,如可令生,余愿纳为妻。'画工曰:'余神画也,此亦有名,曰真真,呼其名百日,昼夜不歇,即必应之,应则以百家彩灰酒灌之,必活。'颜如其言,遂呼之百日……果活,步下言笑如常。"后因以"真真"泛指美人。

【赏析】

又是一年春残时,又到了亡妻的忌日,又是触景还伤,又是一首悼亡词。

"春情只到梨花薄，片片催零落"，词一开篇，纳兰就为我们营造出一幅暮春时节梨花四处飘零的凄美场景，他在这里用暮春时节喻指自己目前的境况，用苍白的花朵来代指亡妻，从而铺陈出愁惨凄冷的意境。在中国的古典诗词中，伤春之诗词比比皆是：无可奈何花落去，似曾相识燕归来；流水落花春去也，天上人间；记海棠开后，正是伤春时节……万物复苏的春天本是充满生机的季节，但在这花儿完美绽放的季节，诗人词人们却通常会在这繁华的背后隐约感受到即将到来的美好的消逝，于是往往会产生一种微妙细腻的感伤。

"夕阳何事近黄昏"化用李商隐"夕阳无限好，只是近黄昏"的成句，与妻子虽然只短暂地相处了三年，但纳兰却度过了人生中最快乐的时光，如今人鬼殊途，纳兰的相思之痛苦，自然是不言而喻了。在这里，"夕阳"不仅是时间上的黄昏，更是词人对美好往昔的追惜。

在别人的眼中，夕阳或许是美丽的，但是在纳兰的眼中，夕阳却是丑陋的、无情的，因为他还没有来得及为亡妻招魂，它就要马上消失在黑暗之中，面对这一切，他只能无奈地叹道"不道人间犹有未招魂"。

全词上片由景入情，下片则从往事写起，进而抒发自己浓重的哀思。"银笺别梦当时句，密绾同心苣"，象征着爱情的同心苣，和记载着浓情蜜意的纸笺，这些现实的东西以前在纳兰的眼中证明着恩爱欢娱，如今他再看时，却感到它们都被抹上了淡淡的感伤，面对随处可见的哀愁，纳兰无处可遁，只能赶紧由实入虚，写道："为伊判作梦中人，索向画图影里唤真真。"为了亡妻，纳兰甘愿长梦不醒，与其在梦中相会，甚至想要整日对着她的画像呼唤，希望能以至诚打动她，让她像"真真"那样从画中走出来与自己相会，这真实地表现出了纳兰的忠贞与痴情。

末句化用唐代赵颜的典故，描写对亡妻的思念之情。相传唐朝一个名叫赵颜的进士从画工那里得到一幅美人图。久而久之，赵颜对画中的美女产生感情，于是就询问画工能否让其变成活人。画工告诉赵颜，这本是一幅神画，画中女子名叫真真，只要赵颜能够呼唤她的名字一百天，她就会出声答应，到时再给她喝下百花彩灰酒，她就能够变成活人。依照画工的指点，百日后，真真果然复活，还在年终为赵颜生下一双儿女。后来，赵颜听信巫师谗言，给真真喝下符水，导致真真不想再留在人间而带着一双儿女返回画中。

纳兰词最让人感动之处，便是纳兰在小情小爱中所表现出的真挚，让人为其心怜不舍、心疼不已。

南乡子 捣衣[①]

鸳瓦已新霜[②]，欲寄寒衣转自伤[③]。见说征夫容易瘦，端相[④]，梦里回时仔细量。

支枕怯空房[⑤]，且拭清砧就月光[⑥]。已是深秋兼独夜，凄凉，月到西南更断肠。

【注释】

① 捣衣：古人将洗过头次的脏衣服放在石板上捶击，去浑水，再清洗。明杨慎《丹铅总录·捣衣》："古人捣衣，两女子对立执一杵，如舂米然。尝见六朝人画捣衣图，其制如此。" ② 鸳瓦：即鸳鸯瓦。③ 寒衣：冬天御寒的衣服。自伤：自我悲伤感怀。④ 端相：细看，端详。⑤ 支枕：将枕头竖起、倚靠。⑥ 清砧：捣衣石的美称。

【赏析】

古时捣衣，多在秋夜进行，试想一下，在一个寒冷的夜晚，四下悄无声息，只能听见萧瑟的砧杵声一下一下地响起，这是何等凄凉的意境。因此，在中国古典诗词中，捣衣往往用来表现征人离妇、远别故乡的惆怅情绪，而在这首词中，纳兰正是借捣衣这一动作，抒发了征夫怨妇的相思情怀。

"鸳瓦已新霜,欲寄寒衣转自伤",词一开篇,作者就交代了时令,天气逐渐变凉,鸳鸯瓦上已经落满了秋霜,此时的思妇想要为远方的征人寄去寒衣,却又突然开始暗自伤怀。一个"转"字,说明妇人先前的心情并非"自伤",但是一想到这砧板上的衣服是为远行在外的征人而捣,自然睹物思人,心中已是思念不已。

"见说征夫容易瘦,端相,梦里回时仔细量",在这里,纳兰想象着思妇怀念征夫时所流露出的纤细感情:都说出门在外的人容易消瘦,不知道是否是真的,下次在梦里相见的时候一定要好好端详端详你。在纳兰所写的词作中,他不仅用种种的具体事物来表达抽象的恋情,更多的时候是通过这种虚幻的梦境来表达挥之不去的思念。

但是思妇并没有入睡,因为自己独守空房,既备感寂寞,也不免会心生胆怯,无奈之下,她只好通过在月光下擦拭捣衣之石来消磨时光。而此时"已是深秋兼独夜",深秋独夜里,寒月、寒砧,伴随着一颗孤独寂寞的心,词到此处,我们似乎已经看到一个让人怜惜、同情的思妇形象跃然纸上。

尾句"月到西南更断肠",进一步描写思妇内心中的相思愁苦。夜已经深了,又要与寂寞孤独相伴,连月亮都要落下了,怎能不叫我伤心断肠!

纳兰的这首思妇词写出了满纸的凄苦,可谓是一首"断肠"之作。盛冬铃在《纳兰性德词选》中曾这样评价该词:"秋风一起,戍边军士们的妻子就要忙着为远方的亲人准备寒衣了。水边砧上,清杵声声,那月下捣衣的动人情景,也饱含着思妇们的深情,牵动了骚人们的诗思。纳兰这一首《南乡子》也是以此为题材创作的,且意境凄清,心理描写非常细腻,在众多的同题作品中,有其独到之处。"

南乡子 为亡妇题照

泪咽却无声,只向从前悔薄情。凭仗丹青重省视①,盈盈②,一片伤心画不成③。

别语忒分明④。午夜鹣鹣梦早醒⑤。卿自早醒侬自梦,更更⑥,泣尽风前夜雨铃。

【注释】

①丹青:丹和青是古代绘画常用的两种颜色,借指绘画,此处指亡妇的画像。省视:犹认识、忆起。②盈盈:形容举止、仪态美好。③"一片"句:套用唐代高蟾《金陵晚望》:"世间无限丹青手,一片伤心画不成。"另金代元好问有《家山归梦图》诗:"卷中正有家山在,一片伤心画不成。"④忒:方言,太、特。⑤鹣鹣:鸟名,即鹣鸟,比翼鸟,似凫,青赤色,相得乃飞。比喻夫妇情谊。⑥更更:一更又一更,指整夜。

【赏析】

卢氏死后,痴情的纳兰就陷入了无尽的哀伤之中,不分白昼夜晚,他的脑海中全是亡妻的身影。有一天,他突然有所解悟,自己该给亡妻绘一幅肖像了,这样就可以永远与她相会相伴,只可惜丹青未染,已泪眼盈盈,心中又生出无数感慨。于是,这首恰如杜鹃啼血、令人不忍卒读的悼亡词就产生了。

"泪咽却无声,只向从前悔薄情",这句从字面上解释是说:词人无声地呜咽着,他在为自己以前的薄情而后悔。其实,"薄情"并非真的薄情,只不过卢氏死后,纳兰在这一沉重打击之下,变得十分惘然,他不知该把自己的怨恨指向谁,他的内心极度悲痛,却找不到倾诉的对象。在这种情况下,他只能无奈地自责,他后悔当初没有多抽出一些时间陪伴在妻子的身边,后悔当初没有更好地对待妻子,不断的自责让纳兰产生了极强的负疚感,因此他才会自悔薄情。

为了排解这无边无际的痛苦,纳兰开始寻求解脱的办法,他想要为亡妻绘一幅肖像,最终却是"一片伤心画不成"。元朝诗人元好问有"卷中正有家山在,一片伤心画不成"之句,表达出自己的思乡之情。纳兰在此借用此词,表达自己怀念亡妻的沉痛心情,这足以说明卢氏的故去,已经使纳兰伤心到了极点。

既然人鬼殊途不能再见,内心的痛苦又无法排遣,纳兰索性把希望全部寄托在梦幻中,想象着在梦中与妻子相会。于是他写道:"别语忒分明。午夜鹣鹣梦早醒",天还没亮,与你双栖双飞的美梦就醒了,但分别时的言语仍然十分清晰分明。

"卿自早醒侬自梦"可谓是传神的一句,纳兰想象着妻子的早逝或许是在脱离苦海,她已经醒了,而我自己却仍然在苦海中饱受煎熬,仍然沉浸在梦中。严迪昌在《清词史》中曾对这句有所评价,他说:"'卿自早醒侬自梦'也即对'人间无味'是否醒悟的表述。词人设想爱妻'早醒'(逝去)也就早离尘海、弃去无味之人间,自己却仍梦着独处其间,了无生趣。怨苦、怨怼转生出离世超尘的幻念,是古代文人通常谋求心态平衡、自我解脱的药剂。"

尾句"泣尽风前夜雨铃"化用典故,马嵬兵变后,杨贵妃被缢死,在平定叛乱之后,唐玄宗北还,一路凄雨沥沥,风雨吹打在皇鸾的金铃上,玄宗此时想起往事,于是写下一首《雨霖铃》来悼念杨贵妃。纳兰借用来表示自己虽然肉体仍然存在,但是内心其实早就已经死了。

多情的纳兰词以情为根本,写下这首缠绵悱恻、凄楚动人的词作。此时的他似乎已经忘却了自我,而将整个生命投入到对死者的怀念之中,全词可谓是字字情牵,句句肠断,读之催人泪下。

金缕曲

生怕芳尊满[①]。到更深、迷离醉影,残灯相伴。依旧回廊新月在,不定竹声撩乱。问愁与、春宵长短。燕子楼空弦索冷,任梨花、落尽无人管。谁领略,真真唤。

此情拟倩东风浣。奈吹来、余香病酒,旋添一半。惜别江淹消瘦了,怎耐轻寒轻暖。忆絮语、纵横茗盌。滴滴西窗红蜡泪,那时肠、早为而今断。任角枕,欹孤馆[2]。

【注释】

① 芳尊:精致的酒器,亦借指美酒。② 角枕:角制的或用角装饰的枕头。欹:斜靠着。孤馆:孤寂的客舍,唐许浑《瓜州留别李诩》诗:"孤馆宿时风带雨,远帆归处水连云。"

【赏析】

这首词为怀友之作:入夜起相思,酒不但不能排解愁情,而且只有孤灯相伴,惆怅反而更胜。当时相聚的景象依然,但人却已经分离。愁情绵绵不绝,比这春宵还要更长。红花落尽,花枝萧疏,这花仿佛也是孤独寂寞,但是此时的人又比这疏花还要寂寞。唯有梦里才可与你相见。

请东风消愁不但消不得,反倒是添愁添恨了。本已为离别而瘦损,如今又偏逢这乍暖还寒的时节,于是就更令人生愁添恨了。当年我们一边品茶,一边低声说话,议论纵横。分别时西窗蜡滴红泪,这记忆如今想起,更使人伤心肠断。独自寄寓在孤独寂寞的会馆中,更感四周冷静凄清。

思念友人,最解忧的便是酒水了。就算是纳兰这样的翩翩公子,也抵不住相思的侵蚀,拿起酒壶,只求一醉之后,凡事忘却。"生怕芳尊满"。所谓"芳尊"指的是造型精制的酒容器,在这里则是借指美酒。美酒在手,却怎么也喝不醉,这真是让人难堪而又无奈的事情。或许是愁绪太深,是太多酒都无法浇灭的缘故吧。

"到更深、迷离醉影,残灯相伴。"一直到更深露重,夜深人静时分,依然半醉半醒,无法安然入睡,残灯相伴左右,更显得自己孤立无依靠。借着酒意,看着外面寂静的夜色,无声无物,只有自己,置于天地之间,这份寂寥,无人能懂。

此刻，思念朋友的心情更加剧烈，"依旧回廊新月在，不定竹声撩乱"。回廊上看天，月亮依然，洒落月光，四周竹叶随风摆动，声音扰乱人心，本就烦忧的心，更在这声声竹声中，无法收拾。

所以，纳兰忧伤地自说自话："问愁与、春宵长短。"春宵苦短，这愁绪却漫长无期，"燕子楼空弦索冷，任梨花、落尽无人管"。燕子飞去，人去楼空，就算落花飞尽，也是无人打理。那空空的楼阁，如同纳兰空荡的内心，失去了居住的人，便显得格外空旷，纳兰珍视友谊，所以，他的友人远去，对他来说，实在也是一件愁苦的事情。

可是，这样的感情却并不是人人都能理解的，而纳兰也并不打算告诉别人，让别人为他分忧，"谁领略，真真唤。"只有自己安慰自己了。

"此情拟倩东风浣。"此情可待成追忆，这份对友人的思念之情，在春风的吹拂下，四处散去，但吹去又生，纳兰的内心，始终无法安抚。"奈吹来、余香病酒，旋添一半。惜别江淹消瘦了，怎耐轻寒轻暖。"分别也有一阵时日了，似乎在日夜的思念中，逐渐消瘦了下去，但纳兰并不在乎这样的消瘦，他只想早日和朋友相聚在一起。

"忆絮语、纵横茗盌。"这些都是和朋友在一起的美好回忆，可是现今却是无法实现的梦想了，所以，纳兰想来，不禁泪流："滴滴西窗红蜡泪，那时肠、早为而今断。"那时的美好时光中，他们怎么会想得到今日的分别呢？

分离总是让人痛苦的，纳兰虽然生性忧伤，但是这痛苦也让他无法承受，不过既然无法补救，那就只能依靠自己化解自己的愁绪了。"任角枕，欹孤馆。"这独自一人的忧伤时日何时才能够结束呢？

夜深时分，孤寂难耐，纳兰的苦，谁能探知呢？

浣溪沙

容易浓香近画屏①,繁枝影着半窗横②。风波狭路倍怜卿③。

未接语言犹怅望,才通商略已誊腾④。只嫌今夜月偏明。

【注释】

①画屏:绘有彩色图画的屏风。②繁枝:繁茂的树枝。③风波:比喻纠纷或乱子。狭路:窄小的路。④商略:商讨、交谈。誊腾:形容模糊,神志不清。

【赏析】

这首《浣溪沙》为爱情词。与大多数纳兰词的冷清凄迷不同,此首词主要描绘恋人初逢的场景,细腻柔婉,缠绵悱恻。

上片前两句写景,"浓香""画屏""繁枝",后一句由景转到人,写的是男子看到恋人时微妙的心理变化。画屏透迤,浓香扑鼻,树影横斜。窗半开着,女子露出头来,微风过处,杏花微雨,不禁让窗外急切赶来的人更生怜爱。

此处,纳兰并没有对女子的容貌进行描写,而是通过描写周围的景物,让我们展开想象,窗后的女子,该是宝钗笼鬓,红棉朱粉,或轻颦,或浅笑,或娇嗔,可谓梨花一枝春带雨,薄妆浅黛总相宜,如此那般,不可方物。

再说相逢的场面,"风波狭路倍怜卿"。作者没有用动作描绘,而是从心理入手,看到小轩窗后面焦急等待自己的恋人,在恋情面前不顾险阻的恋人,让前来赴约的纳兰更生怜爱。

风未必大,夜未必冷,但是看到有人在等着自己,窗半开着,香静静燃,女子在枝干的那头隐隐可见,安静或者焦急地等着纳兰前来赴约,所有的东风恶,世情薄,雨送黄昏,都是两个人一同走过。日子天天过,比流水的消逝、落花的凋零更快,但是有几对恋人能够怀着热切的爱情与期盼,一直并肩走下去?

纳兰与恋人虽情投意合，且密有婚姻之约，而他的父母也许不赞成。他们的恋爱形迹落在他们的眼里，引起他们的嫉妒，遂硬将他的恋人报名入宫，来断绝他的念想。但我们通过前文得知，在那之后，纳兰也曾偷偷混入宫中与恋人见面。

也许我们可以相信即便是入宫，纳兰与恋人仍然是抱着微渺的希望，认为他们依然有前路可走，爱情的力量最后会战胜一切。所以当见到等候自己的恋人，勇敢和自己一起追求真爱、对抗"风波"的恋人，纳兰的心里边对她更加怜爱。

下片紧接上片。对相逢场景进行描绘。"未接语言犹怅望"，可以想象是女子从树影中看见我已经到来，轻声唤我。或者两人是太久没有见面了，或者沉迷在这幅美丽的图画中不能自拔，忘记了怎么说话，要说什么话，只是呆呆地望着。"才通商略已蕚腾"，才刚刚开始交谈，纳兰就已经沉迷陶醉，忘乎所以了。末句"只嫌今夜月偏明"，将描写的视角由叙事转到场景上。"月偏明"，月亮稍稍亮了一点，月亮偏偏是亮的。这小小的抱怨，让纳兰内心深处的欢心喜悦更加暴露无遗。但是正是因为月明，才需要更加小心，这又造成了纳兰内心提心吊胆的情绪。心理的几重复杂，生动传神。

或者天不从愿者太多，在爱情里波折的纳兰，连见恋人一眼都需要扮成喇嘛偷偷入宫。其实曾经的两小无猜、兰窗腻事，都因鸳鸯零落不复存在了。但是情难忘却，恋人被选入宫，纳兰仍然抱着她会被放出来、他们能够团圆的希望。而此次与恋人的会面又更坚定了他的信念。这就加深了他后来的苦痛。

正是，往事不可再来，袖口香寒。

青衫湿 悼亡

（按此调《谱》《律》不载，疑亦自度曲。）

青衫湿遍，凭伊慰我，忍便相忘。半月前头扶病[①]，剪刀声、犹共银釭[2]。忆生来小胆怯空房。到而今独伴梨花影,冷冥冥、尽意凄凉。愿指魂兮识路,教寻梦也回廊。

咫尺玉钩斜路[3],一般消受,蔓草残阳[4]。判把长眠滴醒,和清泪、搅入椒浆[5]。怕幽泉还我为神伤[6]。道书生薄命宜将息[7],再休耽、怨粉愁香。料得重圆密誓,难禁寸裂柔肠[8]。

【注释】

①扶病:带病行动。②银釭:银白色的灯盏、烛台。③玉钩斜:古代著名游宴地。在江苏江都,相传为隋炀帝葬宫人处,后泛指葬宫人处。④蔓草:爬蔓的草。⑤清泪:眼泪,宋曾巩《秋夜》诗:"清泪昏我眼,沉忧回我肠。"椒浆:以椒浸制的酒浆,古代多用以祭神。《楚辞·九歌·东皇太一》:"蕙肴蒸兮兰藉,奠桂酒兮椒浆。"⑥幽泉:指阴间地府,借指死者。⑦将息:调养休息,保养。⑧寸裂:碎裂。

【赏析】

在众多点评"纳兰词"的书籍中,普遍认为这首词是纳兰所有悼念亡妻之作的第一首,作于卢氏亡故半月之后,那么,这种观点是否正确呢?

首先来看词的第一句"青衫湿遍",作者在一开篇就表明了自己的悲伤程度,眼泪已经湿透了所有的衣服,这种意境是何等凄凉。当年白居易无辜遭贬江州司马后,一直郁郁寡欢。有一次,他在浔阳江头偶遇一位来自京都、漂泊江湖的琵琶女,在听其弹奏时,白居易想到了自己在宦途所受到的打击,顿生强烈的天涯沦落之感,长久以来郁积在心中的沉痛感受,让其流下痛苦的眼泪,甚至连衣服都被眼泪浸湿了。而此时纳兰的心境,与白居易当时的心情相比,恐怕是大同小异。

从"凭伊慰我"开始,到"尽意凄凉"结束,按照字面上的解释,纳兰确实是在悼念一个人。这几句大致意思是说:"我需要你的安慰,你怎么可以忍心将我忘记呢!你走半月以来我拖着愁病之躯,像你在时那样西窗剪烛。我生来胆小,害怕一个人独守空房,到如今却只有梨树花影相伴,冷冷清清,受尽凄凉。"这几句体现了纳兰对这个人的挚爱以及对其浓烈的思念之情。而且从"半月前头扶病"这句中,我们似乎更能认定纳兰悼念的人正是卢氏,于是作者把自己满腔的愁怀,全部都寄托在梦幻之中,希望亡妻的魂魄能认识回家的路,到梦中与自己相聚。

品读完词的上片,我们能体会到纳兰像其他人一样,总是等到最珍爱的东西失去后才懂得珍惜,此时的纳兰已经被一种深深的负疚感所束缚,甚至完全陷入一种无法解脱的死结之中,因此上片读完,让人顿感肝肠寸断。

下片一开篇,纳兰就化用了"玉钩斜"这个典故,而正是这个典故让我们产生了种种疑问,甚至可以推断出纳兰在词中悼念的并不是亡妻卢氏。

我们首先应该了解"玉钩斜"这个典故的来历。"玉钩斜"在江苏扬州,618年5月,隋炀帝杨广的右屯卫将军宇文化及在江都兵变,勒死了隋炀帝,隋朝至此灭亡。相传炀帝死后,肖皇后和宫人用床板做了口小棺材,将其草草埋葬,宫中的宫女大多数被乱军所杀,也有少数为隋炀帝殉情自杀,这些死亡的宫女就被草草埋葬在蜀冈的斜坡之上,当时的人们就把这里叫"宫人斜"。

到了唐宪宗元仁年间,李夷简奉旨镇守扬州,有一次在这里赏月,发现新月如玉钩,便在此建筑了一座为"玉钩"的亭子,此后,"宫人斜"便改称为"玉钩斜"。

在一些点评"纳兰词"的书籍中,把"玉钩斜"解释为卢氏墓穴所在地,但是据史料记载,卢氏去世后曾停柩在什刹海附近的龙华寺,直到一年后才被安葬在京西纳兰家的祖茔中。如果纳兰在这首词里悼亡的是卢氏,那么在这里用"玉钩斜"的典故显然是有失水准的。

接着作者为我们描绘了一幅"一般消受,蔓草残阳"的凄凉景象,但是,纳兰的父亲乃是一代权相,他怎么可能让自己的儿媳与隋炀帝时代的那些宫女一样,忍受着"蔓草斜阳"的凄凉况味呢?

由此我们能够知道，纳兰在这里悼念的并不是卢氏，而是一位与那些葬身"玉钩斜"的宫女有着相似之处的女子。而且纳兰说的是"咫尺玉钩斜路"，"玉钩斜"位于江苏扬州，与身处京城的纳兰并非"咫尺天涯"，所以作者在这里并不是在表达时空观念上的感受，而是心理上的感觉，而能够让纳兰产生这种感叹的，恐怕就只有那位少年时与纳兰相爱，最后被迫入宫，并且已经消逝在深宫的表妹了。

从这首词中，我们完全感受不到纳兰以往那种从容舒缓的节奏，有缘无分的昔日恋人如今天人相隔，纳兰那颗破碎的心也就开始飘忽游离在现实之中，从此没有了着落，也永远不会再安顿下来。

满宫花

盼天涯，芳讯绝①。莫是故情全歇②。朦胧寒月影微黄，情更薄于寒月。

麝烟销，兰烬灭③。多少怨眉愁睫。芙蓉莲子待分明④，莫向暗中磨折。

【注释】

①芳讯：嘉言，对亲友音信的美称。②故情：旧情。唐王昌龄《李四仓曹宅夜饮》诗："霜天留饮故情欢，银烛金炉夜不寒。"③兰烬：蜡烛的余烬，因状似兰心，故称。④芙蓉：即荷花。此句化用《乐府诗集·清商曲词一·子夜夏歌之八》有"乘月采芙蓉，夜夜得莲子"之句。

【赏析】

人间多是惆怅客，更有纳兰痴情人。满腹苦水，叫他如何排解忧愁，唱尽悲歌？

直道："盼天涯，芳讯绝"，令人联想那"独上高楼，望尽天涯路"之人，不知独倚高楼之景，是否也同纳兰一般苍茫；不知望断天涯路，是否也同纳兰只寻得"芳讯绝"。情意是有共通之处的，读来孤寂,都是悲苦之词。身旁空旷寥落,以为能在天涯那头找寻些什么。

可是想见之人不见面容,想闻之讯未得其踪。莫不是,故人旧情,全然已尽?这"故情"二字,出自唐代王昌龄之诗,曰:"霜天留饮故情欢,银烛金炉夜不寒。"纳兰此问,可解为呓语之言。故情是否安在,他还不清楚吗?只是接受现实这样的事,对脆弱的词人,太显残酷,只能自我麻痹、自我安慰,问:她是否已经不在那里了?答案却是早已知晓,盘旋于心千遍万遍,还是不忍对自己说,她已然消逝在天涯。

于是心头寒意阵阵,看那朦胧的月色,都是寒冷萧条,昏暗微黄。情自凄婉,寒月再美,不过目及之物而已。世人所观之月,都是同样的月,偏偏纳兰眼中,怎就尤其寒冷凄清呢?所谓景语皆情语。心里是白雪皑皑,眼观之物,必不至于五彩斑斓。

这才意识到,麝香烧尽的香烟已散去,燃尽呈兰花之态的烛心也熄灭,怨眉愁睫,该用什么解?自古烟、烛都是描绘朦胧唯美的景色,被赋予消逝之意,只因烟缕轻盈,还没能好好欣赏,风过便散,烛则有残烛烧尽、恰留烛心为证,好似提醒着它曾经的存在。徒留烛心如兰花之态,一切事物消逝之迅疾,非能够轻易掌控,于是更是加深了愁绪。眼前之景都是残破之景,散了轻烟灭了灯烛,还有什么是完好?

最后,"芙蓉莲子待分明",从《乐府诗集·清商曲词一·子夜夏歌之八》来:

朝登凉台上,夕宿兰池里。
乘月采芙蓉,夜夜得莲子。
青荷盖渌水,芙蓉葩红鲜。
郎见欲采我,我心欲怀莲。

芙蓉大概取的是其谐音"夫容",诗中描写情人幽会之景。愁情满腹的纳兰自然取的也是反意,写故人幽会的欢愉,更是自嘲自己的落寞孤楚,反衬得一地凄凉。所谓伊人,着实已"在水一方",天地之遥,该如何跨越,才能让他不那样痛心?

莫问,莫问!"莫向暗中磨折",似是自慰,却更多无可奈何。

金缕曲 亡妇忌日有感①

此恨何时已。滴空阶、寒更雨歇,葬花天气②。三载悠悠魂梦杳③,是梦久应醒矣。料也觉、人间无味。不及夜台尘土隔④,冷清清、一片埋愁地。钗钿约⑤,竟抛弃。

重泉若有双鱼寄⑥。好知他、年来苦乐,与谁相倚。我自终宵成转侧⑦,忍听湘弦重理。待结个、他生知己。还怕两人都薄命,再缘悭、剩月零风里⑧。清泪尽,纸灰起⑨。

【注释】

① 这首词作于康熙十九年(1680年)农历五月三十日,为卢氏故去三周年忌日。② 寒更:寒夜的更点,借指寒夜。葬花天气:农历五月下旬,正是落花时节。③ 魂梦:梦,梦魂。④ 夜台:坟墓,亦借指阴间,南朝梁沈约《伤美人赋》:"曾未申其巧笑,忽沦躯于夜台。"⑤ 钗钿约:即"金钗""钿合",指夫妻的盟誓。白居易《长恨歌》:"惟将旧物表深情,钿合金钗寄将去。钗留一股合一扇,钗擘黄金合分钿。但教心似金钿坚,天上人间会相见。"⑥ 重泉:犹黄泉、九泉,旧指死者所归。⑦ 终宵:中夜,半夜。⑧ 缘悭:缺少缘分。《儒林外史》第三十回:"只为缘悭分浅,遇不着一个知己。"⑨ 纸灰:给死者当钱用的纸烧成的灰。

【赏析】

又是一首《金缕曲》,仿佛已经成为一种习惯,自从妻子卢氏逝去之后,纳兰就一直在自己编造的情网中痛苦地挣扎着,他时常沉溺于对美好往日的追忆中,因此也写下了几十首的悼亡之作,而这一首则称得上是他所有悼亡词中最感人的一首。

词一开篇，作者就化用李之仪《卜算子》中"此水几时休，此恨何时已"的成句，看似突兀的一个反问句，却真实地道出纳兰对卢氏之死所表达出的哀伤痛悼之情。虽然卢氏已经去世三年，但是纳兰对她的思念却一直没有停止过，他也曾想开始新的生活，却又始终放不下旧情，在亡妇忌日之时，他的这种郁结已久的矛盾心情终于得以释放，一个"恨"字，点明了全词的主旨。

接下来作者交代了时间、地点，"滴空阶、寒更雨歇，葬花天气"。中国古代诗人写景物，通常是借景抒情，温庭筠在《更漏子》中曾写道："梧桐树，三更雨。不道离情正苦。一叶叶，一声声，空阶滴到明。"与温庭筠所表达的离情别绪相比，纳兰所表达的生死之痛自然显得更加凄苦。

卢氏的忌日是农历五月三十，此时正是绿叶茂盛、花渐凋谢的暮春季节，因此说是"葬花天气"。屋外雨声连连，而纳兰的心情则沉重凄清，所以他虽然身在春季，却感受此时已是"寒更"。

对于卢氏的离世，纳兰始终不能承认这个事实，因此他总希望这只是一个梦，等到梦醒之后，卢氏就会出现在他的面前。但幻想终究是幻想，又会有哪个梦一做就是三年呢？对于卢氏之死的原因，纳兰猜想是因为她"料也觉、人间无味"。因为坟墓虽然冷清孤寂，但是却能够把所有的愁苦都埋葬于地下，这句话就给今人留下了一个疑问，既然卢氏死后与她结婚仅三年的丈夫会留下如此之多的悼亡之作，那在她生前又会有怎样的愁苦让她觉得"人间无味"呢？

上片结尾"钗钿约，竟抛弃"呼应开篇"此恨何时已"，似有怨恨之意，你和我本有钗钿之约，如今你却为何要违背誓言，让我独自一人痛苦地生活在人间？

全词到了下片，纳兰开始倾诉自己的别后生涯。"重泉若有双鱼寄。好知他、年来苦乐，与谁相倚。"纳兰在这里设想阴间如果能通书信，自己也就能够知道卢氏这些年来的苦乐哀思与谁一起相伴度过。

从生前的恩爱，到关心亡妻死后的生活，甚至在其逝去后经常夜不能寐、辗转反侧地思念她，可见纳兰对卢氏的爱已经深入骨髓。"湘弦"一词在这里明指纳兰害怕睹物思人，因此不忍再弹那哀怨凄婉的琴弦，也暗含了他不忍续弦再娶之意。

据记载，纳兰在卢氏死后，"悼亡之吟不少，知己之恨尤多"。由此可见，纳兰不但把卢氏当成了自己的贤内助，更是把她视为知己，这在封建社会中，是一个难能可贵的观念。因此在妻死不能复生、自己又不忍续弦的情况下，纳兰想要和卢氏"待结个、他生知己"，这虽然是一种不切实际的自我安慰，但是纳兰对此无比地执着，甚至还害怕他们两个人即使来生结缘，却也像今生这样命薄，美好的光景、美好的情缘不能长久。

全词写到这里，纳兰也照应"此恨何时已"，表达出三层怨恨，今生无缘在一起，此为第一恨；幻想阴间能通书信，却不可能，此为第二恨；希望来生能再做夫妻，却又怕两人命薄，仍然人鬼殊途，此为第三恨。

在词的结尾，纳兰终于从内心世界回到现实，在那空阶之上，亲手点燃了祭奠亡妻的纸钱，并且自己心中所有的情感都化成一句话，"清泪尽，纸灰起"。

全词读完，不禁让人潸然泪下，如果世间真能有这样真挚的情感，那么死亡也就变得不再可怕。

金缕曲 再用秋水轩旧韵

疏影临书卷。带霜华、高高下下，粉脂都遣。别是幽情嫌妩媚[1]，红烛啼痕休泫[2]。趁皓月、光浮冰茧[3]。恰与花神供写照[4]，任泼来、淡墨无深浅。持素障，夜中展。

残釭掩过看逾显[5]。相对处、芙蓉玉绽，鹤翎银扁[6]。但得白衣时慰藉[7]，一任浮云苍犬[8]。尘土隔、软红偷免。帘幕西风人不寐，恁清光、肯惜鹴裘典[9]。休便把，落英剪。

【注释】

①幽情：深远或高雅的情思。妩媚：姿态美好可爱。②啼痕：泪痕。泫：下滴貌。③冰茧：冰蚕所结的茧，为普通蚕茧的美称。这里指蚕茧纸，用蚕茧壳制成的纸，取其洁白缜密。④花神：指花的精神、神韵。写照：描写刻画，犹映照。⑤残釭：油尽将熄的灯。⑥鹤翎：鹤的羽毛，喻指白色的花瓣。⑦白衣：白色衣服，指白色花朵。⑧浮云苍犬：白云苍犬，白衣苍狗，喻事物变幻无常。宋杨万里《送乡人余文明劝之以归》诗："苍狗白衣俱昨梦，长庚孤月自青天。"⑨恁：如此、这样。清光：清亮的光辉，多指月光。鹔裘：即裘。相传为汉司马相如所穿的裘衣，由鸟的皮制成；一说，用飞鼠之皮制成。典：即典当。

【赏析】

看题目，便知这是一首限韵词。

提到秋水轩，便不得不提到词史上有名的"秋水轩唱和"。康熙十年（1671年），词人周在浚寓居京城，暂住孙承泽的别墅秋水轩，召集词人唱和对答。秋水轩唱和始于曹尔堪，"见壁间酬唱之诗，云霞蒸蔚，偶赋贺新凉一阕，厕名其旁"。一时间，龚鼎孳、纪映钟及周在浚等当时名流纷纷加入唱和，用《贺新凉》词调，限"剪"字韵，历时近一年，风靡大江南北。

纳兰这首词便是用秋水轩唱和中所限的"剪"字韵。"疏影横斜水清浅，暗香浮动月黄昏"，林逋的这两句诗将梅花的形象深深定格于国人心中。一开篇的"疏影"二字便告知我们，这是一首咏梅作。

寒冬腊月，白雪皑皑之际正是赏梅好时节。"粉脂都遣"，逊雪三分白的梅换了银妆；霜华下，暗香来，弥补了"雪却输梅一段香"的缺憾。梅花这般身姿，只一轮皓月，便难掩姿色。粉白交加，"白白与红红，别是东风情味"，南宋女词人严蕊《如梦令》中有此言。"冰茧"二字，看似华丽，不过尽言梅花洁白。范成大曾作"龙综缲冰茧，鱼文镂玉英"，极言彩灯琉璃毡的明亮。而纳兰以冰茧比梅花，盛赞其叠影重重，光鲜面面。

梅兰竹菊并称花中四君子，古往今来不知多少文人骚客寄情于斯。作为四君子之首的梅,以其临寒而放的品格和香远益清的精神而备受人们推崇。史上"扬州八怪"几乎人人都擅画梅。其中汪巢林画梅"不论繁简,都有空裹疏香,风雪山林之趣"。汪巢林中年后期的画作刻印曰"左盲生、尚留一目著梅花",那时的汪巢林已是一目病盲。晚年的他更是双目俱瞽,挥写狂草署款"所谓盲于目,不盲于心"。

好个不盲于心!夜中展,画中梅,古今描梅多见其姿绰约,而花神难见。"画梅须高人,非人梅则俗",巢林想必是以骨作为花干,以志作为花神,以心点画外一段香,方于画中见梅之傲人品格。

佛眼看花,看的是隐在蕊中的花神。掩过残红,没有红烛摇曳投下的点点昏黄,斑斑烛影,纳兰似融于梅心,聆听梅花于寂静冷月下的款款诉说。那些旧事仿佛化作枝头花瓣,不语婷婷,玉芙蓉一般沉静,鹤翎般无瑕。"鹤翎"本指鹤的羽毛,欧阳修曾以鹤翎比牡丹,"姚黄魏红腰带鞓,泼墨齐头藏绿叶。鹤翎添色又其次,此外虽妍犹婢妾。"牡丹国色天香,自需姚黄魏紫的贵胄之气相配。白牡丹虽冰肌玉骨,却怎能与冰魂玉魄的梅花同日而语?

纳兰感叹这一袭白衣的素梅,似流连于岁月的驻点,回溯人间的沧海桑田,以岿然不动的静夜思感悟已幻化成风的过往。"浮云苍犬"又作白云苍犬,几度穿梭于秋水轩唱和的诗笺中。终身漂泊的陈维岳在《贺新凉·自遣》中言道:"造化小儿纷簸弄,翻覆白云苍犬。"人世间说不清的无常,不知是冥冥中不可逆的宿命,还是一步错步步错的轨迹。

"软红"是温柔之乡,是烦恼之事,是种种尘土杂念。俗世中怎生成这般梅之姿态?那定是跨越了红尘世界的欲念,淘炼得的纯真。"帘幕垂垂月半廊",溶溶月下,似有幽香撩过,西风卷帘处,往事悠悠如软泥上的青荇,在心底的潭水招摇。

鹔鹴相传是司马相如所着裘衣。《西京杂记》记载,司马相如与卓文君月下定情,私奔后自是囊中羞涩,而小资情调难掩。相如以身着鹔鹴裘典酒,与文君灯下把酒欢饮,享尽了畅意人生。司马相如与卓文君不言富贵已成绝唱,虽不见容于时代,终留感动于人间。这一唱,纵身已千年。

不知这寄春君与纳兰诉说了什么,心之交汇处,"呼儿将出换美酒,与尔同销万古愁"。可惜,太白感人生难尽欢时,可无所顾忌地选择散发弄扁舟;纳兰呢,一饮三百杯后,家国天下的包袱可抛向何处?

李义山云,"留得枯荷听雨声",听空山新雨滴答于心尖上,心却随霜飞散。"休便把,落英剪",落英下掩映的似纳兰纯真的自我。幽州台已湮灭,却留下了陈子昂的那片悠悠天地。纳兰已省得,物是人非的蹉跎岁月不过转身一瞬,唯有赤子般纯洁的心方得有限的永恒。

浣溪沙

凤髻抛残秋草生①,高梧湿月冷无声②,当时七夕有深盟。

信得羽衣传钿合③,悔教罗袜送倾城④。人间空唱《雨淋铃》。

【注释】

①凤髻:古代女子的一种发型,将头发绾结梳成凤形,或在髻上饰以金凤,流行于唐代。此处指亡妻。②湿月:湿润之月,形容月光如水般湿润。③羽衣:原指以羽毛织成的衣服,后常称道士或神仙所着衣为羽衣,此处借指道士或神仙。钿合:镶嵌金、银、玉、贝的首饰盒子,古代常用来作为爱情的信物。④罗袜:丝罗制的袜子,此处指亡妻遗物。倾城:旧以形容女子极其美丽,是美女的代称,此处指亡妻。

【赏析】

此词虽为唐明皇、杨贵妃之事而作,实则是借其情事述己悼亡之感。

纳兰词风的形成期,正是与其妻携手双飞的时期,两人弹琴作赋,对弈言欢在纳兰词作中都有擦拭不去的痕迹,但正是两人笃厚的夫妻之情,在妻子卢氏去世后,纳兰"悼亡之吟不少,知己之恨尤深"。沉重的精神打击使他在以后的悼亡诗词中一再流露出哀婉凄楚的不尽相思之情和怅然若失的怀念心绪。这首词,便是为了纪念卢氏而作。

作者以冷色调作起,并未着笔墨写曾经"如花似叶长相见"的美满,"凤髻抛残秋草生"似用了倒笔法,很有些"千古英雄只废丘"的相似感慨,只是那是风云气,这里却是儿女情,是人面不知何处去,但是也没了桃花依旧的景色,而是"秋草生",斗转星移,物人两非,事事皆休了。起句只是一个引子,后则更入凄凉之境了。一个"高"字写出梧桐的孤寂唐突,月是"湿"的,却又不知是月之泪抑或是己之泪了,或者物我两忘,各湿一行清泪吧。接下来更点一个"冷"字,四周深秋的气氛渲染着,似乎万般凄冷,任是有情也不得不让人生悲凉之感。这一句通过几个意象的描述,在开篇之时就让全词弥漫着一股凄冷的气息,冷冷的秋月,静静的梧桐,使读者的心境一下就被带入了一种悲伤的情绪中,不能自已。整个上片,伤感之情愈写愈深,愈写愈烈。

"当时七夕有深盟",此句化用了唐明皇与杨贵妃长生殿之典,既有当日之恩爱,又何来后日的马嵬坡之伤情,既有道士传其信物,却更教人悔不当初。通过此景想往情,使人心折骨惊,惆怅其情。彼时两情相望,各据一情;此时天涯人远,不得相亲,伤如之何!如此这般,魂飞魄散,已是天上人间,纵使千万眷恋,纵有《雨霖铃》述明皇之忧伤,却是徒劳,佳人已然难再得了。纳兰却是纵使寄情于千言万语,往昔的红颜与恩爱却是如烟如雾,隔山隔海。

伤理万名,其情却一。纳兰曾因父母之命媒妁之言而娶卢氏,但短短三年时间香魂早早飘逝了。卢氏生时他不懂得珍惜,于是对她抱有很大的愧疚之情,常常在词中悔己之薄情,为她写过多首悼亡之词,此系其一。甚至曾经"愿指魂兮识路,教寻梦也回廊",要招那去三冥的魂魄归来重聚，一片伤心，终也附于流水。从这首词可以看出，纳兰是个极为重感情的人，所爱之人已经离自己远去，只能在伤心时写下了这首《浣溪沙》。

纳兰性德作为一个出身显赫的富家公子，虽然身世得到很多人的羡慕，但是自己却并不快乐。他是个率性而自然的人，然而不如意的爱情却让他饱受折磨。他自幼天资聪颖，读书过目不忘，数岁时即习骑射，后又入太学，举进士，成为皇帝的近臣，但是却十分厌恶官场的生活。加之婚姻悲剧事故的摧残，纳兰在之后所做的大部悼亡诗词中一再流露出哀婉凄楚的不尽相思之情和怅然若失的怀念心绪。他的悼亡之词婉丽凄清，真挚深切让人不忍卒读。这一首词也同样如此，毫无矫揉造作的成分，只有一份真情融在其中，令人读罢不禁黯然神伤。

义山有诗"劝栽黄竹莫栽桑"，沧海桑田，有几段感情经得起沧海桑田呢？世人最不愿看见的事往往是最常、最易发生的事。他现在为杨妃为之一哭，为亡妻为之一哭，而其情又有谁可以为之一哭呢？

菩萨蛮

问君何事轻离别，一年能几团栾月。杨柳乍如丝，故园春尽时。

春归归不得，两桨松花隔①。旧事逐寒潮②，啼鹃恨未消③。

【注释】

①松花：指松花江，黑龙江最大支流。隔：阻隔。②旧事：以往的事。③啼鹃：子规鸟，又名杜鹃，身体黑灰色，尾巴有白色斑点，腹部有黑色横纹。初夏时常昼夜不停地叫。此鸟"规"字与"归"谐音，故后人以此鸟鸣作为思归之声，表达思归之意。

【赏析】

关于此词的理解向来有两种解释，一种是基于词人的写作地点环境及家世，认为是怀念其曾祖金台什。据记载明历四十七年（1619年），海西女真叶赫部贝勒金台石败于清太祖努尔哈赤，被太祖缢死，叶赫遂亡。金台石即纳兰的曾祖。他东巡经祖籍旧地，时距叶赫之亡仅六十余年而已，往事历历，因生感慨。另一种则是考虑到整首诗的前后情感的连贯性和当时的政治背景，词人不可能吟诵"啼鹃恨未消"有反动意思的诗句。对于两种不同的出发点，下面分别从两个方面进行解读。

"问君何事轻别离，一年能几团栾月。"暮春时节，夜晚时分，词人一人独立松花江畔，夜晚微冷的凉风吹过，落花纷纷坠落，随流水荡漾着银色的月光向远处流去。词人仰望天空，只一轮弯月挂在寂寥的天空。在这异乡故地，词人怎能不想起六十年的往事？战场厮杀，鲜血淋漓，败退奔逃的场面，虽然自己也许未曾经历，但是在亲人的讲述中和自己的人生经历，想起曾祖父经历的那段壮烈又惨痛的往事，不禁感慨万分。睹物思人，一年中能有几次团圆之夜，而此伤感之时，偏偏不在月圆之夜。"杨柳乍如丝，故园春尽时。"这两句是这首词中的佳句，也是古时候被人们经常书写的句子。例如沈约的《杂诗·春咏》："杨柳乱如丝，绮罗不自持。"温庭筠的《菩萨蛮》词："杨柳又如丝，驿桥春雨时。"这三句中属纳兰的句子最好，关键在一个"乍"字，胜过了"乱"和"又"。"乍"是会意字，做副词有"刚刚、开始、又、忽然"的意思，具有很强的时间观念，季节转眼之间迅速转换，刚刚冬季被冰冻凝固的枝条在春风的吹拂下，发出了翠绿的小叶，飘散如丝般柔软。下半句"故园春尽时"，不免有所暮春伤怀的基调。

下片就和怀念曾祖父这一主题比较贴近了。"春归归不得，两桨松花隔。"可以理解为词人把不能与曾祖父的再见移情于不可挽回的春季。"两桨松花隔"中的"两桨"曾在古乐府《莫愁乐》中出现过："莫愁在何处，莫愁石城西。艇子打两桨，催送莫愁来。""松花"指的就是"松花江",发源于长白山,流经吉林、黑龙江两省。"旧事逐寒潮,啼鹃恨未消。"前半句的意象承接上一句"两桨松花隔",而后一句就是最容易引起质疑的地方了,因为当时的词人已经是在康熙手下做事,若再提前朝旧恨,而且付诸文字,估计有些不太现实。但意料之外的情况也不能排除。在这一主题下的此词的思想境界就被拔高了,时空被拉长扩大,与历史人生相连,情感显得更深刻。

若为第二种理解就是指与家人的离别之痛,身处他乡异地的孤独伤感之情,这样就有一个时空转换的存在。上片词人站在家人的立场,从家人的感情出发,以自己的口吻抒发他们内心的离别之情。"问君何事轻离别,一年能几团栾月。杨柳乍如丝,故园春尽时。"君经常在外,一年才能回几次家。在这杨柳乱飞、群花谢落的暮春时节引起家人对游子的思念之情。下片"春归归不得,两桨松花隔。旧事逐寒潮,啼鹃恨未消",又站在自己的立场,仿佛是对上片的一个回答,我想回家可是身不由己,我们就如这行船被两桨隔开的松花江的流水。想起我们在一起的日子,满心的忧恨不能消解。基于这样的理解,词的思想境界是有所降低了,但是比上一个的解释更加通顺合理。

纵观两种理解,似乎都不能舍弃,词人身处曾祖父曾经拼杀的战场,怎能不怀念往事?看到弯月映水,怎能不想起远离自己的家人?也许这两方面的感情都有所体现。只有将两种观点结合起来,才能不失偏颇。

菩萨蛮

榛荆满眼山城路[①],征鸿不为愁人住[②]。何处是长安,湿云吹雨寒[③]。

丝丝心欲碎,应是悲秋泪。泪向客中多,归时又奈何!

【注释】

①榛荆:犹荆棘,形容荒芜。山城:依山而筑的城市。②征鸿:即征雁。③湿云:谓湿度大的云。

【赏析】

此词乍看之下,便让人想起大多数边塞之作。台湾著名学者李敖曾说,唐诗里有一半都是思乡的诗。想必,词从范仲淹《渔家傲》一出,苏辛开创豪放词风以来,表达羁旅行役之苦、怀远思乡之情的词作也是词题材中一个重要组成部分。

有人说,人类文明都是在血与火的洗礼中进步的,自从有了人类社会,战争就像它的附带品,中国历史的发展也不能例外。但战争对于战士们来说,他们首先要面对的是两种残酷的现实:一种是与亲人、家乡的远别;另一种是最终的流血与死亡。而当这两种愁思或恐惧同时占据他们的思想时,他们对亲人和家乡的怀念也就分外强烈。因而,在中华民族几千年的历史中,从《诗经》中的《国风·陟岵》《邶风·击鼓》到唐朝李益的《从军北征》,宋代范仲淹的《渔家傲·秋思》,我们无不可以看到征战所引起的与亲人、家乡的远别,在读者的心灵上引起多么强烈的震撼。

伟大诗人屈原曾说"悲莫悲兮生别离"。在古代,人生最大的悲伤莫过于与亲友远别。而对于战乱诗词来说,"生别离"却是恒久以来重要的表达内容之一。纳兰这首《菩萨蛮》便是在这种文化背景中产生的。

词的上片,开篇纳兰便展现出一派荒芜之境,"榛荆满眼山城路"说的是行役途中所见,榛荆,犹似荆棘,此处便是荒蛮之地了。料想当时应该为纳兰出行途中所作。

山城遥遥,满眼荒芜颓败之景,荆棘一样的植物在这城边的行军道上显得格外刺眼。忽然从远天传来断断续续的几声嘶哑的雁鸣,在丝丝雨声中,它们只顾前进,倏忽间就飞向远方去了,像那断雁前来,却不为愁人暂住片刻,那为何还有"鸿雁传书"的古语呢?想必不过是自己一厢愁情,更无处安放罢了。前路未知,雨还是丝丝缕缕，越加觉得寒冷，但归处何在？

纳兰发此感叹，极易让人想到清朝史事，当时清廷准备与罗刹（今俄罗斯）交战。军情机密一切需要人去打探，康熙于是派出八旗子弟中精明强干之人，远赴黑龙江了解情况，刺探对方军情。正是因为纳兰等人的辛苦侦察和联络，清廷得以在黑龙江边境各民族的支持下，顺利完成了反击俄罗斯侵略的各种战略部署。想必此词就是途中所作。而另一首同词牌的词作中，纳兰提到"明日近长安，客心愁未阑"，想来则是归途中所作了。

下片抒情，承转启合中纳兰表现出不凡的功力，把上片末句中"寒雨"与自己的心绪结合起来，自然道出"丝丝心欲碎，应是悲秋泪"的妙喻。俗话说"触景生情"，"睹物思人"，出门在外的行役之人、游客浪子，眼中所见、耳中所闻、心中所感都包含着由此触发的对遥远故乡的眺望，对温馨家庭的憧憬。李白《春夜洛城闻笛》中有："此夜曲中闻《折柳》，何人不起故园情！"说的便是诗人听到《折柳》曲，生发出思乡之情的佳句。纳兰此处也是如此，看到那断雁远征，奔赴远地而不知暂住。寒雨丝丝，想来自然成了悲秋之泪，凡所苦役沿途所遇景物，都被蒙上了一层浅浅诗意的惆怅。想到此处，不觉黯然泪下，发出"泪向客中多，归时又奈何"之叹。

纳兰一生虽然没有经历战乱之祸，但此期间边庭政治斗争却一直没有停息，由此纳兰作为御前一等侍卫，不免卷入宫廷的政治祸乱中，早是心生疲倦。

那塞上满眼荆棘顽强生存着，昭示着在人间，而自己却只剩一腔怅意结于胸中。呼之不出，是故郁郁。

菩萨蛮

萧萧几叶风兼雨，离人偏识长更苦[①]。欹枕数秋天，蟾蜍早下弦[②]。

夜寒惊被薄,泪与灯花落。无处不伤心,轻尘在玉琴③。

【注释】

① 长更:长夜。② 蟾蜍:指月亮,《后汉书·天文志上》"言其时星辰之变",南朝梁刘昭注:"羿请无死之药于西王母,娥窃之以奔月……娥遂托身于月,是为蟾。"后用为月亮的代称。③ 玉琴:玉饰的琴,亦为琴的美称。

【赏析】

  风也萧萧,雨也萧萧,窗外秋叶凋零破碎,人却辗转反侧,久久难眠。异乡漂泊,经年不归,只因那难抑的孤独,故而独独品出了长夜漫漫的痛楚。辗转反侧,忽而望见深秋的月,半月当空,凄冷如水,正如此时的心境。

  不知何时已昏昏睡去,也不知道醒来又是何时,只是忽然倍感夜里透骨的寒冷,灯烛摇晃明灭,灯花也随着脸颊上的泪滑落下来。此时此景,处处勾连起心中的伤感,尽付与琴声。

  这首词写一位"独在异乡为异客"的离人,适逢深秋之夜,孤枕难眠的凄惶心境。

  上片,先展开一幅凄凉萧条的秋夜图卷。"秋风秋雨愁煞人",秋叶、秋风、秋雨、"蟾蜍",营造萧索、凄凉的意境。"蟾蜍"代指月亮,"羿请无死之药于西王母,娥窃之以奔月……娥遂托身于月,是为蟾。"这个带着传奇色彩的典故也给月亮增加了离别与相思的蕴意。在这个凄清的深秋之夜,"离人偏识长更苦",只有处于某种境地的人才懂得特定事物的特定含义。"长更"就是"长夜"的意思,长夜何以"苦"呢?只因心中孤寂难耐,"欹枕"却久久难以入眠。这与范仲淹的"黯乡魂,追旅思,夜夜除非,好梦留人睡"颇有同感。一个"数"字反映词人百无聊赖,无所寄托,唯有无意识地遥望长空残月,更加耐人寻味。

  从"数秋天"到下片"夜寒惊被薄"之间存在着一个时间上的跳跃。这个空隙中所留下的是词人无意识地昏昏睡去和被夜寒突然惊醒的凄惶境地。设身处地想来,一个"惊"字形象地描绘出了这种半夜醒来、无所依托的孤苦心境。"寒"不仅仅是身体的寒冷，长年别离，孤身在外，心里也生出无尽的寒意。

下片对"情"的经营也是恰到好处。全词上下无一字半言着落在"孤""独"之类的字眼上，却透着一份刻骨的孤单之感。"泪与灯花落"一句，有着别样独特的含义。泪珠与灯花相对簌簌落下，营造出人与灯烛相对而泣的情景，人怜灯花，灯花却不知怜人。"泪眼问花花不语，乱红飞过秋千去。"因而生出无限的惆怅，一声悠长的叹息也暗含其中。因而觉出无限的伤心，付与瑶琴，然而，却无人听。一声琴音，一腔愁情，孤寂的色彩也显得更加浓厚。

词人的笔法流畅，仅仅据着眼前所见、心中所感，而一一道来，却在朴素中营造出凄美绝伦的意境。这一点丝毫不亚于李煜在《相见欢·无言独上西楼》中绘出的"寂寞梧桐深院锁清秋"，二者相通之处在于景中融情，上片与下片的连接和互通，情与景的交融也正是本词取胜的关键。

除此之外，本词中从景的描绘到情的抒发是有着一个渐入的过程的。起初词人只觉出长夜漫漫的寂寥，但被深秋之夜的寒冷惊醒后，心底的忧伤被"惊"动，无限伤心被莫名触动，独自对着灯花，泪水相伴而落，自而凄惶不堪，本词的情感在这里也就达到了高潮。继而写"玉琴"，赋予词更加悠长不绝的深刻意味。

有人说，"纳兰多情而不滥情，伤情而不绝情"，他一生有过不少的"悼亡之吟""知己之恨"，"家家争唱饮水词，纳兰心事几人知？"那些不幸的爱情经历为他的创作植入了影影绰绰的凄凉情怀。这首词就是表达心中寂寞之情、孤苦之意的一首代表作，字里行间，景中意外，都是纳兰性德无限孤寂、忧伤的情思。

菩萨蛮

为春憔悴留春住，那禁半霎催归雨[①]。深巷卖樱桃，雨余红更娇②。

　　黄昏清泪阁③,忍便花飘泊。消得一声莺④,东风三月情⑤。

【注释】

①半霎:极短的时间。②雨余:雨后。③阁:含着。④消得:禁得起。⑤三月情:暮春之伤情。

【赏析】

　　如人饮水,冷暖自知。人的一生在很多时候也正如所饮之水,或冷或暖。可是无关冷暖,快乐的依旧快乐,悲伤的依旧悲伤。人世不长,不过是一块石头投入水中,瞬间波澜,终将归于沉寂。世人不都是佛陀,可以笑对众生,超然物外。通俗说来就是不论如何仙风道骨的人,他的生活也还是永远逃不掉柴米油盐酱醋茶。只不过总有那么一点区别,而就是有的人将这一切当作了生活的全部,有的人不是。诗人,同样如此。

　　爱情在纳兰的诗中占了很大的篇幅。对于此词的注解,我查了许多,只说其中暗含着一段隐情,却无法明言那是一段怎样的往事,让我不得不疑心这也是一首关于爱情的词作,而又关系到他那不能明言的心事和爱人。

　　关于爱情的疑问有很多,我们无论多少次地问别人或是自己,答案万千,却无一可以让自己满意。其实爱情何尝不是那或冷或暖的水?至于是冷是暖,只能以身试之。瞬息浮生,薄命如斯。对于纳兰性德来说,太多的心气放在了爱情上,太多的感慨——她去得太早了……

　　"为春憔悴留春住,那禁半霎催归雨。"不正是爱情抵挡不住生命流逝的明证?是如此的千般万般留不住。爱情高于生命,生命却左右着爱情的结果。于是爱情终将不能跳脱生死,即使它可以做到无关生死。然而只要我们还身处人世,终有消亡之日,但这却不是生存的全部意义。人总是在心中永远存留着对现实、对生的希望。这种期望支持着我们或者艰难或者欣喜的生活。所以,哪怕连一阵催归雨都不能抵挡，还是依旧要"为春憔悴留春住"。

　　深巷中摆弄的樱桃经过雨水的冲洗更显娇艳，充满了新鲜，那样的颗粒，那样饱满，可是现实呢？可是生活呢？是黄昏清泪，还是年复一年飘落凋零的不能长久的花？几声莺啼，只是生活依旧继续的讯号，东风一阵，天暖心寒。再温暖的春天，也终归是一番零落。情之所至，情之至深。"至情"是纳兰的天性，是他对人生的热爱，是他对生命的体悟，所以无法永年，所以早逝。

　　到了下片，"黄昏""清泪阁""花飘泊"三个意象将一幅凄婉零落的暮春图泼墨洒开。夜晚将近，是一天终要逝去的时候，而暮春已至，便是好春时节将逝之时，如此雨落花飞，亭台楼阁怀愁，对于纳兰，却只余下一个"忍"字。俗语云："忍字心头一把刀。"这刀伴着纳兰不为人知的深愁，缓缓从心尖滑过，氤氲出满身的哀伤。

　　便是在如此荒芜凄婉的心境下，才有"消得一声莺，东风三月情"的结句。所思所怅太多，凝于胸中，却难以吐露，此时一声莺啼，荡开浓雾，颇有种"却道天凉好个秋"的秋意情怀。而对于完美的苛求，对于命运的悲观，对于世事的洞烛，终是令纳兰虽在春暮，身上却聚满了秋气。

　　可即便是没有催归的阵雨、深巷的樱桃，甚至连莺啼东风也没有，时间依旧还是前行，王维有诗："涧户寂无人，纷纷开且落。"须知那涧户即使有人，花也只能自开自落，该凋零的，终是不能长生。人也如这春花，凋零盛放终是有时间限制，于是在暮春花残之后，在生命凋零之后，所有爱恨情仇都迁回心中，只落得冷暖自知，还能有怎样的言语。

菩萨蛮

　　晶帘一片伤心白①，云鬓香雾成遥隔②。无语问添衣，桐阴月已西。

西风鸣络纬③,不许愁人睡。只是去年秋,如何泪欲流。

【注释】

①晶帘:水晶帘子,形容其华美透亮。②云鬟香雾:形容女子头发秀美。③络纬:虫名,即莎鸡,俗称络丝娘、纺织娘。夏秋夜间振羽作声,声如纺线,故名。

【赏析】

自卢氏死后,亡妻的影子总也不能从纳兰的生活中消失,而从这首词中的"伤心白""成遥隔""愁人""去年"这些词语中我们可以看出,这又是一首纳兰悼念亡妻之作。

中国文人,大多有伤春悲秋的情绪,而且秋天在古诗词中往往象征着死亡。在落叶缤纷、大地萧瑟的时节,触景生情,词人难免愁心满溢,恨不能收,追悼故人,涕泗横流,痛断肝肠。

"晶帘一片伤心白,云鬟香雾成遥隔。"水晶帘子寂寞地晃出一片凄白孤清之景,而思念的人已是生死两茫茫,香消玉殒,芳踪杳然。"云鬟香雾"化自杜甫《月夜》诗:"香雾云鬟湿,清辉玉臂寒。"纳兰用此指代自己深深思念的妻子。结合杜诗意境,此词更添一番相思离别之痛。

纳兰遥想当年,玉兔西沉,夜语深深之时,妻子软语温柔,轻轻为自己披上温暖的衣袍,两人依在梧桐的阴影中相谈甚欢,如葡萄架下牛郎织女的私语。此情此景,是如此温馨闲适,"胜却人间无数"。而今独立寒露,听着纺织娘在瑟缩的西风中鸣得凄切,却没有了红袖添衣。"寻寻觅觅,冷冷清清,凄凄惨惨戚戚",相思成灾,辗转难眠,往事历历,伊人独去,清泪在眼中翻滚欲出。直合易安《武陵春》:"物是人非事事休,欲语泪先流。"此欲彼欲,都是无限惆怅哀恸缠绵心中,诉无可诉,只任柔肠百转,无限思量欲化成泪。

"只是去年秋,如何泪欲流。"风姿卓绝、多情温柔的纳兰,想着曾经美好的时光,终是泪流如雨。此处"只是"、"如何"二词形象地表达出世事难料、无可奈何之感。仅仅过了一年,却是天人永隔,让沉浸在幸福中的纳兰一时不能接受这残酷的现实,而周遭寒冷的空气,眼眶中晃荡的水汽,都在残忍地诉说着事实。纳兰只能被迫接受现实,而又心有不甘,只能伤痛地低语:"只是去年秋啊……"

此词意境哀婉,字里行间灼灼真情天然流动,用极简之语平常地道眼前之景,直率地抒胸中之情。纳兰运笔如行云流水,毫不黏滞,任由真纯充沛的感情在笔端自然流露,出色地用自己的感受来感动读者,让人置身其中仿佛自己就是那个惆怅客,心间万种凄婉百转千回。

纳兰词就是如此动人,因为他的用情至深而又用情至真,如"清水出芙蓉,天然去雕饰"。纳兰词善用白描手法,鲁迅说白描法"有真意,去粉饰,少做作,勿卖弄"。此词就完美地用了白描,用语朴素,情真意切。

清代词人况周颐曾说纳兰"一洗雕虫篆刻之讥","纯任性灵,纤尘不染"。纳兰真情得人如此推崇,并由此交得知己顾贞观、陈维崧,"自古文人相轻"这句话在此却是不适用了。由此也可见纳兰的不一般。

纳兰的头衔甚多,与曹贞吉、顾贞观合称"精华三绝",被誉为"满清第一词人",有人甚至把他同"千古词帝"李煜相提并论,"或谓是李煜转生"。中国词坛悼亡词甚多,唯纳兰独树一帜,还形成了"家家争唱饮水词"的局面,毫不逊色于那个一赋引得洛阳纸贵的左思。如此成就,个中缘由从此《菩萨蛮》词中可略见一二,重要的还是"真切"二字。

菩萨蛮

飘蓬只逐惊飙转[1],行人过尽烟光远。立马认河流,茂陵风雨秋[2]。

寂寥行殿锁[3],梵呗琉璃火[4]。塞雁与宫鸦[5],山深日易斜。

【注释】

①飘蓬：随风飘荡的飞蓬，比喻漂泊或漂泊的人。②茂陵：明宪宗朱见深的陵墓。在今北京昌平北天寿山。③行殿：可以移动的宫殿，犹行宫。皇帝出行在外时所居住的宫室。④梵呗：佛家语，佛教做法事时念诵经文的声音。⑤塞雁：塞鸿。宫鸦：栖息在宫苑中的乌鸦，唐王建《和胡将军寓直》："宫鸦栖定禁枪攒，楼殿深严月色寒。"

【赏析】

纳兰叹兴亡的词并不少见，这首写得尤其别致。

写的是茂陵之景，出现得并不突兀。

开头就是那随风飘荡的飞蓬，随着突发的狂风飘零，不知何处。实际说的是人生之不定向，人同飞蓬，漂泊天涯，不知道归处在哪，都是匆匆过客。相比于广袤的大自然，人类不过是渺小的苇草，寄蜉蝣于天地，渺沧海之一粟，丝毫无力掌控生命的方向。主宰的从来是如同"惊飙"的命运，何时急转，何时直下，何时消亡，何时弱化，都不能预知，只能顺从它的变化，跟从它的脚步。人生漫长，实际上却始终心似游子，漂泊沉浮。开头七个字，纳兰完全似旁观陈述之人，写景看似自然随意，却足以读出压抑沉郁，不免有些消极意味。

景色萧条，行人过尽，远方好似全然是烟光一片，看不清将去往哪里，写的是内心极度的无助和孤寂。因用情太深而倍感苦楚，因知己太远而无处倾吐郁结的苦水，纳兰也只得感叹，行人过尽。知己聚少，爱人不再，这软弱的身躯仿佛只是愣愣立于世界中心，看周遭一切，都是空旷漫长——这才停下马来，该要认河流，思思去向了。"茂陵风雨秋"已然出现在眼前。

上片构述巧妙，让茂陵的出现颇为合理，亦融进了萧瑟的风。可见纳兰来到此处，有所思，有所虑，有所郁结，像要寻些什么来慰藉自己。

茂陵即明十三陵宪宗朱见深的陵墓，这里应是代指整个十三陵，隐含咏那已逝的明朝。但用的是宪宗之典，又另有意味。宪宗其人，算是史上唯一因贵妃之死抑郁而亡的君主,他与万妃的感情,可谓孽缘一桩。哪怕是因万妃专横,险些断了后,这君主仍是对她死心塌地。虽算不上一代英明的皇帝,也算得上是一个痴心的男人。面对这样一代君主的陵墓,纳兰何思呢?同是痴心思念,身陷丧妻之痛的纳兰,大概是感受到共通的悲凉。

爱情逝去之痛,如落花流水,周遭一切随爱人远去,光华散尽。他与这痴心君王的心是相通的,足可见纳兰对亡妻情深,深至无处不思量,历史之思,不仅大国兴亡,也有小家悲喜。亡妻之死,在他心里留下的伤,痛了一辈子,念了一辈子,任何包含有过去的景致,都能勾起些惆怅来。

下片起写茂陵之景,"寂寥行殿锁,梵呗琉璃火",白描写景,反复吟读,满是苍凉之感,纸间散发出的全是悲苦的气息。行殿之锁,梵呗琉璃,都是历史沉淀的标志事物。历史浩瀚,时光流转,那些兴盛的朝代,早被铜锁锁于时空深宫之中,褪去当年屋瓦楼阁金碧辉煌的琉璃,只剩梵呗声声,琉璃灯微亮,诵着安详的经文,亮着高墙里的微火。最终,只留下塞雁与宫鸦仍旧盘旋,仿佛为找寻昔日之景而聒噪地牢骚满腹。

纳兰道"山深日易斜",山谷愈深,日易沉落,悖论一语,却无比沉重,字字铿锵有力,直落到心底里去。过往再深远,日终究沉落。

采桑子

那能寂寞芳菲节[①],欲话生平。夜已三更。一阕悲歌泪暗零[②]。

须知秋叶春花促,点鬓星星[③]。遇酒须倾,莫问千秋万岁名。

【注释】

① 芳菲节：花草香美的时节。② 一阕：一度乐终，亦谓一曲。宋欧阳修《晚泊岳阳》诗："一阕声长听不尽，轻舟短楫去如飞。"悲歌：悲伤的歌曲。③ 星星：形容白发星星点点地生出。

【赏析】

这是一首写于春天的词。

春季本应是万物复苏的时节，词里却叹出"寂寞芳菲节"，花草香美，却倍感无聊，因而与友人话起了生平。夜至三更，谈到有感而发，禁不住弹唱一阕。悲歌低吟浅唱，竟引得清泪暗零。

暮春之时，悲歌一曲，化作对时光流逝的阵阵感叹。这个多情细腻的男子，一曲悲歌，就能够得泪轻弹，有人说，这是否太过女子？一个真性情的文人，并不晦饰压制内心情感，毕竟他那么浓的伤悲、用情至深的感情，叫他从来隐忍于心恐怕会郁结成疾。真是直率之人，才可泪轻弹，用情真。

泪为什么而流呢？春花秋叶，季节更替，年复一年地催促时光流转，人亦由少到老。恍惚间，见那鬓角，已增了白发。这"星星"二字，代指白发星星点点。谢灵运之诗"未厌青春好，已睹朱明移。戚戚感物叹，星星白发垂"也是同样的感慨。心有戚戚感叹事物变迁，星星白发已然暗生，年华蹉跎。物换星移，不胜今昔。人生如此无常，时光的流逝，比流水无情，比落花有声，转瞬即逝。

最后感慨，有酒须饮才是，何必要问那"千秋万岁"之名。功名再有为，仍旧是春梦一场，如今夜已三更，春梦也该散尽。难怪，这一阕悲歌，引得如此愁情满腹，不胜凄凉。

"遇酒须倾，莫问千秋万岁名"一句低吟，与李白《行路难》中的名句"且乐生前酒一杯，何须身后千载名"异曲同工，但纳兰的态度是否是及时行乐就有不同见解了。有人评论说这是及时行乐的夙愿，历经官场劳累，倏然发觉劳碌一生，年复一年跟着时光颠沛流离，至今除去白发暗生以外，一无所有。可叹可悲，追逐一生，到底得到了什么？既然功名利禄如此虚妄，时光流逝丝毫不会顾及它们的情面,又何必非要为此虚妄之物而奋斗终生,忙碌不堪?人生得意须尽欢,纳兰生在富贵,可安享荣华,便"莫使金樽空对月"罢了。

另有一家意解为这"遇酒须倾,莫问千秋万岁名",念的是百般萧条的凄楚,是纳兰对这半辈子生活的反思。奋斗半生,两手空空,生活的还是禁锢的人生,身在皇城,身不由己,任由命运摆布,随风飘摇。直至鬓角已有白发,还未意识到时光流逝和生活浮躁。恍惚那时间,似是突然加快步伐,让人恐慌不已,怅然若失了。

两家之言,孰是孰非,并不要紧,重要的是纳兰"欲话"之"生平",让人更觉他的难能可贵。男儿之身历来总要被功名束缚,碌碌一生,难得这本可安享荣华的贵公子,竟能看穿浮名,不重富贵,确是出水之莲,纵看当年,确实少有。

岁月匆匆,一阕悲歌恰巧击中这才子心内的柔软地,禁不住泪流,喟叹人世苦短,世事虚妄。

采桑子 九日[①]

深秋绝塞谁相忆[②],木叶萧萧。乡路迢迢[③]。六曲屏山和梦遥[④]。

佳时倍惜风光别,不为登高。只觉魂销。南雁归时更寂寥。

【注释】

①九日:即农历九月九日重阳节。逢此日,古人要登高饮菊花酒,插茱萸,与亲人团聚。纳兰此时正使至塞外。②绝塞:极远的边塞。③乡路:指还乡之路。④六曲屏山:曲折的屏风。

【赏析】

所谓九日,即农历九月九日重阳佳节。这佳节之词,多是写离情的愁苦抑郁之词。

说到重阳佳节，脑中逃不过王维的《九月九日忆山东兄弟》：

独在异乡为异客，每逢佳节倍思亲。
遥知兄弟登高处，遍插茱萸少一人。

作这首诗时，王维正于长安谋取功名。帝都是繁华之地，时值佳节，一片欢愉之景，他却独自一个人流落在外地，人群越是熙攘，游子在外愈是觉得寂苦，因而更想念亲人。王维家乡在华山之东，所以题称"忆山东兄弟"。寥落孤独之中，想象此时家乡亲人旧友，定是登上了旧时时常同去之山，身带茱萸，轻叹"唯独却是少我一人"。

王维此诗影响甚广，自它感动世人起，登高、饮菊花酒、插茱萸、与亲人团聚已然不仅成为习俗，进而演变成为一种思乡的情结。其后，文人常有重阳思亲友的感叹。

写这词时，纳兰也正是出塞离家，自然是佳节倍思亲。形单影只，内心孤苦寂寞，故为寄乡情而写下这首词。

上片由景入。深秋，边塞偏远之地，落叶萧萧，一片萧索肃杀之气，清冷寥然。还乡之路迢迢，似是只能在梦里才能见到。这里的"六曲屏山"释义为曲折之屏风六曲，由李贺《屏风曲》："团回六曲抱膏兰"而来。因屏风曲折若重山叠嶂，称为"屏山"，这里指代为家园。

下片道"风光别"，谓逢此佳节，故园风光正好，却觉得与平时有别，不难理解纳兰此时的心情。杜甫有言："露从今夜白，月是故乡明"，异乡之景，再美也不如家乡的田舍。亲友团聚之佳节，独自在外，今日心情，自是与平日有异。也难怪，再好的风光，也不能入眼，再美的景致，也不似故土。应了那王维的"每逢佳节倍思亲"。

只能叹道："不为登高。只觉魂销。"此言着实令人动容。寥寥数语，写尽内心彷徨凄苦。期盼团圆之日，它却迟迟不来，这本该其乐融融的日子，落为一人看风雨凄迷。魂销，魂销。

结句承之以景,借以雁南归来反衬出此刻的寂寥伤情的苦况。苍穹莽莽,归雁看着尤其动人,这平凡的景致也有别于平日。一片自然风景就是一种心境,纳兰之思,便是这大雁所指代。故人常以雁表达思乡怀人,有李清照《一剪梅》的"云中谁寄锦书来?雁字回时,月满西楼",又有"乡书何处达,归雁洛阳边",都是对故土的牵念。纳兰结句,思乡之切,离乡之愁,也就表达得十分鲜明。

这天涯羁客,飘零于此,只叹,何时才可再见到故土的熟悉欢愉啊!

采桑子

海天谁放冰轮满[①],惆怅离情。莫说离情,但值凉宵总泪零[②]。

只应碧落重相见[③],那是今生。可奈今生[④],刚作愁时又忆卿。

【注释】

①冰轮:月亮,圆月。②凉宵:景色美好的夜晚。③碧落:道教语,指青天、天空。④可奈:怎奈,可恨。

【赏析】

惆怅离情,莫说离情,那是今生,又可奈今生,细细吟诵这样一首词,已分不清身处良宵抑制不住愁思万千的是我还是他。纳兰啊,寥寥看似无意的几笔,就能让人卷入他缠绵的愁绪和恰到好处拿捏有度的情境里。夜空安宁静寂,圆月高悬,本应是如水的温柔景色,然后一派的美景安在,佳人却已远离人间,这尘世之景,又哪有心欣赏?月圆了,家却静了,鸟归了巢,她却再不回来与家人招手微笑。

满心满意都是爱人满眼的温柔,今生的体贴,难忘的惦念,共同生活扶持的日子，有她的笑影啊，身姿啊，和那溢了书页的余声啊，叫他今生如何忘记呢？这匆匆逝离的生命，该有多少的遗憾和来不及，念不完的唠叨，做不完的家事，看不完的书卷，喝不完的香茶，和那难分舍的情谊啊！对着月圆静夜，伫立窗前，每每念及，禁不住那涌动的愁绪，怎剪得断，不忍遂离的那不舍。

可否不再看那夜空，可否不再见那皓月，合窗罢了，不能再这样地痴迷于思念里。倘若是一直这么对着万物优雅，叫人如何克制得住那清泪涟涟。打湿了衣襟，拂手拭面，下一秒还是泪痕尚未干去又已泣不成声。你说这自然界的美好啊，该如何睁眼去看，你说这万千的动人啊，该如何去品拾，良宵再美，没有你在，意义为何？

但是又如何相见呢？只有去到那天空里，才得以再度执手携行吗？然而天又这样深远，愣是如此注视着，努力寻找入口，也无法看到，佳人身影一现。才明了，今生，恐是无缘再相见了。忍不住掩面垂首，难耐凄凉。

这痛失你的悲楚，因你而起，又在无边愁绪里，对你不可遏制地思念起来。

纳兰啊，你此情此景，念的是这般呓语般沉痛的思念啊！

卢氏是再也无法回到他的生活里了，良宵美景也都是赘余的了，眼里的水都是苦水，眼里的树都是枯树，对于他来说，那一起住的屋子是记忆，那泼茶的余香是缅怀，那共赏的花草是思念，周围的环境里，放置着太多太多曾经并肩行走、共同扶持的提示物了。离别无意，将那一切化为了勾起愁思的引子，思念无意，将生活的重心，迷失在了无边的惆怅里。

挥笔头句就是无奈的质问：是谁在夜空里缀了那么个皎洁的圆月？匆匆一瞥就不禁要令人惆怅起来。美景如水，荡漾的是如烟的轻柔，倒映的是清晰的内心的模样。这惆怅离情，倏然浮起了。正像是东坡痛心念道："料得年年断肠处，明月夜，短松冈"，这明月夜，大概总有些伤情之景，月亮于是成为文人墨客最见不得又最想见的忧愁了。清冷的月亮，短短的山冈，痛断柔肠，也逃不出那思念成疾的时光。而对纳兰来说，这"莫说"又着实是真心么？思念愁苦，离别沉痛，只是倘若不说，他难道就能逃离了触景伤情，丝毫不会念及？这"莫说"二字，像是自言自语，想忘却难忘，想那愁绪停止又无力控制，无奈无奈，说什么才好啊，也只能自己对自己暗许，不再说了，不再说了，唯独思想不停息，无休无止地沦陷在暗黑的沼泽。值良宵而泪零，又有什么办法呢。不思量，自难忘，只是恐怕你越是努力逃离那愁苦，越是将眼眸停在过往的缠绵之中了。伤时悼亡，人同事物之间，同悲同喜，情也是更加深重了。

既然无力逃脱记忆的深渊，他也只能寻求一些希冀，今生最想实现的事情，不过是再见一面，再走一遭，却已是天上人间，纳兰明白，只应碧落，才有重见的可能，可今生，又如何去到那里啊！她依然消失人世，他只能遥望不舍。这希冀他大概是想了一千一万遍，却也没能想清吧！相思相忘却不相见，故人故情啊！纳兰啊，你怎么就这样执着于这无法实现的重聚呢？可奈可奈！因触景而伤了情，因伤了情，又再回忆了已亡人。这个无限循环的怪圈啊，就这样将一个人折磨得容颜憔悴。

这个多情的男子，该如何逃离那无边的寂苦，该如何逃离那悲楚的回忆。离别的时候，一个人烧纸成灰，离别以后，还要一个人吞咽苦水，对着美景，也是泪水不止。人生这件事，说长不长，说短不短，只怜惜这些多情重情的人，对于逝去的人事，无能为力，又百般苦痛。

生死之事无人可以毫无畏惧，分离之苦也道不清那苦涩的吞咽。亲密的人离世，如同身体里骤然被抽空了一个巨大的位置，空缺的那个影子，无人能够填补，也不知该如何愈合，只能静待时间，将痛失之苦，冲淡一些。

倘若她于碧落能够听见他的浅诵，大概她也会清泪涟涟，祈求时光的力量，能够让他不再那么苦痛吧。

采桑子

　　白衣裳凭朱阑立①,凉月趁西②。点鬓霜微,岁晏知君归不归③?

　　残更目断传书雁,尺素还稀。一味相思,准拟相看似旧时④。

【注释】

①朱阑:即朱栏,朱红色的围栏。宋王安石《金山寺》诗:"摄身凌苍霞,同凭朱栏语。"②凉月:秋月。趁西:向西落去。③岁晏:一年将尽的时候。唐白居易《观刈麦》诗:"吏禄三百石,岁晏有余粮。"④准拟:料想、希望。

【赏析】

　　秋日天已微凉,风愈渐萧瑟,人也变得踌躇怀旧。

　　脑子里故人还身着那白色的衣衫依靠着朱红栏杆,秋月带着凉气洒着冷艳的光向西落去,思绪同那皓月也一并沉下来。思念渐深,纳兰眼看鬓角浮起点点的霜白,乱了心绪。年已至末,不知道故人归不归。一声声自问,湿了衣襟。更漏都已滴尽,他亦望穿天际,日日企盼传书的鸿雁,等的书信却迟迟未至。只能一味地思念,料想着,相见的时候故人依旧是迷人的旧时模样。

　　显然,这是阕岁末怀人之作。怀的是谁,却多猜测。是久思未见的初恋,还是亡故的妻子,抑或红颜知己沈宛,又或者是挚友贞观?读来是五味杂陈的思念,像着了过量的盐,尝来有了涩味。

　　细品这词,颇有意味,善于用典的纳兰,仍旧在短词之中,巧妙化用了前人的每句。词中上片的首句就是取自明代王彦泓的《寒词》十六之一,文曰:从来国色玉光寒,昼视常疑月下看。况复此宵兼雪月,白衣裳凭赤栏干。

　　下片借以大雁这一意象来抒发苦等书信的一味相思。大雁有典,取自《汉书·苏武传》。相传当年苏武出使匈奴,被扣留匈奴十九年，后汉使者对匈奴单于说，汉天子上林苑打猎时，打获大雁一只，其脚系有帛书，上写着苏武在匈奴何处，因而匈奴单于放苏武回到汉朝。大雁本是种候鸟，每年秋天要飞往南方过冬，古人掌握这个习性后，通讯不发达的当时，人们也能够开始通过大雁来传送书信了。因而有了鸿雁传书一说，大雁这个意象也在诗歌中蔓延起来。文人写雁，用以表达思乡怀人的情思。

最后，末句引用宋时晏几道《采桑子》："秋来更觉销魂苦，小字还稀。坐想行思，怎得相看似旧时。"秋来销魂之苦，苦之深，思之切，叫人乱了心绪，坐想行思，怎也无法躲避开这纷乱的回忆，对故人的相思。怎得想看似旧时，怀念过去之人深切苦楚，可如何能回到旧时的时光，不再为这时光渐远而伤怀叹息？恐怕时光的脚步还是听不见他心底恰似痴狂的呐喊，无法让他如愿穿梭回到过去吧。

纳兰这词，清清婉婉，秋景静美处，读之如确实能见到纳兰身着秋衫伫立窗前，看月色西沉，盼雁回信至，读来痛心，也觉孤楚。天下苦情之人不少，如此日日夜夜，任世事洪流都冲不掉的思念痴心至此，凄婉之中，更欲垂泪。世事如风而过，故时旧人，穿越岁月洪荒，终究已不在眼前。只能凭空回忆——好似你还站在那里，朱栏依旧，人事依旧，再见你，朱颜不改，情谊仍在。